Viviane Mebus

ANTI HELDEN

Feuer

Impressum

Viviane Mebus - Keldenichstr. 75 - 40625 Düsseldorf

Bibliografische Information der Deutschen Nationalbibliothek:
Die Deutsche Nationalbibliothek verzeichnet diese Publikation in der Deutschen Nationalbibliografie; detaillierte bibliografische Daten sind im Internet über http://dnb.dnb.de abrufbar.

1. Auflage 2024

Lektorat: www.elize-ellison.com
Cover: Sabine Pöstinger www.inspiritedbooks.at
Buchsatz: Lilly Schwarz www.lillyschwarz.de

Independently Published
ISBN: 979-8-3353-6946-6

Schriftarten Buchsatz
Garamond, ITC Avangarde Gothic Pro - Adobe Fonts

Inhaltsverzeichnis

Für Schtefi

Leben oder Tod

»Ich hab ihn«, brüllte Maine, während er den Lauf seiner Waffe gegen den Hinterkopf eines Jungen drückte. Die schwarzen Haare des Teenagers verdeckten sein Gesicht. Er lag mit seiner Wange unsanft gegen den Boden gepresst inmitten eines Schulflures. Er zitterte. Kein Wunder. Seine Kleidung war blutverschmiert. Die graue Jacke mit dem Logo der Privatschule auf dem Rücken, seine Jeans und auch die Winterschuhe. Die Schuhe besonders. Sie waren vom Blut so durchtränkt, dass der Polizist ihre ursprüngliche Farbe nur erahnte. Der Junge hatte damit zahlreiche Abdrücke auf dem Boden hinterlassen. Mindestens genauso viele, wie es auf dem Flur Einschusslöcher gab. Für die waren die Geschosse der vier Männer in den Kampfanzügen verantwortlich, die direkt neben ihm lagen. Nur im Gegensatz zu dem Täter, dem Maine sein Knie gegen den Rücken drückte, waren sie tot.

Er stellte sich vor, wie die zuvor stattgefundene Schießerei abgelaufen war. Zerfetzte Wände, gesplitterte Lampen und Schaufenster mit kindlichen Kunstwerken und Plakaten. Daneben Scherben einer Glastür, die ein möglicher Fluchtweg für den Jungen gewesen war, bevor er sich für einen Schusswechsel entschieden hatte. Und dann noch die penetrante Sirene, die in ihren hoch- und tiefer werdenden Frequenzen den Flur und die anliegende Eingangshalle der Schule beschallte. Wer hatte die überhaupt aktiviert? Dass man die Sirene bei einem Amoklauf nicht auslöste, lernte jeder am ersten Tag in der Ausbildung für das Sonderkommando. Maine steckte seine Waffe weg, um dem Jungen unter sich endlich Handschellen anzulegen. Offensichtlich war die Gefahr vorüber. Er versuchte es daraufhin mit einem Funkspruch. »Hört mich da draußen jemand?« Er hielt sich das Funkgerät ans Ohr. Kurz darauf ertönte daraus ein Rauschen, das so laut war, dass er das schwarze Teil reflexartig eine Armlänge von seinem Ohr entfernte. »Scheiße!«

Dass er dem Amokläufer allein gegenübergetreten war, war nicht geplant gewesen. Normalerweise rückten sie in Teams vor, doch sein Partner hatte sich zurückgezogen, als im Gang vor ihnen Schüsse gefallen waren. Der Junge hatte auf eine Mitschülerin geschossen. Maine war todesmutig eingeschritten, jedoch zu spät, um den Fall des Mädchens zu verhindern.

Immerhin hatte er es geschafft, den Jungen von seiner Waffe zu trennen, einer Maschinenpistole, die von ihren Dimensionen nicht zu der Größe ihres Trägers passte. Wahrscheinlich gehörte sie zu den Männern neben ihnen. Er schwor sich, die fehlgeschlagene Koordination und die endlos nervig miese Funkverbindung bei der Nachbesprechung zu thematisieren.

Der Junge war allein, das hatte Maine schon geklärt. Am rechten Ärmel der Jacke, die er trug, klebte Blut, das von ihm selbst stammte. Seine Hand war verletzt. Eine Kugel hatte ihn dort gestreift, als Maine ihm die Waffe aus der Hand geschossen hatte, die jetzt zwei Meter neben ihnen lag.

Nach einer gefühlten Ewigkeit, die sicher nicht länger dauerte als ein paar nervenaufreibende Sekunden, tauchte sein Partner am Ende des Ganges auf. Er stieg über die Leiche des kleinen Mädchens mit den blonden Haaren, die links und rechts zu Zöpfen gebunden waren und rief: »Heilige Scheiße, was war hier los?«

»Wärst du nicht weggerannt, wüsstest du es«, rief Maine verärgert. »Ich bin in ein reines Himmelfahrtskommando geraten. Du beschissener Feigling hättest mir Rückendeckung geben müssen!«

»Wie jetzt? Ist das der Killer?«

»Einer von ihnen. Er hat die Kleine da erschossen. Und wahrscheinlich auch die vier Typen dort.« Maine zeigte abwechselnd auf das Mädchen und die Männer in den Kampfanzügen. »Hat sie ausgeschaltet und ist dann durchgedreht.«

Sein Partner starrte den Jungen ungläubig an. Er öffnete den Mund und sagte etwas, doch die Sirene übertönte seine Worte.

Maine machte ihm mit einer Geste klar, dass er ihn nicht verstanden hatte.

Der andere trat näher und wiederholte: »Wenn das so ist, sollten wir ihn sofort erschießen!«

»Bist du bescheuert?«

»Er bekommt ohnehin die Todesstrafe. So ersparen wir ihm den Gang an die Wand.«

Die Schultern des Jungen bebten.

»Er ist ein Mörder«, rief Maine, »und er wird sich seiner Strafe stellen.«

»Wenn er sich seiner Strafe stellt, wird er innerhalb von einer Woche zerfleischt. Hast du ihn dir mal angesehen? Der ist fast noch ein Baby.«

Mehrere Sekunden lang tönte nur die Sirene durch den Flur. Es konnte sich nur noch um Augenblicke handeln, bis die anderen aus ihrer Einheit diesen Teil des Gebäudes einnahmen. Maine blickte auf den Hinterkopf des Jungen. Im Grunde hatte sein Partner recht. Das Leben dieses Kindes war vorbei. Künftig würde nur noch Leid auf ihn zukommen. Er wusste, dass es im Gefängnis brutal zuging und sehr wahrscheinlich würde es der Junge nicht einmal bis zu seiner Hinrichtung überleben. Dann sah er rüber zu dem blonden Mädchen, das in einer Blutlache vor der Tür zu den Toilettenräumen lag und sagte: »Sie war auch fast noch ein Baby. Ich hoffe, die reißen ihm da drinnen seine Augen raus.«

»So denkst du also? Hast du keinen Funken Mitleid mit ihm?«

»Wenn es dir so wichtig ist, einem Mörder mit Menschlichkeit zu begegnen, dann erschieß ihn doch! Sag, es war Notwehr. Aber ich wette, das traust du dich auch nicht. Wenn doch, bin ich vielleicht bereit, dein Versagen von vorhin zu ignorieren.«

»Hey, warte!«

Maine packte den Jungen an der Schulter und brüllte ihn an. »Steh auf!« Dann erhob er sich.

Der Junge versuchte, aufzustehen. Sein Bein wollte nicht richtig, weshalb der ganze Vorgang einen massiven Teil der Zeit einnahm, die ihnen noch blieb, bevor die Verstärkung anrückte.

Als er stand, erkannte Maine, warum er solche Probleme hatte. Die Jeans des Jungen war an einer Seite aufgeschlitzt. Blut sickerte aus einer tiefen Schnittwunde an seinem Bein. Vermutlich war eine Scherbe der Glastür die Ursache dafür. Seinen Blick hatte er auf den Boden gerichtet. »Zieh deine Waffe und schieß, solange der Alarm geht!«, befahl Maine.

Sein Partner zögerte, doch dann zog er seine Pistole und richtete sie auf den Jungen.

Wie aufs Stichwort stoppte der Alarm. Alle drei zuckten zusammen. Der Junge fiel auf ein Knie. Das verletzte Bein winkelte er vor dem Körper an.

Das Funkgerät meldete sich. »Alle Einheiten auf Position! Wir evakuieren! Maine, bitte melden!«

Maine fluchte. Er griff zu dem Funkgerät an seinem Gürtel, um zu antworten. Ihr Moment war vorüber.

»Maine, bitte melden!«, befahl die Stimme aus dem Funkgerät erneut.

Maine setzte einen spöttischen Blick auf und sagte dem Jungen zugewandt: »Schmor in der Hölle, Kleiner!«

Daraufhin ließ sein Partner die Waffe sinken.

Maine packte den Jungen an der Schulter und zog ihn hoch.

Der Junge schrie auf.

»Maine an alle. Bestätige. Der Täter ist gesichert.«

Nichts als Gitter und Beton

Einen Tag nach seiner Verhaftung brachten ihn drei Polizisten in einem Transporter zum Gefängnis.

Chad hatte die Nacht in einer Zelle aus grauen Betonwänden auf der Polizeistation verbracht, wo ihn dunkle Gitter von einem Gang ohne Fenster getrennt hatten, in dem er allein untergebracht gewesen war. Ständig waren Polizisten zu ihm gekommen, um ihn zu sehen, Fotos zu machen oder ihm Fragen zu stellen. Einer von ihnen hatte was von einem Anwalt gesagt, andere waren dagegen gewesen, dass er überhaupt einen bekam. Offenbar lag das in ihren Händen und es wäre bei der massiven Beweislage gegen ihn nicht einmal nötig, ein Gerichtsverfahren anzumelden. Denn in einer Sache waren sie sich alle einig: Er würde nie wieder freikommen. Mörder landeten im Todestrakt.

Dadurch, dass er hauptsächlich auf den Boden starrte, nahm Chad nicht viel von dem Gebäude wahr. Nur, dass es eine Menge Tore und Türen gab, die sie, nachdem er mühsam aus dem Wagen geklettert war, durchschritten. Die Fußfesseln schränkten seine Bewegungen so stark ein, dass sie sich im Schneckentempo bewegten. Am Ende landete er wieder in einem kargen grauen Raum, der rundum aus kaltem Beton bestand, der ihn beinahe erdrückte. Gegenüber der Tür warf die Sonne durch ein quadratisches vergittertes Fenster einen stereotypischen Gefängnisschatten auf den Boden, den er aus den Comicheften seines Lieblingshelden Limitless kannte.

Zu den Polizisten, die ihn eskortiert hatten, traten zwei weitere Männer hinzu. Sie trugen beide eine dunkelblaue Uniform mit der Aufschrift »Justiz« auf der Brust und dem Rücken.

Der eine war groß und blond und blickte ihn mit seinen schlitzartigen grauen Augen auf eine Art an, die deutlich machte, wer hier das Sagen hatte. Er hatte ein Klemmbrett dabei, das er in strammer Haltung vor dem Körper trug.

Der andere hatte braune Haare, war etwas kleiner als der Blonde und hielt einen Schlagstock in der Hand.

Dann, endlich, befreiten ihn die Polizisten von den Fesseln und verließen den Raum. Chad rieb sich die Handgelenke. Das rechte war von einem Verband umwickelt.

»Ausziehen!«, befahl der Blonde.

Chad starrte die beiden Männer an. Er hatte im Transporter geheult. Sein Blick war von den Tränen noch etwas unscharf. Er schniefte einmal, reagierte aber nicht.

Der Braunhaarige sagte: »Wir müssen dich durchsuchen. Du bekommst gleich neue Kleidung, das was du jetzt an hast wird von uns eingezogen.« Sein Tonfall klang netter als der des Blonden. »Oder willst du, dass wir das für dich übernehmen?«

Das war der Moment, in dem Chad sich der Jacke entledigte und sein Shirt über den Kopf zog. Als er sich die Hose aufknöpfte, fragte der Blonde: »Bist du nicht etwas zu jung für ein Tattoo?«

Chad hielt inne. »Was?«, fragte er mit kratziger Stimme.

»Das hier«, sagte der Braunhaarige und zeigte zur Demonstration auf seinen eigenen Bauch.

Chad sah an sich herunter. Links neben seinem Bauchnabel prangte ein rotes Tattoo das an einer Seite einen Zacken hatte und auf der anderen drei. Es erinnerte ihn an einen schlecht gezeichneten Flügel. Er biss sich leicht auf die Unterlippe während er überlegte, seit wann er ein Tattoo hatte und vor allem, warum er nichts davon wusste. Außerdem konnte er jetzt die Verletzungen betrachten, die ihm neben der Schusswunde an der Hand noch zugefügt worden waren. Über seinen Oberkörper verteilten sich blaue Flecken, manche waren größer und dunkler als andere und an den Armen hatte er Schürfwunden. Sein verletztes Bein hatte ein Notfallsanitäter auf der Polizeiwache genäht und ebenfalls mit einem Verband versehen.

Dem braunhaarigen Wärter schienen die vielen Blessuren ebenfalls aufzufallen, denn er fragte: »Woher hast du die?«

Chad öffnete den Mund, brachte aber keine Antwort hervor.

»Wie auch immer«, sagte der Blonde und notierte etwas auf seinem Klemmbrett. »Weitermachen!«

Chad zog sich aus, bis er nur noch in seinen Boxershorts dastand.

Da sah der Blonde von seinem Dokument auf und sagte: »Ganz ausziehen!«

Hilfesuchend wollte sich Chad an den braunhaarigen Mann wenden, der ihm definitiv sympathischer war, doch der nickte ihm nur zu und bestätigte damit den Befehl seines Kollegen. Also ließ Chad auch die Unterhose fallen.

Der Braunhaarige steckte daraufhin alle Klamotten in eine Plastiktüte. Beim Anblick von Chads Füßen kommentierte er: »Ich glaube kaum, dass wir Schuhe in Kindergrößen haben.«

»Dann geht er eben barfuß«, sagte der Blonde kühl. Er legte sein Klemmbrett weg und zog sich Gummihandschuhe an. »Umdrehen und vorbeugen!«, befahl er, und Chad musste zulassen, dass dieser Mann mit einer Taschenlampe und seinen Fingern seine Körperöffnungen durchsuchte.

Nach dieser Demütigung verließen die beiden den kleinen Raum. Chad saß auf dem kalten Betonboden und umklammerte seine Beine. Vor seinem inneren Auge zogen Bilder des letzten Tages vorbei. Er hörte Schreie, Schüsse und eine Sirene und sah die Waffe in seiner Hand. Sie war schwer gewesen. Zu schwer, um sie mit einer Hand zu halten. In seiner Erinnerung klirrten in seinen Ohren die Glastüren, die im Schusswechsel zersplittert waren. Er drückte sich die Hände gegen seine Ohren und betete, dass es aufhörte. Er wollte nach Hause.

Nach einigen Minuten kam der Braunhaarige zurück. Er schmiss ihm eine Tüte vor die Füße, woraufhin sich Chad schnell die aufkommenden Tränen abwischte.

»Klamotten für dich.«

Chad griff vorsichtig nach der Tüte und sah hinein. Er holte ein blaues Hemd, eine gleichfarbige Hose und Unterwäsche heraus.

»Wie erwartet hatten wir keine Schuhe in deiner Größe. Du musst ohne auskommen.«

»Darf ich dann meine eigenen tragen?«, wagte er zu fragen.

»Nein. Und jetzt zieh dich an!«

Chad folgte dem Befehl. Kurz darauf stand er mitten im Raum und drohte in den viel zu großen Klamotten unterzugehen. Die Ärmel des Hemdes und die Hosenbeine musste er mehrmals umschlagen, bis sie nicht mehr über seine Glieder rutschten, und als er nicht mehr wusste, was er noch korrigieren könnte, sah er den Mann vor sich erwartungsvoll an.

Der zückte Handschellen und bedeutete Chad, ihm seine Hände entgegenzustrecken.

Als Chad den kalten Stahl erneut auf der Haut spürte, rumorte es in seinem Magen. Ihm war klar, er würde sich schon sehr bald übergeben müssen. Für einen Moment schloss er die Augen und atmete tief durch.

»Mein Name ist Strong. Ich bin Wärter in diesem Gefängnis und für dich zuständig, solange du bei uns bist. Ich sorge dafür, dass du etwas zu Essen bekommst und auf den Hof gehen darfst. Es gibt hier Regeln, an die du dich zu halten hast. Wenn du sie befolgst, bekommen wir zwei keine Probleme miteinander. Andernfalls bin ich für deine Disziplinarmaßnahmen verantwortlich. Mit anderen Worten: Ich kann dich in Frieden lassen oder dir dein kleines Leben hier drin zur Hölle machen. Es liegt an dir.«

Mit hängendem Kopf starrte Chad Strongs Füße an.

»Da du ein Mörder bist, werden wir dich im Hochsicherheitstrakt unterbringen. Den leitet mein Kollege von vorhin, sein Name ist Chirac. Er entscheidet, in welche Zelle du kommst und mit wem du Kontakt haben wirst. Für die meisten Insassen bist du ein gefundenes Fressen, weshalb sich deine Kontakte in Grenzen halten werden. Chirac wird dich beobachten und mir Bescheid geben, wenn er dir den Hofgang zutraut. Ich empfehle dir, schnell mit dem Geheule aufzuhören, dann zieht sich der Einschluss vielleicht nicht so lange hin. Hast du das alles verstanden?«

Chad nickte. Die Übelkeit bahnte sich immer stärker ihren Weg nach oben.

»Hast du noch Fragen?«

»Nein.«

»Nein, Sir«, korrigierte ihn Strong.

»Nein, Sir«, presste Chad hervor. Er kniff die Augen zu und spürte, wie ihm die Hitze in den Kopf stieg.

Endlich rührte sich der Wärter und sie verließen den kleinen Raum.

Sie gingen durch mehrere Gänge in diesem Gebäude, das Chad wie ein einziges Labyrinth vorkam. Alles war massiv und aus Beton, und dort, wo keine Mauern waren, waren Gitter. Der Boden fühlte sich kalt unter seinen Füßen an. Jeder Schritt war unangenehm hart. Immer wieder blieben sie stehen, weil Strong eine Tür aufschließen musste, um weitergehen zu können. Innerhalb weniger Minuten hatte sich das schlagartige Knallen von Metall auf Metall in Verbindung mit den Schritten der schweren Stiefel seines Bewachers in Chads Ohren eingeprägt.

Sie durchquerten verschiedene Abteilungen, in denen Gefangene untergebracht waren. Die Gänge unterschieden sich hauptsächlich durch die Zellentüren. In einem Gang bestanden sie zur Hälfte aus massivem Metall und zur anderen Hälfte aus Gittern, sodass Chad flüchtige Blicke in die winzigen Räume dahinter werfen konnte, in denen Männer jeden Alters wie Tiere auf und ab liefen oder mit ausdruckslosen Gesichtern darauf warteten, dass die Zeit verging. Aus allen Richtungen kamen Stimmen und Geschrei wie auf einem Großmarkt unter freiem Himmel und wenn sie an den Zellentüren vorbei gingen, polterten die eingesperrten Männer von innen dagegen. Sie riefen sich Informationen zu oder beleidigten einander. In einem anderen Gang bestand die einzige Möglichkeit, in die Zellen zu schauen aus kleinen quadratischen Fenstern auf Kopfhöhe. Hinter ihnen konnte Chad neugierige Gesichter ausmachen. Wenn er ihre Blicke auf sich spürte, beschleunigte er seine Schritte. Was alle Gänge gemeinsam hatten, war ihr Geruch nach einer Mischung aus Reinigungsmitteln mit Zitronenaroma und Urin.

Am Ende eines Ganges, von dem auf jeder Seite sechs dunkelgraue Stahltüren abgingen, blieben sie stehen. In diesem Trakt verdeckten Klappen die kleinen Fenster in den Türen und es war wesentlich ruhiger als im Rest des Gefängnisses. Strong holte einen klobigen Schlüsselbund hervor und schloss eine Tür zu seiner Rechten auf. Daneben hing an der Wand ein Schild, auf das er einen Klebestreifen mit Chads Namen darauf anbrachte. Gleich darüber klebte bereits ein weiterer Name, den Chad allerdings nicht lesen konnte. Er war zu sehr damit beschäftigt, seinen Mageninhalt bei sich zu halten.

»Dein neues Zuhause«, sagte Strong. »Dein Mitbewohner kommt gleich dazu, er wird dir alle deine Fragen beantworten.« Er nahm Chad die Handschellen ab. Anschließend schob er ihn an der Schulter in die Zelle.

Kaum hatte Chad einen Schritt hineingesetzt, knallte die Tür hinter ihm zu. Wieder war es Metall auf Metall. Dieses Geräusch war der endgültige Auslöser für seinen Brechreiz. Er wandte sich, so schnell er konnte, der Toilette rechts neben der Tür zu, kniete sich davor und übergab sich. Mit den Fingern umklammerte er den silber glänzenden Toilettensitz und unter Tränen legte er seine Stirn auf dem hinteren Rand der Schüssel ab.

Nach ein paar Minuten ließ er sich gegen die Tür gleiten und blieb an sie gelehnt sitzen. Er fühlte sich leichter und obwohl sein Kopf zu explodieren drohte, ließ er seinen Blick durch die Zelle schweifen. Links von ihm war eine Wand und in die Wand gegenüber war ein heller weißer, schmaler Streifen senkrecht eingelassen. Darunter stand eine Tisch-Stuhl-Kombination aus Beton. Rechts stand ein Doppelstockbett und neben ihm war die Toilette, die ein eingebautes Waschbecken hatte und ohne jeden Sichtschutz in den Raum hinein ragte. Auf dem Waschbeckenabsatz standen eine Rolle Klopapier und ein Becher mit einer Zahnbürste. Darüber gab es einen Spiegel, den Kratzer und Brandflecken aussehen ließen, als hätte er schon bessere Zeiten erlebt. Chad drückte seinen Hinterkopf gegen die Tür. Er atmete tief durch, während sein

Herz in rasender Geschwindigkeit gegen seinen Brustkorb hämmerte. Ihm war klar, er würde zusammensacken, wenn er jetzt aufstand. Also schloss er die Augen und zählte leise bis zehn. Und dann bis zwanzig. Und dann bis dreißig. Immer in Zehnerschritten tastete er sich vor, bis er bei hundert angekommen war und dann begann er von vorn. Nach einer Weile passte sich sein Herzschlag seinem Zähltempo an, was dafür sorgte, dass er sich beruhigte.

Die ganze Zeit über hatte er seine Augen geschlossen und als er sie wieder öffnete, erschienen ihm im ersten Moment viele schwarze Punkte am Rand seines Sichtfeldes. Als sie sich verflüchtigt hatten, stand er auf.

Der helle Streifen an der gegenüberliegenden Wand war ein Milchglasfenster, durch das zwar Licht in die Zelle gelangte, er jedoch keinen Blick nach draußen werfen konnte. Über ihm gab es eine vergitterte Lampe in der Decke und eine Lüftung. Er tapste zum Spiegel über der Toilette und betrachtete sich selbst das erste Mal seit vierundzwanzig Stunden.

Der Junge hinter der Scheibe starrte ihn mit geröteten Augen an. Das Grün in ihnen, das sonst so intensiv war, wirkte stumpf. Sein Gesicht war leichenblass und an seiner Stirn klebten schwarze Haarsträhnen, die gestern noch zu einer coolen Frisur gestylt gewesen waren. An der Schläfe hatte er einen Bluterguss und als Chad ihn berührte, kniff er die Augen zu, denn ihn durchzuckte ein stechender Schmerz. Ein Überbleibsel seiner ersten und letzten Schlägerei in Freiheit.

Killer fünf hatte ihm diese Verletzung verpasst, als er mit dem Griff seiner Knarre zugeschlagen hatte. Chad war ihm nur kurz begegnet. Zu kurz, um sich an Details über ihn zu erinnern. Deswegen glaubte ihm auch keiner der Polizisten, dass es diesen Mann überhaupt gegeben hatte. Nicht, dass er nicht versucht hatte, sie von seiner Existenz zu überzeugen, aber was er unmittelbar nach seiner Verhaftung unter Tränen auf der Wache gesagt hatte, hatte für niemanden Sinn ergeben. Nicht einmal für ihn selbst.

Er hoffte, bei Gelegenheit mit jemandem reden zu können, der ihm die Chance gab, die Ereignisse ein zweites Mal zu schildern, sobald er sich und seine Gedanken sortiert hatte. Dass man ihn tatsächlich eingesperrt hatte und für alles belangte, was gestern passiert war, war nicht gerecht. Soweit er wusste, war er der einzige, den die Polizei verhaftet hatte. Killer eins bis vier waren tot. Killer fünf dagegen war entkommen.

Er wandte sich von dem Spiegel ab und ging zum Doppelstockbett. Das obere Bett war zerwühlt und es lagen Klamotten und Zeitschriften darauf herum. Außerdem ein schmaler Ordner. Das untere Bett bestand nur aus einer dünnen Matratze, auf der eine gefaltete Wolldecke lag. Chad nahm den Ordner in die Hand und las den Namen, der vorne drauf stand: Nicolas Chross.

Er wollte ihn gerade öffnen, da drehte sich der Schlüssel im Schloss der Tür. Reflexartig legte Chad den Ordner zurück und setzte sich auf die untere Matratze. Sein gesamter Fortschritt von gerade war dahin, denn sein Puls stieg wieder in die Höhe, als die Tür aufging.

Hinein trat ein junger Mann mit dunkelroten, vorne abstehenden, Haaren. Er trug, wie Chad, die blaue Gefängniskleidung und Handschellen.

Der blonde Wärter von vorhin, Chirac, entfernte sie ihm, woraufhin sich der Gefangene die Handgelenke rieb. Chad bemerkte ein Tattoo an dessen Hals und eines auf seiner Hand. Sie zeigten beide Tribalmuster, die unter der Kleidung verschwanden. Die Tür flog wieder zu. Dann entdeckte der Gefangene Chad auf dem Bett.

»Wollen die mich verarschen?«, stieß er aus und schlug sofort mit der flachen Hand gegen die Tür. Eine Klappe auf Hüfthöhe wurde geöffnet.

»Was ist?«, fragte Chirac.

»Ist das dein scheiß Ernst? Ein Kind?«

»Hast du ein Problem damit?«

»Ob ich ein … Ey, bin ich hier der scheiß Babysitter, oder was?«

»Entweder, er kommt zu dir, oder ich stecke ihn zu den Pädophilen und den Vergewaltigern.«

Die Klappe ging wieder zu.

»Scheiße, wie alt bist du?«, fragte der Gefangene.

Chad brachte kein Wort heraus. Sein Magen rumorte erneut. Bis gerade hatte er gedacht, er käme in dieser neuen Situation schon irgendwie klar. Doch jetzt, da er mit einem echten anderen Gefangenen konfrontiert wurde, zitterten seine Knie.

»Ey, ich hab dich was gefragt!« Er ging auf Chad zu und packte ihn an der Schulter.

»Ich …« Weiter kam Chad nicht. Er riss sich los und sprang auf. Vor der Toilette fiel er auf die Knie und übergab sich ein zweites Mal.

»Klasse«, sagte der Gefangene. »Ganz klasse. Wenn du fertig bist, machst du das gefälligst sauber, verstanden?«

Chads Kopf hing über der Schüssel, aber er nickte.

»Kotzt du im Strahl, weil du Angst hast, oder warum zitterst du so? Besser, du gewöhnst dir das ab!«

»Tut mir leid«, krächzte Chad. »Ich will keinen Ärger.«

»Das kommt ein bisschen spät, was? Ohne Ärger am Hals wärst du nicht hier.«

»Ich meine, mit dir.« Chad riss sich etwas vom Toilettenpapier ab, um seinen Mund abzuwischen. Er hoffte, dass er sich endlich von allem befreit hatte, was noch in ihm gewesen war. Dann lehnte er sich wieder an die Tür. Seine Augen wanderten zu dem jungen Mann. Ihre Blicke trafen sich. »Mein Name ist Chad und ich bin zwölf.« Er wollte sich nicht sofort einen Feind machen, dem er auf den wenigen Quadratmetern schutzlos ausgeliefert war also hielt er es für das Beste, sich ihm erstmal unterzuordnen. Er hatte nicht damit gerechnet, mal in einer Gefängniszelle zu landen und erst recht nicht so früh in seinem Leben. Es würde ihn nicht wundern, wenn er hier der Jüngste war.

»Das ist nicht dein Ernst?«

»Sehe ich so aus, als würde ich Witze machen?«

»Nicht wirklich. Warum sitzt du hier? Was hast du verbrochen?«

Chad drehte sein Gesicht zur Wand. »Ich bin ein Mörder«, antwortete er und als er es aussprach, brach seine Stimme.

Es war das erste Mal, dass er es selbst sagte, obwohl er es kaum glauben konnte. Er, ein Mörder? Ja, verdammt, er war einer. So richtig mit einem Opfer, das tot war. Tot! Er wünschte sich, dass er das nie wieder würde sagen müssen. Daran wollte er sich gar nicht erst gewöhnen.

»Und wer musste dran glauben?« Es schien den Gefangenen vor ihm kaum zu beeindrucken.

Ein Kloß wuchs in seinem Hals. Die vier Killer waren ihm egal. Nicht aber das Mädchen, dessen Tod er sinnlos herbeigeführt hatte. Verdammt, es gab ein totes Mädchen, ein echtes, totes Mädchen! Sie war noch jung gewesen. Jünger als er. Chad ahnte, dass er sich in den kommenden Tagen, wenn nicht sogar Wochen, ja, vielleicht sogar Jahren, mit ihr beschäftigen würde. Er wich dem Blick seines Gegenübers aus, sagte dann aber, um seine Frage zu beantworten: »Ein Mädchen aus einer anderen Klasse.« Wenn er schon zugab, dass er getötet hatte, dann hielt er sie als einzige für erwähnenswert.

»Also gehst du mir jetzt ein Jahr auf den Sack?«

»Nein, die haben gesagt, ich muss fünf Jahre bleiben.« Für jeden Mord ein Jahr. So lautete zumindest die Aussage der Polizisten, die ihm auf der Wache das recht schnell gefällte Urteil über ihn vorgelesen hatten.

»Ach du Scheiße!«

Chad zog die Knie an und umklammerte seine Beine. Er wollte nicht daran denken, was sie hier drin in fünf Jahren mit ihm machen würden und schon gar nicht wollte er an die Zeit denken, die er in dieser Zelle verbringen musste. Er hatte jetzt schon genug von kleinen Räumen. Es wurde Zeit, dass ihn jemand aus diesem Albtraum aufweckte.

»Also hast du nicht nur das Mädchen, sondern noch vier andere umgelegt? Bist du einer von diesen wahnsinnigen Amokläufern, die mit einer Knarre zur Schule gehen und sich an allen rächen, die scheiße zu ihnen waren?«

Chad fehlte die Kraft, alles, was passiert war, logisch zu erklären. Es stimmte, er hatte geschossen. Und er hatte gekämpft, bevor er die vier Killer bei ihrem Überfall auf seine Schule mit ihrer eigenen Waffe umgebracht hatte.

Sein Ziel war es gewesen, alle fünf Killer zu erwischen, doch mit dieser Entscheidung hatte er den größten Fehler seines Lebens begangen.

Er hatte nie beabsichtigt, das Mädchen zu töten. Ein Polizist hatte ihm ihren Namen verraten. Kira Doyle. Killer fünf, der später als seine Kameraden auf der Bildfläche erschienen war, hatte sie als Schild benutzt. Es war ein reiner Akt der Feigheit gewesen, für den Chad jetzt die Konsequenzen trug.

»Irgendwie schon. Aber ich habe die Waffe nicht mitgebracht«, verteidigte er sich. Dann sah er seinem Gegenüber wieder ins Gesicht und fragte: »Du heißt Nicolas Chross, richtig?«

»Richtig.«

»Tut mir leid, dass du mich jetzt am Hals hast.« Sein Blick wanderte wieder auf den Boden. Er zwang sich dazu, mutig zu sein. Doch im Blickkontakt halten war er schon immer mies gewesen.

Nicolas senkte seine Schultern und steckte die Hände in seine Hosentaschen. Er hatte offenbar genug gehört. »Glaub mir, je länger du hier bist, desto normaler wird es für dich. Wenn du ein Killer bist, erwarten dich Folter und die Todesstrafe. Ist bei mir zumindest so. Ich sitze auch wegen Mord.«

»Folter?«, fragte Chad.

»Das da draußen sind sadistische Arschlöcher!« Nicolas zeigte auf die Tür. »Es reicht ihnen nicht, dass du Angst vor dem Erschießungskommando hast, die wollen dich so fertig machen, dass du dir den Tod herbeisehnst. Du bist geliefert. Gegen die in den Uniformen hast du keine Chance. Ich sage es dir direkt, damit du später nicht überrascht bist. Dein scheiß Leben ist vorbei, Kleiner.«

Chad hatte sich geirrt. Es war doch noch Mageninhalt vorhanden. Als er das hörte, zog er sich wieder an den Toilettenrand und erbrach auch das letzte Bisschen hinein. Er griff anschließend nach der Toilettenrolle und versuchte mehr schlecht als recht, die Schüssel sauber zu machen.

»Ey, verbrauch nicht alles, wir haben nur die eine Rolle!«, rief Nicolas. »Scheiße, gib das her!« Er schubste Chad zur Seite, sodass er wieder auf dem Boden landete und riss ihm das Toilettenpapier aus der Hand. »Du siehst scheiße aus, leg dich hin! Wenn du so weitermachst, ist das Chaos nachher größer als vorher.« Er schüttelte den Kopf. »Ich hoffe, du kannst wenigstens irgendwas Nützliches«, fügte er noch hinzu, bevor er Chad am Arm hochzog, um ihn in Richtung Bett zu stoßen.

Chad ließ sich auf die Matratze fallen. Er rollte sich in die dünne Decke ein und beobachtete Nicolas dabei, wie er die Toilette reinigte. Nach und nach brach die Erschöpfung über ihn ein. Die letzten Stunden hatten ihm einiges abverlangt. Sie waren geprägt von zu viel Gewalt und zu wenig Schlaf, da er die letzte Nacht auf der Wache in einem Verhörraum verbracht hatte. Er glaubte nicht daran, dass ihn die Justiz wirklich töten würde. Er war ein Kind und nicht böse. Früher oder später würde ihn jemand abholen. Und was seine Nützlichkeit anging, so war er sich sicher, würde sich dieser Nicolas noch wundern. Mit dem Gedanken döste er ein.

Weihnachten und der provozierte Knall

Als Chad aufwachte, war es dunkel. In der Zelle herrschte die vertraute Stille der Nacht, die nur von dem leisen Schnarchen vom oberen Bett durchbrochen wurde. Durch das Milchglasfenster leuchtete schwach der Schein des Mondes. Er stellte fest, dass jetzt ein Eimer neben dem Bett stand. Er legte seine Hand auf seinen Bauch. Zwar war ihm nicht mehr so übel, doch er musste aufs Klo. Vorsichtig lugte Chad nach oben am Bettgestell vorbei, um sicherzugehen, dass Nicolas schlief. Dann stand er langsam auf und schlich zu der Toilette. Ein weiteres Mal blickte er zum Bett, bevor er sich überwand, die Hose zu lockern. Nachdem er sich erleichtert hatte, zögerte er, die Spülung zu bedienen.

»Mach's einfach«, murmelte Nicolas. Er drehte sich im Bett um und zog die Decke über sich. Er hatte alles mitbekommen.

Chad betätigte die Spülung, die ihm jetzt unheimlich laut vorkam. Dann schlich er zurück ins Bett, wo er sich mit dem Rücken an die Wand ans Fußende lehnte. Er machte das schmale Fenster zu seinem Fixpunkt.

Seine Gedanken kreisten um die vergangenen Tage. Ständig sah er Bilder von toten Kindern, hörte die Schüsse, die schnell hintereinander abgefeuert wurden. Er sah seine Lehrerin fallen und seine eigene Hand an einer Waffe. Er spürte ihr Gewicht. Finstere Augen starrten ihn an. Seine Hand wanderte an seine Stirn. Die Stelle mittig über seinen Augen juckte. Er wandte seinen Blick vom Fenster ab. Da war die Wand, diese graue Betonwand einer Gefängniszelle. Die Geräusche in seinem Kopf klangen aus. Keine Augen mehr, kein Blut und keine Leichen.

Wie lange er schon dasaß und nachdachte, als Nicolas vom Bett sprang, konnte Chad nicht einschätzen.

Nicolas verrichtete sein Geschäft auf der Toilette, ohne mit der Wimper zu zucken. Ihm schien es egal zu sein, ob einer zusah und auch, welchen Krach die Spülung verursachte. Er setzte sich an den Tisch, wo er Zigaretten und ein Feuerzeug aus seiner Hosentasche kramte. Er zündete sich die Zigarette an und lehnte sich zurück. Dabei nahm er einen genüsslichen Zug. Als er bemerkte, dass Chad ihn anstarrte, fragte er: »Was ist?«

»Darf man hier rauchen?«, fragte Chad.

»Siehst du irgendwo ein Verbotsschild?«

Chad sah sich um. »Nein.«

»Na bitte.« Nicolas zog erneut an der Zigarette. »Willst du auch mal?«

»Nein!«, protestierte Chad. Er hob abwehrend die Hände.

Nicolas zuckte mit den Schultern. »Wie du meinst.«

»Ich bin zwölf!«

»Das hat mich nicht davon abgehalten. Geht es dir besser?«

»Ja, etwas.«

»Gut. Ich musste nämlich bei den Wärtern um den scheiß Eimer kämpfen.« Nicolas zeigte auf den Eimer »Du schuldest mir was.«

»Danke«, murmelte Chad. Dann fragte er: »Sind alle Wärter so streng wie Chirac?« Es konnte nicht schaden, ein paar Informationen zu sammeln, bevor die Tür das nächste Mal aufging.

»Alle Wärter folgen den gleichen Regeln«, antwortete Nicolas. »Aber nicht alle sind so fies wie er, nein. Die sind trotzdem unsere Gegner, verstanden? Wenn ich mitkriege, dass du dich von ihnen um den scheiß Finger wickeln lässt, um zu spitzeln, mache ich dich kalt.«

Darauf wusste Chad nichts zu erwidern. Bisher hatte er nicht daran gedacht, dass Wärter mit Gefangenen gemeinsame Sache machen konnten. Er entschied, dass es besser war, niemanden in diesen Mauern zu nah an sich ran zu lassen. Auch nicht Nicolas, der ihm gerade gedroht hatte, ihn umzubringen, würde er einen Fehler machen. Ihm fiel wieder ein, was er am Vortag von ihm gehört hatte.

Ich sitze auch wegen Mord.

Ein Schauer lief Chad über den Rücken. Sie waren beide Mörder. Er fragte sich, wie lange Nicolas schon hier war und wie lange es noch dauerte, bis man ihn hinrichten würde. Dass es passieren würde, stand außer Frage.

Auf einmal drang ein schrilles Geräusch, wie eine Sirene, durch die Zelle. Ein Lautsprecher in der Decke war die Ursache. Sofort sprang Chad vom Bett auf.

»Was ist das?«, rief er.

Nicolas drückte entspannt die Zigarette an der Wand aus. An ihr entstand ein schwarzer Punkt, um den herum bereits eine Menge anderer schwarze Punkte waren. »Der Morgenappell«, sagte er und schlenderte zur Tür.

»Was bedeutet das?«

»Dass du deinen Arsch hierher bewegen solltest. Die zählen alle durch und wenn du nicht am Platz bist, kriegen wir Ärger!«

Chad stellte sich neben ihn an die Wand. Kurz darauf wurde ein Schlüssel im Schloss in ihrer Zellentür gedreht. Ein Wärter öffnete sie und blickte die beiden an. In seiner Hand hatte er ein kleines Gerät, das er zweimal klicken ließ. Sein Blick ruhte eine Weile auf Chad. Dann nickte er Nicolas zu und schloss die Tür wieder. Der Schlüssel wurde erneut gedreht. Das Geräusch ließ Chads Puls wieder höher schlagen.

Nicolas ging zum Tisch zurück, wo er sich eine weitere Zigarette anzündete.

Ein paar Minuten später öffnete sich die Klappe in der Tür.

»Frühstück!«, rief ein anderer Wärter, der offensichtlich einen glücklichen Morgen hatte und reichte ein Tablett herein. Nicolas stand auf, nahm es an und stellte es auf dem Tisch ab. Danach wurde ein weiteres Tablett durch die Klappe geschoben.

»Das ist für dich«, sagte Nicolas.

Chad nahm es unsicher entgegen. Er fragte: »Darf ich bei dir am Tisch sitzen?«

Nicolas zuckte mit den Schultern.

Chad setzte sich. Auf seinem Teller lagen zwei Brotscheiben. Daneben zwei kleine eingepackte Pakete Butter und zwei eingepackte Tütchen mit Marmelade. Sein Besteck bestand aus einem Plastikmesser.

»Kaffee oder Tee?«, fragte der Wärter durch die Klappe. Nicolas bestellte einen Kaffee, Chad entschied sich für Tee. Er holte die Getränke für sie beide und stellte sie auf dem Tisch ab. »Nico, ich habe noch was für dich.« Nicolas ging noch einmal zur Tür. Der Wärter reichte ihm ein kleines Paket. »Frohe Weihnachten.«

»Danke«, sagte Nicolas. »Ihnen auch.« Die Klappe ging wieder zu. Nicolas öffnete das Paket noch bevor er mit dem Essen begann. Interessiert sah Chad ihm dabei zu. Er bemerkte, dass das Paket bereits offen war. Als hätte sein Zellenkumpel gewusst, was Chad dachte, sagte er: »Die öffnen jedes Paket, das du bekommst. Alle Briefe die du schreibst oder kriegst, werden von denen gelesen, und wenn ihnen der Inhalt nicht gefällt, geben sie es dir gar nicht erst oder schicken es nicht raus. Das ist totale Scheiße.«

Er holte den Inhalt heraus, der aus zehn Packungen Zigaretten, einer Zeitschrift, einem Paar Wollsocken und einer Karte bestand. Die Karte steckte er sofort wieder in den Karton, genauso wie neun der zehn Schachteln Zigaretten. Eine steckte er sich in die Hosentasche. Er fühlte über die Wollsocken, wobei er ein leichtes Lächeln zeigte.

Die Zeitschrift blieb auf dem Tisch liegen. Vorne drauf zeigte sie ein Motorrad und viele kleine Vorschaubilder für Artikel, die sich mit Motorsport befassten auf die man beim Durchblättern stoßen würde.

Chad überlegte, von wem das Paket sein konnte. Er wagte es und fragte nach.

»Das ist von Leons Mum.«

»Wer ist Leon?«

»Mein scheiß bester Freund. Falls ich ihn überhaupt noch so nennen kann. Seine Mum schreibt mir hin und wieder oder schickt mir Kippen. Er nicht. Hat sich noch kein einziges Mal gemeldet, seit ich hier bin.« Nicolas zog die Augenbrauen zusammen. Dabei fiel ihm eine Haarsträhne ins Gesicht. »Aber eigentlich geht dich das auch gar nichts an. Was ist, willst du nicht mal was essen? Ich nehm's dir gern ab.«

Schnell widmete sich Chad seinem Frühstück. Später holte derselbe gutgelaunte Wärter ihre Tabletts wieder ab.

Nicolas verzog sich mit dem Paket auf das obere Bett, wo er den Inhalt herausholte und die Karte las. Er steckte sie in einen Spalt zwischen zwei Metallteilen des Bettgestells, sodass Chad das Motiv, einen Weihnachtsmann in schwarz-weiß gestreiftem Mantel mit einem Geschenk in der Hand, aus dem eine Feile ragte, gut sehen konnte. Dann schlug Nicolas die Zeitschrift auf.

Chad starrte das Fenster an. Nach und nach wurde es draußen heller, und er dachte daran, dass er eigentlich heute mit Romy, seiner Haushälterin, über den Weihnachtsmarkt hatte gehen wollen. Sie hatten es genau geplant: Nach dem Frühstück wollten sie in die Stadt, um die bunten Lichter in den Schaufenstern und an den Ständen in der Fußgängerzone zu bewundern. Jedes Jahr an Weihnachten veranstaltete die Stadt eine Schnitzeljagd, bei der alle Kinder mitmachen konnten. Dabei ging es meistens um eine Weihnachtsgeschichte, nach deren Motto die Stände und Geschäfte in der Stadt geschmückt und beleuchtet wurden. Immer im November bekamen er und alle anderen Kinder in seinem Viertel von den Veranstaltern einen Fragebogen zugeschickt. Wer alles darauf richtig beantwortete, konnte tolle Preise gewinnen und sie sich an Heiligabend bei dem Stand abholen, an dem der Streichelzoo aufgebaut war. Chad machte bei der Schnitzeljagd mit, seit er vier Jahre alt gewesen war, und er hatte sogar schon einmal etwas gewonnen.

Er würde heute nicht auf den Weihnachtsmarkt gehen.

Er würde heute wahrscheinlich überhaupt nicht raus gehen.

»Was ist mit dir?«, fragte Nicolas auf einmal. »Hast du jemanden draußen, der dir schreiben wird?«

»Nein, ich denke nicht«, antwortete Chad. Er konnte sich nicht vorstellen, dass Romy ihm schrieb. Wahrscheinlich hatte seine Mutter sie längst gefeuert.

»Deine Mum? Dein Dad?«

Es war wie ein Stich ins Herz. »Meine Mum schreibt mir ganz sicher nicht. Ich wette, sie ist froh darüber, dass ich weg bin.«

»Und dein Dad?«

»Den kenne ich nicht. Mum ist aus Versehen schwanger geworden. Sie hat mich nur bekommen, weil sie Angst vor einer Abtreibung hatte und was das mit ihrem guten Ruf macht. Hat sie gesagt.«

»Scheiße«, kommentierte Nicolas. »Freunde?«

»Die sind bei der Schießerei gestorben.« Chad spürte die Tränen aufkommen.

»Hast du sie getötet?« Die Frage klang beiläufig, doch Chad ahnte, dass es eine Absicht dahinter gab. Nicolas wollte ihn einschätzen.

»Nein.«

»Wer dann?«

»Diese Typen …« Chad hielt sich die Stirn. Er konnte sich plötzlich nicht mehr daran erinnern, was er gerade sagen wollte. »Keine Ahnung.«

»Also bist du ganz allein? Keine Verwandten oder so?«

»Die gehören alle zu Mums Familie. Keiner von denen mag mich. Ich wünschte, ich wüsste, wer mein Dad ist. Mum hat mir seinen Nachnamen gegeben. Das war alles, was sie noch über ihn wusste.«

»Scheiße!«

»Ja, scheiße«, sagte Chad. Es kam ihm komisch vor, zu fluchen. Er fluchte sonst nie und fiel auch nicht negativ auf. Er bevorzugte es, sich an die Regeln zu halten. Im Unterricht war er einer der besten Schüler aus seiner Klasse. Er hielt sich von Ärger fern und mied grundsätzlich die Mitschüler, die absichtlich Mist bauten. Er verstand sich auch gut mit seinen Lehrern. Er und sein Freund Ben waren das, was man gemeinhin als klassische Streber bezeichnen würde.

Heute war Ben tot. Und er selbst saß in einer Gefängniszelle.

»Glaubst du, ich kann meinem Lehrer schreiben?«, fragte Chad.

»Du kannst jedem schreiben«, antwortete Nicolas. »Ist scheißegal, solange du dadurch keine Beweise vernichtest oder so.«

»Er hat gesehen, was passiert ist. Wenn er zur Polizei geht, kann er mich hier rausholen.« So viel wusste Chad noch. Sein Lehrer war der Einzige, außer ihm, der Killer fünf ebenfalls gesehen hatte. Mit seiner Hilfe würde sich die ganze Sache aufklären lassen.

»Wenn es ihm wichtig wäre, was mit dir passiert, hätte er das längst getan.«

»Er wird es noch tun, wenn ich ihm erkläre, wo ich bin.«

Nicolas ließ seine Beine vom Bett hängen und sah von oben auf ihn herab. »Kleiner, du hast mir doch gestern noch gesagt, dass du fünf Menschen getötet hast, oder?«

Chad nickte.

»Und er hat dich dabei gesehen?«

»Er … muss es gesehen haben.«

»Dann weiß er, wo du bist. Mach dir keine großen Hoffnungen. Wenn innerhalb der nächsten Woche nichts passiert, wirst du hier sterben.«

»Du bist gemein.«

»Ich bin nur ehrlich. Versuch's. Ich drück dir die Daumen. Dieser Ort ist die Hölle. Jeder, der die Chance hat, ihr zu entkommen, sollte sie nutzen.«

»Glaubst du, es ist möglich, von hier auszubrechen?«

Nicolas stieß ein »Tz«-Geräusch aus und verzog sich wieder zurück auf sein Bett, wo er in seiner Zeitschrift weiter herumblätterte.

Mittags holte Chirac Nicolas für den einstündigen Hofgang ab. Vom Gang drangen die Stimmen der anderen Gefangenen zu Chad durch, anscheinend gingen sie alle gleichzeitig raus. Nicolas trat durch die Tür auf den Flur. Dabei strahlte er mit seinem lässigen Gang, den lockeren Schultern und dem abwesend wirkenden Blick eine Gleichgültigkeit aus, die Chad nicht nachvollziehen konnte. Es machte den Anschein, als käme niemand an ihn ran, auch nicht, als sich andere Gefangene gefährlich nah hinter ihn stellten. Ein Luftzug erreichte ihre Zelle kurz bevor ein Wärter Chad die Tür vor der Nase zuknallte.

Nachdem der Trupp losgezogen war und es im Gang ruhiger wurde, wusste Chad nicht so recht, was er allein in der Zelle machen sollte, also lief er im Kreis, bis er vor dem Doppelstockbett stehen blieb. Seine Neugier war zu groß und sein Mut, zu fragen, zu klein, deswegen sah er sich auf dem oberen Bett etwas um. Allein, dass er das tat, fühlte sich ungewohnt und falsch an. Doch er musste es wissen. Der Ordner mit Nicolas' Namen lag am Fußende. Er schwor sich, nur kurz hineinzusehen und ihn sofort zurückzulegen, wenn er alles gelesen hatte. Wenn Nicolas über ihn Bescheid wusste, war es nur fair, wenn er sich genauso über ihn informierte. Vorsichtig nahm er den Ordner mit zum Tisch. Er überprüfte noch einmal die Tür. Stille. Dann schlug er ihn auf.

Auf der ersten Seite sprang ihm ein Farbfoto von Nicolas ins Gesicht, wie er vor einer Wand mit Größenmaß-Streifen stand. In den Händen hielt er gut sichtbar ein Schild mit einer Nummer. Seine Augen waren leicht zusammengekniffen, als müsste er sich beherrschen, den Fotografen nicht vor Wut anzuspringen. Unter dem Foto standen sein Name und das Datum, an dem das Bild gemacht worden war. Das war anderthalb Jahre her. Die nächste Seite war voller Angaben über ihn. Hier standen seine alte Adresse, die Namen seiner Eltern und Geschwister, sein Geburtsdatum und seine Schulbildung. Nach diesen Angaben war Nicolas heute neunzehn Jahre alt, hatte seinen Vater früh verloren und die Schule nie besonders ernst genommen, denn ein Vermerk sagte aus, er hätte chronisch geschwänzt. Unter der Kategorie *weitere Verwandtschaft* waren keine Namen aufgelistet. Eine Seite weiter war das Anklageschreiben in dem Chad las, was man ihm vorwarf: Heimtückischen Mord in vier Fällen. Das Resultat: Vier Jahre Gefängnis mit anschließender Exekution durch ein Erschießungskommando. Die Opfer waren ein Mann namens Harold Corn und drei Mitglieder der Familie Chross: Nala, James und Flint. Ein Fließtext beschrieb den Tathergang.

Nicolas war mit einem Mädchen zusammen gewesen, Nora Corn. Er hatte ihrem Vater mit zwei Kugeln aus einer illegal beschafften Waffe ins Gesicht geschossen. Anschließend war er bei sich zuhause mit einem Messer auf seine Familie losgegangen.

Als Chad weiterblätterte, fand er Berichte aus einer sehr kurzen Gerichtsverhandlung mit einem Gutachten über ihn. Nach diesen Dokumenten war sein Zellenkumpel ein unberechenbarer und äußerst gleichgültiger Gewalttäter, der die Todesstrafe verdient hatte. Es gab ein Strafregister mit drei Einträgen. Das erste Mal wurde Nicolas mit sechzehn wegen Schule schwänzen in den Jugendarrest geschickt. Das zweite Mal verhaftet – ebenfalls mit sechzehn, gleich wegen mehrerer Delikte: Fahren ohne Führerschein, Diebstahl von Treibstoff, Einbruch, Sachbeschädigung, Körperverletzung und Menschenraub. Es folgte eine Gefängnisstrafe von anderthalb Jahren. Das dritte Mal mit achtzehn wegen Mord.

In der Zelle war es still, doch in Chads Innerem tobte es. Zu den Bildern, die er von seiner eigenen Tat im Kopf hatte, kam die Vorstellung dazu, wie Nicolas all das tat, was in der Akte stand. Er wusste, wie ein Schlachtfeld aussah. Er wusste, wie es war, über Leichen zu steigen, abzudrücken, Blut zu sehen. Und ihm wurde klar, dass Nicolas all das auch kannte. Er lebte jetzt mit einem brutalen Killer zusammen. Einem echten Killer. Nicht so einem, wie er selbst es war, der spontan aus der Situation heraus entschieden hatte, dass fünf Menschen sterben sollten, sondern mit einem, der seine Tat vorher geplant hatte.

Es erschrak ihn, wie selbstverständlich er diesen Gedanken dachte. Nach zwei Tagen schon hatte ihn das Gefängnis dazu gebracht, zu realisieren, dass er genauso ein echter Verbrecher war. Dass er einen fatalen Fehler gemacht hatte. Menschen waren seinetwegen gestorben.

Darunter ein Kind.

So vorsichtig, wie er den Ordner genommen hatte, klappte Chad ihn wieder zu. Er legte ihn zurück an die Stelle auf dem Bett, wo er ihn gefunden hatte und verkroch sich dann, als Bündel zusammengerollt, unter seiner Wolldecke. In diesem Moment hasste er sich selbst. Verzweifelt kämpfte er gegen den Riss an, der sich in seinem Herzen ausbreitete und ihm klarmachte, dass die Möglichkeit, seinen Fehler ungeschehen zu machen, schlichtweg nicht existierte. Wo er nach einem Notausgang suchte, einem Schlupfloch, das ihm die Hoffnung gab, eine Ausrede zu finden, oder eine Verteidigung, die seinen Mord entschuldigte, waren nur graue Betonwände. Und die einzige Tür, die es gab, war aus schwerem Metall und mit Sicherheitsschlössern ausgestattet, die dafür da waren, ihn festzuhalten.

Als Nicolas zurückkam, hatte Chad schon zwei mal in den Eimer gebrochen, weil ihn seine Angst davon abgehalten hatte, den Schritt zur Toilette zu machen. Der gutgelaunte Wärter erbarmte sich, ihn gegen einen neuen zu tauschen, damit Nicolas es nicht machen musste. Der nahm seinen gewohnten Platz auf dem oberen Bett ein, wo er weiter in der Zeitschrift las. Dabei zündete er sich eine Zigarette an.

Erst am Abend wagte sich Chad unter der Decke hervor. Er setzte sich an den Tisch und stützte seinen Kopf auf den Händen ab. Nicolas sah auf.

»Bist du krank oder hast du nur Angst?«, fragte er. Chad reagierte nicht. »Ey, wenn du krank bist, lasse ich mich freiwillig in den scheiß Keller einweisen, also?«

»Ich habe Angst«, brachte Chad hervor. »Und mir ist kalt.« Die Zelle in der sie saßen hatte keine Heizung und die Temperaturen von draußen drangen bis zu ihnen durch.

»Wehe, du lügst!«

Chad schloss die Augen. Eigentlich sollte er jetzt von der Kirche heimkommen, etwas Leckeres essen und später Geschenke unterm reich geschmückten Baum auspacken. Alles sollte hell erleuchtet sein und Freude verbreiten. Zimtgeruch, der durch das Haus zog, Plätzchen, Zuckerstangen und das Rascheln der Glöckchen. Wenn er tief in seiner Fantasie forschte, hörte er ganz leise Weihnachtsmusik.

Die Sirene ging wieder los.

Nicolas sprang vom Bett. »Los, stell dich hin!«

Chad stand mit zittrigen Beinen auf. Ihm war so kalt, dass er seine Zehen nicht mehr spürte. Das metallische Rascheln unmittelbar vor ihrer Tür kündigte die Abendkontrolle an. Sie sahen sich diesmal Wärter Strong gegenüber, der sie kurz musterte und das kleine Gerät zweimal klicken ließ.

»Gute Nacht«, wünschte er ihnen. Die Tür knallte wieder zu. Metall auf Metall. Kurz darauf ging das Licht in der Zelle aus.

»Leck mich!«, sagte Nicolas und hob den Mittelfinger.

Im Bett überkamen Chad erneut die Tränenbäche. Er wollte nicht, dass das hier von jetzt an sein Leben war. Er zitterte und krallte seine Finger in die Wolldecke. Dabei schniefte er so leise er konnte und doch laut genug, dass Nicolas ihn hörte.

Irgendwann beugte er sich zu ihm runter. »Hey!«

Chad öffnete die Augen. Im schwachen Mondschein erkannte er Nicolas' unscharfe Silhouette.

»Hier, die kannst du haben.« Nicolas warf ihm seine neuen Wollsocken runter. »Wenn du zitterst, spürt man das bis hier oben. Das ganze scheiß Bett wackelt. Also hör auf damit!«

»Danke«, schluchzte Chad.

»Jaja.« Nicolas drehte sich wieder hoch.

Chad streifte sich die Socken über und probierte zu schlafen.

Die Weihnachtstage zogen vorbei. Chad begriff sehr schnell, dass es im Gefängnis Tag für Tag gleich zuging, denn jegliche Abläufe, die er an seinem ersten Tag kennengelernt hatte, wiederholten sich auch an seinem zweiten und dem dritten und an denen danach.

Für gewöhnlich verbrachte er die Feiertage bei der Familie seiner Mutter. Seine Großeltern wohnten in einem Apartment, das im höchsten Stockwerk eines Wolkenkratzers lag. Von dort aus gab es einen klasse Ausblick über die Stadt, in der er lebte. Bei gutem Wetter sah er sogar das Meer. Jedes Jahr zwängte ihn seine Mutter in einen Anzug und verlangte, dass er sich, seinem Status entsprechend, vornehm benahm. Chad hielt es nur aus, weil er genau wusste, dass er zuhause mit Romy noch mal richtig feiern würde. Statt Geschenken gab es von seinen Großeltern immer nur Geld, mit dem er nichts anfangen konnte, weil sie es für ihn strategisch gut anlegen wollten. Es wurde teures Essen aufgetischt, das er nicht mochte, weil es komisch roch, und die Gespräche drehten sich um Politik. Abends fuhren sie dann in einem teuren Auto mit Chauffeur nach Hause. Nur er und seine Mutter, die sich den ganzen Abend nicht einmal für ihn interessiert hatte.

Und das jedes Jahr.

Während Chad darüber nachdachte, werkelte Nicolas auf seinem Bett an etwas herum. Seiner Rechnung nach musste heute der Silvesterabend sein und das Grübeln seines Mitbewohners weckte Chads Aufmerksamkeit. Er lugte vom unteren Bett nach oben, um etwas zu sehen, leider ohne Erfolg. Also stand er auf und stellte sich in die Mitte der Zelle, um einen besseren Blick auf das werfen zu können, was Nicolas in der Hand hielt.

»Was glotzt du so?«, fragte der, ohne den Blick von seinen Händen abzuwenden, mit denen er gerade Papier in Streifen riss.

Chad zog den Kopf ein. Ihm war mittlerweile klar, dass Nicolas ihn in Ruhe ließ, wenn er sich nicht wie der letzte Vollidiot benahm. Trotzdem machte ihm der Killer noch Angst. Er versuchte, sich an die Lektionen aus dem Selbstverteidigungskurs zu erinnern, an dem er in der Grundschule mit seinem Freund Ben teilgenommen hatte. Da hatte ihnen ihr Coach beigebracht, eine gerade Körperhaltung einzunehmen, wenn man mutig erscheinen wollte. Brust raus, Kinn vor, Schultern zurück. Beide Füße auf dem Boden. Da Nicolas ihn nicht weiter beachtete, gab sich Chad alle Mühe, um eine gerade Haltung einzunehmen und fragte: »Was machst du da?«

Nicolas sah auf. »Basteln.«

»Und was?«

Nicolas verdrehte die Augen. Er murmelte etwas, das wie »Warum nur … nerviges Kind … besser tot« klang, sagte dann aber gut verständlich: »Heute Nacht ist Jahreswechsel. Es beginnen weitere dreihundertfünfundsechzig Tage in diesem Drecksloch, in dem wir sitzen, und in dem nichts passiert, außer dass wir dem Tod näherkommen.« Mit sarkastischem Grummeln fügte er noch hinzu: »Und das muss gefeiert werden.«

Chad wagte es, einen Schritt näherzukommen und sich anzusehen, was genau sein Zellenkumpel bastelte. Sein Gesicht ragte gerade so knapp über die Matratze, auf der Nicolas im Schneidersitz saß. Vor seinen Knien waren bunte Papierschnipsel verteilt, die er aus einer seiner Motorradzeitschriften riss. Außerdem lag dort ein noch nicht aufgeblasener Luftballon. »Füllst du die alle da rein?«

»Bist ja ein richtiger Detektiv«, sagte Nicolas.

»Darf ich mitbasteln?«

Nicolas hielt inne und stöhnte auf. »Bin ich hier im Kindergarten, oder was? *Darf ich mitbasteln?«,* äffte er Chad nach. »Von mir aus. Hier, die kannst du zerreißen.« Er warf ihm eine Zeitschrift zu.

Chad fing sie auf und setzte sich an den Tisch. Den Kommentar hätte sich Nicolas auch sparen können, fand er. Ohne weitere Worte zu verlieren, begann Chad damit, die Zeitschrift in kleine Fetzen zu reißen. Zum Glück handelte es sich nicht um einen Comic. Er liebte Comics und Geschichten über außergewöhnliche Helden mit Fähigkeiten, die die der Menschen überstiegen. Limitless war sein absoluter Lieblingsheld. Hätte Nicolas von ihm verlangt, einen Limitless Comic zu zerreißen, hätte Chad abgelehnt. Er träumte davon, eines Tages ein genau so großer Held zu sein wie sein Idol. Obwohl ihm inzwischen klar war, dass Superkräfte auch Schaden anrichten konnten, wenn man sie nicht beherrschte. Chad warf einen Seitenblick auf Nicolas und verkniff sich, seine Gedanken laut auszusprechen.

Er würde es nicht verstehen.

Niemand würde ihn verstehen.

Nach zwei Seiten spannender Berichte über mehrtägige Touren auf Motorbikes fragte er: »Wie hätte ich dich denn sonst fragen sollen?«

»Kleiner, wenn du hier drin von irgendwem etwas willst, musst du deine Sprache anpassen. Du bist zu weich. Sag beim nächsten Mal einfach: ›Her mit dem Papier!‹ und fertig.«

»Okay.«

»Und deine Stimme! Scheiße, du klingst wie ein Baby auf Koks.«

Chad zuckte zusammen.

»Ich meine, ist doch so!« Nicolas unterbrach seine Arbeit für einen Moment. »Ey, du bist einfach nur scheißnervig! Hängst hier rum, als wär das ein Hort. Checkst du überhaupt, wo du bist?«

»Warum bist du so gemein?« Chad verzog beleidigt die Unterlippe. »Ich hab dir doch gar nichts getan.«

»Deine Anwesenheit reicht völlig aus, um mich in den Wahnsinn zu treiben. Scheiße, Chirac ist so ein Wichser!« Nicolas kramte eine Zigarette hervor und zündete sie sich an. »Der hat es auf mich abgesehen. Er wusste, dass ich Kinder hasse.«

Chad senkte den Kopf. Nicht nur, dass er mit einem Killer zusammenleben musste, dieser Killer hatte sogar etwas gegen ihn einfach, weil er war, was er war. Er überlegte, ob es in anderen Zellen besser gewesen wäre als hier. Die, die er auf dem Weg hierher gesehen hatte, hatten ihm Angst gemacht. Er war insgeheim froh darüber, dass seine und Nicolas' Tür aus massivem Stahl bestand und keine Gitter enthielt, durch die jeder jederzeit hereinschauen konnte. Er dachte außerdem an Nicolas' Tat. Dieser Typ war in der Lage, Menschen zu töten. Kinder zu töten. Er hatte seine zwei jüngeren Brüder auf dem Gewissen. Leider erinnerte sich Chad nicht, welches Alter in der Akte gestanden hatte. Was hatten sie ihm getan, dass seine Entscheidung auf eine Messerattacke gefallen war?

»Wie auch immer«, sagte Nicolas. »Wir basteln einen Silvesterkracher. Die Schnipsel kommen in den Luftballon. Den blasen wir auf und wenn es Mitternacht ist, lassen wir ihn krachen.« Er widmete sich wieder der Zeitschrift.

Chad riss eine weitere Seite aus seiner heraus, um daraus Schnipsel zu machen. Der Plan klang simpel und langweilig. Enttäuscht legte er die Seite wieder auf den Tisch.

»Das wird witzig«, sagte Nicolas, »wenn alles klappt.«

»Was soll denn schief gehen? Wir lassen doch nur einen Luftballon platzen.«

»Kleiner, hier drin ist alles aufregend, was nicht zum Alltag gehört. Halt einfach die Klappe und mach weiter!«

Als Nicolas mit der Anzahl der Schnipsel zufrieden war, stopfte er sie in den Luftballon und versteckte den dann unter seinem Kissen. Er erklärte, dass er ihn sich illegal beschafft hatte von einem Gefangenen, der Dinge besorgen konnte. Dafür hatte er mit einer Schachtel Zigaretten bezahlt, was Chad unfassbar teuer vorkam. Zigaretten schienen unter den Gefangenen eine akzeptierte Währung zu sein. Vielleicht waren in dem Paket, das Nicolas zu Weihnachten bekommen hatte, deswegen so viele gewesen.

Im Laufe des Tages verstand Chad, was Nicolas mit der Aufregung gemeint hatte. Er saß die ganze Zeit auf einem Fleck, ging hin und wieder auf Toilette, las in den übrig gebliebenen Zeitschriften oder zählte die Rußflecken von ausgedrückten Zigaretten der Vergangenheit, die auf den Wänden in ihrer Zelle verteilt waren. So langsam freute er sich richtig auf den Moment, in dem sie den Luftballon platzen lassen würden. Es wurde zum Highlight seiner Fantasie und lenkte ihn von den Gedanken ab, die ihn sonst die ganze Zeit quälten. Seine Tat rutschte in den Hintergrund seines Verstandes. Genau wie die Tatsache, dass der Typ über ihm auf dem Bett ein Killer war.

Nach Stunden des Wartens öffnete sich die Klappe in ihrer Tür, wodurch ein Wärter ihnen das Abendessen reichte. Allein, dass er wusste, dass sich ein verbotener Luftballon unter Nicolas' Kopfkissen befand, ließ Chad nervös zittern.

Sie aßen am Tisch, wobei sie nicht miteinander redeten. Immer wieder fixierte sein Gegenüber ihn mit durchdringenden Blicken, die ihn warnten, bloß nichts von ihrer kleinen Bombe zu verraten. Als die leeren Tabletts wieder abgeholt wurden, forderte Nicolas Chad auf, sie durch die Klappe nach draußen zu reichen.

War das ein Test? Chad schwor sich, dicht zu halten. Der Wärter nahm die Tabletts entgegen. Bevor er die Klappe von außen wieder schloss, rief Nicolas: »Ey, Sie!«

Der Wärter trat mit dem Gesicht an die Klappe. »Was willst du, Chross?«

»Wer hat heute Nacht Dienstleitung?«

»Chirac, wieso?«

»Es ist Jahreswechsel, Mann. Ist es zu viel verlangt, dass er uns wenigstens heute nicht auf den Sack geht?«

»Ist es zu viel verlangt, dass du auch nur einmal die Füße stillhältst?«, entgegnete der Wärter. »Nur einmal, Chross. Komm schon, du trägst jetzt Verantwortung.«

»Etwa für den Bengel?« Nicolas bedachte Chad mit einem abfälligen Blick. »Das könnt ihr vergessen!«

»Wie du meinst. Sonst noch was?« Der Wärter schien bereits genervt zu sein.

»Ja, machen Sie heute Party?« Nicolas schubste Chad von der Klappe weg und hockte sich selbst davor, um mit dem Wärter auf Augenhöhe zu sein.

Bevor er eine Antwort erhielt, schmiss der Mann ihm die Klappe vor der Nase zu. Ein metallisches Geräusch verriet, dass er einen Riegel von außen davorschob.

Nicolas ließ sich nicht beirren. Er ging zum Tisch, wo er das, was von der Zeitschrift, die Chad zerrissen hatte, übriggeblieben war, aufschlug.

Chad verzog sich aufs Bett. Er winkelte die Beine an und umklammerte sie mit den Armen. Es war nicht das erste Mal, dass Nicolas die Wärter provozierte. Ihm war aufgefallen, dass es nur wenige gab, mit denen er überhaupt klarkam. Der Wärter zum Beispiel, der ihm an Weihnachten das Paket gereicht hatte, stand nicht auf seiner Abschussliste. Immer, wenn er da war, war Nicolas nett zu ihm. Bei den meisten anderen verhielt er sich wie ein Arsch.

»He, Kleiner, wie laut kannst du schreien?« Nicolas wandte sich ihm auf einmal zu. »Also so richtig. Stell dir vor, ich würde dir ein Messer an den Hals halten und dich auffordern, um Hilfe zu rufen. Würde man es draußen auf dem Gang hören?«

»Ich denke schon«, sagte Chad irritiert. Er wusste nicht einmal mehr, wann er das letzte Mal überhaupt geschrien hatte. Bestimmt bei der Schießerei. »Warum?«

»Weil ich das nachher von dir verlangen werde.«

»Was hast du vor?«

»Wir müssen Aufmerksamkeit erregen.«

»Hältst … du mir denn wirklich ein Messer an den Hals?« Chad schluckte.

»Hätte ich eins, würde ich es tun. Also. Steigst du mit ein?«

»Habe ich eine Wahl?«

»Eher nicht.«

»Dann ja.«

»Gut.«

Für einen Moment glaubte Chad wirklich, dass Nicolas ein Messer in der Zelle versteckt hatte. Dann fragte er sich, wie leicht es wohl sein würde, hier drinnen an eines zu gelangen und welche Strafe ihn erwartete, wenn man ihn damit erwischte. Doch dann wedelte er mit einer Hand vor seinem Gesicht herum, um den Gedanken loszuwerden. Das war doch lächerlich.

Trotzdem traute er seinem Zellenkumpel zu, dass er sich eines besorgte.

In ihrer Zelle wurde es zunehmend dunkler. Das Licht ging aus, was bedeutete, dass die Ruhezeit begann und die dunklen Silhouetten des Tisches und der Toilette vermischten sich mit der Dunkelheit um sie herum. Sie mussten wach bleiben, wenn sie den Ballon um Mitternacht platzen lassen wollten. Woher sie wussten, dass es Mitternacht war? Nicolas meinte, das würden sie schon mitkriegen.

Nach einer gefühlten Ewigkeit des Wartens hörten sie von draußen den ersten Böller. Wie in jedem Jahr konnten es manche Menschen einfach nicht abwarten. Doch dann, als die Lautstärke draußen einem Gewitter ähnelte, musste es soweit sein. Nicolas sprang vom Bett, packte Chad an der Schulter und zischte ihm »Jetzt!« zu.

Chad schrie auf.

»Lauter, du Zwerg!« Sein Griff um Chads Schulter verstärkte sich, sodass es wirklich weh tat.

Chad schrie noch lauter.

»Na los, bettle mich an, dass ich aufhöre!«

Während Nicolas das von ihm verlangte, zückte er den Luftballon. Mit einer Hand presste er Chads Schulter zusammen und mit der anderen führte er sich die Öffnung zum Mund und pustete den Ballon auf.

»Hör auf! Bitte, hör auf! Ah!«, flehte Chad. Er musste die Bitte noch nicht einmal spielen. Er wollte wirklich, dass sein Zellenkumpel nicht so fest zupackte.

Nicolas ließ ihn los, als von draußen jemand gegen die Tür polterte.

»Helfen Sie mir!«, rief Chad. »Bitte!«

Es erklang das metallische Kratzen des Riegels vor der Klappe.

Nicolas stellte sich seitlich an die Tür gelehnt daneben. Die Öffnung des Ballons hielt er auf die Klappe gerichtet.

»Ich will sein Gesicht treffen«, flüsterte Nicolas. Er nickte Chad zu.

Die Klappe ging auf. Chiracs Stimme donnerte ihnen entgegen. »Hast du sie noch alle, Chross?«

Chad erkannte nur Chiracs Beine. Also rief er: »Du tust mir weh. Bitte, lass mich los!«

Endlich ging Chirac in die Hocke und sah direkt in ihre Zelle hinein. In dem Moment, als sein Gesicht vor der Klappe erschien, stieß Nicolas ein winziges aber scharfes Stück Metall in den Ballon. Er platzte mit einem lauten Knall und schleuderte Chirac hunderte kleine Schnipsel entgegen. Nicolas grinste breit. »Frohes neues Jahr, du Wichser!«

Sogar Chad grinste. Es war wirklich lustig.

Chirac wich zurück. Im nächsten Moment schloss der die Zelle auf und machte einen großen Schritt hinein. Er hielt seinen Schlagstock fest umschlossen, mit dem er nicht zögerte, auf Nicolas einzuschlagen, der zusammensackte und sich die Arme schützend über den Kopf hielt.

»Das findest du wohl witzig, was?«, herrschte Chirac ihn an. »Ich werde dir dein dämliches Lachen austreiben!« Er schlug noch mal zu.

Chad sprang auf sein Bett, wo er sich mit dem Rücken gegen die Wand drückte. Dass der Wärter so brutal reagierte, überraschte ihn. Er wollte unbemerkt bleiben und hoffte, dass Chirac ihn nicht beachtete.

Chirac zog Nicolas am Arm hoch und stieß ihn gegen die Wand. Dort legte er ihm Handschellen hinter dem Rücken an. Anschließend wandte er sich Chad zu. Sein Blick war vor Wut verzerrt. Er musterte ihn von oben bis unten und schien zu überlegen, was er mit ihm nach dieser Aktion machen sollte. Nach einigen schweren Atemzügen sagte er schnaubend: »So einer bist du also.«

Chad schluckte. Verdammt! Der Wärter hielt ihn für einen, der Chaos stiftete. Er wollte sich verteidigen, brachte aber kein Wort heraus. Seine Hände zitterten, als er sie vor sich hob.

»Keine Angst, Kleiner. Du bleibst hier.« Chirac zog an Nicolas' Arm. »Aber mit dir habe ich was ganz Tolles vor. Überraschung, Chross, wir testen deine Belastungsgrenzen aus. Ich glaube, das wird dein Jahr.«

»Scheiße!«, rief Nicolas. »Fick dich, Chirac!«

Er fing sich einen weiteren Schlag ein.

Chirac zerrte Nicolas aus der Zelle auf den Flur. Hinter sich schmiss er die Tür ins Schloss und verriegelte sie.

Der Knall, den das Metall verursachte, war in seinem Nachhall bald nur noch ein ausklingender Teil der Geräuschkulisse, die mit den unkontrolliert durcheinander abgeschossenen Feuerwerkskörpern von draußen, die Nacht beschallte.

Die bittere Realität

Die schrille Sirene läutete um vier Uhr morgens jeden einzelnen Tag ein, der mit einer Zählung aller Gefangenen begann. Anschließend gab es das immer gleiche Frühstück: zwei Scheiben von dem gleichen Brot und Marmeladenaufschnitt in Portionstütchen mit einer Halbliterflasche Wasser dazu. Tee, so hatte Chad gelernt, war ein Privileg für Feiertage. Am Wochenende stand ihnen ein warmes Mittagessen zu und abends bestand die Mahlzeit aus denselben Zutaten wie am Morgen. Nach der Zählung um neunzehn Uhr ging das Licht aus.

Chad hatte die Zelle ein paar Mal zum Duschen verlassen, wobei ihn die Wärter, meistens war es Chirac, beobachteten. Chirac machte ständig abfällige Bemerkungen darüber, dass er so klein war, dass er für jeden leichte Beute darstellte und dass es ihn nervte, für ihn Sonderzeiten zu arrangieren, damit er in Sicherheit war. Die ganze Zeit über, während er im Duschraum über Chad herzog, hielt er seinen Schlagstock beunruhigend fest in der Hand.

Wenigstens teilte Nicolas seine Zeitschriften mit Chad. Außerdem machte er regelmäßig Sport in der Zelle und versuchte, ihn dazu zu bringen, sich seinem Training anzuschließen. Je stärker sein Körper wurde, desto stärker würde sein Geist werden, und auf Stärke kam es innerhalb dieser Mauern am meisten an. »Da draußen warst du gefährlich, weil du eine Waffe hattest. Aber hier drin bist du ein wehrloses Kind. Deine scheiß Welpenaugen interessieren niemanden, für die in den Uniformen bist du ein Erwachsener. Besser du stärkst deinen Geist, sonst wirst du verrückt. Und wenn du schon dabei bist, würde es dir gut tun, Kraft aufzubauen. Du willst doch irgendwann mit auf den Hof, oder?«

Das wollte er. Chad hatte genug von dieser Zelle, von der er mittlerweile jeden Quadratzentimeter kannte. Er fand es unmenschlich, jemanden so lange in einem so kleinen Raum einzusperren. Er dachte an Tiere im Zoo und bekam eine Vorstellung davon, wie es für einen Tiger sein musste, den ganzen Tag in einem Käfig auf und ab zu laufen, obwohl er seinen Lebensraum in den Weiten der Wildnis hatte. Abhängig davon zu sein, dass die Menschen ihm sein Fressen hinwarfen und ständig machte man ihn mit Ketten und doppelten Sicherheitstüren aus Stahl handlungsunfähig. Nicolas kam ihm wie ein solcher Tiger vor, besonders nachdem er eine Woche nach Silvester erst wieder in ihre Zelle zurückgekehrt war. Er schimpfte auf die Wärter und erntete jedes Mal, wenn sie aneinandergerieten, heftige Gegenreaktionen. Ihm war alles egal, solange er sich bemerkbar machen konnte.

Mit der Zeit gewöhnte sich Chad an die Regeln im Gefängnis. Die meisten Sachen wurden ihm verboten und für alles, was er machen wollte, brauchte er die Erlaubnis der Wärter. Zum Beispiel, als er nach Stift und Papier fragte, damit er einen Brief an den Lehrer schreiben konnte, der ihn bei seiner Tat gesehen hatte. Als er ihn Strong gab, damit er ihn abschickte, erntete er nur einen skeptischen Blick.

Sein Gedächtnis begann außerdem ganz langsam damit, die bruchstückhaften Erinnerungsfetzen an den Tag der Schießerei wieder zusammenzusetzen. Das, was er auf der Polizeiwache erzählt hatte, hatte nur wenig Sinn ergeben. Wenn er die Ereignisse allerdings jetzt erzählen müsste, wäre das für ihn kein Problem. Nur, wen interessierte das? Die Wärter hatten zwar viel Macht, aber sein Urteil konnten sie nicht beeinflussen.

Der Einzige, der Verbindungen zu denen hatte, die das konnten, war der Direktor. Wenn er ihm erzählte, was passiert war, hatte er vielleicht eine Chance, hier rauszukommen. Bei der nächsten Gelegenheit wollte er die Wärter bitten, ein Gespräch zu arrangieren.

Es war Mitte Januar, als Wärter Strong ihn an einem Tag nach dem Frühstück abholte und in Handschellen durch das Gebäude führte. Unterwegs zog Chad wieder die Aufmerksamkeit der Insassen auf sich, die durch die Fenster in ihren Zellentüren rausgafften. Manche pfiffen ihm hinterher, andere schlugen, wie beim letzten Mal, von innen gegen die Türen.

Ein Mann aus dem Gang, in dem die Zellentüren aus Gittern bestanden, wartete ab, bis Chad an seiner Zelle vorbeiging. Er lehnte sich lässig von innen dagegen, grinste, zog dann seine Hose ein Stück runter und pinkelte ihm auf die nackten Füße.

Chad wich angewidert zurück. Er stolperte rückwärts, dabei prallte er gegen eine Zellentür auf der anderen Seite. Hände wurden nach ihm ausgestreckt, doch ehe er von hinten gepackt und an das Gitter gezogen werden konnte, zerrte Strong ihn von der Tür weg. Der Wärter zückte seinen Schlagstock und schlug heftig abwechselnd gegen beide Türen.

Ein metallisches Echo erklang. »Zurück!«, befahl er.

»Komm schon, Boss, der Kleine soll doch ordentlich begrüßt werden«, sagte der, vor dessen Zelle sich eine Urinpfütze ausbreitete. Dann brach er in schallendes Gelächter aus.

Strong ließ sich nicht provozieren. Er schubste Chad weiter den Gang entlang. Ein paar Zellen weiter bat er einen Gefangenen um ein nasses Handtuch. »Die Typen, die hier sitzen, wurden eigentlich als vernünftig genug eingestuft, dass sie so eine Sauerei nicht veranstalten. Bist du okay?«

Chad kämpfte mit den Tränen, doch er nickte.

Der Gefangene, den Strong angesprochen hatte, reichte ihnen einen nassen Stofffetzen durch die Gitter. Strong gab ihn an Chad weiter, damit er sich die Füße abwischen konnte.

»Mal ehrlich, Boss, was soll das?«, fragte der Handtuchbesitzer. »Ihr zieht den Scheiß mit der Strafmündigkeit ab zehn ernsthaft durch? Was hat er gemacht, Kaugummis geklaut?«

»Du würdest dich wundern«, antwortete Strong.

»He, Kleiner, lass dir nichts gefallen, hörst du? Weder von denen, noch von den Wärtern.« Der Gefangene zeigte dem seinem Daumen in die Richtung aus der das laute Lachen kam und dann auf Strong. »Sorry, Boss, aber wir sind immer noch Menschen. Manche von euch neigen dazu, das zu vergessen.«

»Ja, ich weiß«, sagte Strong. »Komm jetzt!«

Chad reichte den Stoff durch die Gitter, hauchte »Danke« und tapste Strong hinterher, der schon an der nächsten Tür zu einem Treppenhaus auf ihn wartete.

Sie erreichten die oberste Etage, die im Gegensatz zum Rest des Gefängnisses mit seinen vergitterten Gängen und grauen Betonwänden aussah, als entspringe sie dem Sekreteriatsflur einer Schule. Der Boden war mit holzfarbenem PVC ausgelegt, Tapeten zierten die Wände und Pflanzen in kniehohen Töpfen standen neben den vielen Türen, hinter denen Chad Büros vermutete.

Jede Ecke blitzte vor Sauberkeit und statt nach Urin und Zigaretten roch es nach frischem Kaffee und bedrucktem Papier. Strong steuerte das Büro am Ende des Flures an. Dem goldenen Schild nach, das in der Mitte der Tür angebracht war, war es das Büro des Gefängnisdirektors.

Strong klopfte an. Dann öffnete er die Tür und führte Chad mit einer Hand auf der Schulter hindurch. Das Büro war ungefähr so groß wie Chads Klassenraum. Gegenüber der Tür stand ein massiver, dunkler Schreibtisch aus Holz auf dem ein Globus stand und hinter dem ein Mann von der Statur eines Bären saß. Er hatte eine runde Brille auf der Nase und kurze, dunkle Haare. Er trug einen Anzug. Passend dazu glänzte eine goldene Armbanduhr an seinem Handgelenk.

»Komm rein, Junge«, begrüßte er Chad. »Danke, Strong, Sie können gehen. Ich rufe Sie, wenn wir fertig sind.«

Chad sah sich um. Links von ihm standen die ganze Wand entlang Bücherregale, alle vollgestellt mit dicken Wälzern. Vermutlich Gesetzestexte. Rechts stand eine helle Ledercouch. Daneben ein Beistelltisch mit Getränken und ein Sessel. Unter der Couch lag ein Teppich und neben ihr an der Wand hing ein gerahmtes Bild von einer tropischen Insel. Sie hatte eine fast kreisrunde Form, die von einer sichelförmigen Bucht, die ins Landesinnere ragte, unterbrochen wurde. Sie war bedeckt mit dem grünen Blätterdach eines Dschungels und umrandet von einem hellen Sandstrand, der bis in das türkisklare Wasser verlief das die Insel umgab.

»Fasziniert dich das Bild?«, fragte der Direktor. »Es ist eine Zeichnung. Angeblich entspringt sie der Erinnerung ihres Künstlers, der behauptet hat, er wäre dort gewesen. Doch sie wurde auf keiner Karte und von keinem Seefahrer je entdeckt. Ihre Existenz ist ein Mysterium. Komm näher!«

Chad riss seinen Blick von dem Bild los und trat näher an den Schreibtisch heran. Hinter dem Direktor befand sich ein großes Fenster, durch das er zum ersten Mal seit einer Ewigkeit den blauen wolkenlosen Himmel sehen konnte.

»Wie ich sehe, behandeln dich meine Leute gut. Dafür, dass du seit deiner Ankunft isoliert bist, machst du einen fitten Eindruck. Chirac hatte recht.«

Chad trat von einem Bein auf das andere. Sicher ging es in diesem Gespräch darum, dass er bald gehen durfte, denn auf dem Schreibtisch lag ein aufgerissener Briefumschlag und daneben der dazugehörige Brief.

»Ich möchte heute ein paar Dinge klarstellen, die deine weitere Zeit bei uns betreffen«, sagte der Direktor. »Danach gehe ich auf dein Anliegen ein. Du wolltest doch mit mir reden.« Er legte seine Hände auf dem Schreibtisch ab. »Du bist der jüngste Insasse, den ich je aufgenommen habe, dazu noch ein Mörder. Aufgrund deiner Körpergröße und deiner Unerfahrenheit schwebst du in größerer Gefahr, als du denkst, wenn ich dich mit anderen Gefangenen in Kontakt treten lassen sollte. Du wärst leider sehr schnell tot. Chirac ist zwar der Meinung, dass du vorsichtshalber in deiner Zelle verweilen solltest, aber zu deinem Glück sagen die Gesetze, dass dir eine Stunde Freigang am Tag zusteht. Sanktionen in Form von Einschlüssen können wir nur durchsetzen, wenn du uns einen Grund dafür lieferst und bedauerlicherweise reicht deine pure Anwesenheit dafür nicht aus. Deswegen wirst du ab morgen deinen Hofgang in Begleitung antreten.« Der Direktor sah Chad scharf an. »Die Justiz wird dich noch früh genug hinrichten und es ist meine Aufgabe, dafür zu sorgen, dass du bis dahin am Leben bleibst. Ich halte die geplanten Maßnahmen zu deiner Sicherheit für erforderlich. Deswegen lege ich dir nahe, von möglichen Beschwerden in dieser Hinsicht abzusehen.«

Für Chad fühlte sich dieser Monolog wie die Predigt eines Oberlehrers an. Er musste sich beherrschen, nicht an dem Direktor vorbei aus dem Fenster zu schauen. Dahin, wo die Freiheit war.

Der Direktor redete weiter: »Auf einen zwölfjährigen Kindermörder waren wir nicht vorbereitet, wir waren uns nicht ganz sicher, ob mit dir verfahren werden kann wie mit einem Erwachsenen, oder ob für dich besondere Gesetze gelten, was die Belastungen angeht. Ich habe mich beim Gericht ausführlich informiert und intensiv mit den für dich geltenden Regelungen auseinandergesetzt. Es ist alles geklärt. Solange du unter sechzehn bist, sind Hiebe und Körperschäden verboten, es sei denn, du gibst uns einen triftigen Grund dazu. Einfache Regelverstöße werden zu deinem Glück nicht mit Belastungen geahndet. Sie müssen schwerwiegend sein und dem Gefängnis schaden. Solltest du dich zu verbotenen Handlungen hinreißen lassen, überspanne den Bogen also besser nicht. Schwerwiegende Vergehen können von meinen Männern sehr unterschiedlich interpretiert werden.«

Chad schluckte. Bis jetzt hatte der Direktor kein Wort darüber verloren, wann er gehen durfte oder was der Brief zu bedeuten hatte. »Darf ich aus dem Fenster schauen?«, stammelte er.

»Natürlich«, sagte der Direktor. Seine Brille blitzte beim Sprechen in der Reflektion der Deckenbeleuchtung auf. »Ist schließlich eine Weile her, dass du den Himmel gesehen hast.«

Chad ging langsam um den Schreibtisch herum. Mit starrem Blick in die Freiheit trat er vor das Fenster. Der Direktor stand auf und legte seine Hand auf Chads Schulter.

Als erstes sah er die mit Stacheldraht überzogenen Mauern, die sich um das weitläufige Gefängnisgelände zogen. Dahinter erkannte er ein paar Straßenlaternen, die zur nicht weit entfernten Zivilisation gehörten. Er konnte sogar Häuser ausmachen. Fast hatte Chad vergessen, dass sich das Gefängnis am Rande einer Stadt befand. Vor diesem Fenster gab es keine Gitter. Alles an seinem Ausblick war so normal, wie er es lange nicht gefühlt hatte. Abgesehen von den Handschellen, die er trug. Als er seinen Blick senkte, stockte ihm der Atem. Da war ein kleiner sandiger Hof unter dem Fenster des Direktors, in dessen

Mitte eine große, braune Holzwand aufgerichtet war. Sie schien massiv und als würde sie zu jeder Jahreszeit dort stehen. Neben dem Hof erkannte Chad einen abgesperrten Käfigbereich, der an einen Parkplatz grenzte. In der Mauer auf der anderen Seite des Hofes war eine dunkelgrüne Stahltür eingelassen.

»Das ist der Todestrakt«, erklärte der Direktor. »Dorthin wirst du verlegt, bevor wir dich an dieser Holzwand erschießen. Im Grunde ist der Todestrakt wie die Insel auf dem Bild. Verstehst du, was ich damit meine?«

Chads Knie wurden weich. Er starrte die Holzwand an und zitterte. Er versuchte, sich seine Erschießung vorzustellen, was zu einem grausamen Gedankenkarussell führte. Da unten würde in weniger als fünf Jahren alles enden. In dem Moment zersprang seine Hoffnung, bald wieder frei zu sein, in tausend Scherben, so, wie die Vase zerschellt war, die er vor wenigen Wochen versehentlich auf den Marmorboden der Villa geworfen hatte, die nicht länger sein Zuhause war. Strongs Eingangsworte trafen ihn mitten ins Herz. Sein Zuhause war fortan dieses Gefängnis, wo zwischen Gittern, Mauern und Beton harte Regeln, Angst und Gewalt regierten. Sein Hals schnürte sich zu. Er hechelte nach Luft und wäre beinahe umgefallen, wenn ihn nicht die starke Hand des Direktors auf seiner Schulter gehalten hätte. Er spürte seine Wangen heißer werden. Jetzt wurde ihm auch bewusst, was der Direktor ihm gerade gesagt hatte. Es ging darum, in welchem Ausmaß ihm die Wärter, die einzigen Erwachsenen, die hier auf ihn aufpassten, wehtun würden. So lange, bis er sterben würde.

Es dauerte, bis er seinen Blick von der Todeswand abwenden konnte und sich schnellen Schrittes vom Fenster entfernte. Mit den Händen stützte er sich an einem der Bücherregale ab.

»Noch etwas«, sagte der Direktor. »Ich hörte, du hast ein Tattoo. Ich will es sehen.« Seine Worte hörten sich an, als kämen sie von weit weg. Wie in Trance lehnte sich Chad mit dem Rücken gegen das Bücherregal und hob sein Hemd an.

Der Direktor nickte und sagte: »Tattoos können gefährlich sein. Sowohl für dich als auch für andere. Manche kennzeichnen so ihre

Zugehörigkeit zu bestimmten Gruppierungen und leben, nur wegen ihrer Zeichen, in Feindschaft mit Menschen, die sie überhaupt nicht kennen. Ich kenne die Art deines Tattoos. An deiner Stelle wäre ich vorsichtig. Am besten zeigst du es niemandem, dann bekommst du deswegen auch keinen Ärger.« Er nahm einen Ordner vom Schreibtisch, kam auf Chad zu und drückte ihn ihm in die Hand. »Jeder Insasse hat das Recht, eine Kopie der eigenen Akte in seiner Zelle aufzubewahren. Dies ist deine.«

Chad biss die Zähne zusammen. Er fixierte den Schreibtisch und fragte: »Was steht in dem Brief?«

»Dieser Brief dort ist von dir. Ich muss dich leider enttäuschen. Dieser angebliche Lehrer wird dir nicht helfen können und du wirst auch nicht entlassen.«

»Warum glaubt mir keiner? Ich hab ihn doch gesehen.« Chad wurde laut. »Er war da! Ich hab ihn mir nicht eingebildet.«

»Du hast an diesem Tag vieles gesehen, Chad. Ich kann dir nur empfehlen, Verantwortung für das zu übernehmen, was du getan hast. Hör auf, jemandem zu schreiben, den es nicht gibt.«

»Er war aber da. Er hat gesehen, wie Killer fünf auf mich geschossen hat und dann …« Chad brach ab, bevor aus ihm herausplatzte, was er die ganze Zeit schon für sich behielt. Wie sollte er jemandem wie dem Direktor eines Gefängnisses erklären, dass Superkräfte real waren? Dass er sie selbst eingesetzt hatte, als er sich vor den vier Killern hatte behaupten müssen. Dass sich ihre echte Welt nicht groß von Comicwelten unterschied. Dass er in Wirklichkeit der Held in dieser Geschichte war und nicht der Böse. Er wollte es laut aussprechen. Er wollte es in die Welt hinausrufen, ja brüllen. Doch er konnte es nicht.

Chad schloss die Augen. Es stimmte, er hatte an diesem Tag vieles gesehen. Er war zu einem Mörder geworden, was er sich bis dahin niemals hätte vorstellen können. Kira Doyle verfolgte ihn in seinen Träumen und immer, wenn er seine Augen schloss, sah er ihr rundes, unschuldiges, erschrockenes Gesicht. Wenn er jetzt aber erklärte, wie er sie getötet hatte, nämlich mit flammenden Geschossen aus einer leeren Waffe, die die Killer zurückgelassen hatten, würde er einen Beweis liefern müssen den er nicht liefern konnte. Denn seit er eingesperrt war, nein, schon seit ihn die Kugel des großen Polizisten im Schulflur von seiner Waffe getrennt hatte, waren seine Kräfte verschwunden. Und er war nichts weiter als ein gewöhnlicher Junge. Der Direktor redete von Verantwortung? Wie zur Hölle sollte er die übernehmen, wenn das, was er erlebt hatte, nicht in das Weltbild der Erwachsenen passte?

»Wolltest du noch mehr mit mir besprechen? Ich denke, ich habe einige deiner Fragen schon beantwortet.«

»Nein, es hat sich erledigt«, murmelte Chad. Er kam sich lächerlich vor, dass er geglaubt hatte, hier etwas zu erreichen. Seine Sicht verschwamm.

Auf einmal stand Strong wieder neben ihm. Im nächsten Moment liefen sie durch die Gänge, über klebrigen Betonboden an Zellen vorbei. Und dann stand Chad plötzlich, von Handschellen befreit, inmitten seiner eigenen.

Nicolas sprach ihn an, doch Chad hörte ihn nicht. Er öffnete und schloss seinen Mund, als wollte er etwas sagen, doch ihm fiel nichts ein. Er wollte sich auf die dünne Matratze fallen lassen und am liebsten nie wieder aufwachen. Er schaffte einen Schritt und kippte dann seitlich weg. Er konnte sich an der Tischplatte abstützen, sodass er auf der Sitzfläche daneben landete.

»Scheiße! Ey, hallo, ist jemand da?« Nicolas wedelte mit seiner Hand vor Chads Gesicht herum.

Chad begann zu weinen. Er konnte es nicht verhindern, der Kloß in seinem Hals war zu groß.

»Scheiße! Ey, hör mir zu, komm, sieh mich an! Haben sie dir wehgetan?«

Chad blickte auf. Er schüttelte den Kopf. »Ich darf nicht nach Hause«, schluchzte er.

»Natürlich nicht, du sitzt im Gefängnis. Das ist der Sinn dahinter.«

»Ich will aber nach Hause.«

»Kleiner, das geht nicht. Was haben sie dir gesagt?«

»Dass sie mich erschießen.« Beim letzten Wort brach Chads Stimme und er schnappte nach Luft.

»Sieh mich an! Mich werden sie auch erschießen, okay? Hast du mich schon einmal weinen gesehen?«

Chad schüttelte langsam den Kopf.

»Ganz genau. Und weißt du, warum? Ich heule nicht rum, weil ich keine Angst vor denen habe. Sollen sie mich doch hinrichten! Alles ist besser, als in dieser Hölle zu sitzen.«

Bei den Worten überkam Chad ein neuer Schwall Tränen.

Nicolas seufzte. »Okay, was würdest du zuhause tun, wenn du jetzt gehen dürftest?«

»Ich weiß nicht.«

»Hast du keine Hobbys oder so? Steht bei dir zu Hause ein Fernseher? Würdest du fernsehen?«

Chad wischte sich die Tränen ab. Er beschloss, dem Gespräch eine Chance zu geben. »Ich zeichne gern«, murmelte er.

»Klasse, und was?«, fragte Nicolas. Er setzte sich Chad gegenüber. Sein Interesse war geheuchelt, das merkte Chad, doch mit Nicolas zu reden, beruhigte ihn.

»Meistens Superhelden.«

»Die aus den Comics?«

»Ja.«

»Hast du einen Lieblingscomic?«

»Limitless«, sagte Chad. »Davon habe ich alle Hefte.«

»Ja, Viktors Feuerkräfte sind cool«, sagte Nicolas. »Mit jedem Gegner werden seine Flammen größer und mächtiger. Ich mag ihn auch. Aber ich hab nach Band zweiundzwanzig abgebrochen, weil, na ja, sieh dich um. Die erlauben hier keine Comics, weil sie als Wertanlage genutzt werden können.«

Chad sammelte sich und fasste für Nicolas zusammen, was in den letzten Ausgaben der Comicreihe passiert war. Darüber zu reden lenkte ihn ab und ließ ihn in eine Art Parallelwelt seines Verstands eintauchen. Für einen Moment bildete er sich sogar ein, ein ernsthaft interessiertes Funkeln in Nicolas' Augen zu sehen. Als er fertig war, atmete er tief durch. »Die haben gesagt, dass sie mir wehtun, wenn ich sechzehn bin.«

Nicolas zündete sich eine Zigarette an. Seine roten Haare fielen ihm ins Gesicht, als er sagte: »Die nennen es Belastung. Es ist nur ein anderes Wort für Folter. Für uns bedeutet es Schmerzen. Sei froh, dass du sie erst so spät erfährst.«

»Warum dürfen sie das überhaupt?« Chad wischte sich erneut über das Gesicht. »Die können uns doch nicht foltern!«

»Doch, das können sie. So lautet das Gesetz. Es ist das, was wir verdient haben.«

»Ich will nach Hause«, murmelte Chad.

»Den Gedanken solltest du dir wirklich abgewöhnen«, sagte Nicolas. »Keiner von uns beiden wird je wieder nach Hause gehen. Und wenn, dann nur in einem scheiß Leichensack verpackt.«

»Ich wünschte, ich wäre so stark wie ein Superheld«, sagte Chad. »Dann würde ich jeden verprügeln, der sich mir in den Weg stellt und ausbrechen!«

Nicolas schnaufte amüsiert. »Weißt du überhaupt wie man richtig kämpft?«

»Einmal habe ich es schon gemacht.«, antwortete Chad.

»Du meinst, du wurdest verprügelt. Kleiner, deine vermöbelte Fresse war das Erste was ich von dir gesehen habe. Jetzt sag mir nicht, dass der andere noch schlimmer aussah.«

»Nein. Der andere war am Ende tot.«

Für einen Moment spannte sich die Luft zwischen ihnen an. Dann lachte Nicolas, bis er sich den Bauch hielt. »Stimmt! Deswegen bist du ja hier. Guter Konter, Kleiner.«

Chad lächelte. Seine Aussage stimmte nicht ganz. Von fünf Gegnern hatte der, der ihn an der Stirn erwischt hatte, überlebt. Aber das behielt er für sich.

»Komm her, ich zeig dir ein paar Tricks.«

Sie rauften eine Weile miteinander. Nicolas zeigte ihm, wie man schnelle Angriffe abwehrt und im richtigen Augenblick zurückschlägt. Er sagte, dass die Wahrscheinlichkeit, im Gefängnis attackiert zu werden, höher war als draußen und dass es meist so schnell passierte, dass es vorbei war, bevor man den Angriff realisierte. Ihre Zelle bot den perfekten Übungsort, denn in der Regel fanden Übergriffe an sehr engen Stellen statt.

»Wenn du Superkräfte haben könntest, welche wären es?«, fragte Chad, nachdem er sich erschöpft aufs Bett fallen gelassen hatte. Er wollte seinem Zellenkumpel auf den Zahn fühlen. Er würde sein Geheimnis nicht ewig für sich behalten können. Aber es war wichtig, dass es nicht die Runde machte.

Nicolas' Augen zuckten kurz. Er lehnte sich an die Wand, zündete sich eine weitere Zigarette an und verschränkte dann die Arme. Die Stimmung kippte.

»Nicolas?«

»Das ist eine total beschissene Frage.«

»Warum?«

»Weil Superkräfte gefährlich sind. Alle denken, dass man sofort zum Superhelden wird, wenn man irgendwas krasses Übermenschliches kann, aber die Welt ist nicht wie im Comic. Keiner denkt an die scheiß Folgen. Oft sind die Helden nicht besser als die Schurken. Sie wollen zwar helfen, aber zerstören dabei Häuser und Autos und nehmen keine Rücksicht auf ihre Umgebung oder die Menschen die du liebst und ehe du dich versiehst, sind sie tot.« Seine Haare fielen ihm ins Gesicht. »Aber ist auch egal.« Er nahm einen Zug. »Du kannst mich Nico nennen. Nicolas hat meine Mum immer gesagt. Du bist nicht meine Mum.«

Er hat ja keine Ahnung, wie recht er hat, dachte Chad. Er beschloss, die Wahrheit weiterhin zu verschweigen. Ohne darüber nachzudenken, fragte er: »Du hast sie abgestochen, oder?« Daraufhin fing er sich einen finsteren Blick ein.

»Woher weißt du das?«

»Es tut mir leid!«, rief Chad, als Nico sich von der Wand abstieß. Sein Gewissen zwang ihn zur Ehrlichkeit. »Ich habe es in deinem Ordner gelesen.«

Nico packte Chad und zerrte ihn vom Bett. Er stieß ihn gegen die Wand neben der Toilette und lehnte sich gegen ihn. »Was hast du an meinen Sachen verloren?«, flüsterte er.

Chad kamen die Tränen. Er hatte Mist gebaut und musste jetzt dazu stehen. »Ich war neugierig«, wimmerte er. »Bitte lass mich los!«

Nico richtete seine Faust auf ihn. Doch statt zuzuschlagen, drohte er: »Geh noch einmal ungefragt an meine Sachen und ich verprügel dich so hart, dass du dich auf deine scheiß Hinrichtung freust!«

»Es tut mir leid!«

Nico ließ ihn los und Chad rutschte an der Wand entlang auf den Boden.

»Halt deine scheiß Nase aus fremden Angelegenheiten heraus!«

Im nächsten Moment ging er zum Tisch, wo er seine Zigarette an der Wand ausdrückte und sich eine neue anzündete. Die letzte aus der aktuellen Schachtel. »Scheiße!«, fluchte er leise, als er sich die leere Packung in die Hosentasche steckte.

Chad kletterte auf sein Bett. Gerade noch hatte er gedacht, sie würden sich gut verstehen. Jetzt wusste er, dass er bei Nico genauso vorsichtig sein musste, wie bei den Wärtern. Seine Zündschnur war erschreckend kurz.

Überfall und Gewalt

Chad hatte seit Tag eins Einschlafprobleme, darum ärgerte es ihn umso mehr, als mitten in der Nacht schlagartig das Licht in der Zelle anging. Er zog sich die Decke über den Kopf, doch dann hörte er das metallische Geräusch des Schlüssels in ihrer Tür und wie sie anschließend aufgezogen wurde.

Schwere Schritte erklangen, sie stammten von mindestens zwei Personen. Dann wurde er aus dem Bett gezerrt. Er schrie auf. Seine Decke, an die er sich klammerte, rutschte zu Boden und starke Hände verdrehten ihm die Arme hinter dem Rücken. Jemand zwang ihn auf die Knie und drückte seinen Kopf über die Toilettenschüssel. Panik lähmte seinen Körper. Jemand anderes brüllte Nico an. Handschellen klickten.

»Was soll die Scheiße?«, brüllte Nico zurück.

Daraufhin hörte Chad einen dumpfen Schlag. Aus dem Augenwinkel sah er Nico zu Boden gehen.

»Wo ist es?«, fragte Chirac in drohendem Ton.

»Ich weiß nicht, was du meinst!«, knurrte Nico. Er fing sich eine Ohrfeige ein.

»Du weißt genau, wovon ich rede.«

»Sag es, oder der Bengel darf seine eigene Scheiße lecken!« Diese Stimme gehörte zu Strong. Er drückte Chads Kopf tiefer in die Toilette. Seine Nase berührte das Wasser darin und Chad war kurz davor, sich zu übergeben.

»Wie ihr wollt«, sagte Chirac. Er trat ans Bett, warf die Deckenbezüge zusammengeknüllt auf den Boden und stellte die Matratzen auf, wobei sämtliche Bücher und Zeitschriften hinunterfielen.

Strong zog Chads Kopf an den Haaren hoch. Gleich darauf landeten ihre Zahnbürsten in der Toilette.

Chirac griff in Nicos Karton unter dem Bett, in dem sein Zigarettenvorrat lagerte. Er nahm eine Zigarette heraus und steckte die restlichen Packungen in seine eigenen Taschen. Mit Nicos Feuerzeug zündete er die Zigarette zwischen seinen Fingern an. Dann hockte er sich vor Nico.

»Willst du ziehen?«, fragte er.

Nico antwortete nicht.

»Ich bin mir sicher, du willst.« Chirac steckte sie Nico zwischen die Lippen. Nico schloss die Augen und zog an der Kippe. So schnell er sie im Mund hatte, so schnell nahm Chirac sie ihm wieder ab. »Das reicht jetzt«, sagte er und drückte das glimmende Ende an Nicos Oberarm aus.

Nico biss die Zähne zusammen, machte aber keinen Laut.

Chad zerrte an seinen Armen. Strong ließ ihn los. Sofort beugte sich Chad über die Toilette, und übergab sich.

Chirac drückte Nico seinen Schlagstock in den Magen. »Wir finden es, darauf kannst du dich verlassen. Und wenn wir es haben, seid ihr dran!«

Strong trat Chad in die Seite, sodass er gegen das Bettgestell knallte. »Wir finden es!«, wiederholte er. Dann verließen sie die Zelle.

Die Tür fiel ins Schloss. Das Licht ging aus. Einen Moment blieb es still.

»Scheißkerle!«, flüsterte Nico während er versuchte, aufzustehen. Seine Hände waren hinter dem Rücken gefesselt. Im dunklen Mondschein erkannte Chad nur seine Silhouette. Er selbst zog sich am Bettgestell hoch. Mit zitternder Stimme fragte er: »Nico, was haben die gesucht?«

Die Antwort kam prompt und überraschend. »Gar nichts!«

»Aber-«

»Die haben gar nichts gesucht, oder versteckst du was?«

»Nein!«, rief Chad. »Ich besitze ja nicht einmal irgendwas.«

Nico drehte sich zur Tür und trat mit dem Fuß dagegen. »Hört ihr mich ihr Wichser? Ich mach jeden einzelnen von euch kalt!« Mit weiteren Tritten betonte er seine Worte. »Ich. Stech. Euch. Alle. Ab!«

Keine Reaktion.

»Ich fang bei dir an, Chirac, hörst du mich? Ich weiß, dass du da bist, komm rein!«

»Nico, vielleicht solltest du lieber nicht ...«

»Halt deine scheiß Fresse, du Zwerg!«

Chad wich zurück. Er stolperte über seine eigenen Füße und landete auf dem unteren Bett, dessen Lattenrost lediglich aus Metallfedern bestand.

»Glotz nicht so!«, rief Nico. »Ich schwöre dir, ich polier dir deine scheiß Visage, wenn du nicht sofort aufstehst und die Scheiße hier aufräumst!«

Chad sprang auf. Er war sich sicher, dass Nico ihn ohne Probleme auch nur mit seinen Füßen verprügeln konnte. Er schlüpfte an ihm vorbei in die Mitte der Zelle.

»Mach jetzt!«

Mit aufeinander gepressten Zähnen sammelte Chad die herumliegenden Gegenstände auf. Er fischte die Zahnbürsten aus der Toilette und griff dabei in sein eigenes Erbrochenes. Als er das tat, musste er ein Würgen unterdrücken. Er spülte ab und wusch sich die Hände, um den unangenehmen Geruch daran loszuwerden. Danach las er die Bettbezüge und Matratzen auf. Die Zeitschriften und Bücher legte er als Stapel auf den Tisch. Während er sich durch den kleinen Raum bewegte, achtete er stets darauf, nicht mit dem Gesicht in den Mondschein zu geraten. Nico würde sonst seine Tränen sehen.

In dieser Nacht war nicht mehr an Schlaf zu denken gewesen. Nico hatte es sich auf Chads Bett gemütlich gemacht und Chad lag mit dem Kopf auf seinen Armen am Tisch. Als die Sirene schellte, sprangen sie sofort auf. Nach der Zählung verkündete ein Wärter: »Kleiner, du gehst heute auf den Hof.«

»Warum heute?«, mischte sich Nico ein.

»Weil der Direktor das angeordnet hat«, antwortete der Wärter.

»Ach, wirklich? Ausgerechnet, nachdem Chirac diese Scheiße abgezogen hat, soll der Zwerg auf den Hof?«

»Hast du ein Problem, Chross?« Der Wärter legte eine Hand auf seinen Schlagstock.

»Sie wissen, was die da draußen mit ihm machen.«

»Pass halt auf ihn auf.«

»Ey, bin ich hier der scheiß Babysitter, oder was?«, fragte Nico. Erneut. Er bekam keine Antwort.

Eine Stunde später kettete der Wärter Nico und Chad mit den Handschellen, die Nico seit Chiracs Überfall trug, aneinander.

»Was soll das denn werden?«

»Da du dir so große Sorgen um den Bengel machst, stelle ich sicher, dass du ihn nicht aus den Augen verlierst.«

Der Wärter ignorierte Nicos Protest und ging zur nächsten Zelle. Auf Befehl stellten sich alle Insassen in einer Reihe auf dem Gang auf, um hintereinander, bewacht von vier Wärtern, zum Treppenhaus zu gehen. Chad zählte fünfzehn Männer in blauer Gefangenenkleidung. Der, der hinter ihm ging, kam ihm mit jedem Schritt näher, sodass Chad seinen Atem bald an seinem Hinterkopf spürte. Er hatte nur einen kurzen Blick auf den Glatzköpfigen geworfen, doch der hatte gereicht, um ihn nicht näher kennenlernen zu wollen. Deswegen konzentrierte er sich auf den Mann vor ihnen. Er war schon älter, vielleicht Mitte sechzig, groß, schlank und hatte lange, fast silberne Haare, die zu einem Zopf gebunden waren. Er bewegte sich kein bisschen so, als hätte ihm das Alter zu schaffen gemacht, sondern leichtfüßig und elegant. Ganz anders als der Rest der Reihe. Sie erreichten eine Tür, durch die ein frischer Luftzug ins Gebäude drang. Außerdem das ungefilterte Licht der Sonne. Chad schirmte seine Augen mit seiner freien Hand ab. Kaum hatten sie einen Fuß auf den kiesüberzogenen Weg gesetzt, packte der Mann hinter ihnen Chad am Arm.

Nico merkte das und entriss Chad seinen Klauen, indem er seinen Arm auf Seite zog. »Finger weg!«, zischte er.

Der Mann grinste sie mit verfaulten Zähnen an, ließ aber von ihnen ab.

»Komm mit, Kleiner, wir suchen uns eine Gruppe, bei der wir sicher sind. Wir müssen unauffällig bleiben.«

Der Weg führte sie auf einen großen Platz, dessen Boden aus roten Steinchen bestand, wie die Sportplätze, auf denen Chads Klasse Sportunterricht gehabt hatte. Ein Blick nach oben offenbarte ihm graue Wolken, die sich gemächlich vor die Sonne schoben und aus denen es früher oder später regnen würde. Die Luft um sie herum war dünn und kühl. Das spürte Chad besonders an seinen Zehen.

Auf einer Seite des Hofes gab es eine Sportecke. Einige Männer hatten die Geräte bereits in Beschlag genommen, während andere daneben warteten, dass sie frei wurden. Es gab einen Fußballplatz mit zwei Metalltoren und Sitzbänke, die im Hof verteilt waren. Von grüner Wiese oder Bäumen fehlte jede Spur.

Umringt wurde der Hof von der unübersehbaren, hohen Betonmauer, die mit Stacheldraht besetzt war. Dahinter befand sich eine Welt mit einer Gesellschaft, die mit dem Leben und den Leuten hier drin nichts zu tun haben wollte. Das kalte Grau verhöhnte die Gefangenen. Sie mussten sich damit abfinden, von einer Wand umschlossen zu sein, die ihnen die Freiheit nahm, selbst wenn sie sich außerhalb der Zellen aufhielten. An manchen Teilen dieser Mauer hingen Ketten herab, an denen jeweils zwei verrostete Eisenschellen befestigt waren.

Nico führte ihn auf die andere Seite zu einer Tribüne neben dem Fußballplatz. Davor standen eng beieinander drei Jungs. Als Nico und Chad bei ihnen ankamen, starrten sie Chad an. Wortlos reichte einer von ihnen Nico eine Zigarette. Jetzt begriff Chad, was an dem Gesamtbild, das er vom Hof und den Gefangenen aufgenommen hatte, nicht stimmte: Keiner der Gefangenen trug eine Jacke, obwohl Temperaturen um den Nullpunkt herrschten. Sie alle hatten ihre Hände in den Hosentaschen vergraben und die Arme nah an ihre Körper gelegt. Sie standen beinahe Schulter an Schulter. Innere Wärme holten sie sich durch die Zigaretten.

»Der ist ja noch viel kleiner, als du gesagt hast«, fing einer der Jungs an. »Wie alt ist der noch mal? Elf?«

»Sieht aus wie ein Kleinkind, verstehste?«

»Will ihn einer von euch haben?«, fragte Nico. Die Jungs lachten.

»Klar, ich nehm den sofort!«, antwortete der, der Nico die Zigarette gegeben hatte. Er machte eine Geste mit den Händen, die ganz klar sexuelle Handlungen verdeutlichte. »Warum hängt er an dir dran?«

»Damit du genau das nicht machst«, antwortete Nico und blies Rauch aus. Er gab sich cool.

Chad dachte an ihr Gespräch über Superhelden und Comics. Er glaubte nicht, dass Nico vor diesen Typen zugeben würde, dass er darauf stand.

»Ey, wurde einer von euch schonmal nachts von Chirac überfallen?«, fragte Nico dann sehr ernst.

»Wie meinst du das?«

»Ey, der Scheißkerl ist letzte Nacht rein gekommen, hat alles verwüstet, meinte, er sucht was.«

»Hab davon gehört«, sagte einer. »Jake hatte das auch. Chirac hat ihn eine ganze Woche lang jede Nacht gestört. Hat immer gesagt, er sucht was, dabei war Jake sauber, verstehste? Irgendwann hat er sich 'ne Klinge gebastelt. Als Chirac die gefunden hat, gab's 'nen Monat Bunker. Danach war Ruhe.«

»Scheiße!«, fluchte Nico. »Ey, als ob ich dem ins Messer laufe!«

»Ich glaube, du hast keine Wahl, Mann«, sagte ein anderer. »Chirac ist übel. Weißt du ja. Der sucht sich erst seine Opfer aus und macht sie dann fertig. Noch eine?« Er reichte Nico fünf weitere Zigaretten und ein Feuerzeug.

»Sorry, ich zahl die zurück. Das Arschloch hat mir den ganzen scheiß Vorrat gezogen. Ich hatte noch acht Schachteln.«

»Kein Ding.« Der Typ boxte Nico freundschaftlich gegen den Oberarm. »Was ist mit dir, auch eine?«, fragte er an Chad gewandt.

Chad schüttelte den Kopf.

»Ich bin zwölf«, sagte er zurückhaltend. Sofort brachen die Jungs in amüsiertes Gelächter aus. Sogar Nico grinste.

»Der ist ja süß. Hat ja noch voll die Kinderstimme.«

Chad drehte sich weg. Er spürte, wie ihm die Röte ins Gesicht schoss. Nico zerrte ihn am Arm wieder herum. Einer beugte sich runter und stupste ihm gegen die Stirn. »Als Nico das erste Mal von dir erzählt hat, hab ich gedacht, du wärst härter. Hast ein paar Typen umgelegt, was? Ich finde nicht, dass du wie ein Mörder aussiehst. Pass auf, dass sie dich nicht auf einen Hocker stellen müssen, wenn sie dich hinrichten!«

Chad wollte etwas erwidern. Als er den Mund öffnete, stoppte Nico ihn. »Das reicht jetzt. Lasst den Zwerg in Ruhe!«

»Sorry, Mann. Kein Grund, sauer zu werden. Nicht jeder hier wartet auf seinen letzten Schuss. Hab dir schonmal gesagt, dass du selbst schuld bist.«

Nico überhörte die Bemerkung. Statt darauf einzugehen, sagte er: »Wenn er Angst kriegt, fängt er an zu kotzen wie ein Baby.« Anschließend wuschelte er Chad durch die Haare. »Eine kleine Kotzekanone ist das!«

Die anderen lachten.

Während Nico mit seinen Kumpels über das System schimpfte, bemerkten sie nicht, wie sich ihnen eine weitere Gruppe, bestehend aus fünf muskulösen Männern, näherte. Chad sah sie, als sie nur noch wenige Meter von ihnen entfernt waren. Er zog Nico am Hemd.

»Was denn? Oh, scheiße!«, stieß Nico aus. Er bezog sofort Stellung und schob Chad hinter sich. Die anderen aus ihrer Gruppe machten es ihm nach. Chad befand sich dadurch im Zentrum eines Schutzkreises. Die Gruppe anderer Gefangener blieb in einer ähnlichen Formation vor ihnen stehen. »Verpisst euch!«, rief Nico.

Der Glatzkopf von vorhin grinste ihnen mit seinen verfaulten Zähnen entgegen. »Wir wollen das Kind«, sagte er. Während er sprach, bildete sich vor seinem Mund eine Atemwolke.

»Ich sag es euch noch einmal: verpisst euch! Der Junge gehört mir.« Zur Demonstration hob Nico die Hand, mit der er mit Chad durch die Handschellen verbunden war.

»Tu nicht so, Chross, du bist so harmlos wie eine Fliege«, sagte der Glatzkopf.

Ihr Aufeinandertreffen blieb nicht unbemerkt. Andere Gefangene kamen näher und bildeten einen großen Kreis um die beiden Gruppen. Sie riefen ihnen aufgeregte Kampfansagen zu und forderten sie auf, es schnell zu tun, bevor die Wärter eingreifen konnten.

»Vergreif dich an welchen, die so groß sind wie du!«, rief Nico.

»Was denn? An dir vielleicht? Hast du Lust?« Der Glatzkopf lachte und zwinkerte Nico zu. »Du musst ja nicht hinsehen, wenn ich Spaß mit deinem Anhängsel habe.«

Chad klammerte sich an Nicos Hemd fest. Er hatte von Vergewaltigungen gehört und den Schäden, die die Opfer danach davontrugen. Gerade wollte er nichts anderes, als dass sich die Wärter endlich einmischten.

»Fass ihn an und ich polier dir deine hässliche Fresse!«

Die Gefangenen um sie herum grölten und feuerten Nico an. Sie wollten, dass er seine Ansage wahrmachte.

»Mach schon!«, rief einer.

»Laber nicht!«, rief ein anderer.

»Wenn du das tust, landest du im Bunker. Und dann ist der Kleine ungeschützt. Ich hab doch gesagt, du bist so harmlos wie eine Fliege.« Der Glatzkopf nickte seinen Begleitern zu, die daraufhin vortraten. Die drei aus Nicos Gruppe stellten sich ihnen in den Weg. Den ersten Schlag teilte der aus, der Nico eine von seinen Zigaretten gegeben hatte. Das sahen die anderen zum Anlass, ebenfalls zuzuschlagen. Während das Gerangel zu einer Schlägerei ausartete und die Gefangenen im Kreis bekamen, was sie wollten, blieben Nico und der Glatzkopf in der Mitte stehen.

»Ich will nichts von dir, Chross. Du kommst davon. Ich will nur den Kleinen.«

Einen Moment lang hatte Chad Angst, dass Nico nachgeben würde, denn der blickte zwischen dem Glatzkopf und ihm hin und her. So, als würde er das Risiko abwägen, das er trug, wenn er ihn nicht auslieferte. Doch dann sagte er: »Fick dich!« und hob den Mittelfinger.

Daraufhin schlug der Glatzkopf zu.

Nico hob aus Reflex den Arm zur Abwehr. Leider war es der, an dem Chad hing, sodass seine Bewegung zu langsam war und sein Gegner einen Volltreffer landete. Nico taumelte rückwärts. Er stieß gegen einen Mann aus dem Kreis um die Prügelei, der ihn sofort wieder in den Ring schubste. Dabei stolperte er über Chad, der ebenfalls das

Gleichgewicht verlor. Sie rissen einander nach unten und fielen in den Dreck. Der Glatzkopf lachte. Er beugte sich zu Nico runter und schlug ihm erneut ins Gesicht. Bevor Nico mit dem Hinterkopf auf dem Boden landete, packte er ihn am Kragen. »Überzeugt?«

Nicos Lippe blutete. Er spuckte dem Glatzkopf ins Gesicht, gab aber keine Antwort.

Dann fasste ihr Gegner Chad am Oberschenkel an. Ein Schock, wie ein Blitz, durchzuckte Chads ganzen Körper. Alles an ihm wollte sich von dieser Berührung losreißen, doch er blieb wie gelähmt sitzen. Er sah die kaputten Zähne des Mannes, der ihm jetzt sehr nah kam, roch seinen Atem, spürte die Hand an seinem Bein und die Kraft, die dahintersteckte. Er sah sich schon unter ihm liegen, wehrlos, niedergedrückt von seinem Gewicht. Jemand musste ihm sofort helfen. Aber da war niemand. Nico lag neben ihm auf dem Boden, blutend und erschöpft. Die anderen kämpften. Bis vor einigen Minuten hatte er noch keinen von ihnen gekannt und jetzt setzten sie sich für ihn ein, ohne zu merken, was gerade mit ihm geschah. Oder waren sie vielleicht von Anfang an auf Krawall aus gewesen? Er hörte die anderen Gefangenen jubeln. Alles passierte wie in Zeitlupe. Wo blieben die Wärter?

»Lass mich los!«, flehte Chad. Ihm wurde schlecht.

Die Augen des Glatzkopfes weiteten sich mit jedem Zentimeter, den er Chad näher kam. Chad wich so weit es ging zurück. Dabei verlagerte er sein Gewicht auf seine freie Hand. Er wollte nicht, dass ihn diese Augen ansahen. Sie fraßen ihn beinahe auf. Ihre Begierde nach ihm ekelte Chad an.

Er war körperlich zu schwach, um sich aus seiner Lage zu befreien. Aber gegen diese Augen konnte er etwas tun. Er griff mit der Hand in den Dreck und ließ sich auf den Rücken fallen. Dann schleuderte er den Dreck in die großen Augen seines Gegners. Das überraschte ihn, denn er ließ schlagartig von Chad ab und hielt sich das Gesicht. »Du Bastard!«, rief er.

Im nächsten Moment trat jemand dem Glatzkopf in die Seite. Es war der Gefangene mit den silbernen langen Haaren, der im Gang vor ihrer Zelle vor Chad hergelaufen war. Kurzerhand mischte er sich in die Prügelei der sechs anderen ein, verteilte gezielt Schläge und Tritte, ohne selbst Schaden zu nehmen. Seine Bewegungen waren fließend, fast wie ein Tanz und so schnell, dass Chad kaum sah, wo er seine Gegner traf. Der Kampf dauerte nur ein paar Sekunden. Am Ende war er der Einzige, der noch stand. Er sah Chad über die Schulter an und lächelte.

Sobald sich Chad aufrichtete, drehte er sich zur Seite und kotzte.

Dann endlich wurde der Kreis um sie herum aufgelöst. Wärter prügelten mit ihren Schlagstöcken auf die Gefangenen ein, wobei ihnen egal war, ob sie am Kampf beteiligt gewesen waren oder nicht. Einige wurden mit Elektroschockern niedergestreckt. Nur wenige hatten das Glück, schnell wegrennen zu können. Die, die es nicht schafften, schleiften die Wärter ins Gebäude. Einer trat mitten in Chads Kotze. Er fluchte und richtete seinen Schlagstock auf ihn, unternahm aber nichts. Chad rückte näher zu Nico, der sich ebenfalls aufgerichtet hatte und zusah, wie seine Kumpels abgeführt wurden.

»War das nötig, Vitus?«, fragte der Wärter den Gefangenen, der den Kampf beendet hatte. »Du weißt, ich kann dir das nicht durchgehen lassen.«

Der Langhaarige antwortete: »Natürlich, ich bitte um Verzeihung. Wohin darf ich Ihnen folgen? Zum Bunker?« Er hatte eine hohe Stimme für einen Mann in seinem Alter. Er schien seine Worte klug auszuwählen, bevor er sie aussprach.

»Da ist gerade zu viel los. Du kommst an die Mauer«, sagte der Wärter. Er führte ihn an der Schulter zu der Mauer, an der die Ketten herabhingen. Die Ketten hingen so hoch, dass der Gefangene die Arme über den Kopf heben musste. Der Wärter umschloss damit seine Handgelenke, bevor er sich von ihm abwandte.

Chad und Nico standen auf. »Das mit dem Dreck war schlau«, sagte Nico. »Ist bei dir alles okay?«

Chad nickte.

Nicos Gesicht verriet, dass er nicht dasselbe von sich behaupten konnte. Er tupfte sich das Blut an der Lippe mit seinem Hemdärmel ab. »Deswegen solltest du besser drin bleiben. Kaum sind wir zwanzig

Minuten draußen, schon gibt's 'ne Prügelei. Mann, der Typ hat echt fest zugeschlagen.«

»Warum haben die Wärter uns ignoriert?«, fragte Chad. »Wir waren doch mittendrin.«

»Wahrscheinlich hatten sie Mitleid mit dir und deinem Hundeblick.« Nico wuschelte ihm wieder durch die Haare.

»Lass das!«

Nico zündete sich eine Zigarette an. Er zog Chad mit sich zur Tribüne, wo sie sich nebeneinander setzten und über den Hof schauten. Keiner der Männer, die herumliefen, sah aus, als wollte sich Chad mit ihnen anlegen. Manche waren in Gruppen unterwegs, andere allein. Die meisten trieben Sport und die, die weder einer Gruppe angehörten, noch einen Platz auf den Sitzbänken ergattert hatten, trotteten im Kreis über den Hof. Ihr Retter von vorhin stand seelenruhig mit den Armen über dem Kopf gestreckt an der Mauer. Er hatte ein Bein angewinkelt und nickte mit dem Kopf in einem Takt, als würde er Musik hören.

»Nico, wer ist der Mann an der Mauer?«, fragte Chad.

»Das ist Vitus. Ein Wahnsinniger. Hat 'ne scheiß Bank ausgeraubt und wild um sich geschossen. Es gab keinen einzigen Toten. Es heißt, er hat das mit Absicht getan. Die Leute verfehlt, meine ich. Wollte ihnen ein Trauma verpassen.«

»Warum das denn?«

»Was weiß ich, der Typ ist irre.«

Chad beobachtete Vitus. Wenn er richtig lag, bewohnte er die Zelle direkt neben ihnen.

»Er ist bekannt dafür, dass er dir alles besorgen kann. Von ihm hatte ich auch den Ballon. Keine Ahnung, wie er das macht, aber er wird nie erwischt. Wenn du mich fragst, solltest du dich von ihm fernhalten. Er wohnt seit über zehn Jahren allein, weil Chirac verboten hat, jemanden zu ihm zu sperren. Mit dem stimmt was nicht.«

»Ist er auch zum … zum Tode verurteilt?«

»Nein. Er hat nur lebenslang«, sagte Nico. »Ist ja auch keiner gestorben bei seinem Überfall.«

»Er kämpft gut«, stellte Chad fest. »Hast du gesehen, wie schnell er war? Wenn ich das bei der Schießerei draufgehabt hätte, wäre ich jetzt bestimmt nicht hier.«

»Vitus ist alt. Wahrscheinlich hat es eine Ewigkeit gedauert, bis er seine Bewegungen so präzise ausführen konnte wie vorhin. Es ist utopisch zu glauben, ein Winzling wie du könnte das auch.«

»Aber wenn ich es gekonnt hätte …«

»Du bist kein Superheld, Chad. Du warst keiner und du wirst keiner sein. Hör auf, zu denken, die Welt wäre ein Comic! Dein Move mit dem Dreck war gut, er hätte aber auch danebengehen können.«

Chad schluckte seinen Widerstand herunter. Statt mit Nico zu streiten, überlegte er, dass er Vitus später fragen wollte, ob er ihm das Kämpfen beibringen konnte. Eines Tages würde Killer fünf unvorsichtig sein und vielleicht landete er innerhalb der nächsten fünf Jahre sogar hier bei ihm. Wenn sie sich das nächste Mal gegenüberstanden, wollte Chad in der Lage sein, sich zu verteidigen.

Nico erklärte Chad, was er beim Hofgang alles beachten musste, sollte er eines Tages ohne ihn herkommen. Wichtig war, dass er niemals allein herumstreifte, da er so die größte Angriffsfläche bot. Er empfahl ihm, sich gut mit den Männern an den Hantelbänken zu stellen. Wenn er Verbündete brauchte, waren die mit der meisten Kraft am hilfreichsten. Sie nahmen sich vor, ihre Wohlgesinntheit am nächsten Tag auszuchecken. Es waren immer acht Wärter für die Aufsicht eingeteilt. Sie liefen in Zweierteams über den Hof und hielten Wache an sämtlichen Eingängen. In regelmäßigen Abständen mussten sie davon ausgehen, dass ihre Zellen während der Hofstunde durchsucht wurden.

Als die Sirene ihre Stunde beendete, reihten sich Nico und Chad in die Schlange der Gefangenen ein, um wieder reinzugehen. An der Tür standen vier Wärter, die die Männer stichprobenartig abtasteten, was den Fortbewegungsprozess erheblich verlangsamte. Einen Gefangenen, bei dem sie fündig wurden, zerrten sie aus der Reihe. Er wurde in Handschellen gelegt und abgeführt. Chad wollte noch einmal einen Blick auf den Hof werfen, den er die nächsten dreiundzwanzig Stunden nicht sehen würde. Er drehte sich um und bemerkte Vitus, der direkt hinter ihm stand. Als er ihn sah, zuckte Chad kurz zusammen. Er hatte gedacht, dass Vitus noch an den Ketten hing.

Vitus lächelte ihn an. »Hast du dich erschreckt?«, fragte er.

Nico neigte seinen Kopf in Vitus' Richtung. »Lass den Kleinen in Ruhe!«

»Ich will nichts von ihm, Chross, keine Angst. Aber du solltest deine Kippen loswerden, bevor sie dich filzen. Soweit ich weiß, haben sie dir deinen Vorrat letzte Nacht abgenommen. Chirac wird nicht erfreut sein, wenn er hört, dass du dir draußen welche besorgt hast.«

»Halt die Klappe, Vitus!«, zischte Nico.

»Schieb sie dem Jungen rüber, bei ihm finden sie sie nicht.«

»Was?«, stieß Chad aus.

»In seine Hosentaschen. Du solltest dich beeilen.«

Sie rückten ein paar Schritte vor. Nico presste die Lippen aufeinander. Dann holte er die drei übrig gebliebenen Zigaretten und das Feuerzeug aus seiner Tasche und schob sie Chad in die Hand. »Los, steck das ein!«

Chad protestierte. Er wollte nicht, dass ihn die Wärter rauszogen, so, wie den anderen Typen vorhin. Er war mit seiner Größe so auffällig, dass er sich sicher war, rausgezogen zu werden. Aber Nico beharrte darauf, also steckte er die Zigaretten ein. Sie rückten noch einen Schritt weiter vor.

Die Männer vor ihnen schleusten die Wärter einfach durch. Als Chad und Nico bei der Tür ankamen, versperrten sie ihnen den Weg mit ihren Schlagstöcken. Einer tastete Nico ab und ein anderer Chad. Die Hände des Wärters gingen über jede Naht der Kleidung und jeden Winkel seines Körpers. Sie berührten die Hosentaschen, wo sie definitiv die Zigaretten spürten. Chad schloss die Augen, weil er nicht sehen wollte, was mit ihm passierte. Die Hände wanderten seine Beine entlang bis zu seinen Füßen.

»Sauber«, kommentierte der Wärter. Die anderen ließen daraufhin die Schlagstöcke sinken.

Nico ging vor. Er zog Chad hinter sich her durch die Gänge bis zu ihrer Zelle, wo sie endlich voneinander getrennt wurden.

Zum ersten Mal spürte Chad Erleichterung, als die Tür hinter ihnen ins Schloss fiel.

In der Nacht wiederholten Chirac und Strong ihren Überfall. Chirac riss erneut alles auseinander. Er fand das geborgte Feuerzeug, was ihm den Anlass verschaffte, mit seinem Schlagstock auf Nico einzuprügeln, während Strong Chad gegen die Wand drückte. Als die Wärter mit ihnen fertig waren, ließen sie das Licht an. Weder Nico noch Chad machten danach ein Auge zu.

Der folgende Tag begann wie jeder andere. Sie wurden gezählt und mit Frühstück versorgt. Nachdem sie die Tabletts durch die Klappe zurückgegeben hatten, sagte der Wärter an Nico gewandt: »Chross, du hast heute Besuch. Das bedeutet keinen Ausgang für dich.«

»Wer kommt?«, fragte Nico.

»Wer wohl? Auf deiner Besuchsliste steht nur eine Person.«

Nico atmete erleichtert aus. Er kramte in seinen Klamotten nach einem frischen Hemd, zog es an, ging zum Spiegel, wusch sich, putzte die Zähne und legte sich die Haare zurecht, bevor er sich eine halbe Stunde später in Handschellen legen und abführen ließ.

Für Chad bedeutete das, dass er allein in den Hof gehen musste. Da die Schutzlosigkeit ein ungutes Gefühl bei ihm auslöste, blieb er erst innerhalb der Zelle, als die Aufforderung kam, sich in die Reihe einzufügen. Zwei Wärter, die sich vor ihm aufbauten, überzeugten ihn schließlich, sich doch einzureihen.

Draußen, wenige Minuten nachdem er den Hof betreten hatte, packte ihn Vitus an der Schulter und zog ihn zu einer Sitzbank. Er schob ihn auf die Sitzfläche zwischen zwei Männer und setzte sich ihm gegenüber. Die Männer rückten näher, sodass er beinahe eingequetscht wurde. Chad zog die Schultern zusammen. Mit rasendem Herzen fragte er: »Was wollen Sie von mir?«

Vitus ging nicht auf die Frage ein, sondern entgegnete: »Wie alt bist du?«

»Zwölf.«

»Also dürfen sie dich nicht schlagen.«

»Was?«

»Hör mir gut zu, Kleiner. Chross ist ein Draufgänger. Ihm ist egal, was die Wärter mit ihm machen und du bist ihm auch egal. Er ist eine tickende Zeitbombe, die sich ständig neu auflädt. Irgendwann wird er ausrasten. Chirac weiß das und will es beschleunigen. Deswegen kommen sie nachts zu euch und provozieren ihn.« Vitus lehnte sich etwas vor. »Chross macht nur Ärger. Ernsthaft, ich kenne keinen anderen Gefangenen, der schon an seinem ersten Tag im Bunker gelandet ist. Und ich bin schon ein paar Jahre dabei. Aber du hast damit nichts zu tun. Ich kann dafür sorgen, dass die Überfälle aufhören, ohne, dass Chirac einen Grund findet, dir Schmerzen zuzufügen.«

»Warum sollte er mir wehtun, wenn er nur ein Problem mit Nico hat?«, fragte Chad.

»Der Direktor hat dich sicher aufgeklärt. Sämtliche Regelungen, die dem Schutz der Gefangenen dienen, können über den Haufen geworfen werden, wenn die Wärter der Meinung sind, dass du dem Gefängnis schadest. Chirac wird Chross so lange provozieren, bis er explodiert. Bumm.« Vitus bewegte seine aneinander gelegten Fäuste schnell auseinander und spreizte seine Finger. »Und wenn das passiert, steckst du im selben Schlamassel wie er. Ihr wohnt doch zusammen. Sie werden sagen, dass er Einfluss auf dich hatte und du dich wie er entwickeln wirst. Hast du nicht an Silvester sogar für ihn geschrien?«

Bei der Vorstellung, wie die Wärter ihn und Nico aus ihrer Zelle zerren und verprügeln würden, lief Chad ein Schauer über den Rücken.

Nein. Das wollte er nicht. Jetzt, wo er vor Vitus saß, musste er an alles denken, was Nico ihm über ihn gesagt hatte. Er war ein Irrer, der einfach so um sich geschossen hatte. Nur, um den Leuten Angst zu machen. Lebenslang. Dieser Mann hatte nichts zu verlieren. Genau wie Nico. Chads Hände waren trotz der eisigen Kälte schweißnass und er wischte sie sich an der zu großen Hose ab.

»Ich kann dir ein Messer besorgen«, sagte Vitus.

»Ein Messer?«

Vitus nickte. »Chross wird sich widersetzen, so lange er kann. Er würde einer Waffe nicht zustimmen. Aber wenn sie eine bei ihm finden, ziehen sie ihn für eine Weile aus dem Verkehr.«

»Was bedeutet das?«

»Einzelhaft. Dunkelzelle. Er wird isoliert, kein Tageslicht. Je nach Ausraster, na ja, foltern sie ihn wahrscheinlich. Unser System ist dem aus dem Mittelalter gar nicht so unähnlich. Such dir was aus.«

Chad starrte ihn mit offenem Mund an.

»Glaub mir, es ist besser, sie erwischen ihn als dich. Chirac macht bei der Auswahl seiner Opfer keine Unterschiede. Ihm ist egal, ob du zwölf, zwanzig oder achtzig bist.«

»Und was mache ich, wenn Nico meine Waffe findet?«

»Dann betest du, dass er dich damit nicht absticht wie seine Familie.«

Chad schluckte. »Ich weiß nicht«, sagte er.

Vitus lehnte sich zurück. »Ich kann dir nur ein Angebot machen. Du musst entscheiden, wie du damit umgehst. Wenn du zu große Angst vor Chross hast, lass es sein. Lass die Wärter ihre Wut an euch auslassen. Lass ihn explodieren. Wenn du es dir überlegt hast, weißt du, wo du mich findest.«

Chad war sich nicht sicher, ob das Gespräch damit beendet war. Er versuchte, sich aus der eingeengten Lage zu befreien. Als er aufstand, sagte Vitus: »Hey, Kleiner, wir sind keine Feinde, verstanden? Ich werde dir nicht wehtun. Wenn du willst, kannst du bei uns mitmachen.« Er zeigte mit den Handflächen auf sich und seine beiden Kumpels. »Wir würden uns freuen.«

»Danke«, sagte Chad. Dann fügte er hinzu: »Du kämpfst sehr gut. Kannst du mir das beibringen?«

Vitus lächelte. »Tut mir leid, Kleiner, das geht nicht.«

Enttäuscht fragte Chad: »Wieso nicht?«

»Ganz einfach. Weil ich einen Eid geschworen habe, diese Kunst nicht weiterzugeben. Halt mich für altmodisch, aber ich stehe zu meinem Wort.«

»Schade«, sagte Chad. Insgeheim war er beeindruckt. Es musste sich um eine ganz bestimmte Technik handeln, wenn Vitus sogar schwören musste, sie nicht weiterzugeben. »Ich denke über dein Angebot nach«, sagte er schließlich.

Vitus nickte.

Chad entfernte sich von der Gruppe, wanderte ziellos umher, lief wie die anderen, die keinen Anschluss fanden, im Kreis über den Hof und vermied Augenkontakt. Die Hände tief in die Hosentaschen vergraben trottete er barfuß über die Kieselsteine. Indem er sich bewegte, kämpfte er gegen die Kälte an. Seine Haare fielen ihm ins Gesicht. Normalerweise wäre er bei der Länge seines Ponys längst zum Friseur gegangen. Es gab zwei Strähnen, die er einfach nicht gebändigt bekam. Draußen hatte er es mit Gel versucht. Aber hier …

Er blieb in der Nähe der Hantelbänke stehen. Nico hatte ihm empfohlen, sich bei den Gefangenen, die dort trainierten, vorzustellen, weil starke Freunde von Vorteil waren. Doch als er die Trainingsgeräte ansteuerte, sah er sich plötzlich ausgerechnet dem Mann gegenüber, der ihm auf die Füße gepinkelt hatte. Der Mann bemerkte Chad und die Tatsache, dass heute keine Gitter zwischen ihnen waren, schien ihm zu gefallen. Chad machte sofort kehrt. Mit schnellen Schritten hastete er über den Hof, ohne darauf zu achten, wohin er eigentlich lief und stieß prompt mit jemandem zusammen. Bevor er fiel, packte ihn die Person am Handgelenk.

»Hey, hier wird nicht gerannt!«

»Entschuldigung!«, sagte Chad schnell. Er blickte auf und sah einem Wärter direkt ins Gesicht. »Oh.«

»Oh?« Der Wärter packte fester zu. »Das gibt einen Eintrag. Mitkommen!« Er zog Chad am Handgelenk hinter sich her zu der Mauer, an der die Ketten herabhingen. Ohne ihn loszulassen, drehte er Chad so, dass er mit dem Rücken gegen die Mauer prallte. Der Wärter zog Chads Arme nach oben, wobei er ihm sein Handgelenk verdrehte, das daraufhin unangenehm knackte. Erst, als die breiten Eisenschellen über Chad klickten, ließ er ihn los. »Merk dir das für's nächste Mal.«

Chad kämpfte gegen die Tränen an. Nicht nur, weil sein Handgelenk schmerzte, das sich gerade erst von der Schusswunde erholt hatte, sondern weil er jetzt noch schutzloser war, als zu Beginn der Hofstunde. Mit den Händen über dem Kopf war er allem und jedem ausgeliefert. Er wünschte sich sofort, er wäre bei Vitus sitzen geblieben.

Alle, die in den nächsten Minuten an ihm vorbeiliefen, egal ob Wärter oder Gefangene, starrten ihn an. Wenn einer auf ihn zeigte, sah Chad unweigerlich auf den Boden. Die Ketten zogen an seinen Armen, wahrscheinlich, weil er so klein war und sie nicht tiefer hingen. Zu allem Überfluss bekam er jetzt Tropfen ab, die von oben auf ihn fielen. Wind setzte ein und kurze Zeit später regnete es wie aus Eimern. Seine Klamotten waren bald komplett durchnässt. In Kombination mit dem Wind, der den Regen unmittelbar auf ihn lenkte und den ohnehin niedrigen Temperaturen, hätte er sich keinen schlechteren Standort aussuchen können.

Die anderen Gefangenen stellten sich an die Außenwand des Gebäudes, wo sie vor den diagonal fallenden Regentropfen halbwegs geschützt waren. Außer ihm hing niemand sonst in Ketten. In diesem Zustand zog sich die Stunde ins Unendliche. Selbst, als die Wärter die Tore nach innen öffneten und sich die Gefangenen einreihten, um in ihre Zellen zurückzukehren, blieb er an der Mauer. Erst, als der letzte Gefangene das Gebäude betreten hatte, erbarmte sich ein Wärter, ihn von der Wand zu lösen und durch den Regen zur Tür zu schubsen. Hinter ihm entstand eine dunkelgraue, nasse Spur auf dem Beton, bis er seine und Nicos Zelle betrat.

Nico wartete rauchend auf seinem Bett. Als er Chad sah, grinste er. »Du lebst ja noch. Hätte nicht gedacht, dich in einem Stück wiederzusehen. Was war los?«

Chad war so kalt, dass seine Zähne klapperten. Er drückte sein Handgelenk fest an seinen Oberkörper, blieb aber regungslos an der Tür stehen. Unter ihm entstand eine Pfütze.

»Zieh das aus, Mann! Du erkältest dich noch.«

»Okay«, sagte Chad. Er machte sich vorsichtig daran, seine Klamotten loszuwerden. Dabei achtete er darauf, sein Handgelenk möglichst wenig zu bewegen. Er steckte sein Hemd am Kragen in den Schlitz zwischen Nicos Matratze und dem Bettgestell. Für die Hose brauchte er länger, doch auch die steckte er in den Schlitz. Dann zog er sich die dicken Wollsocken an und verzog sich unter die kratzige Bettdecke, um sich aufzuwärmen. Ihm fiel auf, dass auf dem Tisch eine eingeschweißte Stange mit neun Zigarettenschachteln lag. An einer Seite war sie geöffnet. Offensichtlich hatte Nico sie heute von seinem Besuch bekommen.

»Willst du echt keine? Rauchen wärmt dich von innen.«

»Nein, danke.« Chad hauchte seine Hände an, um auf seine Art Wärme zu erzeugen. »Rauchen ist ungesund«, fügte er hinzu.

»Wen interessiert's? Ich bin in zwei Jahren tot und du in fünf. Also, was war draußen? Warum bist du so spät?«

»Weil mich einer von denen an die Mauer gekettet hat.«

»Im Ernst?« Nico sprang vom Bett und lehnte sich an das Gestell. Er blickte von oben auf Chad herab. »Das zweite Mal draußen und schon landest du an der Mauer? Was ist los mit dir?«

»Ich bin gerannt.«

Nico lachte auf. »Echt? Das solltest du nicht tun. Ist verboten. Aber weißt du ja jetzt selbst.« Er beugte sich vor, um Chad durch die nassen Haare zu wuscheln. »Na gut, hast du Lust, was zu spielen? Ich hab seit heute ein Kartendeck.« Nico holte einen Satz Karten von seiner Matratze und warf Chad außerdem eines seiner T-Shirts zu. »Hier, ich kann nackte Gegner nicht ernst nehmen.«

Am Abend blieb das Licht in ihrer Zelle schon wieder an.

Fataler Messerdeal

Da Nicos Kumpels noch im Bunker saßen, trotteten sie beim nächsten Hofgang zu zweit über den steinigen Platz. Chad ergriff die Initiative und fragte Nico, ob sie sich zu Vitus setzten wollten. Er musste Vitus irgendwie klarmachen, dass er das Messer haben wollte. Doch Nico schöpfte Verdacht.

»Warum ausgerechnet zu Vitus?«

»Weil er mir gestern gesagt hat, dass wir uns ruhig dazusetzen dürfen.«

»Moment mal.« Nico packte Chad an der Schulter. Sie standen sich gegenüber. »Heißt das, du hast gestern mit ihm geredet?«

»Ja, was ist daran so schlimm?«, fragte Chad. Seine Augen wanderten auf einmal wild umher, er schaffte es nicht, den Blickkontakt mit Nico zu halten. Ben hatte einmal zu ihm gesagt, dass er ein mieser Lügner sei. Wahrscheinlich hatte er recht, denn ihm fiel keine Ausrede ein, sollte Nico ihn zur Rede stellen.

»Hat er dir eine Waffe angeboten?«

»Was?«, fragte Chad mit einer viel zu hohen Stimme. Selbst er erkannte, dass seine Überraschung mies gespielt war.

»Was für eine? Ein Messer? Das wäre am wahrscheinlichsten. Will er, dass du es mir unterschiebst?«

»Ähm … Ja«, gestand Chad. Er blickte auf den Boden.

»Schön, ich bin dabei.«

»Was?« Diesmal war Chads Überraschung echt.

»Wenn sie das nächste Mal reinkommen, können die was erleben«, sagte Nico. Seine Augen schielten nach oben, dorthin, wo ein Wachmann in einem Zellentrakt am Fenster stand und hinaussah.

Sie schlugen ihren Weg zu Vitus ein, der auf einer der Bänke saß. Vor ihm lag ein ausgebreitetes Kartenspiel. Es hatte dieselbe Formation wie das, was Chad am Vortag mit Nico gespielt hatte. Als Vitus sie bemerkte, sah er auf und lächelte Chad an. »Was führt euch zu mir?«, fragte er.

»Der Kleine will dein Angebot annehmen«, antwortete Nico.

»So? In Ordnung, aber jetzt, wo du bescheid weißt, ist es ein Gemeinschaftskauf und hat einen Preis. Für Chad hätte ich es umsonst gemacht. Als Kundenneugewinnung sozusagen. Aber von dir verlange ich als Gegenleistung deinen halben Zigarettenvorrat.«

»Einen Scheiß gebe ich dir. Der halbe Vorrat ist Wucher, denk dir was anderes aus!«, sagte Nico.

Vitus zuckte mit den Schultern. »Dann tut es mir leid.«

»Ey, ich hab gerade erst neue gekriegt, Mann! Ich geb dir eine Schachtel, mehr nicht. Es dauert einen Monat, bis Nachschub kommt.«

Vitus legte seine Handkarten ab. Sein Lächeln erstarb. »An meinem Preis wird sich nichts ändern, Chross. Du und Chirac seid verantwortlich für die ständigen Unruhen in unserem Gang. Sieh' es als Entschädigung, weil du uns mit deinen Eskapaden allen das Leben schwer machst.«

»Scheiße!«, fluchte Nico. »Bitte, dann kriegst du eben welche. Ich gebe dir vier.«

»Fünf.«

»Scheiße!«

»Fünf Pakete gegen eine Waffe, haben wir einen Deal, Chross?«

Chad betete, dass Nico endlich zusagen würde.

»Na gut. Ich bring sie dir morgen raus.«

»Gut.« Vitus lächelte wieder und richtete seinen Blick auf Chad. »Willst du mit einsteigen? Dein Freund kann auch mitmachen, ihr könnt ja nicht ohneeinander.« Dabei zeigte er auf die Handschellen, mit denen Nico und Chad wieder verbunden waren.

Grummelnd setzten sie sich auf die Bank, wo sie in das Spiel einstiegen.

Gegen Abend holte Strong Chad aus der Zelle. Sie gingen nicht weit, nur ein paar Schritte, bis der Wärter ihm bedeutete, sich mit dem Rücken an die Wand zu stellen. In der Hand hielt er einen gelben Zettel, den er Chad zeigte. »In meinem Fach lag heute ein Eintrag über einen Verstoß von dir«, sagte er. »Drei davon bringen dich für einen Monat in Isolation. Pass besser auf!«

»Entschuldigung«, murmelte Chad.

»Bei mir musst du dich nicht entschuldigen, sondern bei dir selbst. Alles, was du tust, hat Konsequenzen, die nur du allein tragen musst. Die Hofstunde an der Mauer zu verbringen, kann, gerade wenn du allein bist, sehr gefährlich für dich werden. Unsere Leute haben zwar ein Auge auf dich, aber manchmal passiert ein Übergriff schneller als wir reagieren können.«

Ein dicker Kloß bildete sich in Chads Hals und er begann, stumm zu weinen. Eine einzelne Träne kullerte ihm über die Wange.

»Was ist los? Weinst du jetzt wegen des Eintrags?«

»Nein, es ist wegen … also … gleich ist es Nacht. Bitte kommen Sie diesmal nicht rein.«

Strong verschränkte die Arme vor der Brust.

»Weil … wenn Sie uns noch mal überfallen, wird …«

»Dann wird Chross ausrasten.«

»Ja.« Chad hob den Kopf.

Also stimmte alles, was Vitus gesagt hatte. Strong und Chirac machten das, um Nico zu provozieren.

Strong nickte in Richtung Zelle und packte Chad am Arm. »Rein mit dir!« Seine Berührung war schroffer, als erwartet.

Chad stieß mit der Hand gegen die Wand aus Beton, was für einen stechenden Schmerz sorgte, der sich seinen ganzen Arm hinaufzog. Er biss die Zähne aufeinander und ging, die Hand nah an seinen Körper gepresst, in die Hocke.

»Was ist?«, fragte Strong.

Mit zitternder Stimme sagte Chad »Ich glaube, meine Hand ist …«

»Lass sehen!« Strong hockte sich neben ihn und betastete Chads Arm. Als er ihn berührte, kniff Chad die Augen zusammen. »Oh, oh, das sieht übel aus. Deine Hand ist ja ganz dick. Wie ist das passiert?«

»Das war, als ich an die Mauer musste.«

»O Mann, warum müssen die es auch immer übertreiben?« Strong warf einen prüfenden Blick auf den gelben Zettel. »Deswegen belasten wir dich nicht wie einen Erwachsenen. Dein Körper hält das nicht aus. Nützt alles nichts. Ich bringe dich auf die Krankenstation.« Er griff hinter sich, um seine Handschellen vom Gürtel zu lösen und obwohl Chad vor Schmerzen weinte, legte er sie ihm an.

Im Krankenflügel wartete Chad in einer kleinen Zelle darauf, dass die Ärztin Zeit für ihn hatte. Darin gab es nichts, außer zwei Bänke, die sich gegenüberstanden. Kein Fenster, keine Toilette. Nur graue, kalte Betonwände. Wie überall. Nach einer gefühlten Ewigkeit öffnete sich die Tür und er wurde von einer großen Frau mit dunklen langen Haaren, die zu einem Zopf gebunden waren, aufgerufen. Sie trug einen Arztkittel. In der Hand hielt sie ein Klemmbrett.

Chad folgte ihr in eines der Behandlungszimmer, das im Gegenteil zu allen anderen Räumen, die er bisher im Gefängnis kennengelernt hatte, sehr hell war. Weiße Wände, helle Möbel und es gab ein Fenster, durch das er einen von Straßenlaternen beleuchteten Parkplatz sehen konnte. Er setzte sich auf eine Liege. Die Ärztin entfernte ihm die Handschellen und sah sich sein Handgelenk genauer an. Ihre Berührungen waren viel sanfter als die der Wärter. »Ein verstauchtes Handgelenk. Das ist mal was Neues.« Ihre Stimme klang streng. »War das Chirac?«

Chad schüttelte den Kopf.

»Sieht auch nicht nach ihm aus. Wäre er es gewesen, würdest du bluten.« Sie rieb eine Salbe auf die Verletzung. Anschließend wickelte sie Chads Handgelenk in einen Verband. »Ich meine nur, weil du in seinem Trakt sitzt. Du hast sicher viel mit ihm zu tun.« Als sie fertig war, lehnte sie sich mit dem Rücken an einen Schrank. Sie sah ihm tief in die Augen, verschränkte die Arme und sagte: »Provoziere ihn nicht! Das ist der einzige Tipp, den ich dir geben kann. Du bist vielleicht noch ein Kind, aber das interessiert hier niemanden. Es fängt mit einem verstauchten Handgelenk an und steigert sich, je mehr du dich wehrst. Irgendwann ist es ein gebrochener Fuß, dann der Rücken und dann der Kopf. Ich zähle schon gar nicht mehr, wie viele Schädel ich am Tag verbinde.«

»Okay«, brachte Chad hervor.

Sie schickte ihn wieder in die Wartezelle. Zu seiner Überraschung stand darin Vitus in der Ecke. Er sagte nichts, sondern hielt ihm ein eingeklapptes Messer entgegen. Er führte den Finger an seine Lippen als Zeichen, dass Chad nichts sagen sollte. Chad nahm es zögerlich entgegen.

Vitus machte eine Geste, dass er es in die Hosentasche stecken sollte, also tat er das. Kurz darauf ging die Tür auf, hinter der Strong schon mit den Handschellen wedelte. Chad sah zu dem Wärter und dann noch einmal zu Vitus. Doch der war nicht mehr da. Er blinzelte ein paar mal ungläubig. Schließlich blieb ihm nichts anderes übrig, als sich fesseln zu lassen und zu beten, dass Strong ihn auf dem Weg zurück zur Zelle nicht durchsuchte.

Chad hatte Glück. Strong durchsuchte ihn nicht, aber er zögerte, bevor er ihm die Handschellen abnahm und ihn in die Zelle schickte. Er stemmte die Hände in die Hüften, sah Chad lange an und sagte: »Ich weiß, dass ihr ein Messer habt. Vielleicht trägst du es gerade bei dir, vielleicht ist es aber auch schon bei Chross. Diese Tür geht erst morgen früh wieder auf. Vielleicht bringt er dich um. Vielleicht bringst du ihn um. Heute Nacht kann alles passieren. Ich weiß nur, dass ich, müsste ich die nächsten Jahre in einer Zelle wie dieser auf meine Hinrichtung warten, meine Chance nutzen würde.« Strong holte seinen Schlüssel hervor. »Solltet ihr morgen noch leben, deute ich das als Zeichen, dass ihr euch eurem Schicksal ergebt. Eure nächste Begegnung mit dem Tod wird dann an der Wand im Exekutionshof stattfinden.«

Chads Hand wanderte wie ferngesteuert zu seiner Hosentasche. Sein Herz raste und er musste sich stark konzentrieren, nicht auf der Stelle zusammenzubrechen.

Strong bemerkte seine Bewegung. Er nickte. »Chirac und ich nehmen es euch morgen ab. Ihr wandert ins Loch und ab da übernehme ich keine Garantie mehr.« Endlich schloss er die Zelle auf. Chad trat ein. Dann hörte er sie hinter sich zuschlagen und die Riegel einrasten. Metall auf Metall.

»Wo warst du?«, fragte Nico in die Dunkelheit hinein. Im schwachen Mondschein verfolgte Chad Nicos Silhouette, die sich vom Bett auf ihn zubewegte, mit seinem Blick. Statt zu antworten, ging Chad an ihm vorbei und legte das Messer auf den Tisch. Die Klinge, die er noch nicht zu Gesicht bekommen hatte, ruhte in dem schwarzen Griff. Nico schnappte es sich sofort. Er sah es lange an, bevor er den Mund öffnete und kurz darauf die Zähne aufeinanderpresste. »Dieser Wichser!«

Chad sagte: »Strong weiß, dass wir es haben.«

»Woher willst du das wissen?«

Jetzt biss Chad die Zähne zusammen. Er hatte Strongs Botschaft verstanden. Er konnte seinem Schicksal entgehen, wenn er sich in dieser Nacht das Leben nahm. Sie beide konnten es. Es war wie bei seiner Verhaftung, als die beiden Polizisten überlegt hatten, ihn zu erschießen, damit ihm das Gefängnis mit all seinen Ungerechtigkeiten erspart blieb. »Er sagte, er macht die Tür nicht vor morgen früh auf. Er überlässt uns das Messer, damit wir uns umbringen können.«

»Verarsch mich nicht! Wenn er von dem Messer wüsste, hätte er es dir abgenommen.«

»Hat er aber nicht. Nico, er will, dass wir beide heute Nacht sterben. Er hat gesagt …« Chads Stimme brach. Er wischte sich mit dem Ärmel über das Gesicht. Den Satz wollte er nicht beenden. Das Ganze war so absurd, dass er es selbst nicht glauben konnte.

»Hast du es ihm etwa gesagt? Kleiner, so dumm kannst nicht einmal du sein.«

»Natürlich nicht!«

»Scheiße!« Nico presste sich zwei Finger an die Stirn, als wollte er sie massieren. Er dachte nach. »Also gut, wir haben das Messer, das wir wollten, damit sie es finden und uns in den Bunker sperren, der von anderen Wärtern geführt wird.«

»Wir wollten doch nur, dass sie uns in Ruhe lassen«, erwiderte Chad.

»Wir wissen, dass die uns heute Nacht nicht überfallen. Ich wette, das war Strongs Idee ganz allein. Chirac würde nie zulassen, dass wir uns umbringen.« Nico schnellte mit dem Messer nach unten. Dabei sprang die silberglänzende Klinge aus dem Griff. Diese Bewegung führte er beängstigend präzise aus. Er schielte zur Tür, wandte sich ihr zu und murmelte: »Wieso eigentlich nicht?«

»Meinst du das ernst?«, fragte Chad. Ihm war nicht entgangen, dass Nico das Messer ziemlich vertraut in der Hand hielt. Als wäre er den Umgang damit gewohnt.

»Weißt du, Strong hat vielleicht recht.«

»Nico, bitte leg das Messer weg!«

»Nein, Kleiner, dieses Messer ist unser Weg in die Erlösung.« Er wandte sich wieder Chad zu, der zurückwich und gegen das Bettgestell stieß. »Wir sterben in diesem Gefängnis. Wenn nicht heute Nacht, dann, wenn sie uns hinrichten. Vitus hat uns ordentlich verarscht. Dieses Messer hier«, er richtete es auf Chad, »hat meiner Familie das Leben genommen. Das ist mein Messer. Konfisziert von der Polizei und sicher verwahrt. Ich bin mir nicht sicher, ob ich wissen will, wie Vitus da drangekommen ist, aber wenn Chirac es findet, wird er uns jeden Tag von heute bis zur Hinrichtung foltern.« Nico trat näher und drückte Chad das Messer seitlich gegen den Hals. Chad wich zurück. Er hielt den Atem an. »Es ist nur eine Bewegung. Wenn du willst, dass ich dich töte, dann sag es.«

Chads Magen grummelte. Er antwortete nicht sofort, sondern dachte ein paar Momente über Nicos Angebot nach. Er hatte die Wahl zwischen dem Tod und Folter bis zum Tod. So oder so war er geliefert. Er überlegte, wie sich sterben anfühlen würde. Ob er Schmerzen erlitt und, ob er dann das tote Mädchen wiedersah. Er stellte sich seine Mutter vor, die durch einen Brief aus dem Gefängnis erfuhr, dass ein anderer Gefangener ihn abgestochen hatte. Er konnte den Aktenvernichter an ihrem Schreibtisch vor seinem inneren Auge sehen und dabei hören, wie er den Brief mit einem zerreißenden Summen schredderte.

Sein Verstand rief ihm zu, er solle zustimmen. Er hatte den Tod dem Urteil der Justiz nach verdient. Warum also nicht sofort?

Doch sein Herz schrie lauter.

Es wollte leben.

In ihm glimmte ein Funke Hoffnung, dass er das Gefängnis überlebte. Er wusste nicht, wie. Aber er glaubte nicht, dass es das jetzt schon gewesen sein sollte. Er hatte doch noch Pläne. Er wollte Killer fünf stellen und ihn zu einem Geständnis bringen, das ihn entlastete. In den letzten Wochen war Killer fünf zu einem Phantom geworden, eine dauerhafte Präsenz in seinen Gedanken. Der Wunsch nach der Wahrheit trieb ihn an. Er durfte nicht sterben, ehe sich eine Gelegenheit ergab, seine Existenz zu beweisen. Niemand würde ihn entlassen, wenn er nicht selbst für eine Aufklärung sorgte. Und niemand würde Killer fünf verhaften, wenn er weiter nur ein Mythos blieb. Er schüttelte langsam den Kopf.

Nico zog das Messer zurück. Dann fuchtelte er damit herum, bis der Griff auf Chad zeigte. »Nimm es!«

Chad griff danach. Dabei atmete er aus, als fiele von ihm eine Last ab.

Doch dann legte Nico ihm gleich eine neue auf, indem er fragte: »Hast du die Eier, mich umzubringen?«

»Ich soll dich umbringen?«

»Ja. Ich wette, Chirac wäre dir sogar dankbar. Das Messer ist scheiße scharf. Es schneidet Haut wie Butter, ich hab's selbst erlebt. Also? Du wolltest doch ein Superheld sein. Heute Nacht hast du die Chance dazu.«

Das Messer wog schwer in Chads Hand. Damit hatte Nico seine Familie ermordet? Am liebsten hätte er es weggeworfen.

Nico lachte bitter auf. »Wusste ich's doch. Lass gut sein. Falls du es dir mit dem Töten noch überlegst, fang bei dir selbst an.«

»Und du?«, fragte Chad.

»Ich schlitze mir den Hals auf, wenn sie kommen. Dann, wenn Chirac zusieht. Wenn du dann noch lebst, kriegst du mit, wie ich ihm seinen Traum zerstöre. Er ist nämlich verdammt scharf darauf, mich an die Todeswand zu stellen.« Nico zündete sich eine Zigarette an. Er starrte auf das glimmende Ende und lachte auf. »Sieht aus, als wär das die letzte. Du kannst den Rest haben, Feigling.« Er warf Chad die halbvolle Packung zu.

Die Packung flog an ihm vorbei auf das untere Bett. Er beachtete sie nicht, sondern führte sich das Messer mit der linken Hand an den Hals. Doch er stoppte, bevor er sich verletzte. Chad war Rechtshänder. Ein Selbstmordversuch mit links konnte nicht funktionieren. Nein. Selbstmord war für ihn keine Option. Er legte das Messer vor Nico auf den Tisch.

Dieser Moment gerade hatte ihm Stärke verschafft. Auf einmal, da er sich gegen den Tod entschieden hatte, war er sich sicher, dass er überleben würde. Er würde einen Weg finden, der Todesstrafe zu entkommen. Ob mit oder ohne Nico. Sein Leben sollte nicht an der Wand enden. »Von mir aus können die das Messer finden«, sagte er. »Ich werde alles überleben, auch Folter. Wie Viktor Mondaine in Limitless. Und dann breche ich aus.«

Nico schüttelte den Kopf. »Ich hab mich geirrt. Du bist nicht nur dumm, du bist auch bescheuert. Du kannst nicht ausbrechen. Jeder von uns hat schon mal daran gedacht. Aber wenn es etwas gibt, was die Wärter noch mehr hassen als Krawall, dann sind es Versuche, sich dem Gesetz zu entziehen. Wegen so einer Scheiße wurden schon Hinrichtungen vorgezogen. Glaubst du, die ganzen Sicherheitsvorkehrungen gibt es zum Spaß?«

»Ist mir egal«, sagte Chad. »Erstich mich doch, wenn ich schlafe.« Beim Hinsetzen auf seine Matratze rutschte die Zigarettenschachtel gegen sein Bein. Chad warf sie Nico entgegen, der sie mühelos auffing. Vielleicht würde irgendwann der Tag kommen, an dem er seine Entscheidung von heute bereute. Vielleicht sehnte er sich schon in wenigen Stunden nach dem Tod. Aber nicht jetzt. Jetzt wollte er leben.

Als Nico zuende geraucht hatte, ging er ins Bett. Sie hatten unterschiedliche Entscheidungen getroffen, was ihre Leben anging.

Das Messer lag weiterhin aufgeklappt auf dem Tisch.

Über den Dächern der Stadt

Sie wurden von der schrillen Sirene geweckt. Wie jeden Morgen ging das Licht schlagartig an. Chad hatte erstaunlich gut geschlafen. Er schlug die Decke zur Seite, rieb sich die Augen und tapste zur Toilette. Während er auf der Schüssel saß, sah er gedankenverloren auf den Tisch. Erst nach ein paar Sekunden realisierte er, dass etwas fehlte.

»Wo ist das Messer?«, fragte Nico. Er sprang vom Bett direkt vor ihn. Chad beobachtete, wie Nico seine Zeitschriften auf dem Tisch anhob, weil er es darunter vermutete. »Hast du es versteckt?«

Chad betätigte die Spülung. »Nein, ich habe es zurück auf den Tisch gelegt.«

»Sag schon, wo ist es?«

»Es müsste da liegen.« Er zeigte auf den Tisch.

»Da ist nichts, du kleine Nervensäge, sag schon!« Nico packte ihn am Kragen.

»Ich habe es wirklich nicht!« rief Chad.

Sein Zellenkumpel stieß ihn gegen die Wand. Im nächsten Moment wurde die Tür aufgeschlossen. Chirac und Strong traten ein. Hinter ihnen lauerten zwei Wärter. Strong packte Chad und Chirac schnappte sich Nico. Sie zerrten sie aus der Zelle auf den Gang, Nico bekam Handschellen hinterm Rücken angelegt. Die beiden anderen Wärter gingen in die Zelle hinein, wo sie alles auf den Kopf stellten. Dabei flog sämtliches Hab und Gut von Nico auf den Gang. Als Chad Anstalten machte, sich aus dem Griff des Wärters zu befreien, drückte Strong ihm den Kopf runter. Er musste nur abwarten. Das Messer konnte nicht einfach so über Nacht verschwinden, wahrscheinlich hatte Nico es eingesteckt.

»Boss, die Zelle ist sauber«, sagte einer der beiden Wärter. »Keine Waffen oder andere illegale Gegenstände.«

Chirac schien verärgert. »Habt ihr auch überall nachgesehen?«

»Ja, Sir.«

»Die Arschlöcher sind kreativ! Sucht noch mal alles ab, ich will, dass ihr jedes Versteck findet, klar?«

Die beiden Männer kamen der Aufforderung nach. Wieder fanden sie nichts.

Chirac drehte sich zu Chad und Nico um und sagte: »Her mit der Waffe!«

Strong ließ Chad los, um ihm die Möglichkeit zu bieten, sie herzugeben. Aber Chad hatte keine Waffe. Er zitterte am ganzen Leib und sah Nico von der Seite an. In ihm brodelte es, das war offensichtlich. Nach einem kurzen Blickaustausch nahm Chad all seinen Mut zusammen. Er sagte: »Sir, ich habe keine Waffe bei mir.« Wie auf Kommando tastete Strong ihn ab. Als er nichts fand, zwang er Chad auf die Knie.

»Sauber«, bestätigte Strong.

Sofort fixierte Chirac Nico. »Mach es uns beiden leichter und sag mir, wo das Messer ist!«

»Einen Scheiß werd ich euch verraten!«, entgegnete Nico und spuckte Chirac vor die Füße. Damit hatte er eine Grenze überschritten. Der Wärter zog seinen Schlagstock. Im nächsten Moment prügelte er damit auf Nico ein, der dadurch ebenfalls auf die Knie gezwungen wurde und schließlich auf dem Boden landete. Chirac drückte ihm den Schlagstock in die Wange.

»Ich trenn dich gleich von deinen Zähnen, Chross, wir wissen, dass ihr das Messer habt. Raus mit der Sprache!«

Die Drohung zeigte Wirkung. Nico rief: »Der Zwerg hatte es zuletzt. Ey, keine Ahnung, wo das scheiß Messer ist, frag ihn, Mann!«

Chirac schielte zu Chad. »Ist das so?«

Chad hatte nicht damit gerechnet, dass Nico ihm so schnell in den Rücken fallen würde.

Nach ihren unzähligen gemeinsamen Stunden dachte er, dass etwas wie eine Gemeinschaft zwischen ihnen existierte. Jetzt verstand er, dass im Gefängnis jeder sich selbst der Nächste war. Von Nico brauchte er in dieser Situation keine Hilfe zu erwarten.

Chad wollte sein Gebiss behalten und nicht von Chirac verprügelt werden. Dieser Mann machte seine Drohungen wahr und zeigte auch vor einem Kind keine Gnade. In Erwartung auf die unweigerlich folgenden Schläge, schloss Chad die Augen. Wenig überraschend trat Chirac ihm in den Rücken, sodass er auf dem Bauch landete. Sein verletzter Arm lag seitlich neben seinem Kopf. Er war das perfekte Angriffsziel für den Wärter. Chirac setzte seinen Stiefel auf dem Verband ab und drückte ihn gegen den Boden. Die Schmerzen, die Chad dadurch erlitt, ließen ihn schwindeln. Er schrie. Mit der linken Hand klopfte er mehrmals auf den Boden.

Wenn es einen passenden Moment gab, um das Wunder beim Amoklauf zu wiederholen, dann jetzt. Verzweifelt klammerte er all seine Gedanken an die Erfahrung, wie ihn eine innere Kraft durchfloss, die es ihm erlaubte, die Situation zu entschärfen. Übernatürliche Kräfte existierten! Sie hatten ihn schon einmal beschützt. Vor seinem inneren Auge tauchte Limitless auf, der seine Arme ausstreckte aus denen gefährliche Funken sprühten. Chad öffnete die Augen, woraufhin plötzlich Stichflammen aus allen Türen um sie herum schossen. Eine Explosion folgte und ein Knall auf den anderen. Metallsplitter beschossen die Wärter, die schützend ihre Arme hoben. Chirac ließ ihn los und wandte sich den Türen zu. Druckwellen aus den Innenräumen der Zellen stießen sie auf. Unförmig verbogenes Metall schlitterte funkensprühend über den Betonboden. Chad hörte die Echos der Explosionen aus den anderen Gängen. Dann trat für einen kurzen Moment Stille ein.

Chirac griff an seinen Gürtel, an dem ein Funkgerät hing, drückte einen Knopf an der Seite und sagte: »Trakt 11, Gang 7, wir brauchen Verstärkung! Offene Zellentüren, ich wiederhole, offene Zellentüren! Es gab eine Explosion. Verständigt die Sicherheitszentrale und findet die Ursache!« Mit Nachdruck sagte er: »Sofort!« Seine Stimme wurde beim Sprechen immer lauter. Die Antwort kam schnell: »Hier Trakt 9, Gang 4, wir haben dasselbe Problem. Offene Zellentüren, Defekt im Schließsystem, wir brauchen Verstärkung!« Es folgten weitere Funksprüche. Scheinbar hatte es das ganze Gefängnis erwischt. Sämtliche Schlösser waren offen, alle Gefangenen hatten freie Bahn.

Ein paar Sekunden, nachdem der letzte Knall ertönt war, wagten es die ersten Gefangenen auf ihrem Gang, aus ihren Zellen zu treten. So schnell würden die Wärter keine Hilfe bekommen, das hatten alle gehört. Die vier Uniformierten waren in der Unterzahl.

»Ihr verschwindet sofort wieder in euren Zellen!«, rief Chirac. »Jeder, der sich mir widersetzt, muss mit Folter rechnen!« Er und seine Kollegen stellten sich strategisch Rücken an Rücken aneinander. Keiner rührte sich. Noch ein Funkspruch ertönte: »Trakt 3, Gang 6, Gefangene außer Kontrolle, wir haben keine Chance, Rückzug! Ich wiederhole, Rückzug! Wir sperren den Trakt ab!«

»Scheiße!«, fluchte Chirac. Dieser Funkspruch bedeutete für die Gefangenen auf dem Gang den Startschuss. Sie traten hervor, alle gemeinsam, und engten die Wärter ein.

»Folter also?«, fragte der Glatzkopf, der schon die Schlägerei auf dem Hof angezettelt hatte. »Ich finde, wir sollten den Laden hier mal so richtig aufmischen!« Er feuerte seine Mitgefangenen an.

»Zurück!«, brüllte Chirac mit erhobenem Schlagstock.

»Boss, die sind in der Überzahl!«, sagte einer der Wärter, die in Chads und Nicos Zelle nach dem Messer gesucht hatten.

»Glaubt ihr, ich gebe mich geschlagen?« Chirac war so aufgewühlt, dass er, offenbar ohne nachzudenken, den ersten Schlag gegen einen der Gefangenen ausübte. Der Mann sackte zu Boden. Sofort stellten sich zwei andere an dessen Stelle und griffen Chirac an. Es entstand ein Gerangel. Von außen konnte Chad nicht unterscheiden, wer gegen wen kämpfte, bis Chirac rückwärts an die Wand robbte. Mit zusammengebissenen Zähnen drückte er die Taste am Funkgerät und knirschte: »Trakt 11, Gang 7, wir ziehen uns zurück! Gefangene aggressiv und außer Kontrolle, ich wiederhole, Rückzug!«

Zu ihrem Glück ließen die Männer die Wärter gehen. Sie verjagten sie aus dem Gang, doch Chirac schaffte es, die dicke Sicherheitstür zu verriegeln, die zwischen den Zellen und dem Treppenhaus lag. Die Gefangenen stießen die Zellentüren nun ganz auf. Sie begannen zu randalieren. Einige sprangen von innen gegen die Sicherheitstür und probierten, sie zu öffnen. Sie grölten und beleidigten die Wärter dahinter.

Chirac funkelte sie durch das Fenster darin wütend an, bevor ihn seine Kollegen aufforderten, mitzukommen.

Chad lag inmitten des Chaos auf dem Bauch. Sein Arm schmerzte. Er wollte liegen bleiben und abwarten, bis alles vorbei war. Obwohl er in der Nacht gut geschlafen hatte, war er jetzt erschöpft. Konnte es etwa sein, dass er die Explosion nur mit seinen Gedanken verursacht hatte? Wenn ja, dann wäre seine Theorie bewiesen. Einen weiteren Versuch konnte er allerdings vergessen. Nichts in ihm deutete darauf hin, dass er das noch mal schaffte. Jemand zog ihn hoch, bis er sich in einer der Zellen wiederfand.

»Geht es dir gut?«, fragte Vitus.

Chad nickte.

Erleichtert lächelte Vitus ihn an. Als er ihm eine Hand auf die Schulter legte, zuckte Chad zusammen. Vitus legte seine andere Hand an Chads Hinterkopf und drückte sich dessen Gesicht leicht gegen die Brust. »Schscht, ich bin da«, flüsterte er ihm zu.

Chad weinte sich bei ihm aus. Diese Nähe zu einem anderen Menschen war er gar nicht mehr gewohnt. Es tat gut. Auch, wenn der Tröstende ein irrer Bankräuber war. Seine zitternden Finger krallten sich in Vitus' Hemd. Ein paar Minuten verharrten sie in dieser Position, dann löste sich Chad. Er wischte sich mit dem Ärmel über die Augen. Er kam sich dämlich vor.

»Geht's?«, fragte Vitus.

»Ja, ich glaube schon.«

»Hast du das Messer?«

»Nein.«

»Wo ist es?«

»Weiß ich nicht.«

Vitus stand langsam auf. Er ging zu dem Tisch seiner Zelle, die genau so aussah, wie die von Chad und Nico, nur spiegelverkehrt, und kramte dort in seinen Sachen herum. Vitus besaß eine ganze Menge Sachen. Er hatte auf dem Tisch einen kleinen Schubladenschrank stehen und außerdem einen Vorhang vor dem Milchglasfenster. Wie vermutet stand sein Bett auf der anderen Seite der Wand an der sein eigenes stand. Sie schliefen wirklich nur wenige Zentimeter voneinander getrennt.

An der Wand über der Matratze klebten Fotos. Eines zeigte eine große Gruppe Kinder, die aufgereiht stufenweise hintereinander auf Stühlen saßen. Vitus stand aufrecht daneben. Chad kannte solche Fotos aus der Schule. Sie hatten jedes Jahr eines mit der Klasse gemacht.

Die Wand gegenüber des Bettes zierte ein großes Poster. Es zeigte eine Landschaftsaufnahme von einem Wasserfall. Darunter stand ein Sideboard auf dem vier Bücher nebeneinander aufgereiht platziert waren. Die Toilette war blitzblank und auf dem Absatz darüber standen verschiedene Putzmittel. Der Spiegel glänzte.

Für Chad war das ein absoluter Kontrast zu der Zelle, in der er lebte. Bei ihnen gab es nichts als triste, graue Wände und ein paar Zeitschriften über Motorräder. Er lebte in einer völlig anderen Welt. In diesem Moment hätte er alles darum gegeben, hier einziehen zu dürfen.

Vitus hockte sich wieder vor ihn hin und sagte: »Wenn einer von denen da draußen euer Messer findet, wird es gefährlich. Wir sollten uns deshalb schnell verdünnisieren. Ich habe einen Plan, vertrau mir, okay?«

Chad wollte etwas sagen, da trat der Glatzkopf in ihre Zelle. Er trug obenherum nur ein Unterhemd, sodass die Tattoos auf seinen muskulösen Oberarmen zur Geltung gebracht wurden. Er zeigte auf Chad. »Gib mir den Winzling, Vitus!«

»Ich bedaure, er steht nicht zum Verkauf.« Vitus stellte sich schützend vor Chad. Seine Füße bewegten sich in eine stabilere Stellung. Insgeheim hoffte Chad, dass er ihn ein weiteres Mal beim Kämpfen beobachten konnte.

»Das war keine Bitte, alter Mann!« Der Glatzkopf trat bedrohlich einen Schritt auf Vitus zu.

»Tut mir leid.« Vitus war bereit. Jede Sekunde zählte. »Ich kann dir vielleicht was Besseres bieten.«

»Was besseres als Frischfleisch?«

»Das hier.« Er hielt einen dicken Schlüssel hoch.

Die Augen des Glatzkopfes weiteten sich. »Ist das …?«

»Der Schlüssel zu der Tür, die ihr da draußen die ganze Zeit probiert, aufzubekommen. Ich gebe ihn dir, wenn du den Jungen in Ruhe lässt. Ihr könnt alle raus und den Wärtern ordentlich einheizen, wie klingt das?«

»Wo hast du den her?«

»Ich fürchte, der ist bei dem Gerangel vorhin heruntergefallen.«

Der Glatzkopf grinste hämisch mit seinen faulen Zähnen. »Abgemacht. Her damit!«

Vitus warf ihm den Schlüssel zu, ohne seine Haltung zu verlieren.

Der Glatzkopf verließ die Zelle. Kurz darauf folgte weiteres Grölen auf dem Gang und allgemeine Freude, als die Tür nach draußen aufsprang. Als die Meute das Treppenhaus stürmte, kehrte Ruhe ein.

»Danke«, sagte Chad.

»Wir sollten ebenfalls abhauen«, sagte Vitus. »Wenn wir hier bleiben, sitzen wir in der Falle, falls es Angriffe von anderen Insassen gibt. Ich kenne einen Ort, an dem wir uns verstecken können. Komm mit!« Er lief zur Tür.

Chad stand auf und folgte ihm. Der Gang war verwüstet. Nico saß regungslos am Ende auf dem Boden. Als Chad ihn sah, blieb er stehen.

»Wir sollten ihn mitnehmen«, sagte er.

»Chross kann sehr gut auf sich selbst aufpassen«, sagte Vitus.

»Aber es wäre sonst unfair, er ist gefesselt!«

»Kleiner, wir sitzen im Gefängnis, natürlich geht es hier unfair zu.«

»Bitte …«

Vitus verdrehte die Augen. »Hey, Chross«, rief er, »was ist mit dir?«

Keine Reaktion.

Vitus ging auf ihn zu und packte ihn am Arm. Nico sah auf.

»Was willst du?«, fragte er mit brüchiger Stimme. Hatte Nico etwa geweint?

»Wir verstecken uns. Der Bengel will dich dabei haben. Also steh auf! Und reiß dich zusammen!«

Widerwillig ließ sich Nico hochziehen.

»Folgt mir!«, befahl Vitus.

Sie liefen durch die Sicherheitstür. Die Spuren der Gefangenen führten die Treppen nach unten. Sie steuerten sehr wahrscheinlich die anderen Trakte und den Hof an. Vitus ging in die andere Richtung, nach oben, machte auf jeder Etage Halt und lauschte an den Türen. Wenn er sich sicher war, dass sie keiner bemerkte, liefen sie weiter. Am Ende der Stufen kamen sie an eine Leiter, die zu einer milchweißen Kuppel in der Decke führte. Ein Notausstieg. Vitus kletterte hoch und entsicherte den Ausgang. Er hob die Kuppel ein klein wenig an, um die Lage zu inspizieren. Sofort schoss ihnen ein Windstoß entgegen. Er kletterte wieder herunter und sagte: »Wir haben nicht viel Zeit. Ich gehe zuerst. Dann du, Chad, dann du, Chross. Wenn du draußen bist, machst du die Kuppel wieder zu. Folgt mir! Wir sind ungefähr zwanzig Sekunden ungeschützt.«

»Und wie soll ich die scheiß Leiter hochkommen?«, fragte Nico.

»Warte.« Vitus holte aus seiner Hosentasche einen Wärterschlüsselbund hervor. Nico und Chad starrten die Schlüssel an. Vitus bedeutete Nico, sich umzudrehen. Er probierte mehrere Schlüssel aus, bis er den für die Handschellen erwischte. Es klickte und Nico war befreit. Während er sich die Handgelenke rieb steckte Vitus die Handschellen ein. »Es geht los.«

Er kletterte die Leiter hoch, stieß die Kuppel auf und stieg hindurch. Chad folgte ihm. Als er seinen Kopf aus dem Loch steckte, sah er die Weiten des Flachdachs. Um zu Vitus zu gelangen, der jetzt eine Tür erreichte, die in einem Betonklotz auf dem Dach eingelassen war, musste er an Schornsteinen und Blitzableitern vorbei. Außerdem ragte ein Wachturm neben ihm auf. Chad kletterte hinaus und lief Vitus hinterher. Er musste ohne zu stolpern eine Strecke von etwa zwanzig Metern überwinden. Bei einem Seitenblick nahm er zum ersten Mal das Ausmaß des Gefängnisses wahr. Es war viel größer, als er gedacht hatte. Das Dach, auf dem er sich befand, war nur ein kleiner Teil von einem großen Konstrukt mit abgeschotteten Bereichen. Mauern. Stacheldraht. Gitter. Und dahinter, in beinahe unerreichbarer Nähe, lag die Stadt mit ihren Straßen, die in die Freiheit führten sowie Laternen und Wohnhäuser. Eine Stadt voller glücklicher Menschen, die all das hatten, was ihm verwehrt wurde. Er erreichte Vitus, der ihn, sobald er ihn zu fassen bekam, durch die Tür schubste. Kurz darauf stolperte Nico hinter ihm her.

Sie befanden sich in einem Durchgang. Mehrere mit Aluminiumfolie ummantelte Rohre wurden von der schwachen grünen Notbeleuchtung an den Wänden angestrahlt. Die Luft war warm und stickig. Vitus lief vor ihnen durch den schmalen Gang, in dem sie aufpassen mussten, dass sie nicht an den Befestigungen der Rohre hängenblieben. Nach ein paar Metern erreichten sie eine weitere Tür. Auch hierfür hatte Vitus den passenden Schlüssel. Dahinter befand sich eine Art Büro. Aktenschränke standen an den Wänden und ein Schreibtisch mit einem Drehstuhl war mittig im Raum platziert. An einer Wand stand ein Sofa, daneben war ein Minikühlschrank angeschlossen. Es roch nach Staub, so als sei seit Jahren niemand mehr hier gewesen. Die Beleuchtung erfolgte durch das Notausgangsschild über der Tür, die sie gerade durchschritten hatten.

»Was ist das hier?«, fragte Nico.

»Einmal alle drei Jahre kommt eine Lüftungsfirma für die Instandhaltung her. Sie haben sich diesen Raum eingerichtet, da ihre Arbeit jedes Mal über mehrere Tage dauert. Macht es euch bequem, wir bleiben eine Weile.«

Unsicher streifte Chad durch den Raum und sah sich die Aktenschränke an. Die vielen Ordner darin waren mit technischen Begriffen beschriftet, die er nicht kannte. Niemals hätte er gedacht, dass es im Gefängnis einen Ort wie diesen gab. Nico ließ sich auf das Sofa fallen, wodurch er eine dicke Staubwolke aufwirbelte. Auch er sah sich um, schien mit all den Gegenständen allerdings genauso wenig anfangen zu können.

Vitus öffnete einen der Schränke. Er musste nicht suchen, er wusste genau, was er herausholen wollte. Er schloss den Schrank wieder und jetzt erkannte Chad, dass es sich bei dem schwarzen Gegenstand in seiner Hand um ein Funkgerät handelte. Es war das gleiche Modell, wie es auch die Wärter benutzten. Vitus drehte an einem kleinen Knopf, setzte sich hinter den Schreibtisch auf den Drehstuhl, legte die Füße hoch und lehnte sich zurück. »Ab jetzt ist Showtime«, sagte er.

Aus dem Funkgerät kamen permanent Nachrichten, die die Wärter untereinander austauschten.

»Block B abgesichert!«

»Block A außer Kontrolle! Wiederhole, Block A außer Kontrolle!«

»Gefangene stürmen den Hof!«

»Todestrakt abgesichert!«

»Bunker abgesichert!«

»Block D meldet zwei Verletzte! Ich wiederhole, zwei Verletzte in Block D!«

Als Chad Chiracs Stimme herausfiltern konnte, traf ihn ein Stich ins Herz und sein Handgelenk ließ ihn den Schmerz deutlich spüren. Es war keine zwanzig Minuten her, dass der Wärter draufgetreten war.

Und warum?

Er wandte seinen Blick in Nicos Richtung auf dem Sofa. Er hatte sich damit abgefunden, eingesperrt zu sein. Das Leben, in dem er nach der Schule auf seiner Konsole zocken oder Comichefte lesen konnte, gehörte der Vergangenheit an. Von jetzt an zählten nur noch die fünf Jahre bis zu seiner Hinrichtung. Er war froh darüber gewesen, dass er für diese Zeit mit jemandem zusammenwohnte, den er unter den gegebenen Umständen mochte. Doch der Verrat von vorhin saß tief. Er biss die Zähne zusammen.

»Da unten geht ja ganz schön die Post ab«, sagte Vitus. »Es wäre schnell ungemütlich für uns geworden. Wenn sie herkommen, erfahren wir es rechtzeitig und können uns vorbereiten.«

Nico sprach dann endlich seinen und Chads Gedanken aus: »Vitus, woher weißt du von diesem Raum?«

»Ich bin nicht erst seit gestern eingesperrt, so wie du, Chross.«

»Du warst also schon einmal hier?«

»Ja.«

»Wann?«

»Das spielt absolut keine Rolle. Hier ist es sicher. Beim letzten Mal kamen die Wärter nicht auf die Idee, hier oben nachzusehen. Wenn sich die Lage beruhigt hat, schleichen wir uns wieder rein.« Er zuckte mit den Schultern. »Keine große Sache.«

Chad ballte seine linke Hand zu einer Faust. Er fragte: »Kommt wirklich niemand her?«

»Nicht, solange wir denen nicht sagen, wo wir sind«, antwortete Vitus.

Das genügte Chad. Er fuhr herum. Mit einem Satz stürzte er sich auf Nico, der ihn überrascht ansah, und schlug ihm mit der Faust ins Gesicht. Der Schlag war nicht besonders hart oder präzise, aber effektiv. Nicos Kopf knallte gegen die Rückenlehne des Sofas, doch anstatt benommen sitzen zu bleiben, reagierte er erstaunlich schnell. Noch während Chads Arm über Nico schwebte, packte er ihn und riss ihn herum. Chad landete auf dem Boden, Nico sprang hinterher und stürzte sich auf ihn, um ihm ebenfalls einen Schlag ins Gesicht zu verpassen. Er traf ihn über dem Auge. Chad spürte den harten Boden an seinem Hinterkopf und ein stechender Schmerz durchfuhr ihn. Sein Sichtfeld füllte sich mit vielen schwarzen Punkten. Nico packte ihn am Kragen. »Was soll die Scheiße?«, brüllte er.

Seine Stimme kam nur gedämpft bei Chad an. Nico blutete an der Lippe. Er griff jetzt selbst mit der linken Hand Nicos Kragen und spuckte ihm ins Gesicht. Daraufhin drückte Nico ihn noch fester gegen den Boden. »Du hast mich ausgeliefert«, presste Chad hervor. »Du bist ein mieser Verräter!«

»Ach, darum geht es dir? Zufällig wollte ich meine Zähne behalten!«

»Wegen dir ist Chirac auf mich losgegangen!«

»Besser auf dich als auf mich. Kleiner, bei einem Kampf mit Chirac gilt nur eine Regel: Jeder ist sich selbst der Nächste. Ich hab es satt, dir dauernd alles zu erklären.«

»Dann lass es doch!«, rief Chad.

Nico ließ ihn los. Er wischte sich mit dem Ärmel das Blut aus dem Gesicht, wobei er Chad mit eiskaltem Blick durchbohrte. »Oh, und wie ich es lassen werde. Ich werde nie wieder mit dir reden, na, wie hört sich das an?«

»Spitze«, sagte Chad. »Und jetzt geh von mir runter!«

»Erst sagst du mir, wo mein Messer ist!«

»Ich habe dein blödes Messer nicht!« Chad boxte erneut zu.

Nico fing den Schlag ab. Sie rangelten um die Oberhand, doch Nico war stärker und packte Chads linkes Handgelenk. »Willst du, dass ich dir das auch verdrehe? Dann kannst du nicht mal mehr allein scheißen!«

»Das reicht jetzt«, mischte sich Vitus ein. »Du bist stärker als er, das weißt du. Lass ihn los!«

Nico ließ Chads Handgelenk los und stand auf. Er setzte sich wieder auf das Sofa. In den nächsten Minuten sagte keiner von ihnen etwas. Nur die Funksprüche der Wärter erfüllten den kleinen Raum. Sie waren gerade dabei, einzelne Gefangene auf dem Hof zu sichern. Die Nachricht, dass die Gefangenen einen Wärterschlüssel hatten, war mittlerweile bei ihnen angekommen. Sie verstärkten ihre Verteidigung an den Kontaktbereichen, in denen die niedrigste Sicherheitsstufe herrschte. Chirac forderte die Wärter in den Wachtürmen auf, auf alles zu schießen, was sich in verbotenem Terrain aufhielt. Chad rappelte sich ebenfalls auf. Er rutschte über den staubigen Boden, schob ein paar Kartons, auf die Bilder von Plastikrohren gedruckt waren, zur Seite und lehnte sich an die Wand. Er tastete seinen Hinterkopf ab, fand aber keine offene Wunde.

Glück gehabt.

»Das muss dir doch gefallen«, bemerkte Nico. »Die schießen auf uns. Du weißt schon, mit echten Waffen. Die haben Pistolen und Gewehre. Damit nieten sie alles um, was ihnen in den Weg kommt. Aber dir muss ich das nicht erklären, du weißt ja, wie das ist.«

»Halt die Klappe!«, sagte Chad und zog die Beine an. »Du weißt gar nichts über mich.«

»Du hast mit 'ner Knarre auf deine Mitschüler geschossen. Mehr muss ich nicht wissen.«

»Wenigstens bin ich zur Schule gegangen«, blaffte Chad. »Du warst dafür ja zu cool.«

»Halt die Fresse!«, stieß Nico aus. »Halt einfach die Fresse!«

Wieder schwiegen sie sich an. Chad wischte sich über das Gesicht. Er blutete zwar nicht am Hinterkopf, dafür aber über dem Auge. Er hätte sich gern hingelegt, aber auf dem Sofa saß Nico, den er gerade nicht ansprechen wollte.

»Also ihr zwei lebt zusammen, ja?«, fragte Vitus und zeigte dabei abwechselnd auf Chad und Nico. »Wie muss ich mir das vorstellen? Versteht ihr euch?«

Chad wollte nicht antworten. Vielleicht versuchte ihr Begleiter nur, die Zeit zu überbrücken oder die Stimmung aufzulockern. Vielleicht wollte er auch die Wogen zwischen ihm und Nico glätten, doch gerade starrte Chad nur auf seinen blutigen Ärmel.

»Keine Ahnung«, sagte Nico. »Bis er mir eine reingehauen hat, dachte ich, er wär okay.«

»Tja, als ich gehört habe, dass ein Amokläufer auf unseren Gang kommt, wollte ich ihm auch eine reinhauen. Was er getan hat, geht mir gegen den Strich. Ich wollte ihn in eine Ecke ziehen und verprügeln. Aber dann wart ihr beide aneinandergekettet. Außerdem hatte ich nicht damit gerechnet, dass er noch ein halbes Kleinkind ist.«

Chad sah auf. Was er da hörte, gefiel ihm gar nicht.

»Wir könnten ihn jetzt verprügeln«, schlug Nico vor und stützte sich mit den Ellbogen auf den Knien ab. Er fixierte Chad eindringlich.

Vitus lächelte. »Könnten wir. Aber hast du dich je gefragt, warum Chirac ihn zu dir gesperrt hat?«

»Doch, ständig. Chirac hat sie nicht mehr alle, der Typ ist irre.«

»Er ist nicht mehr oder weniger irre als wir drei«, sagte Vitus. »Aber er weiß, was er will und was juristisch betrachtet richtig ist. Seine Ideale entsprechen genau dem System, das dieses Land vertritt. Auge um Auge. Rache. Vergeltung. Gerechtigkeit. Als ausführende Hand des Gesetzes muss er uns das zufügen, was wir unseren Opfern zugefügt haben. Wenn Chirac einmal für euch verantwortlich ist, dann ist er das bis zu dem Tag, an dem euch eine Kugel zwischen den Augen tötet. Und er muss dafür sorgen, dass ihr bis dahin überlebt. Ich habe dich beobachtet, Chross. Du hast, wie er, einen sehr starken Sinn für Gerechtigkeit. Und wenn mir das aufgefallen ist, dann weiß Chirac das auch. Als Mörder muss er Chad zu einem von euch sperren. Und jetzt nenne mir mal nur einen anderen auf unserem Gang, der ihn nicht vergewaltigt hätte.«

Nico schwieg.

»Wenn ich an Chiracs Stelle gewesen wäre, hätte ich ihn ebenfalls zu dir gesteckt.«

»Woher will er wissen, dass ich ihm nichts tue? Er ist ein Kind. Und in meiner scheiß Akte steht schwarz auf weiß, dass ich meine Geschwister abgestochen habe.«

»Chad ist nicht dein Bruder. Was immer dich dazu getrieben hat, allem ein Ende zu setzen, er hatte damit nichts zu tun. Du tust nur denen was, die dich verletzt haben. Chirac ist davon ausgegangen, dass du schon dafür sorgen würdest, dass er bis zu seiner Hinrichtung überlebt. Er will, dass du ihn beschützt.«

»Chirac ist ein Idiot. Ich sterbe vor dem Zwerg. Ich kann ihn nicht bis zum Schluss beschützen.«

»Doch, das kannst du«, sagte Vitus. »Auch, wenn er dich nervt, solltest du diese Aufgabe ernst nehmen. Chirac vertraut dir.« Gerade, als sie von ihm sprachen, klang Chiracs Stimme aus dem Funkgerät. Er erteilte Befehle und es schien, als gewannen die Wärter an Stärke. Die Polizei war alarmiert worden. Sie sollten Unterstützung schicken. Außerdem nannte er Chads und Nicos Namen. Ihm war aufgefallen, dass sie fehlten. Vitus reagierte gelassen. »Wir warten bis heute abend. Die sollen erst die Kontrolle wiedererlangen. Dann sinkt die Wahrscheinlichkeit, dass wir auf dem Weg zurück von anderen Gefangenen abgemurkst werden.«

»Ich kann ihn nicht beschützen«, murmelte Nico. »Ich kann niemanden beschützen.«

»Lasst uns was spielen!«, schlug Vitus vor. Er warf ein Kartenspiel auf den Boden zwischen das Sofa und der Ecke, in der Chad saß. »Wir müssen Zeit rumkriegen. Und ihr müsst euch vertragen.«

Das Chaos beruhigte sich gegen Nachmittag. Die Wärter teilten alle Ausreißer auf die Zellen auf, die nicht vom Schaden betroffen waren, was sich auf zwei Trakte beschränkte: dem, der auf der anderen Seite des Gebäudes lag, in dem Kurzzeitgefangene saßen, und das Untergeschoss. Vitus erklärte, dass nach diesen Infos der Trakt, in dem sie drei einsaßen, das Zentrum der Schäden darstellte. »Merkwürdig, findet ihr nicht? Egal. Wird Zeit, dass wir vor ihnen auftauchen. Die Wärter zählen schon.« Er stellte das Funkgerät in den Schrank zurück.

Nico und Chad stimmten dem zu, auch wenn beide keine Lust hatten, sich den Wärtern gegenüberzustellen. Vitus ging vor. Hinter dem Durchgang öffnete er die Tür zum Dach einen Spalt.

»Ich öffne die Dachluke. Auf mein Zeichen kommt ihr hinterher. Erst Chad, dann du, Chross. Vergesst nicht, dass wir ungeschützt sind. Es kann sein, dass sie auf uns schießen.«

»Jaja, geh einfach«, forderte Nico.

Vitus stieß die Tür weiter auf. Von draußen war nichts Beunruhigendes zu hören, also trat er vorsichtig einen Schritt auf das Dach. Er prüfte alle Richtungen, dann rannte er die Strecke zur Dachluke. Er kniete sich daneben und fummelte an der Öffnung herum. Chad beobachtete alles ganz genau. Am Morgen hatte Vitus weniger Zeit zum Öffnen benötigt.

Ihn beschlich ein ungutes Gefühl. Irgendwas klemmte, es dauerte viel zu lang. Dann hielt Vitus inne. Er sah sich hektisch um, dann trat er einmal mit dem Fuß gegen eine bestimmte Stelle der milchigen Abdeckung. Der Tritt zeigte Wirkung. Kurz darauf konnte Vitus die Klappe öffnen. Er stützte sich an den Rändern ab und hüpfte hinein. Als er komplett in dem Loch verschwunden war, fürchtete Chad, dass man ihn erwischt hatte, doch im nächsten Moment tauchte eine Hand auf und winkte ihnen zu.

Chad blickte sich, wie Vitus zuvor, auf dem Dach um. Am Horizont ging bereits die Sonne unter. Doch statt das Himmelsschauspiel zu bewundern, fixierte er die Dachluke und rannte los. Die Strecke kam ihm ewig lang vor, aber er hatte sie schnell überwunden und konnte vorsichtig in die Luke einsteigen. Vitus half ihm dabei, die Leiter runterzuklettern. Nachdem er auf dem Boden aufkam, erschien Nico über ihm auf der Bildfläche. Er zog an der Abdeckung, bis sie sich schloss und sprang von der Leiter.

Nico wollte gerade die Treppe hinuntergehen, da hielt Vitus ihn auf. »Warte, vergiss die hier nicht!« Er hielt ihm die Handschellen hin.

»Was? Ich zieh die nicht an.«

Ernst sagte Vitus: »Doch, das wirst du. Sie haben dich mit Handschellen zurückgelassen und sie werden dich mit Handschellen wiederfinden. Ich habe vor, die Schlüssel zu behalten, sag's bitte keinem, aber das kann ich nur, wenn sie keinen Verdacht schöpfen.«

»Scheiße, du hast recht«, erwiderte Nico.

Sie gelangten ungesehen zu ihrem Gang. Hier sah es aus, wie zuvor. Müll, Toilettenpapier und Metallsplitter überzogen den Betonboden und die Zellen standen noch immer offen.

Vitus sagte: »Sehr gut. Ich muss eben in meine Zelle, danach gehen wir nach unten.«

Nico und Chad warteten an der dicken Sicherheitstür, bis Vitus erledigt hatte, was er erledigen wollte. Dann gingen sie weiter. Im Erdgeschoss hörten sie die Stimmen der Wärter. Sie waren auf dem Weg zu ihnen, nur eine Ecke entfernt. Vitus lief ihnen entgegen. Dabei rief er: »Nicht erschrecken! Wir sind drei Gefangene. Wir wollen uns stellen.«

Die Wärter beschleunigten ihre Schritte. Als sie sich gegenüberstanden, zückten sie ihre Schlagstöcke und riefen: »Auf den Boden, sofort!«

Alle drei gehorchten. Sie knieten sich hin.

»Hände hinter den Kopf!«, brüllte der Mann in Uniform vor ihnen, während der andere sein Funkgerät zückte.

»Wir haben noch drei. Chirac, bitte kommen! Trakt 11, Gang 1.«

»Ist das Kind dabei?«, fragte Chirac.

»Positiv.«

»Komme.«

Es dauerte keine Minute, bis Chirac um die Ecke geschossen kam. Er sah die drei Gefangenen vor sich knien und tat dann etwas, mit dem keiner von ihnen gerechnet hatte: Er zog eine Pistole und zielte auf Chad.

»Warte!«, rief Nico. Wie aus Reflex schmiss er sich vor Chad in die Schussbahn.

»Aus dem Weg, Chross!«

»Sir, tun Sie das nicht!«, bat Vitus. »Wir ergeben uns.«

»Euch sollte man alle drei abknallen!«

Chad zitterte am ganzen Leib. Ihm wurde schlecht. Er stieß Nico zur Seite, beugte sich nach vorne, stützte sich auf seinem gesunden Arm ab und erbrach sich.

»Igitt!«, entfuhr es dem Wärter mit dem Funkgerät.

Einen Moment später tauchte Strong auf. Er sah die Szeneric vor sich und rief: »André, nimm sofort die Waffe runter!«

»Warum? Ich sollte sie hier und jetzt erledigen!«

»Nimm. Jetzt. Die. Verdammte. Waffe. Runter!«

Keiner der Gefangenen rührte sich. Chirac zielte weiterhin auf Chad. Sein Finger am Abzug bebte gefährlich. Strong legte ihm seine Hand auf den Arm und drückte ihn langsam runter. Mit ruhigem Ton sagte er: »Es ist vorbei. Wir haben sie, okay? Beruhige dich!«

Chirac schnaufte während Strong das Kommando übernahm.

»Vitus, nimm die Hände hinter den Rücken! Chad, gib mir deine linke Hand!« Er fesselte Vitus und kettete Chad und Nico aneinander. Er befahl ihnen, aufzustehen. »Und du steckst endlich die Waffe weg!«, zischte er Chirac zu, als sie ihn passierten.

Sie gingen durch die menschenleeren Gänge an den defekten Zellentüren vorbei. Es war ungewohnt still. Ihr Weg führte sie ins Untergeschoss, wo sie in einem spärlich beleuchteten Gang auskamen. Davon gingen mehrere Türen ab. Strong schloss eine davon auf. Hinter ihr war es so finster, dass Chad nicht sagen konnte, wie groß die Zelle war. Da war nur Dunkelheit. Strong nahm Vitus die Handschellen ab und nannte den Befehl, den Chad am allerwenigsten mochte: »Ausziehen!«

Ohne zu zögern oder sich zu widersetzen entledigte sich ihr Kumpane seiner Klamotten. Er war splitternackt, als Strong ihm die Handschellen wieder anlegte, diesmal vor dem Körper.

»Hast du was versteckt?«, fragte er.

»Nein, Sir.«

»Muss ich nachsehen?«

»Nein, Sir. Aber ich werde Sie nicht abhalten, wenn Sie es tun müssen.«

»Ich denke, das spare ich mir.« Strong nickte zum Inneren der dunklen Zelle.

»Jungs, wir sehen uns.« Mit dieser Verabschiedung trat Vitus über die Schwelle ins Dunkel. Im nächsten Moment knallte Strong die Tür zu. Er schob die Riegel vor und schloss mit einem dicken Schlüssel zwei Schlösser übereinander ab. Das metallische Geräusch der Schlösser bereitete Chad Gänsehaut.

Dann wandte sich der Wärter an Nico und Chad.

»Das Gleiche gilt auch für euch.«

Nico ließ den Kopf sinken, bis seine Haare sein Gesicht verdeckten. Chad bemerkte, dass Nico zitterte. Strong entfernte ihnen die Handschellen, damit sie sich ausziehen konnten.

»Selbe Frage, habt ihr was versteckt?«

»Nein, Sir«, antwortete Nico ruhig.

»Bist du dir sicher?«

»Ja, Sir«

»Ich sehe trotzdem nach.« Strong durchsuchte die beiden, fand aber nichts. Zufrieden kettete er sie wieder an den Handgelenken aneinander und öffnete die nächste Tür.

Auch hier schlug ihnen die Dunkelheit entgegen. Als sie eintraten, bemerkte Chad sofort den Unterschied. Der Boden war in der Zelle viel kälter und die Luft feucht. Ohne ein weiteres Wort zu sagen, drückte Strong die schwere Stahltür ins Schloss, woraufhin ihnen der letzte Lichtstrahl genommen wurde. Sie hörten noch, wie der Wärter die Riegel von außen vorschob und den Schlüssel zweimal umdrehte. Einmal im oberen Schloss, einmal im unteren.

Was ist ein Held?

Als erstes gingen sie bis zur gegenüberliegenden Wand. Nico streckte seine rechte Hand aus, um den Beton zu berühren und somit Chad zwangsläufig dazu zu bringen, ebenfalls zu fühlen, dass da etwas war. Sie gingen die Wand entlang bis zur Tür und weiter, bis sie alle vier Ecken abgetastet hatten. Der Raum war winzig. Geeignet für eine Person. Chad trat in einer Ecke auf etwas Metallisches, einen Abfluss oder etwas Ähnliches. Wahrscheinlich sollte er ihnen als Toilette dienen.

Noch nie hatte Chad solch eine Dunkelheit erlebt. Manchmal, wenn er und seine Freunde in der Villa *Verstecken* gespielt hatten, war er in die Abstellkammer gekrochen und hatte dort das Licht ausgemacht. Jedoch war unter der Tür immer ein Spalt gewesen, durch den ihm der Schein der Deckenbeleuchtung in der Küche eine gewisse Sicht verschaffte. Seine Augen hatten sich jedes Mal nach einer Weile an die Sichtverhältnisse gewöhnt. Erst, wenn jemand die Tür geöffnet hatte, war er vom Licht beinahe erschlagen worden.

Seine Augen waren weit aufgerissen und er strengte sich an, wenigstens Nico auszumachen, der neben ihm stand. Keine Chance. Wenn er nicht durch die Handschellen mit ihm verbunden gewesen wäre, wäre es ihm schwergefallen, zu glauben, dass da überhaupt noch jemand war. Alles war schwarz. Sein eigener Herzschlag verdoppelte sich. Wo in seinem Herzen vorher Wut gesteckt hatte, breitete sich jetzt Angst aus.

Nico zog ihn nach unten damit sie sich auf den Boden setzen konnten. Sie lehnten sich gegen die Wand gegenüber der Tür, zumindest vermutete Chad das. Er kam sich dämlich vor, doch seine Gefühle brachen wieder aus. Er wusste, dass er Nico auf die Nerven ging, wenn er weinte. In letzter Zeit hatte er versucht, es zu vermeiden und wenn, es nur im Stillen zu tun. Jetzt zog er die Knie an, legte seinen verletzten Arm darauf ab und presste seine Stirn dagegen. Er schluchzte und sein Körper bebte. Seine Haare klebten ihm auf der Haut. Er weinte wie ein Kleinkind, dessen Herz sich anfühlte, als würde es im Inneren zerreißen. Da waren Verzweiflung und Angst, weil sein Leben fremdbestimmt war. Wut und Hilflosigkeit, weil ihn überall, wo er hinkam, Mauern umschlossen. Das Gefühl, verlassen zu werden, allein zu sein, weil nicht einmal Romy Kontakt zu ihm aufgenommen hatte, obwohl er schon seit Weihnachten eingesperrt war. Ihn überwältigte die Tatsache, dass seine Freunde tot waren. Sie waren schon dort, wo das Gesetz ihn in fünf Jahren hinschicken wollte.

Das Gesetz.

Es wollte *ihn* tot sehen.

Menschen in hohen Positionen, Richter und Politiker kannten seinen Namen. Sie hatten gemeinsam beschlossen, dass die Welt ein besserer Ort war, wenn er, der erst zwölf Jahre alt war, darin nicht mehr existierte.

Als ihm bewusst wurde, dass das hier gerade mal der Anfang von allem war, bahnte sich ein weiterer Schwall Tränen seinen Weg. Er konnte nicht mehr nach Hause. Nichts würde wieder gut werden. Keiner war da, der ihn in den Arm nahm, wenn er Angst hatte.

Und er konnte nichts dagegen tun.

Nichts.

Also weinte er in die Dunkelheit hinein bis Nico sagte: »Ich glaube, wir bleiben keine drei Tage hier drin.«

Beim Klang seiner Stimme zuckte Chad zusammen.

»Der Mensch kommt drei Tage ohne Wasser aus. Sie müssen uns welches bringen oder uns rausholen. Wie Vitus gesagt hat: Die wollen, dass wir überleben. Ohne Wasser verrecken wir.« Er sagte es in einem netten Tonfall, als wollte er beruhigend auf Chad einwirken. »Die sind nur gerade überfordert, weil die anderen so einen scheiß Aufstand gemacht haben. Normalerweise ist man im Loch allein. So wie Vitus. Dass die uns zusammen eingesperrt haben heißt doch nur, dass die anderen Zellen schon voll sind. Wenn die Wärter wieder alles unter Kontrolle haben, kommen wir zurück auf unseren Gang, da bin ich mir sicher.«

Chad wischte sich das Gesicht mit der Hand ab. Ihm lag schon länger eine Frage auf der Zunge und der Moment, sie zu stellen, könnte nicht besser sein. »Nico? Bin ich böse?«

»Ich weiß nicht«, antwortete Nico. »Du hast Menschen umgebracht. Sag du es mir.«

Chad lehnte seinen Kopf gegen die Wand hinter sich. Er sah nach oben in die Dunkelheit hinein. »Ich glaube schon«, sagte er. »Sonst wäre ich nicht hier.«

»Wie kommst du darauf?«

»Alle hassen mich. Chirac, Strong, du. Ich dachte, es wäre ein Missverständnis oder so. Dass ich nicht ins Gefängnis gehöre, sondern bald wieder gehen darf. Aber so, wie mich alle behandeln und das, was der Direktor gesagt hat, zeigt doch, dass ich hier genau richtig bin.«

»Das ist nur die Meinung von denen«, sagte Nico. »Und von mir. Aber ja, ich finde schon, dass du böse bist.«

Chad schniefte.

»Ich meine, du bist mit 'ner Knarre zur Schule gegangen. Das macht keiner, der zu den Guten gehört.«

»Ich hatte keine Knarre«, sagte Chad. »Es war ein Amoklauf. Da waren Typen, die auf uns losgegangen sind. Sie haben meine Klassenkameraden erschossen und auf mich haben sie auch gezielt. Ich hatte Glück, glaube ich, dass sie mich verfehlt haben.«

»Scheiße, warum hast du dann das Mädchen getötet?« Nico lehnte sich ensetzt vor.

»Weil … sie im Weg stand.«

»Bist du irre? Man knallt doch kein Kind ab, nur weil es im Weg steht.«

»Sie stand nicht einfach nur im Weg, Nico.« Chad fasste sich an die Stirn. »Jemand hat sie als Schild benutzt.«

»Das macht es nicht besser. Warum hast du überhaupt geschossen?«

»Ich musste mich innerhalb von Sekunden zwischen Leben und Tod entscheiden. Glaubst du, das ist mir leichtgefallen?«

Nico schwieg.

»Da war ein Lehrer, der alles gesehen hat. Ich dachte, wenn er weiß, dass ich im Gefängnis sitze, kommt er und erklärt alles.«

»Was soll er erklären?«

»Alles. Ich weiß nicht.«

»Laber nicht, Kleiner, was weißt du nicht?«

»Warum mir keiner glaubt, dass es fünf Killer gab. Alle gehen von vier Killern aus, aber es waren fünf. Killer fünf hat das Mädchen als Schild benutzt. Ich wollte ihn töten. Ich wollte es ein für allemal beenden, ich wollte ein Held sein, ich wollte, dass er dran glauben muss, verstehst du? Er hat mich angegriffen. Von ihm habe ich die Verletzung über dem Auge. Er hat mich sogar getötet. Deswegen ist es so wichtig, dass sich dieser Lehrer endlich mal meldet! Keiner glaubt mir. Die Polizei glaubt mir nicht, der Direktor auch nicht und ich wette, du glaubst mir auch nicht.«

»Wie auch? Du wirkst ziemlich lebendig.«

»Nico!«

»Was?«

»Superkräfte sind echt.«

»Willst du mich verarschen?«

»Ich weiß nicht, wie ich das erklären soll. Aber ich hatte Superkräfte. Ich war wie ein richtiger Held.«

»Nein, du warst kein Held, Kleiner. Wer andere umbringt kann kein Held sein.«

»Ich hab ja gesagt, dass du mir das nicht glaubst.«

Nico atmete tief durch. Er setzte mehrmals an, etwas zu sagen, doch stoppte jedes Mal, bevor er seine Worte aussprach. »Ich hab nie gesagt, dass ich dir nicht glaube. Nur, dass du kein Held warst.«

Chad horchte auf.

»Kleiner, es gibt in unserem beschissenen Rechtssystem nur zwei Situationen, in denen es erlaubt ist, einen anderen Menschen zu töten. Entweder du gehörst zum Exekutionskommando, was bedeutet, du erschießt die bösen Jungs, also uns, oder es war Notwehr. In dem Fall muss in dem Moment, in dem du den Mord begehst, dein Leben bedroht werden und zwar von dem Menschen, den du tötest. War es bei dir Notwehr?«

»Nein, das Mädchen hat mich nicht bedroht«, sagte Chad.

»Also war es ein Mord. Das beantwortet deine Frage. Übrigens solltest du das mit den Superkräften besser niemandem erzählen. Es klingt, als würdest du dadurch deine Tat rechtfertigen. Dabei bist du der einzige, der die Verantwortung dafür zu tragen hat. Flüchte dich nicht in Ausreden.« Nico veränderte seine Sitzposition. Sie schwiegen sich eine Weile an, dann fragte er: »Du hast keine Geschwister, oder?«

»Nein«, antwortete Chad.

»Ich hatte drei«, sagte Nico. »Wir waren vier Jungs und Mum. Haben sie oft in den Wahnsinn getrieben, bei uns war es immer chaotisch. Zwei meiner Brüder waren Zwillinge. Die haben immer doppelt Scheiße gemacht, das war echt anstrengend. Ich vermisse sie.«

»Warum hast du sie dann …?«

»Warum ich sie umgebracht habe? In meiner Akte sind nur zwei Geschwister aufgezählt, weil Mum das vierte Kind adoptiert hat. Es lag irgendwann einfach vor unserer scheiß Haustür. Ich hab ihn gefunden, weil er geweint hat. Da lag dieses Baby in einer Wäschewanne, mitten im Winter. Wer macht sowas? Heute wünsche ich mir, ich hätte ihn erfrieren lassen.«

Chad lief ein Schauer über den Rücken. Sein Kumpel war ein eiskalter Killer. Das durfte er nicht vergessen.

»Er hat das Massaker in unserem Haus überlebt. Ist irgendwo da draußen, keine Ahnung, wo. Jedenfalls ist er genau so alt wie du. Als ich dich das erste Mal gesehen habe, wäre ich fast durchgedreht. Ich musste mich echt zusammenreißen.«

»Wolltest du ihn auch umbringen?«

»Ja.«

Chad nickte. Etwas musste Nico davon abgehalten haben. Vielleicht war er deshalb oft so mies drauf. Er hatte seinen letzten Mord nicht durchgeführt und jetzt wartete er darauf, dass man ihn hinrichtete, während sein Opfer frei war. Es war ähnlich wie bei ihm. Killer fünf war auch frei. »Warum?«, fragte Chad.

»Weil er, genau wie du, meinte, den Helden spielen zu müssen. Was er veranstaltet hat, war nicht von dieser Welt. Er war erst zehn, aber hatte unglaubliche Kräfte. Ich war nicht dabei, als du zum Mörder geworden bist. Aber ich habe gesehen, wozu er fähig war. Der Kleine war der Teufel persönlich. Er war böse, weißt du. So richtig. Aber bei dir klingt es ganz so, als hättest du nie vorgehabt, jemandem zu schaden.«

»Du meinst, er hatte auch Superkräfte?« Chads Herzschlag beschleunigte sich. Das war das erste Mal, dass eine Chance bestand, dass man ihm glaubte.

»Ja. Ich habe sie am eigenen Leib gespürt. Unsere Welt ist nicht das, was sie vorgibt zu sein. Aber sie ist auch nicht wie im Comic. Der Grat zwischen Gut und Böse ist schmal. Superkräfte allein entscheiden nicht darüber, was du bist. Es sind deine Taten.«

Chad senkte den Kopf. »Also bin ich böse«, schlussfolgerte er.

»Es ist der Einfluss, den andere auf dich haben«, sagte Nico. »Chirac hält dich für einen herzlosen Killer und Strong sieht in dir wahrscheinlich ein Kind, bei dem man vorsichtig sein muss. Mir gehst du auf den Sack, weil du mich an meinen Bruder erinnerst, aber eigentlich, glaube ich, bist du okay. Wenn du denkst, dass du böse bist, dann, weil die anderen dich als das abgestempelt haben. So ehrenhaft deine Motive auch waren.«

»Ich hab ... einen Fehler gemacht«, murmelte Chad. »Als das Mädchen ... also ... als sie aus der Toilettentür kam, da ...« Er schüttelte den Kopf. Er war noch nicht bereit, sich diese ganz besondere Schuld zuzuschreiben. Er hoffte, dass er diese unangenehme Wahrheit mit ins Grab nehmen konnte. »Ach, egal.« Chad dachte an die Eltern seiner Freunde, die solch eine Tat sicher nie von ihm erwartet hätten. Hätte er ja selbst nicht.

Ihm fiel niemand ein, der ihn nach dem, was er getan hatte, noch gut heißen würde. Besonders nicht die Eltern des Mädchens. Schlechte Menschen gehörten aus dem Weg geräumt. So wie er. Hier im Dunkeln konnte er sie verstehen. Dies war der Ort, an den er gehörte, damit die Welt da draußen sicher vor ihm war. Und mit dem Wissen über den Moment, kurz bevor er Kira Doyle erschossen hatte, war seine

Antwort eigentlich eindeutig: Er war böse. Er wollte es sich nur nicht eingestehen.

Nico sagte: »Egal, was dich gerade bedrückt, du musst nicht der sein, zu dem die Gesellschaft dich macht. Ob du wirklich böse bist, entscheidest nur du. Und keiner sonst. Mann, das ist ganz schön schwer zu erklären.«

»Bist du böse, Nico?«

»Ja.« Die Antwort kam schnell.

Chad druckste ein wenig herum, bevor er eine weitere Frage stellte. »Glaubst du, wir haben die Todesstrafe verdient?«

»Ja, haben wir«, antwortete Nico.

Wieder trat Schweigen ein.

Nach einiger Zeit, vielleicht waren Stunden vergangen, vielleicht auch nur Minuten, sagte Nico auf einmal: »Vor ein paar Jahren war ich mal mit meiner Freundin auf einer Comic-Ausstellung. Wir haben uns reingeschlichen, weil wir keine Kohle für Tickets hatten. Das war in so einem Kongressgebäude im Norden am Meer. Überall liefen verkleidete Typen rum, die aussahen wie ihre Lieblingshelden und es gab massenweise Stände voller Comics und Actionfiguren und so'n Scheiß. Ich meine, ja, Comics sind cool, aber manche da haben es echt übertrieben. Jedenfalls haben wir an einem Gewinnspiel teilgenommen. Wir haben beide so eine Karte ausgefüllt und als später die Gewinner gezogen wurden, hat der Typ auf der Bühne meinen Namen genannt. Scheiße, ich hab zum ersten Mal was gewonnen. Das war der Hammer!«

»Und was?«, fragte Chad.

»Ein Comicheft aus der Limitless Reihe.«

Chad horchte auf. Er hatte sie alle zuhause. »Was war daran denn so besonders?«, wollte er wissen.

»Es war eine limitierte Sonderausgabe über Aiden Thrasher, Viktors Mentor. Du weißt schon, immer, wenn Viktor nicht weiter weiß, sucht er seinen Mentor auf, der im Verborgenen lebt. Keiner weiß, wo, und immer, wenn Viktor zurückkehrt, ist er weiser als zuvor und hat eine Lösung für die Probleme vor denen er steht.«

Chad lächelte. Auch, wenn Nico ihn gerade nicht sehen konnte, nickte er und hoffte, dass sein Kumpel merkte, dass seine Freude über diese Erzählung echt war.

»Wir haben uns unter einer Treppe verkrochen, unsere Pullover auf den Boden gelegt, das Heft aus der Folie geholt und vorsichtig durchgeblättert. Dieses Heft war zu dem Zeitpunkt das Wertvollste, was ich besaß, weißt du, ich hätte es in der Folie lassen und verkaufen sollen, das ist mir schon klar. Aber wir waren eben neugierig.«

»Erzählst du mir, was darin passiert ist?«

»Das Heft erzählt Aidens Vergangenheit. Er war ein Held, genau wie Limitless. Hat die Menschen in seiner Stadt vor Schurken und Bedrohungen geschützt und so. Nur hat er den Fehler gemacht, den Leuten seine wahre Identität zu verraten.«

»Anfängerfehler«, warf Chad ein.

»Ja. Erst war es noch cool. Alle haben ihn geliebt. Aber dann wurde es ihm zu viel. Die Leute sind ihm aufgelauert, Schurken haben sich an seiner Familie vergangen und sein Zuhause zerstört. Sogar die Bewohner der Stadt waren irgendwann enttäuscht von ihm, weil er all dem nicht gewachsen war und haben es ihn spüren lassen. Dann hat ein besonders fieser Schurke, Psychomask, die Stadt angegriffen und Aiden in seiner Schurkenrede, in der er ihm seinen bösen Plan verraten hat, das Angebot gemacht, sich ihm anzuschließen und Aiden … hat es angenommen.«

»Echt?« Diese Tatsache überraschte Chad. Er mochte es, wenn Nico ihn mit Geschichten seines Lieblingshelden von der Realität ablenkte. Es war zu einer Art Ritual zwischen ihnen geworden. Er genoss jede Sekunde, die Nico redete. Es verlieh ihm ein Gefühl von Gleichheit.

»Es geht noch weiter. Aiden wollte sich an den Menschen seiner Stadt rächen. Sie akzeptierten ihn nicht mehr als Helden und er wollte ihnen eine Lektion erteilen. Doch bei einem Angriff auf die Stadt, den Psychomask angezettelt hatte, tauchte auf einmal ein neuer Superheld auf, der sich Aiden in den Weg stellte. Ein totaler Versager, er hatte gegen Aiden keine Chance. Er war neu als Held. Hatte seine Kräfte gerade erst entdeckt und konnte sie nicht wirklich kontrollieren. Der Kampf, den die beiden führten, war richtig peinlich. So peinlich, dass Aiden sogar Mitleid mit ihm hatte. Aber der neue Held war hartnäckig. Nicht unterzukriegen. Und dann hat er Aiden mit einer Heldenrede überzeugt, dass er in Wirklichkeit gar nicht böse ist. Sie haben sich gemeinsam gegen Psychomask gestellt und ihn besiegt. Aiden wollte wissen, wer der neue Held der Stadt sei und fragte nach seinem Namen. Doch der hat nur gesagt -« Nico verstellte die Stimme, sodass er gespielt heldenhaft klang: »Ich bin Limitless. Heißer als die Hölle und gefährlicher als der Teufel.«

Chad bekam eine Gänsehaut.

»Limitless bestand darauf, Aiden zur Rechenschaft zu ziehen, auch, wenn sie gerade gemeinsam gesiegt hatten. Aber er meinte, dass er keinem Schurken sein Handeln durchgehen lassen wollte. Aiden fand das gut und hat sich widerstandslos der Polizei gestellt. Er sitzt seitdem im Schurkengefängnis bei all den Bösewichten, die er zuvor als Held besiegt hat. Später hat Limitless ihn dort aufgesucht und gefragt, ob er sein Mentor werden möchte. Es war ein Akt der Versöhnung zwischen Gut und Böse. Oder Gut und Gut. Wie man es nehmen will.«

»Das heißt also: immer, wenn Viktor nicht weiterweiß, holt er sich Rat bei Aiden?«, fasste Chad zusammen.

»Genau. Aiden war ein Held, der sich von der dunklen Seite verführen ließ. Er hat böse Dinge getan. Aber er steht auch zu seinen Fehlern und gibt sein Wissen an Viktor weiter, damit er Gutes tun kann, während er seine Strafe verbüßt. Er sitzt im Gefängnis, Chad, genau wie wir. Was denkst du, findest du, er ist ein Held?«

Chad dachte kurz nach. »Ich glaube schon«, sagte er zögerlich. »Er ist ja nicht böse geworden, weil er ein schlechtes Herz hat, sondern weil ihm alles zu viel geworden ist.«

»Du gibst also den Umständen die Schuld für seine Entscheidung?«

»Irgendwie schon. Und jetzt hilft er Limitless ja auch.«

»Also ist er ein Held?«

»Ja.«

»Was ist überhaupt ein Held?«

»Ein Held beschützt andere«, sagte Chad. »Er setzt seine Superkräfte ein, um gegen das Böse zu kämpfen. Er ist mutig und schlau und er hilft den Hilflosen.«

»Und was ist mit dir?«

»Wie meinst du das?«

»Du träumst davon, ein Held zu sein. Aber als du die Chance dazu hattest hast du versagt und jetzt sitzt du in 'ner beschissenen Dunkelzelle im tiefsten Rattenloch das unsere Justiz zu bieten hat. Wenn du hier unten draufgehst, interessiert das niemanden. Gestern hast du noch gesagt, dass du ausbrechen willst. Mal angenommen, dir gelingt morgen die Flucht. Dann wird es da draußen verdammt schwierig für dich, als Held anerkannt zu werden. Superkräfte hin oder her.«

Chad sagte nichts.

»Was ich damit sagen will ist, dass du nicht frei sein musst, um dir deinen scheiß Traum zu erfüllen. Du willst ein Held sein? Dann hör auf, von dir zu denken, dass du böse bist. Wie die Menschen, die Aiden für einen Schurken halten, halten dich auch die Eltern des Mädchens für einen Schurken. Chirac hält dich für einen. Und ich auch. Aber im Gegensatz zu ihm lasse ich mich gern von dir vom Gegenteil überzeugen.«

»Also … soll ich ein Held im Gefängnis sein? Wie soll das gehen?«

»Dir bleiben noch fünf Jahre, um das herauszufinden. Besser du schaffst es in zwei, damit ich das noch erlebe.«

»Meine Superkräfte funktionieren aber nicht mehr.«

»Ist vielleicht auch besser so. Es gibt andere Wege ein Held zu sein.«

»Danke für die Geschichte«, sagte Chad. Sie hatte ihn tatsächlich abgelenkt. Die Idee, er könnte doch noch ein Held werden, gefiel ihm. Auch, wenn es ihm ein Rätsel war, wie er das anstellen sollte. Und dass Nico ihm glaubte, ja sogar selbst Erfahrungen mit den übernatürlichen Gewalten gemacht hatte, die sie umgaben, machte ihm Mut. Er war nicht mehr allein.

»Sorry wegen heute«, sagte Nico auf einmal. »Ich hab dich den Löwen zum Fraß vorgeworfen, weil ich Angst vor Chirac hatte. Das wird nicht noch mal passieren.«

»Schon okay. Entschuldigung, dass ich dich angegriffen habe. Voll mutig von dir, dich vor Chiracs Pistole zu werfen.«

Nico lachte auf. Er sagte: »Nicht schlecht für deinen ersten linken Haken. Und hey, es war ein Reflex. Bilde dir nichts darauf ein, ja?« Dann wuschelte er Chad durch die Haare. »Freunde?«

Chad nickte. Sie waren beide böse. Und das verband sie miteinander. »Ich glaube, wenn wir als die Bösen im Gefängnis Helden sind, dann sind wir das Gegenteil von echten Helden.«

»Du meinst, wir sind Antihelden?«

»Ja.« Der Begriff passte. »Wir sind Antihelden.«

Chiracs Rache

Keine drei Tage später schloss jemand die Tür auf. Kaum waren die dicken Riegel zur Seite geschoben, drang ein schwacher Lichtschein hinein, der sie so sehr blendete, dass sie sich die Arme vor die Gesichter hielten. Zwei Wärter traten ein und zogen sie hoch. Sie führten sie durch das Treppenhaus zum Erdgeschoss, wo sie nicht, wie erwartet, zu den Zellen gingen, sondern zum Hof. Draußen schlug ihnen, begleitet von eisigen Windstößen, die Sonne entgegen. Sie hatte den höchsten Punkt am wolkenlosen blauen Himmel erreicht und warf kaum Schatten auf den weiten Platz.

Chad verstand recht schnell, dass es sich nicht um eine gewöhnliche Hofstunde handelte. An der Mauer, die den Hof umgab, standen Gefangene lückenlos nebeneinander. Sie waren durch Handschellen zu einer menschlichen Kette formiert, die immer dort unterbrochen wurde, wo Ketten von der Mauer herabhingen. Die Männer, die mit erhobenen Armen unter diesen Ketten standen, bildeten die Fixpunkte der Reihe an der Mauer. Vor den Gefangenen patrouillierten Polizisten, ausgerüstet mit Schusswaffen und Sicherheitswesten.

In der Mitte des Platzes standen in Abständen von jeweils zwei Metern drei Pfähle aufrecht nebeneinander. Sie erinnerten Chad an die Balken, aus denen das Gerüst der Schaukel seiner Schule bestand. An das Holz waren Ketten montiert, mit breiten Schellen an ihren Enden, wie die, die von der Mauer hingen.

Die Wärter schubsten Nico und Chad auf die Pfähle zu. Angekommen, lösten sie die Handschellen, durch die sie verbunden waren. Während der eine Chad an den Schultern festhielt, kettete der andere Wärter Nico an den linken und den mittleren Pfahl. Dann schoben sie Chad zwischen den mittleren und den rechten Pfahl. Sie ketteten ihn an, ohne Rücksicht auf seine Verletzung zu nehmen.

Die Wärter entfernten sich. Sie betraten das Gebäude und da fiel Chad auf, dass lediglich Strong als einziger Wärter mit ihnen draußen war. Sie wurden sonst nur von den Polizisten bewacht. Er überlegte, was als Nächstes passieren könnte. Vielleicht wurden sie ja erschossen. Eine vorgezogene Hinrichtung war genau das, wovor Nico ihn gewarnt hatte.

Doch dann trat Chirac aus der Tür, durch die er und Nico gerade gekommen waren. Er trug Handschuhe und hatte drei längliche Gegenstände dabei.

»Oh nein, bitte nicht!«, murmelte Nico.

Chad begriff sofort, dass es keine Hinrichtung geben würde. Das da in Chiracs Händen waren keine gewöhnlichen Schlagstöcke. Sie waren viel dünner und aus Metall. Chirac blieb vor ihnen stehen.

Obwohl er geschwächt war, provozierte Nico ihn. »Was wird das, Arschloch?«

Chirac grinste selbstgefällig. Er warf zwei seiner Folterutensilien auf den Boden und ließ das übrige in seiner Hand herumschwingen. »Ich weiß nicht, was genau der Auslöser für den Schließanlagendefekt war, aber eines ist klar: Ihr seid dafür verantwortlich«, sagte er und zeigte mit dem Finger abwechselnd auf Nico und Chad. »Zwei Killer, die nichts zu verlieren haben. Ihr seid gewissenlose Kreaturen, die Unruhe stiften, wo es ihnen passt. Aber wisst ihr was? Das ist mein Gefängnis. Und ich lasse darin keine Unruhen zu. Es wird Zeit, dass jeder hier das begreift!« Seine Worte hallten von den Mauern wider. Als Nächstes umkreiste er die beiden, wie ein Raubtier seine noch lebende, aber geschwächte Beute. Nach kurzer Überlegung, schien er sich entschieden zu haben, dass es Zeit war, ihr den tödlichen Biss zu verpassen. »Ich denke, ich fange mit dem Zwerg an.«

»Warte!«, rief Nico. »Ich weiß was du vorhast, Arschloch, aber lass deine scheiß Wut nicht an ihm aus!«

»Jetzt bin ich gespannt, Chross, warum nicht?«, fragte Chirac.

»Scheiße, er ist noch ein Kind! Er hält das nicht aus, lass ihn in Ruhe!«

»Sieh an, du machst dir ja Sorgen um den Kleinen. Warst du es nicht, der ihm vor zwei Tagen noch eiskalt in den Rücken gefallen ist?«

»Er ist zwölf, scheiße, darfst du das überhaupt?« Nico rüttelte an den Ketten.

Chad war erleichtert, dass Nico sich für ihn einsetzte. Doch er kannte die Antwort. Der Direktor hatte es ihm erklärt und so, wie er Chirac einschätzte, war er einer derjenigen, die die Regeln nicht nur sehr gern, sondern mit Freude dehnten. In seinem Magen grummelte es.

»Ich darf alles, wenn der Verdacht besteht, dass ihr dem Gefängnis schadet. Der Bengel hat ein Messer versteckt. Er bringt meine Kollegen und mich in Gefahr. Meine Maßnahmen sind gerechtfertigt.«

»Tu das nicht!«, sagte Nico. »Wir haben unsere Lektion gelernt. Er hat sie gelernt. Mach mit mir, was du willst, aber halt ihn da raus!«

»Netter Versuch«, bemerkte Chirac. Er setzte sich in Bewegung. Dabei schleifte er mit der Spitze des Metallstabes über den staubigen Boden, sodass eine dünne Linie dahinter entstand. Hinter Chad blieb er stehen. »Neu hier und schon begegnen wir uns auf diese Weise. Da hat einer einen neuen Rekord aufgestellt. Du wirst mich noch anflehen, dich zu töten, Kleiner.«

Chad schloss die Augen. Es vergingen einige Sekunden, die sich wie eine Ewigkeit anfühlten, bis ihn der erste Schlag traf. Das Metall brannte sich auf seinem Rücken ein, es drückte seine Haut direkt auf den Knochen. Er schrie auf. Er hatte damit gerechnet, dass es weh tun würde. Aber solche Schmerzen hatte Chad noch nie erlebt. Er bereute sofort jeden Fehler, den er sich bisher geleistet hatte und überlegte fieberhaft, was davon eine solche Behandlung rechtfertigte. Er spürte, wie eine klaffende Wunde an der Stelle entstand, von der sich der Metallstab löste. Warmes Blut lief seinen Rücken hinunter. Unmittelbar folgte ein weiterer Schlag, der seinen Körper nach vorne riss. Sein Eigengewicht zog an den Handgelenken, doch die Ketten hielten ihn in Position. Die Wucht des dritten Schlags riss ihn von den Füßen. Seine Schmerzensschreie erfüllten den ganzen Hof. Er flehte den Himmel an, dass es aufhörte. Dann der vierte Schlag. Verschwommen erkannte er die umstehenden Leute. Sollte die Polizei ihn nicht eigentlich beschützen? Warum unternahmen die Männer in den Uniformen nichts? Sie sahen doch alle zu.

Er kannte die Antwort.

Er war das verwundete Tier und Chirac der Löwe, König des Dschungels aus Mauern, Gittern und Ketten. Sie beugten sich ihm. Wer sich ihm nicht unterwarf, bekam Hiebe. Der Metallstab krachte auf seine Schultern nieder. Dann auf die Wirbelsäule. Dann auf die Hüfte. Links. Rechts. Mittlerweile musste sein Rücken aussehen wie Brei. Wenn das Metall Stellen traf, die schon verletzt waren, schrie er lauter.

Chirac schien das egal zu sein. Er schlug einfach zu.

Neben ihm schrie sich Nico die Seele aus dem Leib. Er flehte Chirac an, aufzuhören und ihn an seiner Stelle zu foltern. Die Gefangenen an der Mauer, die gezwungen waren, hinzusehen, riefen hasserfüllte Beleidigungen.

Nach zehn Schlägen hörte Chirac auf. In Chads Ohren rauschte es, er bekam kaum noch mit, was alles um ihn herum geschah. Die Schmerzen dominierten seinen gesamten Körper. Er wusste jetzt, dass er auf keinen Fall noch mal gefoltert werden wollte. Was er auch an seinem Verhalten ändern musste, damit Chirac ihn in Zukunft in Ruhe ließ, schwor sich Chad, zu ändern. Er tat ein paar gequälte Atemzüge bevor er sich übergab und unter sich pinkelte.

Chirac trat vor ihn, rümpfte die Nase und tauschte sein Folterwerkzeug gegen einen dickeren Metallstab aus.

Damit würde er Nico schlagen. Wenn er auch zehn Schläge bekam, war es bald vorbei. Chad nahm sich vor, gut mitzuzählen. Insgeheim war er froh darüber, dass er als erstes dran gewesen war.

Doch Chirac positionierte sich erneut hinter ihm. Er zögerte nicht lange, bevor er mit dem dicken Stab zuschlug. Gleich beim ersten Treffer hörte und spürte Chad seine Knochen brechen. Er schrie und sackte weiter herab. Er hing auf halber Höhe, sodass seine Knie gerade so über dem Boden schwebten. Was war das für ein Spiel? Chad wollte, dass es aufhörte. Er sehnte sich nach seinem Zuhause, nach einem Lichtschimmer in seinem Leben. Gerade glaubte er nicht, dass es je wieder einen geben würde.

Es folgten acht Schläge auf die Schultern und gegen die Seiten, bis ein finaler Schlag auf seine Schulter die Folter beendete. Chirac trat vor Chad, wo er den Stab achtlos auf Seite warf. Ob es jetzt wirklich vorbei war? Sie waren Jäger und Gejagter. Raubtier und Gazelle. Täter und Opfer. Wahrscheinlich war es nie wirklich vorbei. Chirac setzte an, etwas zu sagen, da kam ihm Chad zuvor. Er hatte Chiracs Sprüche satt. Er hatte das Gefängnis satt. Er hatte sein Leben satt. Er verdiente es sowieso nicht, das war ihm jetzt klar. Er hatte nicht geglaubt, dass er es tun würde, doch jetzt sprach er tatsächlich aus, was Chirac ihm vor wenigen Minuten noch angekündigt hatte. »Was ist? Töten Sie mich endlich!«

»Dafür ist es zu früh«, sagte Chirac. Er trat an die Ketten an Chads Armen heran und löste sie. Chad konnte später selbst nicht sagen, wodurch er den nun folgenden Kraftschub erhielt, doch er trat mit den Füßen in einen festen Stand. Seine Arme hingen an ihm herab, von ihnen tropfte Blut in den Staub, wo es sich mit Kotze und Urin mischte. Er sah Chirac von unten an.

Er hasste diesen Mann. Chirac verschränkte die Arme. Beide wussten: Es war nur eine Frage der Zeit, bis Chad einknickte. Chirac brauchte ihm nur einen Stoß zu verpassen, damit die Tortur ein Ende fand.

Doch keiner von beiden regte sich.

Dann zuckte Chads Bein, was Chirac zu einem selbstgefälligen Grinsen anregte. Er kehrte Chad den Rücken zu. Wahrscheinlich erwartete er, dass Chad hinter ihm zu Fall ging.

Aber er blieb stehen.

Er hob mit aller Kraft und unter höllischen Schmerzen die Hand und zeigte Chirac hinter dessen Rücken den Mittelfinger.

Ein Schuss, abgefeuert von einem der Wachtürme, brachte ihn aus dem Konzept. Die Kugel schlug neben ihm im Boden ein. Sand wirbelte auf und hüllte ihn ein. Dadurch verlor Chad das Gleichgewicht.

Nico rief ihm etwas zu, doch er brach schon zusammen. Er landete bäuchlings im Staub. Nicos Rufe begleiteten ihn bis in die Ohnmacht hinein. Auf eine seltsame Art war Chad zufrieden. Der Staub, in dem sein Gesicht lag, wurde stetig heller. Seine Umgebung verschwamm in gleißendes Licht.

War das der Tod?

Er hoffte es.

Als er aufwachte, blickte Chad an eine weiß gestrichene Zimmerdecke. Erst erschienen ihm die darin eingelassenen Lampen verschwommen, doch nach er ein paar mal blinzeln erkannte er sie. Über seinem Gesicht schwebten dünne Schläuche und ein seltsamer Geruch lag in der Luft. Frische Luft. Links von ihm war ein großes Fenster angekippt. Ein lückenloser Ausblick über die Dächer der Stadt zeigte ihm die Welt, die er so vermisste. Als er den Kopf drehte, um besser nach draußen schauen zu können, machten sich die Schmerzen bemerkbar. Sein rechter Arm war bis zur Schulter eingegipst, der linke trug einen Verband und sein Rücken brannte wie Hölle. Außerdem hielt ihn ein breiter Eisenring um seinen Hals zurück. Die Kette dazu führte höchstwahrscheinlich ans Bett. Schade. Er war nicht tot und noch immer ein Gefangener. Verletzt und handlungsunfähig. Er schloss wieder die Augen.

Verschiedene Ärzte betraten und verließen abwechselnd das Einzelzimmer, nachdem er aufgewacht war. Sie redeten mit ihm, doch Chad hatte keine Lust, zu antworten. Er erfuhr, dass man ihn in ein Krankenhaus außerhalb des Gefängnisses gebracht hatte. Seine Verletzungen würden vollständig verheilen, da war man sich sicher. Jeder, der mit ihm sprach, behandelte ihn rein professionell. Keine aufmunternden Worte, keine Kommentare zu dem Umstand, der ihn hergebracht hatte, keine Bewertung des Justizsystems. Er sollte sich ausruhen, hieß es. Die Zeit würde ihr Werk schon vollbringen, er müsse nur geduldig sein.

Der einzige, der Mitgefühl zeigte, war Strong. Er bewachte sein Zimmer von außen und kam nach den ärztlichen Besuchen herein. Seine Augen wanderten Chads Körper auf und ab. »Er hat übertrieben«, sagte er schließlich. »Chirac hat ein Wutproblem, das wissen wir alle. Aber seine Entscheidungen ergeben in der Regel Sinn. Er hatte eigentlich vor, auf Chross einzuschlagen. Was ihn dazu bewegt hat, seinen Plan in letzter Sekunde zu ändern, weiß nur er.«

Keine Entschuldigung.

»Bis du zurückkehrst, lassen wir dich in Ruhe. Danach kann ich dir nur empfehlen, keine Scheiße mehr zu bauen. Dein Körper ist unseren Regeln nicht gewachsen.«

»Ich will nicht zurück ins Gefängnis«, krächzte Chad. »Ich will nach Hause.« Dabei warf er einen Blick aus dem Fenster.

»Tut mir leid«, sagte Strong. Er ging zurück zur Tür. Bevor er sie durchschritt, fügte er noch hinzu: »Respekt übrigens für den Finger, das war mutig. Hätte Chirac den gesehen, wärst du jetzt ganz sicher tot. Der Schütze auf dem Wachturm hat dich gerettet.«

Chad kehrte ins Gefängnis zurück, sobald er grundlegende Handlungen selbstständig ausführen konnte. Die Gefängnisärztin war dabei, als er abgeholt wurde. Sie begleitete ihn die ganze Fahrt über im hinteren Raum eines Gefangenentransporters und brachte ihn bis zu seiner Zelle. Sie verschrieb ihm Ruhe und versprach, regelmäßig nach ihm zu sehen. Auch sie wiederholte die Empfehlung, sich aus Schwierigkeiten herauszuhalten. Ihrer Meinung nach fand seine Entlassung aus dem Krankenhaus zu früh statt, doch das war dem herrschenden Justizsystem egal. Es gab Gesetze, die seinen Aufenthalt außerhalb des Gefängnisses in Sonderfällen regelten und die sagten, dass seine Zeit abgelaufen war. Er musste zurück.

Chad setzte sich auf das untere Bett auf seine gewohnte Position am Bettende, wo er sich gegen die Wand lehnte. Er stellte sich vor, wie Vitus nur wenige Zentimeter von ihm entfernt auf der anderen Seite der Mauer saß. Nico war auch da. Er war unversehrt davongekommen. Das Erste, was Chad ihn fragte, war: »Hast du eine Zigarette für mich?«

Nico antwortete überrascht: »Ich dachte, du bist erst zwölf.«

»Scheiß drauf. Gib schon her!« Wenn er etwas gelernt hatte, dann, dass er aufhören musste, das nette Kind zu sein. Nico hatte es ihm gesagt und jetzt setzte er seine Tipps um.

Nico reichte ihm eine.

Chad steckte sie sich zwischen die Lippen. Er wollte gerade nach Nicos Feuerzeug fragen, da entzündete sich die Zigarette von selbst.

Nico staunte. »Wie hast du …?«

Chad zuckte mit der linken Schulter. Seine Gedanken liefen auf Sparflamme. Ihn wunderte gar nichts mehr. Er lebte in einer Welt in der übernatürliche Phänomene existierten und Kinder vor den Augen der Polizei von Anhängern der Justiz bis zur Ohnmacht gefoltert wurden. Allein die Erinnerung daran, dass ihm das passiert war, machte ihn sprachlos. Sein ganzes Leben war so dermaßen aus den Fugen geraten, dass er eine sich selbst entzündende Zigarette nicht mehr hinterfragte.

»Übrigens feiern die anderen dich, weißt du das schon?« Nico lehnte sich gegen den Tisch und steckte sich ebenfalls eine Zigarette an.

»Warum das denn?«, fragte Chad.

»Scheiße! Chirac hat dich nach allen Regeln der Kunst fertig gemacht. Er hätte dich fast getötet, ich hab gehört, er musste wegen der ganzen Folteraktion sogar zum Direktor. Und was machst du? Du bleibst einfach stehen und zeigst ihm den Mittelfinger. Das war der Wahnsinn. Alle denken, dass du ihn besiegt hast. Falls du damit beweisen wolltest, dass du diese Antiheldensache ernst nimmst, bist du auf einem verdammt guten Weg.«

»Ich soll Chirac besiegt haben? Habt ihr mich mal angeguckt?« Chad erhob seine Stimme. »Ganz ehrlich, ich wünschte, er hätte es durchgezogen!« Daraufhin zog er an der Zigarette und brach sofort in einen Hustanfall aus.

»Mach langsam!«, rief Nico amüsiert.

Chad zog noch einmal. Er hustete wieder. »Das ist voll eklig! Wie kannst du das den ganzen Tag machen?«, fragte er angewidert.

Nico antwortete: »Du gewöhnst dich dran. Die erste Kippe ist scheiße, aber es wird besser, vertrau mir.« Er zog an seiner eigenen Zigarette, bis das glühende Ende heruntergebrannt war und blies den Rauch in die Luft. »Sie werden ab jetzt ganz besonders auf dich achten und alles daran setzen, dich am Leben zu erhalten. Zumindest so lange, bis sie dich töten dürfen.« Nico sah zum Fenster. Da war nichts als ein heller Streifen hinter dem die Sonne den Tag verschönerte.

»Woran denkst du?«, fragte Chad nach ein paar weiteren Zügen an seiner Kippe.

»An meine Hinrichtung«, antwortete Nico.

Chad nickte. Er selbst konnte den Tag, an dem dieser Albtraum endlich vorbei sein würde kaum noch erwarten. Und er wusste, dass es Nico genauso ging.

Wenn Helden aussetzen

Nach zwei Jahren, die Chad im Gefängnis saß, fand die erste Hinrichtung statt, die er mitbekam. Es war bekannt, dass es an Hinrichtungstagen eine Ausgangssperre für alle Gefangenen gab. Dementsprechend war die Stimmung im Trakt angespannt. Besonders Nico war ruhiger geworden. Ganz so, als würde er etwas ahnen.

Es stand eine Veränderung bevor. Während Chad am Tisch in einer Motorradzeitschrift blätterte und Nico auf dem oberen Stockbett rauchte, ging die Tür zu ihrer Zelle auf. Chirac. Immer, wenn Chirac vor ihnen stand, wurde es unangenehm. Chad spannte seinen Körper an. Der Wärter ließ einen kontrollierenden Blick durch die Zelle schweifen. In der Hand hielt er ein Klemmbrett mit mehreren Dokumenten.

»Chross, du kannst schonmal deine Sachen packen. Am Freitag geht es für dich in den Todestrakt.«

Nico geriet ebenfalls in eine angespannte Haltung.

»Ach ja?«, fragte er. Es sollte wohl lässig klingen, doch seine Stimme versagte.

Chirac ignorierte seine Bemerkung und ergänze: »Füll das aus!« Er schmiss das Klemmbrett vor Chad auf die aufgeschlagene Zeitschrift.

Chad wich zurück.

Chirac grinste hämisch. »Angst? Du bist bald auf dich allein gestellt, Kleiner.«

Chad antwortete nicht. Chirac traf mit seinen Worten ins Schwarze. Ja, immer, wenn sie sich gegenüberstanden, hatte er eine Höllenangst.

»Was ist das?«, fragte Nico. Er rutschte vom Bett und stellte sich neben Chad.

»Die Belehrung über deine restliche Haftzeit und die Verlegung nach unten. Du wirst bei der Hinrichtung am Freitag dabei sein. Freu dich, du bist der Nächste, Chross.«

Chad kannte Nico mittlerweile ganz gut, also merkte er auch, wie er sich zusammenreißen musste. Ob vor Freude oder Angst, konnte er allerdings nicht sagen. Wahrscheinlich war es eine Mischung aus beidem. Chirac verließ die Zelle. Daraufhin schnappte sich Nico das Klemmbrett. »Her damit!«

Er ging die Dokumente Seite für Seite durch. Am Ende warf er das Klemmbrett auf seine Matratze und lehnte sich mit beiden Händen gegen das Bettgestell. »Scheiße!«

»Was ist denn?«

»Am Freitag wird Norris hingerichtet. Ich habe keine Ahnung, wer das ist, aber ich soll daneben stehen und zusehen. Die schreiben hier, dass ich direkt danach in den scheiß Todestrakt verlegt werde. Genau, wie Chirac gesagt hat. Ich darf nichts mitnehmen und wenn ich erstmal drinsitze geht es mit der Belastung ins Maximum.« Nico stieß sich vom Bett ab und lief einmal im Kreis. »Ich verbringe einhundert Tage da unten bevor ich selbst vor das Erschießungskommando komme.«

Chads Herzschlag raste nach oben. Nico ließ ihn allein. Bis Freitag waren es noch drei Tage. Also insgesamt einhundertunddrei Tage, die Nico noch lebte.

»Was ist mit Ausgang?«, fragte Chad. Er hoffte, dass sie sich zumindest draußen sehen konnten.

Nico lachte auf. Er sah Chad an, als wollte er wissen, ob er diese Frage ernst meinte. »Bedingungsloser Einschluss«, sagte er nur.

Die Situation wurde zunehmend beklemmender. Jetzt stand auch Chad auf und tigerte umher. In den letzten zwei Jahren hatte er einiges von Nico gelernt. Zum Beispiel, dass sie sich die Wahrheit sagen mussten, wenn sie miteinander auskommen wollten. Nico war für Chad ein Mentor geworden, der ihm gezeigt hatte, wie man in diesen Mauern überlebte. Durch ihn hatte Chad das nötige Selbstbewusstsein erlangt, das ihm half, sich auch vor den anderen Gefangenen zu behaupten. Er dachte daran, wie sie sich gemeinsam den Typen an den Hantelbänken gestellt hatten, um mittrainieren zu dürfen. Sie hatten Strong überzeugt, sie vor dem Hofgang nicht mehr aneinanderzuketten, damit das möglich war. Sie lebten auf engem Raum miteinander und waren immer nur dann getrennt gewesen, wenn einer von ihnen wegen irgendeiner Scheiße ins Loch musste. Mit Nicos Tod würde man ihm einen großen Teil nehmen, den er mittlerweile zu sich selbst zählte. »Ich will nicht, dass du gehst«, sagte er deshalb.

»Ey, glaubst du, ich will das?« Nico nahm das Klemmbrett in die Hand. Daran war an einer Schnur ein Stift befestigt, mit dem er einige Zeilen ausfüllte. »Ich dachte, es wird einfacher, wenn es soweit ist«, gab er zu. Nico boxte gegen die Klappe in der Zellentür. Sie wurde geöffnet und er reichte das Klemmbrett nach draußen.

»Das ging schnell«, kommentierte Chirac.

Die Klappe ging wieder zu und Nico flüsterte: »Halt einfach dein scheiß Maul, Arschloch!«

Die drei übrigen Tage, die Chad mit Nico hatte, vergingen viel zu schnell. In ihrer letzten Nacht zusammen saßen sie auf Chads Bettkante, rauchten und schwiegen.

Nico hatte seine Sachen schon gepackt. Auf dem Tisch stand ein Karton, darin waren seine Klamotten, die Zeitschriften und auch sämtliche Briefe, die er bekommen hatte. Seine restlichen Zigaretten lagen unter Chads Kopfkissen. An Schlaf war nicht zu denken.

Sie saßen ewig nur da. Die Zeit schien stehenzubleiben und gleichzeitig hatte Chad das Gefühl, sie raste an ihnen vorbei. Es war merkwürdig. Irgendwann holte Nico ein Foto hervor. Er zeigte es Chad im schwachen Schein der Flamme seines Feuerzeuges.

»Das ist meine Familie«, sagte er.

Chad sah genauer hin. Er kannte das Bild nicht.

»Das bin ich, als ich ungefähr so alt war wie du jetzt.« Nico zeigte auf den rothaarigen Jungen, der ganz links stand, frech grinste und mit zwei Fingern das Peace Zeichen machte. »Das sind James und Flint, die Zwillinge.« Die beiden Jungen in der Mitte sahen exakt gleich aus und hatten sich spiegelverkehrt zueinander aufgestellt. »Das ist meine Mum.« Sie stand hinter den Zwillingen. Sie hatte die Arme um die beiden

Jungen gelegt und bei ihrer Erwähnung brach Nicos Stimme. Er strich mit seinem Finger über ihr Gesicht. »Ich könnte sie gerade gut gebrauchen. Immer, wenn ich Scheiße gebaut hab, stand sie hinter mir. Ich schaffe das mit der Hinrichtung nicht allein.«

Chad sah ihn von der Seite an. Da waren Tränen auf Nicos Gesicht. Schnell wandte er seinen Blick wieder ab. Er zeigte auf den kleinen Jungen ganz rechts, der im Gegensatz zum Rest der Familie keine roten, sondern braune Haare hatte. »Und das?«, fragte er, obwohl er sich denken konnte, wer das war.

Nico zögerte. »Das ist ihr Mörder.«

»Ich dachte, du hast -«

»Das ist, was sie mir vorwerfen«, unterbrach ihn Nico. »Es stimmt schon, ich habe ihn mehr oder weniger dazu angestiftet, das zu tun. Aber ich wollte nicht, dass es so endet.«

Der Junge ganz rechts auf dem Foto war vielleicht gerade mal sechs Jahre alt. Chad fragte sich, wie so ein kleines Kind drei Menschen töten konnte.

»Du hast doch dieses Tattoo auf dem Bauch«, bemerkte Nico. »Er hatte genau das gleiche.«

»Ach ja?«

»Ich hab dir doch gesagt, dass er Superkräfte hatte. Er konnte Gedanken lesen und manipulieren. Er hat mein Messer mit purer Gedankenkraft durch die Luft fliegen lassen. So, wie dieser Comicschurke gegen den Limitless in Band einundzwanzig kämpfen musste. Vorher waren wir in mit unseren Gedanken verschmolzen. Ich glaube, er hat sie umgebracht, weil ich da nur noch an Selbstmord denken konnte.«

»Du meinst, so wie Mind Freak?«

»Ja, wie Mind Freak. Dieser grüne Typ mit den Riesenaugen. Nur hatte mein Bruder sie nicht unter Kontrolle. Als ich dein Tattoo gesehen habe, war mir klar, dass du die Wahrheit gesagt hast über Superkräfte. Aber es wäre sinnlos gewesen, dir zu erzählen, dass ich unschuldig bin.

Anthony ist irgendwo da draußen und denkt nicht im Traum daran, die Schuld auf sich zu nehmen. Ich konnte ihn nicht davon abhalten, sie zu töten. Ich habe versagt. Deswegen wollte ich, dass wenigstens du an dich glaubst. Dass du ein Held sein kannst und so.«

»Du glaubst, das Tattoo ist dafür verantwortlich?«

»Ich weiß es sogar.«

»Woher?«

»Ich weiß es einfach. Superkräfte sind real. Unsere Welt *ist* wie im Comic.«

Chad berührte seinen Bauch, dort, wo das Tattoo war. »Und du bist dir sicher?«

Nico lächelte matt und wuschelte Chad durch die Haare. Er antwortete nicht, sondern drehte das Foto um. Auf der Rückseite war mit Kugelschreiber eine Telefonnummer notiert. »Die Frau, von der ich das habe, hat gesagt, der Bastard soll sie anrufen, falls er hier auftaucht. Weil ihn das Tattoo gefährlich macht. Sie sagte, sie kann ihm helfen, seine Kräfte zu kontrollieren.« Er reichte es Chad. »Du kannst es haben. Für den Fall, dass du deinen Plan umsetzt und von hier flüchtest. Dann hast du zumindest einen Anhaltspunkt, an wen du dich wenden kannst. Ich darf es eh nicht mit runter nehmen.«

Chad nahm das Foto in die Hand. Er las die Zahlen und prägte sie sich ein. »Eine Flucht von hier ist unmöglich«, sagte er. »Meine Kräfte zeigen sich nicht. Ich glaube sogar, dass ich sie mir nur eingebildet habe.«

Nico lächelte erneut.

»Es ist, was ich gesehen habe. Ich will, dass du diesen Killer fünf findest. Er könnte der Schlüssel zu deiner Freiheit sein. Und wenn du frei bist, suche meinen Bruder und besiege ihn. Das ist meine Bitte an dich als Antiheld.« Nico wischte sich Tränen aus dem Gesicht. »Du bist zwar klein und nervig, aber du bist auch irgendwie mein Freund. Und ich glaube, dass wir uns begegnen sollten. In meiner Rolle als dein Beschützer allerdings habe ich versagt. Vitus lag falsch. Ich konnte noch nie jemanden beschützen.«

Chad starrte das Foto an. Er schwor sich, es in Ehren zu halten. Eine Träne rollte seine Wange runter. Er lehnte seinen Kopf an Nicos Schulter. »Ich finde ihn«, versprach er. »Ich finde sie beide.« Er sagte die Worte, doch in Wahrheit glaubte er nicht daran, dass er diese Mauern jemals lebend verlassen würde.

Sie wachten mit der Sirene auf. Nico lehnte mit angezogenen Knien auf Chads Bett an der Wand. An seine Schulter gelehnt döste Chad. So hatten sie die Nacht verbracht. Sie lösten sich murrend voneinander. Nico stand auf und streckte sich. Kurz darauf ertönte das zweite Signal und die Tür wurde aufgeschlossen.

Ein Wärter klickte sie ab. Doch anstatt die Tür wieder zu schließen, ging er direkt zur nächsten Zelle. Dafür kamen jetzt zwei andere Wärter hinein. Der eine bedeutete Nico, sich umzudrehen, um ihm Handschellen anzulegen. Der andere nahm sich den Karton mit Nicos Besitz. Sie führten Nico nach draußen. Bevor die Tür vor seiner Nase zugeschlagen wurde, konnte Chad noch einen kurzen Blick mit ihm austauschen. Nico formte mit den Lippen eine Verabschiedung. »Bis dann, Kleiner.«

Die Tür fiel ins Schloss. Metall auf Metall.

Chad legte seine flache Hand an die Tür und senkte den Kopf.

Das war's.

Nico war weg.

Er musste allein klarkommen. Er hatte erwartet, dass die Tränenbäche bei ihm nur so fließen würden, wenn der Moment kam. Dass er sich auf das Bett schmeißen und sein Gesicht den ganzen Tag ins Kissen drücken würde. Nichts davon passierte. Er ging zum Bett und holte eine der Zigarettenschachteln unter dem Kopfkissen hervor. Die Zellentür würde sich heute nicht mehr öffnen. Also konnte er rauchen. Und selbst wenn man ihn erwischte, es war ihm egal. Er setzte sich, die Füße auf einer der Sitzflächen abgestellt, auf den Tisch und starrte das Milchglasfenster an. Dann steckte er sich eine Kippe zwischen die Lippen. Sie entzündete sich von selbst. Wie immer, seit er mit dem Rauchen angefangen hatte. Als er fertig geraucht hatte, drückte er die Zigarette an der inzwischen pechschwarzen Stelle der Wand aus. Dort, wo Nico ebenfalls jede seiner Kippen ausgedrückt hatte.

Gegen Mittag hörte er aus einiger Entfernung von draußen einen Schuss. Als er fiel, zuckte Chad zusammen. Dann, endlich, zog er die Knie an und weinte.

Ab jetzt verbrachte Chad seinen Hofgang mit Vitus. Dieser hatte sich ihm wie selbstverständlich angenommen. Sie spielten mit den anderen beiden Männern, die Vitus im Hof ebenfalls nicht von der Seite wichen, auf einer Sitzbank Brettspiele oder redeten. Seine Gesellschaft lenkte Chad zumindest draußen von der Angst ab, die ihn seit Nicos Abholung einnahm. Nach außen hin gab er sich kühl. Er hatte gelernt, selbstsicher aufzutreten. Außerdem behandelten ihn die anderen Gefangenen seit der öffentlichen Folter vor aller Augen wie einen Gleichrangigen unter ihnen. Innerlich fühlte er sich allerdings wie ein Kartenhaus das bei der kleinsten Erschütterung in sich zusammenbrach.

Innerhalb der Zelle rauchte er eine Zigarette nach der anderen, bis sein Vorrat aufgebraucht war. Die Wärter fanden bei einer Durchsuchung die leeren Schachteln, was ihm einen achtstündigen Aufenthalt in der Dunkelzelle bescherte. Nach seiner Rückkehr stellte er fest, dass sie ihm alles abgenommen hatten, bis auf das Foto von Nicos Familie. Es lag mitten auf seiner Bettdecke.

Er langweilte sich. Manchmal hatten er und Nico Sportübungen zusammen gemacht, also versuchte Chad sich allein daran. Er schrieb, entgegen der Bitte des Direktors, weitere Briefe an den Lehrer, von dem er noch immer hoffte, dass er kommen würde, um ihn zu befreien. Doch er bekam nie eine Antwort. Seine Motivation ließ sehr schnell nach und so landete er jedes Mal, wenn er sich zu etwas aufraffte, doch wieder auf seinem Bett wo er an die Wand gelehnt Löcher in die Luft starrte.

Drei Monate später reichte Strong ihm dasselbe Klemmbrett durch die Klappe, das Chirac Nico gebracht hatte.

»Füll das aus! Chross wird am Freitag hingerichtet. Du wirst zusehen.«

Chad nahm es an und ließ es beinahe fallen. Er ging zum Tisch, während hinter ihm die Klappe ins Schloss fiel. Er legte das Klemmbrett ab und setzte sich. Mit zitternden Fingern strich er über das Papier.

Auf der ersten Seite stand eine Erklärung zum allgemeinen Exekutionsablauf. Der Verurteilte wurde am Tag der Hinrichtung um 11:50 Uhr vom Todestrakt zur Exekutionswand geführt. Diese befand sich in einem abgesonderten Hof. War er daran fixiert, folgten eine Rede des Direktors und die letzten Worte des Verurteilten. Um 12:00 Uhr sollte ihn ein Schuss zwischen die Augen, abgefeuert mit einer Langwaffe durch einen namentlich nicht erwähnten Schützen, töten.

Einen Absatz weiter las Chad, dass der Gefangene, den die planmäßig nächste Hinrichtung erwartete, diesem Verlauf in einem Käfig beiwohnen sollte. Die Abholung erfolgte nach dem Weckruf. Die Zeit bis zur Hinrichtung verbrachte er im Käfig neben der Exekutionswand. Im Anschluss zog er bis zur eigenen Exekution in eine Einzelzelle im Todestrakt mit bedingungslosem Einschluss.

Hier brauchte Chad nicht großartig zu rechnen. Er hatte fünf Jahre bekommen. Die Hälfte hatte er fast hinter sich. Das bedeutete zweieinhalb Jahre Einzelhaft ohne Ausgang. Seine Sicht wurde schlagartig durch Tränen verschleiert. Er konnte verstehen, warum Nico beim Lesen dieser Erklärung geflucht hatte. Er fuhr sich durch die Haare und wischte mit dem anderen Arm sein Gesicht ab. Er hatte Angst, den Rest zu lesen, blätterte aber weiter.

Auf der nächsten Seite waren einige Felder, die er ausfüllen konnte. Es ging dabei um sein eigenes Ableben. Man gewährte ihm zum Beispiel eine letzte Mahlzeit nach Wunsch. Außerdem musste er sein Eigentum Stück für Stück angeben und entscheiden, ob es nach Hause geschickt oder weggeworfen werden sollte. Er konnte ankreuzen, ob er letzte Worte sprechen wollte oder nicht und ob man seinen Körper nach dem Tod zur Organspende freigab, verbrannte oder beerdigte.

Chad fragte sich, wie Nico all diese Entscheidungen in so kurzer Zeit hatte treffen können. Der Druck auf ihn stieg mit jeder Sekunde. Dieses Dokument gab ihm den Rest. Er stand auf und lief im Kreis. Ein Schrei löste sich tief aus seinem Inneren. Verzweifelt hämmerte er gegen die Tür und brüllte: »Lasst mich raus!«, doch niemand reagierte. »Ihr Wichser, ich hab doch gar nichts gemacht!« Sein nächstes Ziel war das Doppelstockbett. Warum war er noch nie auf die Idee gekommen, es umzuwerfen? Er rüttelte mit aller Kraft am oberen Gestänge. Keine Chance. Es war an der Wand befestigt. Mit zusammengekniffenen Augen rüttelte er weiter daran und schrie: »Ihr kriegt mich nicht!«

Auf einmal brach das Metall. Er sah auf. Die dicken Schrauben, die das Bett an der Wand hielten, waren zerstört. Um sie herum bröckelte die Mauer herab und endlich verschwand jeglicher Widerstand. Chad zog an dem Bettgestell und warf es um. Es landete mit einem Scheppern halb auf der Toilette und halb auf dem Boden, sodass es fast die ganze Zelle unnatürlich verbogen in Beschlag nahm.

»Habt ihr das gehört?«, schrie er. »Ich bin zu stark für euch. Ihr könnt mir nichts!« Seine Wut schlug um in Wahnsinn. »Ihr denkt, ich bin nur ein Kind, aber das stimmt nicht. Ich bin mächtiger als ihr alle zusammen. Kommt doch rein, dann beweise ich es euch!«

Niemand kam.

Er sah wieder zum Tisch, auf dem das Klemmbrett lag.

»Ich fülle gar nichts aus! Dann könnt ihr mich auch nicht hinrichten, ha!«

Diesmal antwortete eine Stimme von draußen. »Wenn du es nicht ausfüllst, mach ich es. Das ist kein Problem.« Strong. Er bekam draußen vor der Tür alles mit.

»Scheiße!«, brüllte Chad. Es war ein Risiko, Nico nachzuahmen, doch das wollte er jetzt unbedingt ausprobieren. Was hatte er zu verlieren? Alles, was er wollte, war, dass jemand die Tür aufschloss. Also polterte er noch einmal dagegen und rief: »Ich schlitz dich auf, Arschloch!«

»Womit?« Strong klang amüsiert.

»Ich finde was!«

»Beruhig dich, Kleiner! Du willst doch deine letzten Tage bei uns nicht im Loch verbringen, oder?«

Nein, das wollte Chad nicht. Er wollte überall sein, bloß nicht in einer Zelle und schon gar nicht in einer ohne Licht. Schwer atmend trottete er wieder zum Tisch. Andere Möglichkeiten hatte er nicht, das Bett versperrte ihm so gut wie alles. Er widmete sich wieder dem Dokument. Die Buchstaben verschwammen vor seinen Augen. Er füllte die Felder unter Tränen aus. Solche Entscheidungen, wie man hier von ihm verlangte, wollte er nicht treffen. Er schluchzte. »Ich bin doch erst vierzehn.«

Schweren Herzens klopfte er mit dem Klemmbrett gegen die Klappe in der Tür. Strong nahm es entgegen. Dabei warf er einen flüchtigen Blick in die Zelle und schüttelte den Kopf. »Falls es dir hilft, damit klarzukommen«, sagte er ruhig, »diesen Weg sind schon Hunderte vor dir gegangen. Wenn die das schaffen, schaffst du das auch.«

Chad saß mit angezogenen Knien an die Tür gelehnt auf dem Boden. Mit den Armen umschlang er seine Beine, auf denen sein Kinn ruhte. »Sie können mich mal!«, sagte er schluchzend.

Freitag, 04:00 Uhr.

Nach vier Tagen Einschluss wurde Chads Zellentür das erste Mal geöffnet. Sein Ausraster hatte ihn Essen und Hofgang gekostet. Dementsprechend war seine Verfassung. Da ihn sein Zeitgefühl schnell verlassen hatte, hatte er sich vorsorglich das Foto von Nicos Familie in die Socke gesteckt. Nicos Socke. Das Chaos, das das umgestoßene Bett verursacht hatte, war geblieben. Chad hatte Nicos Matratze auf den Boden vor die Tür gelegt und darauf geschlafen.

Strong sah vom Gang aus auf ihn herab. Er stupste Chad mit seinem Schlagstock an. »Steh auf!«

Chad kugelte sich noch weiter zusammen.

»Komm schon, Kleiner, zwing mich nicht …«

»Ich will das nicht.«

»Das weiß ich. Aber es ist mir egal, hörst du?«

Ja, das konnte er sich vorstellen. Die Wärter waren ihre Feinde. Alle. Auch, wenn sie manchmal nett zu ihnen waren, oder, wie jetzt, einen Hauch von Mitleid in ihrer Stimme unterbrachten. Sie standen auf der anderen Seite. Und sie waren mächtiger als er.

Chad kapitulierte. Er stand auf und ließ sich widerstandslos in Handschellen legen. Da sein einziger Besitz lediglich aus seiner Akte bestand, die die Wärter bereits hatten, gab es nichts, was er mitnehmen konnte. Strong entfernte den Klebestreifen mit Chads Namen von dem Schild neben der Zelle, das sie ihm zuordnete. Die war jetzt wieder frei für jemand Neues.

Sie durchquerten das Gebäude, in dem es angespannt still war, bis zu dem Teil, in dem der Direktor sein Büro hatte. Dort folgten sie dem Treppenhaus nach unten und traten durch eine Tür ins Freie.

Der Hof, den Chad schon vom Fenster des Direktors aus gesehen hatte, wirkte recht klein, als er selbst einen Fuß darauf setzte. Er kam ihm mehr wie ein Hinterhof vor. Der Tag brach gerade an. Am Himmel waren sowohl schon ein Teil der Sonne als auch der Mond noch zu sehen. Chad sog die Luft auf. Der frühsommerliche Morgen draußen hatte etwas Erfrischendes an sich.

Von ihrem Zugang aus führte Strong ihn rechts die Gebäudemauer entlang bis zu einem Käfig von einem Quadratmeter Fläche. Ein Erwachsener würde darin gerade so stehen können. Chad fiel es leicht, als Strong den Käfig aufsperrte und ihn hinein schob. Er war klein. Der Käfig war nahezu perfekt auf ihn zugeschnitten.

Sah er durch die Gitter nach vorne raus, befand er sich seitlich zu der großen Holzwand. Die wirkte im Gegensatz zu damals, als er einen Blick aus dem Fenster darauf geworfen hatte, riesig. An ihr hingen Ketten herab mit breiten Eisenschellen an den Enden. Vermutlich, um die Arme des Verurteilten anzuketten. Nicos Arme.

Ebenfalls seitlich der Wand, auf der anderen Seite, war ein größerer vergitterter Bereich. Zu ihm führte ein schmaler Weg hinter einer Absperrung. Wie man dahin gelangte, erkannte Chad nicht. Aber er erinnerte sich daran, vom Fenster aus einen Parkplatz gesehen zu haben.

Weiter rechts von ihm, direkt gegenüber der Todeswand, war eine dunkelgrüne Stahltür in die Gebäudemauer eingelassen. Der Direktor hatte ihm gesagt, dass sich dahinter der Todestrakt befand. Verließ man ihn, steuerte man unmittelbar auf die Todeswand zu. Strong schloss den Käfig ab, bevor er wieder reinging.

Chad setzte sich auf den Boden. Er wusste nicht mehr, wann er das letzte Mal einen Sonnenaufgang gesehen hatte, also versuchte er, sich darauf zu konzentrieren. Leider landete sein Blick immer wieder auf der Todeswand. Am liebsten hätte er sich das Familienfoto noch einmal angesehen. Die Handschellen hinter seinem Rücken verhinderten, dass er danach greifen konnte.

Es verging etwas Zeit, die Sonne stand nun höher und aus der Tür links neben ihm traten auf einmal Mitarbeiter des Gefängnisses, die Chad noch nie gesehen hatte. Sie bauten in dem abgesperrten Bereich Stühle auf. Ein Mann stach aus der uniformierten Masse heraus. Er trug einen dunklen Ledermantel und eine Art Cowboyhut unter dem lange, lockige, braune Haare hervorlugten. In der Hand hielt er eine längliche schwarze Tasche.

Der Direktor begleitete ihn. Sie schienen sich gut zu kennen, denn sie redeten recht locker und vertraut miteinander. Geschätzte fünf Meter vor der Todeswand blieben sie stehen. Hier stellte der unbekannte Mann seine Tasche auf dem Boden ab.

Chad beobachtete, wie er den Inhalt herausholte. Es waren ein Stativ und ein Gewehr. Der Mann platzierte die Waffe fachmännisch auf dem Stativ und legte sie zur Probe an. Dabei stellte er sich leicht breitbeinig hin, während er durch ein kleines Zielrohr sah. Als er sich sicher schien, dass die Position gut war, ließ er von dem Gewehr ab.

Die Tatsachen schlugen auf Chad ein. Dieser Tag bedeutete Nicos Ende.

Langsam stieg die Sonne ihrem Höhepunkt entgegen und mehr Wärter versammelten sich auf diesem Hof. Jemand öffnete den Zugang zu dem Bereich mit den Stühlen, die sich mit Zuschauern füllten. Auch Strong trat neben ihn an den Käfig. Mit gedämpfter Stimme sagte Chad: »Nico hat das nicht verdient.«

»Doch, das hat er«, sagte Strong schlicht.

Die allgemeine Anspannung war beinahe greifbar. Chad rutschte zitternd mit den Knien näher an das Gitter. Er blendete die Wärter aus, die in einer Reihe an der Mauer standen und auch den Mann mit dem Cowboyhut an der Waffe. Seine Augen fixierten den Direktor, der wiederholt auf seine Armbanduhr sah. Schließlich nickte er einem Wärter an der Tür zum Todestrakt zu. Dieser öffnete die Tür und von vier weiteren Wärtern eskortiert, angeführt durch Chirac, trat Nico ins Freie.

Er sah übel aus. Nico trug nur eine kurze Hose. Seine Hände waren ihm auf dem Rücken in Handschellen gelegt und seine Füße mit Ketten umschlossen. Den Blick hielt er gesenkt. Sein Oberkörper war von Blutergüssen übersät. Er hatte unzählige Schrammen und dicke Striemen auf der Haut. Das mussten die Auswirkungen der Belastung sein.

Chad ließ ihn nicht aus den Augen. Der Anblick machte ihm Angst. Er wollte sich nicht vorstellen, wie er nach seiner Zeit im Todestrakt aussehen würde.

Nico ließ sich einfach führen. Er wehrte sich nicht, sondern ging geduldig Schritt für Schritt vorwärts. Die Situation hatte was von einer Parade, bei der alle andächtig zusahen, wie ein Mensch sein Leben gab. Chad dachte an eine Opferung.

Chirac erreichte viel zu schnell die Holzwand, gefolgt von Nico zwischen den Wärtern. Er legte die Eisenschellen von der Wand um Nicos Handgelenke und löste danach dessen Handschellen. Die Wärter stellten sich zu den anderen an die Mauer. Chirac trat hinter die Holzwand und zog an den Ketten, sodass Nicos Arme seitlich nach oben gezogen wurden, und fixierte sie. Danach reihte er sich unter seinen Kollegen ein.

Chad wünschte sich, Nico würde ihn ansehen, doch sein Blick blieb starr nach unten gerichtet.

So, als wusste Strong, was Chad dachte, sagte er: »Hebt der den Kopf, wird er erschossen.«

Der Mann mit dem Cowboyhut nahm seine Position ein. Er würde schießen und dadurch zu Nicos Scharfrichter werden.

Der Direktor sah ein weiteres Mal auf seine Armbanduhr und trat dann vor. Seine Rede begann. »Der Paragraf neunzehn unseres Strafgesetzes sagt: Wer einem anderen Menschen das Leben nimmt, wird mit dem Tod bestraft.« Er sah in die Gesichter der Anwesenden, um seinen Anfang zu untermalen. Hauptadressat waren die Zuschauer. Dann wandte er sich der Todeswand zu. »Nicolas Chross, du stehst heute, gerichtlich verurteilt, vor einem Erschießungskommando, weil du auf kaltblütige Weise vier Menschen ermordet hast. Menschen, die dir sehr nahe standen. Menschen, über die zu urteilen du nicht berechtigt warst. Welche Beweggründe du auch hattest, deine Handlung war falsch. Straftaten wie deine können wir in unserem Rechtssystem nicht durchgehen lassen. Du hast dein Recht auf Leben verwirkt, als du den Entschluss gefällt hast, zur Waffe zu greifen. Eine zweite Chance gibt es für dich heute nicht. Ich hoffe, du weißt sie im nächsten Leben zu schätzen.« Er holte tief Luft. »Ich verlese die Namen der Opfer: Nala Chross, Flint Chross, James Chross und Harold Corn. Mögen sie in Frieden ruhen.« Er machte eine kurze Pause. Dann fragte er: »Hast du noch letzte Worte?«

Chad hatte seine Stirn an das Gitter vor sich gepresst. Es musste doch eine Möglichkeit geben, ihn da rauszuholen, irgendwas! Wenn das, was er und Nico zuletzt miteinander gesprochen hatten, stimmte, wenn es wirklich sein Bruder gewesen war, der die Familie mit seinen Superkräften umgebracht hatte, dann war Nico unschuldig. Und wenn er auch solche Kräfte hatte, dann wollte Chad, dass sie sich ihm auf der Stelle zeigten.

»Ja, habe ich«, antwortete Nico. Er blieb sehr ruhig, anders, als Chad es erwartet oder selbst gekonnt hätte. »Was passiert ist, tut mir leid. Ich wollte meine Familie da nicht mit reinziehen.« Nico schloss seine Hände zu Fäusten. »Ich freue mich darauf, sie bald wiederzusehen. Aber ich hab ’ne scheiß Angst davor, dass der Kerl dort gleich auf mich schießt. Ich wünschte, es ginge anders.«

Der Schütze legte an.

»Chad? Versprich mir, dass du an dich glaubst. Und bitte sieh nicht hin. Das gibt gleich ’ne tierische Schweinerei.«

Chad starrte Nico fassungslos an. Seine letzten Worte galten ihm, der in den letzten Sekunden vor seinem Tod an Superhelden glaubte. Einem Kind. Natürlich sah er hin. Chad wollte nicht eine Sekunde der Zeit, die Nico noch blieb, verpassen.

Nico hob langsam den Kopf.
Der Schütze zielte.
Nirgendwo ein Superheld.
Schuss.

Nicos Kopf stieß mit gewaltiger Wucht gegen die Holzwand. Blut spritzte aus seiner Stirn, die Kugel hatte punktgenau getroffen. Der Boden unter seinen Füßen färbte sich rot. Sein Körper sackte zusammen.

Chad hatte alles gesehen. Sein Schrei hallte durch den Hof und nach nur wenigen Sekunden war der Trubel vorbei. Die Zuschauer standen auf, der Schütze packte sein Gewehr ein, die Wärter gingen in einer Reihe ins Gebäude. Drei Männer entfernten Nico von der Wand und verfrachteten seinen Körper in einen Leichensack.

Die ganze Situation fühlte sich für Chad nicht mehr echt an. Es war, als wäre er selbst in einen Sack gesteckt worden, von dem aus er alles sehen, aber nichts mehr hören konnte. Das Pochen seines Herzens dominierte sämtliche Sinne. Nur noch Gedankenfetzen schafften es in seinen Verstand.

Nico war tot.

Erschossen.

Genau wie …

Alles um ihn herum rückte in den Hintergrund. Der Hof, die Wand und die Wärter, verschwammen in unscharfen Konturen. Seine Gedanken wurden auf einmal lebendig, sie katapultierten ihn unmittelbar zurück in seinen Klassenraum. Schüsse hallten in seinen Ohren nach wie tausend Böller in einer Mülltonne. Er verstand auf einmal, warum die Polizei ihm nicht glaubte. Die Schule, die Schießerei, Killer fünf. Er begriff jetzt, warum ihm der Lehrer nicht antwortete. Es war als wäre ein Schleier, der sich die ganze Zeit vor seinen Augen befunden hatte, gefallen.

Mit einem Schlag hatte er freie Sicht auf den Tag seines Schicksals.

Killer fünf

2 Jahre zuvor

Sein Zimmer sah aus als entsprang es der Fantasie eines Videospielcharakters. Rot-Orange gestrichene Wände ganz im Farbschema der Limitless Reihe, die mit Postern von Comichelden überzogen waren, eine Deckenlampe, die aussah wie das Planetensystem, und dunkles Kirschbaumlaminat, auf dem zahlreiches Spielzeug verteilt war. Die hellen Vorhänge waren zur Seite gezogen und ließen viel Sonnenlicht durch das große Fenster hinein, das genau auf den Schreibtisch fiel. Darauf lagen mehrere verschieden große Zettel mit Kinderzeichnungen von Superhelden und die dazugehörigen Stifte. In der Ecke des Zimmers stand sein Bett, das die Form einer Rakete hatte. Auf dem Nachtschrank lagen vier Comichefte übereinander gestapelt. Das oberste hatte ein Lesezeichen.

Am Kleiderschrank klebte ein Stundenplan. Romy, seine persönliche Haushälterin, hatte ihn einlaminiert, damit sie die Eintragungen mit einem Folienstift machen und bei Änderungen wieder abwischen konnte. Darunter stand auf dem Boden der Schulranzen, auf dem groß das Logo der Privatschule gedruckt war, die Chad besuchte.

Sein Wecker, in Form eines Superheldenemblems, klingelte. Chad bewegte seinen Arm unter der mit Sprechblasen verzierten Bettdecke hervor und schaltete ihn aus. Es war nicht so, dass er noch schlief, nein. In Wirklichkeit hatte er seine Augen schon längst aufgeschlagen. Die Melodie aus dem Wecker setzte nur das Startsignal für den Tag. Voller Energie kletterte er aus der Rakete.

Er stieg über den Controller seiner Spielekonsole, die unter dem Fernseher an seiner Wand auf einem Regal stand, und steuerte die

Kommode an. Darauf lag sein von Romy vorbereitetes Outfit für heute. Es bestand aus einer Jeans, einem dunkelblauen T-Shirt und der grauen Jacke mit dem Logo der Privatschule auf dem Rücken. Seine Thermosocken mit dem Motiv seines Lieblingshelden lagen obendrauf.

Als er angezogen war, ging er in das an das Zimmer angrenzende Bad. Dort verbrachte er ganze fünfzehn Minuten, um aus seinen Haaren eine coole Frisur zu machen. Seit einer Weile benutzte er Haargel, um die beiden Strähnen in seinem Pony zu bändigen, musste den Umgang damit aber noch üben. Es durfte nicht zu viel und nicht zu wenig sein. Er putzte sich die Zähne und verließ dann sein Zimmer, um am großen Esstisch sein Frühstück einzunehmen.

Die Villa bestand aus zwei Abschnitten. Der größere, das Haupthaus, hatte vier Schlafräume, drei Arbeitsräume, zwei Wohnzimmer, eine eigene Bibliothek, eine riesige Küche mit Kochinsel mitten im Raum, drei Bäder und ein Foyer. Sein Bereich, der deutlich kleinere, bestand aus einem offenen Wohnzimmer mit Küche, seinem Zimmer mit Bad und Romys Zimmer, das ebenfalls ein Bad hatte. Eine direkte Verbindungstür zum Haupthaus existierte nicht. Wollte er seine Mutter aufsuchen, musste er außenrum über das Grundstück zum Haupteingang laufen.

Er setzte sich an den Tisch und wackelte nervös mit den Beinen vor und zurück, während er darauf wartete, dass ihm Romy das Frühstück servierte. Kurz darauf kam sie fröhlich pfeifend herbei. Auf den Händen balancierte sie eine große Torte, auf der zwölf Kerzen brannten. Sie stellte sie vor Chad auf den Tisch und lächelte ihn warm an. »Herzlichen Glückwunsch zum Geburtstag«, trällerte sie und dann zog sie seinen Stuhl zurück, um ihn von hinten zu umarmen.

Romy kümmerte sich schon immer um ihn. Chad fehlte es an nichts. Er wurde bekocht, trug Markenklamotten, bekam jedes Spielzeug, das er sich wünschte und genoss eine hervorragende Schulbildung. In seiner Freizeit nahm er an den Sportangeboten der Schule teil oder spielte mit Freunden Videospiele. Das alles machte sie möglich, weil seine Mutter ihr seine Erziehung überlassen hatte.

»Du erdrückst mich«, jammerte Chad. Daraufhin ließ sie ihn los und er atmete durch.

»Möchtest du Torte zum Frühstück?«

Chad grinste. »Klar.«

»Zuerst musst du die Kerzen ausblasen. Kriegst du das hin? Alle auf einmal?«

»Natürlich, guck!« Er holte tief Luft und blies über die Kerzen. Er schaffte es und grinste zufrieden. »Soll ich dir sagen, was ich mir gewünscht habe?«

»Wenn du es mir sagst, geht der Wunsch nicht in Erfüllung«, antwortete Romy. »Hier, nimm ein Stück.« Sie schnitt die Torte an und reichte Chad einen Teller.

Nachdem sie beide zwei Stücke vertilgt hatten, durfte Chad sein Geschenk auspacken, das hübsch angerichtet auf dem Wohnzimmertisch stand. Er riss das Papier auseinander und blickte mit strahlenden Augen auf die Hülle eines Videospiels. »Das habe ich mir gewünscht, danke!«, rief er. »Kann ich es später mit Ben spielen?«

»Wir wollten doch auf den Weihnachtsmarkt.«

»Ja, aber danach haben wir noch Zeit, oder?« Chad setzte seine Kulleraugen ein. Es funktionierte.

»Man wird ja nur einmal zwölf«, antwortete sie lächelnd. »Aber jetzt solltest du dich beeilen, hast du deinen Schulranzen gepackt?«

»Ja, ich hole ihn.« Chad rannte ganz aufgeregt in sein Zimmer. Das neue Spiel legte er dort auf die Konsole. Er schnappte sich die Tasche und rannte wieder zurück. Bei der Eingangstür zog er sich seine dicken Winterschuhe an. Romy legte ihm noch einen Schal um, bevor sie ihn verabschiedete.

»Hab einen schönen Tag. Und viel Erfolg in der Mathearbeit.«

Chad hob seinen Daumen und grinste. »Die wird leicht.«

Sein Grinsen wurde erwidert. »Alles klar, dann bis später.«

»Bis später«, rief Chad und stapfte durch den Schnee über das weihnachtlich geschmückte Gelände der Villa.

Ben wartete am Schultor auf ihn. Sie gingen schon immer zusammen in die Schule, waren beste Freunde und teilten die gleichen Hobbys.

Während Chad sich noch im Zeichnen von Comics übte, war Ben schon wahnsinnig gut darin. Sie führten eine friedliche Rivalität untereinander, durch die sie sich gegenseitig anspornten, besser zu werden. Das galt für so ziemlich alle Bereiche. In den Sportaktivitäten der Schule, im Unterricht, beim Zocken oder, wenn sie von der Schule aus ein Wettrennen nach Hause veranstalteten. Gäbe es eine Punkteverteilung, lägen sie in etwa gleichauf. »Hier, das ist für dich, alles Gute zum Geburtstag.« Ben reichte ihm ein kleines Paket. »Damit du immer und überall üben kannst.«

Chad packte es aus und hielt daraufhin ein kleines Sketchbook in der Hand an dem Bleistift klebte. Er grinste. Das Motiv auf dem Sketchbook zeigte Limitless alias Viktor Mondaine, seinen Lieblingshelden. Seine Superkraft war das Feuer. Heißer als die Hölle und gefährlicher als der Teufel. Limitless brauchte keinen Heldenanzug oder technische Unterstützung. Er war ein ganz normaler Typ, der seine Kräfte dazu einsetzte, die Menschen seiner Stadt vor bösen Kreaturen zu beschützen. Vorsichtig steckte er das Geschenk in eine Innentasche seines Ranzens. »Hast du Mathe gelernt?«, fragte er.

»Nö«, antwortete Ben. »Da musste ich nicht lernen, das kann ich auch so.«

»Ja, ich auch«, sagte Chad. Die Schulglocke läutete. »Komm, wir gehen rein.«

Sie liefen über den weiten Schulhof, der von drei Seiten vom Schulgebäude umrandet war und der den Haupteingang von der Straße trennte. Unterwegs trafen sie andere Mitschüler aus ihrer Klasse, mit denen sie in der Masse an Schülern zu ihrem Klassenraum marschierten.

Wie richtige Klischeestreber hatten Chad und Ben ihre Sitzplätze ganz vorne am Lehrerpult. Chad hatte seinen Platz rechts, Ben links. Ihre direkten Nachbarn waren auf jeder Seite durch einen schmalen Gang zum nächsten Tisch von ihnen getrennt. Die Schule legte Wert auf Selbstständigkeit. Am liebsten hätte die Schulleitung nur Einzeltische aufgestellt. Dagegen hatte die Elternschaft Einspruch erhoben. Chad kam das gelegen. Er hatte Ben gern in seiner Nähe, weil sie gut zusammen lernen konnten und sich bei den Aufgaben halfen, wenn einer nicht weiterkam.

Die erste Stunde verging. In der zweiten bekamen die Schüler die Möglichkeit, sich für die in der dritten Stunde anstehende Mathearbeit vorzubereiten. Da sie zu den Besten aus der Klasse gehörten, liefen Chad und Ben umher um ihren Mitschülern bei Fragen zu helfen.

Chad war froh darüber, dass er zu denen gehörte, die den Stoff schnell verinnerlicht hatten. Er versuchte, Stress zu vermeiden. Eine Stunde vor dem Test noch zu lernen, stufte er als sehr stressig ein. Er wusste, dass ihn viele dafür bewunderten. Sein Geheimnis war, sich an die Regeln zu halten. Es war eigentlich ganz leicht. Die Lehrer mochten Schüler, die ruhig blieben. Er hatte außerdem vor, sich dieses Schuljahr als neuer Klassensprecher aufstellen zu lassen und seine Chancen, gewählt zu werden, standen gut.

Die erste große Pause verbrachten Chad und Ben im Foyer auf dem Boden an eine Wand gelehnt. Sie hatten ihre Zeichenbücher rausgeholt, in denen sie herumkritzelten. Ab und zu blieben Mitschüler stehen und sahen sich an, was sie zeichneten. Ben genoss die Aufmerksamkeit sehr. Er wollte später mal Comiczeichner werden, was er jedem erzählte. Auf Nachfragen zeichnete er manchmal kleine Karikaturen für seine Freunde. Chad hatte auf seiner Brotdose eine perfekte Zeichnung von Limitless in seiner Heldenpose kleben, die Ben mit Acrylstiften gemalt hatte. Er selbst war begabter darin, den Sidekick seines Lieblingshelden zu portraitieren: einen feuerspeienden Frosch.

Als es klingelte, packten sie ihre Bücher wieder ein. Sie standen auf und gingen zum Klassenraum. Dazu mussten sie im Foyer die große Treppe nach oben steigen und dem Gang folgen.

Im Raum nahmen sie ihre Plätze ein. Die Lehrerin wartete, bis die Klasse sich beruhigt hatte und verteilte dann die Arbeitsblätter. »Ihr habt fünfundvierzig Minuten Zeit. Die Aufgaben sind zu schaffen, das haben wir alles geübt. Wer noch Zeit übrig hat und möchte, kann sich an der Bonusaufgabe am Ende versuchen. Ich wünsche euch viel Erfolg!«

Chad drehte sein Blatt um. Er las die Aufgaben von oben nach unten durch und grinste. Kein Problem, das würde er locker schaffen. Sogar die Bonusaufgabe begriff er sofort. Beim letzten Mal hatte seine

Lehrerin allen, die eine Aufgabe mehr rechneten als vorgegeben, einmal Hausaufgabenfrei geschenkt. Mit dem Gedanken an einen freien Nachmittag machte er sich daran, die Aufgaben nach und nach zu lösen.

Zwanzig Minuten lang herrschte konzentrierte Stille. Als Chad bei Aufgabe vier von sechs angekommen war, ertönte von draußen ein Knall. In den Gängen hallte das Geräusch wider und ließ die ganze Klasse aufblicken. Dann ein weiterer Knall. Es klang so, als hätte jemand die großen Regentonnen auf dem Hof umgeworfen. Nur näher.

»Was war das?«, fragte Ben.

Die Lehrerin ging zur Tür, um zu lauschen.

Noch ein Knall.

Sie schloss die Tür, die sich ganz vorne neben der Tafel befand, von innen ab und schaltete das Licht aus. Chad bemerkte, dass ihre Hände dabei zitterten. In der Klasse ging Gemurmel herum. Seine Mitschüler hörten auf zu schreiben und sahen sie alle an. »Pst!«, ermahnte sie die Lehrerin. »Ihr duckt euch jetzt alle unter die Tische, verstanden? Es ist wichtig, dass ihr ruhig bleibt.«

Ben und Chad sahen sich an. Für sie war klar, dass sie der Anweisung folgen mussten, also rutschten sie unter ihren Tisch. Dort lehnten sie sich an die Rückseite des Lehrerpults und zogen die Beine an.

Ein weiterer Knall. Diesmal noch näher.

»Was glaubst du, passiert da draußen?«, flüsterte Ben.

»Weiß ich nicht«, flüsterte Chad zurück. Er blickte in die Klasse nach hinten. Ihre Mitschüler saßen genauso verunsichert unter ihren Tischen wie sie. Manche hatten sich sogar mit ihren Jacken zugedeckt.

Auf einmal ratterte es mehrmals hintereinander und spätestens jetzt wusste jeder, dass es sich um Schüsse handelte. Zwei weitere Geräuschkulissen kamen dazu: Schreie und die Sirene für den Feueralarm, die die Schüsse, zumindest hier drinnen, übertönte. Ein Mädchen aus seiner Klasse heulte los. Ihre Freundin nahm sie in den Arm.

Von solchen Schulschießereien hatte Chad bisher nur wenig mitbekommen. Er wusste, dass es vorkam, dass Schüler mit Waffen in der Schule auftauchten, um diejenigen zu erschießen, die sie gemobbt hatten. Romy hatte es ihm erklärt, als im Fernsehen ein Bericht über einen solchen Amoklauf gesendet worden war. Auch wenn ihm der Gedanke in dieser Situation absurd vorkam, war er sich sicher, dass er überleben würde. Er hatte sich nie über andere lustig gemacht. Und er hatte keine Feinde. Natürlich machte ihm die Situation Angst. Doch es würde gut ausgehen. Ihre Tür war abgeschlossen. Die Polizei war sicher schon unterwegs. Einer würde kommen und den Täter aufhalten. Da war er sich ganz sicher.

Der Lärm von draußen erreichte ihre Etage. Etwas Schweres polterte gegen eine Wand, dann Schüsse. Der Täter stand auf dem Flur. Nur wenige Zentimeter vom Inneren ihres Raumes getrennt. Das Mädchen, das vorhin schon zu weinen angefangen hatte, stieß einen Schrei aus. Ihre Freundin hielt ihr sofort die Hand vor den Mund. Zu spät. Kurz darauf beschoss der Schütze ihre Tür. Mit einem lauten Knall flog der Knauf samt Schloss aus der Halterung und landete klirrend auf dem Boden. Das Holz splitterte in den Raum herein und als die Tür dadurch aufging, schrien mehrere Kinder auf.

Chad sah von seiner Position aus schwarze Stiefel, die den Raum betraten. Es gab nicht nur einen Täter, sondern mindestens zwei. Er hielt sich die Ohren zu. Die Täter waren direkt bei ihm. Neben ihm und Ben standen sie in den freien Gängen zwischen den Tischen. Ein weiterer stellte sich auf den Lehrerstuhl und stützte seine Schuhe über Chad auf seinem Tisch ab.

Mit ihm waren es drei Täter.

Sie schossen wild in den Raum hinein. Die Schüsse verursachten mit jedem Knall ein Fiepen in Chads Ohren. Das kreischende Mädchen fiel. Aus ihrer Schläfe und den Armen spritzte Blut. Sie blieb liegen und verstummte. Die Schüsse trafen die Jackenhaufen unter den Tischen, aus denen Blut spritzte, das sich auf dem Boden verteilte.

»Das ist doch Wahnsinn!«, rief Ben. Er sprang unter ihrem Tisch hervor.

»Bleib hier!«, zischte Chad, doch seine Worte drangen nicht zu ihm durch.

Mit einem Sprint erreichte Ben das Fenster, während ein Kugelhagel die Scheiben neben ihm durchschoss. Tausende Splitter flogen explosionsartig an ihm vorbei, einer streifte seine Schulter. Ben hob ein Bein, um auf das Fensterbrett zu klettern. Ein Schuss traf ihn am Arm, er schrie, doch riss das Fenster auf. Ein Windstoß zog durch den Raum. Blätter und Stifte wirbelten durch die Luft wie bei einem Tornado. Bevor Ben seinen Sprung aus dem ersten Stock machen konnte, traf ihn eine Kugel in den Hinterkopf. Seine Stirn prallte gegen den Fensterrahmen, dann blieb er wie ein nasses Handtuch im Fenster hängen. Sein Arm hing herab. Blut tropfte von seinem Finger auf die Heizung.

Im nächsten Moment fielen drei seiner Mitschüler der Reihe nach auf den Boden. Chad presste sich die Hand auf seinen Mund. Sein Herz hämmerte gegen seine Brust mitten in diesem Schlachtfeld. Fast der ganze Boden war mit Blut bedeckt. Innerhalb weniger Sekunden hatten die Killer jeden in diesem Raum für immer zum Schweigen gebracht. Chad schloss die Augen. Er wollte das alles nicht sehen. Eine stumme Träne rollte ihm über die Wange. Die Schüsse stoppten. Er schluchzte auf und biss sich sofort auf die Lippe.

Mist!

Das Geräusch musste die Killer auf ihn aufmerksam gemacht haben. Angespannt lauschte er ihren Schritten. Er verharrte an seiner Position, bis er feststellte, dass er aufgehört hatte zu atmen. Vorsichtig ließ er frischen Sauerstoff in seine Lungen. Sein Versteck war gut gewesen. Dadurch, dass das Lehrerpult eine Rückwand hatte, war er niemandem aufgefallen. Die Killer waren weitergezogen, denn die Schüsse drangen jetzt aus der Ferne in seine Ohren. Die Sirene rückte wieder in den Vordergrund. Er blinzelte. Sofort sah er in die weit aufgerissenen Augen eines Mädchens, dessen Kopf auf der Hinterseite zerfetzt war. Als er sich vorbeugte, entdeckte er blutige Hirnmasse, die sich hinter ihr verteilte. Der Anblick ließ ihn erstarren. Er wollte sich abwenden. Eine Kugel hatte sie in der Stirn getroffen und war am Hinterkopf wieder ausgetreten. Endlich drehte er sich zur Seite und kotzte. Im Augenwinkel sah er Bens Körper über dem Fensterbrett. Er wollte ihm zurufen, dass er aufstehen sollte. Dass sie fliehen mussten. Doch er brachte kein Wort heraus. Seine Worte würden Ben eh nicht erreichen.

Auf einmal erschien neben ihm ein Schatten. Chad fuhr herum und blickte unmittelbar in den Lauf einer Pistole. Dahinter stand ein Mann mit einem Tuch vor dem Gesicht. Unter einer schwarzen Wollmütze lugten blonde Haare hervor, nur seine Augen waren frei. Grau. Sie durchbohrten Chads Herz. Diese Augen hatte er schon einmal gesehen. Erst vor ein paar Tagen im Vertretungsunterricht. Ein Lehrer.

»Hilf…«

Der Lehrer drückte die Pistole fester gegen seine Stirn.

Wo blieb die Polizei? Warum kam niemand, der ihn rettete?

Chad bewegte sich sehr langsam zurück, während der Lauf der Waffe auf seine Stirn zielte. Er wollte besonnen handeln. Den Lehrer davon überzeugen, ihn nicht zu töten. Mit ihm reden. Zeit schinden. Alles andere würde sein Ende bedeuten, so viel war ihm klar. Doch sein Fluchtinstinkt siegte. Er ließ sich ruckartig fallen, stieß sich dabei den Arm an einem Stuhl, ignorierte den Schmerz, rollte über die Seite und sprang auf.

Der Lehrer blieb, wo er war, verfolgte ihn aber mit der Pistole, die Chad nicht aus den Augen ließ. Sein Arm wanderte von einer ausgestreckten Haltung nach vorne zur Seite. Dorthin, wo Chad als nächstes hintreten würde. Er schoss.

Chad duckte sich, während er rannte. Die Kugel schlug in einen Schülertisch ein. Holz splitterte. Ein weiterer Schuss zischte knapp an seinem Ohr vorbei.

Die Tür war sein Ziel. War er erstmal auf dem Gang, konnte er entkommen.

Dieser Lehrer war einer von den Bösen. Und er schien zu ahnen, was Chad vorhatte. Er sprang auf und stellte sich ihm mit einem Satz in Richtung Tür in den Weg. Bevor Chad ausweichen konnte, packte der Mann ihn am Hals und stieß ihn gegen den Türrahmen.

»Lassen Sie mich los!«, rief Chad. Er trat um sich und landete einen Treffer am Schienbein seines Gegners. Auf dessen Jeans hinterließ sein Schuh einen blutigen Abdruck.

Der Lehrer presste Chad die Pistole unter das Kinn. »Halt still!«, befahl er.

Chad hielt still.

Diese Stimme hatte ihm vor zwei Tagen noch die Matheformel beigebracht, die Chad beim Lösen der Bonusaufgabe angewendet hätte, wären sie nicht unterbrochen worden. Sein Name war … hatte er ihn der Klasse überhaupt verraten? Chad fiel keiner ein. Er hatte diesen Mann gemocht, weil er witzig war. Das waren nicht viele Lehrer an seiner Schule.

Der Lehrer zögerte. »Kleiner, ich muss dich erschießen«, sagte er. »Du hast mich gesehen, das war so nicht geplant.«

Seine Worte brannten sich in Chads Ohren ein. Die Pistole drückte ihm fast die Luft ab. Doch der Lehrer schoss nicht. Stattdessen löste er den Griff an Chads Kragen. »Geh zum Fenster!« Er zielte weiterhin mit der Waffe auf Chad. »Mach schon, geh!«

Chad hob die Arme seitlich neben sich. Seine Bewegungen passierten wie ferngesteuert. Sein Körper gehorchte stur den Befehlen. Er behielt den Lauf im Blick, während er Schritt für Schritt über die Leichen seiner Mitschüler stieg.

Der Lehrer sah hektisch auf den Gang und dann wieder auf ihn. Aus dem Klassenzimmer neben ihnen ertönten weitere Salven von Schüssen.

Als Chad das Mädchen passierte, dessen Hinterkopf aufgeplatzt war, stieß er gegen den Arm eines Jungen.

»Stopp!«

Chad blieb stehen.

»Du hättest in deinem Versteck bleiben sollen«, sagte der Lehrer. Seine Stimme klang weniger bedrohlich als vorhin, obwohl noch immer eine Waffe zwischen ihnen stand. »Dann hätte ich dich nicht gesehen und du hättest nie herausgefunden, dass ich dazugehöre.«

Ja, dass er in seinem Versteck hätte bleiben sollen, war Chad jetzt auch klar. Er blickte dem Tod ins Auge. An seinem Geburtstag. Ihm schossen Erinnerungen durch den Kopf von Momenten aus seiner Kindheit, in der er noch mittendrin steckte. Ihm kam der absurde Gedanke, dass auf seinem Grabstein nur ein Datum stehen würde.

»Ich werde meinen Mund halten«, versprach Chad.

»Das glaubst du doch wohl selbst nicht.«

»Warum tun Sie das?« Er musste Zeit schinden. »Ich fand Sie cool.«

Der Lehrer zog das Tuch vor seinem Gesicht runter. Dahinter steckte ein ganz normaler Mann. Jung. Seine Augen funkelten Chad an. »Das würdest du nicht verstehen.«

»Versuchen Sie, es mir zu erklären!«

Der Lehrer lächelte schmal. Er durchschaute Chads Vorhaben. »Du bist schlau, Kleiner. Schade, dass du hier sterben musst. Aus dir hätte was werden können.«

»Tun Sie das nicht«, flehte Chad.

»Tut mir leid«, sagte der Lehrer und drückte ab.

Als Nächstes spürte Chad Schmerzen in der Stirn. Wie Feuer, das sich über sein Gesicht ausbreitete, wie ein plötzlicher Druck, der seinen Kopf zwischen zwei dicke Klötze aus Metall spannte. Seine Augen waren weit aufgerissen, doch er sah nur schwarz. Der Geruch von verbranntem Fleisch breitete sich aus. Er fiel hinten über. Er konnte nicht bestimmen, ob in rasender Geschwindigkeit oder in Zeitlupe. Dann knallte er auf den Boden. Er fragte sich noch, woher die Feuchtigkeit an seinem Ohr kam. Wahrscheinlich von seiner Hirnmasse, die, wie bei dem Mädchen, in einem Schwall aus ihm herausschoss. Der Schmerz wanderte durch jede Faser seines Körpers. Er drohte, seine Nerven auseinanderzureißen. Chad wollte schreien, doch ihm blieb die Luft weg. Ein schmerzhaftes Kribbeln konzentrierte sich auf einen Punkt links neben seinem Bauchnabel. Ihm wurde heiß. Es war, als würde sein Körper brennen. Flammen krochen seinen Arm hinauf bis zu den Schultern. Sie zogen an seinem Hals, nisteten sich in seinen Ohren ein bis in sein Gehirn. Und dann zu den Augen. Chad riss sie auf.

Er holte tief Luft, sog alle Sauerstoffpartikel ein, die in seine Lunge passten. Er fuhr mit dem Oberkörper nach oben und stützte sich auf dem Boden ab. Seine Hände ruhten in Blutlachen. Als er realisierte, wo er sich befand, mit ausgestreckten Beinen inmitten toter Schüler sitzend und unversehrt, schien auch sein Gegenüber zu begreifen, dass etwas nicht stimmte. Die Pistole war noch auf ihn gerichtet. Aus dem Lauf stieg Rauch auf, den Chad riechen konnte. Ein weiterer Schuss löste sich, als der Lehrer den Abzug erneut betätigte. Die Kugel, angetrieben durch die Explosion, die der Bolzen im Inneren der Waffe auslöste, drehte sich um die eigene Achse. Sie steuerte auf Chad zu, sogar die Luft um sie herum flimmerte vor Hitze. Chad fixierte die Patrone. Er bewegte seine Pupillen ein Stück zur Seite. Die Kugel geriet aus der Bahn. Sie schoss, gerade noch gut erkennbar und jetzt so schnell, dass er sie kaum wahrnahm, an ihm vorbei. Für einige Sekunden starrten sich Chad und der Lehrer an.

»Heilige Scheiße!«, flüsterte der Lehrer. »Ich hab's geschafft.«

»Was geschafft?«, fragte Chad. Sein Herz trommelte. Es war ihm deutlich präsenter als vor dem Schuss gerade.

»Ich habe dich zu einem von ihnen gemacht. Der Boss hatte recht.«

Chad hatte keine Ahnung, wovon der Lehrer sprach, aber er wusste, dass er die Kugelgeschosse lenken konnte, was bedeutete, dass er die Chance hatte, diesen Wahnsinn zu überleben.

Vielleicht konnte er sogar die Killer überwältigen. Ihn überkam ein Kraftschub, eine Hoffnung, dass er, wie sein Vorbild aus den Comics, Viktor Mondaine, besondere Fähigkeiten hatte. Er stand auf.

Der Lehrer zog sich wieder das Tuch vor das Gesicht. »Hey! Mach jetzt keine Scheiße, Kleiner!«

Chad streckte seinen rechten Arm zur Seite aus. Er lenkte die Energie aus dem Kribbeln auf seinem Bauch in den Arm, woraufhin Flammen darauf erschienen und hochloderten. Dichtes Feuer gepaart mit einer Schlange aus Glut tänzelte von seinen Fingerspitzen bis zu seinem Ellbogen. Er ging auf den Lehrer zu, stieg über das Mädchen und stieß einen Stuhl um.

Sein Gegner richtete die Pistole wieder auf ihn. Er wartete, bis Chad in Reichweite war, bis er reagierte. Chad boxte mit dem brennenden Arm gegen die Schulter des Lehrers. Der wich zurück, hob die Waffe mit dem Lauf zur Decke an und packte Chads anderen Arm. Er zog ihn an sich vorbei und stieß ihn gegen die Wand. Sofort federte Chad sich ab und startete einen zweiten Angriff. Diesmal legte er seine Handfläche seitlich und schlug mit der brennenden Handkante gegen den Hals des Mannes. Die Flammen brannten sich in dessen Haut. Der Lehrer schrie auf. Mit einer schnellen Bewegung schubste er ihn nach hinten. Chad stolperte wieder über eine Leiche und landete auf dem Boden. Der Lehrer richtete erneut seine Waffe auf ihn. Die andere Hand presste er sich auf die Halswunde. Chad biss die Zähne aufeinander. Die Flammen, die jetzt seinen halben Oberkörper einnahmen, wuchsen. Er sprang auf und richtete seine offene Hand auf den Lehrer.

Ihre Angriffe passierten gleichzeitig.

Chad jagte die Flammen nach vorne.

Der Lehrer schlug mit dem Griff der Pistole zu.

Die Kante schlug eine Platzwunde über Chads Auge. Er verlor die Kontrolle über die Flammen, die sich in Rauch auflösten. Vor seinen Augen tanzten Sterne. Schon zum zweiten Mal wurde es schwarz in seinem Sichtfeld.

Bis er zu sich kam, konnte nicht viel Zeit vergangen sein. Aber der Lehrer war weg. Die Schüsse zogen weiter. Der Schlag und das Dröhnen der Sirene bereiteten ihm Kopfschmerzen. Chad fasste sich ans Auge, wo er Blut ertastete. »Was ist da gerade passiert?«, fragte er sich. Er zuckte bei jedem Schuss zusammen, zitterte am ganzen Leib und überlegte, was er tun sollte. In diesem Raum wollte er nicht bleiben. Aber auf dem Flur drohte Gefahr. Er sah zu Ben, der seit einer Ewigkeit über dem Fensterbrett hing und einfach nicht aufstand. Er musste hier weg.

Vorsichtig wagte er sich auf den Flur. Das Bild, das sich ihm bot, ließ ihn erschaudern. Nicht nur Kinder, auch Erwachsene lagen auf dem Boden in ihrem eigenen Blut. Chad stützte sich gegen die Wand und übergab sich ein zweites Mal. Dann entdeckte er auf dem Boden eine Waffe. Es war eine größere Pistole als die, die der Lehrer hatte, mit einem dünnen, länglichen Lauf und einem Magazin, das aus dem Gehäuse nach unten heraus ragte. Chad sah sich um. Wenn ihm auf dem Weg aus dem Gebäude einer der Killer begegnete, konnte er sich verteidigen, wenn er die Waffe mitnahm.

Er hob sie auf. Sie war schwer und unhandlich. Chad musste sie mit beiden Händen tragen. Er schlurfte den Flur entlang, darauf bedacht, dass ihn keiner bemerkte. Er ging auf eine offene Doppeltür mit großen Fenstern zu, die zwei Flure miteinander verband. Über ihr leuchtete ein grünes Schild mit einem weißen Pfeil, der ihn zum nächsten Ausgang führen sollte. Eine Ecke weiter, hinter der Tür, blieb er abrupt stehen.

Direkt vor ihm traten vier maskierte Killer in Kampfanzügen aus einem Klassenzimmer. Einer nach dem anderen füllten sie den Flur. Jeder von ihnen hielt mindestens eine von den Waffen in der Hand, die Chad auf dem Boden gefunden hatte und jetzt recht unbeholfen bei sich trug. Sie waren mit Ersatzmagazinen ausgestattet. Patronengurte hingen ihnen über Schulter und Hüfte und sie trugen Helme. Sie bemerkten ihn sofort.

Chad machte auf dem Absatz kehrt. Er rannte, bis nach wenigen Metern das erste Geschoss neben ihm im Boden einschlug. Eines zerstörte die Deckenlampe, sodass die Splitter einer Neonröhre auf ihn herrabprasselten. Er hob schützend den Arm über seinen Kopf. Eine Kugel zerstörte den Schließknopf für die Doppeltür. Sie ging langsam zu. Er erreichte sie, als das Türschloss einrastete. Chad rüttelte mit einer Hand am Knauf, da explodierte das Glas vor seinen Augen und er wich zurück. Hinter ihm näherten sich Schritte. Chad blieb keine Wahl mehr. Sein Fluchtweg lag in Trümmern und die Gegner waren zu nah.

Immer noch keine Polizei.

Nur er und die Killer.

Er war auf sich gestellt. Chad wusste, dass er es sein restliches, wenn auch kurzes Leben bereuen würde, wenn er jetzt nicht selber schoss. Er hatte die Chance, diese Schießerei zu beenden und hier und jetzt ein Superheld zu sein.

Auf seinem Arm bildeten sich Flammen. So, wie vorhin. Sich über seine neuen Fähigkeiten bewusst ließ er sie durch ein Gefühl der Überlegenheit gelenkt auf die Waffe gleiten. Er hob sie an und richtete sie auf einen der vier Killer. Die Männer hoben ihre Knarren ebenfalls.

Dann folgte ein Schusswechsel.

Chad drückte ab, dabei wurde er durch die Wucht der Rückschläge gegen die gesplitterte Tür gedrückt. Er schoss unkontrolliert. Die Kugeln schmetterten auf den Boden, in die Decke und die Wände.

Auf seiner Seite zerfetzten die Geschosse seiner Gegner die Tapeten, den Türrahmen und den Boden. Eine Scherbe von der Größe eines Küchenmessers schlitzte Chads Hosenbein auf und bohrte sich ihm ins Fleisch.

Er schrie, kniete sich hin, schoss aber weiter. Sein Magazin war längst leer. Das, was sich jetzt aus dem Lauf seiner Waffe löste, waren Flammen, die zu Kugeln konzentriert waren und dort, wo sie aufkamen, entstanden Brandflecken und Rauch.

Dann traf er die Killer. Der erste ging zu Boden, als Chad für einen Moment das Gleichgewicht verlor und schwankte. Den zweiten traf er im Gesicht, das sich hässlich öffnete und in Fetzen hing, als der Mann fiel. Den dritten traf er an den Armen und Beinen. Er zappelte stehend wie ein Fisch an Land, bis er umkippte und den vierten Killer mit sich riss.

Chad hörte auf zu schießen und zog sich die Scherbe aus dem Bein. Auf einmal war es still. So still, dass er es nicht fassen konnte. Durch die Schusskulisse hatte er alles andere ausgeblendet. Sein Blick wanderte wie in Zeitlupe durch den Flur. Die Killer hatten eine Spur der Zerstörung hinterlassen. Ein dumpfes Geräusch, fast schon penetrant, drang zu ihm durch. Es wurde lauter, schrill. Die Sirene.

Auf einmal stöhnte der vierte Killer auf.

Chad erschrak. Er packte die Waffe fester und wartete ab. Der Killer tastete neben sich. Seine Waffe lag zu weit entfernt, sodass er nicht an sie heran kam. In einem Film hatte Chad mal gesehen, wie ein Polizist einem überwältigten Verbrecher die Pistole aus der Hand gekickt hatte, als er versucht hatte, sie mit der Hand zu erreichen. Deswegen raffte sich Chad auf und humpelte auf den Killer zu. Der sah ihn und streckte seine Hand weiter aus. Chad erreichte die Waffe zuerst. Er kickte dagegen, stieß sich aber nur den Zeh, statt dass die Waffe filmreif über den Boden rutschte.

Der Killer grinste. »Du hast vielleicht uns vier besiegt, aber Jess weiß, wer du bist. Er wird es dem Boss sagen. Du bist erledigt, Kleiner. Deine Bestimmung ist es, zu sterben. Du kannst niemandem mehr vertrauen.« Sein Grinsen ging über in ein leises Lachen. »Dass ausgerechnet ein Kind den Helden spielen muss … Schade, dass ich nie erfahren werde, wie es ausgeht.«

Chad trat ihm mit dem Fuß seines verletzten Beines auf die Hand. Er richtete seine Waffe auf das Gesicht des Killers am Boden, ahnungslos was das Gerede bedeutete. Der Helm des Mannes war heruntergerutscht. Es war fast schon zu leicht, das zu tun, was er jetzt tun musste. Nur eine Fingerbewegung trennte ihn von dem Ende dieser Schlacht. Er hatte sie gerade zig mal gemacht. Es war richtig, ihn zu töten. Oder? Die Frage bohrte sich in sein Hirn.

Dieser Mann hatte gerade selbst viele Morde begangen. Es musste sein. Doch Chad zögerte. Für einen Moment fühlte er sich, als würde er in der Luft schweben zwischen den zwei Fronten, die ihn für das, was er heute geleistet hatte entweder loben oder verachten würden. Leben oder Tod? Gut oder böse? Wofür entschied er sich? Als Ben vor seinem inneren Auge auftauchte, stand seine Entscheidung fest. Was, wenn eben dieser Killer Bens Mörder war? In seiner Vorstellung war er es. Schwer atmend legte Chad den Finger um den Abzug und drückte ab.

Der Kopf des Killers explodierte. Chad kniff die Augen zu, als ihm das Blut entgegenspritzte. Erst, als er wieder hinsah, war er überzeugt, dass ihm keiner von ihnen mehr etwas antun konnte. Er wischte sich mit dem Ärmel über das Gesicht.

Er hatte es tatsächlich geschafft, sie aufzuhalten.

Er war ein Held.

Ein mächtiger Held mit Superkräften. Sein erster Instinkt war, diese Entdeckung sofort mit Ben zu teilen. Seine Euphorie darüber, dass er genauso war, wie sein Lieblingsheld und dass er in einer Welt lebte, in der all das möglich war, was er sich immer erträumt hatte, zauberte ein selbstsicheres Grinsen in sein Gesicht. Allerdings nur für eine Sekunde. Er starrte einen roten Blutspritzer an der Wand an. Das alles war so unwirklich. Und dieser Spritzer sollte dort nicht sein.

Auf einmal ging hinter ihm eine Tür auf. Er fuhr herum, die Waffe erhoben. Sein Sieg über die vier Gegner gab ihm Selbstvertrauen. Er hatte nicht vergessen, dass da noch einer war. In der Tür zur Mädchentoilette, die langsam aufschwang. Auf Kopfhöhe lugte die Pistole des Lehrers von vorhin auf den Flur. Chad trat näher ran. Seine Füße schleiften über das blutverschmierte Linoleum. Er war bereit. Im nächsten Moment trat jemand aus der Tür vor ihn.

Chad eröffnete das Feuer. Es war ihm zum Reflex geworden, er war wie in einem Tunnel, aus dem er nur einen Ausweg kannte: Er wollte den Mistkerl niederstrecken, der ihm zuvor, so surreal das klang, einen Kopfschuss verpasst hatte. Alles andere war ihm egal.

Nur, dass er nicht auf den Lehrer schoss, sondern auf ein kleines Mädchen mit blonden Haaren und Zöpfen, die links und rechts von ihrem Kopf abstanden. Die ersten beiden Schüsse führte er aus, ohne Rücksicht auf sie zu nehmen. Killer fünf zu erwischen war alles, was zählte. Doch nach acht Schüssen hörte er auf. Das Mädchen fiel zu Boden und blieb reglos inmitten einer Blutlache liegen und hier begriff Chad mit Entsetzen, was er gerade getan hatte. Die Pistole in der Tür zur Mädchentoilette war längst verschwunden.

Chad brüllte: »Nein!« Und dann fiel ein letzter Schuss. Eine Kugel traf seine Hand. Er ließ die Waffe fallen, zog sich den Arm nah an die Brust und fiel auf die Knie.

Ein großer Polizist mit ausgestrecktem Arm, eine Pistole in der Hand, rannte durch den Flur auf ihn zu.

Endlich.

Chad weinte. Vor Schmerzen und vor Glück, dass er überlebt hatte, bis die Polizei eintraf.

Doch als der Polizist ihn erreichte, schmiss er sich auf ihn. Er packte Chads Hände, verdrehte sie ihm auf dem Rücken und drückte ihm sein Knie in den Nacken. »Bist du allein?«, brüllte er.

»Was?«, presste Chad hervor. Er bekam kaum Luft.

Der Polizist drückte ihm seine Pistole gegen den Hinterkopf.

»Scheiße, ich riskiere gerade mein Leben! Bist du allein, Arschloch, oder sind da noch mehr?«

»Ich bin allein, ich bin allein!«, rief Chad. Er spürte, das Metall der Pistole. Die kräftige Hand des Polizisten drückte ihn weiter gegen den Boden. Auch er zitterte. Mit kräftiger Stimme brüllte er: »Ich hab ihn!«

Im Todestrakt

Gegenwart

»Was ist? Willst du Wurzeln schlagen?«, fragte Strong.
Seine Worte holten Chad in die grausame Realität zurück. Strong stand links von ihm erwartungsvoll neben der geöffneten Käfigtür. Es war nur ein Schritt, der sie voneinander trennte.

Die Erinnerung an das, was in der Schule passiert war, war wieder da. Der Lehrer, von dem alle dachten, Chad hätte ihn sich nur eingebildet, existierte. Er war die Verbindung zwischen den Killern und der Schule gewesen. Dort, wo seine Komplizen jemanden auf ihrem Feldzug übersehen hatten, war er hinterhergegangen und hatte diejenigen ausgelöscht.

Er war Killer fünf!

Chad war bei seiner Auseinandersetzung mit ihm gestorben. Eine Kugel hatte sich mittig über seinen Augen in seinen Schädel gebohrt. Aber aus irgendeinem absurden Grund hatte er das überlebt. Als er zwischen seinen Klassenkameraden gefallen war, als ihn die Kugel getroffen hatte, das war der Moment gewesen, in dem sich das Flügeltattoo auf seinen Bauch gebrannt hatte. Und auch der Moment, in dem er seine Fähigkeiten bekommen hatte. Das Einzige, was er sich eingebildet hatte, war, dass er eine Chance hätte, das Gefängnis durch einen Freispruch zu verlassen.

»Tragisch«, sagte Strong. »Ich weiß, aber jetzt beweg dich endlich!«

Es hatte keinen Sinn, sich dem Wärter zu widersetzen. Chad erinnerte sich zwar an Kräfte, die ihn die Flammen und Geschosse hatten kontrollieren lassen, jetzt allerdings war ihm ihre Anwendung ein Rätsel. In der Schule war er seiner Intuition gefolgt. Wahrscheinlich hatte sein Körper wie von selbst reagiert, als die Gefahr groß genug gewesen war, um sich auf diese Art zu verteidigen. Einer solchen Gefahr wie damals war er heute nicht ausgesetzt. Niemand schoss auf ihn und auf der Flucht befand er sich auch nicht.

Ihm blieb nichts anderes, als aus dem Käfig zu treten. Strong packte ihn an der Schulter. Zusammen gingen sie über den Hof, an der Holzwand vorbei, direkt auf die dunkelgrüne Stahltür zu, die zum Todestrakt führte. Chad senkte den Kopf.

Ein weiterer Gedanke breitete sich in ihm aus. Während der Schießerei hatte er die Kugeln, die Killer fünf nach seinem Tod auf ihn abgefeuert hatte, nur mit einer Augenbewegung gezielt aus ihrer Flugbahn gelenkt. Später, als er sich ihnen entgegengestellt hatte, war er sogar überzeugt gewesen, dass ihn die Geschosse der Killer schon rein aus physikalischen Gründen nicht treffen konnten. War es vielleicht so, weil ihn eine Kugel bereits ins Jenseits verfrachtet hatte? War er ein Geist? Er bezweifelte es. Dafür waren seine Angst zu groß und die Schmerzen zu echt. Sollte es der Fall sein, dass ihn nichts treffen konnte, dann galt das bestimmt auch für den tödlichen Schuss, den der Schütze von vorhin auf ihn abgeben würde, wenn er dort an der Wand stand. Der Gedanke ließ ihn stoppen. Er ignorierte Strong, der ihn aufforderte, weiterzugehen, für einen Moment und blickte zurück zur Todeswand. Er hatte an Superhelden geglaubt, als Nico dem Tod ins Auge geblickt hatte, doch keiner war gekommen. Warum auch? Es war doch schon einer vor Ort gewesen, der hätte helfen können: Er, Chad, hatte die ganze Zeit gewusst, dass er Superkräfte hatte und kläglich dabei versagt, seinen Freund zu retten. Er war ein lächerlicher Held. Er war das Gegenteil von einem Helden. Mit gesenktem Blick ließ er sich von Strong weiter zum Todestrakt führen.

Sie betraten den Gang hinter der grünen Tür. Hier gab es vier Zellen. Sie alle waren mit durchgehenden schwarzen Gittern vom Mittelgang getrennt. Zwei Zellen links, zwei rechts. Keine Fenster. Nur die Deckenbeleuchtung im Gang sorgte für Licht. Sie traten vor die erste Zelle rechts. Darin gab es die gängige Ausstattung an Schlafmöglichkeit, Toilette und Waschbecken und außerdem eine größere freie Fläche.

Strong öffnete die Tür mit einem dicken Schlüssel und führte Chad hinein. Er nahm ihm die Handschellen ab. Daraufhin befahl er ihm, sich auszuziehen.

Chad gehorchte. Er legte seine Klamotten auf die niedrige Pritsche, die noch ungemütlicher aussah, als das drahtige Doppelstockbett, auf dem er die letzten zweieinhalb Jahre geschlafen hatte. Als er bei den Socken angelangt war, zögerte er. Er hoffte, dass es wegen des Fotos keine Konsequenzen gab, darum versuchte er es mit Ehrlichkeit. »Ich verstecke etwas in meiner Socke«, sagte er. Seine Stimme zitterte.

»Dann hol es raus«, sagte Strong. Er schien nicht sauer zu sein.

Chad setzte sich auf die Bettkante und zog die inzwischen stark lädierten Socken aus, die Nico ihm ganz am Anfang seiner Haft geschenkt hatte. Aus der linken holte er das Foto.

»Du hattest das Foto versteckt? War das alles?«

»Ja.« Chad war jetzt völlig nackt und starrte auf seine Hände, die sich auf die Knie stützten.

Strong betrachtete das Bild. »Ist das Nicolas' Familie?«, fragte er, obwohl Nico darauf unverkennbar abgebildet war.

»Er war unschuldig«, sagte Chad. Zumindest war er das, wenn das, was er über seinen kleinen Bruder erzählt hatte, der Wahrheit entsprach.

»Nein, das war er nicht. Und du solltest dir nicht angewöhnen, ihm hinterherzutrauern. Er war dein Freund, das kann ich irgendwie noch verstehen, aber halte dich fern von der Fantasie, in der er unschuldig war«, sagte Strong. »Nicolas Chross war ein blutrünstiger Killer. Er hat seine Familie, diese Leute hier, brutal ermordet.« Er hielt Chad das Foto unter die Nase. »Sie sind seinetwegen tot, verstehst du das?«

Chad nickte.

Strong legte das Foto auf den kleinen Tisch neben der Pritsche und sagte: »Also. Das ist deine Zelle, du wirst sie bis zum Tag deiner Hinrichtung nicht verlassen. Kein Ausgang, keine Besuche, kein Besitz. Wenn du duschen willst, frag nach dem Schlauch. Den kannst du da oben einhängen.« Strong zeigte auf eine Vorrichtung bei der freien Fläche, die etwas höher gelegen angebracht war. Sie eignete sich, um einen Duschkopf zu halten. Im Boden gab es an der Stelle einen Abfluss. »Deine Akte wird da vorne im Gang in einem Fach gelagert, wenn du möchtest, kannst du einmal in der Woche hineinschauen. Ich lege das Bild dazu, in Ordnung?« Eine äußerst entgegenkommende Geste. Er hätte es auch vernichten können. »Sobald du sechzehn bist«, Strong sah wieder zur freien Fläche in der Zelle, »findet hier deine Belastung statt. Du kennst das Verfahren schon von Chiracs Rachefeldzug auf dem Hof. Ich werde sie durchführen.«

Chad schloss die Augen. Bitte nicht.

»Die Todeszelle ist so gesehen mehr eine Folterzelle, denn sterben wirst du hier nicht. Das Gesetz sieht vor, die Verurteilten bis zum Tag ihrer Hinrichtung mit Methoden der Gewaltzuführung daran zu erinnern, welchen Schmerz sie durch ihre Taten in der Welt hinterlassen haben. Zu deinem Glück obliegt es mir, diese Methoden auszuwählen. Weiß du, ich habe mir wirklich Gedanken darüber gemacht, was ich mit dir anstelle. Ich habe dich die letzten zwei Jahre beobachtet und mir ein Bild von dir gemacht. Auch habe ich deinen Fall studiert und kenne die Umstände, unter denen du zum Mörder geworden bist. Hättest du das Mädchen nicht erschossen, wärst du deutlich milder davongekommen, deswegen betrachte ich bei meiner Entscheidung nur ihren Tod als vergeltungswürdig.« Strong ging durch die Zelle zu der Wand vor der freien Fläche. An ihr hingen Ketten herab wie auf dem Hof oder bei der Todeswand. »Du wirst deiner Bewegungsfreiheit beraubt, indem deine Handgelenke zwanzig Stunden täglich in diesen Ketten schmoren. Das ist das Gewaltloseste, was ich dir bis zur legalen Belastung anbieten kann.« Er nickte Chad zu. »Wir fangen gleich an. Ich erwarte von dir Gehorsam. Wir wissen beide, dass ich stärker bin und dich in der Hand halte. Wenn du dich wehrst, streiche ich dir für den Rest der Woche das Essen. Haben wir uns verstanden?«

»Ja, Sir«, presste Chad hervor.

»Gut. Steh auf!«

Chad stand auf. Ohne einen Laut von sich zu geben, ging er zur freien Fläche. Strong folgte ihm. Er bedeutete Chad, sich mit dem Rücken an die Wand zu setzen und seine Arme zu den Seiten auszustrecken. Dann kettete er nacheinander seine Handgelenke an. »Du kannst dich unter den gegebenen Umständen glücklich schätzen. Andere hatten nicht das Privileg, der Belastung so lange zu entgehen. Andererseits glaube ich auch nicht, dass du bei sofortiger Anwendung lange überleben würdest.«

Mit ironischem Unterton fragte Chad: »Kann ich mich auch glücklich schätzen, dass Sie mich später verprügeln und nicht Chirac?«

Ein Zucken ging durch Strongs Gesicht. »Chirac hätte sämtliche Regeln außer Kraft gesetzt, damit er sofort auf dich eindreschen darf. Du hast ihn erlebt. Er ist auf Belastung spezialisiert und reizt den Zeitraum, den wir für sie zur Verfügung gestellt bekommen, so weit aus wie er kann. Er vergisst gern, dass es sich bei euch um Menschen handelt. Mit anderen Worten: Ja, du kannst froh sein, dass ich für dich verantwortlich bin.«

»Wie soll ich schlafen oder essen, wenn ich angekettet bin?«

»Es liegt an dir, wie du deine freie Zeit nutzt.«

Chad wandte seinen Blick ab. Er sah zur Seite durch die Gitter auf den Gang und in die leere Zelle gegenüber. Einen Moment lang bildete er sich ein, Nico würde ihn von dort aus ermutigend anlächeln. Tränen bildeten sich in seinen Augen. Sie hatten beide versagt, einander zu beschützen. Irgendwie konnte er noch nicht glauben, dass Nico tot war. Es war so unwirklich. Vielleicht stand er auch einfach nur unter Schock. »Verraten Sie mir, welche seine Zelle war?«

»Du meinst die von Chross? Er saß dort.« Strong zeigte auf die Zelle gegenüber.

Ein Schauer lief Chad über den Rücken. Diese leere Zelle, die er anstarrte war für drei Monate Nicos Zuhause gewesen. Er senkte demütig den Blick. »Ich wär gern allein.«

»Kein Problem. Die hier nehme ich mit. Du bekommst später neue.« Strong nahm Chads Klamotten, die Akte und das Foto und verließ die Zelle. Er schloss sie mit einem dicken mittelalterlichen Eisenschlüssel ab.

Ab da war Chad mit seinen Gedanken allein. Die letzten Minuten schwirrten völlig chaotisch in seinem Kopf herum. Er musste erst einmal sortieren, welche Informationen er hatte und welche er wie nutzen konnte. Dass er angekettet war, war für ihn nur zweitrangig. Zum Denken brauchte er keine Arme. Nur seine Ruhe. Chad kam sich vor wie einer der Superschurken, die Limitless einmal im Schurkengefängnis aufgesucht hatte, um eine Information zu bekommen. Der Schurke war im Gegensatz zu ihm ein muskulöser Riese gewesen, doch der Zeichner hatte ihm dieselbe Pose verpasst, in der er jetzt auch dasaß. Früher hatte ihn das Bild von dem Gefangenen beeindruckt. Er hatte gefährlich ausgesehen, weil man ihm sogar innerhalb einer Zelle die Arme angekettet hatte. Hier, in der Realität, merkte Chad, dass das alles andere als beeindruckend war. Es war beängstigend. Außerdem wollte er nie einer von den Schurken werden, sondern ein Held. Er rüttelte an den Ketten. Ihr Klirren erfüllte den ganzen Raum. Ihm musste dringend etwas einfallen, um ihnen zu entkommen, schließlich hatte er verdammt nochmal Superkräfte!

Sie hatten sich bisher zwar immer nur dann gezeigt, wenn Schusswaffen in der Nähe gewesen waren, aber sie waren da. Damit er nicht noch einmal versagte, musste er sie trainieren. Nur wie, wenn ihm am Tag nur vier Stunden blieben, in denen er sich bewegen konnte? Es war wichtig, jede Sekunde richtig zu nutzen. Was würde Limitless tun?

In Gedanken ging Chad sämtliche Fähigkeiten durch, die er aus Comics kannte, dachte darüber nach, wie sie funktionierten und verglich sie mit dem, was er in der Schule erlebt hatte. Im Zweikampf mit Killer fünf hatte sein Arm gebrannt, was dafür sprach, dass er Feuer beherrschte. Später hatte er Flammengeschosse aus einer leeren Waffe abgefeuert. Außerdem war es ihm gelungen, die Flugbahn einer Kugel von sich abzulenken. Ihm fielen die Zigaretten ein, die sich von selbst entzündet hatten, immer, wenn er sich eine zwischen die Lippen gesteckt hatte. Chad hatte zum Rauchen noch nie ein Feuerzeug benötigt. Ein Lächeln umspielte seine Lippen.

Wenn er sich eine Superkraft wünschen könnte, dann wären es Feuerkräfte, so, wie sie sein Comicidol Limitless hatte. Durch ihn kannte Chad viele Angriffe und Techniken, die sich mit Feuer verwirklichen ließen. Er stellte sich vor, wie er den Höllenkreis, die stärkste Attacke seines Lieblingshelden, nachmachen würde. Beim Höllenkreis umringte ein flammender Kreis den Gegner und griff ihn von allen Seiten gleichzeitig an. Ihm war noch kein Feind entkommen und Limitless setzte ihn nur im Ernstfall ein. Ihm selbst konnten die Flammen natürlich nichts anhaben.

Auf einmal schossen ihm die Explosionen durch den Kopf, die den Aufstand ausgelöst hatten. Wenn er sich richtig erinnerte, war er danach ziemlich erschöpft gewesen. War es möglich, dass er dafür verantwortlich gewesen war? Wenn ja, dann hatte Chirac mit seiner Vergeltung recht gehabt. Er schüttelte sich. Bei der Explosion waren keine Waffen im Spiel gewesen. Trotzdem hatte er enorme Angst gehabt. Ob Angst der Auslöser war? Vielleicht war der Schlüssel zu seinen Kräften Todesangst. Aber das erklärte nicht die Zigaretten.

Er hätte fast alles getan, um jetzt eine zu rauchen. Er gab es nur ungern zu, aber seit Nico sie mit ihm geteilt hatte, war er süchtig. Es ärgerte Chad, dass er damit angefangen hatte. Dass er in den Todestrakt gehen würde, hatte er vorher gewusst. Und auch, dass die Wärter ihm vorher alles abnahmen. Bis zu seiner Hinrichtung würden Zigaretten Wunschobjekte sein. Sein Blick wanderte wieder zur Zelle gegenüber und die Gedanken an seine Kräfte rückten in den Hintergrund. Mit einem Mal schluchzte er auf. Was brachten ihm besondere Fähigkeiten, wenn er doch in einer Zelle saß? Was brachten seine Überlegungen, außer eine Riesenenttäuschung, wenn er keinen Ausbruch vor seiner Hinrichtung zustande brachte? Und warum hatte er Nico nicht gerettet?

Chad versank in einem Gedankenkarussell, das sich um Helden, Verluste und Angst drehte. Letzten Endes landete sein Blick immer wieder auf den Gittern der Zelle gegenüber. Er verfluchte das herrschende Rechtssystem und besonders die Wärter, die es vertraten. Wer das Pech hatte, ihnen zum Opfer zu fallen, konnte mit seinem Leben abschließen.

So, wie Nico.

In den ersten Tagen im Todestrakt nutzte Chad die Zeit, die er nicht angekettet war, damit, Sportübungen zu machen. Ihm war klar, dass er für den Fall einer Flucht fit sein musste. Körperlich und auch mental. Er beschloss, positiv zu denken. Wenn er sie brauchte, würden seine übernatürlichen Kräfte von ganz allein zu ihm zurückkommen. Druck konnte er in dieser neuen Situation nicht gebrauchen.

Nach mehreren Wochen sah seine Einstellung schon anders aus. Er entwickelte panische Angst vor den Ketten und den Wärtern, die ihn täglich daran fixierten. Sport hatte er aufgegeben. Sein Körper war dauermüde und er nutzte seine freie Zeit, um zu schlafen, was zur Folge hatte, dass er in wachem Zustand nur noch angekettet war. Einmal wehrte er sich mit Händen und Füßen dagegen, bis ihn zwei Wärter über den Boden zu den Ketten schleiften. Er schrie, zappelte und wandt sich, doch von Mitleid fehlte bei seinen Bewachern jede Spur.

Als er fünfzehn wurde, war Chad ganz ruhig. An Superkräfte glaubte er nicht mehr und so langsam aber sicher sehnte er sich nach seinem Ende. Von da an zählte er jeden Tag die Stunden, die ihm bis zu seinem sechzehnten Geburtstag blieben. Der Gedanke an die Schmerzen, die er erleiden würde, versetzte ihn oft in Angst. Am liebsten hätte er die Zeit zurückgedreht, um vor dem, was in der Zukunft auf ihn wartete, wegzulaufen.

Strong brachte ihm Bücher, die Chad las, wenn er angekettet war. Seine Fähigkeiten, sich mit den Füßen zu behelfen, zum Beispiel wenn er eine Seite umschlagen musste, hatte er inzwischen gut trainiert. Die Bücher lenkten ihn ab und entführten seinen Verstand in fremde Welten oder Geschichten, die von der Freiheit erzählten. Einmal brachte ihm Strong sogar einen Limitless Comic. »Chross hat mal erwähnt, dass du die magst«, sagte er. »Ich habe meinen Sohn gefragt, ob ich mir den hier ausleihen darf. Wenn du versprichst, gut damit umzugehen, gebe ich ihn dir.« Er legte das Heft durch die Gitter auf den Tisch in der Zelle. Es war das Netteste, was Strong je für Chad gemacht hatte. Wie versprochen, behandelte Chad das Heft wie einen Schatz. Sofort, als er das nächste Mal seine freie Zeit hatte, verschlang er die gezeichnete Geschichte wie ein Süchtiger, der endlich seine Droge bekam. Sein Blick huschte über die Sprechblasen und die Effekte in den Panels. Limitless sah sogar noch cooler aus, als in seiner Erinnerung. Seine Feuerkräfte besiegten einen Gegner nach dem anderen. Sie auf dem Papier zu sehen, brachte Chad dazu, wieder daran zu glauben, dass das alles doch sehr nah an der Realität lag. Immerhin hatte er selbst schon Superkräfte angewendet. Er stellte sich hin und ahmte die Posen nach, die Limitless beim Einsatz seines Feuers machte. In Gedanken brüllte er Kampfansagen und trat gegen imaginäre Gegner an. Er boxte voller Elan in die Luft und grinste, als er sich vorstellte, wie er damit einen Bösewicht zu Fall brachte. Für einen winzigen Moment war er glücklich.

Die letzte Etappe seines Aufenthalts im Todestrakt begann zwei Tage vor Heiligabend, vier Jahre nachdem er in der Schule zum Mörder geworden war. Zeit war eine sonderbare Sache. Wenn er angekettet war, verging sie langsam. Doch im Gesamten betrachtet, war sie viel zu schnell vorübergezogen, seit er seinen ersten Schritt in diese Zelle gemacht hatte. Chad saß auf der Bettkante. Seine Knie zitterten und seine Finger spielten nervös miteinander. Seine Schonzeit war vorbei. Ab heute war er sechzehn.

Strong betrat seine Zelle nach dem Frühstück. Er hatte ihm am Tag vorher gesagt, wie alles ablaufen würde. Die Befehle kamen und Chad gehorchte. Er stand auf und ging zu der Wand, an der die Ketten montiert waren. Sie hingen jetzt höher. Er zog sich das Hemd aus und legte seine Hände an die Wand. Er wollte das nicht. Das alles, die Schläge, die unweigerlich kommen würden, die Befehle, die Unterdrückung. Strong umschloss Chads Handgelenke mit den Ketten. Selbst wenn er unter der Folter zusammenbrechen würde, die Ketten würden ihn halten. Er biss die Zähne aufeinander und lehnte seine Stirn gegen den kalten Beton.

Nico hatte all das auch durchgemacht. Sein Körper war von der Belastung misshandelt gewesen, als er seine letzten Schritte zur Todeswand gegangen war, aber seit Chad ihm zum ersten Mal begegnet war, hatte er sie ertragen. Immer. Nico war sein Vorbild und sein Freund.

Aber Nico war tot.

Die Justiz hatte ihn getötet und dasselbe hatte sie auch mit ihm vor. Jetzt und hier gab es nichts mehr, das ihre beiden Schicksale voneinander unterschied. Bis auf eine Tatsache. Nico war älter gewesen.

Ein Mann. Chad fasste einen Entschluss. Der heutige Tag machte ihn ebenfalls zu einem. Und es war an der Zeit, zu akzeptieren, dass es Momente im Leben eines Mannes gab, in denen er stark sein musste. Dieser zählte dazu.

»Bereit?«, fragte Strong.

»Ich brauche Ihr scheiß Mitleid nicht!«, rief Chad. »Ich bin kein Kind!«

»Okay.« Strong respektierte es. Er verließ die Zelle, um sein Material zu holen. In den wenigen Minuten, die Chad allein war, versuchte er, seine Tränen zurückzuhalten. Seine Hände umklammerten die Ketten und er wog sich langsam vor und zurück. *Du bist jetzt ein Mann. Die behandeln dich schon die ganze Zeit wie einen Erwachsenen, jetzt bist du einer!*

Strong kehrte zurück. Ohne eine weitere Warnung auszusprechen schlug er zu. Chad stieß gegen die Mauer. Die nächsten Minuten musste er sich auf das konzentrieren, was hinter ihm geschah. Noch ein Treffer. Seine Beine rutschten weg und er stolperte gegen die Wand. Er war weiteren Hieben schutzlos ausgeliefert, bis sie nach einer gefühlten Ewigkeit aufhörten. »Fünfzehn«, sagte Strong. »Morgen gibt es einen mehr.« Er packte sein Zeug zusammen und löste ihn von den Ketten. Chad rollte sich auf dem Boden zusammen und heulte. Er gab einen jämmerlichen Mann ab.

Nach einiger Zeit beruhigte er sich. Jede Bewegung schmerzte. Neben ihm waren die schwarzen Gitter und er fühlte sich in die Zelle auf der Polizeiwache zurückversetzt.

In die er geraten war, weil er Superkräfte hatte.

Wie ein echter Superheld!

Er schüttelte den Kopf. Männer standen nicht auf Superheldengeschichten. Oder doch? Nico hatte sie gemocht.

Deine Bestimmung ist es, zu sterben.

Dass ausgerechnet ein Kind den Helden spielen muss … schade, dass ich nie erfahren werde, wie es ausgeht.

Die Worte, die der Killer kurz vor seinem Tod zu ihm gesagt hatte, schwirrten ihm durch den Kopf. Es war ihm ein Rätsel, was das bedeutete. Etwa, dass er dazu verdammt war, im Gefängnis hingerichtet zu werden? Chad hatte bisher nie ans Schicksal geglaubt. Sein Leben hatte ihm keine Gründe dafür geliefert.

Aber vielleicht hatte das alles doch mehr Bedeutung. Möglicherweise war er zu Größerem bestimmt. Wenn ihn die Kugeln nicht trafen, dann konnte er mit ein bisschen Geschick doch noch ein echter Held werden. Dafür waren Superkräfte doch da. Sie mussten sich ihm nur endlich zeigen!

Ein Hoffnungsschimmer keimte in ihm auf. Und gleichzeitig schossen ihm die Bilder von Nicos Hinrichtung durch den Kopf, die ihn seitdem verfolgten. Chirac … der Wärter war clever. Und eiskalt. Wenn sie ihn nicht erschießen konnten, dann fiel ihm sicher etwas anderes ein.

Zum hundertsten Mal stellte er sich vor, wie er ausbrechen würde. Mit seinen Kräften konnte er ein großes Feuer legen. Er würde in seiner Zelle anfangen und den Todestrakt abfackeln. Sobald er frei war, würde er sich die Todeswand vornehmen. Die war aus Holz und damit ein leichtes Ziel. Und wer weiß, vielleicht bekam er sogar die Chance, Chirac einen Denkzettel zu verpassen? Der Plan gefiel ihm.

Jetzt, da sein Ende drastisch näher rückte, stieg die Gefahr, dass sein Vorhaben durch einen dummen Fehler, den er machte, scheiterte. Niemand durfte davon erfahren. Er durfte es nicht laut aussprechen und am besten auch nicht denken. Schon gar nicht, wenn die Wärter bei ihm waren. Am besten sagte er überhaupt nichts mehr.

Das war es!

Schweigen.

Wenn er die Klappe hielt, konnte er sich nicht verplappern. Also verbot er sich auch Selbstgespräche. Alles, bei dem ein Ton aus seinem Mund kam, war streng verboten.

Und die Belastung?

Männer schreien nicht. Männer beißen die Zähne zusammen und ertragen die Belastung.

Chad fasste neue Energie. Er beugte sich vor und machte fünfzehn Liegestützen. Sein Körper flehte ihn an, das nicht zu tun, die Striemen auf seinem Rücken brannten höllisch und er brach daraufhin zusammen. Egal. Morgen machte er eine Liegestütze mehr. Jeder

Schlag würde ihn stärker machen und ihn näher an seine Kräfte bringen. Und wenn sein Plan schief gehen sollte, dann brachte ihn jeder Schlag wenigstens näher an den Tod.

Am nächsten Tag setzte Strong die Belastung fort. Chad biss die Zähne zusammen. Dass er wusste, wie oft der Wärter ihm weh tat, half ihm dabei, sich zusammenzureißen. Statt lauter Schreie gab er nur schmerzerfülltes Stöhnen von sich. Zu seinem Glück war Strong jemand, der nur seinen Job erledigte. Er hatte nichts persönlich gegen Chad, so wie Chirac gegen Nico. Er kam, schlug zu und ging. Das war alles.

In den Zeiten, die er allein war, trainierte Chad. Er machte gleich viele Liegestütze wie er Schläge erhielt und steigerte sich jeden Tag um eine weitere.

Nach vier Tagen gab es die erste Pause. Strong ließ ihn in Ruhe. An diesen Tagen meditierte er. Er ging sein Erlebnis in der Schule immer wieder durch. Irgendwann würde er sich erinnern, wie er seine Kräfte eingesetzt hatte. Ganz bestimmt!

Diesmal blieb er auch Monate später seinem Training treu. Sein Körper fühlte sich grauenvoll an. Die Liegestützen fielen ihm schwer, doch er zog sie durch. Wenigstens hatte er damit eine Beschäftigung.

Dass er nicht mehr redete, erzählte Strong der Gefängnisärztin. Sie kam an einem Tag zu ihm in die Zelle, untersuchte ihn und stellte fest, dass es eine psychische Reaktion auf seine Situation war. In der Todeszelle zu sitzen würden die wenigsten Sechzehnjährigen mühelos aushalten. Dass es ihm lediglich die Sprache verschlagen hatte, sei ein Zeichen von innerer Stärke, sagte sie. Sie und Strong stellten gemeinsam einen Plan auf, nach dem die Belastung bei Chad durchgeführt werden sollte. Er enthielt außerdem Ruhezeiten, in denen seine Wunden behandelt wurden und heilen mussten.

Chad dachte viel an Killer fünf. Er stellte sich vor, was er ihm an den Kopf werfen würde, wenn sie einander begegneten. Ein einfaches *Ich habe das Mädchen als Schild benutzt, während ich Chad mit einer Pistole bedrohte* in den Ohren eines Richters würde schon reichen, um ihn vor der Todesstrafe zu bewahren. Stattdessen wiederholten sich immer wieder die Worte, die er wirklich zu Chad gesagt hatte und die er bis heute nicht verstand: *Ich hab dich zu einem von ihnen gemacht. Der Boss hatte recht.* Wenn Killer fünf einen Boss hatte, dann war er nur ein Teil von einer größeren Sache. Was war das für ein Mensch, der fünf bewaffnete Männer in eine Schule schickte? Auf jeden Fall keiner, dem Chad ohne Superkräfte begegnen wollte. So, wie er sich das vorstellte, passte der sogenannte Boss perfekt in das Schema eines Comicbösewichts. Ein gesichtsloser Schurke, der im Schatten agiert und seine Handlanger die Arbeit machen lässt. Erneut witterte Chad die Chance, ein Held zu werden. Also gut. Seine Gegner waren von jetzt an Killer fünf und der ominöse Drahtzieher hinter dem Amoklauf. Wahrscheinlich lachten sie sich über ihn kaputt, weil er im Gefängnis saß und sie nicht. Sobald er ausgebrochen war, wollte er sie sich vornehmen. Er trainierte ab jetzt härter. Seine Einheiten beschränkten sich nicht mehr nur auf Liegestützen oder Kraftübungen. Er trainierte Schattenboxen und Beinarbeit. Sicher war auch Schnelligkeit von Bedeutung. Seine Ausdauer wuchs mit jedem Tag. Von seinen Superkräften merkte er allerdings noch immer nichts.

Superkräfte existieren nicht!, dachte Chad. Sein Glaube war gebrochen, die Hinrichtung stand vor der Tür. Er lief in seiner Zelle auf und ab, eine Tätigkeit, die er nur ausführen konnte, weil er seinen Körper trainiert hatte. Jeder Quadratzentimeter seiner Haut war grün oder blau, jeder Muskel schmerzte und er war sich sicher, dass mindestens ein Rippenknochen durch war. Bei seinem Gang zur Todeswand wollte er auf keinen Fall Hilfe brauchen. Deswegen blieb er in Bewegung.

Er kannte jeden Zentimeter seiner Zelle auswendig. Manchmal schnitt er Grimassen in die Überwachungskameras auf dem Gang und stellte sich vor, wie ihn die Wärter an den Bildschirmen dabei beobachteten.

Es gab Momente, da musste er lachen. Er klammerte sich an die Gitterstäbe und lachte wie ein Wahnsinniger. Das ganze Leben war ein einziger Witz. Welchen Sinn hatte seines, wenn er die Zeit in einem Käfig verbrachte? Es kam sogar vor, dass er zwischendurch wirklich dachte, er wäre schon tot, weil ihn bereits eine Kugel zwischen die Augen getroffen hatte. Die Möglichkeit, dass es sich bei seiner Existenz um einen Geist handelte, schloss er nie aus. Auch, wenn er sich wieder bewusst wurde, dass er doch noch lebte.

Noch …

Chad saß auf der Bettkante. Seine Hände in Handschellen, die Füße ans Gestell gekettet. Ein Wärter schnitt ihm die Haare. Zwischen ihnen herrschte Schweigen. Neben ihm auf dem Tisch lag ein Pappkarton, in dem sich eine dampfende Pizza befand. Seine Henkersmahlzeit. Sie war ihm egal. Chad hatte aufgegeben. Wenn es nach ihm ging, konnte die Hinrichtung kommen. Hauptsache, dieser Horror fand ein Ende.

Roter Schnee

Alles, was er noch einmal sehen wollte, war Sonnenlicht. Der Todestrakt wurde nur durch die Gangbeleuchtung erhellt. Sechs Leuchtstofflampen, tagein, tagaus. Das kalte Licht schien immer auf dieselben Stellen. Seine Zelle gehörte nicht dazu. Die Tür zum Hof war so weit entfernt, dass er nie hindurchsehen konnte, wenn die Wärter kamen. Deswegen versuchte er schon gar nicht mehr, sich zu verrenken oder einen Blick zu erhaschen. Es hatte keinen Sinn. Nicht einmal von der hintersten Ecke am Gitter konnte er nach draußen sehen.

Er dachte an seinen Sprint über das Dach, als sie sich während des Aufstands mit Vitus in dem geheimen Raum versteckt hatten. Da hatte er die Sonne gesehen, über den Dächern der Stadt. Bevor er diese Welt verließ, wollte Chad dieses Licht ein letztes Mal in sich aufnehmen.

Seiner Schätzung nach musste es früh am Morgen sein. Er schlug die dünne Wolldecke zur Seite und rutschte mit den Füßen voran von der Pritsche. Er streckte sich, dabei machte sich sein Körper bemerkbar, der seiner Einschätzung nach nah an den Zustand von Nicos an seinem letzten Tag kam. Jeder Schritt bereitete ihm Höllenqualen. Er trat ans Gitter und umfasste die Stäbe. Sollten sie ruhig kommen. Strong hatte ihn gestern zum letzten Mal geschlagen. Seine Strafe war erfüllt. Es fehlte nur noch der Tod.

Während er auf den eintönig beleuchteten Gang sah, formte er mit den Lippen die Worte »Alles Gute zum Geburtstag, Chad. Wünsch dir was.«, und legte die Stirn ans Gitter.

Er war nie besonders religiös gewesen. An Weihnachten hatte er stets den Gottesdienst besucht, weil Romy ihn mitgenommen hatte. Es war das einzige Fest im ganzen Jahr, zu dem er einen schicken Anzug trug, weil seine Mutter das von ihm verlangte. Er hasste seine Anzüge genau deswegen. Weil sie von seiner Mutter waren. Sie waren das Einzige, das sie ihm je gekauft hatte. Ob sie übermorgen Weihnachten feiern würde? Wahrscheinlich. Und noch wahrscheinlicher war, dass es in der Villa ein Buffet geben würde, teurer, als alles, was er überhaupt besaß.

Was Chad am Weihnachtsgottesdienst gefiel, waren die Lieder, die dort gesungen wurden. Vorne neben dem Altar begleiteten talentierte Musiker die Gemeinde mit fröhlichen Liedern zum Mitsingen. Was er immer nervig gefunden hatte, waren die Ansagen zwischen den Liedern. Und die Predigt erst recht. Beten war auch nichts für ihn. Hände falten, Augen schließen, ruhig sein. Das war etwas für alte Leute, fand er.

Heute betete Chad.

Mit geschlossenen Augen flehte er um Vergebung. Er bat um Erlösung von den Schmerzen und um Aufnahme ins Himmelreich. Wenn es nur eine Sache gäbe, die er sich wünschen dürfte, dann, dass er dort Nico treffen konnte. Den Einzigen, der an ihn geglaubt hatte, selbst, als er dem Tod gegenüberstand.

Dann blickte er auf und starrte an die Decke. Wahrscheinlich prallten seine Gedanken dort ab. Gäbe es einen Gott oder ein übermächtiges Wesen, das ihn beschützte und liebte, würde er nicht in dieser Situation stecken.

Das Frühstück fiel aus. Stattdessen reichte Strong ihm eine Windel durch die Gitterstäbe mit der Aufforderung, sie anzuziehen. »Wenn du stirbst, entspannen sich deine Muskeln und dann gibt’s neben Blut noch eine andere Schweinerei.«

Chad verdrehte die Augen. Die machten sich echt Sorgen darum, seine Fäkalien aufwischen zu müssen. Er zog sich aus, schlüpfte in die Windel und zeigte anschließend fragend auf die Hose.

»Die kannst du anziehen. Den Rest nicht. Das Publikum soll deinen Körper sehen.«

Das Publikum … Das hatte er sich bei Nicos Hinrichtung schon gefragt. Welcher kranke Mensch sah sich freiwillig an, wie jemand anderes erschossen wurde? Vielleicht die Eltern des kleinen Mädchens, das er getötet hatte. Kira Doyle. Hoffentlich begegnete er ihr nicht im

Totenreich. Bei seinem Glück war das allerdings sehr wahrscheinlich. Vorausgesetzt, er landete nicht in der Hölle.

»Wenn wir dich abholen, erwarte ich von dir, dass du mitmachst. Du lässt dich von uns führen und hältst den Blick gesenkt. Sobald du aufsiehst, hat der Schütze das Recht, dich zu erschießen. Das Letzte, was wir heute gebrauchen können, das Letzte, was vor allem du heute gebrauchen kannst, ist eine Hinrichtung vor dieser Tür zwischen meinen Männern.« Er zeigte auf den Ausgang, den Chad nicht sehen konnte. »Du willst doch sicher ein letztes Mal die Sonne genießen, habe ich recht? Draußen ist schönes Wetter. Es hat geschneit.«

Chad nickte. Er mochte Schnee. Vor fünf Jahren hatte es auch geschneit.

»Hör mal«, sagte Strong, während er ans Gitter trat und seine Hand auf eine Querstrebe ablegte. Seine Stimme nahm einen freundlicheren Ton an. »Für ein Kind hast du dich gut geschlagen. Das wollte ich dir sagen. Du warst der jüngste Insasse, den ich bisher betreut habe. Das war nicht immer leicht für mich.«

Dann heul doch!, dachte Chad.

Sollte das eine Entschuldigung werden? Oder eine Verabschiedung? Wenn es ihm so leid tat, konnte er ihn auch befreien und laufen lassen! Dass der Wärter ihm jetzt so kam, ärgerte Chad. So kurz vor dem Ende.

»Lass uns in Frieden auseinander gehen.« Strong hielt ihm durch die Gitter seine Hand hin. Chad starrte sie an. Gestern hatte diese Hand noch auf ihn eingeprügelt. Warum sollte er sich jetzt auf so etwas einlassen? Frieden mit einem Wärter? Niemals! Nico hatte ihn gewarnt. Die Wärter waren ihre Feinde. Vom ersten bis zum letzten gottverdammten Moment.

Chad schüttelte den Kopf.

»Schade.« Strong zog seine Hand wieder zurück. »Also dann. Ich hole dich gleich ab. Was auch passiert, warte mit dem Aufsehen bis zum letzten Moment.«

Chad zuckte mit den Schultern und drehte sich um. Er wollte diesen Mann nicht mehr sehen. Er wartete, bis Strong den Todestrakt verlassen hatte. In seinen Augen bildeten sich Tränen und dann schlug er mit der Faust gegen die Wand.

Es war so weit. Die Tür zum Todestrakt wurde aufgestoßen und mehrere Männer schritten durch den Gang bis vor seine Zelle. Sie trugen schwarze Uniformen. Insgesamt fünf Wärter. Mit ihnen strömte ein eisiger Windhauch herein. Passend zur Situation. Strong schloss die Zelle auf, sein Gesicht war ernst. Jetzt kam es drauf an. Er trat auf Chad zu, der auf der Pritsche saß und an den Männern vorbei in die leere Zelle gegenüber starrte. Strong schob die Daumen hinter seine Gürtelschnalle. »Sieh mich an!«, befahl er.

Jetzt erst beachtete Chad ihn. Seine Wut von heute morgen hatte sich längst in Angst umgewandelt. Der Wärter in seiner Zelle machte es nicht besser. Als sich ihre Blicke trafen, nickte Strong. Seine Männer traten hinter ihm ein. Zwei stellten sich seitlich neben Chad und drückten ihn jeweils an der Schulter runter, damit er nicht aufstand. Die übrigen knieten sich neben ihn. Der eine legte ihm Fußfesseln an, der andere Handschellen. Nachdem sie fertig waren, zogen die ersten beiden Männer ihn an den Armen hoch.

»Ich gratuliere«, sagte Strong. »Deine Strafe ist gleich beendet. Du darfst die Zelle jetzt verlassen.« Er trat auf den Gang. Die beiden Wärter, die ihn gefesselt hatten, gingen hinterher. Die zwei, die ihn festhielten, folgten ihnen mit Chad in ihrer Mitte.

Diesen letzten Weg wollte Chad eigentlich allein gehen. Er gab sich Mühe, mit festen Schritten über den Boden zu laufen und war doch dankbar dafür, dass die Männer ihn stützten. Die Fußfesseln erschwerten ihm die Bewegungen. Ihre Hände an seinen Armen packten fest zu, es schmerzte ihn überall. Vor der Tür nach draußen blieben sie stehen. Durch den schmalen Schlitz unten schien helles Licht ein paar Zentimeter innerhalb des Trakts über den Boden.

»Vergiss nicht, du hältst den Blick gesenkt«, sagte Strong, bevor er die Tür aufstieß.

Gleißendes Licht strahlte ihnen entgegen. Chad kniff aus Reflex die Augen zu. Am liebsten hätte er sich die Hand vor das Gesicht gehalten. Einer der Wärter drückte ihm den Kopf nach unten. Sie setzten sich in Bewegung und zwangen Chad vorwärts. Als er den ersten Schritt nach draußen trat, stampfte er direkt in den Schnee. Die Eiskristalle griffen seine nackten Füße an, jeder Schritt war eine Qual. Die Ketten zogen eine Spur hinter ihm.

Es waren seine letzten Schritte. Sie fühlten sich an, als würde er sie in Zeitlupe erleben. Durch die blendende Helligkeit konnte er nicht ausmachen, welcher Gefangene zusehen musste. Aber das war nicht schlimm. Es war unwichtig. Irgendwie schaffte er es, sich im Klammergriff seiner Bewacher auf sich selbst zu konzentrieren. Er blendete seine Umgebung aus. In seinem Verstand setzte Stille ein. Es gab jetzt nur noch ihn und diesen kontrollierten Gang in den Tod.

Und dann erreichten sie die Todeswand. Die Wärter stießen ihn mit dem Rücken gegen das massive Holz voller Einschusslöcher und alten Blutflecken. Wieder hielten zwei von ihnen seine Schultern fest, während die anderen sich an den Fesseln zu schaffen machten. Sobald die schweren Eisenschellen um seine Handgelenke geschlossen waren, rissen die Ketten seine Arme auseinander. Jemand spannte sie von der Rückseite der Wand aus, vermutlich Strong. Beinahe hätte er aufgesehen, doch er beherrschte sich und starrte weiter auf die mit Schnee bedeckte Fläche vor sich. Gleich würde sie sich rot färben.

Strong und die anderen Wärter entfernten sich von ihm. Stattdessen trat der Direktor neben die Wand. Wie bei Nicos Hinrichtung hielt er nun eine auf ihn zugeschnittene Rede.

»Kinder, die andere Kinder töten, sind keine Kinder, sie sind Monster.« Er machte eine theatralische Pause. »Wir haben immer eine Wahl. Wir können entscheiden, ob wir auf andere schießen, oder ob wir es nicht tun. Selbstjustiz ist keine Heldentat. Sie ist falsch in all ihren Facetten und liegt nicht in der Hand eines Zwölfjährigen.« Er drehte sich zur Wand. »Du hast fünf Menschen getötet, Chad. Vier von ihnen hätten zweifelsohne an dieser Wand geendet, dort, wo du heute stehst. Aber das Mädchen, Kira Doyle, war unschuldig. Du hattest nicht das

Recht, auf sie zu schießen. Ebensowenig hast du jetzt noch das Recht, weiterzuleben. Sie und ihre Familie erfahren heute Gerechtigkeit.«

Die Ansprache traf ihn tief ins Herz. Das Letzte, was man ihm sagte war, dass er ein Monster war. Ein schlechter Mensch, der es verdient hatte, zu sterben. Diese Welt stieß ihn ab. Zum Beweis stand er heute hier mit ausgebreiteten Armen, gefesselt und bloßgestellt mit geschundenem Körper. Vor ihm eine Waffe auf einem Stativ und dahinter ein Mann, der den Abzug betätigen würde.

»Hast du noch letzte Worte?«, fragte der Direktor.

Chad kniff die Augen zu und schüttelte den Kopf. Sein Herz raste, es zersprengte ihm beinahe die Brust, alles an ihm zitterte. Die Ketten klirrten. Kira Doyle. Er wünschte, er hätte ihrer Familie geschrieben, dass es ihm leid tat. Er wollte so vieles noch sagen und doch einfach nur schweigen.

»Bringen wir es hinter uns.« Der Direktor trat auf Seite.

Chad versuchte, ruhig zu atmen. Das hier war sein Moment. Von jetzt an würde er entscheiden, wann er starb. Sobald er den Kopf anhob, um dem Schützen in die Augen zu sehen, war es vorbei. Die hatten mit dieser Regel bis zur allerletzten Sekunde die Macht über ihn. Er schniefte. Verdammt, er wollte doch nicht heulen! Seine Hände schlossen und öffneten sich nervös. Das hier ging niemals gut aus, nicht einmal, wenn er doch Superkräfte hatte. Er nahm noch mal einen tiefen Atemzug. Seinen letzten. Dann hob er langsam den Kopf.

Die Kugel bohrte sich dicht neben seinem Gesicht in das Holz. Sie hatte knapp sein Ohr verfehlt. Der Knall betäubte sein Trommelfell. *Das war Glück*, dachte Chad und schloss die Augen, weil er ahnte, dass der Schütze noch einmal schießen würde. Er hatte recht. Es folgte ein Schuss, der ihn am Hals verfehlte. Daraufhin schoss der Mann zweimal hintereinander. Kugeln bohrten sich in die Wand.

Noch bewahrte der Schütze die Ruhe. Chad öffnete die Augen und sah in den Lauf der Waffe, die aussah wie ein Gewehr. Der Mann vor ihm zielte. Der nächste Schuss löste sich und Chad bildete sich kurz ein, er würde die Kugel direkt ansehen und beobachten, wie sie aus der Bahn flog. Sie traf einen Teil der Kette an seinen Armen. Die Wucht drückte seinen Arm gegen die Wand. Der Schütze stieß einen Fluch aus und kontrollierte die Waffe. »Das Mistding muss sich verzogen haben«, murmelte er. Als wäre er auf diese Situation vorbereitet, nahm er eine andere Waffe aus seiner Tasche.

Jetzt blickte Chad in den Lauf einer Pistole. Als der Schütze abdrückte, kniff er wieder die Augen zu.

Daneben.

Noch ein Schuss.

Daneben.

Der Schütze blieb mit ausgestrecktem Arm in seiner Position. »Sir, ich treffe ihn nicht. Ich muss näher ran.«

Der Direktor nickte. »Ich gestatte Ihnen eine Annäherung von zwei Metern.«

Der Schütze ließ Chad nicht aus den Augen, während er näher an ihn heran trat. Sein Gesicht war zur Hälfte durch ein Tuch verdeckt, lediglich seine Augen waren frei. Sie strahlten Zuversicht aus. Er drückte ab.

Daneben.

»Du bist hartnäckig!«, rief er Chad zu.

Chads Mund stand offen. Seine Augen waren weit aufgerissen, sein Puls raste. Was er gerade erlebte, fühlte sich alles andere als real an.

»Ich brauche noch einen Meter!«, rief der Schütze.

Panik! Chad rüttelte an den Ketten.

»Gestattet!«, rief der Direktor.

Der Schütze trat näher an Chad heran. Er schoss zweimal. Die Kugeln schlugen links und rechts neben Chads Bauch in die Wand ein. »Scheiße!« Der Schütze ging zurück zu seiner Tasche. »Sir, ich habe noch acht Schuss, dann ist meine Munition alle.« Er war sichtlich aufgebracht.

»Schießen Sie! Ich gebe Ihnen die ganze Freiheit. Wir brechen erst ab, wenn ich überzeugt bin, dass wir es heute nicht schaffen, ihn zu töten.«

Der Schütze holte eine weitere Pistole aus seiner Tasche und legte ein Magazin ein. Er ging einige Schritte auf Chad zu. Als er stehen blieb, hielt er die Waffe nur wenige Zentimeter von seinem Gesicht entfernt.

Chad schniefte und formte mit seinen Lippen die Worte »Bitte nicht!«

Der Schütze drückte ab.

Bei dem Knall aus unmittelbarer Nähe zuckte Chads Kopf vor Schreck zur Seite. Der Schütze feuerte sechs weitere Schüsse ab. Es entstand Rauch, der den Geruch von Schießpulver und Metall in der Luft verteilte. Chad hustete. Er war unversehrt.

»Das ist die letzte«, rief der Schütze. Es gab nur eine Methode, die er noch nicht angewandt hatte. Er trat noch einen Schritt näher an Chad heran und drückte ihm die Waffe genau auf die Stirn. Diese Kugel konnte ihr Ziel nicht verfehlen.

Chad spürte das Eisen auf seiner Haut. Die Tränen verwischten ihm die Sicht. Sein Fokus lag auf der Knarre. Der Schütze dahinter hatte wie durch einen Weichzeichner unscharfe Konturen.

Schuss.

Die Waffe explodierte. Sie zerfetzte dem Schützen die Hand, der Mann schrie auf und krümmte sich. Sein Blut verteilte sich auf Chad und im Schnee, die Überreste der Pistole landeten neben ihm auf dem Boden.

Zwei Wärter kamen angerannt, um ihm zu helfen. Sie stützten ihn, einer reichte ihm einen Schneeball zum Kühlen. Sie waren dabei, ihn von der Todeswand wegzubegleiten, da sah der Schütze Chad ein letztes Mal in die Augen. Mit zitternder Stimme fragte er: »Was zur Hölle bist du?«

Chad weinte. Er wusste es nicht. Was auch immer gerade passiert war, er wusste nicht, wie es möglich sein konnte. Er wusste nicht, ob er das gewesen war. Und am meisten Angst machte ihm, nicht zu wissen, was jetzt mit ihm geschehen würde.

»Wir brechen ab!«, rief der Direktor. Die Wärter, die in einer Reihe an der Mauer standen, rührten sich nicht, nur Chirac trat hervor. »Bringen Sie ihn rein!«, befahl er ihm.

Chirac salutierte und trat hinter die Wand, wo er die Spannung aus den Ketten nahm. Er legte Chad Handschellen an und löste die breiten

Eisen, die seine Handgelenke nahezu stranguliert hatten. Chad fiel auf die Knie. Er war in Panik und ausgerechnet der unangenehmste Wärter von allen war bei ihm. Chirac packte Chad an den Handschellen und zog ihn über den Boden hinter sich her. Chad rutschte durch den Schnee, er hatte keine Kraft, sich zu wehren.

Im Todestrakt angekommen, schleifte Chirac ihn unsanft über den Steinboden durch den von Leuchtstofflampen beleuchteten Gang und zerrte ihn zurück in die Todeszelle, die er vorhin erst verlassen hatte. Die Tür knallte zu. Schlösser rasteten ein. Dahinter blickte Chirac auf ihn herab. In seinen Augen spiegelte sich Mordlust.

Ein Komplize und zwei Kippen

Kurz darauf brachte Chirac einen weiteren Gefangenen herein, den er in die Zelle gegenüber sperrte. Er klärte den künftigen Todeskandidaten über die Verhaltensregeln und seine Rechte in diesem Trakt auf. Dann schlug er auf ihn ein. Chad bekam die Szene nur halb mit, denn er lag auf dem Boden und zitterte, während ihn das Gefühl, zerquetscht zu werden, übermannte. Ein unsichtbarer Felsbrocken legte sich auf ihn, der ihm die Luft abschnitt. Mit gequälen Atemzügen streckte er seine Hände nach den Gittern aus, ohne sie zu erreichen. Es war zwecklos.

Alles war zwecklos.

Als er später die Augen öffnete, war er ganz ruhig. Sein Körper hatte sich entspannt, die Angst war für einen kurzen Moment verflogen. Er konnte noch immer nur verschwommen sehen und als er sich die Augen reiben wollte, bemerkte er die Handschellen. Natürlich trug er sie noch. Als ob Chirac sie ihm abnehmen würde. Er kroch zur Pritsche. Dort setzte er sich auf die Kante und stützte seine Arme auf den Knien ab. Vor seinen Augen zogen die letzten Bilder vorbei, an die er sich erinnerte. Immer wieder blickte er in den Lauf einer geladenen Waffe, die auf ihn feuerte, um ihn zu töten. Nach und nach wurden die Bilder immer deutlicher, die Schüsse realer, er konnte sie regelrecht hören. Chad griff sich an den Kopf und schüttelte sich. Er sah wieder die Gitterstäbe.

»Du bist ja wach«, sagte der Gefangene aus der Zelle gegenüber. Chad sah jemanden auf der Pritsche sitzen. Durch die lausige Gangbeleuchtung lag das Gesicht des Gefangenen jedoch im Dunkeln. »War krass, deine Hinrichtung«, bemerkte der Typ. »Du hast achtzehn Schüsse überlebt. Sogar die Wärter sagen, dass das noch nie passiert ist.«

Chad antwortete nicht.

»Ich hab dich schon mal gesehen«, sagte sein Gegenüber weiter. »Chirac hat dich auf dem Hof zusammengeschlagen, ich stand damals am Zaun bei den anderen. Du bist echt zäh.«

Chad zuckte mit den Schultern. Na und? Er war trotzdem vor dem Erschießungskommando gelandet. Er kugelte sich auf dem Bett ein. Die Ungewissheit über seine Zukunft machte ihn fertig.

»Ich wette, die versuchen es noch mal. So einen miesen Schützen habe ich noch nie gesehen und ich war bei der Armee. Weißt du, da haben wir das Gleiche gemacht mit Deserteuren. Haben sie in einer Reihe aufgestellt und die Anfänger auf sie schießen lassen. Selbst die haben getroffen.«

Chad hielt sich die Ohren zu. Er wollte davon nichts hören. Niemand sollte jemals jemanden erschießen! Die Grausamkeit dieser Welt kannte scheinbar keine Grenzen. Alles, was er sich wünschte, war, dass er an seinem Geburtstag einfach die Schule geschwänzt hätte. Er hätte heimlich auf den Weihnachtsmarkt gehen und sich Zuckerwatte kaufen können. Einmal schwänzen war nicht schlimm, oder? Er vermisste Nico. Der hatte das regelmäßig gemacht und hätte ihm sicher die Angst davor nehmen können, wenn sie sich schon vorher gekannt hätten. Aber nein, man hatte ihn erschossen. Draußen, auf dem Hof. An der Wand. Er hatte es gesehen. Die Schüsse hallten noch immer in seinen Ohren wider. Er zog sich noch mehr zusammen, schluchzte und zitterte.

Der Gefangene redete weiter. Er prahlte damit, wie er andere getötet hatte und beschwerte sich darüber, wie ungerecht das Todesurteil gegen ihn war. Er schimpfte über das System, verfluchte alle Wärter, die Regierung, die sich das alles ausgedacht hatte und erzählte von seinen Rachegedanken.

Chad wünschte sich, dass er den Mund hielt. Er schob seinen Kopf unter das dünne Kissen. Stunden vergingen. Keiner brachte ihnen eine Mahlzeit und niemand brachte diesen Typen zum Schweigen. Erst in der Nacht, als der Gefangene schlief, wagte Chad, durch seine Zelle zu streifen. Er war heute zwar nicht mit Schlägen gefoltert worden, kniete sich aber hin und machte Liegestützen, so gut es mit Handschellen ging. Er entschied, dass er damit weitermachen würde, egal, wann sie ihn das nächste Mal an die Wand stellten. Denn, dass sie es tun würden, stand außer Frage.

Plötzlich ging die Tür zum Todestrakt auf. Das metallische Geräusch hallte durch den Gang, Chad zuckte zusammen und verkroch sich in einer Ecke. Er bekam wieder Panik. Sie kamen ihn holen! Seinen Kopf steckte er zwischen seine Knie und schützte ihn von oben mit den Händen.

Bitte nicht! Bitte, bitte nicht!

Eine männliche Stimme sprach ihn an. Chad verstand sie nur gedämpft, seine Hände verkrampften, Tränen tropften vor ihn auf den Boden. Die Tür zu seiner Zelle ging auf. Jemand trat ein. Starke Arme packten ihn und zogen ihn hoch. Wärter. Sie zerrten ihn aus der Zelle, schleiften seine Füße über den Boden. Im Augenwinkel sah Chad den Gefangenen auf der anderen Seite. Der Lärm hatte ihn geweckt. Seine Schimpftiraden verfolgten das Gespann so lange, bis sie den Hof erreicht hatten und die schwere Eisentür hinter ihnen zuknallte.

Draußen lag jetzt mehr Schnee als am Mittag. Die Wärter stapften durch die weiße Masse und brachten Chad in das Hauptgebäude. Sie durchschritten viele Gittertüren und Gänge, bis sie einen Raum erreichten, der aussah wie eine Turnhalle, nur kleiner. Beleuchtet wurde er durch die Notausgangsschilder über den Türen. An den Wänden standen Trainingsgeräte, es gab keine Fenster und, soweit Chad es ausmachen konnte, auch keine Kameras. Die Wärter zwangen ihn auf die Knie und lösten die Handschellen. Dann verließen sie den Raum. Von außen wurde ein Schlüssel gedreht.

Was sollte er hier?

Die Antwort bekam er sofort. Jemand trat aus dem Schatten auf ihn zu. »Oh, Scheiße!«, flüsterte Vitus. »Was haben die mit dir gemacht?«

Chad traute seinen Augen nicht. Er öffnete den Mund und schloss ihn direkt wieder. Er stand vorsichtig auf. Vitus kam näher. Sein Gesicht war in das grüne Licht getaucht, das vom Notausgangsschild ausging. Chad stolperte vorwärts und umarmte ihn. Es war, als hätte er etwas wiedergefunden, das er verloren und längst aufgegeben hatte.

»Ich bin froh, dass du lebst. Ehrlich, du glaubst nicht, wie erleichtert ich bin.« Er drückte Chad an sich, bedacht darauf, ihm nicht wehzutun, was bei all den Verletzungen schwierig war. »Ab jetzt wird alles gut«, versprach er. Seine Hand ruhte auf Chads Hinterkopf. Ein paar Sekunden sogen sie einander auf. »Ich habe schon gehört, dass du nicht mehr sprichst, das ist okay, ich rede einfach für uns beide, komm!« Vitus setzte sich auf eine Hantelbank. Chad nahm auf einem anderen Gerät Platz. Das hier schien ihm viel zu unwirklich. Er war zweieinhalb Jahre von anderen Gefangenen getrennt gewesen, doch es fühlte sich an, als hätte es diese Zeit nicht gegeben, als er Vitus gegenüber saß. Er sah noch genauso aus wie vorher.

»Erstmal möchte ich dir diese Situation hier erklären«, begann Vitus. »Die Wärter sind geschmiert. Sie geben uns Zeit bis eine Stunde vor dem Weckruf. Danach müssen sie dich leider zurück in den Todestrakt bringen. Das bedeutet, wir haben nur diese eine Chance. Ich kann nicht garantieren, dass wir uns vor deiner nächsten Hinrichtung noch einmal sehen können.« Seine Stimme klang ernst. »Du musst mir jetzt vertrauen, es ist wichtig, dass du tust, was ich dir sage. Verstanden?«

Chad nickte.

Du kannst niemandem mehr vertrauen!

»Gut, denn ich habe einen Weg gefunden, wie du abhauen kannst. Der Plan funktioniert allerdings nur, wenn sie dich noch mal an die Wand stellen. Ich weiß, das ist nicht das, was du willst, aber hör mir zu. Es gibt eine Sicherheitslücke. Kennst du den Bereich für die Zuschauer?«

Chad nickte wieder. Er hatte den Bereich gesehen.

»Dieser Abschnitt ist nur durch einen vergitterten Tunnel vom Parkplatz getrennt, weil die Gefängnisleitung nicht will, dass die Zuschauer das Gebäude betreten. Hinrichtungen sind öffentlich. Jeder kann kommen. Wusstest du, dass die Leute Karten dafür kaufen? Das System ist widerlich, da muss ich allen recht geben, die sich darüber aufregen. Jedenfalls gibt es dort keine Mauer. Wenn du es schaffst, die Gitter zu zerstören, kannst du ganz leicht rausspazieren.« Er untermalte seine Aussage, indem er mit Zeige- und Mittelfinger so tat, als würde seine Hand durch die Luft laufen.

Ein Schauer lief Chad über den Rücken. Er zuckte mit den Schultern. Das klang alles leicht, wenn man darüber redete. Doch wie sollte er die Wachen überwältigen? Selbst wenn er es an ihnen vorbei schaffte, war er zu schwach, um eine Flucht auf sich zu nehmen.

Vitus' Blick wanderte zu Chads Bauch. »Du verfügst über Superkräfte«, bemerkte er. »Die musst du bis zur nächsten Hinrichtung einsetzen können. Ich bin mir sicher, dass du gewaltigen Schaden verursachen kannst, wenn du es willst.«

Chad fasste sich an das Flügeltattoo.

»Erinnerst du dich an das Foto, das Chross dir gegeben hat? Er hat mich eingeweiht, für den Fall, dass du die Hinrichtung überlebst. Die Leute, die sich hinter der Telefonnummer verbergen, können dir helfen. Sobald du den Gittertunnel hinter dir gelassen hast, rennst du, so schnell du kannst, über den Parkplatz. An der Zufahrt wartet ein schwarzer Sportwagen auf dich. Du steigst ein und stellst keine Fragen.« Vitus lächelte »Falls du bis dahin überhaupt wieder etwas sagst. Ich verstehe, dass du dich aus allem raushalten willst, ehrlich.«

Chad lehnte sich zurück. Das klang alles toll, aber er glaubte nicht mehr daran, dass er diese Kräfte hatte und auch nicht, dass er sie, falls doch, nach Belieben einsetzen konnte.

»Du weißt nicht, wie du sie aktivierst, hm?« Vitus traf es auf den Punkt. Wieder umspielte ein Lächeln seine Lippen. »Wahrscheinlich zweifelst du sogar an, dass du diese Kräfte wirklich hast. Das kann ich verstehen. Zu deinem Glück kenne ich mich auf dem Gebiet ein wenig aus. Hast du je darüber nachgedacht, in welchen Situationen sie sich dir gezeigt haben?«

Chad reagierte, indem er mit den Schultern zuckte.

»Es geht um Lebensgefahr. Tief in dir gibt es einen Funken, der sich aktiviert, wenn dein Leben bedroht wird. Manche nennen ihn auch den *Flight or fight* Instinkt. Flüchten oder kämpfen. Dein Körper entscheidet, was das Beste für ihn ist um zu überleben. Bist du Träger eines Flügeltattoos, fällt diese Entscheidung in der Regel auf das Kämpfen und die Kräfte werden aktiv. Wenn ich dich korrekt beobachtet habe, handelt es sich bei dir um Feuer. Eine mächtige Fähigkeit. Und gefährlich, wenn du weißt, wie du sie kontrollieren kannst. In den falschen Händen kann sie erheblichen Schaden anrichten. Dir muss klar sein, auf welcher Seite du stehst, bevor ich dir mehr verrate.«

Chad setzte einen fragenden Blick auf. Auf welcher Seite er stand? Sein Bauchgefühl sagte, dass er zu den Guten gehörte. Doch sein Verstand schrie das Gegenteil.

Vitus schien seinen Zwiespalt zu bemerken. Er sagte: »Vergiss für einen Moment mal, was in der Vergangenheit passiert ist, Chad, und wirf einen Blick in die Zukunft. Was siehst du?«

Die Todeswand war das Erste, was sich in seinem Kopf ausbreitete. Dahinter lag verschwommen die Idee von einem Ausbruch. Wer ausbrach, widersetzte sich dem Gesetz, was dafür sprach, dass er böse war. War er allerdings erst einmal frei, galt seine Aufmerksamkeit der Suche nach Killer fünf. Durch ihn konnte Chad klarstellen, dass er nicht der war, für den ihn alle hielten. Und wenn er danach noch Nicos Bruder stellte, würde er auch den Namen seines Freundes reinwaschen. Er verfolgte gute Absichten. Auch, wenn ihre Vorgehensweisen fragwürdige Methoden mit sich brachten.

»Du magst doch Comics. Siehst du dich als Schurken oder als Helden?« Chad hielt zwei Finger hoch, womit er Vitus signalisierte, dass er die zweite Option wählte. »Als Helden, gut. Das war eine sehr weise Antwort.« Vitus lehnte sich ein wenig vor und stützte seine Arme auf den Knien ab. »Lebensgefahr also. Hör mir gut zu. Ich werde dir helfen, deine Kräfte zu aktivieren. Natürlich kann ich dir dafür nur eine Anleitung geben. Durchführen musst du die Flucht selbst. Aber das solltest du schaffen. Ich habe da eine Idee.«

Im Todestrakt war es ruhig. Der Gefangene von gegenüber hatte sich nach der letzten Belastung auf seiner Pritsche eingerollt und badete in Selbstmitleid. So, wie Chad es unzählige Male getan hatte. Er selbst machte Liegestütze und Sit-ups. Seit der fehlgeschlagenen Hinrichtung verweigerten die Wärter ihm das Essen. Vielleicht hofften sie ja, dass er vor Hunger draufging. Vitus hatte ihm geraten, auf keinen Fall mit dem Training aufzuhören. Je fitter er war, desto einfacher würde ihm die Flucht gelingen. Doch Chad hatte Hunger. So lange wie jetzt war er noch nie vernachlässigt worden. Seine einzige Hoffnung, hier lebendig herauszukommen, bestand darin, dass ein Wärter nach ihm sah. Er lehnte sich erschöpft an die Mauer und schloss einen Moment die Augen.

Das metallische Geräusch der Tür zum Hof weckte ihn auf. Chad sah sich verwirrt um, er hatte nicht gemerkt, dass er eingeschlafen war. Sein Magen knurrte und er stieß genervt seinen Hinterkopf gegen die Wand. Wahrscheinlich ging es bei dem Anderen mit der Belastung weiter. Dabei zuzusehen war fast genauso ätzend, wie sie selbst zu erleben. Die Schreie, das laute Geräusch der aufschlagenden Hiebe, das Stöhnen des Wärters … Es war einfach unschön. Zu seiner Überraschung trat der Besucher jedoch an seine Zelle heran. Chad schielte zum Gitter. Auf dem Gang stand Strong. Volltreffer!

»Heilige Scheiße, du bist ja ganz schön lebendig«, sagte der Wärter. »Ich hatte gedacht, du verreckst nach einer Woche von allein.«

Machte der Witze? Chad rappelte sich auf. Er trat ebenfalls an das Gitter und setzte seinen Hundeblick ein. Am Anfang, als er noch klein und neu gewesen war, hatte er damit manchmal extra Tee bekommen. Chad wusste, dass Strong einen Sohn in seinem Alter hatte. Er war zwar schon siebzehn, aber für ihn würde er vermutlich immer der kleine Zwölfjährige bleiben, der nicht in einem Gefängnis für Erwachsene sein sollte. Vitus war der Meinung, dass er auf diese Weise bessere Chancen hatte, seinen Willen durchzusetzen.

»Was ist? Was willst du?« Strong durchschaute ihn.

Chad sah auf Seite. Auch diese Bewegung hatte er mit Vitus besprochen. Dann hielt er Strong seine rechte Hand durch das Gitter offen hin.

»Du willst Frieden schließen?«

Chad nickte.

Strong zögerte. »Warum auf einmal?«

Jetzt war Action angesagt. Chad drückte auf die Tränendrüse und lehnte sich mit dem ganzen Körper seitlich gegen die Gitter. Er schloss die Augen. War das nicht offensichtlich? Er würde bald sterben.

»Okay«, sagte Strong. »Das ist nicht leicht für dich, ich verstehe das.«

Chad unterdrückte ein genervtes Augenverdrehen.

»Na schön. Du warst wütend, als du mein Angebot abgelehnt hast. Ich kann es dir ja nicht einmal verübeln. Du hast es dir also überlegt.« Sie gaben sich die Hand. »Frieden?«

Chad nickte.

Sie ließen einander los. Als Nächstes führte Chad zwei Finger zu seinem Mund. Eine eindeutige Geste. Er wollte rauchen.

»Tut mir leid, rauchen ist hier drin verboten. Und selbst, wenn ich was hätte, darf ich dir laut unserem Regelwerk nichts geben. Du bist noch nicht volljährig.«

Jetzt verdrehte Chad die Augen. Er zeigte demonstrativ auf seine Umgebung, um klarzumachen, wo er sich gerade befand. Er saß in der beschissenen Todeszelle! Auf einmal war er zu jung? Wo man ihn über Jahre eingesperrt und misshandelt hatte?

»Ich sehe, was ich tun kann, okay?«, sagte Strong dann. Ihm schien es wichtig zu sein, etwas für Chad zu tun.

Der zuckte nur mit den Schultern und setzte sich wieder auf den Boden, wo er den Kopf in die Hände legte und sein Gesicht vergrub. Er hörte, wie Strong den Trakt verließ. Später kam der Wärter zurück. Er hatte jemanden dabei, den Chad im Schatten nicht erkannte. Die Beleuchtung im Gang war ausgeschaltet. Das Zeichen dafür, dass es Nacht war. Strong öffnete die Zellentür und forderte Chad auf, mit ihm zu kommen. Sie verließen die Zelle und den Gang und traten nach draußen in den Schnee. Hier war es wesentlich heller, denn die Flutlichter beleuchteten den Hof. Chad erkannte, um wen es sich bei der zweiten Person handelte. Neben Strong stand der Direktor.

»Hätte nicht gedacht, dass ich das mal mache«, sagte der kräftige Mann. »Sieh es als Erfüllung eines letzten Wunsches. Wir werden es morgen noch einmal versuchen.« Er reichte Strong eine Packung Zigaretten. Der nahm daraus eine, zündete sie an und steckte sie Chad zwischen die Lippen.

Damit, dass er das wirklich tun würde, hatte Chad nicht gerechnet. Als er den ersten Zug machte, spürte er gleich eine geballte Ladung

Energie durch seinen Körper fließen. Er schloss die Augen und genoss das wohlige Gefühl, das ihm dieser kleine brennende Gegenstand in seinem Mund gab. Vitus hatte recht behalten. Mit jeder Sekunde, die er rauchte, kamen die Erinnerungen daran, wie er seine Kräfte in der Schule eingesetzt hatte, zurück. Er schloss und öffnete nervös seine Hände. Es war das Feuer, das ihm Kraft gab. Langsam verstand er auch, warum sich die Zigaretten, die Nico mit ihm geteilt hatte, von selbst entzündet hatten, wenn er sie in den Mund genommen hatte. Es war eigentlich simpel. Rauchen bedrohte sein Leben. In diesen kurzen Momenten entschied sich sein Körper dazu, zu kämpfen. Auch, wenn er den Selbstzerstörungsprozess durch das Anzünden der Zigarette unterstützte, statt ihn aufzuhalten: Feuer war seine Superkraft. Stolzer hätte Chad nicht sein können. Er hatte die gleichen Fähigkeiten wie sein Comicheld Limitless.

»Du musst das Rauchen vermisst haben«, bemerkte Strong. »Chross mochte dich offensichtlich mehr als ich dachte. Bevor du kamst waren ihm die Zigaretten das Heiligste, was er besaß.«

Der Direktor lächelte. »Ich weiß noch, wie ihr sie ihm das erste Mal abgenommen habt. Er hat mir massenweise Beschwerden geschrieben.«

»Ja, stimmt. Chirac ist ausgerastet deswegen. Chross hat ordentlich von ihm kassiert.«

»Übrigens wird Chirac morgen die Führung übernehmen«, sagte der Direktor an Chad gewandt. »Er bestand darauf. Aber wenn er erfährt, dass wir dich rausgelassen haben, bekommt er wieder Zustände und es wird für uns alle unangenehm. Also sag ihm besser nichts hiervon, klar?«

Klar. Kein Problem.

Die Zigarette zwischen seinen Lippen war erst halb aufgeraucht und Chad fühlte sich bereits wie neu geboren.

»Ich denke, ich genehmige mir auch eine«, sagte der Direktor. Als er sich eine Zigarette anzündete, spürte Chad auch die Energie, die von ihr ausging. Das wurde ja immer besser! Je mehr kleine Flammen bei ihm waren, desto energiegeladener fühlte er sich. Er stellte sich vor, wie mächtig er sein könnte, wenn sein Körper fit war.

Dazu musste er allerdings überleben.

Morgen also.

Er ließ seinen Blick in Richtung Holzwand schweifen, die von oben mit Schnee bedeckt war. Die Fußabdrücke an der Stelle, wo er gestanden hatte, waren längst unter Neuschnee verborgen. Unauffällig sah er an der Wand vorbei zum Zuschauerbereich. Wie Vitus gesagt hatte, waren dort nur dünne Zäune und es gab sogar eine Tür zwischen dem Bereich und dem Hof. Er musste nur die Ketten loswerden, rennen, das Gitter zerstören, durch den Tunnel, an den Wachen vorbei, über den Parkplatz und ins Auto steigen. Er sah nach oben, um herauszufinden, ob es Wachtürme gab und entdeckte zwei. Man würde ihn im Falle einer Flucht von oben beschießen. Und wenn Chirac anwesend war, konnte er den gesamten Plan eigentlich schon vergessen. Wenigstens sah er das erste Mal seit fünf Jahren die Sterne, die den schwarzen Nachthimmel zierten.

»Ich habe noch nie erlebt, dass der Schütze so oft daneben geschossen hat«, sagte Strong. »Schon merkwürdig, finden Sie nicht?«

»In der Tat«, antwortete der Direktor, »das ist noch nie vorgekommen. Du scheinst ein kleiner Glückspilz zu sein.«

Chad wandte sich wieder den beiden Männern zu.

»Na ja …« Strong steckte seine Hände in die Hosentaschen. »Haben Sie schon einmal in Betracht gezogen, dass er vielleicht gar nicht auf den Jungen schießen wollte?«

»Natürlich habe ich das. Er hat die Vorwürfe abgestritten. Ich glaube ehrlich gesagt auch nicht, dass er seine eigene Hand für einen Killer riskiert hätte.« Jetzt traf Chad der scharfe Blick des Direktors. »Wie auch immer, er wird in Zukunft nicht mehr für uns töten, so viel ist sicher. Ein anderer Schütze übernimmt das ab morgen. Du bist sein erster Auftrag, Kleiner, damit sichert sich dein Name den Platz ganz oben auf seiner Referenzliste.«

Chads Zigarette war nur noch ein glühendes Ende. Das Gespräch machte ihn so nervös, dass er schneller rauchte. Seine Chancen, heil aus der Sache herauszukommen waren so klein, dass jegliche Hoffnung zu schwinden drohte. Er trat von einem Bein auf das andere und führte sich seine Hände zum Mund.

»Halt, das mache ich!«, unterbrach ihn Strong. Er nahm Chad die Zigarette ab und drückte sie im Schnee aus. Wortlos nahm er eine weitere aus der Packung, die er anzündete und Chad hinhielt.

Auf einmal ertönten von überall kleine Explosionen. Lautes Pfeifen durchdrang die Nacht und am Himmel erschienen bunte Lichter, die in alle Richtungen strahlten. Wie tausend leuchtende Blumen beschienen bunte Funken den dunklen Himmel. Von allen Seiten der Mauer umgab sie ein Feuerwerk, das sich über Kilometer erstreckte.

War es etwa schon wieder Silvester?

Chads Mund blieb offen stehen, während er das Himmelsschauspiel betrachtete.

»Frohes Neues«, sagte Strong. »Ich dachte, dass dir das gefallen könnte. Ich habe meinen Job gemacht, weil du es verdient hattest. Aber am Ende wollten wir doch in Frieden auseinander gehen. Das ist mein Beweis, dass ich es damit ernst meine.«

Selbst, wenn Chad geredet hätte, hätte ihm diese Geste die Sprache verschlagen. Fast hätte er seinen Plan, morgen auszubrechen, über den Haufen geworfen, um dem Wärter ebenfalls zu beweisen, dass er es mit dem Frieden ernst meinte. Nur meinte er es nicht ernst. Er nahm die Zigarette an und rauchte weiter.

Sie blieben etwa eine halbe Stunde draußen. Der Direktor rauchte währenddessen fünf Zigaretten. Als er mit seiner letzten Kippe fertig war, gab er Strong ein Zeichen, der Chad daraufhin am Arm packte und ihn zurück zum Todestrakt führte. Der Direktor blieb draußen stehen. Bevor sie durch die grüne Stahltür traten, sog Chad noch einmal tief die kühle Winterluft ein.

Er betrat seine Zelle. Zum letzten Mal. Strongs Schlüssel klirrten beim Abschließen, doch den Vorgang sah Chad nicht. Den Gittern kehrte er den Rücken zu. Das Rauchen und die Raketen des Feuerwerks hatten ihn mit Energie vollgepumpt. Er spürte davon so viel, dass er seine Hände entschlossen zu Fäusten ballte.

Morgen würde er entweder sterben oder frei sein.

Eine andere Option gab es nicht!

Im Herzen das Feuer

Sie kamen. Vier Wärter, angeführt von Chirac, schritten durch den Gang. Chad saß bereits auf der Bettkante. Er stand auf, als Chirac die Zelle aufschloss.

»Bereit, zu sterben, Kleiner?«, fragte der Wärter. Sein Kinn ragte in die Höhe, sodass er von noch weiter oben auf ihn herabsah als sonst. Etwas Fieses lag in seinem Blick und ein Grinsen umspielte seine Mundwinkel. Chirac nickte den Männern zu und wie beim ersten Mal kümmerten sie sich darum, Chad an den Fußgelenken zu fesseln. Die Handschellen kontrollierten sie lediglich darauf, ob sie noch saßen. Die Männer packten ihn an den Oberarmen und zerrten ihn auf den Gang. Der Gefangene von gegenüber fluchte. Er klebte förmlich mit dem Gesicht an den Gitterstäben. Chad wusste genau, was er fühlte. Sein Puls schoss in die Höhe und er musste dagegen ankämpfen, nicht von Panik übermannt zu werden. Sein Atem ging schneller. Seine Konzentration galt den starken Händen seiner Bewacher.

Einen kurzen Augenblick verlor er die Orientierung, doch als die Tür zum Hof geöffnet wurde, setzte sich sein Verstand wieder zusammen. Die Wärter führten ihn über die Schwelle. Erneut stapfte Chad mit nackten Füßen durch den Schnee. Er hielt den Blick gesenkt. Die Holzwand lag nur wenige Meter vor ihm. Chad fiel auf, dass es ruhiger war als beim ersten Mal.

Ein paar Schritte noch und sie blieben stehen.

Er ließ das unsanfte Anketten an die Todeswand über sich ergehen, die Wärter entfernten Fuß und Handfesseln und rissen ihm die Arme mit den dicken Eisenschellen der Wand auseinander.

»Ist er fest? Gut. Jetzt verschwindet!«, befahl Chirac.

Die Wärter entfernten sich und Chad hörte, wie eine Tür geschlossen wurde. Sie waren rein gegangen.

»Von mir aus kannst du gucken, wohin du willst! Es sind keine Zuschauer da. Nur wir.«

Chad hob langsam seinen Blick und sah den leeren Hof. Es war wirklich niemand da. Keine Wärter, die an der Wand standen, keine Zuschauer im abgeschotteten Bereich. Nur Schnee und hohe, mit Stacheldraht besetzte, graue Mauern. Eine Krähe flog vorbei. Chad verfolgte sie mit seinem Blick und blieb beim Käfig für den nächsten Hinzurichtenden hängen. Darin stand Vitus. Er hatte die Arme verschränkt und nickte ihm zu. Dass ausgerechnet Vitus der Hinrichtung beiwohnen musste, war seltsam. Sein Urteil lautete lebenslang. Nicht Tod durch Erschießen. Aber das war gerade nicht wichtig. In wenigen Augenblicken war eh alles vorbei.

Chirac sah er einige Meter entfernt vor sich. In seiner Hand hielt er eine Pistole. Sein Grinsen wurde breiter und noch selbstgefälliger, als er merkte, dass Chad begriff, was gleich passieren würde.

»Übertreiben Sie es nicht«, mahnte der Direktor, der seitlich von ihnen stand. »Ziehen Sie es einfach durch!«

Chirac hob die Waffe, bis der Lauf auf Chads Gesicht zielte. Das hatte der Direktor also gemeint. Der neue Schütze war Chirac. Chad musste zugeben, dass er sich darüber nicht einmal wunderte. Wer konnte die Position des Justizschützen besser besetzen, als das größte Arschloch unter der Sonne?

Jetzt, da er in den dunklen Lauf der Waffe sah, setzten die Zweifel wieder ein. Chad schüttelte den Kopf. Er durfte nicht versagen. Einatmen. Ausatmen. Er sah in das arrogante Gesicht seines Mörders. Es musste einfach funktionieren. Seine Konzentration musste der Kugel gelten, die Chirac abfeuern würde. Flucht oder Kampf. Darauf kam es jetzt an. Ein letztes Mal atmete er durch. Ein. Und aus.

»Das war dein letzter Atemzug«, drohte Chirac, und schoss.

Beim letzten Mal hatte Chad die Augen zusammengekniffen, als der Schütze abgedrückt hatte. Heute vermied er es.

Kampf.

Schon einen kurzen Moment, bevor Chiracs Finger den Abzug betätigte, konzentrierte er sich darauf, die Kugel abzulenken. Der Knall hallte sehr lange in seinen Ohren nach. Wie in Zeitlupe sah Chad die Kugel auf sich zusteuern. Sie drehte sich um die eigene Achse. Ihre Flugbahn war perfekt um ihn zwischen den Augen zu treffen. Er spürte ihre Macht, die Geschwindigkeit und die Explosion, die der Bolzen im Inneren der Waffe verursacht hatte. Er ließ seine Pupillen nach rechts wandern, die Kugel folgte der Bewegung. Er kontrollierte sie.

Kampf.

Das Geschoss schlug auf halber Länge in der Kette ein, die Chads Arm an der Wand fixierte. Ein Ruck durchfuhr ihn und er suchte mit den Füßen neuen Halt. Chirac fluchte und schoss erneut. Wieder lenkte Chad die Kugel ab. Sie traf die Kette an seinem anderen Arm. Er starrte die Pistole an, bereit für jeden Schuss, der noch folgte.

Das war also Teil seiner Fähigkeiten. Wenn er die Kugeln verfolgte, konnte er bestimmen, wo sie einschlugen. In seinem Inneren spürte er die Energiereste von letzter Nacht und mit ihnen den Drang, zu kämpfen, statt zu flüchten.

Feuer.

Ihm wurde heiß. Die Luft flimmerte vor seinen Augen, der Schnee schmolz. Erst nur zu seinen Füßen, dann breitete sich der Radius um ihn weiter aus.

Schuss.

Chad lenkte die nächste Kugel gegen die Kette an seiner linken Hand. In dem Moment, als sie einschlug, legte er mehr Energie in seine Kräfte und ließ sie explodieren. Die Kette brach und sein Arm rauschte nach unten.

»Verdammte Scheiße!«, brüllte Chirac. Er trat näher an Chad heran. »Ich bring dich um!«

Schuss.

Chad hatte damit gerechnet. Mit dieser Kugel ließ er die übrige Kette explodieren und riss sich frei. Auf seinen Armen bildeten sich Flammen, die auf die herabhängenden Ketten an seinen Handgelenken übergingen.

Chirac wich mit erhobener Waffe zurück. »Was zum Teufel machst du da?«, rief er.

Chad ignorierte den Wärter. Sein Ziel war der Zuschauerbereich. Jetzt, da er sich frei bewegen konnte, rannte er, ohne Zeit zu verlieren, auf das Gitter zu.

Flucht.

Eine weitere Kugel pfiff sehr nah an seinem Ohr vorbei. Sie schlug eine Kerbe in den Zaun. Chad drehte sich um. Er stand jetzt mit dem Rücken zur Freiheit, eine Position, die er ungern einnahm. Doch in diesem Moment musste es sein. Chirac war ihm gefolgt. Sie standen sich nur drei Meter voneinander entfernt gegenüber. Wie zuvor zielte Chirac mit der Waffe auf ihn. »Ergib dich endlich!«

Chad sah nach oben. Auf den Wachtürmen erkannte er jeweils zwei Männer, die ihre Waffen auf ihn richteten. Sie mussten gute Schützen sein, wenn sie von dort oben auf ihn zielten. Er richtete seinen Blick wieder nach vorne. Im Hintergrund stand Vitus unverändert in dem kleinen Käfig.

Er rührte sich nicht. Der Direktor indes stapfte wütend auf Chirac zu. »Hören Sie sofort auf zu schießen! Und du, Junge, lass den Unsinn!«

»Sir, er will durch den Zaun flüchten, das ist doch wohl klar. Ich werde nicht tatenlos zusehen, wie er entkommt. Eher töte ich ihn.«

»Sie können ihn nicht treffen. Nehmen Sie auf der Stelle die Waffe runter, Sie zielen auf die Öffentlichkeit!«

Der Befehl seines Chefs interessierte Chirac kein Stück. »Der Bengel stirbt jetzt!«, rief er und hob die freie Hand hoch über seinen Kopf.

Chad ahnte, was passieren würde. Er machte sich bereit und streckte seine Arme seitlich aus.

Kampf.

Chirac gab ein Zeichen. Er bewegte seinen freien Arm nach vorne. Im selben Augenblick schossen er und die Schützen beider Wachtürme auf Chad. Ihre Waffen explodierten. Von oben kamen Schreie, gleichzeitig fingen die Türme Feuer. Chiracs Kugel lenkte Chad auf das Sicherheitsschloss an der vergitterten Tür zum Zuschauerbereich.

Es zersprang in hunderte kleine Stücke. Durch die Wucht öffnete sich die Tür einen Spalt breit.

Chad grinste. Flammen schossen links und rechts neben ihm aus dem Boden und breiteten sich über das Gelände aus. Die Mauern entlang krochen sie bis nach oben, wo das Fenster des Direktionsbüros war. Die Scheiben zersprangen, Scherben rieselten herab und lodernde Flammen schossen von innen nach draußen. Dunkler Rauch stieg auf. Das Feuer sprang über. Es brannte auf den Mauern, Beton bröckelte zu Boden, es schien, als setzte sich die lodernde Wut der Flammen über die Naturgesetze hinweg, so schnell, wie sie sich ausbreiteten. Ein Windhauch vergrößerte den Brand. Bald erreichte das Feuer weitere Fenster. Ein Alarm setzte ein.

Der Direktor zückte sein Handy. Wärter kamen aus dem Gefängnis gerannt, entsetzt über das, was sie vorfanden. Kurz darauf schoss das Feuer von oben herab, wanderte in einer geraden Linie über den Boden und erreichte die Holzwand. Die Wand brannte innerhalb von wenigen Sekunden lichterloh. Allein für den Anblick hatte es sich für Chad gelohnt, stehenzubleiben. An ihr sollte nie wieder jemand sein Leben lassen.

Der Einzige, der sich nicht bewegte, war Chirac. Er beharrte darauf, Chad zu erschießen. Der ging langsam zu der offenen Tür im Zaun. Dabei verfolgte ihn Chirac durch eine Armbewegung mit der Pistole.

»Du kannst nicht entkommen!«

Chad trat rückwärts durch die Tür.

Das abgebrannte Holz der Todeswand knisterte.

Chirac drückte ab.

Die Pistole explodierte. Chirac fluchte, wedelte mit der Hand und drückte sie nah an seinen Körper. Seine Uniform verfärbte sich rot von dem Blut und damit war Chad klar, dass er freie Bahn hatte.

Flucht.

Er drehte sich um und rannte. Ohne zurückzublicken. Der Gittertunnel war etwa zehn Meter lang, die sich wie hundert anfühlten. An seinem Ende war eine dicke Stahltür. Unbewacht. Chad hob die brennende

Kette an seinem Arm an und wirbelte sie herum. Mit Schwung ließ er sie auf das Türschloss krachen. Es explodierte und so öffnete sich auch diese Tür. Chad stieß sie auf.

Vor ihm erstreckte sich eine weite Fläche, die an einen großen Parkplatz grenzte. Er war voll von Autos, die in den von Bäumen und Hecken voneinander getrennten Parkbuchten standen. Chad rannte an einem Fahrradständer vorbei, weg vom Gefängnis, in Richtung Hauptstraße. Dabei hielt er Ausschau nach dem schwarzen Sportwagen.

Nahe einer Schranke sah er ihn. Schwarz, auf Hochglanz poliert und mit einem dicken, silbernen Auspuff. Neben der Fahrertür stand ein Mann in einem Anzug. Als er Chad auf sich zukommen sah, stieg er ein. Die Beifahrertür war bereits geöffnet.

Rennen war anstrengend. Sein letzter Sprint war lange her, die Ketten zogen seine Arme nach unten. Während sie durch den Schnee rutschten, erlosch das Feuer an ihnen. Er erreichte das Auto und sprang durch die Beifahrertür hinein. Kaum saß er auf dem Sitz, fuhr der Wagen los. Chad platzierte die Ketten zwischen seinen Beinen im Fußraum. Mit der rechten Hand zog er die Tür hinter sich zu. Als er sich anschnallte, befanden sie sich schon auf der Straße. Im Rückspiegel erkannte er, wie das Gefängnis kleiner wurde und schließlich ganz aus seinem Blickfeld verschwand.

Neue Wege

Das letzte Auto, mit dem Chad gefahren war, war der Streifenwagen gewesen, mit dem man ihn von seiner Schule aus zur Polizeistation gebracht hatte. Die Polizisten hatten ihm seine Schuhe abgenommen und die Rückbank war mit Folien überzogen gewesen. Die Handschellen hinter seinem Rücken hatten seine Arme in eine unbequeme Position gerückt, sodass er sich nicht einmal die Hand hatte halten können, die von der Kugel des großen Polizisten gestreift worden war. Er hatte die Wunde bis zu dem Moment noch nicht betrachtet, sich allerdings die schlimmsten Verletzungen zusammenfantasiert. Am Ende war es ein Streifschuss gewesen, der seine Hand nur für ein paar Wochen außer Gefecht gesetzt hatte. Halb so wild. Chad erinnerte sich daran, wie er angeschnallt worden war. Der große Polizist war ihm dabei mit seinen verschwitzten Achseln unangenehm nahe gekommen. Das Polizeiauto hatte ihn direkt in die Hölle gefahren.

Jetzt sah er durch die Fensterscheibe die Leitplanken vorbeirasen. Dahinter lagen kahle, mit Schnee bedeckte Bäume und Felder. Es erstaunte ihn, wie weiß die Welt war. Sie fuhren eine Schnellstraße entlang. Auf den Schildern über der Strecke standen Städtenamen und Richtungen. Ihm war entgangen, wann sie die Stadt verlassen hatten. Ein anderes Auto überholte sie. Chad verfolgte es mit seinem Blick und blieb bei dem Fahrer des Wagens, in dem er saß, hängen. Der Mann hatte braune kurze Haare und trug eine Sonnenbrille. Er machte einen gepflegten Eindruck, seine Krawatte passte zum Anzug und an seinem Handgelenk trug er eine Uhr, die aussah, als wäre sie von hohem Wert. Wie er selbst, sprach der Mann kein Wort.

Chad staunte über die Ausstattung des Wagens. Hinter dem Lenkrad waren so viele leuchtende Hinweise und Schalter, dass er den Eindruck bekam, er befände sich in einem Raumschiff. Mittig zwischen ihnen gab es ein Radio mit CD-Spieler. Es war ausgeschaltet. Er wunderte sich darüber, dass es scheinbar vollkommen okay war, dass er nur mit einer kurzen Hose bekleidet, stinkend und mit Ketten an den Händen auf diesem beigen Ledersitz sitzen durfte, von dem eine angenehme Wärme ausging. Vermutlich besaß das Raumschiff eine Sitzheizung. Er sah auf seine Füße. Sie trieften vor Schmutz und er wagte es kaum, sie zu bewegen, um nicht noch mehr Dreck zu verteilen.

Sie bogen ab.

Der Sportwagen fuhr auf eine Ausfahrt zu. An einer Ampel machten sie Halt. Der Schnee am Straßenrand färbte sich im Schein des Blinkers abwechselnd orange und weiß. Vom Himmel fiel bereits neuer.

»Mein Name ist Marco Sullivan«, sagte der Mann aus dem Nichts. »Aber nenn mich einfach Marco. Ich bin Anwalt.«

Also ein Mann des Gesetzes. Chad ließ die Schultern sinken. Vitus hatte angeordnet, dass er keine Fragen stellen sollte. Er musste darauf vertrauen, dass dieser Marco ihm half.

»Soweit ich weiß, gab es in deinem Fall keine Vertretung durch einen Anwalt. Man hat dich verurteilt, ohne dir die Möglichkeit einer Verteidigung zu geben. Unser System ist voller Fehler. Dass Kinder ohne Prozess zum Tode verurteilt werden können, wie du, ist einer davon. Wenn es nach mir ginge, wärst du milder davon gekommen. Mit einer Jugendstrafe oder psychologischer Zwangsbetreuung zum Beispiel. Unsere Gefängnisse sind für Kinder nicht geeignet.« Marco blickte über die Schulter und bog erneut ab.

Die Kulisse hinter dem Autofenster veränderte sich, sie fuhren jetzt zwischen Hochhäusern entlang, aus denen Menschen in Anzügen kamen und die von anderen Menschen in ähnlichen Outfits betreten wurden. Gut aussehende, anscheinend wohlhabende Menschen. Sie blickten auf ihre Handys und trotteten an mit Lichterketten geschmückten Schaufenstern vorbei, über denen Banner die Freude über das neue Jahr verkündeten und in denen Schmuck und teure Klamotten ausgestellt waren.

Chad erwartete, seine Mutter jeden Moment um die Ecke spazieren zu sehen. Sie passte perfekt in diese Umgebung.

»Das bedeutet, ich bin auf deiner Seite, Chad. Du kannst mir vertrauen.«

Du kannst niemandem mehr vertrauen!

Sie hielten. Chad rutschte ein wenig nach unten. Er wollte vermeiden, dass ihn jemand von außen sah.

»Wir sind gleich da. Keine Angst, ich bringe dich nicht in ein Gefängnis oder zur Polizei. Unser Ziel ist das Hauptquartier. Ich gehöre einer Organisation an, die Menschen wie dir hilft.« Sie fuhren weiter und bogen schließlich auf ein Gelände ab, das zu einem der vielen Hochhäuser gehörte. Marco lenkte den Wagen auf die andere Seite des Gebäudes. Dort fuhr er in eine Tiefgarage. Er parkte und schaltete den Motor ab. »Und da sind wir auch schon. Komm mit, ich bringe dich hoch.«

Marco stieg aus. Hier unten war es dunkler, weshalb er die Sonnenbrille abnahm. Chad rutschte ebenfalls aus dem Wagen. Seine nackten Füße berührten den harten Beton. Einen Moment lang schossen ihm Bilder von Gängen und Zellentüren durch den Kopf und er verlor beinahe den Halt. Er fasste sich an den Kopf und kniff die Augen zusammen. Hinter seiner Stirn pochte es.

»Ist alles okay mit dir?«

Marcos Stimme holte ihn zurück. Chad sah auf. Er nickte und konzentrierte sich darauf, zu atmen. Ein. Und aus. Es wurde besser. Mit zitternden Händen stützte er sich an der Karosserie ab. Die Ketten streiften das Auto. Sie hinterließen dabei einen Kratzer im Lack. Chad erschrak.

»Nicht schlimm«, sagte Marco. Sein Blick sagte was Anderes. Er klickte auf seinen Autoschlüssel, woraufhin das Auto ein Geräusch abgab und aufblinkte. Sie gingen um eine Ecke zu einem Aufzug. Statt eine der Etagen anzutippen steckte Marco seinen Schlüssel in ein Schloss. Die Türen verriegelten, woraufhin sie mit hoher Geschwindigkeit nach oben fuhren.

»Ich erkläre dir alles, wenn wir oben sind«, sagte Marco. »Auf jeden Fall bist du nicht mehr allein. Wir sind bei dir und wir sind deine Verbündeten, okay? Wir wollen dir helfen. Ich weiß, dass du Angst hast, das verstehe ich.« Er lächelte Chad an. Der Aufzug erreichte sein Ziel. »Also dann, willkommen im Hauptquartier. Ab jetzt wird alles besser, das verspreche ich dir.«

Vor ihnen erstreckte sich ein großer, offener Raum mit blauem Teppichboden, weißen Wänden und einer riesigen Fensterfront, hinter der sich die Stadt bis zum Horizont erstreckte. In jeder Ecke des Raumes standen große Pflanzen mit noch größeren grünen Blättern, als entsprangen sie einem Dschungel. Es gab Sitzgruppen aus bequemen Möbeln in denen Leute mit Laptops saßen und Kaffee tranken und auf der linken Seite trennten deckenhohe Glasscheiben mehrere kleine Räume von dem Rest. Darin befanden sich Schreibtische, Telefone und Aktenschränke. Gleich bei der Fensterfront entdecke Chad eine Teeküche. Auf einer Theke standen eine Kaffeemaschine und ein Teller mit Obst. Rechts neben dem Aufzug führte ein schmaler Flur um eine Ecke.

Als sie erschienen, richteten sich sofort alle Blicke auf ihn. Chad begann zu zittern, die Blicke der Leute waren ihm unangenehm. Die Ketten zogen seine Arme nach unten, er hätte sich am liebsten versteckt.

»Möchtest du etwas trinken?«, fragte Marco. »Wasser? Tee? Kaffee?«

Chad brauchte einen Moment, um zu merken, dass er gemeint war. Wann hatte er überhaupt zum letzten Mal etwas getrunken? Die Zeit kam ihm abartig lange vor, wenn er so überlegte, durfte er eigentlich längst nicht mehr stehen.

»Ich bringe dir ein Wasser, komm mit!«

Sie gingen auf die Teeküche zu. Marco nahm ein Glas aus dem Schrank und füllte es mit Wasser aus einer Flasche.

»Freunde, das ist Chad«, sagte er, während er Chad das Glas reichte. »Die Mission verlief reibungslos, ihr werdet später in den Nachrichten davon hören.«

»Willkommen im Hauptquartier«, sagte eine Frau mit langen braunen Haaren, die zu einem Pferdeschwanz gebunden waren. In ihrer Hand hielt sie eine gelbe Tasse. »Ich bin Ellie, wir lernen uns noch kennen, wenn du dich ausgeruht hast. Ich bin froh, dass du hier bist.«

Die anderen aus der Sitzecke nickten zustimmend.

»Soll ich dir dein Zimmer zeigen?«, fragte Marco.

Chad war mehr als verwirrt. Jetzt sollte er auch noch ein eigenes Zimmer bekommen? Er zuckte mit den Schultern.

Marco führte ihn zu dem Flur neben dem Aufzug. Von ihm gingen auf beiden Seiten mehrere Räume ab. Vor einem davon blieben sie stehen. Er öffnete die Tür und schaltete das Licht an. Zum Vorschein kamen ein Bett – ein richtiges Bett –, ein kleiner Nachtschrank, ein Kleiderschrank und ein Schreibtisch mit einem Bürostuhl davor. Auf dem Schreibtisch lagen Notizbücher und Stifte und am Rand standen eine Wasserflasche und ein sauberes Glas. An den tapezierten Wänden hingen Bilder mit Naturaufnahmen.

»Ich kann dir leider kein Fenster bieten. Du bist auf der Flucht, da ist es besser, wenn wir dich vor Blicken von außen schützen. Im Schrank hängen Klamotten, an denen du dich bedienen kannst. Ich hoffe, da sind welche in deiner Größe dabei. Wenn nicht, sprich uns einfach an. Nimm dir, was dir gefällt. Das Bad mit Toilette und Dusche ist einen Raum weiter. Du kannst alles jederzeit benutzen, Handtücher und eine Zahnbürste findest du auch dort.«

Chad musste sich überwinden, in den Raum zu treten. Er hatte Angst, dass sein Retter die Tür hinter ihm zuschlagen würde.

»Am besten gebe ich dir etwas Zeit. Komm erstmal richtig an, mach dich frisch und gewöhne dich an diesen Ort. Wir reden später über alles, einverstanden?« Marco wandte sich von der Tür ab.

Chad nickte langsam.

»Also dann, bis nachher.«

Er sah ihm nach. Die Tür war nicht geschlossen worden. Über ihr entdeckte er einen Flachbildfernseher. Er war an die Wand geschraubt, in der Ecke leuchtete ein kleines rotes LED-Licht. In seinem Kinderzimmer hatte Chad ein Röhrenmodell gehabt. Die passende Fernbedienung zu diesem Fernseher lag auf dem Nachtschrank neben dem Bett. Als er mit der Hand über das Bett fühlte, spürte er den weichen Stoff. Die Betten im Gefängnis waren hart gewesen und oft, wenn er wieder wegen irgendwelcher Regelverstöße isoliert worden war, hatte es nicht mehr als eine dünne Sportmatte gegeben. Er hätte sich am liebsten sofort draufgelegt, doch setzte sich lieber auf den Stuhl vor dem Schreibtisch, auf dem er seine Arme ablegte. Von ihnen fiel eine Last ab. Mit geschlossenen Augen lauschte er einige Minuten lang seinem Herzen. Wer immer diese Leute waren, sie hatten ihn gerettet. Sie waren dafür verantwortlich, dass es noch schlug.

Er legte seinen Kopf auf seine Arme und döste ein. In seinen Träumen stand er einer Waffe gegenüber. Die Füße im Schnee und die Arme ausgebreitet. Vor ihm ein Mann mit Cowboyhut und Mantel. Die erste Hinrichtung wiederholte sich.

Er schreckte auf und hielt sich den Kopf. Dabei klirrten die Ketten und sein Herz schlug bei dem Geräusch schneller. Er beruhigte sich, als er begriff, dass ihm keine akute Gefahr drohte und so stand er auf, wischte sich über das Gesicht und öffnete den Schrank. Darin hingen T-Shirts, Pullover, Sweatshirtjacken und Hosen. In einer Schublade daneben fand er Unterwäsche. Es gab von allem etwas in jeder Größe. Chad entschied sich für ein schwarzes T-Shirt, eine rote, kurzärmlige Jacke und eine dunkle Jeans. Mit all den Sachen unter dem Arm ging er einen Raum weiter, an dem ein Schild darauf hindeutete, dass hier das Bad war. Die Dusche war ebenerdig und edel. Die Fliesen an den Wänden zeigten helle Muster auf dunklem Hintergrund.

Chad entledigte sich der Hose, die er nun seit einiger Zeit trug und die mittlerweile wirklich unangenehm roch. Als er sie ausschüttelte, rutschte etwas aus seiner Hosentasche: Nicos Familienfoto. Verwirrt hob Chad es auf. Soweit er wusste, hatte es in seiner Akte gelegen. Jemand musste es ihm zugesteckt haben. Er sah es lange an, dabei fixierte er Nicos Gesicht. Er wollte etwas sagen, doch ihm ging kein Wort über die Lippen. Chad rutschte an den Fliesen entlang auf den Boden. Alles an ihm zitterte, als er das Foto an sich drückte und weinte. Er schluchzte und vergrub den Kopf zwischen seinen angezogenen Knien. Es war unfair, dass er entkommen war und Nico nicht. Nico war kein Mörder! Welche Beweise auch immer die Polizei gegen ihn gehabt hatte, sie hatten einen Fehler gemacht. Er weinte, bis er das Gefühl hatte, leer zu sein und verstaute das Foto in der Hosentasche der neuen Hose. Dann schleppte er sich unter die Dusche, darauf bedacht, mit den Ketten keinen Schaden anzurichten. Beide Ketten waren etwas länger als einen halben Meter. Chad versuchte, sich mit Seife aus den breiten Eisenschellen zu befreien, die seine Handgelenke umschlossen, doch sie waren zu eng. Schließlich gab er es auf und akzeptierte, dass er diese Last vorerst nicht loswurde. Vielleicht ja später. Marco besaß sicher Werkzeug.

Eine Stunde später lag er in seinen frischen Klamotten auf dem weichen Bett. Chad fühlte sich wie auf einer Wolke. Er hatte sich fest vorgenommen, nach seinem Tod auf einer solchen zu liegen und die Sterne zu beobachten. Und jetzt lag er da und fühlte sich federleicht. Er schaltete den Fernseher an. Eine digitale Uhr in der unteren rechten Ecke des Bildes zeigte 17:34 Uhr. Es liefen Nachrichten und gerade wurden Aufnahmen aus dem Gefängnis gezeigt. Das Gebäude brannte lichterloh. Feuerwehrautos fuhren an der Kamera vorbei, Männer in Schutzkleidung hielten dicke Schläuche, aus denen mit Hochdruck Wasser schoss, auf die Flammen, und ein Sprecher erklärte den Zuschauern mit ernstem Gesicht die Situation. Kurz darauf wurde ein Foto eingeblendet. Es zeigte Chad. Man hatte es bei seiner Einlieferung von ihm gemacht, sodass die Welt nun sein zwölfjähriges Ich sah. Das kleine runde Gesicht hatte eine Verletzung über dem Auge und wie automatisch fasste sich Chad vor dem Bildschirm an die Stelle. Dort war heute eine Narbe. Die Bevölkerung wurde aufgefordert, achtsam zu sein, da es sich bei dem entflohenen Täter um einen kaltblütigen Killer handelte, der vor nichts zurückschreckte. Als Chad das hörte, verdrehte er die Augen. Er verfolgte den Bericht, bis das Wetter eingeblendet wurde. Dann schaltete er den Fernseher wieder aus.

Wahrscheinlich liefen die Nachrichten über ihn und das Feuer auf allen Kanälen. Jeder, der zusah, wusste jetzt, wer er war. Ein einziger Schritt auf die Straße konnte ihn alles kosten. Und er wusste immer noch nicht, wer ihn gerettet hatte. Er beschloss, Marco anzusprechen.

Der Anwalt saß im Eingangsbereich bei der Teeküche neben einer Frau mit kurzen orange gefärbten Haaren. Als er Chad sah, sagte er:

»Da bist du ja, die Sachen stehen dir und die Ketten werden wir sicher auch noch los. Setz dich.«

Chad nahm auf einem der Hocker Platz.

Die Frau stellte sich vor: »Mein Name ist Cora Chross. Von mir hatte Nicolas das Familienfoto. Hast du es dabei?« Sie klang streng und wenig begeistert darüber, dass sie diese Frage stellen musste.

»Cora, du bist zu schnell. Chad, möchtest du etwas trinken?« Marco reichte Chad ein Glas Wasser. »Wir sollten dir erst einmal erklären, worum es hier geht, wer wir sind und warum wir dir helfen. Es ist nicht so, dass wir Mörder unterstützen. Was du getan hast, war falsch. Ich hoffe, das siehst du ein?«

Chad nickte. Er hätte alles eingesehen, um nicht mehr umkehren zu müssen. Und dass Morden falsch war, wusste er auch. Erst recht, nachdem er am eigenen Leib erfahren hatte, was mit Mördern passierte.

»Wir helfen dir, weil du in der Lage bist, übernatürliche Fähigkeiten einzusetzen. Das Flügeltattoo auf deinem Bauch beweist es. Weißt du noch, wie du es bekommen hast?«

Chad nickte wieder.

»Mit diesen Fähigkeiten bist du nicht allein. Menschen, die durch verschiedenste Ereignisse in ihrem Leben an solche Kräfte gelangt sind, durchleben in der Regel eine Nahtod- oder sogar eine direkte Todeserfahrung. Das, was sie tötet oder beinahe umbringt, überträgt sich als Fähigkeit auf sie. Du hast etwas erlebt, bei dem du gestorben bist, richtig?«

»War das zufällig während der Schießerei, bei der du das Mädchen getötet hast?«, fragte Cora.

Marco warf ihr einen mahnenden Blick zu und sagte: »Es ist nicht selten, dass nach dem Ereignis eine temporäre Amnesie folgt. Ein Schutzreflex des Körpers sozusagen, der den Anwender daran hindert, diese Kräfte einzusetzen, solange er sich nicht in Lebensgefahr befindet. Darum ist es umso gefährlicher, wenn dieser Fall doch eintritt. Solche Kräfte zu kontrollieren erfordert eine Menge Übung und Wissen über sie. Und hier kommen wir ins Spiel. Wir sind Teil einer

Organisation, die sich für Menschen mit übernatürlichen Fähigkeiten einsetzt. Wir suchen nicht explizit nach ihnen aber unsere Augen und Ohren sind überall. Fällt uns jemand wie du in die Hände, sorgen wir dafür, dass er sich unter Aufsicht mit seinen Kräften auseinandersetzt und sie zu kontrollieren lernt, ohne sich oder andere in Gefahr zu bringen.« Er nippte an seinem Glas. »Die allgemeine Bevölkerung weiß nichts von der Existenz solcher übernatürlichen Kräfte. Ich hoffe, du hast im Gefängnis nicht den Angeber gespielt.«

Chad schüttelte den Kopf.

»Trotzdem brauche ich Details. Die Nachrichten sind nämlich voll von dem Feuer, das du ausgelöst hast. Das waren deine Kräfte, oder? Wie viele Leute waren bei deiner Hinrichtung anwesend und haben dich bei der Anwendung gesehen?«

Chad überlegte. Dann hielt er drei Finger hoch. Er hoffte, dass es Vitus gut ging.

»Mit drei Leuten kommen wir zurecht«, sagte Marco. Er notierte sich etwas in sein Handy. »Morgen möchte Ellie, das ist unsere Ärztin hier, ein paar Tests mit dir machen. Gibt es bei dir irgendwelche Ängste, die wir beachten sollten? Hast du zum Beispiel schlechte Erfahrungen mit Medizinern gemacht?«

Chad verneinte.

»Ich weise dich trotzdem darauf hin, dass sie, wie wir, eine Verbündete ist. Alles, was sie mit dir bespricht, dient deinem Schutz. Niemand hier bedroht dein Leben. Halte deine Kräfte zurück! Schaffst du das?«

Chad nickte.

»Gut.« Marco schien mit seinen Punkten durch zu sein, denn er sah Cora jetzt auffordernd an. »Du hast auch noch Fragen, oder?«

»Allerdings«, antwortete sie. »Wo ist das Foto?«

Chad holte es aus seiner Hosentasche und legte es auf den Tisch.

Sie nickte wissend. »Ich habe es Nicolas bei einem Besuch geschenkt. Ich war damals auf der Suche nach diesem Jungen hier.« Sie zeigte auf den kleinen braunhaarigen Jungen, der ganz rechts auf dem Foto stand. »Nicolas sollte sich bei mir melden, wenn er bei ihm auftauchen sollte.

Ich gab ihm den Hinweis mit dem roten Flügel. Der Junge hat auch so einen.« Sie drehte das Foto um. »Wie gut kanntest du Nicolas?«, fragte sie.

Chad öffnete den Mund. Heraus kam nichts.

»Du redest nicht«, stellte Marco fest. »War es eine absichtliche Entscheidung?«

Chad nickte.

»Verstehe. Deine Stimmbänder haben sich wahrscheinlich daran gewöhnt. Cora, lass gut sein. Wir können die Vergangenheit nicht ändern. Gib ihm das Bild, es scheint ihm etwas zu bedeuten.«

Cora reichte Chad das Foto. Dabei sagte sie: »Die Telefonnummer ist sehr wichtig. Sie darf nicht in falsche Hände geraten. Unsere Organisation ist geheim, klar? Darüber erreichst du uns. Ich wollte eigentlich, dass Nicolas sie sich merkt und das Bild zerstört.«

Chad steckte das Foto wieder ein. Der Name dieser Frau war Chross. Er fragte sich, welche Verbindung zwischen ihr und Nico bestand.

Marco stand auf und ging zum Kühlschrank. »Es ist spät, Schatz«, sagte er. »Kommt, lasst uns was essen.«

Marco Sullivan

Marco hatte Cora bei der Arbeit kennengelernt. Sie war Anfang zwanzig gewesen. Das Arbeitsamt hatte sie ihm zugeteilt. Ihre Referenzen waren nicht gerade das, was er sich von seiner neuen Sekretärin gewünscht hätte, doch er hatte beschlossen, ihr eine Chance zu geben.

Sie hatte sich entgegen seiner Erwartungen äußerst geschickt angestellt und ihre Aufgaben zufriedenstellend erledigt und als sie in seiner Kanzlei Fuß gefasst hatte, hatten seine Partneranwälte sogar versucht, sie abzuwerben. Nicht nur einmal waren Angebote auf ihrem Schreibtisch gelandet, die ihr das doppelte oder das dreifache Gehalt boten, wenn sie wechselte. Doch Cora war geblieben.

Was Marco nach einer gewissen Zeit herausgefunden hatte, war, dass schlimme Ereignisse in ihrer Vergangenheit Cora vorbelasteten. Er hatte damals nicht nach Details gefragt, doch es ergab Sinn. In ihrer Arbeit fand sie eine Beschäftigung, die sie beruhigte, wahrscheinlich, weil sie auf die Art einen Teil dazu beitragen konnte, dass Verbrecher gerechte Strafen bekamen.

Nach seinem Jurastudium hatte Marco sich der Kriminalverteidigung verschrieben. Den Auslöser für diese Entscheidung hatte ein Fall aus seiner Kindheit ergeben. Sein Nachbar, einer der nettesten Menschen, die er kannte, hatte einen Einbrecher überwältigt und versehentlich getötet. Er wurde zum Tode verurteilt, weil der Einbrecher keine Waffe dabei gehabt hatte, um ihn zu bedrohen. Der Versuch seiner Verteidigung, auf Notwehr zu bestehen, scheiterte. Seine Hinrichtung war die erste, die Marco miterlebte.

Dieses mittelalterliche Rechtssystem strotzte vor Ungerechtigkeit. Er wollte sich für diejenigen einsetzen, die darunter litten. Seinen Abschluss absolvierte er mit Auszeichnung. Er gründete die Kanzlei Sullivan und verteidigte seither Mörder und Gewaltverbrecher. Manchen seiner Klienten hatte er statt der Todesstrafe eine lebenslange Haftstrafe ermöglicht, jedoch war das für ihn alles andere als ein wirklicher Erfolg. Solange er gegen das System kämpfte, würde er nachts nicht ruhig schlafen. Eine Neuerung musste dringend her.

Mit der Zeit erlangte seine Kanzlei Bekanntheit dafür, sich für den Abschaum der Gesellschaft einzusetzen, bis ihn eines Tages ein seltsamer Brief erreichte. Jemand mit Interesse an seiner Arbeit forderte ihn auf, an Geheimtreffen teilzunehmen. Die Organisation prüfte auf die Weise seine Vertrauenswürdigkeit. Zwei Monate lang folgte er den Anweisungen, die er auf dem Postweg erhielt, unterzog sich mehreren Prüfungen, wie sie es nannten, und schwor, bevor er wusste, worum es sich handelte, dass er das Unterfangen, für das man ihn ausgewählt hatte, geheim halten würde. Eines Nachts wartete er mit verbundenen Augen auf einer Parkbank. Zwei Männer, die auf einmal neben ihm auftauchten, schleppten ihn zu einem Auto, das ihn zum Hafen fuhr. Dort brachten sie ihn auf ein Boot und erst nachdem Marco zwei volle Tage in einer Kabine verbracht hatte, erlaubte ihm der Kapitän, die Augenbinde abzunehmen. Sie waren zu einer Insel gefahren, auf der Menschen lebten, die allesamt über außergewöhnliche Kräfte verfügten. Der Gründer der Organisation, ein gewisser Doktor Nolan Degree, instruierte ihn in seinen Auftrag. Eine Woche lang erlebte Marco, dass das Übernatürliche existierte. Da keiner, nicht einmal die Mitglieder der Organisation, wissen durfte, wo sich die Insel befand, stimmte er einer Betäubung zu, bevor er wieder abreiste. Aufgewacht war Marco wieder zwei Tage später bei sich zuhause in seinem Bett.

Neben ihm auf dem Nachttisch lag ein letzter Brief, der eine Telefonnummer enthielt. Als er sie anrief, wurde er mit anderen Mitgliedern der Organisation verbunden, die ihn in alles Weitere einbanden. Von da an sorgte er dafür, dass Verbrecher, die übermenschliche Fähigkeiten angewendet und damit Schaden angerichtet hatten, aus den Karteien der Behörden verschwanden. Die Geheimhaltung der Organisation hatte dabei höchste Priorität. Seine Position als Anwalt verschaffte ihm Kontakte und Möglichkeiten, seinen Beitrag zu leisten.

Bei einer Feier seiner Kanzlei war er Cora nähergekommen. Sie verbrachten die Nacht in seiner Wohnung, hoch über der Stadt in einem der Gebäude, von denen aus man bis zum Horizont blicken konnte. Sie tranken Wein auf der Dachterrasse, redeten und lachten. Ziemlich betrunken erzählte er ihr von der Organisation. Aus irgendeinem Grund, den er zu diesem Zeitpunkt nicht kannte, glaubte ihm Cora sofort. Sie bot an, beizutreten. Bei der nächsten Gelegenheit unterschrieb sie den Vertrag. Ihre Überprüfung lief nicht so aufwändig ab. Sie verschwand lediglich für zwei Wochen plötzlich und kam voller Selbstbewusstsein und Tatendrang zurück. Marco musste sich allerdings vor den Gründern verantworten woraufhin er sich schwor, keinen Alkohol mehr anzurühren.

Jahre später machte er Cora auf derselben Dachterrasse einen Heiratsantrag. Ihre Antwort lautete nein. Sie erzählte ihm erstmals von ihrem Kind und ihrer Vermutung, dass der Junge über Superkräfte verfügen könnte. Sie hatte ihn eine Woche nach seiner Geburt vor der Tür einer fremden Familie mit gleichem Nachnamen ausgesetzt, um ihn zu schützen. Sie war der Organisation beigetreten, um ihr Gewissen zu bereinigen. Womöglich war der Junge gefährlich. Bevor sie heiratete, wollte sie das Gefühl haben, etwas Richtiges zu tun. Marco schlug vor, sie noch am selben Tag mit der Familie zu konfrontieren. Sie fuhren zu dem Haus im Wald, wo sie jedoch einen Tatort vorfanden. Rot weißes Flatterband umgab das Haus, die Eingangstür war aus der Angel gehoben worden und überall lagen Holzsplitter herum. Im Inneren sah es nicht besser aus. Umgeworfene Möbel, zersplitterte Lampen und kaputte Wände. Dazu noch die weißen Markierungen auf dem Boden, die zeigten, wo Leichen gelegen hatten. Recherchen ergaben, dass es hier zwei Jahre zuvor einen Familienmord gegeben hatte. Von der Kommode neben der Tür nahm Cora ein Familienfoto. Sie erkannte Anthony sofort, es war der kleine Junge ganz rechts, der mit seinem Aussehen ganz und gar nicht in die Familie passte, dafür aber auffällige Ähnlichkeiten mit seinem Erzeuger hatte. Marco telefonierte mit einem Bekannten von der Polizei und fand heraus, dass der älteste Sohn, Nicolas Chross, wegen Mordes im Gefängnis saß. Die Idee, ihn aufzusuchen, kam von Cora.

Sie hatte noch nie jemanden im Gefängnis besucht. Marco erklärte ihr die Abläufe und machte daraufhin einen Termin aus.

Mittlerweile war Anthony in Sicherheit. Nicolas' Hinrichtung lag fast drei Jahre zurück, sie hatten nichts für ihn tun können. Stattdessen war Chad aufgetaucht und mit ihm das Foto, auf dem die Telefonnummer seiner Kanzlei stand. Ein Gefangener namens Vitus hatte ihn mit einem illegalen Handy von seiner Zelle aus angerufen und von Chads Flügeltattoo erzählt. Nicolas hatte ihn, in der Hoffnung, Chad zu beschützen, über alles was Anthony und seinen Fall anging, unterrichtet. Vitus hatte zu Marco gesagt, dass Nicolas Chross ein großes Opfer gebracht hatte, indem er sich an Anthonys Stelle hatte töten lassen und dass sie seinen letzten Wunsch respektieren sollten, auch, wenn Chad durchaus ein Mörder war, der hingerichtet gehörte. Der Plan war relativ schnell geschmiedet. Seit der offiziellen Hinrichtung hatte Marco mit seinem Auto jeden Tag auf dem Parkplatz darauf gewartet, dass Chad ausbrach. Als es soweit gewesen war, musste er ihn nur noch ins Hauptquartier bringen.

Ihr erstes Kennenlernen verlief ganz gut. Der Junge redete nicht. Er verhielt sich ruhig und besonnen, so, als würde er alles ganz genau wahrnehmen. Seine Sinne waren geschärft, immer, wenn Marco sich bewegte oder nur die Hände in die Hosentaschen steckte, bemerkte Chad das. Er verfolgte jegliche Absichten mit seinem Blick, egal, wer gerade sprach oder handelte. Vermutlich war das die Konsequenz aus jahrelanger Isolation und Gewalt.

Cora erklärte sich bereit, über Nacht im Hauptquartier zu bleiben. Er selbst fuhr nach Hause und sollte die nächste Nacht übernehmen. In drei Tagen war das Boot bereit. Dann wären sie Chad los. Jede Sekunde, die sie einen flüchtigen Mörder versteckten, war eine Sekunde zu viel Risiko, das sie auffliegen lassen konnte.

Am nächsten Morgen fuhr er erst in die Kanzlei. Auf seinem Schreibtisch stapelten sich die Aktenordner und so machte er sich daran, die Fälle abzuarbeiten. Er breitete die oberste Kladde vor sich aus, in der es um einen betrunkenen Gewalttäter ging, der am Bahnhof ausgerastet war und dabei einen Passanten erwischt hatte. Der Passant war auf die Schienen gestürzt und hatte sich ein Bein gebrochen. Die Anklage lautete auf versuchtem Mord.

Während er den Fall in seinen Computer tippte, klingelte das Telefon. Er sah an der Nummernanzeige, dass der Anrufer nichts von ihm als Anwalt wollte. Die Nummer, die angerufen wurde, war die der Organisation. Beide Anrufe wurden hierher geleitet und ein rotes Aufleuchten an seinem Apparat verriet, um welche es sich handelte. Diese Nummer hatten nur ausgewählte Personen. Er ließ es ein paar mal klingeln, bevor er abnahm.

»Kanzlei Sullivan, Marco Sullivan am Hörer, was kann ich für Sie tun?«, meldete er sich.

Eine sehr ruhige aber strenge Stimme sagte: »Mein Name ist André Chirac, ich bin leitender Wärter im Hochsicherheitstrakt. Sie haben sicher von dem Feuer gehört, das in unserem Gefängnis ausgebrochen ist. Ein zum Tode Verurteilter hat es gelegt. Er konnte fliehen. Ich gehe stark davon aus, dass er bei Ihnen untergekommen ist, also fordere ich Sie nur dieses eine Mal auf, ihn herauszurücken, wenn Sie keine Anzeige und eine angeordnete Durchsuchung Ihrer Räumlichkeiten am Hals haben wollen.«

Diese Ansage steigerte den Druck auf sein Vorhaben. Doch Marco reagierte gelassen. »Entschuldigen Sie«, fragte er, »wie kommen Sie darauf, dass er bei mir ist? Ich bin Anwalt. Ich befolge die Gesetze.«

»Ihre Nummer stand auf einem Foto, das der Gefangene besaß«, sagte Chirac. »Das Foto ist weg.«

»Es tut mir leid. Der Junge ist nicht bei mir. Wenn Sie wollen, kommen Sie her und überzeugen sich selbst. Das Foto hat er wahrscheinlich von jemandem bekommen, den ich mal vertreten habe. Wenn er bei Ihnen auftaucht, sagen Sie ihm gern, dass er mich anrufen kann. Ich bin immer bereit, mich für Mörder einzusetzen.«

Am anderen Ende herrschte ein kurzes Schweigen. Marco hoffte, dass seine Worte gewirkt hatten. Er wollte etwas sagen, da kam ihm Chirac zuvor.

»Wissen Sie, wo ich gerade bin?«, fragte er.

»Nein, woher?«

»Ich stehe in den Untergeschossen unserer Anstalt, wir nennen diesen Ort Belastungszentrum. Vor mir kniet ein gewisser Vitus, kennen Sie sich?«

»Ich kenne keinen Vitus«, log Marco. Die Situation begann aus dem Ruder zu laufen. Er betete, dass der Gefangene vor Chirac die Klappe hielt.

»Dann macht es Ihnen auch nichts aus, wenn ich die Informationen aus ihm herausprügle?«

»Sie verschwenden Ihre Zeit. Natürlich bin ich dagegen, dass Sie ihn foltern, jegliche Art der Gewaltzuführung durch Justizangestellte sollte verboten werden. Es gibt Wege, die deutlich humaner sind, lassen Sie den Mann in Ruhe!« Er hörte, wie ein Schlag ausgeführt wurde und anschließend einen Schrei. »Verdammt!«, fluchte Marco und legte auf.

Seine Hände zitterten. Er packte sein Zeug zusammen und verließ das Büro. Mit dem Sportwagen fuhr er direkt zum Hauptquartier. Dort angekommen, suchte er Cora auf und verschwand mit ihr in einem der gläsernen Büros. »Schwierigkeiten!«, sagte er. »Große Schwierigkeiten. Unser Kontakt ist aufgeflogen. Ich hoffe sehr, dass er dicht hält. Wie weit seid ihr mit den Vorbereitungen?«

»Wir brauchen noch Zeit. Das Boot kommt erst morgen.«

»Kannst du ihn fliegen?«

»Nein, die Maschine hat keine Erlaubnis. Die finden uns schneller als uns lieb ist.«

»Verstehe. Also gut, fahr nach Hause. Pass auf, dass dir niemand folgt, wir müssen ab jetzt doppelt vorsichtig sein.«

Cora nickte. Sie verließ das Büro und machte sich auf den Weg.

Marco ging zurück in den großen Empfangsraum. Er sah Chad an der Fensterfront stehen und nach draußen starren. Mit den herabhängenden Ketten an den Handgelenken, wirkte seine Silhouette irgendwie surreal. Marco stellte sich neben ihn und fragte: »Hat Ellie dich schon untersucht?«

Chad schüttelte den Kopf.

»Sie ist nett. Ich wette, du magst sie.« Mit einem Finger deutete er auf die Ketten. »Mir fehlt leider das Werkzeug, um sie dir zu entfernen. Aber keine Sorge, in ein paar Tagen bist du sie los.«

In Chads Augen konnte Marco lesen, dass er ganz genau spürte, dass etwas nicht stimmte. Er legte dem Jungen eine Hand auf die Schulter und sagte: »Vertrau mir. Es wird alles gut.«

Immer, wenn sie jemanden aufgabelten, der besondere Fähigkeiten hatte, untersuchte sie ihre Ärztin Ellie. Sie machten Sehtests, Hörtests, Reaktionstests und gingen weitere Standardabläufe durch. In der Regel hielten sich die Gefundenen bis zu maximal einer Woche in ihrem Hauptquartier auf. Danach brachte die Organisation sie an einen sicheren Ort. Der zweite Tag war jedes Mal für Ellies Untersuchungen geblockt. Dadurch konnte sie sich ein Bild machen und herausfinden, in welchen körperlichen und psychischen Zuständen sich die Gefundenen befanden. Sie hatten schon Menschen in wesentlich schlimmeren Verfassungen als Chad bei sich aufgenommen. Der Junge war nicht ihr erster Killer und auch nicht der jüngste. Er war ohne Zweifel traumatisiert und verwirrt, doch von ihm ging keine Gefahr aus. Zumindest nicht im Moment. Sollte sich das Blatt wenden, hätten sie gute Möglichkeiten, gegen ihn vorzugehen.

Marco hatte seit Chiracs Anruf nicht geschlafen. Die letzte Nacht hatte er im Hauptquartier verbracht, vollgepumpt mit Kaffee und immer einem Auge auf den Überwachungskameras des Eingangs. Eigentlich sinnlos, denn auch, wenn in der Lobby unten ein Schild hing, das auf ein Anwaltsbüro hindeutete, konnte man ihn nicht in Verbindung damit bringen. Das Gebäude gehörte der Konkurrenz.

Er sah Chad und Ellie von Raum zu Raum wandern und fragte sich, wie sie ein psychologisches Gespräch mit jemandem führen wollte, der nicht redete. Wahrscheinlich unterhielten sie sich mit Händen und Füßen. Bei dem Gedanken grinste Marco. Als er die beiden das nächste Mal im Flur sah, sprach er sie an. »Ellie, kann ich euch kurz allein lassen? Ich muss nur eben zum Auto.«

»Klar, mach du nur, wir kommen klar, oder, Chad?«

Chad nickte.

Marco sah auf die Ketten die sich Chad um die Arme gewickelt hatte, damit sie nicht über den Boden rutschten. »Ich komme gleich wieder.«

Sie trennten sich. Marco stieg in den Aufzug und fuhr nach unten. Auch, wenn der Transport des Jungen vom Gefängnis hierher einer höheren Sache diente als Kratzern im Lack, bereute er, dass er seinen persönlichen Wagen dafür genommen hatte. Zuhause stand Coras SUV, der, im Nachhinein betrachtet, ideal gewesen wäre. Er stieg unten aus. Der schwarze Lack seines Sportwagens glänzte. Er war ein Schönwetterfahrzeug und hatte durch die täglichen Fahrten im Schnee zum Gefängnis gelitten. Bei Gelegenheit musste er ihn waschen lassen. Auf der Beifahrerseite kniete er sich hin, um den Schaden zu begutachten. An der Stelle, wo die Kette aufgeschlagen war, war Lack abgeplatzt und eine Beule zu erkennen. Er holte sein Handy aus der Hosentasche, um Fotos für die Versicherung zu machen, da spürte er plötzlich etwas Hartes, das ihm gegen den Rücken gedrückt wurde.

»Aufstehen!«, befahl eine eiskalte, männliche Stimme.

Marco hob langsam die Hände. Er erhob sich und sagte: »Was immer Sie veranlasst, mich zu bedrohen, das ist es nicht wert.«

»Ach, nein?«

»Nein. Nehmen Sie mein Geld, in meiner Brieftasche ist genug. Aber dann verschwinden Sie! Für Diebstahl kommen Sie kürzer in den Knast als für Mord.«

»Ich dachte, Sie haben kein Problem damit, Mörder frei herumlaufen zu lassen.« Der Gegenstand drückte sich fester gegen seinen Körper.

»Wer sind Sie?«, fragte Marco.

»Ich bin der, der Sie durchschaut hat. Rücken Sie den Bengel heraus!«

Chirac! Jetzt erinnerte sich Marco an seine Stimme vom Telefon. »Sie glauben ernsthaft, ich verstecke einen Killer?«

»Ich glaube es nicht, ich weiß es. Drehen Sie sich um!«

Marco wandte sich langsam um. Chirac trug eine Uniform mit dem Wappen der Stadt und dem Zeichen der Justiz auf der Brust. An seinem Gürtel hingen diverse Utensilien – unter anderem ein Elektroschocker und eine Pistole. Bedroht hatte er ihn mit seinem Schlagstock. Er war blond und seine grauen Augen eiskalt. Chirac nickte zu einem Fahrzeug. Darin saß Cora und starrte aus dem Fenster, die Arme in einer ungemütlich aussehenden Position hinter dem Rücken.

»Ich habe Ihre Verlobte verhaftet. Sie besteht zwar darauf, dass der Bengel nicht bei Ihnen ist, doch ich frage mich, wie viel sie redet, wenn ich sie einer Belastungseinheit aussetze.«

»Das dürfen Sie nicht!« Marco betrachtete den Schlagstock. Wie oft der Wärter ihn wohl einsetzte? Wahrscheinlich täglich. »Er ist nicht hier. Ich weiß nicht, wo der Junge ist und Cora weiß es auch nicht. Lassen Sie uns in Ruhe!«

Chirac stemmte seine Hände in die Hüften und sah auf Seite. Er stöhnte genervt. Im nächsten Moment zog er die Pistole und richtete sie auf Marco. »Sie zwingen mich dazu«, sagte er.

»Entspannen Sie sich!«, rief Marco, der die Hände jetzt noch höher hob. »Er ist nicht hier!« Sein Körper begann zu zittern.

Als er der Organisation beigetreten war, hatte er unterschrieben, Geheimhaltung zu bewahren, auch, wenn die Situation sein Leben bedrohte. Hier in der Tiefgarage kam ihm seine Entscheidung von damals äußerst naiv vor.

Chirac deutete mit der Waffe in Richtung Aufzug. Marco setzte sich in Bewegung. Er warf einen Seitenblick auf Cora. Am liebsten hätte er sich gewehrt. Doch noch konnte er nicht ausmachen, ob die Waffe scharf war oder nicht. »Sind Sie überhaupt berechtigt, eine Schusswaffe zu führen?«, fragte er.

»Tatsächlich gehöre ich dem Exekutionskommando an und habe eine Waffenerlaubnis«, verkündete Chirac stolz. »Es wäre nicht das erste Mal, dass ich auf jemanden schieße.«

»Was wird die Polizei dazu sagen, wenn Sie mich töten? Ich stelle keine Gefahr für Sie dar und umgebracht habe ich auch niemanden.«

»Sie verstecken einen Killer. Das macht Sie mitschuldig an allem, was er anstellt. Und jetzt hören Sie auf, dämliche Fragen zu stellen und bringen Sie mich zu ihm!«

Während sie in den Aufzug traten, rasten Marcos Gedanken. Wenn Chad den Wärter sah, konnte er nicht garantieren, dass alle Beteiligten unbeschadet davon kamen. Chad hielt seine Kräfte zwar zurück, solange sein Leben nicht bedroht war, doch wenn Chirac seine Waffe auf ihn richtete, sah alles schon ganz anders aus. Ein zweites brennendes Gebäude wollte Marco nicht riskieren. Er drehte den Schlüssel, um die oberste Etage zu erreichen. Die Türen schlossen sich und die Kabine bewegte sich nach oben.

»Eine Sache noch«, sagte er. »Es wäre nett, wenn Sie Ihre Waffe runter nehmen könnten. Wir sind da oben nicht allein. Ich möchte niemanden in Gefahr bringen.«

Zu seiner Überraschung steckte Chirac die Waffe in den Halfter, ließ diesen aber geöffnet, sodass er sie schnell ziehen konnte. Der Aufzug stoppte. Die Türen öffneten sich zur Seite hin. Marco betete, dass Chad gerade nicht im Eingangsbereich war oder an der Theke saß. Sobald er Einsicht hatte, checkte er den Raum mit den Augen ab. Er hatte Glück.

»Ist er hier?«, fragte Chirac.

»Sehen Sie ihn?«, fragte Marco ironisch zurück.

»Noch nicht.«

»Daran wird sich nichts ändern. Würden Sie also jetzt verschwinden?«

»Ich will mich umsehen.«

Chirac ging tiefer in den Raum hinein und schritt direkt auf die große Fensterfront zu. »Was ist das hier? Eine Firma?«

Marco sah Ellie aus dem Gang neben dem Aufzug treten. Sie war allein und ihm kam eine Idee. Mit einer Handbewegung forderte er sie hinter Chiracs Rücken dazu auf, sich nicht blicken zu lassen. Er formte mit seinen Fingern das Zeichen für eine Spritze. Sie verstand seine Gestik und zog sich zurück.

»Ich kann Sie herumführen«, bot Marco an. »Aber dann ist Schluss.« Er ging an Chirac vorbei zu einem der gläsernen Büros. »Das hier ist eine Zweigstelle meiner Kanzlei. Ich beschäftige kleine Anwälte und Jurastudenten mit einfachen Fällen. Die Bearbeitungszeiträume sind recht lang, sodass sie nicht unter Druck stehen und sich an die Routine in unserer Branche gewöhnen können. Manchmal sind echte Überflieger dabei. Über diese Stelle wird ihnen der Einstieg in die Arbeitswelt ermöglicht. Manche ziehen Interessenten an. Die großen Anwälte werben regelmäßig junge Menschen von uns ab.«

Während Marco sprach, in dem Büro um den Schreibtisch herumlief und Papiere hochhielt, lehnte Chirac mit verschränkten Armen in der Tür. Die Ablenkung funktionierte. Viel zu spät bemerkte er die Nadel, die Ellie ihm von hinten in den Nacken rammte. Sie sprang zurück, als sich der Wärter umdrehte und nach ihr ausholte. Das Mittel, das sie ihm verabreicht hatte, legte normalerweise Menschen lahm, die ihre Kräfte im Einsatz nicht unter Kontrolle hatten. Es diente zu ihrem eigenen Schutz und bei Chirac wirkte es sofort. Er torkelte zwei Schritte auf Ellie zu, dabei lief ihm Speichel aus dem Mund. Bevor er sie erreichte, ging er in die Knie und kippte vornüber.

Der Schreckmoment war schnell vorbei, denn Ellie sah Marco nun vorwurfsvoll an und fragte: »Wer ist das? Was macht er hier?«

»Er hat herausgefunden, dass wir Chad haben und mich bedroht.« Marco trat leicht mit dem Fuß gegen Chiracs Bein. Der Mann regte sich nicht. Dann ging er in die Hocke und nahm ihm die Waffe und alles an seinem Gürtel ab. Er fand ein Handy und persönliche Papiere. Außerdem einen Autoschlüssel. »Ich habe nicht aufgepasst, es tut mir leid. Hier, die sind wahrscheinlich von seinem Auto. Er hat Cora festgesetzt. Hol sie da raus und park es bitte um.«

»Und was machst du mit ihm?«

»Ich bringe ihn in eines der Zimmer. Bei der Dosis sollte er eine Weile ausgeschaltet bleiben.«

Ellie nickte und machte sich auf den Weg zum Aufzug.

»Warte, wo ist Chad?«, rief Marco ihr hinterher. »Er darf diesen Mann auf keinen Fall sehen.«

»Er ist in seinem Zimmer. Beeil dich lieber!«

»Ist gut.«

Marco schleifte Chirac an den Beinen über dem Boden durch den Gang neben dem Aufzug. Er achtete darauf, nicht an Chads Tür vorbeizukommen, schleppte ihn in den erstbesten Raum, legte Chirac auf das Bett und schloss die Tür von außen ab. In einem der Büros breitete er Chiracs Gegenstände vor sich aus.

Bald kamen Ellie und Cora rein. Cora warf die Handschellen dazu. »Der Mistkerl hat mich verfolgt. Tut mir leid.«

»War er allein?«, fragte Marco.

»Ja. Nur er. Er ist mir mit dem Auto hinterher gefahren.«

»Also, was machen wir mit ihm?«, fragte Ellie. »Wenn wir ihn laufen lassen, sind wir geliefert.«

»Wir lassen ihn garantiert nicht laufen.«

»Hast du ihm irgendwas verraten, Cora?«

»Nein. Aber das war nicht nötig, er hat schon alle Informationen, die er braucht. Er weiß von den übernatürlichen Kräften und er kennt Chads Flügeltattoo.«

»Woher weiß er davon?«, fragte Marco.

»Er war dabei, als ich Nicolas das Foto gegeben habe. Nicolas hat noch im selben Moment angefangen über Anthony zu reden.«

»Also hat Chirac nur eins und eins zusammengezählt«, sagte Ellie.

»Er weiß zu viel«, sagte Marco. »Wir müssen ihn loswerden.«

Chiracs Handy klingelte. Alle drei sahen es an, auf dem Bildschirm stand der Name Strong. Sie warteten, bis das Klingeln aufhörte, dann öffnete Marco die Mailbox und stellte sie auf Lautsprecher.

»André? Scheiße, wo bist du? Der Direktor rastet gerade aus, du sollst sofort zurückkommen! Wir können später nach dem Bengel suchen, der ist am Arsch, den finden wir noch. Die Gefangenen machen Stress, wir brauchen dich hier.« Im Hintergrund hörten sie einige Rufe und metallische Geräusche. Dann: »Scheiße!« und ein Klacken. Die Nachricht war beendet.

»Ich glaube, eine Auszeit würde ihm guttun«, sagte Marco. »Chirac scheint wertvoll für das Gefängnis zu sein. Dass er hier auftaucht und uns bedroht war seine Idee, er wurde von niemandem beauftragt. Bringen wir ihn jetzt zurück und berichten, was passiert ist, verliert er seinen Job. Und nicht nur das. Er wird zu einem Risiko für die Organisation.«

»Was willst du damit sagen?«, fragte Ellie.

»Der Anruf gerade klang nicht danach, als würde er solche Einzelaktionen regelmäßig bringen. Die Besessenheit, Chad zu fassen, hat ihn gefährlich gemacht, obwohl er eigentlich zu den Guten gehört. Wir sollten ihn mit ins Areal schicken.«

Cora verschränkte die Arme und sagte: »Das würde Nolan niemals erlauben.«

»Mag sein, aber wenn er hier bleibt, laufen wir Gefahr entlarvt zu werden. Wir wissen nicht, wozu er in der Lage ist.«

Alle drei nickten. Das schien ihnen am logischsten.

»Wir bereiten Chad auf die Überfahrt vor«, sagte Marco. »Morgen Mittag geht es los.«

Zeit zu zweit

Die Uhr über der Tür zeigte Mittag, als Chad aufwachte. Er konnte sich nicht daran erinnern, wann er das letzte Mal so lange geschlafen hatte. Er reckte sich. Sein Körper tat weh, die geschundenen Stellen brauchten noch Zeit zum Verheilen. Mit den Füßen voran rutschte er aus dem Bett. Er nahm seine Klamotten und tapste aus der Tür heraus zum Bad, um zu duschen. Die Leute, wer auch immer sie waren, waren nett zu ihm. Und sie achteten darauf, ihn gut zu behandeln. Etwas, das ihm im Gefängnis fremd geworden war.

Gestern hatte sich Ellie den ganzen Tag um ihn gekümmert. Sie hatte einen Rundum-Check von ihm gemacht und mit ihm über seine Vergangenheit geredet. Vielmehr hatte Ellie geredet. Chad hatte nur genickt oder verneint. Um selbst etwas zu sagen, waren seine Stimmbänder zu schwach. Er mochte Ellie. Sie hatte ihm erzählt, dass sie ihn an einen Ort bringen würden, an dem er absolut sicher sei. Niemand würde ihn dorthin verfolgen, keine Polizei, keine harten Gefängnisregeln, keine Gewalt. Er würde dort auf Gleichgesinnte treffen – Menschen, die, wie er, über besondere Fähigkeiten verfügten. Dort könnte er mit ihnen zusammen trainieren, ohne eine Gefahr für die Allgemeinheit zu sein. Ein Trainingscamp für Superhelden, wenn er so wollte. Außerdem würde Marco dafür sorgen, dass man die Suche nach ihm einstellte.

Er rubbelte sich die Haare mit dem Handtuch trocken. Danach hängte er es über die Heizstange. In gewisser Weise betrachtete Chad seine Rettung als einen Neuanfang. Er hatte nie vorgehabt, kriminell zu werden. Im Gegenteil. Seine Vorbilder waren Helden, die andere beschützten. So unglaublich es auch klang, aber er war auf dem besten Weg, den Pfad einzuschlagen, den er immer gehen wollte.

Nach der Dusche ging er zur Teeküche. Dort warteten bereits Brötchen und Aufschnitt auf ihn. In einer der Sitzecken saßen Leute an Laptops. Sie nickten einander zu und Chad setzte sich an den Tisch. Während er aß, sah er aus der großen Fensterfront über die mit Schnee bedeckten Dächer der Stadt.

Wenig später setzte Ellie sich ihm gegenüber. Sie legte eine kleine Pappschachtel auf den Tisch. Das darauf gedruckte Bild zeigte eine Person mit blonden Haaren. »Wir sollten deine Haare färben«, sagte sie. »Sobald du das Boot erreicht hast, ist alles gut, doch davor müssen wir jedes Risiko minimieren. Dein Gesicht erscheint stündlich auf jedem Fernsehsender. Wenn wir erwischt werden, war es das.«

Chad nickte. Das war für ihn in Ordnung. Er betrachtete das Bild auf der Packung.

»Keine Sorge, es ist nur vorübergehend. Nach der nächsten Dusche sehen deine Haare wieder aus wie jetzt. Sobald du fertig gegessen hast, ziehen wir es durch. Du kannst aus deinem Zimmer alles mitnehmen, was in einen Rucksack passt.«

Chad lächelte. Er aß auf, stellte sein Geschirr in die Spülmaschine und ging dann ins Zimmer, um seinen Rucksack zu packen. Hauptsächlich steckte er Klamotten ein. Zu den Schuhen, die er trug, knotete er ein weiteres Paar an die Trageschlaufe. Ellie kam hinterher. Sie verschwanden gemeinsam im Bad, um seinen Haaren eine andere Farbe zu verpassen.

Eine Stunde später waren sie bereit.

Cora, Ellie, Marco und Chad fuhren mit dem Aufzug in die Tiefgarage. Dort stiegen sie in einen großen Geländewagen mit getönten Scheiben neben der Rückbank. Chad machte sich extra klein. Seine Hände steckte er zwischen die Knie, damit die Ketten im Fußraum verschwanden. Dieses Mal saß Cora am Steuer. Sie manövrierte das große Auto aus der Garage heraus und fuhr auf die Hauptstraße.

Ab jetzt war Vorsicht geboten. Die Anspannung unter den Insassen des Wagens stand förmlich in der Luft, keiner sagte ein Wort. Chad wagte es nicht, aus dem Fenster zu sehen. Er spürte die Kurven und Veränderungen der Geschwindigkeit. Einmal meinte er, in der Ferne eine Sirene zu hören. Eine Weile schien alles gut zu laufen. Dann blieben sie stehen.

»Eine Kontrolle«, bemerkte Cora. »Die war heute morgen noch nicht da.«

»Kannst du sie umfahren?«, fragte Marco.

»Ich probiere es.«

Sie setzte den Blinker und löste sich langsam aus der Reihe an Autos. Dann bog sie in eine Seitenstraße ab. Es folgten viele Kurven und Stopps. Am Ende parkte sie den Wagen zwischen zwei Frachtcontainern.

»Wir sind da«, verkündete sie. »Den Rest müssen wir laufen. Aber das sollte kein Problem werden, kommt!«

Cora ging vor. Ellie und Marco liefen neben Chad her. Sie befanden sich an einem Hafen. Das riesige Becken, in dem Schiffe in jeglichen Größen vor Anker lagen, erstreckte sich über mehrere hunderte Meter. Eine Absperrung verhinderte, dass Passanten vom Fußweg aus hineinfallen konnten. Frischer Fischgeruch und Dieselabgase lagen in der Luft. Chad folgte Cora an geschlossenen Verkaufsständen vorbei bis zu einem Steg, an dem zahlreiche Yachten anlegten. Es wunderte ihn, dass sie scheinbar allein waren. Auf der gesamten Strecke vom Auto hierher waren sie niemandem begegnet.

Neben einer der größeren Yachten wippte ein Fischerboot im Wasser auf und ab. Es wirkte winzig, bot jedoch ausreichend Platz für eine Innenkabine im Rumpf und eine Brücke. Auf dem Bug stand ein kräftiger, sonnengebräunter Mann. Er trug eine Kapitänsmütze unter der graue Haare hervorlugten. Er hatte einen dichten, ebenso grauen Bart und trug eine Stoffhose und ein Hemd mit hochgekrempelten Ärmeln und einer Weste darüber. Ein Halstuch schützte ihn vor dem Wind. Als er ihr Dreiergespann sah, reagierte er. »Ist das der Andere?« Seine muskulösen Oberarme zeichneten sich auf dem Stoff seines Hemdes ab.

Chad zuckte kurz zusammen und sah Marco daraufhin fragend an. Er dachte, er wäre der einzige Passagier. Der stellte sich ihm gegenüber und sagte ruhig: »Chad, hör zu! Das Folgende wird dir nicht gefallen, aber ich versichere dir, es ist okay. Er hat mich reingelegt und Cora verfolgt. Er hat angefangen, Fragen zu stellen. Er weiß zu viel und wir sind ihn nicht anders losgeworden. Ich wünschte, ich müsste dich nicht mit ihm zusammen auf das Boot schicken. Hier.« Er reichte Chad einen Schlüssel, der an einer Halskette hing. »Er ist angekettet und noch eine Weile ausgeschaltet. Du wirst über den Schlüssel wachen, bis ihr das Areal erreicht. Versprich mir bitte, dass du ihn weder verletzen noch töten wirst.«

Chad nahm den Schlüssel unsicher entgegen. Von wem redete Marco da?

Der sah ihn eindringlich an. »Sobald ihr da seid, wird Nolan euch aufnehmen. Zu ihm bist du ehrlich und respektvoll. Du wirst auf ihn hören und dich an seine Regeln halten.«

Chad kniff die Augen leicht zusammen.

»Keine Angst. Nolan ist kein Tyrann. Er ist der Gründer unserer Organisation. Dein Wohl liegt ihm mehr am Herzen als sein eigenes Leben. Du wirst ihn mögen. Es war noch keiner unzufrieden im Areal. Dir mangelt es dort an nichts, okay?«

Chad nickte.

»Und gib Nolan den Schlüssel!«, fügte Marco hinzu. Er legte Chad eine Hand auf die Schulter und nickte zum Boot. Dann ließ er ihn los.

Chad trat über den Steg auf das Boot. Er verlor beinahe das Gleichgewicht, der Kapitän fing ihn auf und führte ihn zu der niedrigen Eingangstüre der Rumpfkabine. Chad öffnete die Tür. Er spürte einen leichten Druck in seinem Rücken, als der Kapitän ihn hinein schob.

»Du bleibst da drinnen bis wir da sind«, sagte er mit einer tiefen, rauchigen Stimme. »Kommst du unterwegs raus, schmeiß ich dich von Bord!«

Die Kabine hatte eine spärliche Ausstattung. Es gab einen kleinen Tisch mit einer Sitzbank für eine Person, Schränke in der Wand und eine halb offenstehende Tür, hinter der sich ein Campingklo verbarg. Auf dem Boden lagen zwei Isomatten. Auf der rechten schlief jemand. Chad sah den blonden Haarschopf und die Jacke, die die Person als Kissen verwendete und wusste sofort, um wen es sich handelte. Er drehte sich auf der Stelle um.

Nein!

Der Kapitän stellte sich ihm in den Weg und reichte ihm eine Pinkelflasche. Er sagte: »Du kannst das Klo benutzen. Er nicht.«

Chad begann zu zittern. Er griff nach der Flasche und ließ sie direkt fallen. Er kniete sich hin, hielt sich den Kopf, wollte schreien. Neben ihm lag Chirac.

»Wir sind ein paar Tage unterwegs. Geh jetzt auf deinen Platz! Es wird spät.«

Der Mann schloss die Tür. Von außen drehte sich ein Schlüssel um.

Kurz darauf bemerkte Chad, wie ein Motor startete. Er verlor bei der plötzlichen Bewegung des Bootes schon wieder das Gleichgewicht und fiel auf den Hintern. Seine Hand streifte Chirac. Er zog sie reflexartig zurück und robbte weg von ihm. Schwer atmend lehnte er sich an die Wand. Sein Herz war kurz davor, zu explodieren. Es war ihm ein Rätsel, wie er es mehrere Tage mit ihm in dieser Kabine aushalten sollte. Und außerdem, warum war er überhaupt da? Chad bekam Zweifel, ob es eine gute Idee gewesen war, Marco zu vertrauen. Ein schweres Gefühl in seiner Magengegend ließ ihn glauben, dass seine Flucht gescheitert war. Er hätte sich an jeden Ort ohne Gitter bringen lassen, es war ihm egal. Aber kein Ort war je ohne Gitter, wenn Chirac bei ihm war.

Chirac zuckte im Schlaf, woraufhin Chad aufsprang und sich noch näher an die Wand hinter sich presste.

Wie hatte er nur so naiv in das Versprechen einwilligen können, Chirac nichts anzutun? Er schob sich vorsichtig nach vorne in Richtung Sitzbank, um sich darauf fallen zu lassen, doch bevor er sie erreichte, grummelte sein Magen. Chad hielt sich den Bauch und rannte in das kleine Bad. Dort ließ er sich auf die Knie fallen und übergab sich in die Toilette. Seine Finger krallten sich um den Klodeckel. Er spürte das Wanken des Bootes, während seine Stirn auf dem Toilettensitz ruhte.

Nach einer Weile stand er vorsichtig auf. Er setzte sich auf die Bank. Mit den Füßen stieß er an ein Sixpack Wasser und nahm sich eine Flasche. Sie war in einem Zug leer. Sein Blick blieb auf Chirac haften. Dessen Handgelenke waren, wie seine eigenen, mit Ketten umschlossen.

Nur hielten seine ihn nirgendwo fest. Die seines Widersachers führten an die Wand. Weit kam er damit nicht. Chad sah zu der Pinkelflasche am Boden. Ihm wurde bewusst, was er damit tun musste, wenn Chirac aufwachte und den Drang zu pinkeln verspürte. Er schüttelte sich. Sein ganzer Körper wehrte sich dagegen, auch nur in seine Nähe zu kommen. Hoffentlich war Chirac mit seinen Fesseln gelenkig genug, um sich die Flasche bei seinem Geschäft selbst halten zu können.

Durch den Schlitz unter der Kabinentür wehte frischer Wind in die Kabine. Chad stand auf, schnappte sich die Decke, die auf der linken Isomatte lag und wickelte sich darin ein. Er lehnte sich an die Wand. Wenigstens wusste er, wie er die nur langsam verstreichende Zeit aushalten konnte. Die Jahre in Einzelhaft hatten ihn auf diese Überfahrt bestens vorbereitet.

Solange Chad mit seinem Feind zusammengepfercht war, war an Schlaf nicht zu denken. Also saß er an der Wand, kämpfte gegen seine Panik und den Drang zu kotzen an und überlegte, wie er Chirac loswerden konnte, ohne ihn zu töten. Der Mann hatte auf ihn geschossen und würde keine Sekunde zögern, es wieder zu tun.

Die Ruhe war beendet, als Chirac mitten in der Nacht aufwachte. Er gab unzufriedene Geräusche von sich. Seine Hand wanderte zu seinem Kopf und bemerkte sofort die Ketten. Ruckartig zog er daran. »Scheiße!«, fluchte er »Scheiße, was zum …?« Er sah sich verwirrt um. Sein Blick verfolgte die Ketten bis zu dem Punkt, an dem sie sich mit der Wand verbanden. Chad sah ihm an, wie er fieberhaft überlegte, was er tun könnte. »Ich bring ihn um«, murmelte Chirac. Dann rief er: »Hey!« Erst jetzt bemerkte er Chad. Seine Augen weiteten sich. »Ich wusste es! Ich wusste, er versteckt dich, du kleiner Bastard, wo sind wir hier?«

Chad machte sich klein.

»Was habt ihr mit mir gemacht?«

Chad sah zur Tür. Er wollte nichts lieber als raus hier.

Chirac tastete sich ab. Er bemerkte die fehlenden Gegenstände an seinem Gürtel, woraufhin er seine Augenbrauen eng aneinander zog. Er schien schnell zu begreifen, wo sie sich befanden. »Was machen wir auf einem Boot?«

Chad biss sich auf die Lippe.

»Habt ihr vor, mich im Meer über Bord zu werfen?«

Er sah auf. Die Idee gefiel ihm.

»Und was soll das mit den blonden Haaren? Du siehst scheiße aus.« Nach seinem Kommentar über Chads Haare fasste er sich selbst an den Kopf.

In diesem Moment hatte Chad die Gelegenheit, ihn das erste Mal genauer zu beobachten. Der Wärter hatte winzig kleine Falten um seine Augen, trockene Lippen und Bartstoppeln im Gesicht. Eine blonde Locke fiel ihm auf die Stirn. Soweit er sich erinnerte, trat Chirac immer sehr gepflegt auf. Ihn so zu sehen beruhigte Chad in gewisser Weise. Es zeigte, dass auch er nur ein Mensch war, dem eine Dusche fehlte.

Vielleicht war es dieser Anblick, der Chad dazu veranlasste, nach einer Wasserflasche zu greifen. Er rollte sie ihm über den Boden zu. Chirac fing sie mit dem Fuß ab. Er zog sie zu sich und leerte sie genauso schnell wie Chad.

»Wie lange sind wir schon unterwegs?«

Chad zeigte mit den Fingern die Zahl der Stunden. Es mussten zwischen acht und zehn sein.

Chirac rollte mit den Augen. »Ich gehe hier eh drauf. Also, es war dieser Sullivan, der dich versteckt hat, oder?«

Chad zögerte. Dann nickte er.

Chirac sah zur Tür. »Ist er hier?«

Er verneinte.

»Und diese Cora Chross? Die macht mit Sullivan gemeinsame Sache. Ich schwöre, wenn ich diesen Höllentrip überlebe, mache ich jeden einzelnen von euch kalt. Wo fahren wir überhaupt hin?«

Chad gab keine Antwort. Chirac hatte die letzte Frage in ruhigerem Ton gestellt. Er schien über etwas nachzudenken und verfiel daraufhin in langes Schweigen. Jetzt, da er wach war und seine Situation zumindest vorübergehend akzeptierte, fühlte sich die Gefahr, die von ihm ausging, gar nicht mehr so groß an. Chad wagte es sogar, sich hinzulegen. Er zog sich die Decke weit über den Kopf und drehte sein Gesicht zur Wand. Sein Körper zitterte, doch irgendwann schlief er ein.

Er wurde wach, als er etwas Hartes in seinem Rücken spürte, sodass er sich aufrichtete und nachsah. Als er erkannte, dass es sich um Chiracs Stiefel handelte, sprang er sofort auf. Chirac lag mit gestreckten Armen quer im Raum auf dem Boden und trat gegen Chad. »Na endlich«, raunte er. »Mach dich nützlich und lös die Ketten!«

Chad verstand nicht ganz, doch dann griff er sich panisch an den Hals. Die Schnur mit dem Schlüssel war herausgerutscht und lag offen auf seinem Shirt.

»Schließ die verdammten Ketten auf!«

Chad wich zurück. Das war nicht geplant. Chirac stöhnte genervt. »Okay, du hast mich. Bitte, sei der Bestimmer über meine Freiheit, früher oder später erwische ich dich und dann bist du tot. Aber jetzt muss ich auf die Toilette und wie du siehst, ist mir das nicht möglich.«

Wäre Nico jetzt hier, hätte er Chirac längst einen Tritt in die Eier verpasst. Er hätte seine Machtposition ausgeschöpft. Chads Hand umklammerte den Schlüssel. Die Idee, jetzt auf Chirac einzutreten, kam ihm nicht richtig vor, auch, wenn sie verlockend war. Er wollte diesen Mann leiden sehen. Doch sein Herz hinderte ihn, weil er selbst genau wusste, wie sich die Lage seines Gegenübers anfühlte. Wenn einen Ketten daran hinderten, hinzugehen, wohin man wollte, wenn die eigene Freiheit sogar innerhalb einer Zelle eingeschränkt war, das wünschte er keinem. Er warf Chirac die Pinkelflasche zu.

Der fing sie und fragte: »Ist das dein Ernst?«

Chad zuckte mit den Schultern. Dass er den Schlüssel besaß, machte ihm Mut. Solange er ihn sicher bei sich behielt, konnte ihm nichts passieren.

Widerwillig nutzte Chirac die Flasche. Während er das tat, sah Chad auf Seite. Er selbst war schon hunderte Male dabei beobachtet worden. Jetzt, da er die Oberhand hatte, wollte er es besser machen. Er bot Chirac sogar an, seinen Urin in die Toilette zu kippen. Sie mussten mehrere Tage miteinander in diesem Raum verbringen. Für diese Zeit mussten sie Zweckpartner sein. Er hoffte, dass Chirac das genauso sah.

Inzwischen waren sie zwei Tage unterwegs. Chirac hatte sich dazu entschieden, seine Wut dann rauszulassen, wenn sie ihr Ziel erreicht hatten. Für die Zeit bis dahin war er stillschweigend in ihre Zweckpartnerschaft eingestiegen.

Chad versorgte ihn mit Nahrung aus den Wandschränken und entleerte die Pinkelflasche für ihn. Da er nicht redete, redete auch Chirac nicht viel. Er stellte hin und wieder Fragen, die Chad mit ja oder nein beantworten konnte, doch meistens zuckte er nur mit den Schultern. Er wusste ja selbst nicht einmal, was auf sie zu kam.

Plötzlich durchfuhr das Boot ein Ruck. Chad stolperte und landete auf den Knien, Chirac krachte gegen die Wand, die Ketten klirrten und mit einem Mal fühlte sich Chad, als würde sein Körper gleichzeitig auseinandergerissen und zusammengedrückt werden. Das ganze Boot vibrierte und kämpfte gegen einen Widerstand an, als würde es durch eine Mauer aus massivem Beton fahren. Ihm wurde heiß und kalt, sein Kopf fühlte sich an, als würde er explodieren. Er sah zu Chirac, der offenbar das Gleiche durchlebte und beide schrien kurz auf. Kurz darauf spürte er einen Stoß. Das Boot legte an. Chirac blieb auf dem Boden liegen.

Wenig später hörte Chad den Schlüssel, der die Tür öffnete. Der Kapitän stand vor ihnen. »Wir sind da.«

Mit dem Träger seines Rucksacks über einer Schulter verließ Chad die Kabine. Das Erste, was ihm auffiel, war der weite Sandstrand, der zu beiden Seiten kein Ende fand. Die Sonne knallte ihm ins Gesicht, was ihn dazu brachte, sich die Augen mit der Hand abzuschirmen. Der Steg, an dem sie angelegt hatten, führte vom türkisklaren Wasser direkt in den Sand. Nicht zu übersehen waren die wuchtigen Bäume und Palmen, die sich hinter dem Strand in die Höhe streckten. Sie bildeten einen Dschungel. Ein Papagei schoss aus den Baumkronen empor. Chad drehte sich um. Hinter ihm befand sich nichts als Wasser bis zum Horizont. Dieser Anblick raubte ihm den Atem. Er befand sich tatsächlich auf einer Insel.

Der Kapitän forderte ihn auf, von Bord zu gehen, also stieg Chad auf den langen Holzsteg und ging langsam auf die Insel zu, bis er mit den Füßen auf Sand stieß. Von solchen Orten hatte er bisher nur gelesen oder geträumt. Kurz schoss ihm das Bild in den Kopf, das im Büro des Gefängnisdirektors an der Wand hing. Ihm fiel ein, wie er mit Nico Fluchtpläne auf eine einsame Insel geschmiedet hatte. Dass er einmal in den Genuss kommen würde, solch eine wunderschöne Natur in echt zu sehen, hatte er nicht erwartet. Und dass seine Fluchtfantasie funktionieren würde, schon gar nicht.

An einer Stelle, etwas weiter vom Ufer entfernt, wo ein Trampelpfad vom Strand in den Dschungel führte, stand eine Holzhütte mit einem Strohdach. Ein sonnengebräunter Mann mit braunen langen Haaren, die ihm bis zu den Schultern reichten, Stoppelbart und nacktem Oberkörper trat aus ihr heraus und kam auf ihn zu. Er trug eine schwarze Dreiviertelhose, an der einige Bänder und dünne Ketten herab hingen. Armreifen und anderer Schmuck zierten seine Handgelenke. Er bewegte sich gelassen über den hellen Sand, bis sie voreinander stehen blieben.

»Willkommen im Areal!«, begrüßte ihn der Mann. Er reichte Chad die Hand. »Ich bin Nolan Degree, du hast sicher schon von mir gehört. Wie ist dein Name?«

Chad schlug zögerlich in den Handschlag ein. Er sah seinem Gegenüber ins Gesicht. Es strahlte Freude aus. Für einen Moment öffnete Chad den Mund, doch sagte nichts.

»Du brauchst keine Angst zu haben. Ich tue keinem was.«

Chad sah beschämt auf den Boden. Seine Stimmbänder versagten komplett.

»Verstehe«, sagte Nolan »du kannst gerade nicht reden, hm?«

Chad nickte.

»Kein Problem. Du solltest dich entspannen, vielleicht kommt deine Stimme dadurch wieder.« Nolan lächelte ihn an. Er zeigte auf den weiten Strand und sagte: »Der Strand gehört ganz dir. Lauf etwas, ruh dich aus, geh schwimmen, mach was du willst. Das wird helfen. Nur geh bitte nicht in den Dschungel, okay?«

Chad nickte erneut. Er wollte gerade losgehen, da fiel ihm der Schlüssel um seinen Hals ein. In seiner Bewegung hielt er inne, holte den Schlüssel hervor und hielt ihn Nolan entgegen.

»Wozu ist der?« Nolans fragender Blick wanderte zu Chads Handgelenken, an denen die Ketten herabhingen und Spuren im Sand hinterließen, wann immer Chad seine Arme bewegte. Chad schüttelte den Kopf. Er zeigte zum Boot, bei dem der Kapitän mit verschränkten Armen vor der Kabinentür stand.

»Ah, danke, ich sehe mir das mal an.«

Während Nolan zur Kabine ging, huschte Chad seitlich des Stegs über den Sand in Richtung Wasser. Er war sich nicht sicher, ob Chirac nur kurz ohnmächtig geworden war oder ob sein Zustand länger anhielt. War Ersteres der Fall, wollte er sicher versteckt sein. Er duckte sich unter den Steg. Durch die Stützbalken sah er das Meer und einen Teil des Bootes. Leichte Wellen plätscherten gegen das Holz und seine Füße wurden nass. Egal.

Mit klopfendem Herzen lehnte er sich an einen der Balken. Über ihm trat Nolan auf den Steg. Er sah, durch schmale Lücken zwischen den Brettern, wie Nolan das Boot betrat.

Der Kapitän verriet, um wen es sich bei dem blonden Typen handelte und Nolan verschwand im Inneren der Kabine. Kurze Zeit später kam er wieder heraus. Allein. Chad fiel ein Stein vom Herzen. Der Kapitän sagte noch etwas. Sie schienen zu diskutieren.

Chad wollte sowohl weglaufen, als auch mitkriegen, was mit Chirac passierte. Er betete, dass man den Wärter wieder zurückschicken würde. Der Kapitän und Nolan schüttelten sich die Hände, dann trat Nolan wieder über den Steg an Land.

»Dir steht der ganze Strand offen, Chad«, sagte er. Offenbar hatte der Kapitän ihm seinen Namen verraten. »Ich muss was erledigen. Wenn ich wiederkomme, reden wir, in Ordnung?«

Chad zuckte zusammen. Er wartete, ob noch mehr von Nolan kam. Es blieb still. Nach einigen Minuten wagte er sich aus seinem Versteck.

Der Strand war leer. Das Boot schaukelte leicht im Wind und der Kapitän saß im Schneidersitz auf dem Deck.

Dann rannte er. Chad ließ das Boot hinter sich und sprintete weg vom Steg über den Sand. Das dichte Grün des Dschungels neben ihm schien kein Ende zu nehmen. Er rannte weiter, sprang über Hölzer im Sand oder Wurzeln, die der Dschungel nach außen schlug. Rechts von ihm das Meer, links die gewaltige Natur. Bald hatte er einige wandhohe Felsen erreicht, die ins Wasser hineinragten. Er kletterte mühselig über einen Vorsprung, hielt sich an Wurzeln und Zweigen fest, die sich aus dem Dschungel heraus um das Gestein geschlängelt hatten und tastete nach einem weiteren Stein.

Vor ihm war eine etwa einen Meter große Lücke zwischen den Felsen, die er überwinden musste. Als er nach einem höhergelegenen Ast greifen wollte, der ihm dabei Halt geben würde, stellte Chad fest, dass er zu klein war, um ihn zu erreichen. Selbst in gestreckter Haltung berührte er den Ast gerade mal mit den Fingerspitzen. Er sah sich nach einer anderen Möglichkeit um, die Lücke zu überwinden, fand aber keine. Der Ast über ihm schien perfekt. Müsste er die Ketten nicht mit sich herumschleppen, wäre er gesprungen. So allerdings würde er bei dem Versuch, den Ast zu erreichen eher in die Tiefe stürzen. Der Boden lag bestimmt drei Meter unter ihm. Sein Blick wanderte von dem Ast zu dem Felsen, an dem er sich abstützte und zurück. Auf einmal kam ihm eine Idee. Er brachte sich in einen sicheren Stand und umschloss die Kette knapp unterhalb der Schelle an seiner rechten Hand mit den Fingern. Er schwang die Kette einhändig herum und schleuderte sie über den Ast. Das Ende, das ihm auf der anderen Seite entgegenkam, fing er mit der gleichen Hand wieder auf. Zum Testen, ob der Ast sein Gewicht halten würde, zog er zwei Mal an der metallischen Schlaufe, die er gerade geformt hatte. Als er sich sicher war, dass sein Plan funktionieren würde, ließ er den Felsen links von sich los und schwang sich über die Lücke auf den anderen Felsen. Sofort ließ er die Kette wieder los, beugte sich vor und verlor prompt das Gleichgewicht. Mit rudernden Armen rutschte er vorne an dem Felsen herunter in den Sand. Zum Glück landete er weich.

Der Felsen hinter ihm spendete Schatten. Hier konnte er einen Moment durchatmen, bevor er sich umdrehte, um sicherzugehen, dass ihm niemand gefolgt war. Er lehnte sich erschöpft mit dem Rücken an den Felsen und schloss die Augen.

Die Ruhe kehrte langsam ein. Seine Atmung wurde gleichmäßiger, sein Herzschlag beruhigte sich. Der Rucksack war ihm über die Schulter gerutscht und stand leicht offen. Chad kontrollierte, ob noch alles da war. Die Sachen in dieser Tasche und die Klamotten, die er am Körper trug, waren alles, was er besaß. Während er in seiner Tasche wühlte, streifte seine Hand das Foto von Nicos Familie. Er zog es heraus und blickte in Nicos freches Gesicht. Das schiefe Grinsen schien aus einer vollkommen anderen Zeit zu kommen. In der ganzen Zeit, die sie sich eine Zelle geteilt hatten, hatte Chad es nicht einmal gesehen. Er drückte das Bild an seine Stirn. Wie gern hätte er jetzt Nico bei sich. Es war unfair, dass nur ihm die Flucht gelungen war. Hier zu sein fühlte sich beim Anblick des Fotos unverdient an. Er hätte alles dafür gegeben, diese Aussicht mit Nico zu teilen.

Die Felsen, bei denen er saß, umrahmten eine kleine Bucht. Chad steckte das Foto vorsichtig in den Rucksack zurück. Er beschloss, schwimmen zu gehen, wie Nolan es vorgeschlagen hatte. Er zog sich aus und legte die Klamotten in eine Felsspalte, woraufhin er splitternackt die ersten Schritte ins Wasser wagte. Zu seiner Freude war es angenehm warm. Er ging weiter hinein, bis er sich komplett fallen ließ und tauchte seinen Kopf unter Wasser. Die Sicht war überraschend klar. Der Sand reichte noch viele Meter weit ins Meer hinein und um seine Füße tänzelten Fische. Weiter draußen gab es Wasserpflanzen. Die Ketten an seinen Handgelenken zogen ihn nach unten, weshalb er sich zum Auftauchen mit den Füßen im Sand abstieß. Sein Kopf schoss aus dem Wasser, um ihn herum funkelten die spritzenden Wasserperlen in der Sonne.

Er erinnerte sich an einen Urlaub, den er und Romy einmal unternommen hatten, als er noch sehr klein gewesen war. Sie hatten in einem Hotel übernachtet und den ganzen Tag in der Sonne am Strand verbracht. Mit einem Schnorchel hatte er nach Fischen gejagt. Chad holte tief Luft und tauchte erneut unter. Diesmal probierte er, die Fische, die nur wenige Zentimeter über dem Sand schwammen, zu fangen. Einmal streifte er eine Flosse, doch die Tiere waren zu schnell für ihn. Er tauchte wieder auf und startete einen zweiten Versuch. An schwimmen war nicht zu denken, dazu musste er sich zuerst von den Ketten trennen.

Nach einer Weile wurde ihm kalt und er stapfte an Land. Er ließ sich in den Sand fallen, wo er sich von der Sonne trocknen ließ. Der Himmel über ihm zeigte sein schönstes Blau. Hin und wieder erblickte er einen Papagei.

Während er dalag, näherten sich einige pfannengroße Pflanzenblätter über den Boden aus dem Dschungel an. Erst erschrak Chad sich, denn sie schienen ein Eigenleben zu haben, doch die Blätter legten sich geschmeidig und leicht über ihn, wobei sie ihn sanft in den Sand drückten und mit pulsierenden Stößen einen Teil Energie auf ihn übertrugen. Er konnte es sich selbst nicht erklären. Von ihnen gingen gleichzeitig Wärme und Sicherheit aus. Zwei Blätter legten sich flach auf seinen Hals. Sie vibrierten leicht, zumindest fühlte Chad, wie sich seine Stimmbänder erholten. Es war als kämen diese Blätter genau im richtigen Moment, um ihn von der Bürde, die er sich durch sein Schweigen selbst auferlegt hatte, zu lösen. Sicher hatte dieser Nolan gewusst, dass das passieren würde. Sonst hätte er ihn nicht einfach so weggeschickt, nachdem sie sich gerade erst getroffen hatten. Wenn das die Macht dieser Insel war, dann wollte er unbedingt wissen, was oder welche Fähigkeiten ihn hier noch erwarteten. Weitere Blätter legten sich auf seine Arme und Beine. Sie strömten einen angenehmen Duft aus. Sämtliche Anspannung fiel von Chad ab. Die Schwere seines Körpers verschwand. Die Ketten waren wie Luft. Er überlegte, wie all das möglich sein konnte. Dann vergaß er diesen Gedanken wieder. Auch sonst stellte er nichts mehr in Frage. Seine Sinne waren vernebelt, ihm war plötzlich alles egal. Dieses Gefühl gefiel ihm. Er schwebte zwischen Raum und Zeit, abseits jeglicher Realität. Und so ließ er sich einfach fallen und gab sich der Schwerelosigkeit voll und ganz hin.

Später waren die Pflanzen weg. Einfach so. Als hätte er nur kurz geblinzelt, war sein Gefühlshoch wie verpufft. Er nahm wieder das

Meer wahr und auch den Sand, auf dem er lag. Trotzdem fühlte er sich entspannter als vorher. Er zog sich wieder an und ließ sich zurück in den Sand fallen. Dabei verschränkte er die Arme hinter dem Kopf.

Als die Sonne sich dem Horizont näherte, bekam er Besuch von Nolan, der hinter einem der Felsen auftauchte. »Darf ich mich zu dir gesellen?«, fragte er.

Chad öffnete den Mund. Er sagte nichts, nickte aber.

Nolan überwand die Lücke mit Leichtigkeit und ließ sich, anders als Chad bei seinem Absturz, an dem Felsen heruntergleiten, bis er sicher auf beiden Füßen in der kleinen Bucht aufkam.

»Ich bin seit dreizehn Jahren auf dieser Insel und habe mich immer noch nicht satt gesehen. Von hier kann man den Sonnenuntergang wunderbar beobachten und warte erst mal ab, bis du den Sternenhimmel siehst!« Er setzte sich neben ihn in den Sand. »Hattest du etwas Spaß?« Er zeigte auf das Meer, in dem sich der goldene Glanz der Sonne spiegelte.

Chad nickte.

»Ich habe deinen Begleiter vorhin kennengelernt. Ein bisschen weiß ich also schon über dich und das, was dich hergebracht hat. Mir ist es wichtig, dass ich mit jedem spreche, bevor ich ihn in unserem Camp aufnehme, weißt du?«

Chad sah Nolan mit leicht zusammengekniffenen Augen an. Wenn er sein Leben wirklich auf dieser Insel weiterleben wollte, dann musste er sich sicher sein, dass ihm keine Gefahr drohte. Was auch immer auf ihn zukam, er wollte es unbedingt erleben. Ohne Angst. Er räusperte sich, ließ seine Stimmbänder grummeln und atmete ein und aus. Wenn er die Aktion mit den Dschungelpflanzen richtig interpretierte, dann hatten sie ihn in seinem Prozess, wieder sprechen zu lernen, unterstützt. Er nahm all seinen Mut zusammen, um eine Frage zu stellen. Er musste es einfach wissen.

»Ist er weg?« Seine Stimme war leise, es war beinahe nur ein Krächzen. Doch sie war da. Sein Herz raste.

Nolan sah ihn ernst an. Es war, als würden ihn seine Augen durchdringen und alles sehen, was sich in seiner Seele abspielte.

Seine Antwort würde ehrlich ausfallen. Ein wenig fürchtete sich Chad davor. »Er kann dir nichts tun«, antwortete er. »Ich habe dafür gesorgt, dass ihr einander nicht begegnen werdet.«

Ganz zufrieden war Chad damit nicht. Doch es reichte. Zu Nolan sollte er ehrlich sein, hatte Marco gesagt. Er versuchte es noch einmal mit seiner Stimme. »Er macht mir Angst.«

»Ja, das verstehe ich. Ihr wart Gegenspieler auf dem Festland, die Fahrt hierher war sicher nicht leicht für dich. Möchtest du mir erzählen, welche Geschichte hinter den Ketten an deinen Handgelenken steckt?«

Es dauerte einige Momente, bis Chad antwortete. Es kostete ihn Überwindung, seine Geschichte überhaupt auszusprechen. Er fing mit dem größten Thema an. »Ich bin ein Mörder«, sagte er. »Die sind von meiner Hinrichtung. Ich bin abgehauen.«

Nolans Reaktion fiel anders aus, als erwartet. Er blieb ruhig. Lächelte. Sah Chad in die Augen. »Wie?«, fragte er nur.

»Der andere Typ, Chirac, hat auf mich geschossen. Ich habe die Kugeln auf die Ketten gelenkt und mich losgerissen.«

»Nicht schlecht.« Nolan stieß einen anerkennenden Pfiff aus. »Es gehört viel Mut dazu, sich gegen die Justiz zu stellen. Besonders wenn man gerade hingerichtet wird. Es braucht einen kühlen Kopf und einen gut durchdachten Plan. Wie lange warst du im Gefängnis?«

»Fünf Jahre.«

»Und wie alt bist du jetzt?«

Chad sah auf seine Füße. »Siebzehn«, antwortete er.

»Wow!« Nolans Lächeln erstarb auf der Stelle. Seine Stimme nahm einen ernsteren Ton an. »Ich fand unser Rechtssystem nie gut. Voll strafmündig mit zehn und Folter statt Resozialisierung. Die Todesstrafe toppt alles. Ich komme mir vor, wie im Mittelalter. Wer sich den Schwachsinn ausgedacht hat, sollte ihn selbst einmal erleben müssen!«

Über all das hatten sich die anderen Gefangenen auch ständig aufgeregt. Chad kannte jede Beschwerde. »Was bedeutet das? Resozi…?«

»Resozialisierung? Das bedeutet, dass Täter eine zweite Chance bekommen«, sagte Nolan. »Wenn man dich als Mörder hinrichtet, war es das für dich, dabei stehen der Justiz viele Möglichkeiten offen, mit den Schuldigen zu arbeiten. Psychologische Betreuung ist wichtig. Es ist wichtig, herauszufinden, weshalb Menschen Straftaten begehen. Und zu wissen, woher sie kommen. Aus welchem Umfeld. Würde man innerhalb der Gefängnisse dafür sorgen, dass Jungs, wie du, lernen, ihr Leben in Freiheit wieder in den Griff zu bekommen, ohne weiteren Schaden anzurichten, und wieder ein Teil einer funktionierenden Gesellschaft zu werden, dann spricht man davon. Aber so fragend, wie du mich gerade anschaust, hast du auch noch nie mit einem Therapeuten gesprochen, habe ich recht?«

Chad nickte.

»Unsere Justiz ist das Letzte. Wir legen den Schwerpunkt auf die Bestrafung und die fällt meistens recht überzogen aus. Ich kann deinen Drang nach Freiheit verstehen. Darf ich fragen, wen du getötet hast?«

»Vier Männer.« Chad blickte auf das Meer. »Und ein kleines Mädchen.« Bei dem Gedanken an seine Tat zog er die Knie an.

»Hatten sie es deiner Meinung nach verdient?«, fragte Nolan.

Die Antwort darauf war nicht leicht auszusprechen. Er war mittlerweile der Überzeugung, dass er selbst den Tod verdient hatte für den Mord an Kira Doyle. Er war ein schlechter Mensch, der eingesperrt gehörte, nichts anderes hatte man ihm die letzten fünf Jahre, insbesondere in der Todeszelle, eingetrichtert. Mörder waren es nicht wert, zu leben.

»Ja, die vier Männer schon. Sie haben in meiner Schule um sich geschossen und meine ganze Klasse getötet.« Ja, sie hatten den Tod definitiv verdient, da war sich Chad sicher. »Ich konnte es beenden«, fügte er noch hinzu. Dass er sich selbst für einen Helden gehalten hatte, behielt er für sich.

»Und das Mädchen?«

»Das war keine Absicht«, murmelte Chad. In seinem Hals bildete sich ein Kloß. »Ich wollte sie nicht umbringen, ich dachte …« Er räusperte sich mehrmals, bevor er weitersprach. »Ihre Eltern tun mir leid.«

»Hat man dir die Chance gewährt, dich bei ihnen zu entschuldigen?«

»Wozu? Was ich getan habe, kann man nicht entschuldigen.«

»Was ist mit deinen Eltern?« Die Frage schien gut gemeint, stieß bei Chad allerdings auf Bitterkeit.

»Denen bin ich egal. Meine Mutter hasst mich und meinen Vater kenne ich nicht.«

»Das tut mir leid«, sagte Nolan. »Also bist du ganz allein?«

Chad nickte.

Nolan lehnte sich im Sand zurück, während Chad versuchte, seiner Gefühle Herr zu werden. Sie beide starrten die Sonne an, die schon fast den Horizont berührte.

»Welche Art von besonderen Fähigkeiten hast du?«, fragte Nolan.

»Ich glaube, ich kann Feuer und Explosionen kontrollieren. Bei der Schießerei hat mich eine Kugel getroffen.« Chad zeigte auf seine Stirn. »Ich fühle es, genau hier. Ich bin gestorben. Trotzdem lebe ich noch. Die haben eine Waffe fallen gelassen, ich glaube, ein paar Kugeln waren noch drin, aber als ich damit zurückgeschossen habe, kamen irgendwann nur noch Flammen raus. Und als ich das erste Mal hingerichtet werden sollte, haben mich achtzehn Schüsse verfehlt. Wahrscheinlich hat das auch damit zu tun.«

»Ja, das hat es. Du wurdest bereits durch eine Schusswaffe getötet, das bedeutet, dass dir das nicht nochmal passieren kann. Deine Kräfte umspielen dich und deinen Körper. Sie wehren alles ab, was dieselbe Todesursache auslöst. Kurz: Du kannst nicht mehr erschossen werden«, erklärte Nolan. »Streng genommen bist du sogar unsterblich.«

»Unsterblich?«, fragte Chad ungläubig.

Nolan zog einen Mundwinkel zu einem aufmunternden Grinsen hoch. »Na ja, wenn ich mir deine Arme ansehe, warst du im Gefängnis Opfer von regelmäßiger Gewaltzuführung. Hast du dich nie gefragt, wie es sein kann, dass du trotzdem jeden Tag aufstehen konntest? Wenn ich mir vorstelle, dass die täglich auf dich losgegangen sind, hätte dein Körper schon nach kurzer Zeit nachgeben müssen.

Ich will dir nicht zu nahe treten, aber für siebzehn bist du ziemlich klein. Auch, wenn deine Muskeln beachtlich sind. Trotzdem hättest du das nie durchgestanden.«

»Das heißt, ich wäre längst tot, wenn ich nicht diese Kräfte hätte?«

»Ganz genau. Dein Körper wehrt sich gegen das Sterben. Ich beobachte dieses Phänomen jetzt seit über fünfzehn Jahren an Menschen wie dir. Ihr funktioniert wie ganz normale Menschen. Aber sobald du in eine Extremsituation gerätst, fährt dein Körper mit allen Instinkten so weit runter, dass er sich nur noch auf Reflexe wie das Atmen reduziert. Du könntest sogar für den Rest deines Lebens ohne Nahrung auskommen, wenn es die Gegebenheiten erfordern. Hast du das schonmal erlebt?«

Am Himmel zeigten sich verschiedene Farben in rötlichen Tönen. Das Meer verdeckte bald die halbe Sonne. Ein Kribbeln durchfuhr Chad am ganzen Körper. Er sagte nur: »Das erklärt einiges.«

»Es tut mir leid, dass du so viel Gewalt erleben musstest. Das wird dir bei uns nicht passieren. Auf dieser Insel gibt es keine Schusswaffen, hier leben alle in Frieden miteinander. Im Dschungel gibt es ein Camp, wir haben es über die Jahre errichtet, dort kannst du dir eine Hütte bauen. Mit deiner Vergangenheit bist du nicht allein. Einige von uns haben andere Menschen verletzt oder sogar umgebracht, weil sie ihre Kräfte nicht kontrollieren konnten. Du hast nicht aus Boshaftigkeit gehandelt oder aus Eigennutz. Was du getan hast, ist verständlich. Wahrscheinlich hätte jeder an deiner Stelle so reagiert, wie du. Wichtig ist, dass du lernst, für dein Handeln Verantwortung zu übernehmen. Das Areal ist der perfekte Ort, um sich mit seinem Leben und seinen Fähigkeiten in Ruhe auseinanderzusetzen. Eure Zeit auf dieser Insel ist unbegrenzt. Ich werde dich in deiner Reflexion nicht unter Druck setzen, wie du es im Gefängnis kennengelernt hast. Jeder muss seinem eigenen Tempo folgen. Wenn du dich mit den anderen austauschst, wirst du schnell gute Trainingspartner finden, da bin ich mir sicher.«

Chad konnte kaum fassen, was er gerade gehört hatte. Nicht nur, dass Nolan ihn mit keinem Wort für sein Leben oder seine Tat verurteilte, er war tatsächlich auf seiner Seite, wie Marco es versprochen hatte. Und er war unsterblich! Das weckte eine ganz neue Hoffnung in ihm. In einem Punkt stimmte er ihm allerdings nicht zu: Es hätte nicht jeder so gehandelt wie er.

Nolan lächelte ihn an. »Es ist gut, dass wir miteinander geredet haben. Ich bin der Einzige im Areal, der keine besonderen Kräfte beherrscht. Bevor ich dich also ins Camp schicke, muss ich sicher sein, dass wir uns verstehen. Ich bin in der Unterzahl. Aber wenn wir alle zusammenarbeiten, funktioniert diese Gesellschaft sehr gut und ich freue mich darauf, dass du ein Teil davon wirst. Vielleicht kannst du hier etwas Resozialisierung erfahren.«

Chad krallte seine Finger in den Sand. Er wollte sein Bestes tun, um Nolan nicht zu enttäuschen, denn er ahnte, dass dies eine Chance war, die er nie wieder kriegen würde.

»Da, schau, die Sonne!«, sagte Nolan und zeigte auf das Meer. Sie war untergegangen. »Wenn du möchtest, kannst du in meiner Hütte schlafen oder am Strand bleiben. Morgen stelle ich dich den anderen vor.«

Chad antwortete sofort: »Ich bleibe hier.«

»Okay.« Nolan stand auf und klopfte sich den Sand von der Hose. »Ich hole dich an dieser Stelle wieder ab. Gute Nacht.«

»Gute Nacht«, erwiderte Chad leise. Seine Mundwinkel bewegten sich zur Seite, sodass ein mattes Lächeln entstand.

Nolan kletterte über den Felsen. Am Himmel funkelten bereits die ersten Sterne und seine Silhouette verschwand nach und nach im Schutz der Dunkelheit.

Das Flügelträgercamp

Das Highlight seines Morgens war der Sonnenaufgang. Nach und nach kletterte der Stern, diesmal von der anderen Seite, hinter dem Meer nach oben bis ihn das klare Blau des Himmels umgab. Ein Spektakel, das Chad seit seiner Kindheit nicht mehr gesehen hatte. Er genoss jede Sekunde davon.

Später tauchte Nolan hinter den Felsen auf, die ihn vor dem Wind schützten. Zusammen verließen sie die kleine Bucht. Diesmal half Nolan ihm beim Überwinden der Lücke. An seiner Hütte angekommen, betraten sie daneben einen Schleichweg, der in den Dschungel führte. Im Schutz der riesigen Bäume änderte sich die Temperatur schlagartig. Ein großes Blätterdach erstreckte sich über ihnen. Chad entdeckte Lianen und Blätter, die größer waren als er selbst und Baumstämme mit überdimensionalen Durchmessern. Nolan lief vor ihm her. Um ihn anzusprechen, holte Chad auf.

»Kann ich immer zum Strand gehen, wenn ich will?«, fragte er.

»Tagsüber steht es dir frei, dich auf der Insel zu bewegen wie es dir beliebt. Wenn du an den Strand willst, kann ich dir den Paradiesstrand auf der anderen Seite des Camps empfehlen.«

»Und nachts?«

»Nachts bleibt ihr in euren Hütten.«

Chad kletterte über eine Wurzel. Dabei fühlte er sich wie ein Abenteurer. Ihm fehlten nur noch ein Hut und ein Buschmesser. »Gibt es hier wilde Tiere?« Er dachte an Schlangen und Elefanten, wie er sie aus Abenteuerfilmen kannte.

»Kaum.«

Sie erreichten das Ende des Trampelpfades und blieben auf einer Lichtung stehen. Das Erste, was Chad auffiel, war ein langer, rechteckiger Tisch in der Mitte einer großen Fläche aus getrockneter Erde.

Darauf stapelten sich viele verschiedene, essbare Sachen wie Früchte, Brot oder Gemüse. Um ihn herum tummelten sich Menschen, die meisten davon trugen lediglich Hosen und waren barfuß. Vom Alter her war alles vertreten vom Kind bis zum Erwachsenen. Auf ihren Bäuchen prangten die roten Flügel. Angeordnet in einem Kreis um die Fläche standen zirka fünfzig kleine Häuser aus Holz, die an Bungalows erinnerten. Jedes davon war individuell gestaltet, doch die Abstände zwischen ihnen schienen mit penibler Genauigkeit bemessen worden zu sein.

Ein blondes Mädchen in Chads Alter, vielleicht etwas älter, kam auf sie zu. Nolan grinste sie an und sagte zu Chad: »Das ist Izzy. Izzy, das ist Chad. Er ist neu.«

Das Mädchen legte den Kopf schief, wobei ihr ihre offenen Haare über die Schulter fielen, und fragte: »Kennen wir uns?«

»Ich denke nicht«, antwortete Chad. Er musterte sie, fand aber keine Übereinstimmung zu jemandem, den er kannte. Sie trug ein helles Top mit Spaghettiträgern und dazu eine kurze schwarze Hose. Außerdem war sie barfuß.

»Doch, ich könnte schwören, dass ich dein Gesicht schon einmal gesehen habe.«

Chad zuckte mit den Schultern.

Izzy grinste jetzt. »Wie auch immer, willkommen im Areal. Wenn du willst, zeige ich dir alles.«

»Gute Idee«, äußerte Nolan. »Zeig ihm auch die Werkzeugausgabe und eine Stelle, an der er bauen kann.«

Izzy machte mit zwei Fingern das Peace Zeichen. »Geht klar!« Sie lief einige Meter vor. »Komm, Chad!«

Chad folgte ihr.

»Und stell ihn Rob vor!«, rief Nolan ihnen nach.

Sie gingen um den großen Tisch herum, bei dem Izzy sofort erklärte, was es alles gab. »Das hier ist das Camp. Oder das Dorf. Nenn es, wie du willst, aber das ist der Ort, an dem wir leben.« Sie zeigte abwechselnd auf verschiedene Holzhütten. »Die Häuser haben wir uns selbst gebaut. Nolan legt Wert auf Selbstständigkeit. Hier hilft zwar jeder jedem, aber wenn du uns zur Last fällst, wird es nervig, verstehst du?«

Chad nickte. Sie kamen an einen Weg, der vom Camp wegführte. Er teilte sich in drei Richtungen. An dieser Stelle zeigte ein Wegweiser, wohin es jeweils ging.

»Wenn du geradeaus gehst, kommst du zu den Feldern, auf denen wir unser Essen anbauen. Jeder von uns weiß, wie das geht. Am besten schaust du dir die Abläufe in den nächsten Tagen an und hilfst aus. Wenn du links lang gehst, findest du die Action-Area.«

»Und was gibt es da?«

»Die Action-Area ist cool.« Izzy grinste. »Dort können wir uns austoben. Wenn du eine Idee hast, kannst du sie da umsetzen. Das letzte große Projekt, an dem viele mitgearbeitet haben, war ein Hochseilgarten. Es gibt Sportplätze und verschiedene Spiele. Wenn du etwas Neues bauen willst, musst du Nolan fragen. Er wird sich dann mit uns beraten und das Projekt erlauben oder nicht.«

Hochseilgärten kannte Chad noch von früher. Er fragte: »Und wohin geht es rechts lang?«

Izzy hob ungefragt Chads T-Shirt an. Ihre Augen fixierten sein Flügeltattoo. »Wenn du da lang gehst, kommst du zum Trainingscamp. Es ist etwas weiter vom Camp entfernt als der Rest, damit kein Schaden in der Nähe entsteht. Der Weg dahin dauert ein bisschen. Dort kannst du deine Fähigkeiten trainieren.«

Diesen Weg betrachtete Chad ganz genau. »Gibt es noch mehr Wege aus dem Camp als diesen?«

»Nur noch den zu Nolans Hütte am Strand. Aber da sind wir nicht wirklich oft. Wenn du durch die Action-Area gehst, kommst du zum Paradiesstrand. Den zeige ich dir später, wenn du möchtest.« Izzy sprach die Worte ziemlich schnell nacheinander. Sie legte so viel Elan in ihre Stimme, als wollte sie das Camp vor einem großen Publikum bewerben. »Sollen wir uns die Stelle ansehen, an der du deine Hütte bauen kannst?«

»Okay.« Chad folgte ihr zurück zu den Hütten. Zwischen ihnen zeigte sie ihm eine freie Fläche. Wenn die bereits existierenden Hütten einen Kreis bildeten, lag diese Stelle in zweiter Reihe. Auf dem

Boden war an vier Ecken ein Quadrat mit Stöcken und Schnüren abgesteckt.

»Nolan ist sehr streng was die Größe der Hütte angeht. Er sieht vier mal vier Meter für jeden vor. Aber das reicht völlig, ich bin eigentlich nur zum Schlafen in meiner Hütte«, sagte Izzy.

Chad sah sich die abgesteckte Fläche an. Sie war größer als seine und Nicos Zelle und damit mehr als qualifiziert für ein neues Zuhause. »Ich habe nur ein Problem«, sagte er. »Ich weiß nicht, wie das geht.«

»Das weiß keiner am Anfang. Ich helfe dir später. Ist ja auch nicht leicht«, sagte Izzy. Sie musterte ihn mit strengem Blick. »Aber für dich sollte es machbar sein. Du stehst aufrecht und redest normal. Dazu trägst du mit Leichtigkeit diese Ketten mit dir herum. Das ist mehr als manch anderer schafft, der ins Areal kommt.«

Chad hob die Hände an. Die Ketten klirrten. »Ich wünschte, ich könnte sie loswerden.«

Izzy grinste schon wieder. »Dann stelle ich dich am besten als Nächstes Rob vor. Er kann sich darum kümmern.« Sie zog Chad am Arm von der abgesteckten Stelle weg bis hinter den Wegweiser, der die Richtungen anzeigte, die aus dem Camp führten. Dahinter lag ein breiter Waldweg, den sie einschlugen. »Rob ist unglaublich talentiert«, schwärmte sie. »Er hat mir mal gesagt, dass er über zweihundert Jahre alt ist. Kein Wunder, dass er seine Kräfte perfekt beherrscht. Dir die Ketten zu entfernen wird für ihn ein Kinderspiel.«

»Über zweihundert Jahre?«

»Ja. Alle, die ein Flügeltattoo haben, sind mit einem ewigen Leben gesegnet.«

Chad stieg über eine Wurzel. Es gefiel ihm, dass er sich so frei bewegen konnte. Wenn es einen Kontrast zu jahrelanger Isolation gab, dann war das diese Insel.

Er konnte es kaum erwarten, die Ketten loszusein. Diesen letzten Beweis, der ihn daran erinnerte, wo ihn das Gesetz sehen wollte. Mit ihnen würde er auch seine innere Last ablegen, die sich wie Blei in seinem Magen eingenistet hatte, seit er das erste Mal einen Schritt in eine Zelle gesetzt hatte.

Am Ende des Weges, der sich am Rand des Dschungels entlangschlängelte, ragte eine Scheune von der Größe einer Turnhalle vor ihnen auf. An den Außenwänden standen Kisten und gewürfelte Heuballen.

Ein großer Mast lugte hinter dem Dach hervor, das aus roten Schindeln bestand. Vor der Scheune waren ein Tisch und Sitzbänke aus Holz aufgestellt sowie ein Zaun, der den Sitzbereich vom Rest des Grundstückes trennte. Ein Feld erstreckte sich bis an den Rand des Dschungels, der es kreisförmig umgab.

Rob saß an dem Tisch und trank etwas aus einer Tasse. Als er Chad und Izzy erblickte, hob er zur Begrüßung eine Hand.

Izzy und Chad blieben an dem Zaun stehen. »Rob, das ist Chad. Er ist neu im Areal«, sagte Izzy.

Rob musterte Chad von oben bis unten. Wie bei Nolan und Izzy blieb sein Blick an den herabhängenden Ketten haften. »Gefängnis?«, fragte er mit brummiger Stimme. Er setzte die Tasse ab und streckte seinen Rücken durch, um sich nach vorne mit seinen muskulösen Unterarmen auf dem Tisch abzustützen.

Chad nickte. »Ja, Sir.«

»Folterkammer oder Hinrichtung?«

»Hinrichtung, Sir.« Chad hatte nicht mit einer direkten Frage dieser Art gerechnet.

Jetzt nickte Rob. »Komm mit!« Er stand auf.

In seiner vollen Größe wirkte er auf Chad viel präsenter als im Sitzen. Robs Statur war durchtrainiert. Seine Muskeln zeichneten sich auf jedem seiner Kleidungsstücke ab, die aus einer Jeans-Latzhose, einem weißen Shirt und einem offenen Holzfällerhemd bestanden, das er über dem Shirt trug. Sein dichter Vollbart und seine braunen Haare vollendeten das Bild von ihm, das gut zu einem Vorstadt-Familienvater mit Bauernhof gepasst hätte. Müsste Chad schätzen, dann war Rob locker zwei Meter groß und nicht älter als fünfzig. Er hatte sofort Respekt vor ihm.

Rob betrat die Scheune durch ein Tor.

Chad folgte ihm.

Drinnen war es schummrig. Nur das Licht, das durch die schmalen Oberlichter und das Tor fiel, erhellte die Scheune. In den Lichtkegeln schwebten winzige Staubpartikel. Es roch nach Holz und Erde.

In einer Ecke deutete Rob auf einen Amboss. »Leg die Hand dort ab!«

Chad legte die Eisenschelle an seinem linken Arm mit der breiten Seite auf den Amboss. Damit sein Arm in der Waagerechten blieb, ging er daneben in die Hocke. Aufmerksam beobachtete er Rob dabei, wie er aus einer Kiste einen Hammer mit massivem quaderförmigen Kopf holte.

Rob ließ den Hammer in seiner Hand herumwirbeln, als ließ er sich nicht von seinem Gewicht beeindrucken, bevor er ihn auf der Eisenschelle an Chads Arm absetzte.

»Zieh den Arm nicht weg! Eine falsche Bewegung kann ihn dich für immer kosten.«

Chad schluckte. Zur Sicherheit hielt er seinen Arm mit der anderen Hand fest.

Rob hob den Hammer an. Dann ließ er ihn mit einem präzisen, heftigen Schlag auf die Schelle krachen, die sofort in mikroskopisch kleinen Metallstaub zerfiel.

Chad zuckte, doch behielt den Arm an Ort und Stelle. Die übrigen Kettenglieder fielen klirrend zu Boden.

»Das war es schon«, sagte Rob.

Chad staunte über die Leichtigkeit der Aktion. »Wie haben Sie das gemacht?«

»Merk dir eines«, sagte Rob, »jeder hier ist dein Freund. Ich stehe weder über dir, noch will ich dir Böses. Wir duzen uns.« Ein Lächeln umspielte Robs Lippen. »Als Kind wurde ich Opfer eines kriegerischen Angriffs auf unser Haus. Feindliche Soldaten erschossen erst meine Eltern und dann mich. Nur hatte ich das Glück, dass sich ein Flügel auf meinen Bauch brannte. Ich überlebte. Seitdem kontrolliere ich Feuer und Explosionen.«

Chads Augen weiteten sich. »Ich habe die gleichen Fähigkeiten«, stieß er aus.

»Ich weiß«, sagte Rob. »Das habe ich sofort gemerkt, als ich dich gesehen habe. Willst du es mit der zweiten Kette selbst versuchen?«

Chad stand auf. In seinem Körper stellte sich sofort ein einseitiges Ungleichgewicht ein. Er stolperte, doch fing sich schnell wieder. Ohne eine Antwort abzuwarten drückte Rob ihm den Hammer in die Hand. Jetzt ärgerte sich Chad darüber, dass er sich zuerst von der linken Kette hatte trennen lassen. Schon wieder kam es darauf an, dass er mit seiner schwachen Hand eine kontrollierte Bewegung ausführen musste. Wie mit Nicos Messer, als sein rechtes Handgelenk verstaucht gewesen war. Er packte den Hammer recht unbeholfen an. Er fühlte sich wie ein Fremdkörper an. Chad hatte Probleme, ihn überhaupt richtig zu halten.

Rob lachte. »Na, das nenne ich einen dummen Zufall. Pass auf, dass du dich nicht verletzt!«

»Ich weiß nicht, ob das klug ist«, stammelte Chad.

»Eher nicht. Gib her!« Rob nahm ihm den Hammer wieder ab. »Du solltest deine linke Hand unter Kontrolle kriegen, bevor du damit einen Hammer schwingst.«

»Ich kann das halt nicht«, sagte Chad. »Tut mir leid.«

Rob legte ihm eine Hand auf die Schulter. »Dafür musst du dich nicht entschuldigen. Keiner verurteilt dich dafür, dass du Rechtshänder bist.«

Chad lächelte verstohlen. »Würdest du mir die Kette entfernen?«, fragte er.

»Nein.« Diese Antwort traf ihn wie ein Schlag in die Magengegend. »Sieh es als Ansporn, deine Kräfte zu erlernen. Ich kann spüren, dass du nicht ganz unterfahren damit bist, aber unter Kontrolle hast du sie noch nicht.« Rob ging in Richtung Ausgang.

Chad folgte ihm. Draußen hatte Izzy es sich auf der Sitzbank gemütlich gemacht. Die pralle Sonne schien ihr ins Gesicht.

Rob setzte sich neben sie. »Bist du heute angekommen, Chad?«, fragte er.

»Gestern«, sagte Chad. Er fühlte sich geknickt und nahm zögerlich auf der gegenüberliegenden Bank Platz.

Rob nickte. »Lass dir Zeit. Druck kannst du gerade nicht gebrauchen. Bau deine Hütte und wenn du fertig bist, versuchen wir es nochmal mit der Kette.«

Ihm blieb nichts anderes, als zuzustimmen. Die Sonne knallte ihm auf den Hinterkopf, die Luft war schwül.

Rob schob ihm eine Tasse über den Tisch. »Lasst uns Tee trinken. Arbeiten können wir später auch noch.«

Am Nachmittag hatte Chad Holz und Werkzeug zur Verfügung. Er und Izzy zimmerten Bretter aneinander, doch einen wirklichen Plan, wie seine Hütte aussehen sollte, hatte er nicht. Am Abend ließen sie die Bretter liegen und entspannten sich lieber auf einer höhergelegenen Wiese, von der aus sie einen wundervollen Blick auf das Camp und den Horizont hatten. Sie lagen nebeneinander. Izzy hatte die Arme hinter dem Kopf verschränkt. Sie lächelte unentwegt, was Chad veranlasste, zu fragen, wieso.

»Ich bin glücklich, das ist alles.«

Chad sah zum Himmel. Schäfchenwolken zogen vor dem rot-orangenen Hintergrund vorbei. Er hätte gern gewusst, welchem Umstand Izzy ihren Aufenthalt auf dieser Insel zu verdanken hatte, doch danach zu fragen, schien ihm unangebracht. Zu persönlich. Er selbst hatte gemerkt, wie unangenehm ihm die Fragen nach seinem Ursprung waren. Seine Hand umfasste ein Kettenglied. Nachdem der Nachthimmel das Camp ins Dunkel getaucht hatte, gingen sie zurück zu ihren Hütten. Sie verabschiedeten sich am Wegweiser. Izzy betrat eine Hütte mit runden Fenstern neben der Eingangstür. Die runden Fenster waren einzigartig, keine andere Hütte sah aus wie ihre. Chad trat vor seinen Bretterhaufen. Er sah andere Jugendliche, Kinder und Erwachsene, die ihre fertigen Behausungen betraten. Kerzen beleuchteten die Hütten von innen. Sie verliehen ihnen Gemütlichkeit. Manche Kerzen erloschen. Stimmen verebbten. Ruhe kehrte ein. Friedliche Ruhe. Nur Grillen zirpten.

Mit einem Seufzen setzte sich Chad auf den Boden. Er war der Einzige, der draußen saß, während alle anderen in ihren Hütten verweilten.

Diese Insel war wirklich der größte Kontrast zum Gefängnis, den er sich vorstellen konnte. Und doch überkam ihn Traurigkeit. Er hätte gern eine der Hütten betreten. Die von Izzy zum Beispiel. Aber er war sich nicht sicher, ob er das durfte. Und wenn, dann hätte Izzy es ihm sicher angeboten.

Ihm kam die Idee, die Bretter vor sich anzuzünden, um wenigstens ein Lagerfeuer zu haben. Er zog die Beine an und legte seine Arme darum. Was würde er jetzt für eine Zigarette geben. Er holte das Foto von Nicos Familie hervor, das er in seiner Hosentasche verstaut hatte. Im Hintergrund der grinsenden Menschen darauf war das Haus, in dem sie lebten. Nico hatte mal erzählt, dass es mitten im Wald stand. Ebenfalls selbst gebaut von seinen Eltern, von denen nur die Mutter abgelichtet war. Wieder einmal spürte Chad eine Verbindung zu Nico. Er sah zum Himmel, den milliarden Sterne zierten.

Er stand auf. Er hatte keine Hütte, in der er schlafen konnte. Deswegen beschloss Chad, ein wenig herumzustreifen. Er hielt sich im Schatten der Hütten auf, damit ihn niemand bemerkte. Bedacht darauf, keine lauten Geräusche zu verursachen, schlich er zum Wegweiser. Von dort schlug er die Richtung ein, die zu Robs Scheune führte. Der Weg war so finster, dass Chad über die Wurzeln stolperte und einmal volle Breitseite gegen einen Baumstamm lief. Er stieß einen leisen Fluch aus, während er sich weiter vortastete. Hätte er seine Fähigkeiten unter Kontrolle gehabt, hätte er sich eine Fackel gebaut. Nachdem er sich dreimal langgelegt hatte, erreichte er die Lichtung auf der die Scheune inmitten der Felder stand. Sie war mit Laternen beleuchtet, die die Umgebung in warmes, flackerndes Licht tauchten.

Chad ging auf die Scheune zu. Er hoffte, dass Rob, wie alle anderen, in seiner Hütte schlafen würde. Hinter dem Zaun presste er sich flach mit dem Rücken an die Scheunenwand neben dem Tor. Es war still. Das Tor stand einen Spalt breit offen, sodass Chad vorsichtig seine Hand dazwischenschob, um es zu öffnen. Auf dem Boden lagen Strohhalme, die sich mit der Bewegung des Tores auf Seite schoben. Als die Öffnung groß genug war, steckte er seinen Kopf hindurch. Ihn umgab im Inneren nur Dunkelheit.

»Was machst du da?«

Chad zuckte zusammen und fuhr herum.

Rob stand hinter ihm, in seiner Hand hielt er den langen Stiel einer Hacke.

Für eine Sekunde zog das Bild eines Wärters mit Schlagstock vor Chads innerem Auge vorbei. Er ging reflexartig in die Hocke, kniff die Augen zu und hielt die Arme schützend über seinen Kopf. Doch statt Schlägen erreichte ihn ein süßlicher Duft. Als er hinsah, hockte Rob vor ihm und hielt ihm eine Handvoll frischer Erdbeeren entgegen.

Er lächelte Chad an. »Hast du gedacht, dass ich dir wehtue?«

Chad nickte.

»Nur, weil du verbotenerweise herumstreifst, wird dich niemand verprügeln. Nimm welche. Die Ernte ist uns dieses Jahr wirklich gelungen.«

Chad nahm eine Erdbeere und kostete sie. In seinem Mund breitete sich eine Geschmacksexplosion aus. Diese Kombination aus süß und sauer vereint in einer saftigen Frische trieb ihm Tränen in die Augen. Für einen kurzen Augenblick war er wieder elf Jahre alt und aß den Erdbeerkuchen, den Romy gebacken hatte, als sein Freund Ben zum Spielen vorbeigekommen war.

»Warum bist du nicht in deiner Hütte?«, fragte Rob.

»Ich habe keine«, antwortete Chad.

»Wollten du und Izzy nicht mit dem Bau beginnen als ihr gegangen seid?«

»Wir sind nicht fertig geworden.«

»Warum übernachtest du dann nicht bei ihr?« Rob reichte Chad eine weitere Erdbeere.

»Ich habe sie nicht gefragt.«

»Stattdessen kommst du hier her?«

Chad sah auf Robs Füße, die in knöchelhohen Arbeitsschuhen steckten. »Ich wollte versuchen, mir die Kette zu entfernen.« Er hob den rechten Arm.

»Nachts?« Die Frage klang, als hätte Chad die dümmste Idee ausgesprochen, die Rob je gehört hatte.

»Ich will sie nicht länger mit mir herumtragen. Sie lässt mich denken, dass ich nicht hier sein darf. Sie ist das Zeichen dafür, dass ich gescheitert bin.«

»Wobei bist du denn gescheitert?«

»Dabei, ein Held zu sein«, sagte Chad. »Ich wollte sie alle beschützen. Als ich gemerkt habe, dass ich Superkräfte einsetzen kann, wollte ich sein wie Viktor Mondaine. Nur, dass ich voll versagt habe. Statt es zu beschützen habe ich ein kleines Mädchen getötet.« Die Worte sprudelten aus ihm heraus.

»Viktor Mondaine?« Rob hob eine Augenbraue.

Chad merkte, wie er leicht rot wurde. »Ein Comicheld«, gestand er. »Er kämpft unter dem Namen Limitless gegen das Böse. Seine Superkraft ist das Feuer. Heißer als die Hölle und gefährlicher als der Teufel.« Wie peinlich! Er gab vor einem zweihundert Jahre alten Mann zu, dass er auf kindische Comics stand. »Ich wünschte, ich könnte so sein wie er.«

»Das kannst du«, sagte Rob.

»Es ist nur, dass ich Angst habe«, gab Chad zu. Diesen Gedanken wurde er nicht los. »Ich habe ein unschuldiges Mädchen umgebracht. Was, wenn das noch mal passiert? Im Gefängnis dachte ich, dass ich böse bin und niemals ein Held sein kann, aber hier?«

Für einen Moment herrschte Schweigen zwischen ihnen. Ein Windhauch zog über den Dschungel, sodass ein Rauschen die Nacht erfüllte. »Du hast immer eine Wahl, Chad«, sagte Rob. »Du kannst entscheiden, ob du böse sein möchtest, oder nicht.«

Diese Worte ließen einen Schauer über Chads Rücken laufen. »Das hat der Direktor auch gesagt. Danach hat er den Befehl gegeben, auf mich zu schießen.«

»Verzeih mir, aber er hatte recht«, sagte Rob. »Damals hast du dich entschieden, zu töten. Sag, gab es einen Moment, vor deiner Tat, in dem du gezögert hast?«

Chad senkte den Kopf. Ja, diesen Moment hatte es gegeben. Als er im Angesicht der Killer mit dem Rücken gegen die Doppeltür gestoßen war.

»Jetzt kannst du dich nochmal entscheiden. Indem du das Angebot annimmst, deine Fähigkeiten im Areal zu trainieren, kannst du sie das nächste Mal, wenn du eine Wahl treffen musst, unterdrücken. Wenn es darum geht, über Leben und Tod zu entscheiden, ist Leben immer richtig.«

Chad lehnte sich an die Scheune. Er musste seinen Körper zwingen, sich zu entspannen, weil er mittlerweile wusste, dass ihm keine Gewalt drohte.

»Du wirst dir die Kette selbst entfernen. Nicht in dieser Nacht und auch nicht in der nächsten. Aber bald. Du kannst gern bleiben und mir helfen.« Rob stand auf. Er verschwand im Inneren der Scheune und kam mit einer handlichen Hacke zurück. »Ich muss das Feld umgraben. Du solltest deine linke Hand kontrollieren können, bevor du damit den Hammerschlag auf deine rechte ausübst.« Er drückte Chad das Werkzeug in die linke Hand. »Und nicht schummeln!« Dann ging er in Richtung Feld.

Chad sah auf die Hacke in seiner Hand. Dann stand er auf, um sich Rob anzuschließen.

Am nächsten Morgen schlich sich Chad zurück ins Camp zu seinem abgesteckten Wohnbereich. Die Sonne stieg über die Wipfel der Bäume, die das Camp umgaben. Wenigstens war er auf dem Weg nicht wieder gegen einen davon gelaufen.

Izzy stand bereits in der Mitte des Camps am großen Tisch, von dem sie sich frische Brötchen nahm. Als sie Chad sah, winkte sie ihn zu sich. »Wo warst du? Ich habe dich an deiner Hütte gesucht, aber da warst du nicht.«

»Unterwegs«, antwortete Chad knapp. Er sah in Izzys blaue Augen, in denen er sich beinahe verlor. Ihre Haare hingen ihr offen über die Schultern. Sie waren nass, als käme sie gerade aus der Dusche. Nur, dass Chad bisher keine Dusche entdeckt hatte.

»Lass dich nicht von Nolan erwischen. Er mag es gar nicht, wenn wir nachts herumstreifen.«

»Warum eigentlich nicht?«

»Der Dschungel kann sehr gefährlich sein und du verläufst dich darin sehr schnell. Besonders nachts. Er will nur, dass wir sicher sind.«

»Hilfst du mir heute wieder bei meiner Hütte?«, fragte Chad.

»Klar. Aber ich habe nicht den ganzen Tag Zeit.« Sie boxte mit der geballten Faust in die Luft. »Ich trainiere später mit Sven.«

Ihre Absage für später versetzte Chad einen Stich ins Herz, doch er unterdrückte das Gefühl, das drohte, in ihm aufzusteigen. Er würde jemand anderes fragen müssen.

Wie Izzy, nahm auch er sich etwas vom Esstisch. Nur eine kleine Portion. Früher hatte er frühstücken geliebt und hätte es auf Stunden ausdehnen können. Im Gefängnis war er dann in seine Schranken gewiesen worden. Die Mahlzeiten waren immer klein ausgefallen. Nach fünf Jahren, die er nur notdürftig gegessen hatte, schaffte sein Magen nicht mehr als das, was er jetzt in der Hand hielt: Ein halbes Brötchen und eine Pflaume.

Er verbrachte den ganzen Tag damit, zu überlegen, wie sein Haus aussehen sollte und probeweise Holz zusammenzubauen. Izzy war am Mittag gegangen und jemand anderen zu fragen, traute sich Chad nicht. Zur Abenddämmerung ließ er verzweifelt sein Werkzeug fallen und begab sich auf den Weg zu Rob. Er versteckte sich im Schutz der Bäume und Palmen bis die Laternen an der Scheune ihre Flammen entzündeten. Dann ging er geradewegs darauf zu, um sich wieder die kleine Hacke zu schnappen und seine linke Hand zu trainieren.

Chad blickte in den Himmel. Er blinzelte noch zweimal, bis er merkte, dass er gerade aufwachte. Die frische Luft wurde begleitet von dem Geruch der Erde, auf der er lag und als ihm klar wurde, dass er wohl bei der Arbeit letzte Nacht eingeschlafen war, richtete er sich ruckartig auf.

»Scheiße!« Er sah sich hektisch um. Von Rob war keine Spur zu sehen, also stand er auf und lief zur Scheune. Dort angekommen, sah er ihn an dem Tisch etwas essen. Neben ihm saß Nolan.

Chad erstarrte. Er malte sich aus, welchen Ärger er jetzt bekommen würde. Nolan sah nicht so aus, als wollte er Luftsprünge machen.

»Guten Morgen, Chad. Setz dich. Wir sollten reden«, sagte Nolan.

Chad setzte sich zu ihnen an den Tisch. Vorher klopfte er seine Klamotten ab, sodass Erdkrümel auf den Boden fielen. Die Kette klirrte dabei.

»Warst du letzte Nacht hier?«

»Ja«, gestand Chad.

Nolan zog die Brauen leicht zusammen und seine Stimme nahm einen tieferen Ton an. »Als ich sagte, du sollst die Nacht in deiner Hütte verbringen, meinte ich das ernst.« Er sagte es nett, aber mit einer klaren Botschaft. »Ich will nicht, dass du dich im Dschungel verläufst. Du musst wissen, vor ein paar Jahren ist schon mal ein Junge allein in den Dschungel gelaufen und nie wieder zurückgekehrt. Ich habe zwar nach ihm gesucht, aber die Insel ist zu groß. Wäre er in seiner Hütte geblieben, wäre er jetzt noch bei uns.«

Chad wuchs ein Kloß im Hals. »Entschuldigung.« Es fiel ihm schwer, Augenkontakt zu halten. »Ich habe mir noch keine gebaut.«

»Ja, ich weiß. Wie ich sehe, hat Rob dir die Kette gesprengt. Und wie ich ihn kenne, will er von dir, dass du es mit der zweiten von allein schaffst, habe ich recht?«

Dass Nolan so ruhig mit ihm sprach, hatte Chad nicht erwartet. Eher, dass er eine Standpauke bekam, bei der gebrüllt wurde. Eventuell auch, dass er Gewalt einsetzte. Diese ruhige Konfrontation mit einem Fehler war ihm neu. Er nickte stumm.

»Warum hast du noch nicht mit dem Bau deiner Hütte angefangen?«, fragte Nolan.

Chad sah seine Hände an und sagte: »Weil ich nicht weiß, wie das geht.«

»Chad, du bist erst siebzehn. Mit siebzehn musst du nicht wissen, wie man ein Haus baut. Als ich so alt war wie du, war ich besessen von Dinosauriern. Mein Bücherregal war voll von Wissensbüchern über diese fantastischen Wesen und die frühe Entstehungszeit des Lebens. Aber weißt du, wer mir das Regal anbringen musste, weil ich zu unfähig war, einen Nagel in die Wand zu schlagen, ohne mich zu verletzen? Mein Dad.«

Rob lachte auf. Er schüttelte amüsiert den Kopf und trank aus seiner Tasse.

»Damit will ich sagen, dass du gerade erst an einem Punkt bist, an dem du deine Talente entdecken kannst. Lass dir in den Dingen helfen, die dir zu groß sind und lerne davon. Von Rob kannst du zum Beispiel lernen, deine Fähigkeiten einzusetzen. Deine Hütte muss nicht von Anfang an perfekt sein. Aber sie sollte ein Dach haben.«

Chad umfasste die Kette auf seinem Schoß. Er fühlte sich mies. Nicht, wie sonst, wenn ihn die Wärter ungerecht behandelten, sondern anders. Schuldig. Er hätte sich nicht wegschleichen sollen.

Nolan fragte: »Sag mal, würdest du dich darauf einlassen, die Hütte mit jemandem zusammen zu bauen?«

Chad sah auf. »Ich denke schon.«

»Egal, wen ich dir zur Seite stelle?«

Chad sagte: »Jeder hier ist mein Freund, oder?« Dabei sah er zu Rob.

»Allerdings. Heute Nacht kannst du von mir aus noch einmal hier bleiben, aber morgen früh erwarte ich dich in meiner Hütte im Camp. Es ist die einzige aus Stein, du erkennst sie.« Nolan stand auf. »Danke für den Tee, Rob. Nimm ihn nicht zu hart ran. Er muss morgen fit sein.«

Keine leichte Entscheidung

Der Blick auf das Meer hatte anfangs noch beruhigend gewirkt. Mittlerweile war Chirac daran gewöhnt. Nach seiner Begegnung mit diesem Doktor Nolan Degree war er in diesem dämlichen hohlen Felsen gelandet. Eine Falltür über ihm bildete den einzigen Zugang und ohne eine Leiter würde er aus diesem Loch nicht herauskommen. Vor ihm lag der Strand, den er nicht betreten konnte, weil dicke schwarze Gitterstäbe seinen Bewegungsradius auf das Innere dieser überschaubaren Felsenzelle beschränkten. Nolan hatte ihn hereingelegt, als er ihm gesagt hatte, dass dieses Loch zum Camp führte und Chirac ärgerte sich darüber, dass er so naiv gewesen und hindurch geklettert war.

»Tut mir leid, aber ich kann dich nicht ins Camp zu den anderen lassen. Dort wäre es für dich zu gefährlich. Außerdem gefällt mir dein Gewaltpotenzial nicht«, hatte Nolan gesagt.

Auf seine Frage, wann er ihn denn rauslassen würde, um sich seine verdiente Abreibung abzuholen, hatte Nolan geantwortet: »Genau das meine ich. Gewöhn dich an die Aussicht.«

Das wollte sich Chirac nicht gefallen lassen. Also probierte er vergeblich alles Mögliche aus, um aus diesem Käfig zu entkommen. Er passte weder durch die Lücken im Gitter, noch schaffte er es, durch den schmalen Kanal in der Decke die runde Holzabdeckung zur Falltür zu entfernen.

Nolan kam mehrmals vorbei. Das erste Mal abends, nachdem er ihn hinterrücks in diese Falle gelockt hatte. Er gab ihm zu Essen und fragte, ob sich an seinem Gemütszustand etwas geändert hatte. Chirac beschimpfte ihn. Wie sollte er seine Meinung ändern, wenn er unrechtmäßig festgehalten wurde?

Das zweite Mal kam Nolan am nächsten Morgen. Er berichtete davon, dass Chad bereit war, sich in die Gesellschaft des Areals einzubringen und fragte, ob er es sich inzwischen überlegt hatte.

Chirac verneinte.

Der Bastard brachte sich ein? Schön für ihn. Sobald sich ihre Wege kreuzten, wollte Chirac den Jungen umbringen. Vielleicht war es gar nicht so verkehrt, dass er eingesperrt war.

Abends kam Nolan noch einmal.

Chirac saß schweigend an den Felsen gelehnt auf dem Boden. Seit einer Ewigkeit starrte er auf das blaue Meer, das kein Ende nahm. Keine Schiffe, keine Vögel, nicht einmal Wolken. Es kam ihm seltsam vor, der Himmel bewegte sich kaum. Es wurde dunkel und wieder hell. Mehr nicht.

Er ignorierte sämtliche Versuche, in ein Gespräch eingebunden zu werden und beobachtete seinen Besucher dabei, wie er ein paar Früchte vor ihm abstellte.

Am nächsten Morgen ließ er Nolan gegenüber wieder einige Beschimpfungen fallen. Er hatte keine Lust mehr. Sollte er doch in dieser Zelle verrecken! Es gab kein Entkommen. Das hatte er jetzt eingesehen.

Einen weiteren Tag später versuchte Nolan noch mal, seine Aufmerksamkeit zu gewinnen. »Ich schlage dir einen Deal vor«, sagte er. »Du kannst die Zelle verlassen. Sofort, ich hol dich raus.«

Chirac bewegte seine Augen in Nolans Richtung. Er konnte sich den Vorschlag ruhig anhören.

»Im Gegenzug musst du mir etwas versprechen.«

»Wenn Sie denken, ich falle noch mal auf einen Ihrer Tricks herein, dann täuschen Sie sich, Doktor Degree«, grummelte Chirac.

»Es ist kein Trick. Wie gut bist du im Umgang mit Werkzeug?«

»Warum?«

»Wärst du in der Lage, eine kleine Hütte zu bauen?«

»Und wenn?«

»Dann könntest du Chad dabei helfen.«

Chirac lachte auf.

»Ist klar!«, rief er. »Der Killer ist zu unfähig, sich eine Bleibe zu bauen, also muss der Gesetzeshüter ihn dabei unterstützen? Da bleibe ich lieber für den Rest meines Lebens hier drin.«

Nolan zuckte mit den Schultern. »Das lässt sich einrichten.«

Chirac fluchte.

»Komm schon. Du kannst sowieso nicht weg. Die Insel ist viel zu weit vom Festland entfernt, eine Flucht würde deinen Tod bedeuten. Der einzige Weg führt mit dem Boot über das Wasser und ohne unseren Seemann würdest du dich verirren und verhungern. Wenn du bereit bist, dich zu integrieren, bleibt dir einiges erspart.«

»Moment mal«, protestierte Chirac. »Sie waren es doch, der mir den Zutritt verweigert hat.«

»Wenn ich dich rauslasse und zu Chad bringe, ist das Einzige, was ich von dir verlange, dass du ihm nicht schadest. Weder verbal noch körperlich. Ihr zwei solltet lernen, als Team zusammenzuarbeiten.«

»Und selbst, wenn ich dazu bereit wäre«, sagte Chirac, »würde er den passenden Moment abwarten und mich mit seinen verdammten Superkräften erledigen. Gründe dazu hat er genug.«

Nolan seufzte. »Ich versichere dir, dass er das nicht tun wird.«

»Das können Sie nicht.«

»Wahrscheinlich hast du recht, das kann ich nicht. Ich halte ihn unter Beobachtung, sobald er dich attackiert, schreitet jemand ein. Du wirst nicht verletzt.«

»Ach, das ist so einfach?« Chirac wandte seinen Blick von Nolan ab. »Kommen Sie wieder, wenn Sie einen besseren Plan haben!«

Auf keinen Fall wollte er einem Killer dabei helfen, sich ein neues Leben aufzubauen. Er war dafür da, das Leben dieses Killers zu beenden. Es war seine Aufgabe gewesen, ihn zu erschießen. Eine Zusammenarbeit mit diesem Bengel kam nicht infrage.

»Das bleibt der einzige Deal«, sagte Nolan. »Ich komme später wieder. Ich hoffe, du hast es dir bis dahin überlegt. Der Rest deines Lebens ist noch lang. Ich an deiner Stelle würde ihn nicht in einem Käfig verbringen wollen.«

»Verschwinden Sie!«, rief Chirac.

Teamwork

Chad ging über den Feldweg am Rande des Dschungels zurück zum Camp. Unterwegs traf er einen der Bewohner dieser Insel. Der groß gewachsene blonde Junge joggte ihm entgegen. Er trug Sportkleidung, die neu aussah. Seine Haare lagen in perfektem Styling und über seinen Schultern hing ein Handtuch. Er grinste Chad mit strahlend weißen Zähnen an. Sie nickten einander zu, doch der Junge schien keine Zeit verlieren zu wollen. Er joggte einfach weiter. Bald war er hinter einer Kurve außer Sichtweite.

Im Camp sah sich Chad nach einer Hütte aus Stein um. Er entdeckte sie neben dem Trampelpfad, der zum Strand führte, an dem das Boot angelegt hatte. Nach einem kurzen Halt am großen Tisch, wo er ein Stück Brot zu sich nahm, um Energie zu tanken, klopfte er an.

»Komm rein!«, rief Nolan von innen. Also öffnete Chad die Tür und betrat die kleine Hütte.

Im Inneren stachen ihm sofort die Dekorationen ins Auge, die an den Wänden hingen. Angelutensilien, Messer, Äxte, Schmuck und Masken. Es gab Regale, auf denen geschnitzte Figuren standen, ein bunter Teppich zierte die Wand gegenüber der Tür. Darunter stand ein Schreibtisch. Daran saß Nolan und ihm gegenüber eine weitere Person. Beide wandten sich ihm zu.

»Nein!«, entfuhr es Chad. Er machte auf dem Absatz kehrt, zog die Tür heftig hinter sich zu und lehnte sich von außen mit dem Rücken dagegen. Sein Herz pochte auf einmal wild gegen seine Brust. Seine Hände verkrampften sich. Die andere Person war Chirac!

Von innen kamen Schritte auf ihn zu. Nolan rief: »Chad, bist du noch da?« Er drückte gegen die Tür, doch Chad lehnte noch dagegen und so ließ sie sich nicht öffnen. »Ich verspreche dir, er wird dir nichts tun. Komm bitte rein.«

»Das kannst du nicht«, rief Chad. Er biss die Zähne aufeinander.

Nolan seufzte und sagte: »Ihr seid euch ähnlicher als ihr denkt.«

»Ich dachte, er wäre weg. Du hast es versprochen.«

»Komm bitte rein, Chad. Nur kurz. Ich will etwas mit euch beiden besprechen.«

Chad versteifte sich. Er konzentrierte sich darauf, tief durchzuatmen. Der Druck gegen seinen Rücken verstärkte sich, Nolan öffnete die Tür. Langsam drehte sich Chad zu ihm um.

»Lass uns reden. Bitte.« Nolan bat ihn mit einer Handgeste hinein.

Es kostete ihn Überwindung, einen Fuß vor den anderen zu setzen, während er sich dem Menschen näherte, vor dem er sich am meisten fürchtete. Er blieb neben der Eingangstür an der Wand stehen. Bei der kleinsten Bewegung, die Chirac machte, wollte er fliehen.

»Du kannst ja wieder sprechen«, bemerkte Chirac. Beim Klang seiner Stimme lief es Chad eiskalt den Rücken herunter.

»Entspannt euch, bitte!«, mahnte Nolan. »Keiner wird hier irgendwem etwas antun, verstanden?« Als keine Reaktion kam, stellte Nolan die Frage etwas lauter: »Verstanden?«

Chad murmelte: »Ja.«

Chirac sagte: »Natürlich, wie Sie wollen.«

»Schön.« Nolan setzte sich an den Schreibtisch. »Also, wie fühlt ihr euch nach den ersten Tagen?«

»Keine Ahnung«, presste Chad hervor. Sein Geist hatte auf Abwehr gestellt.

Chirac dagegen antwortete: »Das hier ist eine Zumutung.« Dabei sah er sich um, als würde er mit dieser Aussage die gesamte Umgebung meinen.

»Dann hätten wir das ja geklärt«, sagte Nolan. »Ich komme besser zum Punkt: Ihr zwei seid neu und müsst euch noch an das Klima und die Abläufe bei uns gewöhnen. Jetzt gibt es für euch kein Zurück mehr in das normale Leben. Eine Flucht oder eine Überfahrt mit dem Boot könnt ihr vergessen. Das bedeutet, ihr müsst euch eine Grundlage schaffen, auf der ihr euer Leben hier aufbauen könnt. Dazu zählen Beschäftigung, Training, der Austausch mit anderen und selbstverständlich die Mitarbeit an den täglich anfallenden Arbeiten zum Inselerhalt. Eine Tagesroutine wird euch helfen, euer Leben vernünftig zu gestalten.«

Chirac bedachte Chad mit abfälligen Gesichtszügen.

»Das Problem ist«, fuhr Nolan fort, »dass du, André, keine vom Flügel gezeichneten Fähigkeiten hast. Du bist allen unterlegen und dazu noch leicht zu provozieren. Eine schlechte Mischung. Gerätst du an den Falschen, kann es sein, dass dich Angriffe treffen, gegen die du nichts ausrichten kannst. Vom Flügel Gezeichnete sind robust. In der Regel machen ihnen kleine Auseinandersetzungen beim Training nichts aus. Du als Normalsterblicher hast schlechte Karten. Deshalb rate ich dir, deinen Zorn zurückzuhalten, womit ich zum nächsten Punkt komme.« Er sah nun abwechselnd zwischen Chad und Chirac hin und her. »Jeder Bewohner des Camps lebt in einer Hütte, die er sich selbst gebaut hat. Da die Organisation dich, André, unrechtmäßig hergeschickt hat, steht dir keine eigene Hütte zu. Deswegen möchte ich, dass ihr euch eine Hütte teilt und du, Chad, ein beschützendes Auge auf ihn wirfst.«

»Nein!«, sagte Chad sofort.

»Dann formuliere ich es anders«, sagte Nolan. »André weiß, wovon ich spreche, wenn ich sage, dass ich euch beide stattdessen zum Felsen bringen kann. Da seid ihr dann gezwungen, die Zeit miteinander zu verbringen. Aber sehr wahrscheinlich geht einer von euch beiden dabei drauf und den anderen müsste ich wegen Mordes an die Instanzen ausliefern, die uns verwalten. Ihr hättet beide keine Zukunft mehr.«

Chad starrte Chirac an. Dieser Mann machte ihm, jede Sekunde, die er in seiner Nähe verbrachte, Angst.

»Da bin ich gespannt«, sagte Chirac. »Der Bengel soll mich beschützen?«

»Nolan, ich kann das nicht!«, rief Chad. »Du hast keine Ahnung, was er mit mir gemacht hat oder wozu er fähig ist.« Er zeigte mit dem Finger auf seinen Erzfeind.

»Nein, habe ich nicht. Aber wenn du dich dein Leben lang vor ihm versteckst, wirst du deine Ängste niemals bekämpfen. Dann wirst du niemals lernen, zu vergeben und auf ewig im inneren Zwist mit dir sein. Kann sein, dass er dich gebrochen hat, aber Chad, du warst nicht immer so verbittert und ängstlich wie jetzt.«

»Ach ja? Woher willst du das wissen? Du kennst mich nicht.«

Nolan lächelte ihn an. »Nur, wer ein reines Herz hat, bekommt die Chance auf ein zweites Leben mit Flügel. Angst, Wut und Hass sind keine Bestandteile dieser Gabe. Als du deine Fähigkeiten erhalten hast, warst du im Herzen unschuldig und gut. Finde diesen Kern in dir wieder und du wirst verstehen, was ich meine.«

Chad sagte nichts mehr. Er zitterte nur.

Chirac stand auf. Er ging auf ihn zu und tat etwas, was Chad niemals erwartet hätte: Er reichte ihm die Hand. »Ich will nicht mit dir zusammenarbeiten«, sagte er. »Aber noch weniger will ich zurück in diesen Käfig.«

Chad starrte ihn ungläubig an.

»Bis ich eine Möglichkeit gefunden habe, zu verschwinden, sind wir Partner. Ich greife dich nicht an und du mich nicht. Deal?«

Chads Blick wanderte zu Nolan, der offensichtlich selbst nicht mit dieser Aktion gerechnet hatte, aber zufrieden schien. Er öffnete den Mund und hauchte ein »Okay.« Daraufhin biss er die Zähne zusammen und stieg in den Handschlag ein.

Chirac bestimmte die Länge ihrer Berührung. Er sagte: »Ich mag dich nicht, Kleiner. Aber du kannst mich mit meinem Vornamen ansprechen, solange wir Partner sind. Ich heiße André.«

Chad konnte förmlich spüren, welche Überwindung seinem Gegenüber dieses Angebot gekostet hatte. Doch er entgegnete: »Wenn ich das tue, verrate ich Nico und alle anderen, die du terrorisiert hast. Danke, ich bleibe bei *Arschloch*.«

Chirac grinste selbstgefällig. So, als wäre er erleichtert über Chads Entscheidung. »Also bleibt alles, wie es ist. Finde ich gut.«

»Bevor wir bauen, wird gebuddelt. Kriegst du das hin?« Mit dieser Ansage übernahm Chirac sofort das Kommando auf ihrer Baustelle. Es war klar, dass er es von nun an beibehalten würde.

»Kann ich euch zwei allein lassen, ohne dass ihr euch gegenseitig erschlagt?«

Nolan zeigte auf die großen Schaufeln, die Chad und Chirac in den Händen hielten.

Von Chirac kam sofort die Zustimmung.

Chad zögerte, doch bejahte die Frage schließlich auch. Ob Nolan sie im Auge behalten würde oder dafür seine Schergen hatte, wusste er nicht. Er hätte nichts dagegen gehabt, wenn es so wäre.

Als sie allein waren, begann Chirac sofort damit, sich zu beschweren. »Ist das sein Ernst? Wie viele Meter sollen das sein? Für zwei Leute ist das zu wenig Fläche.«

Chad betrachtete den Bretterhaufen und die abgesteckte Stelle und sagte: »Das ist größer als die Zelle in der Nico und ich gelebt haben, ich sag's nur.« Er zuckte sofort zusammen, weil er eine scharfe Bemerkung erwartete. Es kam keine.

»Folgender Plan«, sagte Chirac, »wir buddeln zwei Meter in die Tiefe. Ich werde mir bestimmt nicht nur eine Etage mit dir teilen. Es wird einen Keller und ein Obergeschoss geben. Die Tür platzieren wir hier.« Er zeigte auf die Seite, die dem Inneren des Hüttenkreises zugewandt war. »Sobald wir ein geeignetes Fundament errichtet haben, ziehen wir die Wände hoch und bauen oben weiter. Die Stützen müssen noch zwei Ebenen aushalten. Ich hoffe, der Bengel vom Werkzeugschuppen hat ausreichend stabiles Material. Das Dach bauen wir aus einer Holzvertäfelung. Ich habe da schon ein paar Ideen.«

Chiracs Dominanz war für Chad an sich nichts Neues, doch jetzt standen sie beide auf derselben Ebene. Chiracs Verhalten hatte noch nie positive Auswirkungen auf ihn gehabt. Er selbst verstand kaum ein Wort von diesem Plan, deswegen war es ihm ganz recht, wenn ein anderer das Denken übernahm.

»Willst du auch was beitragen?«, fragte Chirac.

Chad schüttelte hastig den Kopf. »Nein.«

»Dann machen wir es so, wie ich es sage. Los, fang an zu buddeln!«

Der Drang, sofort zu tun, was Chirac verlangte, war groß. Also stach Chad die Schaufel in die Erde und grub. Er beobachtete Chirac aus dem Augenwinkel und konnte erkennen, dass er in dem Moment, als seine Schaufel die Erde berührte, mit den Mundwinkeln zuckte.

Verdammter Kontrollfreak!

Die Sonne schien unermüdlich und gerade um die Mittagszeit wurde es extrem schwül. Zuhause herrschte gerade Winter. Bei seinem Ausbruch war er sogar durch Schnee gerannt. Nicht zum ersten Mal fragte sich Chad, wie weit sie mit dem Boot gefahren waren, um in einer Klimazone wie dieser zu landen.

Chirac zog sich die Oberteile seiner Uniform bis auf ein graues T-Shirt aus. Seine dunkelblaue Hose, die im Normalfall mit allem ausgestattet war, was einen Gefangenen in Schach halten konnte, krempelte er hoch. Das brachte seine stabilen schwarzen Stiefel in ihrer ganzen Größe zum Vorschein. An seinem T-Shirt zeichneten sich Chiracs Muskeln ab, denen Chad so oft zum Opfer gefallen war. Das gesamte Erscheinungsbild des Wärters strahlte Kontrolle aus. Chirac bemerkte, dass Chad ihn anstarrte und blaffte ihn an: »Was ist?«

Chad wandte sich wieder der Schaufel zu. Indem er schaufelte, versteckte er sein Zittern und die Tränen, mit denen er kämpfte. Verdammter Nolan! Ihm wäre für die Hilfe am Bau seiner Hütte jeder auf dieser Insel recht gewesen. Und jetzt musste er mit dem Mann zusammenarbeiten, der auf ihn geschossen hatte. Hatte Nolan ihm nicht versprochen, dass sie einander nicht mehr begegnen würden? Ihm fiel kein einziger Grund ein, warum das jetzt nötig war.

Nach einigen Stunden bekam Chirac Hunger. Zur Demonstration, dass sie jetzt Pause machten, schmiss er seine Schaufel auf den Boden.

»Hey! Ich muss was essen, leg die Schaufel weg!«

Chad legte die Schaufel ab. Er war von oben bis unten voller Dreck. Die Kette an seiner rechten Hand wog mittlerweile so schwer, dass er seinen Arm kaum noch heben konnte.

»Mach dich nützlich und hol uns was!«

Nach diesem Befehl setzte sich Chirac unter einen Baum in den Schatten. Chad lief zur Mitte des Camps. Dort wusch er sich neben dem Tisch am Wasserbecken die Hände und nahm ein paar Brote und Obst mit. Wieder zurück an ihrer Baustelle reichte er Chirac die Hälfte und setzte sich unter einen anderen Baum. Wenn sie schon zusammenarbeiten mussten, wollte er wenigstens einen gewissen Abstand einhalten.

Chirac schien das genauso zu sehen. Er aß schweigend, schielte aber immer wieder misstrauisch zu ihm rüber. Nach einigen Bissen fragte er aus dem Nichts: »Weißt du eigentlich jetzt, wo wir sind?«

Chad hielt inne. Er führte sein Brot wieder weg von seinem Mund und antwortete: »Nein. Aber ist das wichtig?«

»Es ist wichtig. Du solltest immer wissen, wo du bist.« Chirac sah nach oben zu den Baumkronen, die das Camp umgaben. »Diese Insel ist seltsam.«

»Warum?«

»Der Himmel verändert sich nicht. Es wird Tag und Nacht, aber es passiert nichts. Es kommen nicht einmal Schiffe vorbei.«

»Vielleicht sind wir so weit draußen, dass hier einfach keine Schiffe langkommen.«

»Es gibt überall Schiffe.«

»Aber vielleicht ...«

»Kleiner, wenn du nichts Sinnvolles zu dem Thema beitragen kannst, halt dein Maul!«

Chad erstarrte. Ihm war auf einen Schlag der Appetit vergangen.

Dann fragte Chirac: »Vertraust du diesem Nolan?«

Chad antwortete nicht. Er hatte Angst, dass Chirac ihm die Worte wieder einfach abschnitt.

»Ich tue es nicht. Das weiß er auch und du solltest das auch wissen. Ich habe mich nur auf den Deal mit dem Hüttenbau eingelassen, damit ich so schnell wie möglich einen Weg finden kann, von hier zu verschwinden. Dem Klima nach sind wir südlich von unserem Land. Vielleicht befinden wir uns auch auf der anderen Erdhalbkugel. Wir glauben, dass wir nur drei Tage mit dem Boot unterwegs waren, aber wer weiß, zu welchen Tricks diese Leute fähig sind? Wir hätten auch eine Woche oder länger brauchen können, ohne es zu merken. Hier stimmt was nicht.«

»Ich hoffe, du findest einen Fluchtweg«, sagte Chad. »Je schneller du weg bist, desto besser.«

Chirac lachte spöttisch auf. »Das könnte dir so passen, was? Ich werde jeden hier verraten, sobald ich wieder frei bin.«

Daran zweifelte Chad keine Sekunde.

Nach ihrer Pause holte Chirac eine Schubkarre. Dabei ließ er sich ordentlich Zeit, während Chad buddelte und als er zurückkehrte, befahl er ihm, die Erde direkt in die Karre zu schaufeln. Sie würden sich die Arbeit jetzt aufteilen. Chad sollte buddeln und Chirac wollte die Schubkarre fahren und wo anders auskippen. Proteste wurden nicht zugelassen, es musste genau so passieren, wie Chirac das wollte.

Am Abend bestimmte Chirac, wann sie aufhörten. Er gab an, was die nächsten Schritte waren und wann Chad am nächsten Morgen mit der Arbeit beginnen sollte. »Aber jetzt sollten wir uns ausruhen.«

»Und wo sollen wir schlafen?«, fragte Chad.

»Das hast du doch gehört. Wir sollen die Nacht in unserer Hütte verbringen.«

»Wir haben aber keine Hütte.«

»Idiot!«

Chirac kletterte aus ihrem mittlerweile recht tiefen Loch und ging weg. Als er zurückkehrte, hatte er zwei Wolldecken dabei. »Wir schlafen in unserem Loch. Ich auf dieser Seite, du dort. Ich schwöre dir, wenn du mich attackierst, bringe ich dich um.«

Also doch. Chad war schon fast davon ausgegangen, sein Feind hätte sich geändert. Aber der Wunsch, ihn zu töten, war anscheinend noch immer in ihm.

Chirac ballte sich seine Jacke zu einem Kissen und legte sich auf die Erde. Die Decke warf er über sich.

Chad tat es ihm gleich. Er legte sich so, dass er Chirac im Auge hatte. Für ihn galt genau das Gleiche. Sollte Chirac ihn angreifen, konnte er für nichts garantieren.

Schatten der Vergangenheit

Ihr gegenseitiges Misstrauen brachte sie dazu, dass weder Chirac noch Chad in dieser Nacht ein Auge zubekamen. Chad nahm sich vor, ihr Loch im Morgengrauen zu verlassen. Ihm tat alles weh, seine Muskeln brannten und er wusste nicht, ob er noch einen Tag unter Chiracs Kommando überstehen würde. Nolan hatte gesagt, dass es ihm tagsüber frei stand, hinzugehen wohin er wollte. Er sah nicht ein, gleich am frühen Morgen mit der Arbeit weiterzumachen – schon gar nicht, wenn Chirac es ihm befahl. Es bestand ein Risiko, dass er Chiracs Zorn auf sich zog, wenn er sich aus dem Staub machte, aber eigentlich war er daran schon gewöhnt. Chirac war so oder so wütend auf ihn.

Als es dämmerte, kletterte Chad aus dem Loch.

»Wo willst du hin?«, fragte Chirac.

»Das geht dich nichts an.«

»Bleib hier!«

Chad stand am Rand außerhalb der Vertiefung. Zum ersten Mal stand er höher als Chirac. Durch diese Position durchströmte ihn ein ihm bisher unbekanntes Machtgefühl, das er sofort ausnutzte. »Du solltest schlafen. Keine Angst, ich verpiss mich solange.« Er ignorierte Chiracs Proteste und ging zwischen den Hütten hindurch zum Wegweiser. Seit er im Areal angekommen war, fragte er sich, wie es wohl am sogenannten Paradiesstrand aussah, von dem Nolan ihm erzählt hatte. Von Izzy wusste er, dass er nur bis zum Ende durch die Action-Area gehen musste, um dahinzugelangen. Er passierte die von Zäunen umringten Fußballfelder, einen großen Spielplatz, der eine Schaukel besaß, deren Ketten locker zehn Meter lang waren und den weitläufigen Hochseilgarten. Am Ende des Weges formten die Bäume eine Art Rundbogen, durch den das rot-orangene Licht der aufgehenden Sonne auf den Waldboden fiel, wo es tänzelnde Schatten von Ästen und

Blättern aus den Wipfeln hinterließ. Als er durch den Bogen trat, blieb er vor Staunen stehen.

Vor ihm lag ein sichelförmiger Sandstrand. Ihn umgaben Felsen, die höher waren als der Dschungel und an denen man hochklettern und sich auf verschiedenen Ebenen niederlassen konnte. Liegestühle aus Bambus waren auf der sandigen Fläche verteilt. Sie sahen selbstgebaut aus – wahrscheinlich waren sie das auch. Neben jedem Liegestuhl wuchs eine Palme, die der Stelle Schatten spendete. Die Sonne glitzerte auf dem Wasser, das wie ein Becken die Sichel des Strandes zu einem Kreis vervollständigte.

Am Ufer stand jemand, bis auf die Unterhose nackt, und machte Dehnübungen. Als er genauer hinsah, erkannte er Izzy. Sie bewegte sich elegant auf das Wasser zu und ließ sich auf den Bauch fallen. Sie schwamm ein paar Bahnen, wobei sie eine gerade Spur aus seichten Wellen hinter sich herzog. Bei jedem Schwimmzug tauchte sie unter.

Chad wollte nicht, dass sie ihn bemerkte, weil er schon viel zu lange hinsah, doch sie blickte ihn direkt an, als sie zum Ufer zurückkehrte. An Land zog sie sich ein Top über und wickelte sich in ein Handtuch, mit dem sie ihre Haare trockenrubbelte.

»Du bist aber früh wach«, bemerkte sie. Es schien sie nicht zu stören, dass Chad sie gesehen hatte.

Er kam näher. »Ich komme nicht auf dieses Arschloch klar«, sagte er. »Chirac macht mich wahnsinnig. Die ganze Zeit bestimmt er, was ich tun soll. Er kommandiert mich nur rum.«

»Hast du dich wieder weggeschlichen?«

Chad zuckte mit den Schultern. »Er kann nicht schlafen, wenn ich bei ihm bin. Aber das kann ich ihm nicht übel nehmen. Mir geht es genauso.«

»Sollen wir uns in den Sand setzen?«, fragte Izzy. »Und quatschen?«

Chad lächelte. Endlich erreichte ihn mal ein Vorschlag, der ihm gefiel. »Klar!«

Sie ließen sich neben einer Palme in den Sand fallen. Izzys blonde Haare schimmerten golden. »Ich komme jeden Morgen hierher«, sagte sie. »Um wach zu werden und mich daran zu erinnern, dass ich ein wundervolles Leben in Freiheit leben darf.« Sie blickte verträumt auf das Wasser. Eine Öffnung zwischen den Felsen verband die Bucht mit dem Meer. Ein Gitter blockierte den Zugang.

»Wo warst du, bevor du hierher kamst?«, fragte Chad. Izzy kannte seine Vergangenheit zumindest grob. Doch über sie wusste er nichts. »Wissen deine Eltern, dass du hier bist?«

»Meine Eltern denken, ich bin tot«, sagte sie. Sie sah ihn von der Seite an. »Aber das ist okay. Wenn sie wüssten, was mir passiert ist, wären sie bestimmt verstört.«

Chad schluckte. Auf einmal hatte er das Gefühl, er hätte nie fragen sollen. »Tut mir leid. Ich wusste nicht, dass …«

»Ich ein mieses Schicksal mit mir herumtrage? Kein Problem. Ich glaube sogar, dass du einer der Wenigen bist, die es verstehen würden.«

»Ach ja?«

»Ich war eingesperrt«, sagte sie. »Nicht wie du in einem Gefängnis, in das dich die Polizei geschickt hat, sondern in einem Labor.« Sie senkte ihre Stimme. »Ein verrückter Wissenschaftler hat mich entführt, als ich acht war. Er hat das Flügeltattoo auf meinem Bauch gesehen und sofort gewusst, was ich bin. Er arbeitet für so einen Typen, der Flügelkinder sammelt und Experimente mit ihnen macht. Ich glaube, er sucht einen ganz bestimmten Menschen mit einer einzigartigen Fähigkeit. Wenn du nicht bist, was er sucht, nutzt er dich entweder aus oder schmeißt dich weg. Die Zeit bei ihm war wie ein böser Traum.«

»Das klingt übel«, sagte Chad. Er wusste nicht, was er dazu sonst sagen sollte. »Tut mir leid.«

»Muss es nicht. Du kannst ja nichts dafür. Aber ich glaube, dass wir uns ähnlich sind.«

»Meinst du, weil wir beide gefangen waren?«

»Und, weil wir beide ausbrechen konnten. Wir haben uns über die, die uns am Boden sehen wollten, erhoben. Wir sind die Sieger.«

Chad lächelte. Sie hatte recht. Nur trug Izzy keine Kette mit sich herum. Er sagte ihr, dass sie diese Tatsache voneinander unterschied.

»Bei mir ist es keine Kette«, sagte Izzy. »Die Kette kannst du loswerden. Was er mir angetan hat, werde ich den Rest meines Lebens mit mir tragen.«

»Wirst du mir sagen, was es ist?«, fragte Chad.

»Ich kann es dir zeigen.« Izzy lehnte sich vor, sodass ihr das Handtuch von den Schultern rutschte. Dann drehte sie Chad den Rücken zu. Mit einer Hand hielt sie ihre Haare auf Seite, die ihr linkes Schulterblatt verdeckten. Zum Vorschein kam eine Brandnarbe. Sie stellte den Buchstaben »K« und die Zahl »12« dar. »Er nennt sich King. Er markiert seine Opfer. Ich bin ›K12‹, sein zwölfter Fang.«

Chad betrachtete die Narbe. Sie war sauber. Feine Linien. So, als hätte King einen Stempel auf ihren Rücken gepresst. »Das ist brutal«, sagte er.

Izzy wandte sich ihm wieder zu. »King ist ein Teil von mir. Und dafür hasse ich ihn. Ich wollte ihn töten, wahrscheinlich würde ich es sogar tun, sollte ich ihm noch einmal begegnen. Ich bin froh, dass Nolan mich aufgenommen hat. Ihm verdanke ich, dass ich nicht mehr nur an Vergeltung denke. Weißt du, Rache macht nichts besser. Sie frisst dich nur auf.«

Chad sah auf seine Füße. Er wich ihrem Blick mit Absicht aus, denn sie sprach aus, was er gerade nicht hören wollte. Um ihr zu zeigen, was er dabei fühlte, zog er sich das T-Shirt über den Kopf. »Ich glaube, dass vieles von dem, was du sagst, richtig ist. Aber-«, er drehte sich um, »das passiert mit einem Kind, das die Todesstrafe bekommt.«

Izzy stieß einen erstickten Laut aus.

Sein Rücken war voller schlecht verheilter Narben, die die Schläge durch Strong und Chirac darauf hinterlassen hatten. Er wusste das, obwohl er sie noch nie gesehen hatte. »Das war der Typ, mit dem ich die Hütte bauen soll. Chirac. Du hast keine Ahnung, wie sehr ich mich zurückhalten muss, ihn nicht umzubringen. Ich glaube fest daran, dass es mir besser geht, wenn ich weiß, dass er tot ist.«

»Warum muss er tot sein, um dich in Ruhe zu lassen?«

»Du weißt nicht, wozu er fähig ist, Izzy.«

Sie strich ihm über den Rücken. Ihr Finger glitt über eine besonders dicke Narbe. »Ich kann es mir denken«, sagte sie. »Trotzdem. Verschwende deine Energie nicht mit Rache. Dir wird die einzigartige Chance gegeben, neu anzufangen.«

Chad drehte sich wieder in ihre Richtung.

Sie lächelte. Passend dazu stieg die Sonne über die Felsen. Izzy fragte: »Wissen deine Eltern, wo du bist?«

»Nein. Meine Mum ist stinkreich. Sie denkt nur an ihre Arbeit und ist wahrscheinlich sogar froh darüber, dass ich weg bin.«

»Das glaube ich nicht.«

»Ist aber so. In fünf Jahren hat sie nicht ein einziges Mal die Gelegenheit genutzt, sich bei mir zu melden. Sie war noch nicht einmal bei meiner Hinrichtung. Wenigstens da hätte sie auftauchen können, verstehst du?«

Izzy nickte.

»Ich weiß nicht, ob sie denkt, dass ich tot bin. Vielleicht hat sie von meinem Ausbruch gehört und verschanzt sich jetzt in der Villa.« Ein Schnauben entfuhr Chad. »Sie glaubt, dass Geld allein glücklich macht. Vielleicht trifft es auf sie zu, aber mir ist Geld ziemlich egal.«

»Das klingt, als wäre sie eiskalt«, sagte Izzy.

»Das war schon immer so. Wir hatten nie eine enge Beziehung. Sie hat mir sogar einen anderen Nachnamen als ihren gegeben. Angeblich heiße ich so wie der Typ, der sie mit achtzehn geschwängert hat.«

»Lass mich raten, du kennst deinen Dad nicht?«

»Mum hat ihm nie von mir erzählt und ich bin auch nicht scharf drauf, ihn zu treffen. Ich meine, was soll ich ihm denn sagen? Hallo, ich bin dein krimineller, zum Tode verurteilter Sohn? Ich bin auf der Flucht, das ganze Land sucht nach mir, weil ich fünf Menschen ermordet und das Hochsicherheitsgefängnis angezündet habe. Ach, und Superkräfte habe ich auch?«

Izzy lachte auf einmal sehr herzhaft. Sie beugte sich vor, um sich den Bauch zu halten. »Ja, das solltest du ihm sagen!«, rief sie. »Und frag ihn auch, ob du bei ihm wohnen darfst!«

Chad verstand nicht ganz, was Izzy daran so lustig fand, doch ihm gefiel, wie sie lachte. So, als wäre sie frei in ihrem ganzen Sein. Und ihr Lachen war ansteckend. Er konnte nicht anders, als mit einzusteigen.

»Entschuldige«, sagte Izzy, während sie sich eine Träne abwischte. »Das ist nichts, worüber ich lachen sollte. Du hättest dich nur sehen sollen, wie du vorgeschlagen hast, ihm zu sagen, dass …« sie brach erneut in einen Lachanfall aus. »Das ist so absurd.«

»Schon okay«, sagte Chad. »Du lachst sehr lustig.«

»Wie alt bist du eigentlich?«, wollte sie wissen.

»Siebzehn.«

Sie grinste breit. »Dann bist du jünger als ich.« Sie piekste ihm in die Seite.

Chad ging auf ihr Spiel ein. »Dafür bin ich größer als du.«

Er hatte lange darauf gewartet, das mal zu jemandem sagen zu können. Es stimmte. Obwohl er klein für sein Alter war, überragte er Izzy um wenige Zentimeter.

»Aber ich bin stärker.« Ohne Vorwarnung schmiss sie sich auf Chad.

Er rollte auf den Rücken und Izzy fixierte seine Arme mit ihren Händen seitlich neben seinem Kopf im Sand. Sie saß auf ihm. Ihr Grinsen war herausfordernd. »Das werden wir noch sehen«, sagte Chad. Er hob seine Arme an und drückte Izzy zurück. Daraufhin entstand ein Gerangel, in dem sie sich über den Sand wälzten. Mal gewann Chad die Oberhand, mal Izzy. In einer weiteren Rolle erreichten sie das Ufer. Chad lag auf dem Rücken mit dem Hinterkopf im Wasser. Eine Welle schwappte ihm gegen die Schultern. Seine Haare wurden nass. Das Wasser spiegelte sich in Izzys blauen Augen, denen er sofort verfiel.

»Kannst du schwimmen?«, fragte sie.

»Klar!«

Sie stand auf. »Dann lass uns ins Wasser gehen.« Sie zog sich aus, wobei Chad verschämt wegsah. »Was ist, bist du immer so verklemmt? Das ist nur mein Körper.«

Chad stützte sich auf die Ellbogen. Er zog dann seine kurze Hose aus und warf sie zu einer der Bambusliegen. Seine Boxershorts behielt er an.

Izzy stürzte sich ins Wasser. Chad folgte ihr. Die Sonne stand jetzt höher. Der Himmel füllte die unendliche Weite mit einem strahlenden Blau.

Das Wasser war kühl und erfrischend. Doch nach nur wenigen Metern merkte er, wie ihn die Kette an seinem Arm nach unten zog, weshalb er sich nicht in die tieferen Gebiete wagte, wo er nicht mehr stehen konnte. Er sah zu dem Gitter zwischen den Felsen. Ihn faszinierte das Meer dahinter. Sie mussten wirklich viele hunderte Kilometer vom Festland entfernt sein. Er tauchte unter und sah, dass das Gitter bis zum Grund reichte. Wieder an der Oberfläche erklärte ihm Izzy, dass Nolan verhindern wollte, dass jemand versehentlich abtrieb, aber auch, dass von außen jemand oder etwas herein kam. Unter Wasser gab es Höhlen, die in die Felsen führten. Nolan hatte wohl auch Taucherausrüstungen, um sie zu erkunden.

Sie spritzten sich gegenseitig nass. Chad hatte sich die Kette um den Arm gewickelt, hielt durch ihr Gewicht allerdings nicht so lange durch wie Izzy, deren Arme frei waren. Nach einer ausgiebigen Wasserschlacht trottete er an Land zurück.

Während er sich seine Klamotten wieder anzog, trat Chirac aus dem Dschungel an den Strand. Chad überkam sofort eine Welle aus Angst und Unsicherheit. Er fasste sich an den Arm mit der Kette. Chirac stapfte auf ihn zu. Seine Gesichtszüge waren angespannt. Die Augen halb zusammengekniffen und die Lippen aufeinandergepresst. Unter seinen Augen zogen sich dunkle Ringe.

»Welche Laus ist dir denn über die Leber gelaufen?«, fragte Izzy schnippisch.

Chirac ignorierte sie. Stattdessen packte er die Kette an Chads Arm und zog so heftig daran, dass Chad im Sand auf die Knie fiel.

»Jetzt ist Schluss mit deinen Albereien. Du Bastard machst dich gefälligst an die Arbeit!«

»Lass Chad los!«, rief Izzy.

»Und wer bist du jetzt? Musst du dich einmischen, du Göre?«

»Ich bin …«

»Schon okay, Izzy«, sagte Chad. »Ich komme ja schon.«

Chirac schnaubte. Dann zog er an der Kette, als wäre Chad ein Hund an einer Leine. »Wie peinlich, dass du dich von einem Mädchen verteidigen lassen musst.« Seine Schritte waren zügig. Bald hatten sie den Dschungelpfad der Action-Area erreicht.

Chad konnte sich nicht wehren. Chirac war stärker. Und er hatte ihn wortwörtlich in der Hand.

Eskalation

Im Gefängnis hatte Chirac ihm das Leben von Anfang an schwer gemacht. Schon bei seiner Einlieferung war der Wärter ekelhaft zu ihm gewesen. An Nico hatte Chad gesehen, was es bedeutete, wenn Chirac für jemanden die Verantwortung übernahm. Wenn er es sich zur Aufgabe machte, einen Menschen bis an seine Grenzen zu treiben. Sie zu überschreiten. Seine Macht zu verdeutlichen. Er war immer froh darüber gewesen, dass sein verantwortlicher Wärter, Strong, diese Aufgabe nur als seinen Job betrachtet und es vermieden hatte, persönliche Gefühle ins Spiel zu bringen.

Chirac war ein Kontrollfreak. Das Wort kannte Chad von Nico und wenn er gedacht hatte, die Bedeutung dessen während seiner Gefangenschaft begriffen zu haben, irrte er sich. Das, was er gerade erlebte, übertraf alles, was er sich unter diesem Ausdruck bisher vorstellen konnte. Seine krankhafte Neigung dazu, alles zu bestimmen, was sie machten, sorgte regelmäßig für Spannungen zwischen ihnen. Anfangs waren es nur Kommentare darüber gewesen, wie Chad die Schaufel benutzte oder wo er sich aufhielt. Wenn er sich zu lange von ihrer Arbeit ausruhte, schrie Chirac ihn an. Irgendwann ging er dazu über, selbst keinen Finger mehr zu rühren, sondern Chad für sich arbeiten zu lassen und jede seiner Bewegungen zu analysieren. Ihre Hütte nahm zwar Form an, doch als Chirac zum hundertsten Mal die Augen verdrehte und dabei stöhnte wie ein Oberlehrer, riss Chad der Geduldsfaden. Er kletterte aus der Baustelle heraus, kickte Bretter zur Seite und schmiss Chirac den Hammer vor die Füße.

»Was soll das?«, rief Chirac.

»Weißt du was, Arschloch? Du nervst. Alles, was ich mache, ist falsch. Alles, was du sagst, ist gegen mich. Ich lasse mich nicht länger von dir herumkommandieren!«

»Ich nerve?« Chirac verschränkte die Arme. »Zu deiner Information, ich hatte nie Lust auf dieses Projekt. Schon gar nicht mit Abschaum wie dir!«

»Schön, dann sind wir uns ja ausnahmsweise mal einig.« Chad ging ein paar Meter von der Baustelle weg.

»Komm sofort zurück!«

»Nein!«

Chirac verfolgte ihn, bis er ihn am Arm packen konnte und zu sich zog. »Du tust jetzt, was ich sage, oder ich poliere dir deine hässliche Mörderfresse!«

Chad roch seinen Atem. Hätte er seine Kräfte unter Kontrolle gehabt, hätte er Chiracs Kopf explodieren lassen. So, wie den des Killers in seiner Schule, als er ihm den Helm weggetreten und mit der Waffe auf ihn geschossen hatte. Ein Mord mehr oder weniger war auch egal. Und wenn es einen wie Chirac traf, umso besser. Doch das konnte er nicht. Gegen seinen Willen stiegen Tränen in seine Augen. »Lass mich los!«, flüsterte er.

Chirac grinste. Dann stieß er Chad von sich weg. »Du bist jämmerlich und schwach. Nichts weiter als ein Fliegenschiss.«

Das reichte. In seiner Wut machte er sich keine Gedanken um Konsequenzen. Chad holte aus und schlug mit geballter Faust zu. Die Gegenreaktion folgte sofort. Chirac packte seinen Unterarm, sodass die gesamte Kraft, die Chad in den Schlag gesteckt hatte, ins Nichts verlief. Chirac verdrehte ihm den Arm so, dass Chad in die Knie gezwungen wurde. Als Nächstes rammte er ihm sein eigenes Knie gegen das Kinn. Chad landete auf dem Rücken. Doch das reichte seinem Gegner nicht. Chirac beugte sich über ihn und schlug ihm ins Gesicht. Immer wieder.

Die Schläge hatten solch eine Wucht, dass Chad schon nach dem ersten nur noch helle Lichtblitze vor seinen Augen wahrnahm. Ihm rauschte das Blut im Schädel, in seinem Hals knackte es. Er schaffte es mühsam, seinen Arm schützend vor sein Gesicht zu halten.

War doch klar, dass er keine Chance gegen Chirac hatte.

Chirac hörte auf. »Ich hätte dich töten sollen, als ich die Gelegenheit dazu hatte«, sagte er.

»Dann tu es doch jetzt!« Chad war egal, wenn der Wärter es wirklich täte. Zur Untermalung spuckte er ihm Blut ins Gesicht. »Oder traust du dich nicht?«

»Ich kann dich hier nicht töten«, bedauerte Chirac. »Du hast zu viele Fans.«

»Dann bist du ein Feigling. Ich wette, du könntest mich nicht töten, selbst, wenn du es wolltest.«

»Hast du vergessen, wen du vor dir hast? Ich habe schon auf dich geschossen, du kleiner Wichser.«

»Du verprügelst andere gern. Aber zum Töten bist du nicht in der Lage. Und du willst Justizschütze sein?«

»Halt die Fresse!«, brüllte Chirac.

Chad hatte seinen wunden Punkt getroffen. Das sah er Chirac an. Er grinste. Zum ersten Mal hatte er etwas gefunden, mit dem er den Wärter angreifen konnte. »Ist es das? Bist du neidisch, weil ich geschafft habe, woran du gescheitert bist?«

Chirac schlug erneut zu.

Als Chad sich von dem Schlag erholte, hockte Chirac nicht mehr über ihm, sondern stand neben dem Loch für ihre Hütte. Etwas benommen setzte er sich auf.

»Wie fühlt es sich an, ein kleines Mädchen zu erschießen?«, frage Chirac.

Chad erstarrte.

»Allein dafür, dass du das getan hast, möchte ich dich schon an die Wand stellen. Genau wie die vier Killer, die das Pech hatten, dich mit ihren Geschossen zu verfehlen. Ich kann Mörder nicht ausstehen.«

»Warum willst du dann unbedingt einer werden?« Chad sah auf den Boden. »Wenn ich die Vergangenheit ändern könnte, das schwöre ich dir, Arschloch, ich würde es tun. Zu töten ist nichts, was dir Frieden bringt.«

»Das verstehst du nicht«, sagte Chirac. »Kinder haben keine Ahnung von Gerechtigkeit. Vier Männer und ein kleines Mädchen. Du hättest auf die Polizei warten sollen.« Er wandte sich ab und ging einige Schritte.

Damit sprach er aus, was Chad seit Jahren bereute. Jedes Mal, wenn er in seiner Zelle geweint hatte, hatte er sich gewünscht, die Polizei wäre schneller vor Ort gewesen. Es war nicht seine Aufgabe gewesen, das alles zu beenden. Ohne ihn wäre Kira Doyle vielleicht nicht gestorben. Doch da war diese eine Sache, die den Polizisten nicht aufgefallen war. Jemand, den nur er gesehen hatte. Der Grund, weshalb er mit einer Platzwunde am Kopf verhaftet worden war. Von ihm aus konnte man ihn für das, was er getan hatte, belangen. Er war schuldig. Aber die Polizei warf ihm vor, aus Willkür getötet zu haben. Weil die Gelegenheit da gewesen war. Weil er böse Gedanken gehabt hatte. Und Chirac dachte das auch. Vielleicht fühlte er sich besser, wenn er ihm den wahren Grund für den Mord an Kira Doyle verriet.

»Ey, Chirac!«, rief er.

Chirac blieb stehen.

»Es gab fünf Killer.« Chad senkte den Kopf, bevor er sagte: »Vier hab ich erwischt. Aber einer ist noch da draußen. Es war dieser Lehrer. Ich habe ihm geschrieben, weil ich dachte, dass es ein Unfall war und er mir helfen kann. In Wirklichkeit war er einer von ihnen. Und ich der Einzige, der ihn gesehen hat. Kein Wunder, dass nie eine Antwort von ihm kam. An seiner Stelle hätte ich den größtmöglichen Abstand zwischen uns gebracht.«

Als er das hörte, ballte Chirac seine herabhängenden Hände zu Fäusten. »Du bist so naiv, Kleiner. Er hat deshalb nicht geantwortet, weil deine jämmerlichen Briefe ihn nie erreicht haben.«

»Was?«

Chirac blickte ihn über die Schulter an. »Dieser Lehrer ist ein Produkt deiner Fantasie. Er war weder bei der Polizei bekannt noch stand er im Pädagogenregister deiner Schule. Glaubst du, ich habe deinen Fall nicht überprüft, als du bei uns gelandet bist? Du hast dir das ausgedacht, weil du ein beschissenes Kind warst und dich schützen wolltest. Für dich waren es immer die Anderen. Und sowas geht mir auf den Sack. Erst morden und dann rumheulen. Deine Briefe haben das Gefängnis nie verlassen. Heuchler, wie du gehören an die Wand gestellt, ganz einfach!« Er wandte sich wieder ab und lief auf die Büsche zu, die das Camp umgaben. »Diese ganze Insel geht mir auf den Sack!« Er schlug noch einige Äste auf Seite, bevor durch ein angedeutetes Tor aus Ranken in den Dschungel trat.

Chad sah ihm nach. Er hatte Mühe, sich aufzurappeln. Bei dem Versuch, in einen festen Stand überzugehen, wankte er so lange, bis er sich gegen einen Baum lehnte. Er fasste sich an die Wange. Dort fühlte er das warme, klebrige Blut und den stechenden Schmerz, der sein halbes Gesicht einnahm. Zum Glück hatte Chirac seine Zähne verschont. Alles in allem war er glimpflich davongekommen. Doch ein Magengrummeln ließ ihm keine Ruhe.

Vor ihm lag der Hammer, den er zuvor achtlos weggeworfen hatte. Er hob ihn auf, darauf bedacht, die Stelle, durch die Chirac in den Dschungel gelaufen war, nicht aus den Augen zu verlieren. Die Szenerie vor ihm verschwamm leicht. Nur schwer konnte er ausmachen, was passierte. Der Dschungel bewegte sich. So, als würden die Bäume den Pfad mit ihren Ranken verschließen. Er blinzelte. Seine Sicht schärfte sich, aber der Pfad war verschwunden.

Er umklammerte den Griff des Hammers. Auf einmal spürte er innere Kraft, die sich durch das Gefühl der Wut auf Chirac verstärkte. Sein Magengrummeln breitete sich in seinem Oberkörper und den Armen aus. Die Luft um ihn herum begann zu flimmern, Dampf stieg auf und auf einmal entstand auf dem Boden vor ihm eine Flamme. Seine Kräfte zeigten sich. Nur wo sich bisher immer, wenn er sie eingesetzt hatte, ein Ziel vor seinen Augen befand, war da jetzt nur blindes Chaos.

Sein Arm fing Feuer, die Flamme auf dem Boden breitete sich aus und die Luft um ihn herum erhitzte sich immer mehr. Er wandte sich der Baustelle zu, wo lose Bretter herumlagen und Latten und Stützbalken ein Gestell andeuteten, das irgendwann mal ein Haus werden sollte. Ohne es selbst zu bestimmen, lenkte Chad seinen Arm auf das Gestell, das daraufhin in Flammen aufging. Dunkler Rauch stieg auf und neben dem Haus stiegen auch die Flammen auf dem Boden höher. Sie erfassten einen großen Teil der Fläche, der sich dem Dschungel, in den Chirac geflohen war, gefährlich näherte. Das Gestell stürzte ein, als ein Querbalken brach. Hölzernes Krachen und das Knistern von verbrennendem Holz erfüllten die Baustelle.

Chad wollte, dass es aufhörte. Er war wütend auf Chirac, aber er hatte nicht vorgehabt, alles anzuzünden. Sein Körper hörte nicht auf ihn. Immer, wenn er versuchte, die Flammen mit Gedankenkraft zu löschen, war es, als würde er Öl ins Feuer gießen. Er drehte sich auf der Stelle, setzte einen Fuß vor den anderen und jedes Mal, wenn er sich bewegte, vergrößerte sich der Brand.

So lange, bis die Flammen auf eine Hütte überschlugen, die seiner und Chiracs am nächsten stand. Funken fielen auf das Strohdach, das sofort Feuer fing.

»Scheiße!«, fluchte Chad, der hoffte, dass sich niemand innerhalb der Hütte befand. »Scheiße, scheiße, scheiße!«

Der Griff des Hammers löste sich aus seiner Hand. Er war pechschwarz und bröselte herunter. Der schwere Eisenblock rauschte hinterher und fiel auf Chads Fuß. Er schrie auf, zog den Fuß hoch und hüpfte auf einem Bein auf der Stelle.

Im nächsten Moment erreichte ihn ein Schwall Wasser, der ihn umriss und zu Boden warf. Wie eine Fontäne kam er aus dem Nichts, das Wasser kühlte ihn auf einen Schlag runter, löschte die Flammen und das brennende Dach und die ganze Fläche um die Baustelle herum.

Chad lag in einer Pfütze. Er hustete. Das Magengrummeln hatte sich verzogen und auch seine Wut war verflogen. Als er sich aufrichtete, stand vor ihm der große Typ mit blonden Haaren, den er auf dem Weg von Robs Scheune zum Camp getroffen hatte. Er hatte mit ausgestrecktem Arm die offene Fläche seiner Hand auf Chad gerichtet. Seine Augen starrten ihn konzentriert an. Neben ihm erschienen weitere Menschen. Da waren Izzy und das Mädchen, dem die Hütte gehörte, die Chad angezündet hatte. Sie starrte ihn mit offenem Mund an, so als wollte sie zur selben Zeit schimpfen und heulen und hinter ihr erschien Nolan auf der Bildfläche.

Nolan blickte sich für einige Sekunden um und schien schnell zu begreifen, was geschehen war. Er legte eine Hand auf den Arm des blonden Jungen, der noch immer auf Chad zeigte, bis er ihn sinken ließ.

»Ist alles okay bei dir?«, fragte Nolan.

Chad hatte sich zwar von seinem Feuerausbruch erholt, antwortete aber gereizt: »Sehe ich so aus?«

Nolan bat Izzy, sich um das Mädchen zu kümmern, das jetzt zu weinen anfing. Die beiden gingen einige Schritte zur Seite, während Nolan auf Chad zuging und sich neben ihn kniete. »Zeig mal her.« Er betrachtete Chads Gesicht, wobei er seine Augen leicht zusammenkniff. Ein angenehmer Geruch ging von ihm aus. Vermutlich war er gerade dabei gewesen, etwas mit einer Säge zu bearbeiten. An seiner Kleidung klebten Holzspäne. »Tut das weh?«

Bevor er seine Wunde genauer untersuchen konnte, schlug Chad Nolans Hand auf Seite. »Natürlich tut das weh! Scheiße, der Wichser hat mich verprügelt.«

»Wo ist er?«

»Warum ist das so wichtig?«

»Damit ich mich davon überzeugen kann, dass es ihm gut geht.«

»Der Typ ist irre«, rief Chad. »Ist doch scheißegal, wie es ihm geht!«

»Dir vielleicht. Aber ich trage hier die Verantwortung. Also?«

»Dem geht es gut.«

»Und wo ist er?«

»Was weiß ich? Der ist abgehauen. Da lang.« Chad zeigte auf die Stelle, an der er vorhin noch das Tor aus Ranken gesehen hatte. Es war längst nicht mehr da. Nur dichtes Gestrüpp und fette Baumstämme bildeten die Abgrenzung zwischen der Baustelle und dem Dschungel.

»André ist in den Dschungel gelaufen?«

»Ja.«

»Das ist schlecht.« Nolan stand auf. »Dir scheint es gut zu gehen. Lass dir die Wunde von Rob verbinden und dann bleibst du bei ihm, bis ich nachkomme.«

»Ist das dein Ernst?« Chad rappelte sich langsam auf. »Du siehst, was er mit mir gemacht hat und schickst mich einfach weg? Ich dachte auf dieser Scheißinsel kriege ich Hilfe.«

Der blonde Junge hob reflexartig wieder seinen Arm und zeigte mit der offenen Handfläche auf Chad.

Nolan sagte: »Damit das klar ist: Du bekommst auf dieser ›Scheißinsel‹ die Möglichkeit zu lernen, deine Kräfte zu kontrollieren. Du kannst hier alles tun was du willst, dir steht die freie Entfaltung deiner Persönlichkeit offen. Stattdessen versteifst du dich auf Hass. Vielleicht hast du recht und es war zu früh, euch einander aufzuzwingen. Ich werde mir etwas Neues überlegen. Aber während ich mit dir sprechen kann, droht André sich im Dschungel zu verlaufen. Du weißt genauso gut wie ich, dass er keine Flügelkräfte hat. Er ist nicht unsterblich. Wenn ich nicht nach ihm suche, ist er verloren.«

»Klasse, dann sind wir ihn endlich los!«, rief Chad.

Nolan baute sich vor ihm auf, doch statt eine laute Ansage zu machen legte er Chad seine Hand auf die Schulter und kam mit seinem Mund nah an sein Ohr. In flüsterndem Ton sagte er: »Sag das noch mal und ich werfe dich raus.«

Chad schluckte. Er hätte gern eine weitere Schimpftirade losgelassen, doch entschied sich dafür, lieber den Mund zu halten.

Nolan ließ ihn los und machte kehrt. »Ich hole meine Sachen. Sven, ich überlasse dir das Kommando solange ich weg bin. Pass auf Chad auf!«

»Ist gut«, sagte der blonde Junge.

Als sie nur noch zu zweit waren, setzte sich Chad wieder auf den Boden und drückte sich die Hand gegen die Kopfwunde.

Sven senkte den Arm. Er trat neben Chad und ging in die Hocke, um mit ihm auf Augenhöhe zu sein.

»Lass uns zusammen zu Rob gehen«, schlug er vor. »Ich kann dich stützen, wenn du willst.«

»Verpiss dich!«

»Sorry, ist nicht drin.«

»Dann halt wenigstens die Fresse!« Chad zog die Beine an. Er kämpfte damit, nicht in Tränen auszubrechen, was er vor diesem Sven unbedingt vermeiden wollte. Was bildete der sich ein? Und wer war er überhaupt?

Sven ließ sich auf den Hintern fallen. Er sagte nichts mehr. Nach einigen Minuten des Schweigens lief Nolan an ihnen vorbei. Er hatte einen großen Rucksack aufgesetzt und trug dazu ganz andere Klamotten als vorhin noch.

Mit seiner Ausrüstung und dem Schirmhut sah er aus wie einer der Parkranger, die Chad aus einem Dinosaurierfilm kannte. Er trat genau an der Stelle in den Dschungel, durch die Chirac verschwunden war. Lange war ihre Auseinandersetzung noch nicht her. Nolan würde ihn sicher schnell finden.

»Du heißt also Chad«, stellte Sven fest. »Ich glaube, wir haben uns schon einmal auf meiner Laufstrecke getroffen.«

Chad sah Sven zum ersten Mal direkt an. Wie beim letzten Mal trug er eine fabelhaft gestylte Frisur, bei der ihm eine blonde Strähne auf die Stirn fiel. Um seinen Hals trug er eine hölzerne Surferkette. Sie war ähnlich der an Nolans Hals. Die kleinen Perlen zierten ein schmales Stück Holz, das ein Surfbrett andeutete. Eine Spitze oben, zwei Spitzen unten. In der Mitte eine senkrechte Linie. Bei seinem Anblick fiel Chad nur ein Wort ein, das den durchtrainierten Jungen in seinem weißen T-Shirt, den kurzen Hosen und Sandalen beschrieb: Gesund. Er war das komplette Gegenteil von ihm.

»Und du?«, fragte Chad. »Du siehst nicht so aus, als wärst du eine dieser gescheiterten Seelen, die hier leben, weil sie es verkackt haben, mit ihren Kräften umzugehen. Weißt du überhaupt, was Schmerzen bedeuten?«

Sven ließ sich nicht provozieren. Er lächelte stattdessen und sagte: »Mein Dad hat ein Karatedojo. Er hat mich gelehrt, dass wahre Stärke in innerer Ruhe steckt. Aber bevor ich das begriffen habe, habe ich sehr, sehr oft aufs Maul bekommen.«

»Was machst du dann hier?«, wollte Chad wissen.

»Ich habe mich schon früh für Naturforschung interessiert. Als Kind habe ich die Bücher, die Nolan über seine Arbeit geschrieben hat, nahezu verschlungen. Ich habe zwar kaum etwas verstanden, aber er ist für mich sowas wie ein Held. Na ja, dann bekam ich nach einem Unfall im Schwimmbad diese Kräfte. Eins führte zum anderen und jetzt studiere ich hier. Kannst du dir vorstellen, wie glücklich und überrascht ich war, als ich erfuhr, wer hier die Leitung hat?«

Chad rollte mit den Augen. Seine Vermutung hatte sich bestätigt. Er fragte: »Und, wie ist das so, seinem Helden zu begegnen?«

»Ganz ehrlich? Ernüchternd. Nolan ist klasse. Aber die Realität ist nicht immer das, was man sich erträumt hat. Irgendwie dachte ich, es würde spannender werden. Heldenhafter. Verstehst du das?«

»Keine Ahnung.«

»Wer ist dein Held, Chad?«

Chad musste nicht überlegen. Ihm fiel sofort Limitless ein. Aber der war eine Comicfigur. Nicht echt. Er konnte ihm nicht begegnen. Außerdem war er mittlerweile zu alt für Comics. »Ist völlig egal«, sagte er und zog sich noch enger zusammen.

»Weißt du, an wen du mich erinnerst?«, fragte Sven. »An Viktor Mondaine. Aus den Limitless Comics. Kennst du die?«

Ein Schauer überzog Chads Körper. Er nickte.

»Du hast die gleichen Fähigkeiten wie er. Das, was Viktor mit seinen Flammen anstellen kann übertrifft sogar die Kräfte des Bösen. Deswegen heißt es ja auch: Heißer als die Hölle und-«

»-gefährlicher als der Teufel«, beendete Chad den Satz.

Sven lächelte. »Ja, genau. Stell dir mal vor, wie cool das wäre, wenn du dir die gleichen Techniken aneignest wie er.«

»Ja, das wäre cool«, bestätigte Chad. »Aber dazu müsste ich mehr drauf haben als das hier.« Er zeigte auf die abgebrannte Baustelle.

»Hast du das erste Heft gelesen? Da passiert Viktor am laufenden Band das Gleiche wie dir heute. Da ist der Laden, den er abfackelt, dann das Auto seiner Freundin, seine Wohnung und sogar der halbe Park. Die Leute in seiner Stadt glauben erst, es handelt sich um einen Brandstifter, der sein Unwesen treibt und rufen nach einem Helden, obwohl der Held derjenige ist, der alles zerstört.«

Chad lächelte bei der Erinnerung an den Comic, der in ihm seine Liebe zu gezeichneten Geschichten geweckt hatte. Er hatte seit Jahren nicht mehr an den ersten Band gedacht und war schon gar nicht auf die Idee gekommen, sich selbst mit seinem Lieblingshelden zu vergleichen. Dass er so cool sein wollte wie Limitless, das hatte er schon gedacht. Aber ihre Charaktere waren in all ihren Grundzügen verschieden.

Viktor Mondaine war ein Typ, Mitte zwanzig, der an einer hochangesehenen Universität Jura studierte. Er war Mitglied der freiwilligen Feuerwehr und hatte sechs Geschwister, mit denen er sich eine kleine Wohnung teilte und von denen nur der jüngste Bruder über seine speziellen Fähigkeiten Bescheid wusste.

Zwischen all seinen Verpflichtungen der Familie, dem Ehrenamt und seiner Bildung gegenüber schaffte er es, Verbrechen zu bekämpfen und andere Gefahren abzuwehren, die seine Stadt bedrohten. Wenn er in Action war, nannte er sich Limitless, denn seine unendliche Ausdauer und Energie hatten schon oft über Sieg oder Niederlage entschieden.

Mit seinen Fähigkeiten steigerten sich von Heft zu Heft auch die Stärken seiner Gegner. Und jedes Heft vermittelte, dass es nach jeder vermeintlich erreichten Grenze doch noch weiterging.

»Am Ende hat Limitless zugegeben, dass es nie einen Brandstifter gab, sondern dass er schuld an allem ist und er musste versprechen, zu trainieren, bevor er sich das nächste Mal als Held ausgibt«, schloss Sven ab.

Chad ließ das Gesagte auf sich wirken. So, wie Sven die Geschichte schilderte, hatte er wirklich Ähnlichkeiten mit Viktor Mondaine.

»Ich wollte immer wie er sein«, sagte er mit belegter Stimme. »Hätte ich bei der Schießerei draufgehabt, was er kann, wäre das alles nicht passiert.«

»Vielleicht war es gut, dass es so gekommen ist«, sagte Sven.

Chad schickte einen finsteren Blick in seine Richtung.

»Auch, wenn es ein großes Unglück war. Es kann doch sein, dass alles einer höheren Sache diente und du diesen Schmerz erfahren musstest, um wie ein Phönix aus der Asche aufzusteigen. Und wenn der Moment gekommen ist, in dem es nötig wird, bist du wirklich so stark wie dein Held.«

»Können wir jetzt bitte zu Rob gehen? Mein Kopf tut wirklich weh.« Chad wollte nicht länger über Helden reden. Als er die Chance gehabt hatte, einer zu sein, hatte er versagt. Und als er am dringendsten einen gebraucht hatte, war keiner gekommen. Limitless war eine

Comicfigur. Er glaubte nicht daran, dass es Helden in der Realität gab. Er wollte das Thema deswegen schnell beenden.

Wie beim letzten Mal saß Rob vor der Scheune. Als er Chad und Sven bemerkte, kam er auf sie zu und erfasste die Lage. »Was ist mit deinem Gesicht passiert?«

Chad fiel es schwer, den Vorfall auszusprechen. Im Grunde war es ihm peinlich. Nicht nur, dass er immer noch klatschnass war, sondern auch, dass Sven ihn doch stützen musste.

»Es gab eine Schlägerei«, sagte Sven. »Zwischen ihm und seinem Mitbewohner. Nolan sucht gerade im Dschungel nach Hinweisen. Der Typ ist einfach abgehauen.«

Rob nickte. »Danke Sven, du kannst gehen. Chad, mitkommen!«

Er machte sich vorsichtig von Sven los, sodass er der Aufforderung nachkommen konnte. Sein Herzschlag erinnerte ihn an die Momente kurz bevor die Wärter ihn zu den Pfählen auf den Hof geführt hatten. Hinter ihm die leere Dunkelzelle. Vor ihm die Brutalität der Wärter. Da hatte er keine Wahl gehabt, doch jetzt konnte er frei entscheiden und ging trotzdem mit.

Rob führte ihn auf die andere Seite der Scheune. Hier standen mehrere Kisten übereinander an der Wand, auf denen weiße Farbmarkierungen darauf hindeuteten, was in ihnen enthalten war. Ehe er wusste, wie ihm geschah, drückte Rob ihn an den Schultern zwischen zwei solcher Kisten gegen die Scheune. Die Überdachung warf Schatten auf sie beide. Robs Gesicht ließ nur schwer erkennen, was sich darin abspielte. Chad wollte sich von der Wand abstoßen. Eine Auseinandersetzung mit Rob bedeutete für ihn wahrscheinlich mehrere Knochenbrüche. Dieser Mann konnte ihn allein mit seinen Händen zerquetschen. Doch Rob hielt ihn zurück. Chad blieb nichts anderes übrig, als das passieren zu lassen, was er mit ihm vorhatte.

»Hast du ihn provoziert?«, fragte Rob in ruhigem Ton.

»Warum denkst du, dass ich das Arschloch bin?«, gab Chad lauter zurück als er es wollte.

»Das werd ich dir sagen. Ich denke das, weil du in den letzten Jahren dem sozialen Gefüge einer Gesellschaft von gefangenen Schwerverbrechern ausgesetzt warst, die ihr Überleben durch Lügen und Betrügen sichert. Auch, wenn du es mit der Besserung deines Verhaltens ernst meinst, ist nicht auszuschließen, dass du in alte Gewohnheiten verfällst. Ich habe Nolan gesagt, dass er euch länger voneinander trennen sollte. Das haben wir jetzt von seinem Optimismus. Eine Platzwunde und ein geschwollenes Gesicht. Zeig mal her!«

Chad nahm seine Hand herunter. Sofort lief ihm Blut über das Gesicht.

»Das tut jetzt weh, also halt still!«, kündigte Rob an. Dann drückte er Chad mit seinem Unterarm an der Brust noch dichter an die Scheune. Mit der anderen Hand stieß er Chads Kopf dagegen.

Sofort stieg Panik in ihm hoch. Chad versuchte nach Robs Arm zu greifen, was dazu führte, dass Rob ihn noch fester gegen die Wand drückte. Selbst, wenn jetzt seine Beine nachgaben, bliebe er wegen Robs Arm an Ort und Stelle. Durch den Druck bekam er kaum noch Luft. Er konzentrierte sich darauf, seine Atmung gleichmäßig zu halten. Dann spürte er, wie es an seinem Kopf wärmer wurde. Im Augenwinkel erkannte Chad Robs Daumen, der zu dampfen begann und der eindeutig die Quelle der stetig steigenden Hitze war.

»Was hast du vor?«, rief Chad.

Er bekam keine Antwort. Stattdessen drückte Rob ihm den Daumen auf die Platzwunde. Chad schrie auf. Der Schmerz breitete sich mit rasender Geschwindigkeit auf sein Gesicht aus. Er kniff die Augen zusammen. Der Geruch von verbranntem Fleisch stieg ihm in die Nase und jetzt begriff er, was Rob gerade tat. Er versiegelte die Platzwunde mit Flammen, die er selbst erzeugte.

Nach dieser zwar nur kurz anhaltenden, aber dennoch erschreckenden Tortur rutschte Chad an der Wand entlang auf den Boden. Seine Beine zitterten so sehr, dass er sie nicht einmal anziehen konnte. Nur mit Mühe schaffte er es, Rob von unten anzuschauen. Und weil er das Gefühl hatte, er wäre Rob noch eine Antwort schuldig, stammelte er: »Wir haben uns gegenseitig provoziert.«

»Wenigstens siehst du das ein«, entgegnete Rob. Er reichte Chad die Hand.

Er ließ sich hochziehen und auf eine der Kisten fallen.

»Wenn du ein funktionierendes Mitglied unserer Gemeinschaft werden möchtest, musst du dich im Griff haben. Nolan hat dich zu mir geschickt, damit du eine Sanktion erhältst und die werde ich dir geben. Du bleibst erst mal bei mir. Ich bin bereit, dich gehen zu lassen, wenn du drei Bedingungen erfüllst.« Rob streckte ihm drei Finger entgegen.

Chad ließ den Kopf sinken. »Und was sind das für Bedingungen?«

»Erstens: Du übst dich in Disziplin. Noch einen Ausrutscher kannst du dir nicht erlauben. Deswegen wirst du von jetzt an jeden Tag meditieren und dein Verhalten reflektieren.« Es war keine Bitte, sondern eine Feststellung. Von heute an würde er das tun.

Chad nickte.

»Zweitens: Du lernst, mit deinen Fähigkeiten umzugehen. Du gehst nicht eher wieder ins Camp zurück, bis du nicht die Kette an deinem Arm zerstört hast.«

Auch bei dieser Bedingung nickte Chad. Er ahnte, dass sich die Dauer seiner Strafe durch diese Vorgabe in die Länge ziehen würde.

»Drittens: Solange du mit dieser Kette am Arm herumläufst, bleibst du wach.«

»Was?«, entfuhr es Chad. Er bereute seine erhobene Stimme sofort.

»Um es mit Worten auszudrücken, die du verstehst: Wenn du dich mir in auch nur einer Forderung widersetzt, hänge ich dich einen ganzen Monat lang mit den Füßen an die Decke der Scheune.«

Daran, dass Rob dazu fähig war, zweifelte Chad keine Sekunde. Er überlegte es sich, erneut etwas Unangebrachtes zu sagen und hielt lieber den Mund.

»Disziplin, Kontrolle und Schlafentzug. Das verlange ich von dir, solange du bei mir bist. Verstanden?«

Chad biss sich auf die Lippe. Doch dann presste er ein »Ja, Sir« heraus.

»Ich habe dir schon einmal gesagt, dass ich dir nicht übergeordnet bin. Diese Maßnahmen dienen dazu, dir zu helfen. Wenn du dich an meine Vorgaben hältst, wirst du schnell Fortschritte machen, das ist alles. Und das willst du doch, oder irre ich mich?«

»Nein, du irrst dich nicht«, murmelte Chad. Er nahm all seine Kräfte zusammen und stand von der Kiste auf. »Die Bedingungen sind okay.«

Daraufhin hielt ihm Rob die Hand hin. »Ich verlange, dass du dein Bestes gibst.«

Chad schlug ein.

Überlebensdrang

Mit energischen Schritten stampfte Chirac durch den Dschungel. Er schlug wild gewachsene Ranken auf Seite und kletterte über große Wurzeln. Seine Wut hatte die Oberhand gewonnen, alle paar Meter schlug er mit der Faust gegen einen Baum oder rupfte Sträucher aus der Erde. Das viele Grün um ihn herum nahm einfach kein Ende, also ließ er all seinen aufgebrachten Gefühlen freien Lauf. Einmal trat er gegen medizinballgroßen Stein. Als er merkte, dass sich die Erde um das Geröll lockerte, trat er noch einmal zu und noch einmal. Irgendwann hatte er den Stein so weit aus der Erde getreten, dass er einen Abhang hinab rollte und dabei gegen mehrere Bäume knallte, bis er sich zwischen zwei kniehohen Ästen verfing. Normalerweise ging er bei solchen Wutattacken in den Trainingsraum des Gefängnisses und zeigte einem Boxsack seinen rechten Haken. Dieser Raum befand sich auf einer Ebene mit dem Exekutionshof, sehr zum Leidwesen der Verbrecher, die im Todestrakt auf ihre Hinrichtungen warteten. Denn wenn ihm der Boxsack nicht reichte, vergriff er sich in solchen Momenten gerne an ihnen.

Das Schlimmste daran, dass er sich auf dieser Insel befand, war, dass er die Kontrolle verloren hatte. Er wusste selbst, dass sein Drang danach ausgeprägter war als bei den meisten Menschen. Für seine Arbeit stellte er die ideale Grundlage dar, da er ihn zwang, alles genauestens zu überprüfen und immer zu wissen, was in seinem Gefängnis los war. So hatte alles seine Ordnung. Abweichungen ließ er nicht zu und wenn sie doch auftraten, ging er sicher, dass es sich um einmalige Angelegenheiten handelte. Manche nannten ihn zurecht einen Kontrollfreak. Damit sicherte er sich Ansehen und Macht. Doch auf dieser Insel war er ein Niemand. Der Einzige, der ihn als das respektierte, was er war, war ein zum Tode verurteilter Teenager, der es neuerdings wagte, Widerstand zu leisten.

Ein weiterer Baumstamm sorgte für noch mehr Schrammen auf Chiracs Fingerknöcheln. Diese Hinrichtung, bei der er auf Chad hatte schießen dürfen, hätte alles perfekt gemacht. Gewalt war schon immer ein Teil seines Lebens. Sie half ihm dabei, die Kontrolle über andere Menschen zu behalten. Er hatte dadurch schon alles Mögliche durchgesetzt. Er konnte es sich erlauben, er war immerhin Traktleitung. Durch die Teilnahme am Exekutionsprogramm wollte er nicht nur seine Referenzen aufstocken; er wollte die höchste Stufe der Gewalt erreichen. Sie war der Grund, weshalb er überhaupt erst zur Polizei gegangen war.

Es reichte ihm nicht, Gefangene zu manipulieren und zu benachteiligen. Es reichte ihm nicht, Verbrecher, die die Todesstrafe bekamen, zu foltern. Er wollte mehr. Als ausführende Hand des Gesetzes hätte er die absolute Kontrolle über diese Schweine. Die Entscheidung über Leben und Tod läge in seiner Hand. Chad hätte seine erste Referenz werden sollen. Der Bengel war Abschaum, er verdiente das Leben nicht. Chirac wollte es beenden und damit seinen Beitrag dazu leisten, die Welt zu einem besseren Ort, ohne Mörder wie ihn, zu machen. Das legale Töten war sein Ziel.

Er stellte sich zum hundertsten Mal vor, wie sein Finger den Abzug betätigte. Wie die Kugel den hässlichen Schädel des Jungen nicht verfehlte, sondern punktgenau zwischen die Augen traf. Es war nicht so, dass er nicht zielen konnte. In den Schießübungen hatte er regelmäßig als Bester abgeschnitten. Es waren diese Fähigkeiten, die Chad hatte, die verhindert hatten, dass die Kugel ihn traf.

»Verdammt ich krieg dich noch!«, brüllte Chirac.

Gerade eben noch hatte er über Chad gekniet. Seine Faust war auf ihn niedergeschmettert, in seinen Schlägen hatte kein Funken Zurückhaltung gesteckt. Ihn jetzt zu töten bedeutete allerdings, dass er sich mit ihm auf eine Stufe stellte.

Gesetze gab es nicht umsonst. Das Töten von Menschen war nur erlaubt, wenn es sich um eine offizielle, staatlich angeordnete Hinrichtung handelte. Mit seinem Schrei schwor er sich, seine verpasste Chance nachzuholen.

Wie immer dauerte es einige Schläge gegen wehrlose Objekte, bis das rote Tuch vor seinen Augen wie ein Schleier an Transparenz gewann und er wieder rational denken konnte.

Wo war er überhaupt?

Seiner Intuition nach war er nicht weit entfernt vom Camp. Als er sich umsah, stellte er fest, dass er nicht mehr ausmachen konnte, aus welcher Richtung er gekommen war. Er schätzte, dass die meisten in seiner Situation um Hilfe geschrien hätten oder in Panik verfallen wären. Dass er sich verlaufen hatte, war offensichtlich. Doch wie durch einen Automatismus wählte er seine folgenden Schritte aus logischen Gründen.

Als Erstes überprüfte er, was er dabei hatte. Vom Bau der Hütte trug er am Gürtel noch eine Klappsäge, was ihm deutliche Erleichterung verschaffte. Außerdem hatte er sich kurz vor der Auseinandersetzung seine Jacke übergezogen. Damit war seine Uniform komplett. Wichtig für Chirac war es jetzt, seinen Körper auf einen energiesparenden Modus herunterzufahren. Er kämpfte sich weiter durch die dichten Pflanzen, bis er eine Stelle erreichte, an der die Erde etwas freier war. Dort zog er sich Jacke und T-Shirt aus, um sich das Shirt als Schutz über den Kopf zu binden. Anschließend zog er die Jacke wieder an und steckte sie sich in den Hosenbund. Er kontrollierte, ob die Hosenbeine in den Stiefeln steckten, damit keine kleinen Tiere von außen hinein krabbeln konnten und zu seinem Glück fand er in seiner Jackentasche seine Lederhandschuhe. Sie waren scheinbar das Einzige, was man ihm vor seiner Reise in dieses Exil nicht abgenommen hatte.

Vereinzelte Sonnenstrahlen bahnten sich durch das Blätterdach über ihm ihren Weg zum Waldboden, wodurch er bestimmen konnte, welche Tageszeit derzeit herrschte. Es war Nachmittag. Da er in Bewegung bleiben musste, konnte er unterwegs Ausschau nach einem geeigneten Schlafplatz halten, selbstverständlich auf einem Baum, um Angriffen wilder Bodentiere vorzubeugen, sollte er heute nicht mehr zurückfinden. Er setzte einen Fuß vor den anderen, kletterte und duckte sich. Die Säge half ihm, sich einen Weg zu schlagen und damit Hinweise auf seine Position zu schaffen, falls ihn jemand suchte. Nach vielleicht zwei Stunden erreichte er einen Teil des Dschungels, in dem dicke Lianen von den Bäumen herab hingen. Die dichten Blätter verdeckten den Himmel nun komplett, wodurch die Temperaturen drastisch fielen. Chirac schnitt sich mit der Säge eine Liane durch und setzte den abgeschnittenen Teil an, um daraus zu trinken. Ein Trick, von dem ihm sein Ausbilder während einer Exkursion erzählt hatte. Da er keinen Fluss ausmachen konnte, blieb ihm nichts anderes, als die bittere, aber reine Flüssigkeit aus den Pflanzen zu trinken. Anschließend machte er sich aus der Liane ein Seil, um sich über Nacht auf dem Baum seiner Wahl zu sichern.

Der Baum, der für eine Übernachtung infrage kam, befand sich noch tiefer im Dschungel. Chirac erklomm ihn ohne Mühe und band sich, oben angekommen, an dem dicken Hauptstamm fest. Der Ast, auf dem er sich niederließ, war breit genug, dass er sich entspannt ausstrecken konnte. Alles in allem, gab er zu, verlief seine Überlebenstaktik bisher ganz gut. Bei Sonnenaufgang wollte er eine Richtung festlegen, der er folgen konnte, bis er am Rand der Insel ankam. Hatte er den Rand gefunden, musste er nur am Wasser entlang laufen, um wieder zu seinem Ausgangspunkt zu gelangen: Dem Steg an dem das Boot angelegt hatte. Von dort würde er das Camp leicht finden. Außerdem konnte er auf die Weise vorbeifahrende Schiffe auf sich aufmerksam machen. Die erste Chance, von dieser Insel zu verschwinden, musste er nutzen.

Ruhe für innere Stärke

In der Scheune wickelte Rob einen Verband um Chads Kopfwunde. Für den Bruchteil einer Sekunde dachte Chad an die Krankenstation, wo ihm die Gefängnisärztin erzählt hatte, dass sie das tagtäglich mit den unterschiedlichsten Gefangenen machte, die mit Chirac aneinandergeraten waren. Jetzt war er einer von ihnen. Nur, dass ihn keine grauen undurchdringbaren Mauern umgaben, sondern Heuwürfel und Nahrungsvorräte.

Als Rob sich von ihm abwandte, wagte Chad einen Blick nach oben. Tatsächlich hing direkt unter dem Dach ein Haken an einer Kette. Bei der Vorstellung, dort zu hängen, lief ihm ein Schauer über den Rücken. Rob holte hinter einem der Regale ein großes, rundes Holzbrett hervor. Es war von Metall umrandet, wie die Ränder eines Fasses. An vier Stellen, waren metallische Ringösen angebracht, die sich jeweils gegenüber standen.

»Komm mit!«, befahl er.

Gemeinsam gingen sie aus der Scheune zu einem etwa dreißig Meter hohen Baumstamm dahinter, der an der Spitze gerade abgesägt war. Es standen keine Äste ab, dafür aber Holzkonstruktionen in unterschiedlichen Höhen, an denen Ketten hingen. Rob suchte sich eine der Konstruktionen aus und befestigte vier herabhängende Ketten mit Karabinern an dem runden Stück Holz. »Setz dich drauf!«

»Auf die Platte?«

»Ja, na mach schon, das wird nett.«

Unsicher setzte sich Chad auf die runde Fläche. Er hielt sich instinktiv an den Ketten fest, denn im nächsten Moment zog Rob an einer weiteren Kette, sodass sich die vier Ketten um Chad herum spannten und ihn und die Holzfläche anhoben. Chad sah nach oben. »Willst du mich jetzt doch aufhängen?«, fragte er.

»Das ist Teil deiner Übung. Keine Panik. Halt dich nur gut fest und pass auf, dass du nicht herunterfällst!« Rob zog weiter an der Kette.

Chad klammerte sich an die Ketten, während seine Plattform schwungvoll höher stieg. Auf einer Höhe von zehn Metern klinkte Rob die Kette am unteren Ende des Stammes ein und verriegelte sie.

Chad schluckte. Von hier oben konnte er die Scheune gut überblicken. Bei jeder Bewegung wackelte die Plattform, sodass er sich noch fester an die Ketten klammerte. Wenn er es genau nahm, war er doch ein Gefangener. Der einzige Weg, nach unten zu gelangen, war zu springen.

Rob organisierte eine weitere Plattform, die er in eine der anderen Ketten hängte. Er stellte sich auf das Holz. Dann zog er an der Kette, um sich Zug für Zug selbst nach oben zu befördern. Von außen betrachtet sah es einfach aus, doch als Rob dieselbe Höhe erreicht hatte wie er, sah Chad die Schweißperlen auf dessen Stirn. Rob klinkte seine Kette in einen abstehend angebrachten Karabiner ein. Im Gegensatz zu Chad stand er sicher auf der Plattform mitten in der Luft. Sie hingen sich mit ungefähr drei Metern Abstand gegenüber.

»Hier wirst du meditieren«, sagte Rob. »Konzentriere dich auf deine Atmung. Finde dein inneres Gleichgewicht.«

»Was, hier oben?«, rief Chad ihm entgegen. Dabei blickte er nach unten. Die Plattform wackelte gefährlich.

»Sieh nicht nach unten, sondern schau mich an. Du musst ruhig werden. Finde die Mitte der Plattform. Finde ihr Gleichgewicht.« Rob setzte sich wie selbstverständlich freihändig in den Schneidersitz.

Indem er seinen Oberkörper vor und zurück verlagerte, fand Chad den Punkt, an dem sich das Holz unter ihm beruhigte.

»Du hast eine lange Zeit eingesperrt auf engem Raum verbracht, ohne die Möglichkeit nach draußen zu gehen und dich auf das einzulassen, was die Natur dir gibt. Stunden über Stunden musstest du auf ein und demselben Fleck sitzen, weil dich Ketten daran gehindert haben, zu gehen. Ich habe gehört, dass du bei deiner Ankunft hier kein Wort gesprochen hast. Wie lange ging das?«

»Ehm …« Chad zwang sich, Rob anzusehen. »Ein Jahr …«

»Du hast ein ganzes Jahr lang geschwiegen, Chad. Dein Durchhaltevermögen ist beeindruckend. Geduld und Durchhaltevermögen sind zwei essenzielle Fähigkeiten, die du benötigst, um Disziplin zu lernen. Eigentlich hast du schon alles, was du brauchst. Du musst die Dinge nur ordnen. In deinem Geist. Einen Fokus setzen. Komm, schließ die Augen.«

»Dann falle ich runter!«

»Entspann dich! Bleib im Gleichgewicht und konzentriere dich auf deine Mitte. Dein Körper muss mit dem Boden, auf dem du sitzt, eins werden.«

Es dauerte ein bisschen, doch bald hatte Chad den Dreh raus. Rob hatte recht. Die ganze Zeit hatte er in seiner Zelle gesessen und nichts gemacht. Die Stunden waren teilweise einfach so an ihm vorbeigezogen. Licht an. Zählung. Licht aus. Zählung. Licht an. Wenn er so darüber nachdachte, fehlten ihm tage- ja, wochenlange Erinnerungen, weil jeden Tag das Gleiche passiert war: Nichts. Er war dadurch auf eine Übung wie diese perfekt vorbereitet worden.

»Fühlst du die frische Luft?«, fragte Rob.

»Ja.«

»Fühlst du den Wind?«

Ein leichter Windhauch zog vorbei. »Ja.«

»Kannst du deinen Herzschlag hören?«

»Ich … weiß nicht.«

»Versuche es.«

Chad konzentrierte sich auf seinen Herzschlag.

Bumm bumm. Bumm bumm. Er fühlte ihn. Aber hören? Er wollte keine weiteren Fragen stellen. Kurz überlegte er, wo Chirac gerade war. Ob Nolan ihn bereits eingeholt hatte? Und was war eigentlich mit dem Gefängnis passiert? Sein Großbrand hatte sicher für viel Schaden gesorgt. Ob er andere Gefangene verletzt hatte? Seine Gedanken drifteten in verschiedene Richtungen ab und immer, wenn er das bemerkte, konzentrierte er sich wieder auf seinen Herzschlag. Seine Hände ruhten auf seinen Knien. Bald schon spürte er die Kette an seinem Arm nicht mehr und auch die Wahrnehmung für die Tatsache, dass er sich zehn Meter über dem Boden befand, ließ nach. Er hörte Vögel und das Rascheln der Bäume. Er spürte, wie der Wind sein blaues Auge streifte. Das Pochen in seiner Wange ebbte langsam ab. Dann spürte er noch etwas. Da war etwas in ihm, das er lange unterdrückt hatte. Das seit seinem zwölften Geburtstag von ständiger Angst übertönt wurde. Eine genaue Definition dafür kannte er nicht, doch er wusste, dass da ein positives Gefühl war. Tief in seinem Inneren glimmte ein winziger Funke, der …

Er öffnete die Augen. Vor ihm ruhte Rob auf seiner Plattform in eiserner Starre. Er hatte die Augen geschlossen und strahlte absolute Ruhe aus. Chad bewegte sich, woraufhin seine Plattform wieder zu wackeln begann. Das Klirren der Ketten sorgte dafür, dass Rob seine Augen öffnete.

»Das war gut«, sagte Rob. »Lass es uns gleich wiederholen.«

»Okay«, sagte Chad.

Totgeglaubte

In den letzten fünf Tagen hatte Chirac alles angewendet, was er über das Verhalten im Notfall wusste. Heruntergebrochen auf diesen Dschungel bedeutete das, er musste hauptsächlich für genügend Wasser und Schutz gegen wilde Tiere sorgen. Aus den Lianen war eine Hängematte geworden, die er nachts auf Baumstämmen befestigte. Aus seiner Zeit in dem Felsenkäfig kannte er einige Früchte, die Nolan ihm gebracht hatte, die hier auf den Bäumen wuchsen. Die Versorgung reichte bestens aus, um ihn am Leben zu erhalten.

Gerade schlug er sich durch dichte Sträucher, als er ein eigenartiges Geräusch hörte. Mit geschärften Sinnen schlug er einen weiteren Ast durch. Da war es wieder. Fast wie ein Knurren, nur stammte es nicht von einem Raubtier. Chirac hielt inne. Er bewegte seine Pupillen langsam hin und her. Seine Beine brachte er in eine Kampfstellung, die Säge hielt er zusammengeklappt in der Hand.

Es knurrte wieder.

Diesmal war das Geräusch näher, kam allerdings aus einer anderen Richtung. Sollte es zu einem Angriff kommen, vermutete er ihn von hinten. Seine Instinkte erwiesen sich als Rettung, denn im nächsten Moment kam eine Gestalt aus einem höher gelegenen Busch gesprungen. Für eine Sekunde war die Silhouette einer Person mit ausgestreckten Armen und Beinen in der Luft zu erkennen. Sie stürzte sich auf Chirac, der mit den Armen eine Abwehrhaltung einnahm. Sie fielen beide zu Boden, rollten über die Erde durch Sträucher und Pflanzen und noch während sie schlitterten, schlug der andere Mensch zu. Chirac wich dem Schlag aus und griff nach den Schultern des Angreifers. Er stieß ihn um, doch der Junge aus dem Busch hielt sich an ihm fest, wodurch sie beide weiter miteinander rangen. Chirac bemerkte schnell, dass er in eine Falle getappt war, weil die Steigung an dieser

Stelle extrem abnahm. Der Junge krallte seine spitzen Fingernägel in Chiracs Hals, der stieß einen Schrei aus und verpasste seinem Gegner eine Kopfnuss. Dann verloren sie beide den Halt und rutschten ineinander geschlungen einen Abhang runter. Chirac blieb mit den Füßen an einer Wurzel hängen, die seinen Sturz abfing. Der Junge löste seine Krallen, fing sich und sprang in einer fließenden Bewegung auf den abstehenden Ast eines dicken Baumes. Keine Sekunde später sprang er erneut auf Chirac zu, der sich aus den Wurzeln befreite und absichtlich den Abhang hinunter rollen ließ. Der Junge verfolgte ihn, bis er ihn am Fuße der Steigung zu fassen bekam. Er riss an Chiracs Kleidung, aus seinem Mund floss dicker Speichel. Den Moment nutzte Chirac. Er schmetterte dem Jungen seine Faust ins Gesicht. Dieser ließ seine Jacke los und landete im Dreck.

Chirac sprang sofort auf. Er brachte sich erneut in Kampfstellung. Vor ihm lag ein nackter Junge im Teenageralter. Seine braunen Haare waren so lang, dass sie ihm bis zu den Hüften gingen. Die Nägel an seinen Fingern und Füßen waren gespitzt, beinahe wie echte Krallen. Wie erwartet hatte auch er auf dem Bauch ein Flügeltattoo.

»Wer bist du? Was willst du von mir?«, brüllte Chirac.

Der Junge antwortete nicht, sondern griff wieder an. Diesmal leisteten sie sich einen Schlagabtausch, den Chirac mit deutlicher Oberhand gewann. Er wehrte einen Schlag mit der flachen Hand ab, packte seine Schulter, verdrehte ihm den Arm auf dem Rücken und stieß ihm sein Knie in den Magen. Der Junge sackte zusammen.

Chirac atmete erleichtert durch. Normalerweise hielt er solch einem Kampf mit Leichtigkeit stand, was gerade nicht der Fall war. Dieser kurze Angriffsmoment kostete ihn viel seiner übriggebliebenen Energie. Er setzte sich auf den Jungen und fühlte mit einer Hand die Wunden an seinem Hals ab. Nur Kratzer. Alles war in Ordnung. Dann griff er nach einem kürzeren Teil der Liane an seinem Gürtel und fesselte die Arme des Jungen auf dessen Rücken. Als er fertig war, stieß er ihn mit einem Tritt um.

Der Junge atmete erschöpft ein und aus. Er fixierte Chirac mit seinen hellblauen Augen. Das linke enthielt in der Iris um die tiefschwarze

Pupille einen perfekten, dunkelblauen schmalen Ring, der sich von der übrigen Farbe deutlich abhob. Er knurrte wieder und fletschte dabei die Zähne. Die waren, wie seine Fingernägel, gespitzt. Sein ganzes Gebiss, ja das gesamte Auftreten des Jungen, erinnerte mehr an ein Tier als an einen Menschen. Viele kleine Narben waren auf seiner Haut verteilt. Manche verheilt, manche noch frisch.

»Kannst du mich überhaupt verstehen? Nein? Dachte ich mir«, sagte Chirac. Er verdrehte die Augen und stemmte die Hände in die Hüften. »Klasse!«

Der Junge gab jetzt Laute von sich, die Chirac nicht zuordnen konnte. Es war eine Mischung aus Kreischen, Brüllen und Knurren. Fast so, als würde er einen Schrei einatmen. »Oh, verdammt, sind da etwa noch mehr von dir?« Chirac blickte sich hektisch um. Bei dem Geräusch, das der Junge verursachte, musste er sich die Ohren zuhalten. Er erwartete, dass jeden Moment eine Horde eingeborener Hinterwäldler aus den Büschen gesprungen kam, die ihn mit Speeren und spitzen Stöcken angreifen würde. Doch es geschah nichts. Niemand eilte ihm zur Hilfe. Chirac näherte sich dem Jungen vorsichtig. Plötzlich fühlten sich seine Schritte schwerer an als zuvor. Nur mit Mühe schaffte er es, seinen Fuß nach vorne zu bewegen und als er an sich herunter sah, entdeckte er Wurzeln, die sich um seine Beine schlängelten.

»Was …?« Er hob sein Bein an, doch die Wurzeln packten schlagartig zu und zogen seinen Fuß zurück auf den Boden. Jetzt bemerkte er auch die Ranken, die sich aus der Höhe näherten. Geistesgegenwärtig klappte er die Säge aus, um sich zu wehren. Er schlug drei, vier Ranken auseinander, doch statt sich zurückzuziehen, vermehrten sie sich. Bald griffen sie nach seinen Schultern. Sie nahmen seine Arme ein, wickelten sich ihm um den Oberkörper und verbanden sich schließlich mit den Ranken, die ihn am Boden packten. Nur Sekunden später war Chirac bewegungsunfähig. Je mehr er sich wehrte, desto fester schlängelten sie sich um ihn. Ihm fiel die Säge aus der Hand, die gleich darauf in der Erde unter all den rasant wachsenden Pflanzen versank.

Noch immer starrte ihn der Junge mit seinen gruseligen Augen an. Er kontrollierte die Pflanzen. Wahrscheinlich hatte er die Macht über den Dschungel. Er würde ihn ohne mit der Wimper zu zucken töten. Das sah Chirac ein.

Einen Moment lang überlegte er, ob es in seinem Leben etwas gab, das er bereute. Das Atmen fiel ihm schwerer, weil sich die Ranken um seinen Hals legten. Was er auf jeden Fall bereute, war, dass er Chad verfehlt hatte. Sein ganzes Leben bestand daraus, das durchzusetzen, was er für richtig hielt. Chirac rechnete jeden Tag damit, angegriffen zu werden. Er rechnete damit, dass der Tod schneller kam als gedacht. Dass er hinter jeder Ecke lauerte. In seinem Fall lauerte der Tod anscheinend in diesem Dschungel. Chirac schloss die Augen.

Also gut. Das war es. Er war machtlos.

Der Bengel hatte gewonnen.

In seinen Ohren rauschte das Blut. Wie aus weiter Ferne hörte er gedämpft die Stimme einer anderen Person. Sie redete ruhig und bestimmt. Nach und nach lockerten sich die Ranken. Sie lenkten Chiracs Körper auf den weichen Waldboden und legten ihn sanft ab. Das Blut kehrte in seine Glieder zurück, begleitet von einem unangenehmen Kribbeln. Er blinzelte. Neben dem nackten Jungen stand ein weiterer Mensch. Nolan? Nein. Er war kleiner als Nolan und nur mit einer Hose bekleidet. Seine unscharfen Konturen ließen darauf schließen, dass er zivilisierter aufgewachsen war als sein Angreifer.

»Wer bist du?«, krächzte Chirac.

»Sind Sie okay?«, fragte der andere Junge, statt zu antworten.

Chirac richtete sich auf und sah, wie der Junge in der Hose seinen Kumpanen mit der Säge von den Fesseln befreite.

»Ja, ich bin okay.« Chirac hielt sich den Kopf.

»Sie dürfen nicht hier sein. Dieser Teil des Dschungels gehört nicht zum Camp.«

»Was du nicht sagst.«

»Sie hatten Glück, dass ich in der Nähe war. Noa hätte Sie sonst getötet.«

»Hab ich gemerkt.«

Seine Sicht wurde schärfer. Jetzt erkannte er den zweiten Jungen genauer. Er hatte ebenfalls lange braune Haare, jedoch gingen sie ihm nur bis zu den Schultern. Sein halbes Gesicht wurde durch seinen Pony verdeckt. Wie auch der wilde Junge hatte er am ganzen Körper teilweise schlecht verheilte Verletzungen. Manche sahen aus wie Einstichwunden von Spritzen. Solche hatte er oft bei drogenabhängigen Gefangenen gesehen. Und natürlich prangte auf seinem Bauch ein rotes Flügeltattoo. Abgesehen von ihren Frisuren hätten sie gut als Zwillinge durchgehen können. Ein Gefühl sagte Chirac, dass er ihn schon einmal gesehen hatte.

Der wilde Junge, Noa, umrundete ihn in gebückter Haltung.

Chirac folgte ihm mit dem Blick. »Lebt ihr hier?«, wollte er wissen.

»Ja. Noa kann nicht ins Camp. Er würde unter anderen Menschen nicht klarkommen. Es gibt nur zwei Leute, die er akzeptiert: Nolan und mich.«

»Und wer bist du?«

»Mein Name ist Any.«

»Ist das zufällig die Kurzform von Anthony?«

»Woher …?«

»Ich verstehe. Du bist der Junge von dem Chross gefaselt hat.«

Anthony trat von einem Bein auf das andere. »Jetzt wüsste ich gern, wer Sie sind«, sagte er. Im nächsten Moment streckte er seine Hand nach ihm aus.

Wie vom Blitz getroffen verfiel Chirac in eine Schockstarre. In seinem Gehirn breitete sich ein schmerzhaftes Ziehen aus, das ihn aufschreien ließ. Nur blieb es im Dschungel still. Der Schrei erfolgte in seinen Gedanken. Alles um ihn herum verschwamm in flüssige Farbverläufe, die sich miteinander vermischten. Rote, grüne und blaue Linien legten sich übereinander, bis eine weiße Linie entstand. Diese Linie weitete sich aus und nahm sowohl ihn als auch Anthony ein.

Auf einmal erschien alles ganz klar. Chirac und Anthony standen sich in einer sich endlos ausdehnenden weißen Umgebung gegenüber. Anthony starrte ihn an. Sein Auge wirkte hypnotisierend.

»Hör auf!«, brüllte Chirac. »Hör auf, meine Gedanken zu lesen!«

Anthonys Miene blieb unverändert. Er zuckte nicht einmal, sondern grub sich tiefer in Chiracs Verstand. Erinnerungen aus seiner Kindheit blitzten in Chirac auf. Anthony sah sich jede einzelne geduldig an. Wie ein Museum erkundete er Chiracs Gedankenwelt.

»Ich meine es ernst, verzieh dich!«

Anthony folgte der Aufforderung. Offenbar hatte er genug gesehen. Und natürlich musste er ihn konfrontieren. »Ist Ihnen klar, dass das, was Sie tun, dumm ist?«

»Halt dein Maul! Was soll das hier?«, rief Chirac ihm entgegen. Dabei breitete er die Arme aus. Er konnte in dieser Umgebung zwar gestikulieren, jedoch keinen Schritt gehen.

»Sie sind blind«, sagte Anthony.

Daraufhin wurde Chirac schwarz vor Augen.

»Lass den Scheiß!«

»Ihre größte Angst ist es, Fehler zu machen. Wussten Sie das? Ich könnte dafür sorgen, dass Sie auch in Wirklichkeit nie wieder etwas sehen würden und es wäre Ihnen gleichgültiger als die Tatsache, dass Sie mich nicht aufhalten konnten, das über Sie herauszufinden.«

»Ich mache keine beschissenen Fehler.«

»Doch, Sie machen sogar andauernd welche«, entgegnete Anthony. »Bei einem davon habe ich Sie selbst beobachtet. Wie Sie schon herausgefunden haben, war Nicolas Chross mein Bruder. Ich war bei seiner Hinrichtung. Sie haben einen Unschuldigen an die Wand gestellt.«

»Willst du mich verarschen? Chross war alles andere als unschuldig.«

»Für Sie sah das so aus, weil alle Beweise gegen ihn sprachen. Er hat Ihnen sogar ins Gesicht gesagt, dass ich seine Familie getötet habe. Einer Ihrer Fehler war es, ihm das nicht zu glauben.«

»Weil es Schwachsinn ist!«, rief Chirac. Die Dunkelheit verwandelte sich in Nebel, der sich langsam verzog. Wieder umgab ihn endloses Weiß. »Ich kannte Chross verdammt gut und ich hab ihn gehasst. Er war vieles. Aber auf keinen Fall unschuldig.«

»Warum sind Sie so stur? Ich gebe die Morde offen zu und Sie halten trotzdem an Ihrem Irrglauben fest. Was hätte Nico davon gehabt, seine Familie umzubringen?«

»Warum fragst du ihn nicht einfach selbst?«, fragte Chirac.

»Mein Bruder ist tot! Sie sind verantwortlich für seine Hinrichtung, schon vergessen?«

»Und warum steht er dann hinter dir?« Chirac hob den Finger und zeigte an Anthony vorbei. Seit er wieder sehen konnte, stand Nicolas Chross leicht seitlich hinter dem Jungen. Er trug blaue Gefängniskleidung und hatte die Arme verschränkt. Mitten auf seiner Stirn befand sich das Einschussloch, das die für ihn tödliche Kugel hinterlassen hatte.

Anthony wirbelte herum. Sein Körper begann schlagartig zu zittern, was die weiße Umgebung ebenfalls ins Wanken geraten ließ. Er schien sich nicht erklären zu können, wieso sein Bruder hier war. Dann drehte er sich wieder zu Chirac und wieder zu Nico. Er war immer noch da.

»Wurde auch Zeit, dass du mich bemerkst, du kleiner Bastard.«, sagte Nico. Er machte einen Schritt auf Anthony zu, da geriet alles ins Wanken und ein lautes Donnern brach über sie herein.

Chiracs Körper vibrierte. Er fiel hin, versuchte sich aufzurappeln und griff mit den Händen ins Leere. Ihm wurde der Boden unter den Füßen weggerissen und er fiel in die Tiefe. Seine Hände suchten Halt, doch ihre Bewegungen waren unkontrolliert. Ein Sog zog ihn nach unten. Alles wurde schwarz. Der Donner hallte noch nach. Dann trat Stille ein.

Im nächsten Moment prallte er mit dem Rücken hart auf dem Waldboden auf. Er schrie und wälzte sich hin und her. Sein Körper befand sich in der Realität, doch sein Verstand spielte verrückt. Immer wieder zogen Bilder wie ein Film an ihm vorbei. Der Tag, an dem er Strong in der Polizeiakademie kennenlernte. Von Anfang an hatte er nichts als Verachtung für ihn empfunden. Strong konnte nicht mithalten. Weder mit seinen Zensuren, noch in den praktischen Übungen. Er bat Chirac um Hilfe. »Ich helfe dir, wenn du mich im Rennen schlägst. Verlierst du, brichst du die Ausbildung ab! Versager haben bei der Polizei nichts zu suchen«, hatte Chirac geantwortet.

Ein weiterer Schrei. Chirac packte sich mit beiden Händen an den Kopf und zog die Knie an. Seine Uniform rutschte durch den Schlamm.

Da war Nico. Er saß auf dem Vorsprung seines Baumhauses von wo aus er in den Sonnenuntergang blickte. In seinem Herzen mischten sich die Gefühle und Sorgen eines verliebten Teenagers. Die Klasse würde er wiederholen. Er hasste es, zu lernen. Die Schule, seine Mitschüler, alle machten sich über ihn lustig. Er passte nicht in das System. Morgen wollte er Nora auf ein Eis einladen. Wenigstens sie interessierte sich für ihn. In seiner Vorstellung küssten sie sich. Nico lächelte.

Chiracs Finger krallten sich in eine Wurzel. Sein Körper spielte verrückt, nichts konnte er kontrollieren. Er schlug mit einem Arm um sich, während seine Fingernägel der anderen Hand an der Wurzel abbrachen.

Die Gänge des Gefängnisses. Hier fühlte er sich wohl. Vor ihm lief ein Gefangener her, den er zuvor in Handschellen gelegt hatte. Die Vorschriften verlangten diese Maßnahme nicht einmal, wenn es sich um einfache Gänge zu Besuchen handelte. Doch in seinen Augen hatte es kein Insasse anders verdient. Wer sich nicht an die Regeln hielt, dem sollten die Hände gebunden werden. Wo blieb die Strafe, wenn er sie nicht vor Ort durchsetzte? Als sie den Besuchsraum erreichten, saß eine Frau an einem Tisch. Beim Anblick ihres Sohnes weinte sie. Chirac grinste. So spielte nun einmal das Leben, wenn man es sich verbockte.

Für einen kurzen Moment war sein Blick durch das Blätterdach klar und deutlich. Sonnenstrahlen kitzelten seine Haut. Eine Sekunde später verkrampfte sein Körper so sehr, dass sich seine Augen schmerzhaft nach innen verdrehten.

Er spürte den Fahrtwind. Unter ihm ratterte das Motorrad, das er seinem Freund Leon geklaut hatte. Hinten drauf saß Nora. Sie würden verschwinden. Ganz egal wohin, Hauptsache weg von ihrer Familie. Er wollte sich um sie kümmern und alles wieder in Ordnung bringen. Dafür war er schließlich ihr Freund. Chirac nickte. Das war er doch, oder?

In seinem Kopf dröhnte es. Wie ein Zug, der mit voller Geschwindigkeit in einer U-Bahn Station an ihm vorbeirauschte und dessen Wagons nicht aufhörten.

Auf dem Gefängnishof waren Holzpflöcke aufgestellt worden. Er konnte es kaum erwarten, Chross und den Bengel zu verprügeln. Sie waren ganz offensichtlich für die Explosionen in den Schließanlagen verantwortlich. Wenn er vor allen Gefangenen an ihnen ein Exempel statuierte, würde ihn jeder – und zwar jeder Einzelne – respektieren. Er wollte Chross brechen. Heute war die perfekte Gelegenheit dazu. Chross gab nie einen Laut von sich, wenn er ihn schlug. Damit war es jetzt vorbei. Chirac kam auf die beiden Gefangenen zu, die an Ketten gefesselt waren.

Er wunderte sich noch, dass er seine Arme nicht bewegen konnte.

In dem Moment, als er sich vor Chross stellte, als er sich selbst in die Augen sah, kam ihm eine Idee. Wenn er statt Chross das Kind verprügelte, brachte er ihn vielleicht dazu, auszurasten. Ihrer beider Gespür für Gerechtigkeit war sich sehr ähnlich. Den Jungen zu schlagen wäre alles andere als gerecht. Außerdem versteckte er ein Messer. Chirac grinste.

Er sah nach links. Neben ihm stand Chad gefesselt zwischen den Pflöcken.

Er stellte sich hinter ihn und schlug zu. Das alles sah er von der Position aus, in der Chross stand. Er betrachtete sich selbst durch die Augen des Gefangenen. Und jetzt schrie er. Jeder Schlag, der das Kind nach vorne trieb, fühlte sich für ihn wie ein Stich ins Herz an.

Chad brach zusammen. Er hing nur noch an seinen Armen. Er musste unsagbare Schmerzen leiden. Dann sah er sich selbst wiederkommen. Diesmal mit einer dickeren Stange in der Hand. Er rief Chad zu, er sollte aufstehen und flehte sich selbst an, aufzuhören. Gleichzeitig spürte er pure Befriedigung. Wenig später wartete er vor Chad darauf, dass er endgültig zusammenbrach.

»Was ist?«, fragte Chad. »Töten Sie mich endlich!« Sein Bein zuckte.

»Dafür ist es zu früh«, antwortete Chirac. Ein Satz, auf den er bis heute stolz war. Er grinste und drehte sich um.

Dann sah er von Nicos Position aus, wie Chad ihm hinter seinem Rücken den Mittelfinger zeigte. Er war sich sicher, dass er, hätte er das gesehen, umgekehrt wäre, um ihm einen tödlichen Schlag zu verpassen.

Erst, als Chirac das Gebäude betreten hatte, gaben die Wärter auf den Wachtürmen Warnschüsse ab, die neben Chad im Boden einschlugen und den Jungen zu Fall brachten.

Ein Stoß in die Seite ließ Chirac aufschrecken. Mit einem Stöhnen drehte er sich auf die andere Seite. Speichel lief ihm aus dem Mund und verteilte sich auf den Blättern unter ihm. Er spürte, wie ihn jemand aufhob. Einfach so. Er wurde auf etwas drauf gelegt. Eine Trage? Da waren gedämpfte Stimmen. Jemand redete mit ihm. Fragte, ob er ihn verstehen könnte. In seinem Zustand war Chirac nicht in der Lage, zu antworten. Er konnte nur geschehen lassen, was die, die ihn trugen, mit ihm vorhatten. Unsanfte Schritte. Das Rauschen von Wasser. Licht und Dunkelheit. Wenn er die Augen öffnete, sah er alles doppelt. Seine Gedanken vermischten sich. Er dachte auf einmal auf zwei unterschiedliche Arten.

Was zur Hölle war mit ihm passiert?

Gebrochener Kettenfluch

Jeden Morgen meditierte Chad für mehrere Stunden auf der Plattform in zehn Metern Höhe, bevor er auf dem Feld half. Die Arbeit draußen ließ ihn ein Bewusstsein dafür entwickeln, was alles nötig war, um genug Essen anzubauen, damit alle auf der Insel satt wurden. Vieles gab die Natur her. Der Dschungel war voll von essbaren Früchten und für alles, was sich anbauen ließ, sorgte Rob. Neben dem Feld bei der Scheune gab es noch vier weitere nahegelegene Felder. Rob und Chad teilten sich auf und nicht selten bekamen sie Gesellschaft von anderen Bewohnern der Insel, die beim Umgraben und Ernten halfen. Chad lernte, Mehl aus Weizen herzustellen, wie er ein Brot backen und welche Pflanzen er sonst noch nutzen konnte. Er lernte, fruchtbaren Boden von dem zu unterscheiden, auf dem er keine Chance hatte, etwas wachsen zu lassen und neben all dem lehrte Rob ihn, wie er sich zu organisieren hatte. Wenn die Zeit es zuließ, gab Rob ihm Unterricht in Geschichte oder Mathe.

Chad hatte kaum Probleme damit, wach zu bleiben. Es war hart, keine Frage. Zudem würde er bei der kleinsten Unachtsamkeit während seiner Meditationsübungen von der Plattform herunterfallen. Aber es war möglich. Der Schlafentzug sorgte dafür, dass er seinen Verstand im Dauereinsatz hatte, was dazu führte, dass sich seine Gedanken oft wiederholten. Er ging Szenen aus seiner Vergangenheit durch. Überlegte, was er falsch gemacht hatte oder welche seiner Entscheidungen oder Aussagen richtig gewesen waren. Er hatte Killer fünf nicht vergessen, sondern dachte daran, wie er ihn finden könnte. Außerdem lernte er so, Pausen einzulegen, wenn er welche brauchte, ohne sich darauf verlassen zu müssen, dass er sich im Schlaf erholen würde.

Heute zog Rob ihn mit der Plattform höher als sonst. Sein Abstand zur Wiese wurde größer und auch der Blickwinkel auf die Scheune veränderte sich. Rob klinkte ihn am Ende des Seilzuges ein. Dann überblickte Chad seine Umgebung. »Wow!«, entfuhr es ihm. »Ich kann das Meer sehen!«

»Dreh dich mal um!«, rief Rob von unten.

Chad folgte der Anweisung und staunte noch mehr, als er den Dschungel sah, der sich über Kilometer in die Weite streckte. Er verstand auf der Stelle, wieso sich Nolan solche Sorgen gemacht hatte, als er erfahren hatte, dass Chirac im Dschungel herumlief. Erst dachte Chad, er hätte das Ausmaß der Insel einschätzen können. Doch jetzt, als er sah, wie großflächig sich der grüne Dschungel über die Insel ausbreitete, verglich er sie mit der Großstadt, in der er aufgewachsen war. Er hatte die ganze Größe des Gefängnisses nie erfasst, doch er wusste, dass es nur einen minimalen Teil der Stadt einnahm. Kaum größer als eine Wohnsiedlung. So, wie das Camp. Das Camp war wie das Gefängnis inmitten einer riesigen Stadt. Alles, was er bisher kannte, beschränkte sich auf einen Bruchteil der Fläche, die diese Insel zu bieten hatte. Wer sich hier ohne Kenntnisse in den Dschungel begab, musste damit rechnen, für immer verloren zu sein.

In einer anderen Richtung machte er das Camp aus. Lauter kleine Menschen, nicht größer als Ameisen, liefen herum. Er fand sogar die Stelle, an der er und Chirac ihre Hütte bauen sollten. Sie war nicht mehr als ein Bretterhaufen.

Seine Hand wanderte an das Veilchen in seinem Gesicht, das schon etwas zurückgegangen war. Wenn es Nolan gelang, Chirac zu finden, würde er sich etwas Neues audenken, um ihre Zusammenarbeit zu verbessern. Wie er ihn einschätzte, machte es Chirac überhaupt nichts aus, im Dschungel herumzuirren. Die Chancen standen sogar gut, dass er so wütend wieder auftauchte, wie er verschwunden war. Bestimmt ohne einen Kratzer. Chirac war nicht der Typ, der nur mit viel Glück überlebte. Eher unterdrückte er das Glück und zwang es, ihm den richtigen Weg zu zeigen, weil er sonst brutal wurde. Chad stellte sich vor, wie Chirac ein vierblättriges Kleeblatt an der Leine hielt und anbrüllte. Wenn einer den Dschungel überlebte, dann er. Wären sie gemeinsam verloren gegangen, hätte Chad sich ihm ziemlich schnell unterworfen, weil er sich sicher war, unter Chiracs Führung zu überleben. So betrachtet fiel ihm niemand Besseres ein, mit dem man auf einer einsamen Insel stranden konnte. Wenn da nicht ihre Rangordnung wäre. Darauf, dass sie sich im Areal gleichgestellt waren, kam Chirac nicht klar.

Chad teilte diesen Gedanken später mit Rob.

»Das klingt, als würdest du ihn bewundern«, sagte Rob beim Abendessen, das sie vor seiner Scheune einnahmen. Es bestand aus über einem Feuer gekochten Kartoffeln mit Kräutersauce und Salatbeilage. Alles selbst geerntet.

»Was? Nein! Ich bewundere Chirac doch nicht, ich habe Angst vor ihm.«

»Weil er weiß, wie man in der Wildnis überlebt?«

»Nein, sondern weil er zu allem fähig ist. Egal, worum es geht, er weiß und kann alles besser.«

»Du meinst, besser als du. Dieser Chirac ist auch nur ein Mensch, ich glaube das berücksichtigst du zu wenig. Keiner ist zu allem fähig.«

»Du hast ihn nicht erlebt, Rob«, sagte Chad. »Du weißt nicht, wie er ist, er … wenn ich verloren ginge, wäre ich froh darüber, ihn an meiner Seite zu haben. Gott, wenn Nico mich hören könnte, er würde mich verprügeln!« Chad fasste sich an die Stirn und schüttelte den Kopf. »Wir haben uns immer vorgestellt, wie wir ihn töten, Nico und ich. Wir wollten ihn erschießen, aufhängen, aufschlitzen, verprügeln, ihm die Arme und Beine ausreißen … uns ist jedes Mal eine Methode eingefallen, wie er uns trotzdem fertig machen kann. Obwohl wir ihn ermordet haben, verstehst du?«

Rob nickte.

»Nico hat ihn noch mehr gehasst als ich. Er hat mir nie gesagt, was zwischen ihnen vorgefallen ist, dass Chirac es so auf ihn abgesehen hatte. Aber es muss echt heftig gewesen sein. Jetzt ist er tot. Er hat gegen Chirac verloren. Ich habe Angst, dass ich auch gegen ihn verliere. Aber … ich will keinen Mord mehr begehen.«

Rob sagte: »Ich glaube, es wird Zeit, dass ich dir die Kontrolle deiner Fähigkeiten beibringe. Nimm dir was zu trinken mit. Wir legen sofort los.«

»Was, jetzt?«, fragte Chad.

Rob verschränkte die Arme. »Du hast eingesehen, dass es nichts bringt, ihn zu töten. Das war ein wichtiger Schritt. Damit du es auch ganz sicher nicht tust, solltest du deine Kräfte kontrollieren können. Je schneller wir mit dem Training anfangen, desto eher lasse ich dich gehen.«

Wenige Minuten später wanderten sie im Schutz der Dunkelheit der Nacht über die Felder. Rob hatte einen langen Stab dabei, den er als Wanderstock nutzte. Chad folgte ihm auf dem Fuß hinein in einen Teil des Dschungels, der keine Wege aufwies. Sie schlugen sich durchs Dickicht. Dabei redeten sie kein Wort miteinander. Wenn Chad alle Richtungen korrekt einschätzte, befanden sie sich parallel zum offiziellen Trampelpfad auf dem Weg zu den Trainingsfeldern. Bei dem Gedanken daran, dort zu trainieren, lächelte er.

Sie stoppten auf einer Anhöhe, von wo sie einen idealen Blick auf das Gebiet unter sich hatten.

Früher hatte Chad Sportsendungen im Fernsehen verfolgt. Manche Sportarten wurden in riesigen Stadien abgehalten, die reichlich Platz für Athleten und Zuschauer boten. Er und Ben hatten davon geträumt, einmal an Wettkämpfen in solchen Stadien teilzunehmen.

Inmitten dieses Dschungels, umrundet von wuchtigen Bäumen und Palmen, Büschen und Sträuchern erstreckten sich mehrere Kampfplätze, die mit Holzlatten umzäunt waren. Die kleinen Arenen ähnelten Fußballstadien in Miniaturformat. Die Flächen der Kampfplätze schafften unterschiedliche Bedingungen. Mal bestanden sie aus Wiese, mal aus Erde und mal aus Stein. Jeder Platz war mit zwei Bänken an den jeweiligen Seiten ausgestattet. Chad stellte sich vor, wie es hier tagsüber zugehen musste. Ob Izzy in den Arenen kämpfte? Zugegeben, sie war stark. Sie kämpfte wahrscheinlich mehrmals am Tag.

»Komm mit!«, forderte Rob ihn auf.

Sie machten sich an den Abstieg der Anhöhe. Chad hielt sich an dünnen Baumstämmen und Ästen fest, um nicht abzurutschen. Mit den Füßen seitwärts tastete er sich Schritt für Schritt vor. Unten angekommen führte ihn Rob in eine der Arenen. Es war eine von denen, die einen steinigen Untergrund hatten. Felsen, die teilweise größer waren, als er selbst, ließen den Platz wie einen Hindernisparcours wirken.

Rob und Chad legten ihre Taschen auf eine der Bänke und stellten sich dann einander gegenüber in die Mitte des Kampfplatzes.

»Bevor ich dir zeige, wie du deine Fähigkeiten am besten kontrollierst, zeige ich dir Grundlagen mit denen du dich selbst verteidigen kannst. Hast du schon Erfahrung auf dem Gebiet?«

Chad überlegte. Nachdem Nico im Todestrakt gelandet war, hatte sich Vitus weiterhin geweigert, ihm ein, zwei Griffe seiner Technik zu zeigen. Also schüttelte er den Kopf. »Nicht wirklich«, sagte er. »Es gab einen Mitgefangenen, der unglaublich schnell war. Er hat mich vor einem Übergriff gerettet. Aber er meinte, er hätte einen Eid geschworen, seine Technik niemals weiterzugeben, als ich ihn gefragt habe, ob er mir zeigt, wie er kämpft.«

»Er hat einen Eid geschworen?«

»Hat er gesagt.«

»Wie alt war der Mann?«

»Keine Ahnung. Sechzig oder so.«

»Einen Eid zu schwören war schon veraltet, als ich geboren wurde. Dem Kerl würde ich ja gern mal begegnen.«

»Sein Name ist Vitus. Aber ich glaube, dass er nicht mehr lange hat. Bei meiner zweiten Hinrichtung musste er vom Käfig aus zusehen. Das müssen sonst nur die Todeskandidaten für die nächste Hinrichtung.«

»Schade. Aber hast du denn schon mal gekämpft?«

Chad hielt sich die Haare auf Seite. Zum Vorschein kam die Narbe der Platzwunde, die Killer fünf ihm mit dem Knauf seiner Pistole verpasst hatte. »Ja, aber es ging nie besonders gut für mich aus.«

»Dann fangen wir mit etwas Einfachem an. Versuch mal, mich anzugreifen!«

»Okay!« Entschlossen ballte Chad seine Hände zu Fäusten und ging mit den Beinen in eine stabile Position. In diesem Moment machte ihm die Müdigkeit leicht zu schaffen. Er atmete tief durch, bevor er sich die Kette mit seiner linken Hand schnappte und sie umherwirbelte. Mit wenigen Schritten hechtete er auf Rob zu, um ihn mit der

Wucht des rasenden Metalls zu treffen. Als er ihm ganz nah war, ließ er die Kette los.

Rob bewegte sich nur kaum merklich, doch es reichte, damit die Kette ins Leere schoss. Noch während sie auf den Boden zu fallen drohte, griff Rob danach und zog Chad an sich.

Eine Sekunde später befand sich Chad in Robs Schwitzkasten.

»Das war leichtsinnig. Ich könnte dir das Genick brechen. Versuche, Abstand zu halten.« Rob ließ ihn los. »Ist das die Art, wie du auf diesen Chirac losgegangen bist? Kein Wunder, dass er dich fertigmachen konnte. Deine Deckung war mies. Schau her.« In einer fließenden Bewegung, geräuschlos und elegant bewegte Rob seine Beine schulterbreit auseinander. Er stand nur auf den vorderen Teilen seiner Füße, einen Arm schützend, den anderen offensiv. Bereit, jede Attacke, die auf ihn zukam, in einen Angriff umzulenken. »Mach es mir nach!«

Chad versuchte es.

Auf einmal hörten sie beide ein Geräusch. Reflexartig drehten sie sich in Richtung des Eingangs ihrer Arena. Chads Augen zuckten nervös, als er etwas am Eingang vorbeihuschen sah.

Rob dagegen beruhigte sich schnell wieder. »Kommt raus!«, rief er. »Ich weiß, dass ihr da seid.«

Zögerlich traten Izzy und Sven in die Arena. Chad fiel ein Stein vom Herzen. Zum einen, weil die Gefahren auf dieser Insel doch kleiner zu sein schienen, als er die ganze Zeit dachte und zum anderen, weil er die beiden schon eine Weile nicht mehr gesehen hatte.

Sven übernahm ihre Rechtfertigung.

»Wir waren nur neugierig, weil –«

»Ich weiß genau, was ihr hier macht. Bemühe dich nicht, Sven. Es war gefährlich, nachts herumzulaufen. Wenn euch was passiert, ist keiner da, der euch helfen kann.«

»Deswegen sind wir ja zu zweit unterwegs«, murmelte Izzy. »Wir wollten nach Chad sehen.«

Rob stöhnte genervt aus. Doch dann änderte er seine Laune und sagte: »Wo ihr schon mal hier seid, könnt ihr euch nützlich machen und mit Chad trainieren. Als Aufwärmübung sozusagen. Die Techniken gehen wir später durch. Sven, du fängst an. Na los, stellt euch gegenüber!«

Rob und Izzy verzogen sich auf die Bank, während sich Sven und Chad in der Mitte des Rings gegenüberstellten.

»Sven ist einer der Besten hier«, rief Rob. »Streng dich besser an!«

Sven machte keine Anstalten, einen Angriff zu starten. Seine Beine blieben in Abwehrstellung, wogegen Chad sich in eine offensive Position brachte. Er schleuderte die Kette an seinem Handgelenk erst langsam dann schneller herum. Sie war seine einzige Waffe. Mit schnellen Schritten stieß er zu seinem Gegner vor und ließ die Kette auf ihn los.

Sven umhüllte seinen Körper mit einer dünnen Wasserschicht. Dazu hatte er gerade mal mit den Augen geblinzelt. Die Kette prallte ab und schoss zur Seite. Durch die Wucht wurde Chad mitgerissen, wodurch er ohne jegliche Kontrolle hinter ihr her stolperte. Den Moment nutzte Sven, um ihn mit einem Schwall Wasser, den er aus seiner Handfläche schoss, von den Füßen zu reißen.

Chad landete unsanft auf dem Boden, völlig durchnässt, dafür aber wacher als zuvor. Er starrte Sven an, der sich keinen Zentimeter von der Stelle bewegt hatte. Das Wasser war, wie beim letzten Mal, einfach so aus seiner Handfläche gekommen. Der Film, der seinen Körper umgab, schützte ihn vor allen Berührungen von außen. In diesem Kampf ging es darum, die Kräfte anzuwenden, die einem der Flügel verlieh, das verstand er jetzt. Sven beherrschte sie perfekt.

Also schön.

Chad rappelte sich auf und packte die Schelle, die sein Handgelenk umschloss. Er versuchte, sich an seine Gefühle zu erinnern, die ihn bei seiner Flucht dazu gebracht hatten, die Ketten zu sprengen. Nicht nur da waren seine Kräfte zum Einsatz gekommen, auch die Explosionen an den Zellentüren hatten damit zu tun. Er dachte an Flucht oder Kampf. Jedes Mal führten seine Kräfte darauf zurück. Auch nach seiner Auseinandersetzung mit Chirac. Die Übermacht, die Sven ausstrahlte, hob eine ähnliche Regung in ihm hervor.

Kampf!

Er griff fester um die Schelle. Schließlich wurde sie heißer bis sich kleine Funken von ihr lösten. Chad steuerte sie mit den Augen zu seinem Arm. Die Funken formten sich zu kleinen Flammen, die immer größer wurden, bis sein Arm brannte. Jetzt sah Chad wieder Sven an und ging langsam auf ihn zu.

Bevor Chad einen Angriff starten konnte, holte Sven aus und ließ mehrere Geschosse wie Pfeile aus Wasser auf ihn los. Sie trafen ihn am Arm und im Gesicht. Chad hob die Arme schützend vor sich. Er stolperte rückwärts.

Für eine Sekunde glaubte er sich im Schulflur zu sehen und vor sich die Killer mit ihren Waffen. Er erwartete, mit dem Rücken an die gesplitterte Tür zu stoßen, wie er es schon hunderte Male in Albträumen erlebt hatte.

Es kam keine Tür.

Svens Pfeile trafen ihn überall. Sie zwangen ihn in die Knie, dann hörte der Beschuss auf. Sein Instinkt sagte ihm, dass dies der Moment war, in dem er einen Gegenangriff starten konnte. Doch auf einmal sah er vor sich nicht mehr Sven, sondern Kira Doyle. Er blieb schockiert sitzen. Die Pfütze um ihn herum vergrößerte sich. Chad schüttelte seinen Kopf, um das Wasser aus seinen Haaren zu bekommen. Sein Herz raste und sein Körper dampfte. Die Flammen waren erloschen.

»Das war unfair!«, rief er, wissend, dass es nicht an Svens Angriff per sé lag, dass er jetzt hier unten saß, sondern an der Tatsache, dass er beschossen wurde. Sie brachte ihn zurück an den dunkelsten Moment in seinem Leben.

»Da hat er recht«, sagte Sven an Rob gewandt. »Im Kampf Feuer gegen Wasser ist doch klar, wer gewinnt.«

Rob verschränkte die Arme und nickte Izzy zu. »Vielleicht schafft er es ja, wenn du gegen ihn kämpfst.«

Sven und Izzy, klatschten einander ab. Auch Chad stellte sich wieder in den Ring. Seine Hoffnungen hielten sich dennoch in Grenzen. Er wollte nicht wieder brennen. Er wollte nicht, dass es erneut zu einem

Schusswechsel von irgendwas kam. Deshalb wendete er bei ihr den gleichen ersten Angriff an wie bei Sven. Er schwang die Kette herum und rannte auf Izzy zu.

Izzy reagierte schnell. Ihre Beine gingen in einen sicheren Stand über. Sie hob die Arme vor ihr Gesicht und ließ zu, dass sich die Kette drumwickelte. Eine Sekunde später, als Chad gerade mit der anderen Hand zum Schlag ausholte, traf ihn ein elektrischer Schock. Um ihn herum erschienen Blitze, sie nahmen die Kette ein und fraßen sich in seine Haut. Chad schrie aus Leibeskräften, ging in die Knie und zappelte wild herum. Er wurde erlöst, als Izzy ihre Arme von der Kette befreite. Chad blieb mit ausgebreiteten Armen am Boden liegen. Er konnte nicht mehr.

»Was soll das bringen?«, fragte Izzy. »Er ist nass und trägt Metall bei sich.« Sie reichte Chad die Hand.

Chad zögerte.

»Ich tu dir nicht weh. Komm!«

Er schlug ein und ließ sich wieder auf die Beine ziehen.

»Ich kann das nicht!«, sagte Chad frustriert. »Egal, was ich versuche, ich schaffe es nicht. Diese Kräfte sind zu viel für mich.«

»Sie sind zu viel für dich, weil du Angst vor ihnen hast«, sagte Rob.

»Ja! Ja natürlich habe ich Angst vor ihnen. Ich habe die ganze Zeit Angst, jede Sekunde meines Lebens habe ich eine scheiß Angst!«, rief Chad. Er hatte es cool gefunden, Superkräfte zu haben, wie sein Idol Limitless, aber hier sah er sich der Realität gegenüber und dem, was ihr falscher Einsatz anrichten konnte. »Wie soll ich lernen, damit umzugehen, wenn ich weiß, dass ich damit ein Kind umgebracht habe?«

»Daran darfst du dich nicht aufhängen, Chad«, sagte Rob. »Ein Mord ist grauenvoll, das ist wahr. Aber du musst auch daran denken, dass du genau das in Zukunft verhindern kannst, wenn du dich darauf einlässt, deine Fähigkeiten zu erlernen.«

»*Ein* Mord? Es waren fünf! Immer, wenn ich gerade kurz davor bin, sehe ich die Männer und das Mädchen fallen. Ich sehe, wie ich auf sie schieße, wie die Flammengeschosse – meine Fähigkeiten – sie durchlöchern. Ich sehe ihr Blut.« Ohne dass er es verhindern konnte, stiegen Tränen in seine Augen. »Ich wollte sie beschützen. Es war der Lehrer! Killer fünf! Er hat mir diese Kräfte verpasst, er hat das Mädchen in eine Falle gelockt! Und ich habe nicht mal richtig hingesehen, als ich geschossen habe, verstehst du? Ich war so blind vor Angst und Wut, dass mein Finger den Abzug einfach gezogen hat. Mir war egal, wen ich treffe. Ob Killer fünf oder Kira, es war mir egal! Chirac hatte die ganze Zeit recht, ich habe geschossen, weil ich schießen wollte! Weil ich arrogant war und dachte, ich wäre ein unbesiegbarer Superheld. Diese Fähigkeiten stehen mir nicht zu. Ich habe die Todesstrafe verdient, Rob!« Es war die Wahrheit, vor der sich Chad lange versteckt hatte. Immer, wenn er über seinen Fall sprach, redete er sich ein, dass es ein Unfall gewesen war. Dass Killer fünf ihn hereingelegt hatte. Zuzugeben, dass er sich bei der Wahl zwischen wahllosem Töten oder abwarten, was passierte, dazu entschieden hatte, zu töten, zerriss ihm das Herz und in diesem Moment, als er es zum ersten Mal ausssprach, wünschte er sich, Izzys Blitze hätten ihn erledigt.

Rob kam auf Chad zu. Er nahm ihn in den Arm und drückte ihn ganz fest an sich. So, dass Chad die Wärme seines Körpers in sich aufnehmen konnte. Chad krallte sich in Robs Hemd. Am liebsten wäre er im Erdboden versunken.

»Ich bin froh darüber, dass du lebst, Chad«, sagte Rob. »Und ich verstehe deinen Frust. Du hast damals eine verheerende Entscheidung getroffen. Aber bedenke bitte auch, dass du dich in einer absoluten Ausnahmesituation befandest. Auch, wenn du das Mädchen umgebracht hast, hast du mit deinem Angriff auf die Amokläufer sehr wahrscheinlich vielen anderen das Leben gerettet. Keiner kann von dir verlangen, dass du die ganze Last der Schuld, die an diesem Tag entstand, auf deine Schultern nimmst. Sieh es mal so: Hier im Areal hast du die Chance, deinen Charakter so zu entfalten, wie du es möchtest. Es steht dir frei, zu entscheiden, ob du weiterhin das Leben eines Mörders leben willst oder deine Zeit auf dieser Welt dazu nutzt, Gutes zu tun. Stell dir nur mal vor, was du alles schaffen kannst. Stell dir vor, du könntest diesen Lehrer, Killer fünf, eines Tages stellen. Wie würdest du dich vor ihm sicherer fühlen? Mit der Kontrolle deiner Kräfte oder ohne?«

»Mit«, sagte Chad schluchzend. Seine Schultern bebten. Er brauchte einen Moment, um sich wieder zu sammeln. Die Bilder in seinem Kopf verblassten langsam. Statt seiner Schule nahm er wieder wahr, dass er sich in der Realität befand. Draußen. In einem Dschungel. Umgeben von Menschen, die ihn mochten und so akzeptierten, wie er war, die sogar das Beste aus ihm herausholen wollten.

Auf einmal durchströmte ihn eine Energie, die er zuvor noch nie gespürt hatte. Wärme breitete sich in ihm aus, nahm sein Herz ein, seine Muskeln, sein Blut, seine Arme und Beine. Chad löste sich von Rob, dessen Körper leicht glühte.

»Ich geb dir was ab. Nur dieses eine Mal, damit du weißt, wie sich das anfühlt. Es wird dich motivieren, hart an deiner Kontrolle zu arbeiten. Los, versuche es nochmal gegen Izzy!«

Seine Verfassung änderte sich schlagartig zum Besseren. Chad sah seine Hände an, die ebenfalls glühten. Er wischte sich die Tränen ab und kniff die Augen leicht zusammen, woraufhin aus seinen Händen kleine Funken sprangen, die sich wieder auf seinem Arm verteilten und wuchsen. Diesmal genau so, wie er es sich vorstellte. Es fühlte sich so einfach an. Ungläubig drehte er seinen Arm einmal herum und die Flammen tänzelten in die Richtungen, die er ihnen mit einer Bewegung seiner Pupillen vorgab.

Rob nahm wieder auf der Bank Platz.

Chad wandte sich Izzy zu, die ihm gegenüber auf dem Kampfplatz stand. In ihrem Gesicht zeichnete sich ein entschlossenes Grinsen ab. Sie war bereit, den Kampf mit vollem Ernst zu führen. Auch sie ließ ihre Blitze auf ihren Arm übergleiten. In der Luft entstand Spannung, die dafür sorgte, dass ihre Haare wild in alle Richtungen abstanden.

Chad spürte sie ebenfalls. Er entschied, diese Spannungen für sich zu nutzen. Aus für ihn unerklärlichen Gründen hatte er auf einmal das Gefühl, er könnte es. Er schwang die Kette herum, diesmal konzentriert darauf, eine bestimmte Stelle an Izzys Arm zu treffen.

»Das hast du doch vorhin schon probiert!«, rief sie und spannte ihre Muskeln an.

Chad hatte nicht vor, sie zu verletzen. Sein Plan ging in eine andere Richtung. Ihre Elektrizität kombiniert mit seinen Flammen konnte eine viel größere Kraft entfesseln. Er schrie und rannte auf sie zu.

Izzy hob die Arme, um die Kette wie bei dem Angriff davor abzuwehren. Sie ließ gleichzeitig eine gewaltige Ladung Elektrizität ab und in dem Moment, als Chad die Kette auf Izzys Arm schleuderte und sie sich berührten, gab es eine Explosion.

Metallsplitter flogen herum, einer schnitt Chad in die Wange, ein anderer traf Izzy am Bein. Eine Druckwelle stieß sie in entgegengesetzten Richtungen voneinander ab. Staub wirbelte auf und beide Kontrahenten landeten auf dem Boden.

Einen Moment lang herrschte Stille. Dann sah Chad zu Izzy herüber, die sich mit den Armen auf dem steinigen Untergrund abstützte. »Ist alles okay bei dir?«, rief er.

»Ich denke schon. Und bei dir?«

»Ja, ich glaube auch.«

Sofort, als Chad ansetzte, zu ihr zu krabbeln, bemerkte er die Erleichterung an seinem rechten Arm. Die Kette fehlte. Sie hatte sich in vielen kleinen Teilen über das Kampffeld verteilt. Er sah sich die Splitter an und tastete sein Gesicht ab.

Es war wirklich passiert.

Er war von der Last der Kette befreit.

Als ihm das klar wurde, lächelte Chad. Begeistert drehte er sich zu Rob und rief: »Hast du das gesehen?«

Rob ging zwischen ihn und Izzy in die Hocke und hob ein Kettenglied auf, das unversehrt geblieben war. »Und wie ich das gesehen habe«, sagte er. »Das war große Klasse, Chad. Du hast es geschafft, die Kette aus eigener Kraft zu zerstören. Die Idee, Izzys Blitze zu nutzen, war grandios.«

»Das habe ich nur geschafft, weil du mir was von deiner Kraft abgegeben hast.«

Rob lächelte. »Was das angeht, da habe ich gelogen. Ich kann dich wärmen, aber meine Fähigkeiten zu übertragen, das funktioniert nicht. Das kam allein von dir.« Er beugte sich runter und tippte Chad mit dem Finger auf die Brust. Dann drückte er ihm das heile gebliebene Kettenglied in die Hand. »Du bist wie dieses Stück Metall, Chad. Auch, wenn alles um dich herum auseinander fliegt, bist du in der Lage, deinen inneren Zusammenhalt aufrecht zu erhalten. Du bist stark. Das Kettenglied wurde verschont, weil sich deine explosiven Kräfte auf eine bestimmte Art verteilt haben. Es gibt keine Zufälle. Du hast deine Hinrichtung aus einem guten Grund überlebt und ich glaube, dass du mit deinem Leben noch Großes bewirken wirst.«

Chad umschloss das Kettenglied mit seiner Faust und drückte es sich an die Brust. Auch Izzy und Sven waren an ihn herangetreten und gratulierten ihm zum erfolgreichen Einsatz seiner Kräfte.

»Wenn du willst, zeige ich dir ein paar Tricks«, bot Sven an.

»Und ich will eine Revanche«, meinte Izzy.

Sie streckten ihm beide eine Hand entgegen. Chad schlug ein und stand mit ihrer Hilfe auf. In dem Moment wünschte er sich, er würde für immer mit ihnen verbunden bleiben. Besonders Izzy blickte er lange an. Ihre Augen faszinierten ihn. Sie glitzerten im Schein der Arenabeleuchtung.

»Also dann, lasst uns weitermachen!«, unterbrach Rob ihren kleinen Moment der Freude. »Dein Training fängt gerade erst an.« Er zwinkerte Chad zu, der daraufhin motiviert in Kampfposition ging.

Zwei Erwachsene – eine Abmachung

Sein schwerer Kopf rollte zur Seite und blieb in der Position liegen. Ihn umgaben mindestens drei Menschen, die in unscharfen Konturen vor ihm auf und ab liefen.

Nein.

Vier.

Sein Körper gehorchte ihm nicht. Chirac versuchte, sich zu winden, woran er kläglich scheiterte. Da. Schon wieder drängte sich eine innere Kraft in den Vordergrund seines Verstandes. Wie fremdgesteuert bewegte er plötzlich seine Hand vor sein Gesicht. »Was ist das?«, fragte er, obwohl er genau wusste, dass es seine eigene Hand war. Sie drehte sich mit dem Handrücken in sein Sichtfeld. Dann wanderte sein Blick zu den Menschen, die neben ihm standen. Sämtliche Umrisse blieben verschwommen und was sie sagten, verstand er auch nicht. »Bin ich tot? James, bist du das?«

Jetzt begriff Chirac, was los war. Als Zuschauer seines eigenen Handelns musste er dringend etwas tun, um die Kontrolle über seinen Körper zurückzuerlangen. Wartete er zu lange, bekam er sie vielleicht nie wieder. Sobald sein Parasit herausfand, in wessen Hülle er sich eingenistet hatte, standen seine Chancen, zu überleben, schlecht. Er atmete tief durch, bevor er laut aufschrie. Der Schrei wanderte von seinen innersten Gedanken über alle Muskeln seines Körpers und erreichte zu seiner Erleichterung die eigenen Stimmbänder. Er schrie aus voller Kehle, was die Menschen neben ihm dazu veranlasste, sofort zu agieren. Zwei hielten ihn fest, denn offenbar hatte er sich aufgerichtet und bewegte Arme und Beine unkontrolliert umher. Der Dritte hockte sich mit ihm auf Augenhöhe und streckte ihm seine offene Handfläche entgegen.

In dem Moment, als die Hand sein Gesicht berührte, veränderte sich alles. Er spürte, wie der Parasit aus ihm herausgezogen wurde. Verzerrte Linien und Farben hoben sich von ihm ab und wanderten in die Richtung des Jungen in der Hocke vor sich. Auf einmal entstand eine Druckwelle, die ihn wieder auf den Boden schleuderte. Gleichzeitig sprang der Parasit wie aus einer Schleuder zurück in seinen Körper. Als sie miteinander verschmolzen, rutschte Chirac über den Boden und hinterließ eine Spur in der Erde.

»Es hat nicht funktioniert!«, rief Anthony.

»Kannst du es nochmal versuchen?«, fragte Nolan.

»Ich … nein. Das wäre zu viel.«

»Verdammt!«

Chirac richtete sich auf. Er hielt sich den Kopf und zog die Knie an, um sich darauf abzustützen. Vor ihm knieten Anthony und Nolan. Neben ihm saß Noa. Er sah sie ganz deutlich.

»Was war das?«, fragte er.

Alle drei starrten ihn an. Nolan fragte: »Bist du es, André?«

»Wer sollte ich sonst sein ihr Vollidioten?«

»Kein Zweifel, er ist es.«

Wieder tauchten Erinnerungen auf, die Chirac nicht zuordnen konnte. Sie handelten von Motorrädern in einem Wald. Sofort presste er die Hände gegen seine Schläfen, um den aufkommenden Schmerz zu unterdrücken. Nach und nach verdoppelten sich die Personen vor ihm. Alle Pflanzen und Baumstämme vermehrten sich, er sah wieder durch zwei Paar Augen. »Lass mich in Ruhe!«, rief er. »Verpiss dich! Ich überlasse dir gar nichts, verstanden?«

Seine Sicht verbesserte sich. Nachdem er seine Ansage gemacht hatte, zog sich der Parasit zurück. Chirac konnte es sich nicht anders erklären, aber es war, als legte er sich schlafen, ohne dabei einen Funken seiner Präsenz zu verlieren. Wenigstens erschien ihm seine Umgebung wieder gestochen scharf.

»Was glotzt ihr so? Erklärt mir lieber mal, was hier los ist!«

Anthony ging in die Hocke und erklärte: »Ich glaube, ich habe Nico doch gerettet.«

»Was soll das heißen?«

»Kurz bevor ihr ihn erschossen habt, war ich über Gedanken mit ihm verbunden. Es sieht so aus, als hätte sich seine Seele von seinem Körper gelöst, als ihn die Kugel getötet hat. Ich habe sie wegen meiner Fähigkeiten nicht bemerkt. Und gerade, als ich deine Gedanken gelesen habe, ist er auf dich übergesprungen. Er hat die Gelegenheit genutzt, mir zu entkommen und lebt jetzt in dir.«

So etwas hatte Chirac schon vermutet. Es aus Anthonys Mund zu hören, ließ ihn erstarren.

»Das vorhin war ein Versuch, ihn wieder zurückzuziehen, aber …«

»Ist schon okay«, sagte Nolan. Er legte einen Arm um Anthony, der sich zusammenzog. »Du hast dein Bestes gegeben. Wir probieren es später noch mal, ja?«

Anthony nickte.

»Ihr lasst mich verdammt noch mal in Ruhe!«, rief Chirac. »Ich bin nicht eure Laborratte!«

Bei den Worten zuckte Anthony zusammen.

»Von mir aus kann Chross in meinem Körper verrotten. Ich werde ihm auf keinen Fall erlauben, mich daraus zu verdrängen. Wenn er glaubt, durch mich in die Freiheit zu geraten, hat er sich geirrt. Er legt sich mit dem Falschen an!« Um seine Aussage zu untermalen, schlug Chirac mit der Faust auf den Boden.

In dem Moment blitzten weitere Erinnerungen in ihm auf. Dabei machte sich ein Gedanke besonders breit, den er zuvor noch nie in Betracht gezogen hatte. Es musste sich um Nicos Gedanken handeln.

Selbstmord.

Chirac sah, wie sich Nico die Pulsadern mit einer Rasierklinge aufschlitzte und dabei war, langsam zu verbluten. Er spürte die Schmerzen in seinen eigenen Armen und schlang sie um seinen Körper. Als er vor seinem inneren Auge beobachtete, wie er von Wärtern und Sanitätern auf einer Trage durch die Gänge des Gefängnisses getragen wurde, wurde ihm noch etwas bewusst: Sollte Nico die Kontrolle über seinen Körper erlangen, würde er alles dafür tun, ihn zu töten. Dass sie sich hassten, war kein Geheimnis. Worte hallten in ihm nach. Drohungen.

Ich. Stech. Euch. Alle. Ab! Ich fang bei dir an, Chirac, hörst du mich?

Die Kontrolle zu verlieren bedeutete, sein Leben zu verlieren. Das konnte er sich nicht leisten. Er musste die Oberhand behalten, koste es, was es wolle.

Aber wie?

Anthony ruhte noch immer unter Nolans Arm. Chirac ging seine Optionen durch. Ihm blieb keine andere Wahl, also sprach er Anthony direkt an: »Du! Kannst du ihn mit deinen Fähigkeiten dazu bringen, sich gedeckt zu halten?«

Anthony schüttelte den Kopf.

»Dann zeig mir wenigstens, wie ich das regeln kann!«

»Kannst du das, Anthony?«, fragte Nolan.

Anthony löste sich von ihm. Dann streckte er seine Hand aus, sodass seine Fingerspitzen auf Chiracs Gesicht gerichtet waren. »Du musst eine Mauer bauen«, sagte er. »Eigentlich musst du nur seinen Spielraum so gering wie möglich halten. Wenn er nicht umherwandern kann, kann er dich nicht übernehmen. Schaffst du das?«

»Du meinst so, wie im Gefängnis?«

»Ja. Genau, wie im Gefängnis. Nur in deinen Gedanken. Ich werde versuchen, zu ihm durchzudringen. Währenddessen errichtest du eine Mauer, verstanden?«

»Wehe, das klappt nicht!«, drohte Chirac.

Im nächsten Augenblick kam ein starker Druck von innen gegen seinen Schädel auf. Er schrie und hielt sich den Kopf. Sie befanden sich wieder in der endlosen, weißen Umgebung. Nur diesmal konnte er selbst entscheiden, wie sie sich gestaltete. Als Erstes färbte er alles schwarz. Nur schwache Lichtscheine wie von Scheinwerfern ließen ihn, Nico und Anthony im Hellen. Nicos Arme hingen herab. Er atmete schwer und hatte ein wutverzerrtes Gesicht. Chirac selbst stand nur wenige Meter von ihm entfernt und errichtete jetzt nur mit Gedankenkraft ein Gitter, das sich rund um Nico herum zog. Es entstand ein Käfig, von allen Seiten geschlossen, ohne Tür.

Nico musste mit ansehen, wie sein Bewegungsradius immer kleiner wurde. »Komm schon, Mann …«, sagte er stöhnend, offenbar erschüttert darüber, dass Chirac schneller lernte, alles nach seinen Wünschen zu gestalten, als ihm lieb war.

Auch Anthony zeigte sich überrascht. Sie alle drei konnten vor Erschöpfung kaum noch stehen. Nico war der Erste, der in die Knie ging. Er stützte sich an den Gitterstäben ab, zu schwach, um daran zu rütteln, und spuckte auf den Boden.

Anthony verblasste langsam.

Chirac stand dem Gefangenen allein gegenüber. Am liebsten hätte er etwas Gemeines gesagt. Etwas, das sein Herz noch tiefer in die Traurigkeit zog. Etwas das ihn verletzte. Doch er wusste, dass das ebenso einen Effekt auf ihn haben würde. Sie waren jetzt miteinander verbunden. Chirac kannte jeden einzelnen Gedanken, den Nico jemals gedacht hatte. Allein, dass er überhaupt noch zwischen ihnen differenzieren konnte, zeugte von innerer Stärke. Ihn jetzt zu denunzieren erschien ihm unangebracht. »Ich denk mir was aus«, sagte er zu Nico. »Wir müssen nicht für immer Feinde bleiben. Aber bis dein Bruder uns wieder voneinander trennen kann, bleibe ich der Boss, verstanden?«

»Fick dich!«, presste Nico hervor. »Fick dich und deine Scheißfresse, Chirac!«

Chirac nickte. Er konnte diese Gefühle nachvollziehen. Sein Hass auf sich selbst steigerte sich mit jeder Sekunde, die er Nico ansah. Dann schloss er die Augen. Als er sie wieder öffnete, stand er mitten im Dschungel. Nur noch Nolan war bei ihm. Von Anthony und dem anderen Jungen fehlte jede Spur.

»Wo sind …«

»Du hast sie nie gesehen!«, befahl Nolan. »Verstanden? Diese beiden Jungen existieren nicht. Wenn wir zurück sind, erzählst du niemandem, was hier wirklich passiert ist. Auch nicht Chad. Ich glaube eh nicht, dass er wissen sollte, wen du bei dir trägst.«

»Verstanden«, bestätigte Chirac.

Zwei Erwachsene, die in eine Abmachung einstimmten. Endlich läuft es mal unkompliziert, dachte er.

Wieder vereint

»Ich weiß nicht, ob das eine gute Idee ist«, sagte Chad. »Was, wenn er wieder auf mich losgeht?«

»Er hat sich verändert«, sagte Nolan.

»Als ob der sich ändert!«

»Viel wichtiger finde ich ja, ob du auf ihn losgehen wirst.«

»Werde ich nicht.«

»Gut. Denn dass du dich verändert hast, ist nicht zu übersehen.«

Sie standen sich in Robs Scheune gegenüber. Nolan hatte Chirac nach einer Woche im Dschungel gefunden und zurückgebracht. Als er das erste Mal nach Chad gesehen hatte, war er mitten im Training gewesen und Nolan hatte entschieden, dass er erst mal bei Rob wohnen sollte.

Chad hatte das gern angenommen und strengte sich an, der Feldarbeit und den Übungen, die Rob ihm aufgab, nachzugehen. Dadurch verbesserte er nach und nach seine Kondition und auch sein Körper profitierte davon. Er selbst hatte den Aufbau seiner Muskeln nicht wirklich mitbekommen, doch Nolan sah ihn bei den Worten von oben bis unten mit hochgezogenen Augenbrauen an. Chad sah zu Boden.

»Ich wollte übrigens noch um Verzeihung bitten«, sagte er. Dann sah er Nolan direkt an. »Für das, was ich gesagt habe. Und dass ich meine Wut nicht unter Kontrolle hatte. Ich habe nicht nur unsere, sondern auch eine andere Hütte abgefackelt.«

Nolan lächelte.

»Die Hütte ist wieder in Ordnung. André hat geholfen, das Dach zu stabilisieren. Aufrichtig zu sein und zu seinen Fehlern zu stehen ist sehr ehrenwert, Chad. Und ich verzeihe dir.«

»Danke.«

»Lass uns ins Camp gehen.«

Chad entdeckte den Wegweiser schon von Weitem.

Mit jedem Schritt, den er sich dem Camp näherte, beschleunigte sich auch sein Herzschlag. Er hatte Chirac über drei Monate nicht gesehen und er hätte kein Problem damit gehabt, diese Zeit auf unbestimmte Dauer zu verlängern. Die ersten Hütten tauchten hinter einigen Palmen auf und mit ihnen Jugendliche, die herumliefen, etwas bauten oder sich am Tisch in der Mitte des Platzes bedienten. Viele von ihnen kannte Chad von der Feldarbeit und einige nickten ihm zu oder hießen ihn willkommen zurück im Camp.

Wie verabredet wartete Chirac an der Weggabelung. Er hatte die Arme verschränkt.

»Komm, weiter!«, forderte Rob ihn auf, indem er Chad seine Hand auf den Rücken legte. Er war zur Sicherheit mitgekommen.

Sie stellten sich Chirac gegenüber, der ihr Dreiergespann mit einem knappen Nicken begrüßte. Ihm war anzusehen, dass dieses Treffen keine Spaßveranstaltung für ihn darstellte.

Chad musterte Chirac von oben bis unten. Von seiner Wärteruniform trug er nur noch die Hose und die schweren Stiefel. Sein graues Shirt hatte er gegen ein schwarzes getauscht. Für die Schutzjacke war das Klima zu warm. Außerdem trug er seine Lederhandschuhe, unter denen er tierisch schwitzen musste. Chad sah ihm an, dass er es mit der Körperpflege auf dieser Insel nicht so genau nahm, wie in seinem Leben als Wärter. Die blonden Haare hatten sich zu Locken gekräuselt. Neu war außerdem sein Kinnbart, der seinen Feind wie einen Menschen aussehen ließ, der vielleicht sogar etwas wie ein Herz besitzen könnte.

»Ich finde, du siehst scheiße aus. Die Kette stand dir besser«, sagte Chirac. Dabei grinste er. »Was ist mit deinen Haaren passiert? Die sind ja wieder schwarz.«

Bevor Chad auf die Bemerkung einging, betrachtete er das Grinsen für einige Sekunden. Es hatte eine andere Wirkung auf ihn als sonst.

Im Regelfall lief ihm bei dem Anblick von Chiracs Zähnen ein Schauer über den Rücken, der ihn in Angst erstarren ließ. Doch dieses Grinsen, fand er, wirkte aufgesetzt. Fast so, als wollte er bedrohlich wirken, obwohl er es nicht so meinte.

»Jetzt weiß ich, was du meinst«, sagte Rob an Chad gewandt, als er Chirac betrachtete.

»Und wer bist du?«, fragte Chirac.

»Mein Name ist Rob. Mehr musst du nicht wissen.«

»Hat er sich bei dir ausgeheult?«

Auch diese Bemerkung schien Chirac nicht ernst zu meinen. Chad hatte den Eindruck, dass dem Wärter die ganze Situation egal war. Er provozierte aus Gewohnheit, ohne ein Ziel zu verfolgen.

»Und du? Hast du dich verlaufen und musstest gerettet werden?«, fragte Chad. Er wollte Chirac auf den Zahn fühlen. Ging er auf die Bemerkung ein, konnte es ernst zwischen ihnen werden.

Chirac verdrehte die Augen.

»Ich merke schon, ihr braucht Zeit, euch wieder aneinander zu gewöhnen. André, zeig ihm doch eure Hütte«, schlug Nolan vor.

»Na schön, komm mit, Zwerg!«

Rob wollte etwas sagen, da hob Chad die Hand, um ihn abzuwürgen. Auch diese Aussage meinte Chirac nicht so, wie sonst. Irgendwas war mit ihm geschehen. Er spielte den Fiesling nur noch. Chad beschloss, sich darauf einzulassen.

Sie umgingen ein paar Hütten, um zu der Stelle zu gelangen, an der Chad und Chirac sich zuletzt, statt an ihrer eigenen zu bauen, lieber geprügelt hatten. Nur, dass hier keine Baustelle mehr war, sondern eine fertige Hütte. Und sie war höher als alle anderen.

»Hör gut zu, Kleiner«, sagte Chirac. »Wir beide leben da drin, ob wir das wollen, interessiert niemanden. Akzeptiere es einfach. Während du mit deinen Freunden gespielt hast, war ich so fleißig und habe sie fertiggestellt. Es ist also meine Hütte, in der ich dich dulde, kapiert?«

»Kapiert«, bestätigte Chad. Widerworte gab er besser keine.

»Weil ich ganz bestimmt nicht neben dir schlafe, gehört mir die obere Etage und dir die untere. Getauscht wird nicht.«

»Okay.«

Chirac stieß die Holztür auf, die durch Wechselscharniere wie die Tür in einem Wildwest Saloon auf und zu schwang. Chad folgte ihm. Im Inneren führte eine Leiter links neben dem Eingang zu einer oberen Ebene und eine weitere Leiter rechts neben der Tür durch eine Öffnung in ein Untergeschoss. Hinter der Leiter nach oben stand ein kleiner Tisch mit zwei aus Baumstämmen gesägten Hockern und hinter der Leiter nach unten ein Bettgestell aus Stöcken, Seil und Stroh. Darauf lag ordentlich gefaltet eine Wolldecke. Gegenüber der Tür zeigte ein Fenster den Blick zum Dschungel, wo auf einer freien Fläche noch Überreste der Baustelle lagen. An den Wänden hingen Regale und Halterungen für Kerzen. »Das da ist dein Platz.« Chirac zeigte auf das Bettgestell.

»Hab ich mir gedacht«, sagte Chad. »Was ist unten?«

»Unser Geh-mir-nicht-auf-den-Sack-Bereich.«

Chad legte den Kopf schief und beschloss, nachzusehen. Als er die Leiter hinabgeklettert war, befand er sich in einem Raum, der großflächiger war, als das Haus oben. Chirac hatte die Wände aus Lehm gestaltet und kleine Erker eingebaut, in denen Kerzen brannten. Mittig standen zwei selbstgebaute Sessel an der Wand. Zwischen ihnen ein Beistelltisch, auf dem eine geschnitzte Figur aus Holz platziert war. Die gesamte Einrichtung war gefertigt aus Materialien, die der Dschungel hergab. Auf dem Boden lag sogar ein geknüpfter Teppich. Der Raum gefiel Chad. Die ganze Hütte gefiel ihm, auch, wenn er die obere Etage noch nicht zu Gesicht bekommen hatte. Natürlich interessierte es ihn schon, wie es dort aussah, doch er hielt sich zurück, nach einer Besichtigung zu fragen. Chiracs Reich ging ihn nichts an.

Er kletterte wieder nach oben. »Der Raum unten gefällt mir am besten. Lass mich raten, wir werden dort niemals zu zweit sein?«

»Ganz richtig.«

»Warum stehen dann zwei Stühle darin?«

»Hast du echt gar keinen Sinn für Einrichtungen?«

»Woher soll ich den haben? Ich kenne nur Räume mit Gittern vor den Fenstern.«

Chad konnte es sich nicht erklären, doch er hatte das Gefühl, plötzlich mit Chirac auf einer Wellenlänge zu sein. Auch, wenn sie sich die ganze Zeit nur beleidigten, spürte er kaum noch Angst ihm gegenüber. Viel mehr fühlte er sich herausgefordert, dieses neue Abenteuer, mit Chirac zusammen zu wohnen, zu bestreiten. Irgendwie kam ihm die Vorstellung sogar vertraut vor. Dass er seine Kräfte inzwischen besser kontrollieren konnte, gab ihm zusätzliche Selbstsicherheit. Er ging zu seinem Bett. An der Wand daneben ragte ein dünner Holzsplitter heraus, den er nutzte, um Nicos Familienfoto einzuklemmen, damit er es betrachten konnte.

Als Chirac das Bild sah, war er interessiert. »Du hast es immer noch?«

»Ja. Was dagegen?«

»Nein. Häng es ruhig auf. Mir egal.«

Für Chads Geschmack betrachtete Chirac das Bild etwas zu lange. Er konnte sich nur schwer davon losreißen, was Chad seltsam vorkam. Etwas war mit Chirac im Dschungel passiert. So, als wäre er einer Gehirnwäsche unterzogen worden. Oder lag es vielleicht am Aussehen? Chad musste zugeben, dass ihn die Locken harmloser erscheinen ließen.

»Nolan hat gesagt, du sollst mich beschützen, weil ich keine Superkräfte habe, so wie du«, sagte Chirac und für den nächsten Satz verwendete er wieder seine altbekannte, eiskalte Stimme, die Chad schon so oft vor Angst hatte erstarren lassen. »Aber merk dir eines: Ich brauche deinen Schutz nicht. Du bist und bleibst ein Mörder und ich glaube nicht daran, dass du irgendwen beschützen kannst. Ich mache mein Ding und du deines. Von mir aus leben wir zusammen. Aber erwarte nicht, dass wir Freunde werden, kapiert?«

Also doch. Es gab ihn noch, den widerlichen Typen, dem Gesetze wichtiger waren als Zwischenmenschlichkeit.

Chad nickte. »Kapiert.«

Während der ersten Nacht in der Hütte konnte Chad nicht schlafen. Das ewige Wachbleiben bei Rob hatte seine Spuren hinterlassen. So sehr er es wollte, er fand keine Ruhe. Er setzte sich im Bett auf und lehnte sich gegen die hölzerne Wand. Obwohl Chirac bei ihm war, wurde seine Sicht nach draußen nicht durch Milchglas oder Gitterstäbe beschränkt. Er lächelte. Er dachte an Vitus. In seiner Zelle hatte er sich oft vorgestellt, Vitus würde mit ihm Rücken an Rücken sitzen. Getrennt durch die Betonwand zwischen ihnen. Doch statt Nico schlief heute der schlimmste Wärter von allen über ihm, was ein seltsames Gefühl in ihm hervorrief. Chad nahm das Foto von der Wand und erzeugte über seinem Zeigefinger eine kleine Flamme, damit er es betrachten konnte. Sein Leben hatte eine verrückte Bahn eingeschlagen. Nico hatte gewusst, dass er Superkräfte hatte. Er wünschte sich, er könnte sie ihm zeigen und versprach dem Foto stumm, ihre Kontrolle hart zu trainieren. Dann fixierte er den kleinen, braunhaarigen Jungen ganz rechts auf dem Bild. Laut Nico hatte auch er Superkräfte. Ihm stellten sich die Nackenhaare auf bei dem Gedanken, er würde auch auf dieser Insel leben. Wie wahrscheinlich war das? Chad hoffte, ihm nicht zu begegnen.

Das Flügelfest

Ab dem nächsten Tag trainierte Chad regelmäßig mit Sven auf den Trainingsfeldern. Er wollte seinen Schwerpunkt auf das Kämpfen legen, damit er an die Fähigkeiten seines Vorbilds herankam. Wer ein echter Held sein wollte, musste in der Lage sein, Gefahren zu trotzen und seine Kräfte so einzusetzen, dass er die, die ihm lieb waren, auch beschützen konnte. Nachdem er seine Rücksichtslosigkeit bei den Schüssen auf Kira zugegeben hatte, fühlte er sich leichter. Er belog sich nicht mehr selbst, sondern sah mit klaren Augen auf sein Leben. Deswegen war ihm auch bewusst, dass seine Fähigkeiten noch nicht gut genug waren. Er schaffte einfache Übungen, wie Flammen auf seinen Armen tanzen zu lassen oder eine Fackel zu entzünden. Aber in Konfrontationen mit anderen zog er noch immer den Kürzeren.

Sven meinte, dass Übungskämpfe seine Reaktionsfähigkeit förderten und er dadurch in Bewegung blieb, was außerdem gut für Körper und Geist war. Er erklärte Chad, dass er die Kontrollfähigkeit in drei Stufen einteilte.

In der ersten Stufe ließen sich die Kräfte hervorrufen, jedoch nicht bewusst kontrollieren. Mehr folgten sie den Instinkten des Anwenders. Das war bei Chad während seiner Hinrichtung der Fall gewesen.

Die zweite Stufe hatte er bei Rob erreicht. Er konnte sie bewusst anwenden und kontrollieren, solange er sich konzentrierte.

Stufe drei bedeutete ihren Einsatz für zuvor bestimmte Zwecke. Die Kontrolle fand in jeglichen Größen statt – so wandte Rob sie zum Beispiel an, um seine Felder umzugraben. Sven nutzte sie, um Formen aus Wasser zu konstruieren und diese im Kampf zu verwenden und Izzy versorgte den gesamten Wohnbereich mit Elektrizität, ohne sich übermäßig dafür anzustrengen.

Chad wollte Stufe drei unbedingt erreichen. Er fand es cool, eine Superkraft zu haben, wie sein Vorbild aus den Comics, die bei ihm Zuhause in den Regalen standen. Das reale Leben hatte ihm gezeigt, wie gefährlich ihr Einsatz sein konnte, wenn man nicht wusste, was man tat. So wie er, endeten in den Comics immer nur die Schurken. Überwältigt von den Helden der Justiz im Gefängnis. Aus ihm würde nie ein Held werden, wenn er nicht lernte, damit umzugehen.

Gerade befanden sie sich in einem Zweikampf. Sven formte Pfeile aus Wasser, indem er die Luftfeuchtigkeit in seiner Hand sammelte, die er dann gestückelt auf Chad abfeuerte. Auch das hatte er ihm erklärt. Das Wasser kam nicht einfach so aus seinen Handflächen geschossen. Sven sammelte durch Konzentration sämtliche Wasserpartikel aus der Luft und den Pflanzen um sich herum vor seiner Hand. Hatte er einen Tropfen erzeugt, vermehrte er diesen durch seine Kräfte und konnte so seine Attacken und Formen mit unendlichen Wasserressourcen durchführen.

Durch das viele Kämpfen steigerte Chad sein Fitnesslevel, weshalb ihm die Ausweichbewegung mit anschließender Rolle über den Boden bereits in Fleisch und Blut übergegangen war. Er landete in der Hocke, ein Knie stützte ihn vom Boden ab. Sein rechter Arm fing Feuer und im nächsten Moment streckte er ihn Sven mit einem Schrei entgegen. Viele kleine Funken schossen von ihm weg in alle Richtungen. Manche machten in der Luft einen Bogen, durch den sie auf Sven zusteuerten. Die anderen verpufften in der Umgebung. Seine Attacke sah aus wie ein Feuerwerk.

Sven blinzelte, wodurch sich eine Wand aus einer dünnen Wasserschicht vor ihm bildete, die die Funken abhielt. Sie verdampften auf der Stelle.

So lief es jedes Mal. Beim Kampf Feuer gegen Wasser war immer Sven der Sieger.

»Kannst du noch?«, rief Sven.

Chad blieb erschöpft in der Hocke. »Ich würde gern eine Pause machen.«

»Ist gut.«

Sie gingen zu der Bank an der Seite des Kampfplatzes, wo ihre Trinkflaschen standen. Sven legte sich ein Handtuch um den Hals, das er von Zuhause mit auf diese Insel genommen hatte. Soweit Chad wusste, war Sven der einzige Bewohner, der durch seine Fähigkeiten nie in Schwierigkeiten oder mit Menschen wie diesem King in Kontakt geraten war. Seine Eltern wussten über alles Bescheid. Sie unterstützten ihn, auch wenn es bedeutete, dass die Insel sie voneinander trennte. Er zog sich die Jacke seines Trainingsanzuges über und fragte: »Hast du es schon gehört? In vier Tagen ist wieder Flügelfest. Du kommst doch, oder?«

Chad hatte keine Ahnung. Er blickte Sven nur fragend an.

»Das Flügelfest ist unser Weihnachten. Einmal im Jahr veranstaltet Nolan am Paradiesstrand eine Feier. Es gibt ein großes Feuer, Spiele und Musik. Wer will, kann etwas vorführen. Wir sind alle gut drauf und das Essen ist unglaublich. Rob bereitet es zu. Er ist wirklich talentiert.«

Als er an Weihnachten dachte, sah Chad zur Seite. Auf diese Tradition konnte er mittlerweile gut verzichten. »Ich steh nicht wirklich auf Weihnachten«, sagte er.

Doch Sven grinste. »Es wird dir gefallen. Besonders bei dem Feuer wirst du dich wohlfühlen. Bei deinen Fähigkeiten möchte ich wetten, dass es dir eine Menge Energie verleiht.«

»Wieso? Ist es ein magisches Feuer oder so?«

Sven hob einen Finger zur Erklärung. »Nein. Aber Rob erzeugt es und der ist voll von Energie. Einmal im Jahr, beim Flügelfest, teilt er mit uns.«

»Ich dachte, das kann er nicht.«

»Das hat er gesagt, um dir Selbstvertrauen zu geben. Im Ernst, das Feuer darfst du auf keinen Fall verpassen!«

»Okay, ich komme.«

»Cool!« Sven klopfte ihm auf die Schulter. »Ich habe auch etwas vorbereitet. Du kannst gespannt sein, ich denke, meine Show wird der Hammer!« Er zwinkerte Chad zu.

Nach dem Training traf Chad Izzy im Camp, die bei den Vorbereitungen für das Flügelfest half. Er schloss sich ihr an, da er die Gelegenheit sah, seinen Beitrag zur Gesellschaft zu leisten, und weil er dann Zeit mit ihr verbringen konnte. Er mochte Izzys ständige gute Laune und dass er bei ihr er selbst sein konnte. In ihrer Nähe fühlte er sich sicher. Nicht nur, weil sie ihre Kräfte sehr gut beherrschte, sondern auch, weil ihm der Kontakt zu Gleichaltrigen lange verwehrt worden war. Sie hingen Lichterketten im Wald auf und brachten Tische zum Strand. Jede noch so kleine gemeinsame Aktion mit ihr machte ihn glücklich.

Chirac dagegen zog sich zurück. Die meiste Zeit verbrachte er auf seiner Etage in der Hütte. Statt ihm, wie sonst immer, Befehle zu erteilen oder ihn zu schikanieren, ging er Chad aus dem Weg. Nachts schlief er unruhig. Er gab durchgehend unzufriedene Laute von sich, als würde er im Schlaf einen Kampf ausfechten, den niemand sah. Morgens hielt er sich eine Ewigkeit am Essenstisch auf und trank einen Kaffee nach dem anderen. Manchmal redete Nolan mit ihm, doch im Grunde blieb er allein. Jeden Annäherungsversuch eines anderen Campbewohners blockte er ab. Er hatte sogar aufgehört, nach einem Weg von der Insel runter zu suchen. Deswegen wunderte es Chad auch, dass Chirac mit ihm zusammen zum Strand ging, als das Flügelfest begann.

Auf dem sichelförmigen Strand waren mehrere kleine Lagerfeuerstellen und Sitzgruppen hergerichtet worden. Die Feuer brannten bereits, als die ersten Feiernden eintrafen und sich ihre Plätze suchten. Eine lange improvisierte Theke aus Kisten und Brettern präsentierte das Buffet aus verschiedenen Broten, Salaten und Obsttellern. Es gab warme Speisen frisch vom Grill und Snacks sowie exotische Getränke. Bunte Lichterketten schmückten die Bäume und Palmen. Rund um den Strand steckten Fackeln in Dreierformation im Boden. Nolan hatte sogar Lautsprecher an ausgewählten Plätzen des Strandes aufgehängt, die den Ort mit entspannten Klängen beschallten. Wenn man aus dem Wald auf die Feier zugelaufen kam, waren auf der linken Seite große Holzscheite zu einem Pagodenfeuer aufgetürmt. Chad hatte dabei geholfen, sie zu stapeln und war schon ganz gespannt auf das Feuer, das Rob daraus entzünden würde.

Chirac schien ebenfalls beeindruckt von dem Anblick zu sein. Er stieß einen anerkennenden Pfiff aus und kommentierte: »Nicht schlecht«, was für seine Maßstäbe ein Lob darstellte. Jedenfalls hatte Chad zuvor noch nie etwas derart Positives von ihm vernommen.

Eigentlich hatte Chad vor, den Abend mit Izzy in einer der Sitzgruppen zu verbringen, doch Chirac wich ihm nicht von der Seite. Als sie Izzy trafen, die in einem Bikinioberteil und kurzen Schwimmhosen herumrannte, hielt sie zwei bunte Getränke in der Hand. »Hier, für dich«, sagte sie freudestrahlend. Sie reichte Chad den Cocktail. »Das ist super lecker. Sven hat es gemixt.« Zum Beweis zog sie an einem Bambus-Strohhalm. »Sorry, ich wusste nicht, dass du auch kommst«, sagte sie an Chirac gewandt. »Ich hol dir auch einen, warte!«

Bevor Chirac ablehnen konnte, war sie zur Bar gerannt.

»Ist das dein Ernst?«

»Was denn?«, fragte Chad.

»Ist das etwa deine Freundin? Die ist wie ein Flummi.«

»Keiner hat dich gezwungen, mitzukommen«, grummelte Chad. »Und sie ist nicht meine Freundin.« Er betonte das letzte Wort.

Chirac zog einen Mundwinkel nach oben. »Ich pass nur auf, dass du keinen Mist anstellst.«

Izzy kam zurück und drückte Chirac das Getränk in die Hand. »Da vorne sind noch Plätze frei, kommt!«

Der Strand füllte sich mit Kindern, Teenagern und sogar ein paar Erwachsenen, die in der heißen Nachmittagssonne Spaß hatten, indem sie tanzten, quatschten und Wettkämpfe in Form von Schulterkämpfen sowohl an Land als auch im Wasser ausfochten oder einfach der Musik lauschten. Chad ließ sich auf einen der Liegestühle unter einem Sonnenschirm aus Palmenblättern fallen. Chirac setzte sich auf den Liegestuhl neben Chad und Izzy warf sich in den Sand.

»Ich liebe das Flügelfest!«, rief sie.

»Der Alkohol fehlt«, sagte Chirac. »Schnaps wäre angebracht. Diesen Kindergarten kann doch keiner ernst nehmen.«

»Ach komm schon! Sei nicht so eine Spaßbremse.« Izzy verzog beleidigt das Gesicht. »Sei froh, dass du überhaupt hier sein darfst.«

Chirac stöhnte genervt. »Wenn es nach mir ginge, wäre ich längst weg.«

»Also mir gefällt es hier«, warf Chad ein.

»Das dachte ich mir. Diese Insel mit ihren vollkommen realitätsfremden Regeln passt zu dir und deinem kindischen Verstand.«

»Nervt er dich auch, Chad? Komm, wir gehen schwimmen.« Izzy sprang auf und zog Chad an der Hand hoch. Er ließ es geschehen. Chirac, der die Augen verdrehte, versuchte er zu ignorieren. Chad machte sich nicht die Mühe, seine Klamotten auszuziehen, sondern rannte in T-Shirt und kurzen Hosen auf die seichten Wellen zu, die das Meer an Land spülte. Izzy schmiss sich seitlich hinein und tauchte unter. Auch Chad sprang ins Wasser. Im Gegensatz zu Izzy machte er allerdings einen Bauchplatscher. Als er sich auf den Rücken drehte, genoss er die Sonnenstrahlen, die ihm ins Gesicht schienen. Vielleicht war das Areal wirklich realitätsfremd, wie Chirac sagte. Aber musste denn immer alles der Wirklichkeit entsprechen? Wer bestimmte, was real sein durfte und was nicht? Seine Gedanken wurden unterbrochen, als sich jemand an sein Bein klammerte und Chad unter Wasser zog. Kurz darauf entstand ein Strudel, der ihn fest umschlang und in der nächsten Sekunde nach oben drückte. Chad schoss mit wedelnden Armen aus dem Wasser, flog in zwei Metern Höhe durch die Luft, bevor er auf der Wasseroberfläche aufschlug und dabei vier weitere Schwimmer nass spritzte. Als er wieder aufrecht stand, hörte er Sven amüsiert lachen.

»Alles klar?«, fragte er.

Chad nickte. Er sah sich um und entdeckte Izzy bei Nolan, der sich ebenfalls im Wasser tummelte. Sie kletterte auf seine Schultern, um gegen ein anderes Mädchen auf den Schultern eines Jungen zu kämpfen.

Sven beobachtete den Kampf eine Weile, dann zog er Chad leicht am Arm auf Seite und fragte: »Hey, zwischen dir und Izzy, läuft da was?«

»Was? Nein!«, entfuhr es Chad.

»Bleib cool!«, lachte Sven. »Ich sehe euch halt ständig zusammen, deswegen komme ich darauf.«

Hitze schoss in seinen Kopf. »Wir sind nur Freunde«, sagte Chad.

»Gut. Weißt du, ich würde sie gern nachher mit meiner Show beeindrucken. Hast du was dagegen, wenn ich mein Glück bei ihr versuche?«

Izzy schubste das andere Mädchen gekonnt ins Wasser.

»Nein, ich habe nichts dagegen.«

Sven klopfte Chad auf die Schulter. »Danke, Kumpel, echt. Ich hatte schon Angst, wir bekommen Streit deswegen.« Er zwinkerte Chad zu, dann schmiss er sich in die Wellen und ließ sich von einem von ihm erzeugten Strom zu Izzy und ihrer Gruppe gleiten.

Chad sah ihm hinterher. Er war nie in die Verlegenheit gekommen, sich für Mädchen zu interessieren. Dazu hatte man ihn zu früh von ihnen getrennt, dachte er. Izzy war in seinen Augen das coolste Mädchen, dem er je begegnet war, aber er glaubte nicht, dass er verliebt war. Auch, wenn es ihm einen Stich ins Herz versetzte, als Sven sie auf einmal mit beiden Händen quer durch die Luft trug und sie etwas abgelegener von den anderen ins Wasser warf. Wahrscheinlich, um mit ihr allein zu sein.

Er schloss sich Nolan und den anderen an, die weiter ihre Schulterkämpfe ausfochten. Zweimal gewann er gegen einen jüngeren Gegner, beim dritten Kampf musste er sich geschlagen geben, da Nolan unter ihm nachgab und sie beide rückwärts ins Wasser fielen. Er schielte rüber zu Izzy und Sven, die in der Mitte der kreisrunden Bucht auf sprudelnden Wellen hüpften.

Chad ging wieder an Land. Auf dem Weg zu der Sitzecke, wo Chirac immer noch seinen alkoholfreien Cocktail schlürfte, klebten seine Klamotten eng an ihm. Völlig durchnässt ließ er sich auf die Liege fallen, wo er sein Gesicht zum sommerlich blauen Himmel reckte. Trotz Chiracs Anwesenheit genoss er diesen Moment. Er schloss die Augen und atmete die herrliche Luft ein. Es interessierte ihn nicht, ob er jemals die Chance hätte, diese Insel zu verlassen. Selbst, wenn er ein Gefangener inmitten des weiten Meeres war, konnte er hier so sein, wie er war. Ohne Angst vor willkürlicher Gewalt oder stundenlangen Einschlüssen in viel zu engen dunklen Zellen. Die Todesstrafe schien weit weg. So wie die Todeswand, die er abgefackelt hatte. Er lächelte. Er hatte sie wahrhaftig abgefackelt.

Izzy kam wieder dazu, als es dämmerte. Sie forderte Chad und Chirac voller Aufregung dazu auf, sich an die große freie Fläche zu setzen, auf der jeden Moment die Showeinlagen derjenigen begannen, die extra für diesen Abend etwas einstudiert hatten. Sie zog Chad an der Hand hinter sich her zu einer Stelle zwischen all den anderen Bewohnern, wo noch ausreichend Platz für drei Leute war und setzte sich in den Sand. Chad und Chirac setzten sich daneben.

Kurz darauf trat Nolan vor sie und alle anderen, die sich im Halbkreis aufgereiht hatten. An seinem Hemd klebte Sand und seine nassen Haare lugten seitlich unter dem Strohhut hervor, den er auf dem Kopf trug. »Amüsiert ihr euch?«, rief er durch ein trichterförmiges Sprachrohr. Aus der Menge kamen jubelnde Rufe. Nolan grinste, während er vor den feiernden Menschen auf und ab lief. »Ich hoffe, ihr habt schon das Essen probiert und einige Drinks gekostet.« Wieder kam laute Zustimmung aus der Menge. Einige hielten ihre Speisen hoch. Andere boxten mit den Händen in die Luft. »Ihr seht jetzt gleich einige Vorführungen, wie es beim Flügelfest schon zur Tradition geworden ist. Ihr wisst, dass euch eure Begabungen gegeben wurden, weil ihr in tiefster Dunkelheit das Licht gesehen habt. Das ist keine Selbstverständlichkeit und wir wollen feiern, dass wir heute hier sein dürfen.« Es folgte Applaus. Nolan hob seinen Arm zum Himmel und rief: »Also dann, lehnt euch zurück und genießt das Spektakel!«

In dem Moment schossen hinter dem Scheithaufen Feuerwerkskörper in die Luft. Ihre Explosionen begleitete Glitzerstaub, der sich zu regenbogenfarbenen Mustern formte. Aus den Lautsprechern klangen jetzt leise Töne eines Streichorchesters. Sie passten zum Feuerwerk und erinnerten Chad an ein Musical, das er mal gesehen hatte. Dazu führte ein Mädchen, das vorher sehr engagiert bei den Schulterkämpfen mitgemacht hatte, eine Choreografie auf. Sie tanzte in einem Kleid, das ebenfalls glitzerte. Während der Glitzerstaub zu Boden fiel, verwandelte er sich in kleine Kristalle, die im Sand stecken blieben. Das Mädchen schwang seine Arme herum und drehte sich in einer Pirouette auf der Stelle. Dabei wirbelte Sand auf, der sich um sie herum bewegte. Der Wirbelwind nahm Gestalt in Form von Kristallen an. Das Mädchen steuerte den Kristallsturm mit ihren Gesten und es sah aus, als würden sie miteinander tanzen. Am Ende nahm sie ihre Arme herunter, damit sich die Kristalle unter ihren Füßen sammelten. Die Musik erreichte ihr Finale, in dem sie auf den Kristallen, wie auf einer Wolke, in die Höhe stieg. Als das Lied vorbei war, ließ sie die Kristalle zu Glitzerstaub zerfallen, der auf die Zuschauer fiel. Sie selbst vollführte einen Salto und landete in einer gekonnten Pose im Sand.

Es folgten Applaus und Jubelrufe. Chad blieb der Mund offen stehen. Er klatschte aufgeregt, während er im Glitzerregen grinste. »Das war krass!«, rief er aus. Izzy stimmte ihm zu.

Als sich das Mädchen unter die Leute mischte und im Publikum Platz nahm, trat Sven vor. »Wenn ihr bitte alle mal auf das Wasser schauen würdet!«, rief er.

Chad drehte sich etwas, um einen besseren Blick auf die Bucht zu bekommen. Er bemerkte, dass Chirac sich ebenfalls umdrehte.

Sven nahm von der freien Fläche aus Anlauf. Er rannte auf einen hervorstehenden Felsen zu, der über das Wasser ragte und stieß sich davon ab. Seine Bewegung erfolgte fließend, er drehte sich einmal um sich selbst und machte einen perfekten Salto auf die Wasseroberfläche zu, auf der sich die bunten Lichter spiegelten, die den Strand erhellten. Kurz bevor er eintauchte, fing ihn eine in die Höhe schießende Fontäne auf. Aus ihr bildeten sich dünne Wasserstrahlen, die spiralförmig ineinander übergingen und sich nach unten schlängelten. Es formten sich acht Säulen um Sven herum, die ihre Höhen nacheinander wie eine Welle änderten. Gleichzeitig setzte von Spannung geprägte Musik ein, die eine düstere und doch magische Stimmung hervorhob. Die Wassersäulen bewegten sich mit ansteigendem Tempo im Kreis. Sven sprang im Flick Flack über sie hinweg. Die Säulen verschmolzen zu einer Einheit. Sie zeigten eine halbrunde Wassermauer, an der er entlang nach unten surfte. Sven streckte seine Hände aus, aus denen Wasser geschossen kam. Dieses Wasser lenkte ihn über die Oberfläche, als er unten ankam. Das Bild, das er dabei abgab, erinnerte Chad an einen der Superhelden aus seinen Comics, der sich mit Lichtenergie aus seinen Händen vom Boden abstoßen und dann fliegen konnte. Genau so schwebte Sven über dem Wasser. Die Mauer zerfiel. Es entstanden große Wellen, die wie Seeungeheuer miteinander kämpften. Wie ein Unbeteiligter bewegte er sich zwischen ihnen hindurch. Um die kämpfenden Wellen herum schossen weitere kleine Säulen aus dem Wasser. Das Ganze sah aus, wie eine Arena. Die Wellen zeigten sich mal größer und mal kleiner, bis sie eins wurden und das Wasser sich beruhigte. Sven stand inmitten der spiegelglatten Wasseroberfläche. Sein Gesicht war nur zur Hälfte beleuchtet. Die Musik ließ an Lautstärke und Tempo nach, nur noch ruhige Klänge verließen die Boxen. Dann hob Sven die Arme und hundert schmale Wassersäulen schossen in die Höhe, wie bei einem gigantischen Springbrunnen.

Ein bewunderndes Raunen ging durch die Zuschauer. Als die Musik endete und die Säulen ganz im Wasser verschwanden, verbeugte sich Sven.

Auch nach dieser Vorstellung gab es immensen Applaus. Sogar Chirac klatschte, hörte aber sofort damit auf, als Chad hinsah. Chad dagegen hätte gerade die ganze Welt umarmen können. Er fühlte sich geehrt, dass ausgerechnet er mit diesem krassen Typen trainieren durfte. Seine Fähigkeiten so perfekt zu kontrollieren, musste jahrelanges Üben gekostet haben. Er stellte sich vor, wie er so etwas Ähnliches mit Flammen machte. In Gedanken probte er schon für das nächste Flügelfest, um, wie Sven, allen zu zeigen, was er draufhatte. Svens Auftritt gab ihm den Mut, dass er vielleicht eines Tages wirklich sein konnte, wie Viktor Mondaine.

Sven kam an Land und zog sich sein T-Shirt über. »Danke!«, rief er, während er sich, wie das Mädchen zuvor, durch die Leute mitten unter die Zuschauer setzte. Natürlich neben Izzy. »Hat es dir gefallen?«

»Und wie! Sven, du bist einfach der Wahnsinn. Du setzt jedes Jahr noch einen drauf.«

Er zwinkerte Izzy zu und legte einen Arm um sie. »Lasst uns die nächste Show ansehen!«

Chad bemerkte einen leichten Tritt gegen seinen Rücken. Als er nachsah, nickte Chirac in Svens Richtung. Er zog fragend die Augenbrauen hoch. Chad zuckte mit den Schultern. Izzy war nicht seine Freundin. Und er wollte auch nichts von ihr. Und was ging das Chirac überhaupt an?

Die blaue Stunde war inzwischen angebrochen. Das Meer nahm dunklere Züge an. Es wurde Zeit für den Höhepunkt. Trommelschläge ertönten aus der Richtung des großen Scheithaufens. Zwei Jungen, die links und rechts des Haufens standen, schlugen über mehrere Minuten in einem rhythmischen Takt auf die Trommeln vor sich ein, was eine hypnotisierende Wirkung bei Chad erzielte. Die Menge hatte sich beruhigt, alle starrten auf das gestapelte Holz. Auf einmal schwebte eine Flamme im Takt der Trommeln vor ihnen über den Boden auf und ab. Sie hatte sich so langsam gebildet, dass Chad ihre Erscheinung nicht sofort bemerkte, doch jetzt war sie bereits so groß wie eine Faust. Die Flamme teilte sich bald in zwei faustgroße Flammen. Die wuchsen und teilten sich ebenfalls. Bald waren da vier, acht, sechzehn Flammen, die vor den Gesichtern der Zuschauer tänzelten. Sie nahmen eine Kreisbewegung an, niemals vom Rhythmus der Trommelschläge abweichend. Dann stiegen sie empor zum großen Scheithaufen, um den sie sich herum bewegten. Die Trommelschläge ertönten jetzt immer schneller und heftiger, was sich auf die Flammen übertrug. Bald waren sie so schnell, dass sie einen Feuerring um den Stapel bildeten. Dieser Ring öffnete sich an einer Stelle und bewegte sich wie eine Schlange den Stapel entlang nach oben. Die Jungen änderten den Rhythmus und die Schlange änderte ihre Gestalt zu einer Kobra, die sich um das aufgetürmte Holz schlängelte, als müsste sie es mit aller Kraft verteidigen. An dessen Spitze richtete sie sich in aller Pracht auf. Sie richtete ihr Maul zum Himmel, aus dem eine Sekunde später eine Stichflamme hervorschoss. Unzählige kleine Schlangen aus Feuer krochen das Holz hinauf. Sie überlagerten einander und waren doch als einzelne Individuen zu erkennen. Die Kobra stürzte sich hinab auf die anderen Schlangen und fraß sie auf. Ihre Flammen fielen durch die Schlitze der Holzscheite zur Seite, bis sie mit voller Wucht aus der oberen Öffnung heraus in den Himmel schoss. Die flammende Kobra hatte sich nun ganz von der Materie des Haufens gelöst und schwebte mittig darüber. Aus ihrem Rücken brachen zwei Flügel aus, die genauso aussahen, wie die Tattoos, die den Bewohnern dieser Insel aufgebürdet waren. Sie streckte sich. Groß. Mächtig. Majestätisch. Sie vollführte drei Flügelschläge, bis sie sich kopfüber in den Holzhaufen warf. Als sie durch die obere Öffnung stach, schossen die Flammen in alle Richtungen nach außen. Die Trommelschläge hörten schlagartig auf. Der Holzhaufen brannte lichterloh.

Sofort spürte Chad, wie ihn die Flammen wärmten. Nicht nur von außen, auch seine eigene, innere Kraft wuchs. Das Feuer brachte ihm Energie. Mehr, als er jemals zuvor in sich gehabt hatte. Er fühlte sich, als würde er die Erholung vieler von Schlaf gesegneter Nächte aufsaugen. Als hätte er nie die harten Matratzen der Gefängnisbetten unter sich gehabt. Sogar die Folter durch Chirac auf dem Hof schien in sehr weite Ferne zu rücken. Sein Eigengewicht glich dem einer Feder, die sich im sanften Wind durch die Luft gleiten ließ.

»Das tut gut, was?«, flüsterte Izzy. Sie war näher an Chad herangerückt. Svens Arm lag nicht mehr um ihre Schultern. Dafür berührten ihre die von Chad.

»Ja«, flüsterte Chad. Alle Anwesenden genossen den Moment. Er konnte nicht sagen, ob jeder die Energie spürte, die er spürte, doch der Moment, in dem das Feuer den ganzen Strand in orangerotes Licht tauchte, gab es eine Magie ab, die die aus seinen Lieblingscomics weit übertraf. Irgendwann öffnete Chad seine Augen wieder. Er hatte nicht bemerkt, dass er sie geschlossen hatte.

Die anderen Bewohner der Insel kamen langsam wieder in Bewegung. Einige steuerten den Dschungel an. Als Chad nachfragte, wo sie hingingen, antwortete Izzy: »Das Feuer eröffnet die Nacht-Wettkämpfe. Hast du Lust, teilzunehmen?«

Chad, Izzy, Sven und Chirac folgten den Lichterketten, die den Weg durch den mit bunten Lampions beleuchteten Dschungel zeigten. Der Hochseilgarten, den sie ansteuerten, schien einer der Austragungsorte der Wettkämpfe zu sein.

»Es gibt Einzelkurse und Teamkurse«, erklärte Sven. »Dabei zählt nicht nur die Zeit, in der man den Parcours schafft, sondern auch die Zusammenarbeit. Im letzten Jahr sind Izzy und ich nur knapp auf dem zweiten Platz gelandet. Wollen wir es dieses Jahr wieder versuchen?«

»Klar!«, stimmte Izzy zu. »Ich lass mich doch nicht von zwei Kindern besiegen.«

»Unsere Gegner waren zwei Zehnjährige. Die haben gewonnen, weil sie den ganzen Tag nichts anderes machen, als durch die Bäume zu klettern. Hey, André, das ist ein Wettkampf ohne Flügelkräfte. Du kannst also auch mitmachen«, sagte Sven.

Chirac zuckte mit den Schultern.

»Wir könnten ja eine Übungsrunde zusammen machen«, schlug Izzy vor. »Sven und ich gegen dich und André.«

Chad und Chirac sahen sich an. Wie erwartet stießen Izzys Worte auf Ablehnung.

»Jetzt mach mal langsam. Reicht es nicht, dass wir schon zusammen wohnen müssen?«

»Er hat recht, Izzy«, bestätigte Chad. »Können wir die Teams nicht anders aufteilen?«

Izzy verschränkte die Arme. »Warum bist du überhaupt mitgekommen, André, wenn du keine Lust hast?«

»Jedenfalls nicht, um mit dem da heile Welt zu spielen.«

»Ihr solltet einen Versuch wagen«, sagte Sven und hob den Zeigefinger. »Wenn es danach nicht klappt, werde ich mich nie wieder in eure Beziehung einmischen.«

Chirac stöhnte genervt. »Also schön, komm mit!« Er zog Chad am Arm neben sich her zur Ausgabe der Klettergurte. »Hast du sowas schon mal gemacht?«

Chad verneinte. Er hatte mal einen Kinderparcours gemacht. Aber der war anders gesichert gewesen als dieser hier.

»Stürz einfach nicht ab! Und sei mir nicht im Weg!«

Sie bekamen ihre Kletterausrüstung angelegt. Ein Junge unterwies Chad in die richtige Nutzung der Sicherheitshaken für die Seile entlang des Kurses, bevor er und Chirac über eine Strickleiter auf die erste Plattform in zwanzig Metern Höhe kletterten. Von dort aus mussten sie über eine Hängebrücke laufen, deren einzelne Bretter jeweils einen

Meter voneinander entfernt waren. Hinter der nächsten Plattform kam ein Netz, dessen Sinn es war, sich daran entlang zu hangeln.

»Ich gehe vor. Beim Netz nehm ich die rechte Seite und du die linke. Verstanden?« Die Betonung lag auf Chiracs Frage am Ende, als wäre Chad schwer von Begriff.

»Von mir aus. Was ich vorschlage ist eh egal«, grummelte Chad.

»Da hast du verdammt recht.«

Von unten hörten sie Izzy, die die Testrunde anpfiff. Chirac setzte sich in Bewegung. Mühelos sprang er von einem Brett zum nächsten und war bereits auf der nächsten Plattform, als Chad gerade die halbe Brücke geschafft hatte. Weil er offenbar keine Lust hatte, zu warten, schwang sich Chirac weiter auf die rechte Seite des Netzes.

Chad hatte keine Chance, ihn einzuholen. Nicht am Netz und auch nicht in den Fässern, durch die er krabbelte oder im Seillabyrinth, das danach kam. Erst, als vor ihnen eine Schlucht auftauchte, bei der ein Teammitglied das andere festhalten musste, um nicht hinunterzufallen, trafen sie wieder aufeinander. Chad war außer Atem. Chirac dagegen topfit.

»Was ist das hier?«, fragte Chad.

»Ganz einfach. Ich kletter dort auf die Bretter und du sicherst dich in diesem Seil, damit du unten an den Hebel kommst.«

Vor ihnen hing ein Seil senkrecht herab. An seinem Ende baumelte ein Holzkeil, der, steckte man ihn in eine dafür vorgesehene Lücke auf gleicher Höhe, den weiteren Weg freigab, indem sich eine Falltür vor Chirac öffnen würde. Chad ahnte, wie er an den Hebel gelangen konnte und das passte ihm nicht. Ein Blickaustausch mit Chirac verriet ihm, dass er auch keine Lust dazu hatte.

»Du kletterst runter. Ich halt dich fest.« Chirac beharrte darauf.

»Warum nicht andersrum?«

»Weil ich stärker bin als du und du mich ganz sicher fallen lässt.«

»Das weißt du doch gar nicht.«

»Stell dich nicht so an! Komm schon, runter mit dir!«

Chad biss die Zähne zusammen, folgte aber der Anweisung. Er sicherte sich in dem Seil und kletterte rückwärts von der Plattform, bis er sich nur noch mit den Händen daran festhielt. Über ihm ging Chirac in die Hocke und reichte ihm die Hand. »Halt dich fest!«

Nur widerwillig schlug Chad mit einer Hand ein. Chirac packte ihn unsanft, aber fest. Dann ließ Chad die Plattform los. Er hing nur noch an Chiracs Hand. Mit seiner anderen bekam Chad gerade so den Keil zu fassen. Er steckte ihn in die Lücke und hörte von oben, wie eine Falltür aufklappte. »Es hat geklappt!«, rief er vor Freude aus. »Wir können weitermachen!«

Doch als er nach oben zur Plattform sah, warf Chirac ihm einen finsteren Blick zu.

»Jetzt zieh mich schon hoch!«, befahl Chad.

Noch in derselben Sekunde, als die Worte seinen Mund verließen, begriff er, dass der Parcours für ihn hier beendet war. Chiracs Gesichtsausdruck hatte starke Ähnlichkeit mit dem, den er nach seiner fehlgeschlagenen Hinrichtung draufgehabt hatte. Als wollte er die Situation nutzen, jetzt, da Chad ihm ausgeliefert war. Alles hing davon ab, ob er seine Hand öffnen würde oder geschlossen hielt. Chads Augen weiteten sich.

Im nächsten Moment öffnete Chirac seine Hand.

Chad erkannte ein leichtes Grinsen auf den Lippen des Wärters, bevor er einen halben Meter fiel und mit seinem ganzen Gewicht in die Sicherung seines Klettergurtes stürzte. Er musste nicht fragen, was das sollte. Chirac hatte seine Position bewiesen, das war alles.

Ohne sich nochmal zu ihm umzudrehen setzte Chirac den Parcours fort. An der letzten Station rutschte er an einer Seilbahn zu Boden und entfernte sich die Klettersachen. Chad sah das von der Luft aus. Ein Junge war schon mit einer Leiter zu ihm unterwegs. Chirac kam an der Stelle vorbei, über der Chad in seinem Gurt hing. Er verzog seinen Mund zu einem hämischen Grinsen. »Hast du echt gedacht, ich nehm dich mit? Nur, weil du ein bisschen mit Feuer spielen kannst, heißt es nicht, dass ich dich respektiere. Du bist ein Killer und wirst immer einer bleiben. Sobald ich diese lächerliche Insel mit ihren noch erbärmlicheren Bewohnern verlassen habe, sorge ich dafür, dass du wieder dahin kommst, wo du hingehörst.«

»Ach ja?«, rief Chad. Ihm fiel keine schlagfertige Antwort ein.

»Du weißt genau, auf welche Seite der Gitter du gehörst, Killer.«

Chad ließ den Kopf sinken. Von seiner guten Laune spürte er jetzt nicht mehr den kleinsten Funken. Er stieg auf die Leiter, die der Junge unter ihn stellte, ließ sich von ihm aus den Klettersachen befreien und kletterte runter. Dieser Parcours war ihre Chance gewesen, ihre Beziehung nach vorne zu bringen. Er sah das ein. Er war bereit gewesen, Chirac zu vertrauen. Wieder belehrten ihn Nicos Worte eines Besseren. Die Wärter waren ihre Feinde. Für immer. Es würde sich nie etwas ändern. Chad wandte sich Chirac zu und sagte: »Du nennst mich immer noch Killer? Na schön. Da du dich so sehr dagegen wehrst, mir eine Chance zu geben, Arschloch, habe ich eine Botschaft für dich die in dein Weltbild passt, also hör gut zu: Bevor du diese Insel verlässt, bringe ich dich um.«

Chirac kehrte Chad den Rücken zu. Er zuckte nur mit den Schultern und ging in Richtung Camp. Er war schon längst außer Sichtweite, da stieß Izzy Chad in die Seite. Sie und Sven hatten ihren Parcours erfolgreich beendet. Als Team. »Hast du einen Knall? Du kannst doch keine Morddrohung aussprechen! Weißt du eigentlich, wohin dich das führt?«

»Wie viel schlimmer als in den Todestrakt kann es sein?«, fragte Chad mit verbitterter Stimme.

»Mann, er hat dich provoziert. Lass dich doch darauf nicht ein!«

»Lass mich, Izzy!«, rief Chad, wobei er sie leicht von sich stieß. »Diese ganze Klettersache war von Anfang an zum Scheitern verurteilt. Wie konnte ich so blöd sein und glauben, dass er mir hilft? Er ist ein Arschloch, ganz einfach.«

»Chad, willst du nicht …«

»Ich will jetzt gar nichts!« In seinem Hals bildete sich ein dicker Kloß. »Lasst mich einfach allein, okay?« Ohne auf eine Reaktion zu warten ging Chad zurück zum Strand. Den Blick starr auf den Waldweg vor seinen Füßen gerichtet, eilte er zu der Stelle, an der der Strand an den Dschungel grenzte. Aus den Lautsprechern dröhnte Partymusik, die, je näher er kam, an Lautstärke zunahm. Am Strand angekommen überschaute er die feiernden Menschen, die im Wasser tobten, am Feuer entspannten oder tanzten. Das Mädchen, das die Kristallvorführung gezeigt hatte, saß mit vier anderen Jugendlichen an einem der Lagerfeuer und hielt einen Stock mit Teig daran über die Glut. Ein anderes Mädchen sagte etwas zu ihr, woraufhin sie herzhaft lachte. Die Szene spielte sich genau vor seinen Augen ab und doch hatte Chad das Gefühl, dass er fehl am Platz war.

Chirac hatte recht.

Was war das für eine Welt, in der Mörder Strandpartys feiern durften? Das widersprach jeglicher Logik. Niemand hatte das Recht, einem anderen Menschen das Leben zu nehmen. Wer es tat, verlor das Recht am eigenen Leben. So, wie er. Er hätte an seinem siebzehnten Geburtstag sterben sollen. Bei dem Gedanken daran, bildeten sich Tränen in seinen Augen. Er lebte. Aber warum? Wie in Trance ging er zu dem großen Feuer. Alle anderen hielten Abstand, doch Chad trat bis auf einen Meter an die Flammen heran. Würde er jemals wieder außerhalb dieser Insel leben, musste er sich auf eine Jagd gefasst machen. Er versuchte, sich vorzustellen, was alles passieren konnte. Wenn er die Möglichkeit hatte, abzureisen, dann hatte sie Chirac auch. Chirac in der äußeren Gesellschaft war niemand, dem sich Chad nähern wollte. Hier zu sein kam ihm wie ein viel zu schöner Traum vor. Ob mit Chirac oder ohne. Er hatte diesen Traum nicht verdient. Er gehörte in eine Zelle. Vor ein Erschießungskommando. Was, wenn er seine Drohung wahrmachte? Wenn er Chirac wirklich tötete? Ob es ihm Befriedigung verschaffte? Aber was dann? Dann gab es eine Leiche. Was immer Nolan dann tun musste, er selbst käme nicht so einfach davon. Vielleicht schickte Nolan ihn zurück auf das Festland, wo er sich seiner gerechten Strafe zu stellen hatte. Herausfinden wollte er es lieber nicht. Fest stand, dass eine Disziplinarmaßnahme bei Rob nicht ausreichen würde. Eigentlich war Dankbarkeit angebracht, darüber, dass Nolan ihm diese Chance gab. Chad hob einen Arm und griff mit der Hand ins Feuer. Er spürte die Hitze, ohne sich zu verbrennen. So bizarr der Gedanke auch war, aber in den letzten Jahren war das Gefängnis zu seinem Zuhause geworden und Nico und Vitus seine Freunde. Seine richtigen Freunde. Izzy und Sven waren cool, aber mit ihnen war er nicht durch die Hölle gegangen. Er hoffte, dass es Vitus gut ging. Chad sah an den Flammen hinauf. Er dachte an Nico und sagte: »Ich weiß, dass du da irgendwo bist. Ich vermiss dich, Mann.«

»Mit wem redest du?«

Chad fuhr herum und sah Nolan ins Gesicht. »Mit niemandem.«

»Du kommst ganz schön nah an die Flammen. Hast du keine Angst?«

»Wieso? Wovor denn?«

»Na, dass sie deine Klamotten verbrennen zum Beispiel«, antwortete Nolan. Dabei zeigte er auf Chads Hose, die an der Beinöffnung Feuer gefangen hatte.

Chad sprang zurück, klopfte seine Hose ab und schmiss sich in den Sand, wo er sich hin und her wälzte, bis das Feuer gelöscht war.

Nolan lachte. »Damit könntest du nächstes Jahr auftreten.«

»Ha ha!«, kommentierte Chad. »Sag doch einfach, dass ich brenne!«

»Ich dachte, du könntest die Flammen mit deinen Fähigkeiten kontrolliert ersticken lassen.«

Auf die Idee war Chad nicht gekommen. Nolan setzte sich ihm gegenüber in den Sand und fragte: »Wie gefällt es dir eigentlich hier?«

»Ehrlich gesagt, habe ich darüber gerade nachgedacht«, antwortete Chad. »Das Areal ist der Wahnsinn. Alle sind so nett und hilfsbereit. Aber ich frage mich, ob ich überhaupt hier sein sollte.«

»Weil du schlimme Dinge getan hast, für die du zur Rechenschaft gezogen gehörst?«

»Ja. Woher weißt du das?«

»Du bist nicht der erste Bewohner dieser Insel, der so denkt. Manche haben Schicksale hinter sich, mit denen ich im Leben nicht tauschen möchte und manche waren, bevor sie hier her kamen, genauso kriminell wie du. Irgendwann fragt man sich halt, ob einem dieses Paradies überhaupt zusteht. Ich frage es mich ja selbst oft genug. Dabei habe ich das Areal aufgebaut. Ich wollte einen Ort des Friedens schaffen. Eine Oase für alle, die sich verloren fühlen. Ich glaube, das ist mir ganz gut gelungen.« Er lächelte Chad an. »Oder, was denkst du?«

»Es ist zu perfekt«, sagte Chad. »Jemand wie ich sollte keine Partys feiern dürfen. Ich gehöre in eine Zelle.«

»Findest du nicht, du hast eine zweite Chance verdient?«

»Doch. Aber da draußen.« Chad zeigte aufs Meer. »Am liebsten würde ich in die Vergangenheit reisen, an den Tag, als die Killer in meine Schule kamen und einfach Zuhause bleiben oder schwänzen. Wenn ich die Zeit zurückdrehen könnte, ich würde es sofort tun.«

»Ja, das verstehe ich.«

»Nolan, ich habe Angst, dass ich das hier verbocke. Früher oder später werde ich etwas so Schlimmes tun, dass du mich von der Insel schmeißt.«

»Und was soll das sein?«

»Ich habe Chirac gedroht, ihn zu töten.«

Stille.

»Er hat mich vorhin beim Kletterparcours fallen gelassen. Schon die ganze Zeit denke ich, dass es mir ohne ihn besser gehen wird. Wir beide denken so übereinander.«

»Chad, wenn du André tötest, werde ich dich in der Tat von der Insel schmeißen. Und glaub mir, das willst du nicht. Ich danke dir für deine Ehrlichkeit. Wo ist André gerade?«

»Keine Ahnung. Ich glaube er ist zum Camp gelaufen.«

»Ich werde mit ihm reden. Bitte, Chad, tu es nicht.«

Chad lehnte sich mit den Armen vor auf seine Knie. »Die Insel ist schön«, sagte er. »Ich mag den Strand und das Camp. Es gefällt mir hier gut.«

Nolan stand auf. »Behalte diesen Gedanken. Du solltest dir etwas zu Essen holen. Das Buffet ist sehr zu empfehlen.«

»Okay.«

Am Himmel funkelten unzählige Sterne. Chad ließ sich auf den Rücken fallen, um sie zu betrachten. Nach ein paar stummen Tränen murmelte er: »Einer davon bist du, richtig?«

Mehr als Freundschaft?

In den nächsten Wochen bewohnte Chad die Hütte allein. Nolan hatte ihm erklärt, dass Chirac sich dem Erkundungstrupp angeschlossen hatte, um die Insel zu erforschen. Durch seine Überlebensfertigkeiten sei er dafür bestens geeignet, und außerdem verhinderte Nolan dadurch, dass Chad seine Drohung wahrmachte. Er hatte eingesehen, dass es für beide besser war, wenn sie ihren Kontakt zueinander abbrachen. Der Erkundungstrupp sollte mindestens ein Jahr unterwegs sein.

Chad gewöhnte sich sehr schnell daran. Seine Mordgedanken rückten in den Hintergrund, sodass er sich voll auf das Training mit Sven konzentrieren konnte. Er gab seinen Attacken Namen, so wie Limitless. Sobald er in der Lage war, seine Flammen gezielt über den Boden wandern zu lassen, versuchte er sich am Höllenkreis, seiner Lieblingsattacke aus den Comics. Sie war das stärkste Mittel gegen schnelle Gegner, die durch ihn in ihrer Bewegung eingeschränkt wurden, es sei denn, sie nahmen schreckliche Verbrennungen in Kauf. Sven ahmte diese Attacke mit Wasser nach, was ihm deutlich besser gelang als Chad.

Beim Flügelfest hatte Izzy Sven trotz aller Annäherungsversuche am Ende abblitzen lassen, was für eine komische Stimmung zwischen den beiden sorgte. Für Chad allerdings bedeutete das aus irgendeinem Grund Erleichterung.

Einmal sagte Nolan ihm, dass er sich schon seit zehn Monaten im Areal befand. Bei all den Ereignissen und dem Training war Chad nicht bewusst gewesen, wie viel Zeit vergangen war. Er hatte eine Tagesroutine, einen festen Schlafplatz, Freunde, Beschäftigung und eine friedliche Umgebung. Verschiedene Mentoren zeigten ihm, wie er sein Potenzial ausschöpfen konnte, doch am meisten orientierte er sich an Sven oder Rob. Er dachte nicht mehr so oft an das Gefängnis und nachts wachte er nur selten auf, weil ihn Panik überkam. War das der Fall, lief er umher oder setzte sich vor den Eingang seiner Hütte. Vor einer Weile hatte Nolan ihm ein Schnitzmesser anvertraut und ihm gezeigt, wie er damit Holz bearbeitete. Jedes Mal, wenn Chad das Messer in der Hand hielt, staunte er über das Vertrauen, das Nolan ihm entgegenbrachte. Er selbst hätte sich wahrscheinlich niemals eines in die Hand gedrückt.

An diesem Tag schnitzte Chad vor seiner Hütte auf der von Chirac selbst gebauten Bank. Die Inspiration für sein Werk hatte er von einer der Figuren aufgegriffen, die Nolan kunstvoll und detailreich geschnitzt und auf seinem Schreibtisch platziert hatte. Mit seiner eigenen Kreation wollte Chad den Raum unterhalb seiner Hütte dekorieren.

»Was wird das?«

Chad sah auf. Vor ihm stand Izzy, die auf das Stück Holz in seiner Hand zeigte.

»Eine Figur«, antwortete Chad. Er hielt ihr das Kunstwerk vor die Nase. Außer den vier Beinen eines Tieres war daran noch nicht viel zu erkennen. »Oder sowas in der Art«, fügte er hinzu.

Izzy legte den Kopf schief. »Hast du Lust, rumzuhängen?«

»Klar. Ich bring das schnell rein.« Chad stand auf. Er verstaute das Messer und klopfte sich die Späne von der kurzen Hose. Drinnen kletterte er die Leiter in den unteren Raum hinunter, um die Figur in das Regal zu stellen. Izzy folgte ihm. Seit er allein wohnte, besuchte sie ihn regelmäßig, wovon er jede Sekunde genoss. »Also, worauf hast du Lust?«, fragte er. »Strand? Klettern? Rumlaufen?«

»Eigentlich hatte ich gedacht, wir könnten hier bleiben.«

Chad sah sich um. »Klar, das geht auch.« Dann sorgte er mit einem Augenzwinkern dafür, dass die Kerzen um ihn herum Feuer fingen, was den Raum in ein gemütliches Licht tauchte. Das Flackern der tänzelnden Flammen zeichnete sich in warmen Farben auf Izzys Gesicht ab. Ihre Haare schimmerten im Schein der Kerzen golden.

»Sag mal, Chad, hast du schon mal ein Mädchen geküsst?«, fragte sie plötzlich.

Chad lehnte sich an die Wand. »Nein«, antwortete er. »Warum?« Er spürte, wie sein Puls in die Höhe stieg. Nicht, wie sonst, vor Angst, sondern vor Aufregung. Eigentlich konnte er sich schon denken, worauf sie hinauswollte.

»Willst du es mit mir ausprobieren?«

Seine Hände klopften hinter seinem Rücken in einem unbestimmten Rhythmus gegen die Wand.

»Darf ich denn?«

Izzy lächelte. Sie begann, mit ihren Haaren zu spielen. Dann trat sie auf ihn zu. »Ich hätte nichts dagegen.« Sie tat noch einen Schritt und legte ihre Hand vorsichtig auf seiner Brust ab.

»Bist du dir sicher?«, fragte Chad. Er war größer als sie, weshalb sie sich leicht auf ihre Zehenspitzen stellte, um ihren Mund zu seinem zu bewegen. Als sie sich berührten, ging Chad drauf ein.

Er war überrascht, wie weich sich ihre Lippen anfühlten. Während sie sich küssten, sog Chad ihren Duft ein. Eine Mischung aus Salzwasser und Wald. Seine Hände lösten sich von der Wand hinter sich, damit er Izzy vorsichtig an der Hüfte festhalten konnte. Kurz darauf lösten sie sich voneinander. Chad blickte in ihre Augen, die tiefblau wie das Meer waren, dessen Duft sie in den Haaren trug und in denen er sich beinahe verlor. Eine kleine Narbe, so dünn wie eine Stecknadel befand sich über ihrem Augenlid. Chad hob die Hand und strich mit dem Daumen darüber. Er konnte sie ewig nur ansehen.

Izzy lächelte und diesmal war es Chad, der erneut zum Kuss ansetzte. Sie stieg drauf ein. Er führte sie rückwärts, bis sie mit dem Rücken an der Wand auf der anderen Seite des Raumes stand. Sein inneres Verlangen nach ihr wuchs mit jeder Sekunde. Er spürte, wie er eine neue Ebene des Lebens entdeckte, die ihm den Atem raubte. Dass zwei Menschen sich so nah sein konnten, erfuhr er gerade zum ersten Mal und es erfüllte ihn mit dem Verlangen nach mehr. Er stützte sich mit einer Hand an der Wand hinter Izzy ab. Mit der anderen wanderte er seitlich um ihre Hüfte.

Izzy zog sich zurück, doch Chad wollte noch nicht aufhören. Er küsste sie weiter. Als sie ihr Gesicht abwandte, küsste er ihren Hals.

»Chad …«

Seine Stirn drückte sich gegen ihre.

»Chad, hör auf …«

Wie in Trance küsste er sie noch einmal. Dann traf ihn ein Stromschlag, durch den er zurückwich. »Au! Was soll das?« Erst, als er sich über die Stirn rieb, bemerkte er wieder, wo er war und was er gerade tat.

»Du fragst mich, was das soll?«

»Ich dachte, es wäre okay.«

»Der Kuss, Chad, der war okay. Mehr nicht!«

Jetzt realisierte er das Ausmaß seiner Handlungen. »O Mann, Izzy, es tut mir leid!« Er ließ sich beschämt auf einen der Stühle fallen. »Ehrlich, ich wollte dich nicht bedrängen.«

Sie entspannte sich. »War das wirklich dein erster Kuss?«

»Ja, wieso?«

»Du kannst das gut. Etwas zu gut.«

Chad zuckte mit den Schultern.

»Bist du sicher, dass du im Gefängnis nie … na ja, um an Zeug zu kommen …?«

»Du meinst, ob ich andere Gefangene geküsst habe?«

»Geküsst, mit ihnen geschlafen, was auch immer.«

»Mir wird schlecht«, sagte Chad. Er war zum Glück davongekommen, als es brenzlig für ihn geworden war. Nico hatte ihn, was das anging, beschützt. So, wie Chirac es vorgesehen hatte.

»Aber im Ernst, Chad, geh es das nächste Mal langsamer an, versprochen?«

»Versprochen!« Er legte sein Gesicht in die Hände. »Lass uns später was zusammen machen, okay? Ich brauche gerade einen Moment«, sagte er.

»Kein Problem. Ich weiß eh nicht, ob das eine gute Idee war.«

Diese Worte versetzten ihm einen Stich ins Herz. Wahrscheinlich hatte sie Sven genau so abgewiesen. Und wie mit Sven, würde sie auch mit ihm nach der Nummer gerade nicht mehr reden wollen. Er wartete noch, bis Izzy die Hütte verlassen hatte. Dann ließ er alle Kerzen erlöschen und verkroch sich im Schutz der Schatten auf dem Stuhl.

Ungebetene Gäste (1)

Es gab keinen Erkundungstrupp. Dass Chirac mit einer Gruppe Menschen in den Dschungel ausgeschwärmt war, hatte sich Nolan ausgedacht, damit Chad nicht in seine Nähe kam. In Wirklichkeit saß Chirac wieder in der Felsenzelle am Strand auf der anderen Seite der Insel. Nolan hatte ihn auf seinem Motorrad hergebracht, nachdem sie sich geeinigt hatten, dies sei die beste Lösung für sein Problem. Dieses eine Problem, das Chirac einfach keine Ruhe ließ: Chross.

Durch die Gedankenteilung wusste Chirac alles, was Nico und Chad im Gefängnis erlebt hatten. Von ihrer ersten Begegnung über den Geheimraum auf dem Dach, den er sich vornehmen wollte, sobald er wieder zurück war, zu ihrer letzten Nacht, in der sie miteinander in Erinnerungen geschwelgt waren und Zigaretten geteilt hatten. Betrachtete er Chad durch Nicos Augen, war er ihm sympathisch. Und wie es aussah, mussten sie noch mehrere Jahre zusammen auf dieser Insel verbringen. Deswegen war Chirac mit zum Flügelfest gekommen. Deswegen hatte er neben dem Kindermörder Cocktails geschlürft und sich die, zugegeben, atemberaubenden Shows angeschaut. In ihm wuchs der Wunsch, sich mit Chad anzufreunden, was natürlich strikt gegen seine Prinzipien verstieß. Er hatte nicht aufgepasst. Denn sobald er den Strand erreicht hatte, hatte Nicos Seele versucht, seinen Körper zu übernehmen. Er hatte seine Chance, die Oberhand zu behalten, auf dem Kletterparcours gesehen, indem er Chad in die Tiefe stürzen ließ. Dieser Vertrauensbruch schwächte Nico so sehr, dass er wieder ganz er selbst sein konnte. Es war sein eigener Vorschlag gewesen, sich hier einzusperren zu lassen. Sollte sein Parasit ihren inneren Kampf gewinnen, konnte er nicht weg.

Es gelang ihm, mit Nolans Unterstützung eine Tagesroutine zu entwickeln, indem er sich die Zeit mit Sport, Lesen oder Meditieren vertrieb. Manchmal ließ Nolan ihn raus, damit er im Meer ein paar Bahnen schwimmen konnte. Die meiste Zeit jedoch dachte er nach. Manchmal versuchte er, Kontakt zu Nico aufzubauen, was oft in innere Streitereien ausartete, die er nur gewinnen konnte, wenn er mit der Faust so fest er konnte, gegen die Steinwand schlug. An einer Stelle neben dem Gitter hatten seine Schläge bereits blutige Spuren hinterlassen. Die einzigen Momente, in denen er wirklich einen freien Kopf hatte, waren die Sonnenuntergänge. Die konnte er von seiner Zelle aus hervorragend beobachten und sie schienen auch Nico zu beruhigen.

Während der Dämmerung an diesem Abend beschlich ihn ein seltsames Gefühl. Die Wellen des Meeres rauschten regelmäßig und dieses eine Mal wünschte er sich, sie wären lautlos. Da waren Stimmen. Auch Nico schien sie zu bemerken, woraufhin er einen inneren Angriff startete.

»Jetzt nicht!«, zischte Chirac. Aus einem unerfindlichen Grund zog sich Nico auf diese Ansage hin zurück.

Nolan hatte ihm versichert, dass sich niemand auf dieser Seite des Areals aufhielt. Doch da, schon wieder, redeten ganz eindeutig zwei Stimmen miteinander.

»Hey, zeigt euch!«, rief Chirac.

Das Gerede hörte schlagartig auf. Die Büsche raschelten. Im nächsten Moment traten zwei Personen im Gegenlicht der Sonne vor ihn.

Der eine trug einen Anzug, der andere nur ein Hemd und eine Jeans. Der Anzugträger sagte: »Nanu? Die haben hier sogar Gefangene.«

»Wer seid ihr?«, fragte Chirac. »Seid ihr neu?« Leider ließen die Schatten ihre Gesichter zu größten Teilen im Dunkeln.

»Ja, wir sind neu hier«, sagte der Anzugträger. »Wie kommen wir zu den anderen?«

Chirac bemerkte sofort, dass an der ganzen Sache etwas faul war. Sie stank geradezu nach Betrug. »Zeigt mir erst euren Flügel!«, forderte er die Besucher deshalb auf. Hatten sie einen, war er ihnen im Ernstfall ausgeliefert. Zu seiner Überraschung hob der Anzugträger sein Hemd an, unter dem ein schwach leuchtendes, rotes Flügeltattoo zum Vorschein kam. »Und deiner?«, fragte er den anderen Mann.

Der rührte sich kein Stück, sondern antwortete mit einer Gegenfrage: »Warum bist du da drin?«

»Das geht niemanden etwas an«, sagte Chirac.

»Mein Bauch geht auch niemanden etwas an.« Seine Brille blitzte in den flachen Sonnenstrahlen auf, als er sich abwandte. »Also, wo sind die anderen?«

Alte Bekannte

Nachdem Izzy aus Chads Hütte geflüchtet war, um wieder einen klaren Kopf zu bekommen, lief sie im Camp herum. Sie nahm sich etwas zu Essen, quatschte Leute an, obwohl sie überhaupt nicht reden wollte, oder suchte sich die besten Verstecke zwischen den Hütten.

Als Einzelkind hatten ihr die Mitspieler gefehlt, weshalb sie sich oft allein versteckt und dann vorgestellt hatte, jemand würde sie suchen. Seit King sie entführt hatte, klammerte sie sich an dieses Spiel, das ihre einzige klare Erinnerung an früher war. Sie konnte noch ganz genau bestimmen, welche zwei Eimer sie auf Seite schieben musste, um sich unter der Spüle in der Küche ihrer Eltern in eine Ecke zu drängen, wusste aber beim besten Willen nicht mehr, welche Farbe die Küchenschränke gehabt hatten. King hatte ihr Hirn zermatscht. So nannte sie es. Die meisten Erinnerungen an ihre Kindheit waren Matsch. Darum wollte sie ihr jetziges Leben so aufregend wie möglich gestalten. Das Areal gab ihr die Chance dazu. Hier konnte sie ihre elektrischen Kräfte einsetzen, ohne jemanden in ernsthafte Gefahr zu bringen. Mittlerweile beherrschte sie sie ziemlich gut. Besser, als manch anderer. Und auf jeden Fall besser als Chad.

»Verdammt!«, fluchte sie und kickte gegen einen Stein. Sie stand, ihre Hände tief in die Hosentaschen vergraben, im Schatten einer Hütte. Niemand suchte nach ihr. Ihr Abgang gerade war ihr peinlich. Erst ließ sie Sven abblitzen, damit sie sich an Chad ranmachen konnte und dann rannte sie doch lieber davon. Sie fühlte sich zu ihm hingezogen, so, als hätten sie sich schon immer gekannt.

Schon an seinem ersten Tag auf der Insel hatte sie ihn gefragt, ob sie sich schon einmal begegnet waren. Zwar hatte er ihre Frage verneint, aber überzeugt war sie von seiner Antwort nicht gewesen. Es waren seine Bewegungen und Gesichtszüge, die sie kannte. Seine Augen hatten sie in ihren Bann gezogen, ja, beinahe hypnotisiert. Doch als er ihr unten in seiner Hütte so nah gekommen war, hatte sie Beklommenheit gefühlt und den Drang, sich der Situation so schnell es ging zu entziehen.

Jemand kam vorbei. Reflexartig presste sich Izzy mit dem Rücken gegen die Hütte und machte keinen Mucks. Sie blieb unbemerkt. Als sie wieder allein war, trottete sie weiter zwischen den Hütten entlang. Sie hatte nicht damit gerechnet, dass Chad so heftig auf ihren Vorschlag einsteigen würde. Es war ihr vorgekommen, als wollte er sich nehmen, was ihm zustand, als er seine Lippen auf ihre gedrückt hatte. Das Gefühl, machtlos zu sein, war ihr zu vertraut gewesen.

Verdammter King!

Andererseits hatte ihr das Gefühl auch ein wenig gefallen. Sie raufte sich die Haare und stieß einen Jammerlaut aus.

Die nächsten Minuten streifte sie wieder herum. Gedankenverloren näherte sie sich dem Rand des Camps, wo der Dschungel begann. Auf einmal fiel ihr ein Weg auf, ein Pfad, der vorher noch nicht da gewesen war.

Oder doch?

Sie sah sich vorsichtig um. An dieser Stelle gab es nur Büsche und zwei Hütten, die mit ihren Eingängen in die Campmitte zeigten. Um den Pfad war, wie eine runde, aufrechte Tür, ein dunkler Zugang. Der Dschungel lud sie geradezu ein, sich hinter dieser Öffnung zu verstecken. Dort könnte sie vollkommen allein ganz in Ruhe nachdenken. Und später vielleicht doch noch mal zu Chad gehen und sich entschuldigen. Oder eine Entschuldigung von ihm einfordern. Da war sie sich noch nicht sicher. Sie fühlte sich von dem Pfad wie magisch angezogen. Ob er gefährlich war? »Ein Blick schadet ja nicht«, sagte sie zu sich selbst und zuckte mit den Schultern. Also ging sie auf den Pfad zu.

Hinter der Öffnung schlugen die Temperaturen um. Sämtliches Sonnenlicht war verschwunden, nur noch der schwache Schein des Mondes strahlte durch das hohe Blätterdach.

Des Mondes? Wann war es Nacht geworden?

Sie wollte umkehren, doch hinter ihr war nichts als Dschungel. Palmen, Bäume, Büsche, Sträucher, Wurzeln und Lianen in überdimensionaler Größe. Unter ihren Füßen gab es zwar den Pfad, doch er führte nur in eine Richtung. Sie befand sich am Anfangspunkt. Oder am Endpunkt. Unsicher machte sie einen Schritt in die Richtung, in die der Pfad führte. Danach sah sie sich sofort wieder um. Die Stelle, an der sie zuvor gestanden hatte, wuchs vor ihren Augen mit Ranken und Wurzeln zu. »Scheiße, was ist das?«, rief sie. »Hallo?« Niemand reagierte. »Diese Insel macht mich fertig!« Wütend stapfte sie weiter. Einmal knallte sie mit dem Kopf gegen einen quer vor ihr wachsenden Ast, was sie erneut fluchen ließ. Mit jedem Schritt hatte sie das Gefühl, dass es dunkler wurde. Sie erkannte nur noch schemenhaft die Wurzeln und das Gestrüpp, weshalb sie entschied, eine Pause zu machen. »Wenn das ein schlechter Witz sein soll, dann raste ich aus!«, rief sie. Kurz dachte sie, ob Anthony einen Weg gefunden hatte, sie zu sich zu locken. Seit er aus dem Camp verschwunden war, fragte sie sich, ob er sich im Dschungel verlaufen und einfach nur nie wieder zurückgefunden hatte. Vielleicht hatte er denselben Weg genommen wie sie. In ihr keimte die Hoffnung auf, ihn zu treffen. Wie lange war das jetzt her?

Sie rutschte mit dem Rücken an einem Baumstamm entlang nach unten. Als sie sich setzte, gähnte sie herzhaft. Ihre Beine taten weh, als wäre sie den ganzen Tag gelaufen. Das konnte sogar gut sein. Dieser Pfad musste magisch sein oder von jemandem kontrolliert werden. Sie konnte sich vorstellen, dass sie beim Betreten des Pfades ihr Bewusstsein verloren und dann inmitten des Dschungels wiedererlangt hatte. Wenn das stimmte, wollte sie unbedingt herausfinden, wer dafür verantwortlich war. So eine gruselige Superkraft hatte sie noch nie erlebt. Sie streckte sich.

Nolan war nicht der Typ, der jeden Abend kontrollierte, ob alle in ihren Betten lagen. Ihr Fehlen bemerkte er wahrscheinlich erst am nächsten Tag. Vorausgesetzt, es wurde noch einmal Tag. Sie nahm sich vor, zu schlafen und dem Pfad weiter zu folgen, wenn sie neue Energie getankt hatte. Vielleicht sah ihre Umgebung auch komplett anders aus, wenn sie aufwachte. Mittlerweile wunderte sie gar nichts mehr.

Das nächste Mal wachte sie von einem Rascheln auf, das sich ihr aus der Ferne näherte. Dann erkannte sie zwischen einigen Sträuchern den Schein zweier Taschenlampen. Erleichtert stand sie auf und hob beide Arme. »Hey! Ich bin hier!« Die Lichter erloschen schlagartig. »Ich habe mich verlaufen!«, fügte sie hinzu. Das Rascheln kam näher und auch die Taschenlampen gingen wieder an. Jetzt suchten sie nach ihr. Bald traten zwei Gestalten aus den Büschen vor sie. Eine davon leuchtete ihr mit dem Lichtstrahl direkt ins Gesicht. Geblendet kniff Izzy die Augen zusammen und hob einen Arm vor sich. »Was soll das?« Sie erkannte die Umrisse zweier Männer.

Der eine fragte: »Kennst du sie?«

Der andere antwortete: »Ja«, trat vor und richtete das Wort an Izzy: »Hallo, K12.«

Bei der Stimme lief es Izzy eiskalt den Rücken herunter. Nein. Das konnte nicht sein! Wie? Sie wusste sofort, wer der Mann war. Sie hatte Jahre damit verbracht, sich ihm zu unterwerfen und noch mal Jahre, um ihre Angst in den Griff zu kriegen.

King senkte den Lichtstrahl und richtete ihn von unten auf sein eigenes Gesicht. Beim Anblick seiner Gesichtszüge erstarrte sie. Sie brachte nicht die Kraft auf, zu schreien. Ihr Blick haftete an den grünen Augen, die sie durch die Brille ansahen und ihr sehr vertraut vorkamen. Vertrauter, als ihr lieb war. Ihr Herzschlag verdreifachte sich, dann merkte sie, dass sie aufgehört hatte zu atmen.

Bitte nicht!

Sie wollte sich aus ihrer Starre befreien, also befahl sie ihren Beinen, rückwärts zu laufen. Sie schaffte einen kleinen Schritt, stolperte und prallte gegen den Baum, an dem sie vorhin noch gelehnt hatte.

Während sie langsam daran herunter rutschte, ging King in die Hocke, um mit ihr auf Augenhöhe zu sein.

»Bevor wir dich mitnehmen, möchte ich dir noch sagen, dass dein Tunnelsystem aufgeflogen ist.« Er teilte es ihr in fast beiläufigem Ton mit.

Izzy riss die Augen auf.

»Noch mal gelingt dir die Flucht nicht, das verspreche ich dir.«

Der andere Mann mischte sich ein. »Er hat recht. Deine Zeit hier ist um. Aber vorher verrätst du uns, wo wir die anderen finden.«

Izzy schüttelte langsam den Kopf. Sie krallte ihre Finger in den weichen Boden und endlich brachte sie die Kraft auf, Strom zu erzeugen. Sie hob die andere Hand und schoss eine große Menge elektrische Ladung zum Himmel. Ein gewaltiger Blitz erhellte die Umgebung für den Bruchteil einer Sekunde. Ein kraftvolles Donnern erschütterte die Nacht. Vögel flohen aus ihren Nestern und flogen wild in den Baumwipfeln herum. Izzy zielte mit dem Rückschlag auf die beiden Männer, doch sie waren nicht mehr da.

Und plötzlich war auch sie nicht mehr im Dschungel und der Blitz erlosch.

Alarmbereitschaft!

Natürlich blieb der Blitz nicht unbemerkt. Nolan, der gerade auf dem Weg zu seiner Hütte war, erschrak, als ein Blitz die Nacht für den Bruchteil einer Sekunde taghell erleuchtete. Ihm kam nur eine Person in den Sinn, die solch einen Blitzschlag erzeugen konnte. Es war seltsam, dass es keinen Rückschlag gab, sondern nur einen Blitz, der in die Höhe schoss und dabei eine gewaltige Energie freiließ. Er kam direkt aus dem Dschungel. Zur Kontrolle steuerte Nolan Izzys Hütte an und schlug gegen die Tür. »Izzy? Izzy, wenn du da bist, komm raus!« Doch sie kam nicht raus. »Ich komm jetzt rein!«

Die Hütte war verlassen. Er rannte zu seiner eigenen, schnappte sich seinen Notfallrucksack und rannte in die Richtung, in der der Blitz erschienen war. Seine Kopflampe zeigte ihm den Weg und auch, wenn es gefährlich war, den Dschungel allein zu betreten, tat er es. Die Sicherheit der Bewohner genoss oberste Priorität und im Gegensatz zu Izzy kannte er sich hier aus.

Nach einer Stunde Fußmarsch hatte er die Stelle erreicht, die er suchte. Sie war leicht zu erkennen. Die Bäume und der Boden sowie alles im Umkreis von zehn Metern waren schwarz und morsch. Ein dicker Baumstamm war sogar gespalten. Der Geruch von verbranntem Holz lag in der Luft. Wenn Izzy für all das verantwortlich war, allein, indem sie einen Blitz losgeschickt hatte, wollte er sich nicht ausmalen, welcher Gefahr sie hatte trotzen müssen. Er rief nach ihr, ohne eine Antwort zu bekommen. Dann legte er seinen Rucksack ab und stellte zwei kleine Akku-Baustrahler auf, um die Umgebung zu beleuchten. »Was immer passiert ist, ich bin nicht sauer auf dich«, rief er. »Versteck dich meinetwegen, aber bitte gib mir ein Zeichen, dass es dir gut geht!« Hinter ihm raschelte es in einem Busch. Nolan fuhr herum. »Wenn das ein Hilfeschrei war, dann hat er funktioniert. Izzy, ich bin hier.« Seine Kopflampe strahlte auf den Busch. Kurz nach seiner Ansage trat ein Junge hervor.

Es war Noa. Er trat in gebückter Haltung vor Nolan. Kurz nach ihm tauchte auch Anthony auf.

Nolan atmete erleichtert aus. Er war froh, Gesichter zu sehen, die er kannte. »Gott sei Dank geht es euch gut«, sagte Nolan.

Noa näherte sich ihm, sodass Nolan ihm durch die Haare streichen konnte. Etwas, das er immer tat, wenn ihre letzte Begegnung lange her war. »Habt ihr Izzy gesehen?«

Sofort schüttelte Noa ihn ab und begann, die Umgebung abzusuchen. Anthony antwortete: »Nein. Wir haben den Blitz bemerkt und wollten nachsehen.«

»Ich bin mir sicher, dass es Izzy war. Sie fehlt. Ich hoffe, ihr ist nichts zugestoßen.«

»Sie ist nicht hier«, sagte Anthony. »Ich habe die ganze Umgebung gescannt. Der Einzige, den ich gefunden habe, ist dieser Chirac. Warum sitzt er im Käfig?«

»Selbstschutz. Dein Bruder macht ihm zu schaffen.«

Anthony sagte darauf nichts, sondern starrte Noa an, der plötzlich ganz ruhig war. Dann, wie von einer Spinne gebissen, starrte Noa Anthony an. Seine spitzen Zähne blitzten im Schein der Akkustrahler auf. »Jemand war hier«, übersetzte Anthony. »Zwei Männer. Sie haben die Schutzschicht um die Insel durchbrochen, ohne, dass er es bemerkt hat.« Noa bewegte sich unruhig umher. Er sprang auf einen Ast, der den Blitz überlebt hatte und hielt seine Nase in die Luft. »Noa bemerkt jeden, der sich auf der Insel befindet. Und er bemerkt jeden, der die Schutzschicht durchbricht. Aber diese zwei sind irgendwie anders hergekommen.«

Nolan beobachtete Noa, der höher geklettert war und auf einen anderen Baum sprang. »Hey, Noa«, rief er, »kannst du das Mädchen spüren, das den Blitz verursacht hat?«

»Nein, das kann er nicht«, antwortete Anthony. »Das beunruhigt ihn ja gerade. Er spürt weder Izzy noch die beiden Männer. Sie haben die Insel mit ihr verlassen.«

»Das ist schlecht«, stellte Nolan fest. Er packte die Sachen wieder zusammen. »Ich gehe zurück. Izzy hat die Insel nicht freiwillig verlassen. Wer immer diese Männer waren, sie können kommen und gehen wie sie wollen. Ich muss die anderen warnen.« Als er losging, folgte Noa ihm. Nolan wandte sich ihm zu. »Du kannst nicht mitkommen.«

Noa fletschte die Zähne.

»Ich gehe zu den anderen Menschen. Du musst den Dschungel im Auge behalten.«

»Er will dich nur durch die Nacht begleiten«, sagte Anthony. »Weil er nicht will, dass du auch weggebracht wirst. Er beschützt dich.«

Nolan sah Noa in die Augen. Dann lächelte er ihn an. Sie hatten schon lange keine Zeit mehr zusammen verbracht. Die Monate, in denen sie gemeinsam im Dschungel gelebt hatten, lagen in der Vergangenheit. Noa war ein hervorragender Beschützer. Seine Beziehung zu dem wilden Jungen war inniger als zu jedem anderen hier. Sie waren einander mal sehr vertraut gewesen. Also nahm er das Angebot an. »Okay, aber nur, bis ich da bin.«

Zum Sonnenaufgang stand Nolan in der Mitte des Camps bei dem großen Tisch. Er hatte sich breitbeinig aufgestellt mit verschränkten Armen, wartend, dass alle Bewohner wach wurden und für ihre Morgenroutinen die Hütten verließen. Jeden, der sich zeigte, hielt er an, zu bleiben, bis alle Bewohner des Camps vor ihm auf dem Boden saßen. »Leute, das hier ist wichtig, also hört bitte gut zu!«, begann er mit lauter Stimme. »Vielleicht haben es manche von euch schon mitbekommen, aber letzte Nacht ist ein Blitz im Dschungel erschienen. Wir hatten Glück, dass es nicht zu einem Feuer gekommen ist, trotzdem möchte ich, dass ab jetzt keiner mehr in den Dschungel geht!« Ein Tuscheln ging durch die Menge. »Ich war letzte Nacht an der Stelle, wo es passiert ist und muss euch leider mitteilen, dass uns jemand abhanden gekommen ist.« Jetzt hatte er die ungeteilte Aufmerksamkeit aller. »Izzy ist weg.« Er wusste nicht, wieso, aber sein Blick blieb auf Chad haften, der bei seinen Worten blass um die Nase herum wurde. »Izzy kann Blitze kontrollieren. Ich gehe sogar davon aus, dass sie den Blitzschlag erzeugt hat, weil sie in Gefahr war.«

Chad zog die Knie an.

»Ich weiß noch nicht genau, wovor, aber nehmt euch bitte in Acht! Passt aufeinander auf! Ab jetzt geht niemand mehr allein irgendwohin, verstanden?«

Es folgte allgemeines Nicken.

Nur Sven hob die Hand, um eine Frage zu stellen. »Was meinst du mit »sie ist weg«?«

»Sie befindet sich nicht mehr auf dieser Insel. Ich habe sehr verlässliche Methoden, um das zu kontrollieren und Izzy blieb unauffindbar. Sie hat die Insel verlassen. Ihr solltet heute alle besser in der Nähe bleiben. Ich weiß, ihr könnt gut auf euch aufpassen, aber das konnte Izzy auch. Ich versuche weiter alles, um herauszufinden, was passiert ist. Haltet bitte solange die Füße still! Wenn ihr noch Fragen habt, bin ich in meiner Hütte.«

Aus der Runde kamen keine weiteren Fragen. Alle standen langsam auf und gingen unsicher zum Tisch, um zu frühstücken, oder kehrten in ihre Hütten zurück. Manche zuckten nur mit den Schultern. Bis auf Chad. Der saß noch immer an seinem Fleck. Nolan hockte sich neben ihn. »Ist alles okay bei dir? Du siehst krank aus.«

»Ich glaube, sie ist wegen mir weg«, antwortete Chad.

»Wie meinst du das?«

»Sie wollte, dass wir uns küssen und ich habe übertrieben.«

Nolan zog die Augenbrauen zusammen. Dass zwischen Chad und Izzy was laufen würde, hatte er bereits vermutet. »Was hast du gemacht?«

»Ich habe sie nur geküsst und dann habe ich … sie angefasst.«

»Wie weit bist du gegangen? Hast du mit ihr geschlafen?«

Chad zuckte zusammen. »Nein!«

»Sicher?«

»Sie hat mich geschockt, als sie nicht mehr wollte. Danach ist sie gegangen.«

Nolan atmete erleichtert aus. »Chad, ich muss jedem Hinweis nachgehen. Es ist gut, dass du mir das gesagt hast, aber bitte mache dir keine Vorwürfe, okay?« Für ihn klang das alles mehr nach komplizierter Teenagerliebe als nach einem Grund für einen Fluchtversuch. Außerdem verdächtigte er die beiden Männer, die er in dieser Runde vorerst geheim hielt. Er kannte Izzy und ihre Art, mit Jungs umzuspringen. Nur, weil ihr Kuss mit Chad nicht so verlaufen war, wie vorgestellt, gab sie nicht alles auf, was sie sich im Areal aufgebaut hatte. Im schlimmsten Fall wurde sie entführt. Er klopfte Chad auf die Schulter, stand auf und schloss sich in seiner Hütte ein.

Am Computer startete er eine Videoübertragung mit Cora. Sie sah ebenfalls aus, als bedrückte sie etwas. Ihre sonst so ordentlich gestylten Haare waren durcheinander und Augenringe zierten ihr Gesicht. Nolan fragte sofort, was los war.

»Marco wird vermisst«, sagte sie. Sie erzählte ihm, dass er vor zwei Tagen nicht mehr aus seinem Büro nach Hause gekommen war. Als sie es betreten hatte, hatte es so ausgesehen, als hätte er sich aus dem Fenster gestürzt, doch es war nie eine Leiche aufgetaucht. Schließlich hatte sie bei der Durchsuchung eine geheime Tonaufnahme in der Schreibtischschublade gefunden, auf der Marco mit zwei Leuten über die Organisation sprach und bei der herauskam, dass er sich tatsächlich aus dem Fenster gestürzt hatte. Danach hörte sie nur noch eine der Stimmen, die die andere Stimme suchte. Das Schlimme an der Sache war, dass Marco die zweite Stimme, die später dazugestoßen war, mit Lovis angesprochen hatte. Marco hatte diesen Lovis erkannt und der einzige Mensch, den er unter diesem Namen kannte, war Dr. Lovis Kingston. Oder auch King.

King hatte Izzy vor ihrer Ankunft im Areal über mehrere Jahre in seinem geheimen Labor gefangen gehalten und ausgenutzt. Sie hier wieder aufzupäppeln hatte Nolan viele Gespräche und Therapieansätze gekostet, bei denen er einfühlsam mit ihr interagiert hatte. Nachdem Izzy sich halbwegs erholt hatte, war sie voller Rachegelüste gewesen. Sie hatte ihre Mordgedanken geäußert und sich kaum auf die anderen Bewohner der Insel eingelassen. Sie war zu einem einsamen Wolf geworden, immer bereit, sich zu wehren. Erst nach Monaten harter Arbeit und nicht zuletzt, weil Sven einen großen Beitrag zu ihrem Training beigesteuert hatte, hatte sie ihr Mindset verändert und angefangen, ihre Umgebung wahrzunehmen. Seitdem kannte Nolan sie als den fröhlichen Flummi, der sie war.

King war ein kaltherziger Mann, dem jedes Mittel zur Durchführung seiner Forschungen recht war. Wenn er sich Izzy jetzt zurückholte, würde sämtlicher Fortschritt, den sie erreicht hatte, zunichte gemacht werden. Sie war stark. Aber ob sie sich King widersetzen konnte, oder seinen Worten verfiel, konnte Nolan nicht sagen. Im schlimmsten Fall brachte sie King um, was sie zu einer Mörderin machte und dann konnte er auch im Areal nichts mehr für sie tun.

Nolan schilderte Cora, was er in der letzten Nacht von Anthony und Noa erfahren hatte, ohne Noa dabei zu erwähnen. Wenn Marco verschwunden war und diese beiden Männer damit zu tun hatten, dann war die Wahrscheinlichkeit groß, dass es sich bei einem von ihnen um King handelte. King hatte also einen Weg gefunden, wie er die Insel betreten konnte, ohne dabei entdeckt zu werden. Außerdem kannte Nolan jetzt Kings wahre Identität. Wer sein Komplize war, konnte er nur raten. Er lehnte sich in seinem Stuhl zurück und murmelte: »Verdammt!«

Ungebetene Gäste (2)

In der folgenden Nacht tauchten die beiden Männer wieder bei Chirac auf. Er saß auf dem Boden und starrte gedankenverloren auf das Meer. Als er sie sah, fragte er: »Wer seid ihr denn jetzt?«

Der Anzugträger und der Mann mit der Jeans tauschten verwirrte Blicke aus. »Haben wir uns nicht gestern schon vorgestellt?«

Chirac stand langsam auf und trat ans Gitter. »Nicht dass ich es wüsste. Könnt ihr mich hier rausholen?«

»Sag mal, leidest du an Amnesie?« Der Anzugträger kam näher. »Wir haben gestern nur ein Mädchen gefunden. Die Arme hatte sich verlaufen. Wo sind die anderen? Es muss doch einen Sammelpunkt geben.«

»Ich weiß nicht, was ihr von mir wollt. Aber wenn ihr mich nicht befreien könnt, dann verpisst euch!«

Der Anzugträger sah sich die Zelle genauer an. Seine Augen blieben an der Klappe hängen, die durch die Decke in die Freiheit führte. Von innen war es unmöglich, sie zu erreichen. Im nächsten Moment stand er im Inneren neben Chirac.

»Was zur Hölle?«, stieß Chirac aus.

»Der Flügel macht es möglich, erinnerst du dich?« Der Mann hob sein Hemd an, unter dem ein rotes Flügeltattoo zum Vorschein kam. »Ich wundere mich, dass du es nicht selbst hier raus schaffst.« Ungefragt griff der Mann an Chiracs T-Shirt, um es anzuheben.

Chirac schlug dessen Hand auf Seite. »Finger weg!« Doch dann sah er sich das Flügeltattoo genauer an. »So eins habe ich schon einmal gesehen.«

»Natürlich, du hast doch auch so ein Tattoo.«

Jetzt hob Chirac sein T-Shirt selbst an und betrachtete seinen Bauch. Da war kein Tattoo.

Der Mann nickte wissend. »Anscheinend sitzt du deswegen hier drinnen. Die anderen wollen dich nicht dabei haben.«

»Welche anderen? Ich weiß ja nicht einmal, wie ich hierher gekommen bin.«

»So, woran erinnerst du dich denn?«

Chirac ging ein paar Schritte durch den Käfig. »Auf mich wurde geschossen. Erst dachte ich, dass ich endlich tot bin, weil da keine Narbe auf meiner Stirn ist. Aber das hier fühlt sich zu echt an.«

»Das hier ist echt, mein Freund, du lebst.«

»Scheiße!«, fluchte Chirac. »Das war so nicht geplant.«

Der Mann blinzelte und stand plötzlich wieder außerhalb des Käfigs. »Es tut mir leid, aber ich kann dich nicht befreien. Wir haben noch etwas vor. Du würdest dabei nur stören.«

Chirac umfasste die schwarzen Gitterstäbe. »Habt ihr wenigstens was zu Essen dabei?«

Der Mann in Jeans zuckte mit den Schultern und griff in seine Jackentasche. Daraus holte er einen Müsliriegel, den er durch die Gitter in die Zelle warf. Chirac fing ihn gierig auf.

Der Anzugträger lachte leise auf, bevor er dem anderen eine Geste machte, ihm zu folgen. Damit verschwanden sie aus Chiracs Blickfeld.

King

Ihr Weg führte sie diesmal in eine andere Richtung. King und sein Boss, Bob Bence, machten sich nicht die Mühe, leise zu sein. Sie wollten bemerkt werden, doch begegneten niemandem. Der gewaltige Dschungel nahm kein Ende. Sehr wahrscheinlich war ihre Begegnung mit K12 gestern reiner Zufall gewesen. King warf einen Stock in die Büsche.

»Was machst du da?«, fragte Bence.

King legte eine Spur Enttäuschung in seine Antwort. »Ich weiß nicht, ob unsere Suche viel Sinn ergibt. Sir, es ist Nacht. Wahrscheinlich schlafen sie.« Außerdem war er erschöpft. Erst hatte ihn sein Boss damit überrascht, dass er auf dem Bauch ein Flügeltattoo hatte und dann hatte er ihm keine Ruhe gelassen, nachdem ihnen K12 begegnet war. King war jetzt über zweiunddreißig Stunden wach und kam an seine Grenzen.

»Ja, du hast vermutlich recht. Weißt du was, wir sollten uns aufteilen.«

»Das halte ich für keine gute Idee.«

»Ich schon. Such du hier weiter, ich kümmere mich um die Gegend da vorne.« Bence zeigte auf einen Hügel.

»Moment mal!«, protestierte King. »Wie komme ich zurück, wenn Sie nicht genau wissen, wo ich bin?«

»Das lass mal meine Sorge sein«, antwortete Bence. Und dann, ohne ein weiteres Wort zu verlieren, verschwand er.

»Klasse!«, rief King. »Wirklich eine hervorragende Idee! Wie wäre es, wenn ich mich gleich in eine Grube stürze? Das hätte denselben Effekt. Sie haben noch meine Taschenlampe!«

Bence kam nicht zurück. Seit Jahren waren er und King auf der Suche nach Menschen mit Flügeltattoo, um die ultimative Kraft ausfindig zu machen. Am liebsten hätte er Bence nach seinem Geständnis, einer von denen zu sein, in seinem Labor denselben Experimenten unterzogen, die er bei K12 und allen anderen seiner Opfer angewandt hatte. Was gab es denn noch Mächtigeres, als sich teleportieren zu können? Gut, Anthony, K13, konnte Gedanken lesen. Aber von einem Moment auf den nächsten seine Position zu wechseln, das grenzte an Übermacht.

King wartete noch ein paar Minuten, dann wanderte er allein weiter durch den Dschungel. In welche Richtung er wollte, wusste er nicht. Ebenso, aus welcher sie ursprünglich gekommen waren. Die dichten Blätter verdunkelten die Umgebung zur ohnehin schon herrschenden Finsternis. Ihm war nicht klar, was er tun sollte, wenn er jetzt jemandem begegnete. Bence konnte jeden Gegner einfach so wegbringen. Er nicht. Der Ärger über seinen Boss stieg mit jeder Sekunde an. Es gefiel King nicht, in einer Situation zu stecken, in der er keine Kontrolle hatte. Und dann beschlug auch noch seine Brille und er stoppte. Er nahm sie ab, um sie an seinem Hemd abzuwischen. »Würde mich nicht wundern, wenn es hier wilde Tiere gibt. Nachher ende ich noch als Tigerfraß.«

Als er seine Brille wieder aufsetzte, blickte er auf einmal, gestochen scharf, in zwei leuchtend gelbe Augen. Sie waren eindeutig menschlich und doch erinnerten ihn die Pupillen an die eines Tieres. Er verharrte in seiner Position. Dann fiel ihm auf, dass es in dieser elenden Umgebung keine einzige Lichtquelle gab, durch die die Reflexion zustande kommen konnte. Die Augen kamen näher. King erkannte einige Haarsträhnen. »Ich bin erledigt«, sagte er zu sich selbst. Er bewegte sich langsam über die Wurzel, ohne den Augenkontakt zu unterbrechen. Als Zeichen seiner Ergebung hob er die leeren Hände an. Zu den leuchtenden Augen blitzten spitze Reißzähne auf.

Er spürte, wie etwas seine Arme umschlang und blitzschnell nach oben riss. King verlor den Halt unter den Füßen und rauschte auf einmal mit rasender Geschwindigkeit durch Äste und Blätter nach oben. Es war, als würde der Dschungel leben. Die Schlingen schleuderten ihn zum nächsten Baum, der ihn auffing als hätte er ein Eigenleben und die Äste schwangen ihn so umher, dass er sich in eine bestimmte

Richtung bewegte. Seine Schreie nützten nichts, er flog durch die oberen Schichten des Dschungels hindurch, wobei er etliche Kratzer und andere oberflächliche Verletzungen davontrug. Unter sich sah er die Gestalt mit den gelben Augen, die sich ebenfalls von den Bäumen vorwärts tragen ließ.

Seine Reise endete an der Stelle, von der sie letzte Nacht K12 mitgenommen hatten. Der Geruch nach verbranntem Holz lag in der Luft, weil ihre Blitze die Bäume getroffen hatten. Die Ranken schoben King in den vom Blitz ausgehöhlten Baumstamm hinein, an dem K12 gelehnt hatte und wickelten sich im Anschluss darum herum, sodass sie die große Öffnung versperrten, die entstanden war, als der Baum durch den Blitz gespalten worden war.

King war gefangen.

Innerhalb des Baumstammes konnte er gerade mal stehen. Platz um seine Arme zu bewegen, hatte er kaum. Vor ihm gingen Lichter an. Sie kamen von kleinen Baustrahlern, die auf dem Boden platziert waren. Sie leuchteten ihm durch die Schlitze in den Ranken ins Gesicht.

»Gut gemacht, Noa«, lobte eine männliche Stimme.

King beschlich ein ungutes Gefühl. Er kannte sie. Und als der Mann näher kam, zu dem sie gehörte, schloss King einen Moment die Augen.

»Wo ist Izzy?«

King antwortete nicht.

»Wo ist Izzy?«, wiederholte die Person in bedrohlicherem Ton.

»Du bist nicht der Typ, der andere bedroht, Nolan«, sagte King. Er öffnete seine Augen wieder und sah Nolan ins Gesicht.

»Ich vielleicht nicht, aber er.« Nolan nickte zu dem Jungen mit den gelben Augen. »Menschen haben ihn übel zugerichtet. Er verbindet mit seiner Rasse keine Gefühle, für ihn sind wir alle nur Tiere, die er manchmal duldet und manchmal nicht. Das entscheidet er. Sein Zuhause ist die Wildnis, wenn du ihn darin störst, bringt er dich um.«

»Und was bist du? Ein Wildhüter?« Über diese Frage musste King ein bisschen lachen. Nie hätte er gedacht, seinem ehemaligen Mitbewohner aus der Unizeit unter derartigen Umständen zu begegnen. Ihr letztes Treffen lag über fünfzehn Jahre zurück.

»So etwas in der Art, ja.«

»Versteht er dich?«

»Nein.«

»Woher wusste er dann, dass er mich fangen sollte?«

»Ein gemeinsamer Bekannter teilt seine Gedanken mit ihm. So konnten wir dich aufspüren.«

»Also ist K13 hier?«

»Hör auf, Fragen zu stellen. Sag mir, wo ihr Izzy hingebracht habt. Wir wissen, dass ihr zu zweit seid.«

»K12 befindet sich in einem unterirdischen Gittersystem unserer Gruppierung«, antwortete King. »Wenn mir etwas passiert, wirst du nie erfahren, wo es ist.« Er hoffte, sich durch diese Aussage einen Vorteil zu verschaffen, der zumindest sein Überleben sicherte.

»Wo ist es?«, fragte Nolan dennoch.

»Ich verrate es dir, wenn du mich unversehrt laufen lässt.«

»Das kann ich nicht. Du bist gefährlich und Izzys Aufenthaltsort ist nicht die einzige Information, die ich von dir verlange.« Nolan trat einen Schritt auf King zu. »Wer ist dein Komplize?«

»Ich bin allein.«

»Schon klar. Wie seid ihr hergekommen?«

»Das spielt keine Rolle.«

»Wo ist Marco Sullivan?«

Kings Augen zuckten. »Das weiß ich nicht.« Es war sogar die Wahrheit.

Nolan nickte. Er schien ihm zu glauben.

»Ich werde jetzt gehen«, sagte Nolan. »Noa behält dich im Auge, also mach keinen Scheiß!« Nolan drehte sich um.

Bevor er ganz aus seinem Blickfeld trat, rief King ihm hinterher: »Hey, Nolan! Du hast mich vielleicht jetzt gerade in der Mangel, aber dein Plan kann schnell nach hinten losgehen.«

Nolan drehte sich noch einmal zu ihm um. Er sagte: »Du hast recht. Anderen zu drohen steht dir besser als mir, Lovis.«

Gefahr im Areal

Einige Meter entfernt, sodass er außer Hörweite war, traf Nolan Anthony. Der Junge saß zitternd hinter großen Blättern und zuckte zusammen, als Nolan bei ihm auftauchte. Seine Angst war beinahe greifbar. »Und?«, fragte Nolan. »Noa lässt ihn nicht frei, solange du ihm nicht den Befehl dazu gibst.«

Anthony biss die Zähne zusammen. »Er lügt. King ist nicht allein.«

»Ich weiß. Wo ist der andere?«

»Sie haben sich getrennt.« Anthonys Auge zuckte von einer Stelle zur anderen, als wollte er sich umsehen. »Er ist nicht in der Nähe, aber …«

Auch Nolan sah sich jetzt um. Allerdings erkannte er in der Dunkelheit kaum etwas. Seine Augen waren lange nicht so gut wie die von denen, die mit Fähigkeiten gesegnet waren.

»Er könnte jeden Moment hier auftauchen. Er kann sich teleportieren.« Anthony stand langsam auf. »Ich darf ihm nicht begegnen. Sobald er mich sieht, kann er mich mitnehmen. Das gilt für alle hier, er hat Izzy einfach so-« Er schnipste, »-wegteleportiert.«

Da Nolan nicht wollte, dass der Junge unbedacht wegrannte, nahm er ihn vorsichtig in den Arm. Sofort krallte Anthony seine Finger in Nolans Hemd. »Wenn er dich mitnimmt, muss er mich auch mitnehmen, okay? Ich bin bei dir.«

»Ich will das nicht!«, flehte Anthony. »Ich will nicht zurück!«

Nolan hätte ihm gern gesagt, dass er ihn beschützen würde, doch diese Lüge lag auf der Hand. Vor jemandem, der sich und andere von jetzt auf gleich an einen anderen Ort bringen konnte, konnte er niemanden beschützen. Das wusste er und das wusste auch Anthony. »Wir müssen uns konzentrieren«, sagte er deshalb. »Kannst du ihn aufspüren?«

»Nur, wenn ich mich mit ihm verbinde«, antwortete Anthony und nickte in die Richtung, in der Noa King in Schach hielt.

»Aber du möchtest King nicht sehen. Schon klar.«

»Ich bin bestimmt voll peinlich. Ich bin siebzehn und klammere mich an dir fest, weil ich Angst habe.«

»Das ist nicht peinlich«, sagte Nolan. »Du hast einen berechtigten Grund, Angst vor ihm zu haben. Er ist gut darin, die Menschen zu manipulieren. Es ist keine Schande, auf ihn hereinzufallen. Das passiert den Besten.« Nolan drückte Anthony noch fester an sich. Er musste ihn aufklären, sonst konnte seine Angst früher oder später auch für ihn gefährlich werden. »Ich kenne King von früher.«

Anthony krallte sich noch fester.

»Ich dachte, ich sage es dir, bevor du es aus meinen Gedanken erfährst. Eigentlich sind er und ich Freunde.«

Anthonys Zittern wurde stärker, doch er machte keine Anstalten, sich von Nolan zu trennen.

»Ich wusste nicht, dass er jetzt einer von den Bösen ist. Aber ich hätte es mir denken können.«

»Wenn er dein Freund ist«, sagte Anthony mit zitternder Stimme, »beschützt du ihn dann auch?«

Es dauerte einen Moment, bis Nolan antwortete. »Ich will nicht, dass ihn einer von euch tötet. Aber ich werde ihn auch nicht laufen lassen. Er soll seine gerechte Strafe durch die Justiz erhalten. So würde ich es mir wünschen.«

Anthony sagte daraufhin: »Ich will ihn aber töten.«

»Das kann ich mir denken. Und ich wette, da bist du nicht der Einzige. Aber tu es bitte nicht. Nicht heute.«

Anthony nickte. »Okay.«

»Hast du noch etwas von ihm erfahren können?«, wechselte Nolan das Thema.

»Ja. King wird von dem anderen Mann unter Druck gesetzt.«

»Wie?«

»King hat kein Interesse daran, uns von hier zu entführen. Der andere hat ihn sehr lange wegen seines Flügeltattoos angelogen, deswegen vertraut er ihm nicht mehr.«

Sie beschlossen, gemeinsam zur Blitzeinschlagsstelle zu gehen.

Anthony erkannte King in der Dunkelheit sofort, zumindest klammerte er sich wieder an Nolan, als er in den Baumstamm sah. Noa gesellte sich sofort zu Anthony. Sie schienen ein sehr enges Band zu pflegen. Während die beiden Jungen ihre Köpfe zusammensteckten, wandte sich Nolan an King. »Wir wissen, dass du lügst. Teleportation ist eine sehr nützliche Fähigkeit und gefährlich, wenn sie von den falschen Leuten eingesetzt wird. Wir wissen auch, dass es dich stört, dass er einen Flügel hat.«

King rief an Nolan vorbei, unmittelbar an Anthony gerichtet: »Halt dich aus meinen Gedanken raus!«

Nolan sagte: »Du hast verloren, Lovis. Dir bleibt jetzt die Wahl. Willst du zulassen, dass sich ein Irrer über unschuldige Menschen hermacht, oder willst du einmal eine vernünftige Entscheidung treffen und dazu beitragen, dass ein Irrer gestoppt wird?«

Bevor King eine Antwort geben konnte, rief Anthony in fast kreischendem Ton: »Er ist fast beim Camp.«

Nolan wartete nicht, dass King antwortete. Er rannte sofort zu dem hinter einem Busch geparkten Motorrad. »Anthony, komm mit!«

Anthony tauschte kurze Blicke mit Noa. Als er King auf dem Weg zu Nolan passierte, rief King: »Hey, warte!« Anthony stoppte. Sie sahen sich ein paar Sekunden lang in die Augen, dann nickte Anthony und sprang auf Nolans Maschine, der die Reifen bereits durchdrehen ließ, um ihren Start zu beschleunigen.

Sie erreichten das Camp innerhalb von zehn Minuten. Nolan drehte ein paar Runden um den Essenstisch, um alle Bewohner alarmieren. Erst, als sie anhielten, sprang Anthony von der Maschine in den aufgewirbelten Staub. »Er kommt von da«, sagte er und zeigte zu der Weggabelung, die zu den Trainingsfeldern und der Action-Area führte.

»Kannst du alle warnen?«, fragte Nolan.

Anthony nickte.

Nolan spürte, wie Anthony in seinen Geist eindrang und gleichzeitig spürte er die Anwesenheit aller anderen Bewohner. Diese für ihn vollkommen neue Erfahrung ließ ihn sowohl vor Spannung als auch vor Ehrfurcht erstarren. Anthonys Fähigkeit war bei Weitem die mächtigste, die er bisher erleben durfte. Seine Botschaft machte allen, die mit ihm verbunden waren, klar, womit sie es zu tun hatten und dass sie sich verstecken und wappnen sollten. Daraufhin liefen einige Bewohner aus ihren Hütten und verteilten sich in der Umgebung. Nolan spürte ihre Anspannungen. Die meisten Flügelträger erlernten ihre Fähigkeiten so weit, dass sie sie kontrolliert im Alltag einsetzen konnten. Nur wenige legten ihren Fokus auf Kämpfe und Selbstverteidigung. Gerade wünschte sich Nolan, er hätte zumindest die Grundlagen ins Pflichtprogramm aufgenommen.

»Du solltest dich auch verstecken!«, forderte er Anthony auf. »Wenn er dich kriegt, haben wir keine Chance.«

»Was ist mit dir?«

»Ich komme klar«, versicherte ihm Nolan.

Von Unsicherheit belastet rannte Anthony in Richtung Dschungel, wo er auf einen Baum kletterte und mit der tiefen Dunkelheit der Wipfel verschmolz.

Nolan stellte sich mit verschränkten Armen vor die Gabelung. Auch, wenn er nicht über besondere Fähigkeiten verfügte, schwor er sich, alles zu tun, um das Camp und dessen Bewohner zu beschützen. Wenn es sein musste, würde er bis zum Äußersten gehen. Dieser Moment bestimmte darüber, ob er der Aufgabe des Inselbosses gewachsen war oder nicht.

An den Hütten hingen Laternen, die den Platz beleuchteten. Sie gaben ihm die nötigen Bedingungen, um der Gefahr sichtbar gegenüberzutreten. Als sich ihm ein Schatten näherte, gewann er an Anspannung. Ein schlanker Mann mit dunklen Haaren und Schnauzbart, gekleidet in einem Anzug, trat aus der Action-Area. Er sah an Nolan vorbei zu dem Hüttenkreis und stemmte die Hände in die Hüften. »Wow!«, sagte er staunend. »Das nenne ich mal einen Zufluchtsort.«

»Verschwinden Sie!«, rief Nolan. Endlich beachtete ihn der Eindringling.

»Wer verlangt das?«, fragte der Anzugträger amüsiert.

»Diese Insel und ihre Bewohner stehen unter meinem Schutz. Wer sie angreift, muss mit Konsequenzen rechnen!«

Der Anzugträger lächelte. »Ich greife niemanden an«, sagte er. »Ich nehme mir nur, was ich brauche.«

»Das ist das Gleiche.« In dem Augenblick, als Nolan das sagte, hatte er sein Gegenüber noch angesehen. Im nächsten Moment war der Mann weg. Er tauchte direkt vor ihm wieder auf. Nolan blieb eisern auf der Stelle stehen, selbst als der Mann ihm das Hemd anhob, um seinen Bauch zu inspizieren.

»Sehen Sie? Sie sind für mich völlig nutzlos. Jemanden ohne Flügel werde ich nicht mitnehmen.« Er ließ Nolans Hemd wieder los und verschwand erneut. »Wir zwei bekommen also keine Probleme miteinander.«

Nolan fuhr herum.

Der Mann stand hinter ihm. Er nahm sich Weintrauben vom großen Tisch und ging umher. Dabei schielte er auf die Eingangstüren der Hütten. Gerade, als er eine davon betreten wollte, wurde er seitlich von einem Wasserstrahl getroffen, der ihn zu Boden warf.

Nolan fixierte sofort die Stelle von der er gekommen war und entdeckte Sven, der aus einem Busch hervortrat.

»Scheiße, lauf weg!«, rief Nolan ihm zu. Sven als stärksten Kämpfer der Insel durfte er nicht verlieren.

»Nein!«, protestierte Sven. »Du solltest besser verschwinden, Nolan. Das hier ist eine Flügelangelegenheit!«

Der Eindringling stand wieder auf. Er war klatschnass und doch lächelte er.

Sven kam näher. »Ich gebe Ihnen eine einzige Chance, Izzy zurückzubringen, ansonsten sind Sie erledigt!«

»Ist Izzy das blonde Mädchen aus dem Dschungel?«, fragte der Anzugträger. »Sie wird nie wieder das Tageslicht sehen, wenn du mich tötest, mein Freund.« Die nächste Bewegung, die der Mann machte, schien Sven bereits erahnt zu haben. Er hüllte sich selbst in eine Kugel aus Wasser und als sein Gegner neben ihm darin auftauchte, erzeugte Sven um sich herum eine Art Wasserfilm, der durch seine feine aber starke Strömung einen so hohen Druck hatte, dass jeder, der sie berührte, damit rechnen musste, seine Hand durch einen scharfen Schnitt zu verlieren.

Seine Abwehr funktionierte. Der Mann verließ die Wasserkugel wieder und schnappte nach Luft.

Sven formte aus der Kugel einen Strahl und schoss ihn auf den Mann. Daneben.

Der Mann versuchte nun von hinten, ihn zu berühren, doch der Wasserfilm um Svens Körper blieb bestehen.

Sven drehte sich um und holte zum Schlag aus. Bevor er seinen Gegner treffen konnte, hatte der sich schon wieder teleportiert.

Diesmal blieb er etwas länger weg. Sven drehte sich in alle Richtungen. »Wo bist du, du Feigling?«

Der Mann tauchte schlagartig wieder an der Weggabelung auf. Doch jetzt hatte er jemanden bei sich: Chirac.

Als Geisel

Verwirrung. Wenn es ein Wort gab, das Chiracs mentalen Zustand gerade auf den Punkt genau beschrieb, dann war es das. Er kniete plötzlich in einer ihm völlig fremden Umgebung. Ein fester Griff an seiner Schulter hinderte ihn daran, aufzustehen und eine Sekunde später berührte eine scharfe Klinge seinen Hals.

»Halt still!«, befahl der Anzugträger, den er beim Käfig am Meer kennengelernt hatte. Er stand hinter ihm und wandte sich an einen Jungen mit blonden Haaren. Sven. Sein Name war Sven. Chirac kannte ihn. Er setzte all seine Willenskraft ein, um Nico in seiner Seele zu überwältigen. Diese Kontrolle durfte er ihm nicht überlassen. Nicht, wenn er mit einem Messer bedroht wurde. Ihm waren Nicos Wunsch nach Selbstmord und sein Umgang mit diesen Waffen nur zu gut bekannt.

»Wenn du mich angreifst, ist er tot«, drohte der Mann hinter ihm.

Chirac blieb ruhig. Solche Situationen hatten sie trainiert. Immer und immer wieder. Er wusste, wie er sich befreien konnte. Nur brauchte er einen Moment, um zu realisieren, was gerade um ihn herum passierte.

Nolan stand völlig aufgebracht ein paar Meter entfernt. Er fuchtelte mit den Händen herum, bewegte sich aber keinen Millimeter. »Lassen Sie ihn los! Er hat mit all dem nichts zu tun, er hat keinen Flügel und wird Ihnen auch nicht schaden können!«

»Alles, was ich will, ist, dass mein kleiner Freund hier meinen Körper berührt!«, hörte Chirac den Mann über sich sagen. Seine Konzentration galt dem Messer. Der Moment musste stimmen.

»Und was, wenn nicht?«, rief Sven.

»Dann schlitze ich ihm die Kehle auf, ganz einfach.«

Sven ging einen Schritt auf Chirac und seinem Geiselnehmer zu.

»Tu es nicht!«, rief Nolan.

»Verdammt nochmal, es geht hier um mein Leben! Tu, was er sagt!«, rief Chirac.

Sofort drückte der Mann ihm das Messer noch näher an seinen Hals. »Ich warte, mein Junge«, sagte er mit einer Stimme, die keine weitere Verzögerung duldete. »Komm endlich her!«

Sven ging noch einen Schritt auf ihn zu. »Tut mir leid, Nolan, aber wenn ich ihm dadurch das Leben retten kann, mach ich's.«

»Nein!« Nolan streckte noch seine Hand aus, da berührte Sven die Schulter des Anzugträgers. Und dann war er, einfach so, weg.

Ein Held im Zwiespalt

Chad saß in seiner Hütte unter dem Fenster neben der Eingangstür, die zur Mitte des Camps zeigte, mit angezogenen Knien an der Wand. Mit seiner Faust umklammerte er das Kettenglied, das er um den Hals trug und als er Chiracs Stimme hörte, begann er zu zittern. Seit der Warnung, die durch seinen und wahrscheinlich alle anderen Köpfe gedrungen war, versteckte er sich. Er fühlte sich wie damals, als er vor den Killern unter dem Pult Zuflucht gesucht hatte. Oder wie im Versteck auf dem Gefängnisdach mit Vitus und Nico. Er hörte Sven kämpfen. Wenn nicht einmal Sven etwas ausrichten konnte, dann er garantiert auch nicht. Bestimmt konnte den Angriff jemand anderes beenden. Er erschrak, als er feststellte, dass ihm genau dieser Gedanke auch gekommen war, als die Killer seine Schule gestürmt hatten. Jemand würde es beenden. Ganz sicher.

Nur wer?

Beim letzten Mal war er es gewesen und es hatte ihn sein ganzes Leben gekostet. Noch mal wollte er all das nicht durchmachen. Aber er wollte auch nicht tatenlos zusehen, wie ein Fremder die Menschen im Camp verletzte. Nolan am allerwenigsten.

»Verdammt nochmal, es geht hier um mein Leben! Tu, was er sagt!«, rief Chirac.

Jetzt musste Chad wissen, was draußen abging. Er stieß die Tür einen kleinen Spalt weit auf und beobachtete gerade noch, wie Sven die Schulter eines Mannes im Anzug berührte und schlagartig verschwand.

»Was?«, flüsterte er.

»Du da! Komm raus!«, rief der Anzugträger. Dabei streckte er seinen Arm nach vorne, in dem ein Messer aufblitzte und auf Chad zeigte.

Chad erschrak. Das Messer hatte vorher Chirac bedroht, der vor dem Mann kniete.

Er folgte dem Befehl.

Er krabbelte aus der Hütte und richtete sich langsam vor der Tür auf, um sich dem Mann in voller Größe entgegenzustellen.

Also schön.

Jemand musste es beenden.

Als Kind hatte er sich gewünscht, dass ihn ein Superheld vor den Killern rettete. Stattdessen war er in Action getreten und schließlich in einer Gefängniszelle gelandet. Heute konnte er seine Fähigkeiten besser kontrollieren als damals. Er hatte trainiert. Wenn es einen Moment gab, für den er all die Stunden mit Sven auf dem Kampfplatz verbracht hatte, dann war es dieser. Wer auch immer der Mann war, er wollte nichts Gutes. Er hatte Izzy entführt. Außer ihm wagte es kein anderer Bewohner, sich mit ihm anzulegen. Sie alle versteckten sich wie Feiglinge. Alles hing jetzt von ihm ab. Es war Zeit, dass echte Superhelden anfingen, zu existieren!

Er ging auf den Mann zu, der sofort wieder die Klinge auf Chiracs Hals richtete.

»Sieh an, sieh an«, sagte der Mann. »Mir scheint, dass heute mein Glückstag ist. Komm näher!«

»Chad, lass dich nicht auf seine Spielchen ein!«, rief Nolan.

Zu spät, denn Chad fokussierte seinen Gegner bereits.

»Ich hätte nicht gedacht, dass ich hier auf dich treffe. Es freut mich, dich kennenzulernen, Chad.« Der Mann grinste.

»Wer sind Sie?«, fragte Chad. Er ging in einen festen Stand über, so, wie er es von Rob gelernt hatte.

»Erlaube mir, mich dir vorzustellen. Mein Name ist Bob Bence und wir beide sind in gewisser Weise miteinander verbunden.«

Auf einmal startete Chirac einen Versuch, sich zu befreien. Er riss Bence das Messer aus der Hand und packte seinen Arm. Bevor er ihn zu Boden reißen konnte, verschwand Bence und tauchte neben ihm wieder auf. Er bückte sich nach dem Messer und trat Chirac in die Seite, der daraufhin über den Boden schlitterte und in einer Staubwolke liegen blieb. Bence teleportierte sich wieder hinter Chirac und nahm ihn erneut in die Mangel.

Chad bekam weiche Knie. Dieser Bob Bence hatte überhaupt keine Probleme damit, Chirac zu erledigen. Gegen jemanden, der Chirac überwältigte und sich teleportieren konnte, hatte er keine Chance. All sein Superheldenmut von gerade sackte mit einem Mal zusammen. Anscheinend war er doch noch nicht bereit, so zu handeln wie Limitless. Doch jetzt, wo er seinem Gegner gegenüberstand, gab es kein zurück mehr und außerdem interessierte es ihn, was Bence meinte. »Warum sollten wir verbunden sein?«, fragte er. Er hatte diesen Mann noch nie zuvor gesehen.

»Erinnerst du dich an den Amoklauf in deiner Schule vor sechs Jahren?«, fragte Bence.

Ein Schauer lief Chad über den Rücken.

»Natürlich, wie könntest du dich nicht daran erinnern? Aber weißt du auch, wer ihn veranlasst hat?« Bence machte eine theatralische Pause, in der er die linke Hand hob und schließlich mit dem Finger auf sein Gesicht zeigte. »Das war ich.«

»Was?«

»Der Grund ist simpel: Ich wollte einen Flügel erschaffen. Es ist spannend. Um das zu erreichen, muss nämlich ein Mensch mit reinem Herzen getötet werden. Ein Mensch, der nicht hasst. Einer, der die wahre Grausamkeit dieser Welt noch nicht verinnerlicht hat. Ein Mensch, der an das Gute glaubt. Wer eignet sich da besser als ein Kind?« Er ließ den Blick durch das Camp schweifen, so, als wollte er jeden einzelnen, der sich gerade versteckte, einladen, seinen Worten zu lauschen. »Die Wahrscheinlichkeit, dass ein Flügel entsteht, ist so gering, dass es bei einem einfachen Mord fast unmöglich ist. Bei einem Massensterben allerdings sieht die Sache anders aus. Von allen beschossenen Kindern hast du als einziger überlebt. Du bist somit das erfolgreiche Ergebnis meines Plans.«

Chad öffnete den Mund, doch sagte nichts. Er starrte nur auf den Mann vor sich und konnte nicht fassen, was er gerade gehört hatte. Dann kam ihm ein weiterer Gedanke. Killer fünf hatte etwas davon gesagt, dass sein Boss recht hatte. Konnte es etwa sein, dass Killer fünf auch hier war? Und dass dieser Kerl dort sein Boss war?

Bence redete weiter. »Ich wollte dich schon viel früher kontaktieren, aber leider hat sich jemand quergestellt, was die Nähe zu dir anging.« Sein Griff um das Messer an Chiracs Hals wurde fester. »Einer der Killer, die ich von innen heraus auf die Schießerei angesetzt hatte, ein Lehrer, hat mir danach deinen Namen verraten. Ich habe deinen Fall beobachtet. Deine Hinrichtung fand ich gut. Achtzehn Schüsse bis sie aufgegeben haben. Danach warst du wie vom Erdboden verschluckt, aber da wir uns jetzt endlich gegenüberstehen, möchte ich dir ein Angebot machen.«

»Killer fünf«, stotterte Chad. »Er hat mich erschossen.« Seine Hand wanderte an seine Stirn. Vor seinem inneren Auge sah er in das von einem Tuch verhüllte Gesicht des Lehrers. Er musste es wissen. »Ist er hier?«, fragte er. Er fürchtete sich vor der Antwort. Wenn ja, dann …

»Chad, hör ihm nicht zu!«, brüllte Nolan. »Sieh mich an! Hör nicht auf das, was er sagt!«

Chad sah Nolan kurz an, doch fixierte dann wieder Bence.

Bence lächelte. »Nein. Aber ich kann dich zu ihm bringen, wenn du das willst.«

»Ich muss ihn treffen«, sprudelte es aus Chad heraus. »Killer fünf kann beweisen, dass es ein Unfall war. Er war dabei, er weiß es! Ich hab das Mädchen nur wegen ihm erschossen.« Während er das sagte, fixierte er Chirac. Er wollte, dass der Wärter das hörte. Endlich hatte er ein Indiz dafür, dass das, was er erlebt hatte, wirklich so passiert war.

»Er will dich manipulieren, Chad!«, rief Nolan.

»Oh, dass du das Mädchen erschossen hast, war kein Unfall, das wissen wir beide. Aber wir können es gern so hinbiegen.«

Chad riss die Augen auf. »Was soll das heißen?«

»Ich denke, das weißt du. War es nicht so, dass du in einen Rausch geraten bist und dir egal war, wen du triffst? Dein erster Schuss hätte das Mädchen noch nicht getötet. Es waren die sieben, die folgten. Wäre es ein Unfall gewesen, hättest du nach dem ersten Schuss aufgehört. Vielleicht auch erst nach dem zweiten. Aber mach dir keine Gedanken darüber. Wer einmal die Macht des Tötens erfahren hat, kann sich schnell in sie verlieben.« Bence grinste. »Ist dir klar, dass wir, die wir einen Flügel haben, in ständiger Bedrohung leben? Durch die Macht, die uns dieses Tattoo verleiht, ist uns Unsterblichkeit geschenkt. Uns gab es schon immer, von Anbeginn der Zeit. Bis eines Tages, während der späten Jahre der Antike, einer unserer Anhänger beschloss, jeden Flügelträger zu töten. Seine Blutspur war gewaltig und sie zieht sich bis in die heutige Zeit, denn er selbst hat seit über zweitausend Jahren die mächtigste aller Kräfte: Die Unsichtbarkeit. Angeblich gefiel ihm das Gleichgewicht zwischen uns und den normalen Menschen nicht mehr. Er mordet im Schatten und es kann jeden von uns erwischen. Diese Insel wäre für ihn ein gefundenes Fressen. Ich habe Jahre in die Suche nach ihm gesteckt. Habe Flügelträger entführen lassen, in der Hoffnung, ihn zu erwischen. Bedauerlicherweise waren die meisten davon nutzlos. Kein Treffer kam auch nur annähernd an seine Macht heran. Vor sechs Jahren fand ich durch einen Zufall heraus, wo er sich aufhält. Und du, mein kleiner Freund, bist ihm kurze Zeit später begegnet. Wenn du mit mir kommst, verspreche ich dir, dass du von Killer fünf, wie du ihn nennst, alles bekommst, was du brauchst. Im Gegenzug wirst du den Wahnsinnigen töten, der es auf uns abgesehen hat.«

»Ich soll jemanden für Sie töten? Warum tun Sie es nicht selbst?«

»Tja, weißt du, ich habe es versucht. Dieser Feigling von einem Lehrer hatte den Auftrag, seine Komplizen umzubringen, sich verhaften zu lassen und die kurze Dauer, die er wegen der Notwehr-Morde einsitzen würde, zu nutzen, um zu erledigen, was ich jetzt von dir verlange. Seine Fähigkeiten, unbemerkt zu agieren, sind beeindruckend. Aber als du mit deinen Kräften auf die vier Killer losgegangen bist, hat er sich lieber versteckt und das Mädchen als Schild benutzt, damit du, der du seine Identität kanntest, durch den Todesschuss der Justiz zum Schweigen gebracht würdest. Eigentlich solltest du nur unser Köder für die Zielperson sein, damit wir etwas haben, um sein Vertrauen zu gewinnen. Du kannst froh sein, dass es nicht so gekommen ist, denn jetzt sichere ich dir dein Überleben.«

Chad biss die Zähne aufeinander. Killer fünf hatte sein Leben ruiniert, weil er ein Feigling war. Ein beschissener Feigling, der ihn verarscht hatte. Und jetzt sollte er seinen Job beenden? Das alles klang zu sehr nach einer Überzeugungstaktik, um ihn auf die dunkle Seite zu ziehen. Oder war er vielleicht schon längst dort und erkannte es nur nicht?

Bence grinste noch breiter. Ein Schatten zog sich über sein Gesicht, als er sagte: »Der Mann, auf den ich es abgesehen habe, saß zuletzt mit dir im Gefängnis. Soweit ich weiß, wart ihr eng miteinander befreundet. Seid durch dick und dünn gegangen. Du warst ein Kind. Er hat dir vertraut. Mich würde er auf der Stelle töten, aber dich … sieh dich an. Du hast unschuldige Welpenaugen. Wenn ich nicht wüsste, dass du schon getötet hast, könnte ich es selbst nicht glauben. Er wird nichts ahnen.«

Chad öffnete den Mund und schloss ihn wieder. Killer fünf hatte beschlossen, sein Schicksal an ihn abzutreten. Dadurch war er zu einem Werkzeug des Bösen geworden. Und jetzt bekam er den nächsten Auftrag. War es das? War er in Wirklichkeit einer von den Bösen, so, wie er vermutet hatte? Ein Betrüger, der seine Freunde hinterrücks umbrachte? Vielleicht war das ja wirklich seine Bestimmung? Allerdings würde das bedeuten, dass er sich wieder einsperren lassen musste. Ihm fiel nur einer ein, den er im Gefängnis wirklich seinen Freund genannt hatte. Und der war schon tot. Oder meinte Bence etwa Vitus?

Chad zitterte. Sein Hass auf Killer fünf wuchs mit jeder Sekunde. Wenn er Bence folgte und wirklich bekam, was er brauchte, wenn er Killer fünf stellen könnte, dann hätte er sein Ziel endlich erreicht. Er musste nur einen Mord begehen. Als er sich daran erinnerte, wie er sich dabei gefühlt hatte, die Killer auszulöschen, wurde ihm schlecht. War es das wert?

Er dachte an Viktor Mondaines Mentor: Aiden Thrasher. Vielleicht war er ja mehr wie er und nicht wie Limitless. Was hatte er denn bisher Heldenhaftes vollbracht? Er ballte seine Hände zu Fäusten. Er dachte ernsthaft darüber nach, das Angebot anzunehmen. Was hatte er zu verlieren? Er hatte Nico sterben sehen. Wusste Bence das? Wenn nicht, war er im Vorteil, solange er ein Geständnis von Killer fünf bekam, das er für seinen Kampf um die offizielle Freiheit nutzen konnte.

Auf einmal meldete sich Chirac zu Wort. Er rief: »Du bist ein Idiot, wenn du ihm glaubst. Er sagt, was du hören willst, damit du tust, was er verlangt. Glaub mir, ich hab diese Technik oft genug selbst angewendet. Bei Chross und auch bei dir. Du willst das doch gar nicht. Jede Nacht heulst du, weil dir der Mord an dem Mädchen zu schaffen macht. Überleg mal, wie sehr es dich zerreißen wird, wenn du denen wehtust, die du liebst! Ich kenne dich besser als jeder andere hier. So einer bist du nicht. Ich schwöre dir, wenn du alle Drohungen, die ich dir gegenüber je ausgesprochen habe auf einen Stapel legst, dann hast du gerade mal einen Bruchteil von dem, was du erleben kannst, wenn du jetzt nachgibst!«

Bevor Bence reagieren konnte, schaffte es Chirac ein zweites Mal, sich aus dem Griff zu winden. Er riss seine Arme nach oben, packte Bence und geriet mit ihm in eine Rauferei. Sie rollten über den Boden, Bence stach mit dem Messer zu und verfehlte Chirac nur knapp. Der trat Bence in den Bauch und sprang auf, doch Bence hielt ihn an der Hose fest. Er zog ihn zurück und rammte Chirac seinen Ellbogen ins Gesicht, sodass er zu Boden ging. Dann packte Bence Chiracs Hals und hielt inne.

Ein paar Augenblicke passierte nichts. Bence wurde mit den Sekunden immer nervöser. Schweißperlen rannen ihm über das Gesicht. Er packte mit der anderen Hand zu und wartete wieder ab. »Scheiße!«, fluchte er. »Scheiße, warum funktioniert das nicht?« Dann sah er sich hektisch um. »Komm raus, du Ratte!«

Chad wusste nicht, ob er gemeint war oder nicht, aber als er Bences verzweifelten Schrei hörte, umschloss er das Kettenglied an seinem Hals. Sofort fing sein ausgestreckter Arm Feuer. Er konzentrierte die Flammen auf den Boden um Bence und Chirac herum und ließ einen brennenden Kreis entstehen, der es den beiden unmöglich machte, zu entkommen: den Höllenkreis. Die Schatten sämtlicher Bäume und Hütten im Camp tanzten im Schein der lodernden Flammen.

»Ich mach dich fertig, zeig dich!«, rief Bence. Sein Gesicht verfärbte sich unnatürlich rot. Niemand zeigte sich. Bence wirbelte herum, drehte den Kopf nach links und rechts. Dann zog er Chirac an den Haaren hoch, sodass er wieder vor ihm kniete. »Zeig dich, oder ich bring ihn um!«

Das Messer lag neben Bence auf dem Boden. Er hob es auf.

»Stopp!«, brüllte Chad. Er wollte den Höllenkreis verkleinern und angreifen. Doch er zögerte. Etwas zu lang. Denn Bence holte aus, schoss mit dem Messer auf Chiracs Hals zu und schlitzte ihn auf.

Einmal ein Mörder – immer ein Mörder

Wie in Zeitlupe sah Chad ihn zusammenbrechen. Chiracs Gesicht zeigte blankes Entsetzen, als er seine Hände zum Hals führen wollte und versagte. Sein Körper wankte vor und zurück, bis er nach hinten umfiel und röchelte. Er schlug im Staub auf.

Die triumphierende Pose, die Bence über Chirac einnahm, löste in Chad dieselben Instinkte aus, die er beim Amoklauf zum ersten Mal bemerkt hatte. Er schrie, doch hörte seine eigene Stimme nur gedämpft. Der Höllenkreis um Bence wuchs über seinen Kopf hinaus. Chad richtete seinen Arm auf ihn, Flammen schlängelten sich vom Boden auf ihn zu und um ihn herum. Es war wie im Schulflur, dieselbe Energie. Er schloss seine Hand zur Faust, den Blick auf die Schläfe seines Gegenübers gerichtet.

Es passierte geräuschlos.

Aus der Kopfseite des Mannes schoss eine Stichflamme. Hinter seinen Augen gab es eine Explosion, die sie aus ihren Höhlen drückte. Sie blieben an roten Fäden vor seinem Gesicht hängen, dann schoss ihm Blut aus den Ohren. Bence taumelte rückwärts und fiel zu Boden.

Als sein Gegner tot war, löschte Chad die Flammen auf dem Boden und rannte auf Chirac zu. Er ließ sich neben ihm auf die Knie fallen und betrachtete die Wunde, die sich diagonal über seinen Hals zog. »Wehe, du krepierst!«, sagte Chad. Sein Arm brannte noch. Er lenkte die Flammen auf seine Hand, die zu glühen begann.

Chiracs Augen weiteten sich, als er sah, wie sich Chads Hand seinem Hals näherte. Er hob mit letzten Kräften seine Arme, um ihn davon abzuhalten, doch Chad drückte sie zur Seite. Das Blut verteilte sich überall. Chad presste Chiracs Hand mit seiner freien Hand auf den Waldboden.

Mit der anderen, glühenden Hand, berührte er dann die Schnittwunde. Er versuchte, sich daran zu erinnern, wie Rob das bei ihm gemacht hatte. Wenn er die Schnittwunde mit Hitze versiegelte, konnte Chirac nicht verbluten. Er wusste, dass das höllisch weh tat. Aber er wusste auch, dass Chirac das aushalten würde. Entweder das oder er würde draufgehen. Die Flammen hinterließen hässliche Verbrennungen auf Chiracs Haut. Seine Augen verdrehten sich und sein Kopf kippte auf Seite.

Chad war gerade fertig mit seiner Tortur, da erreichte ihn Nolans Stimme. »Was machst du da? Er muss sofort notbehandelt werden!« Er stieß Chad achtlos von Chirac runter und sah sich selbst die Wunde an. Die Blutung war gestoppt, Chiracs Hals sah übel aus und der Geruch von verbranntem Fleisch lag in der Luft. Nolan fühlte Chiracs Puls. »Er muss sofort hier weg!« Die Verzweiflung in seiner Stimme war kaum zu überhören. Ein Transport würde Tage dauern. Und bis Hilfe hier war, war Chirac mit Sicherheit tot.

»Ich will nicht, dass er stirbt«, rief Chad. »Ich dachte, ich will es, aber …« Ihn überkam ein schlechtes Gewissen. Er wusste nicht, ob er mit seiner Aktion Chiracs Leben verlängert oder verkürzt hatte. Er wollte nur helfen.

»Chad, das spielt gerade keine Rolle. Ich brauche Medizin, verdammte Scheiße, wo ist mein beschissener Rucksack?«

»Ich mache das!«, rief jemand. Ein Junge sprang von einem Baum. Er hatte schulterlange braune Haare und war bis auf eine kurze Hose nackt. Seine braunen Augen streiften Chad für eine Millisekunde.

Chad kannte ihn. Er hatte ihn schon oft gesehen. Allerdings immer nur auf einem Foto. Das war Nicos Bruder. Sofort überkam ihm eine ganz andere Form der Angst. Er war noch nicht bereit, ihm gegenüberzutreten, wie Nico es ihm aufgetragen hatte.

Anthony landete neben ihnen.

Nolan fragte: »Bist du sicher?«

Der Junge nickte sehr zuversichtlich. »Ich kümmere mich um alles«, sagte er mit dem Selbstbewusstsein und im Tonfall eines Anführers. Er wusste genau, was er da tat. »Während er geredet hat, habe ich seine Kräfte auf mich übertragen. King hat gesagt, dass das klappen könnte. Er hatte recht. Ich kann das.« Er lächelte stolz. Dann legte er seine Hand auf Chiracs Körper und schloss die Augen.

Im nächsten Moment waren beide weg.

Die Blutlache war das Einzige, was noch daran erinnerte, dass Chirac hier verletzt gelegen hatte. Chad starrte die Stelle unentwegt an, während er alle Stimmen um sich herum ausblendete. Seit seinem ersten Tag im Gefängnis wollte er Chirac loswerden. In letzter Sekunde allerdings hatte er sich dafür entschieden, sein Leben zu retten. So, wie es seine Heldenvorbilder taten. All die Comics in seinem Regal zuhause waren voll von Helden, die den Bösen zweite Chancen gaben oder sie verschonten, um Gnade zu zeigen. Sein Blick wanderte zu der Leiche. Und? War er jetzt einer von ihnen? Ein Held? Oder doch ein Schurke? Er hatte seine Fähigkeiten eingesetzt, um jemanden zu töten. Schon wieder.

Nach und nach schallten Worte von außen in seine Ohren. Er hörte seinen Namen. Immer wieder.

»Chad!«, rief Nolan. Er packte Chad an der Schulter.

»Ja?«

»Endlich reagierst du. Steh auf!«

Chad erhob sich. Er betrachtete seine Hände und seine Klamotten, die voller Blut waren. Alles wiederholte sich. Seine Fähigkeiten, der Mord, das Blut an seinen Sachen. Es fehlte nur noch, dass ihn jemand einsperrte.

»Ich muss die Lage unter Kontrolle kriegen, also bitte, Chad, bitte halt deine Emotionen noch einen Moment zurück. Wir reden später über alles, aber jetzt muss ich einen Tatort sichern und Dinge regeln.«

»Was denn für Dinge?«, fragte er.

»Gerade ist ein Mord passiert. Keine Sorge, wir kriegen das hin, okay? Nur geh bitte jetzt erstmal in meine Hütte.«

»Du meinst, ich habe einen begangen.«

»Chad …«

Er hob die Hände vor sich in eine abwehrende Haltung. »Es tut mir leid, okay? Ich hab …« Er sah zu der Leiche. Dann in Nolans Gesicht. Darin las er Ratlosigkeit. Fast so, als würde Nolan ihn anflehen, sich in eine Ecke zu setzen und still zu sein. »Ich verschwinde«, sagte Chad und rannte an Nolan vorbei zum Wegweiser.

»Chad! Bleib hier!«, rief Nolan ihm nach, doch er beachtete ihn nicht.

Er rannte so schnell er konnte. Seine Beine trugen ihn durch das kleine Waldstück neben dem Camp zu dem Pfad, der zu den Feldern und zu Robs Scheune führte. Ohne sich umzusehen stieß er durch hohe Gräser vor zu den Lichtern, die sich Rob bei der Sitzecke vor der Scheune aufgebaut hatte. Ihm war klar, dass es nichts brachte, vor seinen Problemen wegzulaufen. Er wusste, dass sein Handeln Konsequenzen nach sich zog. Und er würde sich ihnen stellen, daran bestand kein Zweifel. Immerhin befand er sich mitten im Nirgendwo auf einer Insel von der er nicht entkommen konnte. Doch beim letzten Mal, als er einen Mord begangen hatte, hatte er nicht die Chance bekommen, davonzurennen. Nach Hause. Zur Villa, wo er sich, zumindest für einen Moment der Sicherheit hingeben konnte, an einem Ort zu sein, der nichts mit seiner Tat zu tun hatte und wo er Hilfe bekam. Chad wusste, wo er Rob finden würde. Nachts war er immer draußen und wenn er nicht auf den Feldern war, hockte er hinter der Scheune und sah in die Sterne. Er erreichte den Zaun und sah sich um. Von Rob keine Spur. Also rannte er um die Scheune herum und fand ihn, wie erwartet, an eine der Kisten gelehnt in den Himmel schauen.

Rob bemerkte ihn, woraufhin er aufstand, um ihn zu empfangen.

Chad blieb vor ihm stehen. Er rang nach Luft und wischte sich mit dem Arm über die Stirn. In seinen Augen schwammen Tränen. Für den Bruchteil einer Sekunde war er wieder zwölf Jahre alt und wollte einfach nur erzählen, was ihm passiert war.

Er setzte zum Reden an, da fragte Rob: »Wessen Blut ist das?« Er zeigte auf Chads Klamotten.

Chad sah an sich herunter. Sein Shirt und die Hose waren voller roter Flecken. Er fasste sich an die Stirn, wodurch er sich weiteres Blut ins Gesicht schmierte. Bilder aus der Schule zogen an ihm vorbei. Erinnerungsfetzen in verzerrter Auflösung von Leichen und Blut. In seinem Kopf rauschte es. Hörte er eine Sirene? Wo kam der Alarm her? »Ich habe ihn umgebracht«, stammelte er. »Ich habe … er ist …«

Rob kam näher und packte Chad am Arm. »Wessen Blut?«

»Chi... Chirac«, brachte Chad hervor.

»Bist du bescheuert?«, brüllte Rob. »Hast du denn gar nichts gelernt?«

»Nein, ich ...« weiter kam Chad nicht.

Robs Körper fing an zu brennen. Flammen umgaben seine Arme und den Oberkörper. Sein Griff um Chads Arm verstärkte sich. Die Flammen übertrugen sich auf ihn, wo sie ihn verbrannten. Seine Haut zischte und dampfte und färbte sich schwarz.

Chad schrie. »Aufhören, bitte aufhören!« Er windete sich, doch ohne Erfolg. Wenn Rob so weitermachte, brannte er ihm den Arm ab. Chad fasste sich mit der freien Hand an das Kettenglied um seinen Hals und ließ nun selbst Flammen aufkommen. Er schickte sie an die Stelle, wo Rob ihn berührte und übertrug sie jetzt ebenfalls auf ihn. »Lass mich los!« Chad holte aus und schleuderte Rob eine flammende Kugel entgegen, die er in seiner Handfläche geformt hatte.

Rob ließ tatsächlich locker und Chad riss seinen Arm los. »Ich dachte wirklich, dass du Mord als Lösung aus deinem Hirn gelöscht hast.«

»Ich habe Chirac nicht umgebracht!«

»Wen dann?«

»Diesen ... wir wurden angegriffen! Ich konnte den Angreifer ausschalten aber Nolan versteht das nicht.«

»Du bist also wieder weggelaufen?«

Ein Windstoß ging über das Feld und für einen Moment schien es eine ganz normale Nacht zu sein.

»Glaubst du, ich stelle mich einfach so, nachdem ich einen Mann umgebracht habe? Nolan will mich loswerden. Er denkt, er kann mich von der Insel schmeißen, damit ich ins Gefängnis gehe. Aber das lasse ich nicht zu. Nicht noch mal!«

Rob spannte seine Muskeln an. »Nolan trifft solche Entscheidungen nicht aus dem Bauch heraus. Du hast ihm einen Grund gegeben. Und mir auch, wenn ich dich so ansehe. Wo ist Chirac, ist er schwer verletzt?«

»Chirac ist nicht mehr hier.«

»Du musst konkreter werden, Chad, wo ist er?«

»Ich weiß es nicht!«, brüllte Chad. »Warum ist das so wichtig? Ich habe nur getan, was ich für richtig gehalten habe. Warum fragt eigentlich nie einer, ob ich verletzt bin? Immer geht es um Chirac, ich habe ihm seine Wunden mit meinen Flammen verschlossen. Nolan sollte mir lieber dankbar sein. Ich bin ein Held!«

Rob ließ auf seiner Handfläche eine Flamme aufsteigen, die seine eigene Größe überstieg.

»Und ich habe mich anscheinend in dir getäuscht, Chad. Helden ruhen sich nicht darauf aus, dass sie Helden sind. Sie stellen sich auch nicht gegen ihre Verbündeten. Ich dachte, du wüsstest das. Im besten Fall hast du Chirac vorhin das Leben verlängert, aber du hast einen anderen Menschen getötet. Ich war nicht dabei. Trotzdem solltest du dich Nolans Anweisungen fügen.«

»Einen Scheiß werde ich!«, rief Chad und rannte in entgegengesetzter Richtung davon. »Ich gehe nicht zurück ins Gefängnis! Nolan wird schon sehen, was er davon hat, wenn er mich rauswirft!«

Im nächsten Moment wurde er von einer Flamme erfasst. Sie nahm ihn voll ein. Sein ganzer Körper brannte. Robs Flammen waren anders als seine. Sie waren heißer. Und sie verletzten ihn. Chad stürzte auf den Boden, wo er sich wälzte, schrie und betete, dass er die Flammen löschen konnte. Seine Konzentration ließ nach. Panik überkam ihn, sodass er nicht einmal mehr seine eigenen Flammen lenken konnte. Die Schnur, an der das Kettenglied um seinen Hals hing, löste sich auf und das kleine Metallstück landete neben seinem Ohr auf der Erde. Schließlich akzeptierte er sein Schicksal und blieb brennend auf dem Rücken liegen. Zwischen den Flammen am Rande seines Sichtfeldes sah er den Sternenhimmel. Helle Punkte. Sie verschwammen zu einem leuchtenden Einheitsbrei. Dann schloss er die Augen. In seiner Nase legte sich der ekelhafte Geruch von verbrannter Haut nieder.

Robs leise Stimme, nah an seinem Ohr, sagte: »Du bist kein Held, Chad. Und wage es nicht, Nolan noch einmal zu bedrohen. Du solltest wissen: Ich bin auch ein Mörder.«

Einheit Cole

Nolan widerstand dem Drang, ihm nachzulaufen. Wie er Chad einschätzte, suchte er dort Schutz, wo er sich sicher fühlte und das war bei Rob. Er beschloss, später nachzusehen.

Nach und nach traten nun die Bewohner des Camps aus ihren Verstecken. Bisher hatte er noch nie Maßnahmen nach einem Mord treffen müssen. Er wollte nicht, dass man ihm seine Unsicherheit ansah, also blickte er in die Gesichter der Menschen um sich herum, die alle mindestens genauso unsicher wirkten wie er selbst. Die meisten Blicke trafen den Toten. Sie brauchten jetzt dringend einen Anführer. Wenn er schon den Mord nicht hatte verhindern können, musste er jetzt wenigstens alles geregelt kriegen.

»Keiner fasst ihn an!«, bestimmte er. »Was hier gerade passiert ist, war ein Mord. Jeder, der in seine Nähe kommt, macht sich verdächtig.«

Ein paar der Bewohner traten zurück.

»Habt ihr das verstanden?«

Alle nickten.

»Geht in eure Hütten! Versucht, zu schlafen und ruht euch aus.« Er sah sie eindringlich an. »Ich muss mich auf euch verlassen können.«

Ohne Widerworte folgten die Menschen seinen Anweisungen.

Erst, als auch der Letzte durch die Tür seiner Hütte gegangen war, machte sich Nolan auf den Weg zu seiner eigenen. Sein Schreibtisch stand so, dass er durch das Fenster einen Blick auf die Leiche von Bence werfen konnte. Mit einem Auge kontrollierte er die Stelle, während er seinen Computer startete und online ging.

Er schrieb einen Bericht darüber, was sich in den letzten Momenten zugetragen hatte. Dabei achtete er darauf, jedes Detail mit einzubringen. Das Risiko, etwas zu vergessen, konnte er sich gerade nicht leisten. Den Bericht schickte er per E-Mail an diejenigen, die ihm das alles hier möglich machten. Sein Unterfangen auf dieser Insel war zwar streng geheim, doch es gab Aufsichten, die informiert waren und von ihm informiert werden mussten, sollte sich etwas Rechtswidriges, wie ein Mord, in diesem Gebiet abspielen. Mit dieser E-Mail sicherte er sich ab. Nolan betonte, dass ihm die Leben der Bewohner mehr wert waren als sein eigenes, und in diesem Fall handelte es sich um eine Situation, in der er einen von ihnen schützen musste.

Chad war ein Killer. Er hatte den Mord bewusst und mit Absicht begangen und auch, wenn der Mann böse Absichten verfolgt hatte, war der Mord an ihm falsch gewesen. Falsch und vor allem nervenaufreibend, weil jetzt nicht mehr ermittelt werden konnte, wo sich Izzy, Sven oder Marco aufhielten. Nolan lehnte sich in seinem Stuhl zurück und sah noch einmal auf die Leiche. Trotzdem wollte er Chad nicht ausliefern. Er war ein emotional instabiler junger Typ, der viel erlebt hatte. Zu viel für seinen Geschmack. Ihm graute davor, ihn verteidigen zu müssen. Hätte er statt Medizin doch nur Jura studiert!

In den frühen Morgenstunden hatte er eine Antwort. Die Nachricht enthielt eine Telefonnummer. Mehr nicht.

Er rief sofort an.

Nach dem Telefonat setzte er sich auf sein Motorrad und fuhr durch den Dschungel bis zu der Stelle, an der Noa King in Schach hielt. Er vollzog eine gekonnte Vollbremsung und blieb seitlich neben dem Baum stehen, den noch immer Ranken umschlangen, damit der Gefangene nicht raus konnte. Noa sah ihn scharf an. Nolan stieg ab. »Es ist okay«, beruhigte er ihn.

Noa sprang von einem Felsen herunter und wanderte unruhig auf der Stelle hin und her. Seine Augen glitzerten. Das hatte Nolan bei ihm noch nie gesehen. Es sah aus, als hätte Noa geweint.

»Anthony ist nicht mehr hier. Das kannst du spüren, oder?«

Ein Gefühl verriet ihm, dass er damit ins Schwarze getroffen hatte. Wenn Noa alles und jeden spürte, der sich auf der Insel aufhielt, dann spürte er auch, dass Anthony weg war.

Noa drehte sich im Kreis. Er sprang auf den Stein und wieder herunter.

»Er versteht nicht, wie K13 verschwinden konnte«, kommentierte King. Er gähnte.

»Sein Name ist Anthony«, warf Nolan ein.

»Wenn du ihnen einen Namen gibst, baust du eine emotionale Verbindung zu ihnen auf.«

Jetzt drehte sich Nolan zu King um. »Verdammt, Lovis, halt die Klappe!«

»Wenn du nicht mit mir reden willst, was machst du dann hier?«

»Ich muss ihn verstecken«, antwortete Nolan ehrlicherweise. »In den nächsten Stunden werden Einsatzkräfte hier sein, die dich und die Leiche von deinem Boss mitnehmen.«

»Bence ist tot?«

»Einer der Jungs hat ihn umgebracht, ja.«

»Also hat es funktioniert. K13 hat seine Kräfte an sich genommen.«

»Dann hast du ihm das wirklich aufgetragen?«

»Ich habe ihm gesagt, dass er das machen soll. Ich wusste allerdings nicht, dass er dazu wirklich in der Lage ist. Das ist interessant.«

»Verstehe.«

Noa kletterte auf einen Baum.

»Du bist erledigt, Lovis. Ist dir das klar?«

King lehnte sich gegen den Baumstamm. »Das war mir schon klar, als wir das erste Mal einen Fuß auf diese Insel gesetzt haben. Ehrlich gesagt war ich dagegen. Solange sie niemandem schaden konnten, war es mir egal, wo diese Kids sind. Selbstverständlich bin ich erleichtert, dass K12 und K13 hier gelandet und nicht etwa zur Polizei gegangen sind und mich verraten haben.« King steckte seine Hände in die Hosentaschen. »Trotzdem. Bence hätte das hier nicht anzetteln müssen.«

»Ach, auf einmal hast du ein Herz?«, fragte Nolan. »Du hast Izzy und Anthony über Jahre misshandelt und jetzt bist du der Meinung, sie haben die Freiheit verdient? Bitte, verarschen kann ich mich selbst.«

King zuckte mit den Schultern. »Wie du meinst. Wieso musst du den Jungen verstecken?«

»Weil niemand von ihm weiß. Wenn er die Fremden bemerkt, wird er sie angreifen. So, wie er jetzt drauf ist, sollte sich keiner mit ihm anlegen. Er hat einen natürlichen Schutzwall um die Insel errichtet. Niemand kann sie von außen sehen. Genauso wenig können wir sehen, was sich um uns herum abspielt. Dank ihm sind wir so gut isoliert.«

Nolan versuchte, sich Noa zu nähern. Der Junge ließ sich allerdings weder beruhigen, noch einfangen. Ohne Anthony gelang ihm auch die Kommunikation mit ihm nicht besonders gut.

»Vielleicht kann ich dir helfen«, sagte King.

»Du willst dich bei mir einschleimen, damit ich dich freilasse, das ist alles«, entgegnete Nolan.

»Bitte, dann versuch weiter, den Jungen zu kontrollieren. Zufällig kenne ich mich auf dem Gebiet ganz gut aus.«

Nolan sah King in die Augen. »Was bietest du mir an?«, fragte er abfälliger als er wollte.

»Das hier.« King griff in seine Jackentasche und holte eine Spritze heraus.

»Was ist das?«

»Ein Mittel, das ihm seine Fähigkeiten temporär nimmt.«

»Du lügst.«

»Es ist meine Kreation. Eigentlich ist es simpel. Es ist eine Mischung aus einer Droge und Beruhigungsmitteln. Ich hatte genügend Versuchskaninchen, um das Verhältnis der genauen Dosis zu perfektionieren.«

Nolan öffnete den Mund, doch King unterbrach ihn. »Ich weiß, du willst jetzt sagen, dass jede Dosis auf jeden Menschen unterschiedlich wirkt, doch genau das macht diese Mischung ja so perfekt. Das Mittel betäubt nicht nur den Menschen selbst, sondern auch die Kanäle, die ihn wissen lassen, wie er seine Fähigkeiten einsetzt.«

»Das ist abartig«, kommentierte Nolan. »Allein, dass du mir das sagen kannst, verstößt gegen unseren Ehrenkodex. Verdammt, was ist aus dir geworden?«

King sagte in ernsthaftem Ton: »Ich habe mein Leben der Wissenschaft verschrieben. Mehr nicht. Es ist reine Wissenschaft.«

»Was du machst, ist menschenentwürdigend!«

»Aber effektiv.«

»Ich hoffe, dass du nie wieder aus dem Loch freikommst, in das man dich werfen wird. Unser Gespräch ist beendet.«

Nolan wandte sich wieder Noa zu.

»Wenn du deine Meinung änderst, weißt du ja, wo du mich findest«, rief King ihm nach. »Es ist ganz leicht. Wie in der Uni.«

Wieder im Camp bereitete Nolan alles für die Ankunft der Einsatzkräfte vor. Sie würden mit dem Hubschrauber kommen. Bei dem Telefonat hatte Nolan schweren Herzens die Koordinaten der Insel verraten müssen. Eine Stelle in der Nähe des Sandstrandes, an dem diejenigen anlegten, die mit dem Boot kamen, bot Platz für mehrere Hauszelte. In seiner Anfangszeit waren sie die Unterkünfte für die Bewohner gewesen. Erst, als die Population zugenommen hatte, war Nolan auf das Prinzip mit den eigenen Hütten umgestiegen. Heute dienten die Zelte als Übernachtungsstätten für Cora oder den Kapitän.

Gegen Abend kam der Hubschrauber. Nolan sah ihn schon von weitem auf die Insel zusteuern. Ebenfalls ein Punkt, den er bereute. Noa war gesichert. Und das Areal damit ungeschützt. Er konnte jetzt alles sehen, was auf dem Meer passierte. Es war windiger geworden und am Horizont bahnten sich dunkle Regenwolken an. Einen so heftigen Sturm wie er dort sah, hatte er während seiner ganzen Zeit im Areal nicht erlebt. Noas Schild schirmte normalerweise alle Wetterextremen ab. Am Strand machte er auf sich aufmerksam und zeigte dem Piloten die Stelle, an der er landen konnte. Der Wind, den die Rotoren verursachten, ließ nach und als die Maschine auf dem Boden zum Stillstand kam, stellte sich Nolan in gerader Haltung davor.

Die Tür flog auf. Nacheinander stiegen acht Personen in militärischen Uniformen heraus. Sie stellten sich in einer Reihe nebeneinander auf. Ein größerer Mann mit einer Markierung am linken Arm trat vor. Nolan reichte ihm die Hand.

»Ich bin Cole«, sagte der Uniformierte. »Ich verwende einen Decknamen. Ich denke, damit sind Sie einverstanden, Doktor Degree?«

»Kein Problem«, sagte Nolan. »Willkommen im Areal.«

Cole nickte. Seine Haltung war die eines Soldaten. Vermutlich hatte er eine strenge Ausbildung durchlaufen und einiges an Berufserfahrung. »Ich übernehme ab jetzt das Kommando. Irgendwelche Einwände?«

Nolan schüttelte den kopf. »Nein, Sir.«

»Ich brauche dennoch Ihre Instruktion. Ist das Lager bereit?«

»Ich zeige es Ihnen.«

Nolan ging vor, die acht Einsatzkräfte folgten. Er zeigte ihnen die Zelte, in denen sie sich einrichteten, bevor sie sich um einen großen Tisch versammelten, auf dem eine großflächige Karte der gesamten Insel ausgebreitet war.

»Hier leben die Bewohner«, sagte Nolan und zeigte auf das mit Edding eingezeichnete Camp. »Einige von ihnen haben schlechte Erfahrungen mit Menschen in autoritären Positionen gemacht. Sie sind durch ihre Geschichten teilweise traumatisiert. Wir sorgen in verschiedenen Programmen für ihre Traumabewältigungen. Ich kann allerdings nicht sagen, wie sie auf Sie reagieren werden. Ein jeder hier beherrscht übermenschliche Fähigkeiten, gegen die Sie nichts ausrichten können, egal, mit wie vielen Leuten Sie bei ihnen aufkreuzen. Deswegen schlage ich vor, dass wir sie gemeinsam aufsuchen, wenn Sie Fragen an sie haben.«

Damit war Cole nicht einverstanden. »Mein Team wird die Befragungen durchführen. Ohne Sie. Wir wollen nicht, dass die Aussagen beeinflusst werden.«

»Sir, ich kann nicht garantieren, dass …«

»Das sollten Sie aber! Ich wüsste nicht, was Sie hier sonst noch zu suchen hätten. Wenn die Sicherheit meiner Leute auch nur eine Sekunde gefährdet wird, schließen wir Ihr kleines Paradies.«

»Verstanden.« Nolan musste Coles Kommandoübernahme wohl oder übel akzeptieren.

»Wo ist die Leiche?«, fragte Cole.

»Hier.« Nolan zeigte auf eine Stelle innerhalb des Camps.

»Hat sie jemand angefasst oder bewegt?«

»Nein, Sir, die Bewohner sind angehalten, in ihren Hütten zu bleiben. Es hat sich ihr niemand genähert.«

»Und wo ist der Mörder?«

»Hier.« Jetzt zeigte Nolan auf die andere Seite der Insel. Er hatte recht behalten und Chad war zu Rob gelaufen, der ihn nach einer Auseinandersetzung in der Felsenzelle eingesperrt hatte.

Cole ließ seine Augen darüber wandern. »Ist er gesichert?«

Nolan nickte. »Ja.«

»Wir laden ihn ein, wenn wir losfliegen. Morgen früh schicke ich zwei Leute, die ihn bewachen werden.«

»Sir, bitte, ist das notwendig?«

»Er hat einen Menschen umgebracht. Ja, es ist notwendig.«

»Ich habe einen Draht zu ihm. Lassen Sie mich das mit ihm klären.«

»Wie lange war der Junge jetzt auf dieser Insel?«

»Etwa zehn Monate.«

»Sie hatten also fast ein ganzes Jahr Zeit um Einfluss auf ihn zu nehmen. Offensichtlich nicht erfolgreich.«

Nolan schwieg. Er konnte vielleicht die anderen dazu bringen, den Anweisungen der Fremden Folge zu leisten, aber Chad? Er hatte Schwierigkeiten, ihn in seiner derzeitigen Situation einzuschätzen. Andererseits war er sich sicher, dass Rob ihm nicht von der Seite gewichen war. Er nickte. »In Ordnung.«

»Gibt es noch etwas, das wir wissen sollten?«

»Ja«, antwortete Nolan. »Im Wald hält sich ein weiterer Eindringling auf. Sie sollten von ihm gehört haben, er nennt sich King. Er gehört zu dem Toten.«

»Ist er gefährlich?«, fragte Cole.

»Ich denke nicht. Er ist seit zwei Tagen eingepfercht und hat nur notdürftig von mir zu Essen bekommen.«

»Dann nehmen wir ihn uns ebenfalls morgen vor. Wo befindet er sich?« Hier musste Nolan kurz nachdenken. Er zeigte die ungefähre Stelle auf der Karte. Cole zeichnete mit einem Rotstift einen Kreis an die Stelle. »Bei Sonnenaufgang beginnen wir mit den Ermittlungen. Danke, Doktor Degree, Sie dürfen jetzt gehen.«

Nolan erkannte sofort, dass das keine Erlaubnis, sondern ein Befehl war. Er verließ das Zelt und wanderte ein wenig den Strand entlang, wo er das Meer beobachtete. Ein gutes Gefühl hatte er bei der ganzen Sache nicht.

Der nächste Morgen kam und bevor Nolan seine Hütte verließ, hörte er eine Sirene. Er trat, wie alle anderen, vor seine Tür und richtete seine Aufmerksamkeit auf die zwei Männer und die zwei Frauen, die in strammer Haltung, mit den Händen hinter dem Rücken, in der Mitte des Platzes standen. Cole war einer von ihnen. Er machte mit einem Megafon eine Ansage, in der er sein Vorhaben erläuterte. Es ging um Einzelbefragungen aller Bewohner in ihren Hütten und darum, dass er von nun an das Kommando hatte.

Die meisten Bewohner waren Teenager. Verunsicherte, junge Menschen, denen Nolan im Areal eine Art Vaterfigur geworden war. Sie alle sahen Nolan fragend an.

Die ganze Situation tat ihm so unendlich leid. Doch er rief: »Tut, was sie sagen!« Dabei betete er, dass keiner von ihnen die Beherrschung verlieren würde.

Die beiden Frauen lösten sich von ihrem Trupp, um zu den Hütten zu gehen, in denen Mädchen wohnten. Der Mann betrat eine Hütte, vor der ein Junge stand. Cole blieb stehen und beobachtete alles.

Nolan ging auf ihn zu und fragte: »Wo ist die Leiche?«

»Konserviert.«

»Sie sind gründlich.«

»Das ist unser Job. Und wenn wir ihn weiter erfüllen sollen, halten Sie sich raus!«

Nolan biss die Zähne zusammen. »Natürlich.« Er beobachtete das Treiben ebenfalls eine Weile. Die in der Luft liegende Anspannung erdrückte ihn und die Bewohner beinahe. Das spürte er immer dann, wenn eine Befragung beendet war und die Uniformierten in die nächste Hütte gingen. Das alles gefiel ihm nicht. Normalerweise füllten diese Menschen das ganze Camp mit Leben. Und jetzt lag eine unangenehme Stille über allem. Er wandte sich noch einmal Cole zu. »Darf ich mich bewegen?«

»Wo wollen Sie denn hin?«

»Ich möchte zu Chad. Er ist der Mörder.«

»Ich weiß. Meine Männer sind bereits bei ihm.«

»Also?«

»Sie haben sowieso keine Chance, ihn zu retten. Von mir aus, gehen Sie zu ihm. Aber sobald ihn der Helikopter erreicht, gehört er uns.«

»Verstanden, Sir.«

Cole war ihm unsympathisch. Schon als junger Mann hatte Nolan das Militär abgelehnt. Er hielt nicht viel von strengen Befehlsketten und Hierarchien.

Auf dem Weg zu seinem Motorrad kam er an Chads und Chiracs Hütte vorbei. Er betrat sie, ohne um Erlaubnis zu bitten. Ihm gefiel das Zuhause der beiden. Es war die einzige Hütte mit zwei Etagen und einem Kellergeschoss. Chad hatte sein Reich hier auf der Eingangsebene und Nolan hockte sich neben das flache Bett. An der Wand daneben klemmte zwischen der Wand und einem abstehenden Splitter ein Foto. Soweit er wusste, war das Chads einziger Besitz. Er nahm die mittlerweile stark in Mitleidenschaft geratene Erinnerung von der Wand. Dabei begleitete ihn ein seltsames Gefühl. Beide Bewohner würden nie wieder in dieser Hütte schlafen. Beim Verlassen strich er mit der Hand die Wand entlang. Er hatte sich die Zeit mit Chad und Chirac auch anders vorgestellt.

Eine letzte Information

Mit einer gekonnten Drehung brachte Nolan das Motorrad zum Stillstand. Er befand sich noch im Dschungel, doch von der Stelle aus, an der er es abstellte, sah er durch die Büsche das Meer. Vor ihm ragte ein Felsen auf, um den er herum ging. Der Felsen selbst stand im Dschungel, doch seine Vorderseite zeigte zum Strand. Er war von innen hohl und bot darin Platz für ein Feldbett und eine Naturtoilette. Sah man von drinnen auf das Meer, wurde der Blick durch dicke Gitterstäbe gestört.

Hier hatte Chirac seine ersten Tage im Areal verbracht und hier verbrachte Chad nun seine letzten. Auf jeder Seite der Zelle stand ein Mann vom Einsatzkommando Wache. Gegenüber im Sand stand Rob mit verschränkten Armen und dem Blick auf die Mitte der Zelle gerichtet.

Nolan nahm Augenkontakt zu Rob auf, der kurz darauf den Arm hob und ihm bedeutete, an Ort und Stelle zu bleiben. Dann fragte er in die Zelle hinein, ob Nolan kommen dürfte. Nolan hörte keine Antwort, doch Rob winkte ihn danach zu sich, woraufhin er langsam vor den Felsen trat.

Chad saß mittig im Schneidersitz auf dem Boden. Seine Klamotten hingen in Fetzen von ihm herab, die Haare waren teilweise versengt. Seine Haut hatte sich scheinbar schnell erholt. Er hatte noch Verletzungen, doch sie hatte wieder ihre ursprüngliche Farbe angenommen, bis auf eine Stelle an seinem Arm, um die ein Verband gewickelt war. Nolan stockte, als er das Seil sah, das man Chad um die Handgelenke gebunden hatte. »Im Ernst? Fesseln?«, fragte er eine der Wachen, ohne eine Antwort zu erhalten. Die Männer starrten nur auf ihren Gefangenen und verfolgten jede seiner Bewegung. »Hey, Chad, können wir reden?«

Chad senkte seinen Blick noch tiefer.

»Ich muss dich ausliefern. Es tut mir leid. Wenn ich es nicht tue, müssten alle hier die Insel verlassen.« Damit wollte er sich erklären. Nolan war wichtig, dass Chad verstand, was abging. »Ich weiß, du hasst mich jetzt. Das ist okay, ich verstehe das.«

»Aber?«, fragte Chad.

»Du hast einen Mord begangen. In dem Moment, als du ihn umgebracht hast, war er nicht mehr Herr über seine Fähigkeiten. Jetzt, da er tot ist, gibt es für uns keine Chance mehr, herauszufinden, wo sich Izzy und Sven aufhalten. Deine Aktion war sinnlos.«

Chad schluchzte auf. Er tat Nolan leid. Eigentlich hatte er sein Wesen eher als friedlich eingeschätzt. Nach allem, was dem Jungen in seinem Leben passiert war, war er nicht davon ausgegangen, dass er noch einmal einen Mord begehen würde.

»Ich weiß, du wolltest André am Ende nur helfen. Wahrscheinlich hast du ihm sogar das Leben gerettet.«

Chad sah auf.

»Als ihr hier mit dem Boot angekommen seid, hätte ich solch einen Einsatz von dir nicht für möglich gehalten. Denk doch mal daran, was du für eine Angst vor ihm hattest.«

Chad senkte wieder den Blick.

»Weißt du, es gibt einen Unterschied zwischen dem Chad von damals und dem Chad heute.«

»Und welchen?«, fragte Chad leise.

»Das letzte Mal hast du deine Kräfte unbewusst gegen die eingesetzt, die du beschützen wolltest. Und gestern hast du deine Kräfte aus demselben Grund bewusst eingesetzt. Mit Erfolg. Auch, wenn es dieselbe Tat war, bist du heute in der Lage, sie zu kontrollieren. Deine Vergangenheit hat dich zu dem gemacht, der du heute bist und du weißt, wie du überleben kannst. Du bist stark, Chad. Deswegen kannst du auch alles durchstehen, was noch auf dich zukommt.«

Chad murmelte: »Danke.« Offenbar hatten Nolans Worte ihn erreicht. »Und ich hasse dich nicht.«

Nolan atmete erleichtert aus. »Da bin ich froh.«

»Aber ich habe Angst.«

Nolan hockte sich auf seine Höhe. »Hör zu«, begann er, »ein Hubschrauber wird dich von hier wegbringen. Wahrscheinlich wirst du für eine lange Zeit bei diesen Leuten sein.« Er zeigte auf die beiden Wachen. »Tu mir bitte den Gefallen und kooperiere mit ihnen. Wenn du zeigst, wer du wirklich bist, dann brauchst du vielleicht bald keine Angst mehr zu haben.«

»Und wer bin ich wirklich?«

»Tja, das … kannst nur du beantworten. Es liegt an dir, ob du den Pfad des Bösen weiterverfolgst oder doch ein Held wirst.«

Jetzt mischte sich doch einer der Wachmänner ein. »Machen Sie ihm keine Hoffnungen. Er kommt in ein Spezialgefängnis, aus dem noch keiner entlassen wurde.«

Nolan biss sich auf die Lippe, um eine Gegenreaktion zu unterdrücken. Er ging nicht auf den Kommentar ein, sondern wiederholte: »Kooperiere, Chad!«

Chad zitterte.

Als sich Nolan wieder aufrichtete, sagte er: »Ich würde gern mit ihm allein sprechen. Geht das?«

»Nein. Anweisung von Cole. Er muss bewacht werden, bis wir die Basis erreicht haben.«

Nolan richtete seine Frage an Rob. »Geht das?«

»Auf deine eigene Gefahr«, antwortete Rob.

»Das ist okay. Ich denke nicht, dass er mich angreift.«

Rob löste sich aus seiner Haltung. Er breitete die Arme aus, woraufhin Flammen am Rand der Zelle aus dem Boden geschossen kamen, die die Wachleute von ihm wegdrängten. Sie bildeten einen menschenhohen Halbkreis vor der Zelle, in dessen Mitte nur noch Nolan stand.

Nolan holte das Foto aus seiner Hosentasche und reichte es Chad durch die Gitter. »Du hast mir mal gesagt, dass der Junge auf dem Foto dein Freund war. Ich finde, du solltest es mitnehmen.«

Chad griff, so gut er konnte, danach und nahm es an. »Danke.«

»Kein Problem. Aber da ist noch etwas.« Er musste etwas bestätigt haben. Eine Vermutung, die er hatte, seit er Chad zum ersten Mal am

Strand begegnet war. »Chad, ich möchte dir eine Frage stellen. Wenn du sie beantwortest, sei bitte ehrlich.« Er wartete einen Moment, bis er fragte: »Wie heißt deine Mutter?«

»Katherine Rouché. Warum?«

Nolan nickte. »Weil ich wahrscheinlich weiß, wer dein Vater ist.«

Chad zuckte zusammen. »Woher?«

»Katie war mit mir und meinem Kumpel Lovis im selben Studiengang an der Uni. Erst hatte ich was mit ihr, dann er. Nachdem er mit ihr abgeschlossen hatte, haben wir sie nie wieder gesehen.«

Chad öffnete den Mund, doch Nolan redete weiter. »Es stimmt alles. Die Frau, der Zeitpunkt, deine Herkunft. Ich wünschte, ich könnte dir sagen, dass ich dich gezeugt habe, aber dein Nachname lautet Kingston, oder?«

Jetzt war es Chad, der die Zähne aufeinander biss. Er nickte.

»Verdammt, du siehst aus wie er.«

»Warum sagst du das zu mir, Nolan? Ich werde bald für immer in ein Loch gesteckt und dass ich aussehe wie er, ist dir ganz bestimmt nicht jetzt erst aufgefallen.«

»Weil er hier ist.«

Chad erstarrte.

»Er ist der, den sie King nennen. Bence hat ihn mit hergebracht, sie arbeiten zusammen. Na ja … haben zusammen gearbeitet. Anthony, also der Junge ganz rechts auf deinem Foto, Nicos Bruder, hat ihn im Dschungel abgefangen. Ich sage es dir jetzt, weil du ihm später begegnen wirst, wenn der Helikopter die Insel verlässt. Falls ihr die Gelegenheit habt, miteinander zu sprechen, glaub ihm kein Wort! Lovis ist ein gnadenloser Manipulator. Er wird alles versuchen, dich zu einem Ausbruch zu überreden. Schau ihm nicht in die Augen und hör ihm nicht zu! Alles, was er sagt, dient seinem eigenen Vorteil. Er würde keine Sekunde lang daran denken, dir zu helfen.«

»Scheiße!«, fluchte Chad.

»Ja, das ist scheiße. Tut mir leid.«

Chad presste sich das Foto gegen die Stirn. Er kämpfte gegen einen Gefühlsausbruch an.

»Ich wünschte, ich hätte dich gezeugt«, wiederholte Nolan. »Ehrlich, das …«

»Schon okay«, unterbrach ihn Chad. »Schon okay, Nolan.« Er atmete tief ein. »Sonst noch was?« Seine Verzweiflung überspielte er nicht besonders gut.

»Nein, das war es.« Nolan hob seinen Arm, um Rob zu signalisieren, dass er die Flammen senken lassen konnte. Sofort, als sie sich verkleinert hatten, sprangen die beiden Wachmänner darüber und stießen Nolan vom Käfig weg. »Sie halten ab sofort Abstand von ihm!«

Nolan hob beide Hände seitlich von sich und ging ein paar Schritte rückwärts. »Natürlich.«

Die beiden Männer nahmen ihre Positionen wieder ein, nachdem sie feststellten, dass Chad noch genauso dasaß, wie vorher auch.

Er entschied sich dazu, vor Ort zu bleiben. Cole hatte ihm versichert, dass sie noch am selben Tag abfliegen würden, also wartete Nolan auf einem Felsen abseits der Zelle darauf, dass der Hubschrauber am Himmel erschien. Als es so weit war, fühlte er innere Unruhe. Irgendwie, dachte er, war es falsch, Chad auszuliefern. Das alles passierte nicht, weil er es für das Richtige hielt, sondern weil die wenigen Vorschriften, an die er sich halten musste, das von ihm verlangten.

Der Hubschrauber landete im Gegenlicht des Sonnenuntergangs. Nolan beobachtete, wie Rob die Leiter durch die Öffnung der Zellendecke schob. Chad kletterte sie hinauf und zeigte auch keinen Widerstand, als sein Mentor ihn am Handgelenk packte, hochzog und vom Felsen herunter zum Hubschrauber führte. Seinen letzten Blick auf Chad warf Nolan, als er, abgeführt durch die beiden Wachmänner die kleine Treppe benutzte, um in den Helikopter zu steigen.

Zu seiner Überraschung sprach Cole ihn noch kurz vor dem Abflug an. »Ich gratuliere Ihnen, Doktor Degree. Die Befragungen haben zu einhundert Prozent positive Ergebnisse erzielt. Sie dürfen Ihre Insel behalten. Sie leisten gute Arbeit.«

»Danke, Sir.«

Cole nickte ihm zu. »Wir bewahren weiterhin Geheimhaltung. Wenn sich etwas Nennenswertes zuträgt, wissen Sie ja, wie Sie uns erreichen.«

»Das weiß ich, ja.«

Cole reichte ihm die Hand. »Auf Wiedersehen, Doktor Degree.«

Nolan schlug ein. »Auf Wiedersehen, Mr. Cole.«

Cole lief auf den Helikopter zu. Bald war auch er darin verschwunden und die Rotoren begannen, sich zu drehen. Der Helikopter hob ab und in dem Moment brannte sich das Bild von Chad, wie er auf die Maschine zuging, für immer in Nolans Gedächtnis ein. Er sah ihn von hinten.

Chad ging einfach vorwärts.

Schritt für Schritt.

Fortsetzung folgt …

Danksagung

Ich danke als allererstes ganz besonders meinen Testleser*innen. Ihr habt einen fantastischen Job gemacht und mir die Motivation gegeben, die ich brauchte, um mit diesem nervenaufreibenden Buchprojekt weiterzumachen. Danke an Melina Marquez, Silke Kröner, Estella Marie Schimpf, Adriana, Rebecca Blanckenfeldt und Torsten Mäckel. Danke an meinen Ehemann, Dennis, der mich unterstützt, egal wie abenteuerlich meine Pläne auch aussehen und der mir die Flausen im Kopf immer wieder ordnet.

Danke Elize Ellison, für das Lektorieren meiner Geschichte und deine Geduld, wenn ich mal wieder nicht wusste, was ein Substantiv ist und wie man es einsetzt. Danke Sabine Pöstinger für das geile Cover – wer sie noch nicht kennt, hier ist ihr Instagram-Profil: @Inspirited_books.

Danke Lilly Schwarz für den Buchsatz. Dein Designvorschlag mit der Überschrift »Killer fünf sechs sieben acht neun zehn« hat mich sehr amüsiert. Mega coole Zusammenarbeit! (www.lillyschwarz.de/buchsatz/).

Danke Sarah Sp., dass wir seit 30 Jahren Freundinnen sind. Du warst die erste, die zu mir gesagt hat: »Ein Buch schreiben wird harte Arbeit!« Du hattest recht. Danke Anthony Horowitz, für die Buchreihe »Die fünf Tore«. Wer sie gelesen hat, wird schnell merken, woher ich meine Inspiration für Antihelden gezogen habe. Natürlich danke ich noch dem Düsseldorfer Schauspielhaus, das mir regelmäßig Gehalt zahlt, damit ich mir dieses Projekt leisten konnte und ich danke der Gitarrenindustrie, einfach, weil sie Gitarren herstellt. Zu guter Letzt: Danke, 15-jährige Vivi! Danke, dass du nie aufgegeben hast, auch, wenn es Phasen gab, in denen du keinen blassen Schimmer hattest, was du mit den Figuren Chad und Anthony anfangen solltest. Ich bin sehr stolz auf dich und alles, was du erreicht hast.

Printed in Poland
by Amazon Fulfillment
Poland Sp. z o.o., Wrocław

45643085R00233